MIRA®

Der Preis dieses Bandes versteht sich einschließlich
der gesetzlichen Mehrwertsteuer.

*Umwelthinweis:*
Dieses Buch wurde auf chlor- und säurefreiem Papier gedruckt.

# Gefährlich wie die Wahrheit

MIRA®

MIRA® TASCHENBUCH
Band 25567
2. Auflage: März 2012

MIRA® TASCHENBÜCHER
erscheinen in der Harlequin Enterprises GmbH,
Valentinskamp 24, 20354 Hamburg
Geschäftsführer: Thomas Beckmann



Titel der nordamerikanischen Originalausgaben:
With No Regrets

erschienen bei: Silhouette Books, Toronto

Yesterday's Lies

erschienen bei: Silhouette Books, Toronto

Published by arrangement with
HARLEQUIN ENTERPRISES II B.V./S.àr.l.

Konzeption/Reihengestaltung: fredebold&partner gmbh, Köln
Umschlaggestaltung: pecher und soiron, Köln
Redaktion: Mareike Müller
Titelabbildung: Thinkstock / Getty Images, München
Autorenfoto: © by Harlequin Enterprises S.A., Schweiz
Satz: Buch-Werkstatt GmbH, Bad Aibling
Druck und Bindearbeiten: CPI – Ebner & Spiegel, Ulm
Printed in Germany
Dieses Buch wurde auf FSC®-zertifiziertem Papier gedruckt.
ISBN 978-3-89941-969-6

www.mira-taschenbuch.de

*Lisa Jackson*

# Ohne Skrupel

Roman

Aus dem Amerikanischen von
Irene Andreadou

MIRA®

# *1. KAPITEL*

„Das kannst du mir doch nicht antun!“ Kimberly Bennett krallte ihre Finger in die glatten Armlehnen. Völlig entgeistert starrte sie ihre Anwältin an.

„Und ich dachte, du würdest mir um den Hals fallen und mir überschwänglich gratulieren!“ Diane Welby, zierlich und blond, stützte das Kinn auf ihre verschränkten Hände. Ihre Augen funkelten amüsiert. „Herrgott noch mal, ich heirate!“, rief sie.

„Ja, ja, das verstehe ich ja, aber wieso gerade *jetzt?*“, erkundigte sich Kimberly verzweifelt. Sie sah bildlich vor Augen, wie ihre Pläne den Bach runtergingen.

„Weil Scott mich gefragt hat.“ Dianes Stimme klang ein wenig belegt. Sie war seit sieben Jahren Witwe.

Sorgenvoll zog Kimberly die Augenbrauen zusammen. „Na schön. Herzlichen Glückwunsch! Ich freue mich, dass du heiratest, Diane. Im Ernst! Aber musst du deshalb gleich den Staat verlassen und in eine andere Stadt ziehen?“

„Scott arbeitet in Los Angeles.“

„Aber deine Kanzlei ist hier! Und ich brauche dich!“, stieß Kimberly verzweifelt aus.

Diane seufzte. „Du brauchst nicht *mich* – du brauchst einen guten Anwalt.“

„Und du *bist* eine gute Anwältin. Die Beste!“, entgegnete Kimberly. Allmählich stieg Panik in ihr auf. Wie immer, wenn ihr ihr Exmann und seine jüngsten Forderungen in den Sinn kamen. Ein Schauer durchlief sie. Es gab eine Seite an Robert, an die sie nur ungern dachte. Eine dunkle, tödliche Seite. „Robert macht keine Scherze. Er hat gedroht, mir Lindsay wegzunehmen!“, fuhr sie eindringlich fort.

Mit einem Schlag wurde Diane ernst. Rhythmisch klopfte sie mit ihrem Stift auf den Schreibtisch. „Hör zu, Kim: Er hat nichts in der Hand. Das Gericht hat dir das Sorgerecht schon längst zugesprochen."

„Aber damals war es ihm noch egal", wandte Kimberly ein und bemerkte, wie ihre Hände zu schwitzen begannen. Kaum dass die Scheidung rechtskräftig gewesen war, hatte er seine Geliebte geheiratet – eine großartige Frau, die jedoch blind gegenüber Roberts Fehlern war. Genauso wie Kimberly noch vor ein paar Jahren.

„Und nun ist es ihm nicht mehr egal?" Offenbar glaubte Diane das keineswegs.

„Ja!"

„Wieso?"

Kimberly spürte einen dicken Kloß im Hals. „Ich vermute, Stella kann ihm auch keinen Sohn schenken."

„Und deshalb gibt er sich nun mit einer Tochter zufrieden?", fragte Diane trocken.

„So scheint es." Ein brennendes Gefühl der Ungerechtigkeit ergriff Kimberly.

Nachdenklich presste ihre Anwältin die Lippen aufeinander. „Du weißt, ich würde dich nicht einfach so im Stich lassen. Ich kenne Robert und weiß, wie … entschlossen er sein kann. Der Mann, der meine Kanzlei gekauft hat, ist Anwalt – der Beste. Er wird meine Fälle übernehmen oder an einen Kollegen weitergeben."

„Ich will keinen Anwalt, den ich noch nie gesehen habe!", beharrte Kimberly auf ihrem Standpunkt. Gleichzeitig versuchte sie, den letzten Rest ihrer sich nur allzu schnell verflüchtigenden Ruhe zu bewahren. „Ich will *dich.*" Entnervt erhob sie sich, kreuzte die Arme vor der Brust und ging an Dianes Schreibtisch vorbei zum Fenster. Ein paar vertrocknete Ahornblätter fielen auf den nassen Asphalt. Kimberly hing ihren Gedanken nach. Robert hatte sich in den letzten Jahren verändert. Sein Ruf war rabenschwarz. Kein Gericht der Welt würde ihm das Sorgerecht zusprechen – oder vielleicht doch? Sie konnte sich nicht darauf verlassen. Sie *musste* etwas unternehmen! „Es mag verrückt klingen, aber ich lasse mich lieber von einer Frau vertreten."

„Weshalb?"

Kimberly zuckte die Achseln.

„Lass mich raten. Du denkst, eine Frau würde deine mütterlichen Gefühle besser nachvollziehen können?"

„Ja!" Sie warf einen Blick über ihre Schulter. „Ein Mann könnte eventuell mit Robert sympathisieren."

Diane blickte gereizt drein. „Das bezweifle ich. Und was Jake betrifft ..."

„Wen?"

„Jake McGowan. Der Anwalt, der meine Kanzlei gekauft hat."

„Oh."

„Er kann dir helfen. Und er wird ganze Arbeit leisten." In Dianes Stimme war die Bewunderung, die sie für ihren Kollegen empfand, deutlich zu hören.

„Er bearbeitet Sorgerechtsfälle?", fragte Kimberly gleichgültig.

„Früher einmal."

„Früher?" Kimberly wirbelte herum und starrte Diane ungläubig aus ihren blaugrünen Augen an. „Was soll das denn wieder heißen?"

Diane zuckte mit den Schultern. „Dass er sich jetzt auf Gesellschaftsrecht konzentriert. Du weißt schon ... Steuern, Unternehmenszusammenschlüsse, solche Dinge eben."

„Ja, ich weiß", erwiderte Kimberly und dachte an den Schwarm von Anwälten, die die Bank beschäftigte, in der sie angestellt war. Und dann waren da auch die Rechtsbeistände gewesen, die für Robert gearbeitet hatten. Es schien, als wäre die Hälfte aller Juristen Portlands zumindest zeitweise auf der Gehaltsliste ihres Exehemanns zu finden gewesen. Besorgt knabberte sie an ihrer Lippe. Der Name McGowan kam ihr bekannt vor. Woher nur? Er war keiner von Roberts Handlangern, das stand fest. Nein ... Er war ihr in einem anderen Zusammenhang aufgefallen. Nur in welchem?

„Früher einmal war Jake McGowan der beste Anwalt für Familienrecht in ganz Portland."

„Die Betonung liegt auf *war*", stellte Kimberly spitz fest.

Dianes blaue Augen blickten zu ihr hinauf, und sie runzelte die Stirn. „Ich würde ihn dir niemals empfehlen, wenn ich diesem Mann nicht uneingeschränkt vertrauen würde. Ich sage dir, er ist der Beste. Genau der Mann, den du brauchst. Es gab mal eine Zeit, in der er keinen einzigen Fall verloren hat."

„Und was ist geschehen?"

Einen Moment zögerte Diane. „Er hatte ein paar persönliche Probleme."

„Na toll!"

„Aber das liegt in der Vergangenheit. Mal ehrlich: Glaubst du, ich würde dich ihm anvertrauen, wenn er nicht der Beste wäre? Er kann es mit jedem aufnehmen, den Robert anheuert, und er wird sich durchsetzen."

„Bist du dir sicher?"

„So sicher, wie ich mir nur sein kann."

Kimberly spürte nur zu deutlich, dass Diane ihr etwas vorenthielt, irgendetwas Wichtiges. „Was verschweigst du mir?"

„Nichts. Wie ich schon sagte: Früher einmal war er der Beste in diesem Geschäft. Er könnte es wieder sein."

„Wenn?", forderte sie ihre Freundin zum Weitersprechen auf.

Diane kniff ihren Mund zusammen. „Wenn er richtig bei der Sache wäre."

„Wenn er richtig bei der Sache wäre?" Kimberly wiederholte diesen Satz mit triefendem Zynismus. „Das hier ist nicht irgendein Fall aus deinen Büchern, weißt du? Es geht um mein

Leben. Um meines und um Lindsays!“

„Genau darum brauchst du Jake.“ Diane gab nicht nach.

Kimberly war nicht überzeugt, rang sich aber ein schwaches Lächeln ab. Mit einer Hand fuhr sie sich durch ihr langes Haar. Sie seufzte genervt. Jetzt bahnten sich auch noch heftige Kopfschmerzen an. „Weißt du, ich finde es wunderbar, dass du wieder heiratest. Ehrlich.“

„Deine Art, das zu zeigen, ist schon etwas seltsam.“

„Vielleicht bin ich ja nur neidisch.“

„Du? Die Frau, die den Männern für immer abgeschworen hat?“

Kimberly brachte ein dünnes Lächeln zustande. „Ja, aber Scott ist ein toller Kerl, und ich bin sicher, du freust dich schon darauf, überall in L. A. diesen Smog einatmen zu dürfen ...“, gab sie sarkastisch zurück.

Diane lachte.

„Ich bin nur enttäuscht, das ist alles. Ich habe auf dich gezählt.“

„Dann zähl jetzt auf McGowan! Glaub mir, er kann dir wirklich helfen. Besser als ich. Sarah wird bleiben. Ich hinterlasse ihr eine Nachricht, dass sie in den nächsten Wochen einen Termin für dich arrangiert.“ Diane berührte Kimberly sanft an der Schulter. „Vertrau mir!“, bat sie eindringlich.

„Das muss ich wohl“, erwiderte Kimberly. Schließlich hatte sie ja keine Wahl.

„Du wirst ihn mögen, das verspreche ich dir.“

„Und was, wenn nicht?“

„Dann wärst du die erste Frau, die das nicht tut.“

„Ein Frauenheld! Großartig!“ Kimberly war ganz und gar nicht beeindruckt. Robert hatte ihr das gründlich ausgetrieben.

Diane schüttelte den Kopf. „Er macht das nicht absichtlich.“

„Gut, aber das macht keinen Unterschied. Bei mir wird er nicht landen können.“

„Ach ja?"

Kimberly warf ihrer Anwältin einen argwöhnischen Blick zu. „Ich bin nicht auf der Suche nach einem Mann. Ich stehe nicht zur Verfügung, für *niemanden*!", betonte sie. „Wenn Robert mich eines gelehrt hat, dann, dass ich mich nur auf mich selbst verlassen kann." Dennoch lächelte sie Diane zögerlich an. „Ich bin an McGowan nur interessiert, wenn er mir helfen kann, meine Tochter zu behalten."

„Das kann er", behauptete Diane felsenfest.

Kimberly antwortete mit einem skeptischen Grinsen. Sie schaute aus dem Fenster. Der dunkle Himmel hatte seine Schleusen geöffnet; es goss in Strömen. Regentropfen klatschten gegen die Fenster, und die Dachrinne des alten Cottages gurgelte. Die Pfützen auf dem Parkplatz wurden immer größer. Kimberlys Gedanken schweiften ab. War ihr überhaupt zu helfen, wenn Robert entschied, seine Forderungen durchzusetzen? Oder noch schlimmer: Würde Robert das Gesetz ignorieren – so wie er es ihrer Ansicht nach in der Vergangenheit schon oft getan hatte – und ihr Lindsay einfach wegnehmen? Kimberly ballte die Hände zu Fäusten.

Das lasse ich niemals zu!

Und wenn es das Letzte war, was sie tat: Lindsay würde bei ihr sicher sein. Und wenn es dafür Jake McGowans oder höherer Gewalt bedurfte, dann sollte es eben so sein.

Ob er es nun wusste oder nicht: Robert konnte sich auf den Kampf seines elenden Lebens gefasst machen!

Kimberly verließ Dianes Büro und machte sich auf den Weg nach Hause. Sie hielt nur kurz am Supermarkt an, erledigte ihre Einkäufe und fuhr anschließend durch die dunklen, regennassen Straßen direkt nach Sellwood, einem älteren Viertel im Südosten Portlands.

Ihr Haus, das in den frühen Zwanzigerjahren erbaut worden war, war weiß gestrichen, nur die Fenster und Türen waren rot umrandet. Wenn auch im Inneren ein wenig beengt, so waren die Räume doch gemütlich und groß genug für eine alleinerziehende Mutter und ihre energische fünfjährige Tochter. Der von einer Lorbeerhecke umrundete Garten war mit einem Sandkasten, einem Picknicktisch und einer Schaukel ausgestattet. Natürlich war das Haus nicht im Entferntesten so groß wie das massive Steinhaus im Kolonialstil, das sie während ihrer Ehe mit Robert bewohnt hatte, aber das kleine Häuschen reichte ihnen. Wenn Robert nur alles so beließe, wie es im Moment war.

Fast so, als würde sie erwarten, dass Robert oder einer seiner zwielichtigen Gehilfen sie beobachtete, warf sie einen nervösen Blick über die Schulter. Einen Moment später schüttelte sie vehement ihren Panikanfall ab. Sie konnte es sich nicht leisten, paranoid zu werden. Nicht jetzt!

Kimberly parkte, stieg aus und schloss das Fahrzeug ab. Die zwei Papiereinkaufstüten in den Armen balancierend, duckte sie sich unter einer tropfenden Waldrebe hindurch und eilte den rissigen Betonweg zur Hintertür entlang.

„Ich bin zu Hause", rief sie laut, kaum dass sie die Küche betreten hatte und den Regen aus ihrem Haar schüttelte. Ein schrilles Kreischen und das Trippeln aufgeregter Füße auf dem Dielenboden kündigten Lindsay an, die durch den Flur auf sie zugerannt kam.

„Mommy!" Zwei blonde Zöpfe umrahmten das schelmische Gesichtchen mit den leuchtend blauen Augen. Lindsay warf sich ihrer Mutter in die Arme.

„Wie geht's dir, Kürbisköpfchen?", fragte Kimberly lachend, drückte ihre Tochter fest an sich und küsste sie auf ihr rotes Bäckchen.

„Ich hab Hunger!"

„Oh! Sag bloß, Arlene gibt dir nichts zu essen?", zog

Kimberly die Kleine auf und deutete erheitert auf die Flecken, die das Mittagessen auf Lindsays Sweatshirt hinterlassen hatte.

Lindsay schob ihre Unterlippe nach vorne. „Nicht genug!"

Arlene Henderson lachte auf, als sie zu ihnen trat. Sie wohnte nebenan und passte auf Lindsay auf, während Kimberly arbeitete. Die energische, gertenschlanke fünfundfünfzigjährige Frau mit den stahlgrauen Haaren und funkelnden braunen Augen wirkte größer als ihre eins achtundfünfzig. Sie zwinkerte der Kleinen zu. „Sie ist nur beleidigt, weil sie vor dem Abendessen keinen Keks mehr bekommen hat. Wir haben heute Kürbiskekse gebacken, nicht wahr?", forderte sie die schmollende Lindsay heraus. „Auch wenn Halloween schon vorbei und Weihnachten vor der Tür steht."

Kimberly lachte leise, doch Lindsay runzelte die Stirn. „Ich verhungere!", beschwerte sie sich und rieb theatralisch über ihren Magen.

„Du wirst ganz sicher überleben", prophezeite Kimberly. „In weniger als dreißig Minuten gibt's Hamburger."

„Bei McDonald's!"

„Nein. Hier."

Wieder blickte die Kleine schmollend drein und wand sich aus den Armen ihrer Mutter. „Ich will lieber zu McDonald's!", verkündete sie mit einem verschmitzten Blick in Kimberlys Richtung.

„Das weiß ich doch."

„Die haben dort Pommes und McNuggets und … und Apfeltaschen!"

„Wir gehen am Samstag", versprach Kimberly.

„Heute!"

„Dann gar nicht."

„Okay, am Samstag!", rief Lindsay.

„Na gut."

Besänftigt drehte sich Lindsay um, schaute noch einmal

argwöhnisch über ihre Schulter, zog dann aber friedlich ab ins Wohnzimmer. Dort setzte sie sich vor den Fernseher und spielte mit ihrem Lego.

„Robert war heute hier", sagte Arlene, als das Kind sie nicht mehr hören konnte.

Kimberlys Magen zog sich zu einem kalten, harten Knoten zusammen. „Was wollte er?"

„Mit Lindsay sprechen. Was er auch getan hat." Arlene blickte düster drein, während sie mit ihren Armen in ihren übergroßen Mantel schlüpfte. „Selbstverständlich habe ich den Raum keine Sekunde verlassen. Ich traue dem Mann nicht über den Weg."

Panik wollte sich breitmachen, doch Kimberly kämpfte sie nieder. „Was wollte er denn?"

„Er hat nach dir gefragt."

„Er weiß, dass ich arbeite ..."

„Ich weiß, aber er war wohl bei der Bank, und du warst nicht im Haus. Also nahm er an ..." Arlene brach ab und zuckte die Schultern.

„Ich war bei Diane."

„Dass du einen Anwalt hast, habe ich nicht erwähnt."

„Gut. Denn ich habe keinen", erklärte Kimberly gefasst. Mit einem raschen Kick entledigte sie sich ihrer hohen Absätze.

„Was? Aber wieso um Himmels willen nicht?"

„Das ist eine lange Geschichte. Erzähl mir bitte erst mal von Robert!"

„Sie hat sich gefreut, ihn zu sehen."

„So sollte es auch sein. Er ist ihr Vater", erwiderte Kimberly hölzern.

Arlene rollte mit den Augen. „Wenn man ihn so nennen kann. Jedenfalls ist er nicht lange geblieben. Er sagte Hallo, umarmte sie und fragte nach dir."

„War er allein?"

„Zwei Männer waren bei ihm, aber sie haben im Auto gewartet."

Sein Bodyguard und der Chauffeur. In den letzten Jahren ließ sich Robert nirgends ohne die beiden blicken.

„Lindsay war also nicht traurig?", hakte Kimberly nach.

„Nein", gab Arlene widerwillig zu. „Und ich vermute, er hat ein Recht, seine Tochter zu sehen und anzurufen, aber …" Kopfschüttelnd zuckte sie wieder mit den schmalen Schultern.

„Natürlich hat er das", beeilte sich die junge Frau zu sagen. Dabei ignorierte sie die panische Angst, die ihr kalt den Rücken hinaufstieg. Sie war fast zwei Jahre mit Robert verheiratet gewesen, und doch war er ein Fremder geblieben. Sie hatte ihn überhaupt nicht gekannt. Die Ehe war von vornherein ein riesengroßer Fehler gewesen, das wussten sie beide. Aber nun wollte er plötzlich Lindsay haben. Kimberly ignorierte die Enge in ihrer Brust und griff nach einem der Kekse, die auf dem Blech in der Nähe des Fensters auskühlten.

„Er ist *kein* guter Vater! Nimm ihn ja nicht in Schutz!" Arlene gab sich keine Mühe, die Abneigung zu verbergen, die sie für den Mann hegte. „Wir beide wissen, dass er sich auf die dunkle Seite geschlagen hat."

„Das wurde nie bewiesen", verteidigte Kimberly ihn instinktiv, so wie sie es jahrelang getan hatte. Sie konnte einige der Geschichten, die sie über ihn gehört hatte, nicht glauben, sie *wollte* sie nicht glauben. Und dennoch …

„Nein, das wurde es nicht. Aber *dir* hat er unrecht getan! Mit dieser Stella herumzumachen, wo ihr beide doch noch verheiratet wart!"

„Diese Stella ist jetzt seine Frau", erinnerte Kimberly die ältere Frau.

„Und jetzt will sie *deine* Tochter haben!"

„Sie wird sie nicht bekommen", erwiderte Kim fest, trotz des nun schon vertrauten Knotens in ihrem Magen.

„Hat Diane dir das gesagt?"

Kimberly runzelte die Stirn. „Nein", gab sie zu und erzählte von dem Besuch bei ihrer Anwältin.

„Dann heiratet Diane wieder? Das ist gut." Nachdenklich kratzte sich Arlene am Kopf. „Und was weißt du über diesen McGowan?"

„Nicht sehr viel. Diane ist sich allerdings sicher, dass er genau der Richtige für diesen Job ist."

In diesem Moment kicherte Lindsay im Wohnzimmer laut. Kimberlys Herz zog sich schmerzhaft zusammen. Sie schaute den Flur entlang und sah ihre kleine Tochter. Lindsay hatte genug vom Lego und versuchte sich auf der Couch an Kopfständen. Sie warf ihre Beine in die Luft, lehnte sich gegen die Wand, um die Balance zu halten, nur um kurze Zeit später wieder auf das Sofa zu plumpsen. Unermüdlich begann sie dann von Neuem mit dem Spaß.

„Es wird schon alles gut werden!", versicherte Arlene mit einem unerschütterlichen Lächeln. „Der Herr wird dich behüten."

„Das hoffe ich", erwiderte Kimberly.

„Ich weiß es." Arlene drehte sich um und schnappte sich ihren Schirm aus dem Flur. „Mach dir keine Sorgen! Und wenn du mit Lindsay nach draußen gehst, dann pack sie ordentlich ein. In den Bergen liegt schon dreißig Zentimeter Schnee. Der Winter kommt dieses Jahr früh."

„Ich vergesse es nicht", versprach Kimberly.

„Gut. Dann sehen wir uns morgen." Winkend eilte Arlene den Flur entlang.

Als sie die Tür hinter sich zuzog, schloss Kimberly die Fensterläden und dachte an ihr Treffen mit Jake McGowan. Wieso hatte sie nur das Gefühl, dass es etwas gab, was sie über ihn wissen sollte?

„Komm, Mommy! Wir schneiden Papiermännchen aus!"

Lindsay gab ihren Balanceakt auf, schaltete den Fernseher aus und kam – ein ramponiertes struppiges pinkfarbenes Häschen hinter sich herziehend – zu ihrer Mutter herübergeschossen. „Bitte, bitte!“

„Ich dachte, du könntest es kaum erwarten, zu essen?“

„Wir können doch beides machen!“

Kimberly lachte und vergaß Jake McGowan für den Moment. „Ich glaube nicht“, wandte sie ein. „Ich könnte aus dem Konzept kommen, und dann schneide ich meinen Hamburger mit der Schere und gieße Ketchup über die Männchen.“

Lindsay kicherte. „Das ist lustig!“

„So wie du auch, Schätzchen“, sagte Kim und stupste einen Finger in Lindsays Bauch. „Wie du auch.“

„Niemals!“, knurrte Jake empört. Die Hemdsärmel bis zu den Ellenbogen hochgerollt, die Krawatte gelockert, saß er inmitten von Umzugskartons, Bildern und eingerahmten Auszeichnungen. Ohne lange darüber nachzudenken, hatte er den Kaufvertrag für Diane Welbys Grundstück und Haus unterzeichnet. Ein zweites Dokument regelte alles rund um die Kanzlei. „Du weißt genau, wie ich zu Sorgerechtsfällen stehe.“

„Sie braucht deine Hilfe!“, beharrte Diane.

„Braucht sie nicht! Hier drin stehen mehrere Dutzend Anwälte.“ Er klopfte auf das Telefonbuch von Portland.

„Tu es mir zuliebe! Triff dich bitte mit ihr.“ Diane überflog ihre Ausfertigung der Verträge, bevor sie sie in ihrer Aktentasche verschwinden und diese zufrieden zuschnappen ließ. „Die Möbelpacker kümmern sich am Donnerstag um all das hier …“ Diane deutete vage auf den Inhalt ihres Büros, den sie nach Los Angeles schickte.

„Gut.“

„Noch mal zurück zu Kimberly. Versuch es einfach, okay?“

Jake presste die Lippen aufeinander. Nachdenklich blickte

er drein. „Ach, jetzt versteh ich!“, meinte er kurz darauf gedehnt. „Das ist eine *spezielle* Klientin, richtig? Eine Freundin oder die Freundin einer Freundin? Und sie ist aufgebracht, dass du sie im Regen stehen lässt.“

„So was in der Art.“

Kopfschüttelnd lehnte Jake ab. „Such dir einen anderen!“

„So triff dich doch einfach mit ihr!“, rief Diane. „Wenn es nicht funktioniert, dann schick sie zu Dennis Briggs oder Tyler Patton. Sie sind beide gut. Zwar nicht so gut wie du …“

„Wie ich *war*“, verbesserte er geduldig.

„Wie du wieder sein könntest, würdest du endlich aufhören, dich in Selbstmitleid zu baden.“

„Tue ich das?“, fragte Jake und zog die Mundwinkel nach unten. Tatsächlich war ihm das aber egal.

„Ja! Und es ist solch eine Verschwendung. Du hättest der Beste sein können. Du könntest es immer noch sein“, korrigierte Diane sich.

„Vielleicht will ich das gar nicht“, konterte er finster.

„Tu, was du nicht lassen kannst. Aber dieses Mal *braucht* dich jemand.“

Jake gab einen undefinierbaren Laut von sich.

Diane nahm ihre Tasche vom Schreibtisch, schlenderte zur Tür und legte ihre Hand auf den Knauf. Noch einmal drehte sie sich um. „Tu dir selbst und mir einen Gefallen und triff dich mit Kimberly Bennett. Ich lasse Sarah einen Termin für nächste Woche vereinbaren.“

„Ich gehe nächste Woche Skifahren.“

„Dann die Woche danach.“

„Es ist Zeitverschwendung.“

„Ich weiß gar nicht, warum ich mich mit dir abgebe“, bemerkte Diane frustriert.

„Ich auch nicht.“

Sie seufzte tief, öffnete die Tür und schloss sie wieder. Mit beiden Händen umfasste sie den Griff ihrer Aktentasche. „Also gut, du willst es ja nicht anders. Sagen wir, ich fordere jetzt den Gefallen ein, den du mir schuldest ... okay?"

Jake biss die Zähne aufeinander, und das unbehagliche Gefühl in seinem Magen wurde größer. Diane Welby hatte ihm dabei geholfen, die Trümmer seines Lebens aufzulesen. Sie hatte ihm beigestanden, als er sie am meisten gebraucht hatte. Der entsetzliche Schmerz fraß wieder an seiner Seele. Es gab keine Zeit in seinem Leben, die er lieber vergessen würde. Die Tage und Nächte in jener Zeit waren zu einem einzigen schwarzen Loch verschmolzen. Und dieser Schmerz! Gott, der Schmerz war so heftig gewesen! Er hatte alles zerstört. Jake hätte aufgegeben und das Schicksal akzeptiert, in seiner eigenen Hölle zu verkommen, wäre da nicht Diane gewesen.

Damals hatten Jake und Diane gemeinsam in einer großen Kanzlei in Portland gearbeitet. Im Büro war Diane für ihn eingesprungen, hatte ihm die Zeit gegeben, die er gebraucht hatte. Und sie war nicht von seiner Seite gewichen, auch wenn er niemanden um sich herum haben wollte. Den Schritt vom Familien- zum Gesellschaftsrecht hatte ebenfalls sie ihm ermöglicht, damit er zumindest wieder funktionieren konnte. Schließlich hatte er es geschafft, sich so weit zusammenzureißen, dass er sein Leben fortsetzen konnte. Und das verdankte er Diane.

Ein grimmiges Schmunzeln umspielte seine Lippen. Er schob seine Hände tief in seine Hosentaschen. „Du hast recht. Ich schulde dir wohl einen Gefallen, *Dr.* Welby."

Diane schüttelte lachend den Kopf. „Mehr als einen, aber wer zählt schon mit?" Wieder öffnete sie die Tür und drehte sich halb zu ihm um. „Und mit Dr. *Welby* ist es auch bald vorbei."

Er lachte. Der Spitzname, den er ihr gegeben hatte, als sie sich so aufopferungsvoll um ihn gekümmert hatte, würde für immer bleiben. „Dr. Donaldson klingt einfach nicht so gut."

„Arbeite daran! Ich sehe dich nächste Woche bei der Trauung."

„Das würde ich um nichts in der Welt verpassen!", versprach Jake mit einem für seine fünfunddreißig Jahre viel zu zynischen Unterton. Durch das Fenster beobachtete er, wie Diane in ihren bronzefarbenen Mustang glitt. Dabei fragte er sich, ob sie eine Ahnung hatte, worauf sie sich da überhaupt einließ.

Eine Hochzeit, dachte er mit demselben tödlichen Zorn, den er immer fühlte, wenn er sich an seine eigene kurze Ehe erinnerte. *Wer braucht das schon?*

## 2. KAPITEL

Er war spät dran. Jake warf einen Blick auf seine Armbanduhr und runzelte die Stirn, während er seinen Pick-up auf den Parkplatz seines neuen Büros steuerte. Hochgewachsene Ahorn- und Tannenbäume trennten den Platz von der Hauptstraße. Das Gebäude selbst, ein farbig verputztes Cottage mit abgeschrägtem Dach, Giebeln, moosgrünen Fensterläden und mehreren Schornsteinkästen, erinnerte ihn an die Landhäuser, die er in Europa gesehen hatte. Ohne das schwingende Schild im Vorgarten wäre für niemanden zu erkennen, dass dieser malerische kleine Zufluchtsort ein Anwaltsbüro war.

Unnatürlicherweise gefiel ihm das Büro, auch wenn er Diane Welbys Kanzlei nur aus einer Laune heraus gekauft hatte. Er war des schnellen Tempos überdrüssig, das im Zentrum Portlands herrschte.

Er stellte den Pick-up in der Nähe der Eingangstür ab und stieg aus. Regentropfen liefen seinen Nacken hinab, und eine heftige Brise wirbelte das Haar aus seinem Gesicht. Schnell stellte er den Kragen seiner Jeansjacke gegen den Wind auf und lief zum Kofferraum. Er öffnete die Heckklappe und zog den ersten mit Büchern gefüllten Karton heraus, den er zu fassen bekam.

Trotz der Plastikplane, die er gespannt hatte, waren die Boxen nass geworden. Der Pappkarton hing gefährlich durch, während er die sperrige Kiste über den Parkplatz und einen moosbedeckten gepflasterten Weg entlang zur Tür trug. Als die Pappe nachzugeben begann, schulterte Jake sie fluchend und bahnte sich den Weg in das Gebäude.

In seinem Büro ließ er die Kiste auf den Schreibtisch fallen und rieb sich den schmerzenden Rücken, während er das geräumige Zimmer in Augenschein nahm: die Fenster, den beigefarbenen Teppich, den unbenutzten Kamin, den Putz an der

Wand. Dabei fragte er sich, ob er nicht einen Fehler gemacht hatte.

Doch die Stadt hatte ihn gelangweilt. Er hatte genug von Hochhäusern, Chrom und Glas, und all die gestärkten weißen Hemden machten ihn ganz krank. Wenn er nie wieder an einem Tisch mit wichtigtuerischen Führungskräften sitzen musste, war ihm das nur recht. Er hatte auch keinen Bedarf daran, stundenlang die aktuellsten Bücher über Steuerschlupflöcher zu lesen. Und wenn er nie wieder einen Fitnessclub sah, würde ihn das auch nicht weiter stören.

„Da wären wir also, McGowan", murmelte er. In dem Moment erblickte er eine halb gefüllte Flasche Scotch in der durchweichten Kiste. Seine Lippen verzogen sich zu einem verschlagenen Lächeln. Die Tatsache ignorierend, dass es noch nicht einmal Mittag war, wischte er den Staub von der Flasche und drehte den Verschluss herunter. Im Geiste trank er auf diese neue Wendung in seiner Karriere und murmelte: „Prost."

Jake nahm einen großen Schluck direkt aus der Flasche. Als der Alkohol sich seinen brennenden Pfad zu seinem Magen bahnte, zog er eine Grimasse. Ohne sich damit aufzuhalten, die Flasche zu verschließen, ging er wieder nach draußen.

Dunkelgraue Wolken zogen rastlos über den Himmel. Der Wind pfiff durch das Tannengeäst und Regen prasselte auf den Boden. Ungehalten brummte er vor sich hin und kletterte auf die Ladefläche des Pick-ups. Mit einer Handbewegung warf er die Plane nach hinten und zog ruckartig an einer schweren Kiste. Er war wütend auf sich selbst. Da er verschlafen hatte, war er mit dem Packen dieser letzten Kisten zu spät dran gewesen. Er würde wahrscheinlich erst mit Einbruch der Dunkelheit hier fertig werden, und das durchkreuzte seine Pläne, auf den Mount Bachelor zu fahren.

Er hörte das Brummen eines Motors und sah sich um.

Ein schnittiger schwarzer Mercedes rollte auf den Parkplatz, wo die Fahrerin Momente später die Handbremse anzog, den Motor abschaltete und ausstieg. Mit einer Hand hielt sie ihr wehendes schwarzes Cape fest, während sie direkt auf das Cottage zusteuerte. Nicht ein einziges Mal blickte sie in seine Richtung. Sie wich den Pfützen aus und ging festen Schrittes den Weg entlang. Als sie durch die geöffnete Tür schritt, blieb sie abrupt stehen.

„Hallo?", rief sie so leise, dass er sie kaum hören konnte. „Sarah, sind Sie hier?"

Jake sprang von der Ladefläche. Mit zusammengekniffenen Augen beobachtete er die reiche Frau in ihrem rabenschwarzen Cape und den dazu passenden Stiefeln. Er hob eine Kiste aus dem Auto und machte sich ebenfalls auf den Weg hinein. Da drehte sie sich um und kam verwirrt wieder nach draußen. Sie war eine Frau von klassischer Schönheit, mit hohen Wangenknochen, ihrer von der Kälte geröteten Haut und ihrem mahagonifarbenen Haar, das ganz dunkel war vom Regen. Und sie blickte ihn aus den intensivsten blaugrünen Augen an, die er je gesehen hatte.

„Verzeihung! Ich suche Jake McGowan", sagte sie und lächelte unverbindlich.

„Das bin ich."

„Sie?", fragte sie, als würde sie ihm nicht glauben. Ihre Augen wanderten über seine vom Wind zerzausten Haare über seinen gebräunten Teint hinunter zu seinen abgewetzten Stiefeln. „Aber ich dachte … Der Mann, den ich suche, ist Anwalt …"

„Wie ich schon sagte", unterbrach er sie rundweg, „ich bin Jake McGowan."

Kimberly wusste nicht, ob sie lachen oder weinen sollte. *Das* war das anwaltliche Genie, über das Diane gesprochen hatte? Dieser Mann in verschlissenen Jeans, der dringend eine Rasur brauchte und leicht nach Alkohol roch? „Da … da muss ein Missverständnis vorliegen."

„Wenn Sie das sagen.“ Er verlagerte das Gewicht der Kiste voller Bücher und Schreibtischutensilien und trug sie den kurzen Flur entlang in Dianes Büro – oder das, was einmal Dianes Büro gewesen war.

Skeptisch, als erwartete sie, dass er doch gleich zugab, der Hausmeister oder Gärtner zu sein, folgte Kimberly ihm wenige Augenblicke später. Dabei fielen ihr die breiten Schultern des Mannes auf, über die sich die Jeansjacke spannte, seine schmalen Hüften, auf denen eine besonders ausgewaschene Jeans tief saß, und die abgetragenen Lederstiefel.

Er ließ die Kiste in der einzigen freien Ecke des Büros fallen und drehte sich dann zu ihr um. An den großen Schreibtisch gelehnt, kreuzte er die Arme vor der Brust. „Was kann ich für Sie tun, Miss …?“

„Bennett. Kimberly Bennett. Ich habe heute Morgen mit Mr McG… mit Ihnen … einen Termin.“

Etwas blitzte in seinen Augen auf. Was genau, konnte sie nicht näher beschreiben. „Dann sind *Sie* also Kimberly Bennett“, meinte er gedehnt, als hätte ihr Name einen unangenehmen Beigeschmack. Er musterte sie langsam von Kopf bis Fuß und warf anschließend einen Blick durch das Fenster auf den Parkplatz und ihr Auto.

„Diane hat Ihnen von mir erzählt?“

„Ein wenig. Aber Ihr Termin ist *nächsten Montag.*“

„Aber heute ist doch der zweite?“

„In meinem Kalender steht der neunte.“

„Oh nein!“ In Gedanken ging Kimberly ihre geschäftlichen Termine durch. In der nächsten Woche war sie bis auf die letzte Minute in der Bank ausgebucht. „Hören Sie – ich bin doch jetzt da. Können Sie es nicht irgendwie reinquetschen? Ich weiß nicht, ob ich mich nächste Woche loseisen kann.“

Er lächelte, als hätte sie einen guten Witz gemacht.

Aber Kimberly ließ sich nicht einschüchtern. „Diane muss

erwähnt haben, wie verzweifelt ich bin“, fuhr sie nervös fort. „Ich möchte meine Tochter nicht verlieren.“

„Nicht einmal an ihren Vater?“

Wieso klang er so verbittert? „An niemanden. Lindsay ist erst fünf. Die Scheidung war hart genug für sie, und Robert und ich hatten vereinbart, dass ich das alleinige Sorgerecht bekomme.“

Jake zog verwundert die Augenbrauen nach oben, sagte jedoch nichts.

„Aber er hat seine Meinung geändert.“

„Wieso?“ Seine kantigen Gesichtszüge wirkten angespannt.

Kimberly straffte die Schultern. Die Feindseligkeit, die in der Luft lag, war deutlich zu spüren. Er hatte nicht viel gesagt, doch sie hatte das Gefühl, dass er ihr nicht vertraute, ihr nicht glaubte, und das, obwohl sie sich gerade erst getroffen hatten. „Weil er wieder geheiratet hat und seine Frau keine Kinder bekommen kann. Behauptet er.“ Sie schürzte die Lippen. Welche Ironie das doch war! Robert, der Mann, der einst der Meinung war, sie sollte eine Abtreibung als Lösung für ihre unerwartete Schwangerschaft in Betracht ziehen, wollte jetzt seine Tochter ganz für sich haben. „Er behauptet, Stella wolle keine Adoption.“

„Er *behauptet*?“, wiederholte Jake. „Sie glauben ihm nicht?“

„Es ist schwierig … mit Robert.“

„Wieso?“

Kimberly sträubte sich gegen diese Fragen. Verdammt, diese Fragen waren sehr persönlich. Ja, was hast du denn erwartet, meldete sich eine kleine Stimme. „Er … Nun ja, als wir verheiratet waren, war er nicht immer ehrlich.“

Jakes Mundwinkel zuckten. „Und nun will er das alleinige Sorgerecht?“

„Das hat er gesagt.“ Sie spürte, wie sie innerlich vor Zorn erbebte, wie so oft, wenn sie nachts nicht schlafen konnte. „Er sagte, er würde alles Erdenkliche dafür tun. Wenn es sein müsste, würde er beweisen, dass ich als Erziehungsberechtigte ungeeignet bin."

„Könnte er das denn?"

„Was? Es beweisen? Nein, natürlich nicht!" Sie glühte vor Wut. „Schließlich stimmt es nicht! Er hat keinen Beweis, er hat rein gar nichts. Ich denke eigentlich nicht, dass er das durchziehen würde, aber ich bin nicht sicher. In letzter Zeit war er so besessen von Lindsay."

„Lindsay ist Ihre Tochter?"

„Ja."

„Und Stella seine Frau, habe ich das richtig verstanden?"

„Richtig."

Seine silbergrauen Augen musterten sie kühl und intensiv. „War Robert denn während Ihrer Ehe nicht *besessen* von Ihrer Tochter?"

„Ganz und gar nicht." Sie räusperte sich. „Manchmal benahm er sich, als würde sie nicht existieren."

„Und doch würde er jetzt, da er seine Meinung geändert hat, so weit gehen zu behaupten, Sie wären ungeeignet?"

Sie verstand nicht, worauf er hinaus wollte. „Ich glaube ihm."

„Aufgrund seines Verhaltens in der Vergangenheit?", fragte er sarkastisch.

Jetzt reichte es ihr aber! „Hören Sie! Ich gebe nur wieder, was er mir gesagt hat, okay? Damit hat er mir gedroht."

Finster dreinblickend fuhr Jake sich mit einer Hand durch sein feuchtes, fast schwarzes Haar. Dann, als fiele ihm der Zustand des Zimmers zum ersten Mal auf, entfernte er, leise vor sich hin murmelnd, einen eingestaubten Aktenstapel von einem Stuhl. Mit einer Geste bedeutete er ihr, Platz zu nehmen.

Kimberly setzte sich an den äußersten Rand des Möbelstücks.

„Ich würde mir nicht allzu große Sorgen machen wegen dieser Geschichte mit der Untauglichkeit", meinte er schließlich und rieb sich mit der Hand den Nacken.

„Wieso nicht?"

„Wenn es keinen Beweis dafür gibt, wird der Anwalt Ihres Ehemanns nicht mitziehen."

„Sein Anwalt würde von einer Klippe springen, wenn Robert dies von ihm verlangte."

Jetzt grinste Jake sogar, ein etwas schiefes, spöttisches Lächeln.

Sie lächelte zurück. „Werden Sie meinen Fall übernehmen?"

„Ich kümmere mich normalerweise nicht um Sorgerechts- oder Familienprobleme ..."

„Aber früher haben Sie das getan. Diane sagte, Sie wären der Beste in Portland."

„Sie übertreibt."

Kimberly zog überrascht ihre Augenbrauen nach oben. „Und weshalb sollte sie das tun?"

„Ich weiß nicht. Vielleicht, damit Sie zufrieden sind?"

„Das glaube ich nicht, Mr McGowan", entgegnete Kim brüsk. „Sie schien zu glauben, Sie könnten mir helfen."

„Jeder Anwalt kann Ihnen helfen", erwiderte er mit monotoner Stimme.

„Ich will den Besten."

„Dann versuchen Sie es mal mit Ben Kesler", schlug Jake kalt vor. Die Ironie an der Situation blieb ihm nicht verborgen. Dieser Bastard war der Anwalt seiner eigenen Ehefrau gewesen. „Er hat einen ganz besonderen Ruf als Scheidungsanwalt."

„Das kann ich nicht", sagte sie leise. Alle Farbe war aus ihrem Gesicht gewichen, und ihre Stimme drohte zu versagen.

„Weshalb nicht?"

„Kesler ist der Anwalt meines Exmannes."

Jake erstarrte. Seine Schultern zuckten leicht. Ein schmerzerfüllter Ausdruck huschte über seine kantigen Gesichtszüge, bevor er sich schnell abwendete. Durch das Fenster fasste er eine Gänseschar ins Auge, die in einem unregelmäßigen V in den Süden flog. „Dann haben Sie ein Problem."

„Das weiß ich selbst", fauchte sie. „Hören Sie, das hier war nicht meine Idee. Aber Diane Welby scheint Sie für den besten Anwalt in der Umgebung zu halten. Ich habe keine Ahnung, wer Sie sind, aber ich vertraue Diane." Kimberly erhob sich und kam so nah an ihn heran, dass die Spitze ihrer Stiefel beinahe das aufgeraute Leder der seinen berührt hätte. „Für mein Kind werde ich alles tun, was ich tun muss", klärte sie ihn leise, aber bestimmt auf. „Haben Sie Kinder, Mr McGowan?"

Er atmete scharf aus. „Nein", gab er zurück und presste die Lippen aufeinander. Seine Miene verriet zu viel, das war ihm bewusst.

„Dann können Sie nicht im Mindesten nachvollziehen, was ich gerade durchmache. Erst wenn Sie erfahren, was es heißt, ein Kind zu haben; diese Verletzlichkeit ..."

„Ich verstehe", unterbrach er sie rasch.

„Tun Sie das? Wissen Sie, wie es ist, wenn man denkt, man würde sein Kind nicht wieder lachen sehen? Wie man sich fühlt, wenn sich die eigene Tochter jede Nacht fürchtet? Können Sie sich vorstellen, wie es wehtut, zu denken, dass man seinem Kind versehentlich Schmerzen zugefügt hat ..."

„Ich kann es mir vorstellen", fiel er ihr erneut ins Wort.

„Was ich Ihnen damit sagen will, Mr McGowan, ist, dass ich mich davor fürchte – ja, geradezu panische Angst davor habe –, meine Tochter zu verlieren."

„An ihren Vater", flüsterte er.

Kimberly richtete sich zu voller Größe auf, zu stolzen eins achtundsechzig Metern. Dann heftete sie ihre meeresgrünen Augen auf ihn. „Ich habe allen Grund, Angst zu haben. Robert verliert nicht gerne."

„Das tut niemand."

„Aber es geht tiefer als das."

„Und was soll das heißen?"

Sie zögerte, dachte einen Moment lang nach und antwortete dann mit gezwungener Ruhe: „Robert beschuldigte mich des Ehebruchs. Er behauptete, er wüsste, wer mein Liebhaber war, er hätte einen Privatdetektiv beauftragt, der uns verfolgte, und nun könne er Orte und Zeiten für unsere Treffen nennen."

„Mich interessiert Ihr Liebesleben nicht", stellte Jake fest.

Aber Kimberly war nicht mehr aufzuhalten. Nicht jetzt. „Nun, Mr McGowan, genau das ist ja der Punkt. Es gibt nichts, woran man interessiert sein *könnte*. Ich habe meinen Ehemann nie betrogen. Tatsache ist jedoch, dass er die Stirn hat, mich dessen zu beschuldigen, es vor Gericht zum Thema zu machen und schließlich jeden dafür bezahlt, der für ihn lügt. Ich sage es Ihnen ganz ehrlich: Robert hat mich das Fürchten gelehrt."

„Netter Typ, Ihr Ex."

Sie presste die Lippen zusammen und sah ihn abschätzig an. „Offensichtlich vergeude ich hier meine Zeit."

„Das habe ich nicht gesagt. Aber Sie stellen ihn hin, als sei er ein Monster."

Bitter lächelnd fuhr sie mit zittrigen Fingern durch ihr Haar. „Ich kannte ihn nicht – zumindest nicht gut genug. Und er hat sich verändert ..." Sie hielt inne. Ihr war klar, wie abgedroschen das klang – auch wenn es der Wahrheit entsprach. Im Laufe ihrer kurzen Ehe hatten Roberts geschäftliche Kontakte eine andere Richtung angenommen, eine Richtung, die sie erschreckte. Ihr Hals war mit einem Mal ganz ausgetrocknet. Das Schlucken fiel ihr schwer.

„Und nun will er einen Fall gegen Sie konstruieren? Und dann einen Meineid schwören, um sein Kind zurückzubekommen, ist das richtig?"

„Ja." Es klang bizarr, selbst Kimberly musste das zugeben.

„Wer *ist* dieser Kerl? Wenn er lügt, ist das sehr einfach zu beweisen." Er kreuzte die Arme über der Brust und sah sie lange und eindringlich an.

Sie schämte sich für die kleine schwache Ehefrau, die sie einst gewesen war. Ein Mädchen, blind und töricht. Aber das gehörte ein für alle Mal der Vergangenheit an. „Meine Ehe war ein Fehler. Das einzig Gute, das daraus hervorging, ist Lindsay. Und ich versichere Ihnen, Mr McGowan: Ich habe nicht die Absicht, sie zu verlieren!" Entschlossen ballte sie die Hände. „Er kann mich bis in die Hölle und zurück schleifen, wenn er möchte. Aber dieses Mal werde ich ihn auf jedem Schritt dieses Weges bekämpfen! Also – entweder Sie helfen mir oder ich suche mir jemand anderen!"

Jake starrte ihr direkt in die Augen. Wenn er sich auch unbewusst darüber klar war, dass er sie ausreden lassen sollte, dass er ihren großen Augen und ihrer Unschuld trauen konnte, so hörte er ihr doch nicht zu. Egal, worum es sich dabei handelte: Er wollte sich nicht in dieses Durcheinander hineinziehen lassen. Vielleicht log sie, und ihr Ehemann war gar kein so übler Kerl? Aber vielleicht sagte sie die Wahrheit? Wie dem auch sei: Es ging ihn nichts an. „Es tut mir leid, Miss Bennett", begann er ruhig. „Aber ich denke, Sie wären bei einem Kollegen besser aufgehoben. Tyler Patton ..."

„... hat auch für meinen Mann gearbeitet", vollendete sie den Satz.

Jake zog seine Augenbrauen grüblerisch zusammen. Das Puzzle setzte sich langsam zusammen. „Wie heißt Ihr Exmann doch gleich? Robert Bennett?"

„Fisher", korrigierte sie. „Ich habe meinen Mädchennamen wieder angenommen, als die Scheidung rechtskräftig war."

Jake war wie betäubt. Er bewegte sich nicht, sondern starrte sie lediglich an. Er musterte sie aus schmalen Augen und fühlte, wie sich jeder einzelne Muskel in seinem Körper anspannte. Als er schließlich sprach, war seine Stimme sehr leise. „Nur eine Frage."

„Schießen Sie los."

„Wieso haben Sie ihn geheiratet?"

„Weil ich jung und dumm war", antwortete sie ehrlich. „Er verkörperte alles, was ich als Kind vermisst habe: Geld, Macht, Aussehen, Raffinesse. Mir war nur nicht bewusst, dass all das zusammengenommen nicht Liebe ergibt." Als wäre es ihr plötzlich peinlich, wandte sie den Blick ab. Demonstrativ sah sie auf die Uhr und runzelte die Stirn. „Ich muss jetzt gehen, Mr McGowan." Sie reichte ihm ihre Karte und schaute ihm direkt in die Augen. „Können Sie mir helfen?"

Sein Mund wurde zu einer dünnen Linie. „Ich weiß es nicht."

Kimberly stieß ungeduldig Luft aus. „Ich verstehe. Ich vermute, Diane hat sich in Ihnen geirrt." Damit wandte sie sich ab und schritt zur Tür. „Es tut mir leid, dass ich meinen Atem und Ihre Zeit vergeudet habe. Schicken Sie mir die Rechnung für …", sie gestikulierte mit einer Hand, „… das hier."

Sie riss die Tür auf, und eine Windböe wirbelte ihr Haar durcheinander. Ohne einen Blick zurückzuwerfen, marschierte sie entschlossen über den mit Pfützen übersäten Parkplatz.

Jake holte sie an ihrem Auto ein und griff nach ihrem Ellenbogen. „Warten Sie." Mit einem kleinen Ruck wirbelte er sie zu sich um, bis er ihr wieder ins Gesicht blicken konnte, ihre Augen auf Kinnhöhe. „Ich sagte, ich wüsste nicht, ob ich Ihnen helfen kann. Aber ich habe Diane versprochen, ich würde es versuchen, und das werde ich. Wenn … wenn es nicht funktioniert, suche ich einen anderen Anwalt für Sie."

„Machen Sie sich keine Mühe! Ich habe es satt, herumgereicht zu werden! Diane meinte, Sie seien der Beste, und nur deshalb bin ich überhaupt hier. Wenn Sie mit dem Job nicht klarkommen, dann bin ich durchaus in der Lage jemanden zu finden, der es tut."

Er schluckte hart und verstärkte den Griff um ihren Arm.

„Diane hatte nicht alle Fakten zur Verfügung."

„Und das bedeutet was?"

Starrköpfig antwortete er: „Das bedeutet, es gibt Qualifiziertere hierfür."

„Sie schien es anders zu sehen."

„Wie ich schon sagte: Ich werde mir Ihre Akte ansehen, ein paar Nachforschungen anstellen, und wenn ich nächste Woche wieder in der Stadt bin ..."

„Nicht nötig!", fauchte sie. Ruckartig befreite sie ihren Arm und ließ sich auf den Sitz ihres Autos fallen. „Ich werde schon selbst jemanden finden!" Sie knallte die Tür zu und startete den Motor.

Als sie zügig losfuhr, trat Jake überrascht einen Schritt zurück. Sie blickte nur ein Mal zurück. Nur ein Blick aus ihren ausdrucksstarken blaugrünen Augen, und Jake musste sich zu seinem Entsetzen eingestehen, dass er ihr helfen wollte. Dabei hatte er sich geschworen, nie wieder einer schönen Frau zu vertrauen – schon gar keiner schönen *reichen* Frau. Doch Kimberly Bennett mit ihrem schwarzen Mercedes, ihrem teuren Cape, dem kastanienbraunen, regenfeuchten Haar und ihren hohen Wangenknochen, die vor Kälte gerötet waren, hatte ihn berührt. Trotz der Tatsache, dass sie nur so strotzte vor Geld.

Robert Fishers Geld.

Geld, das Fisher mit illegalen Geschäften verdiente. Mit Drogen, Schmuggel, was auch immer ... Es hieß, Fisher würde heute in allem mitmischen. Irgendwie schaffte er es jedoch, sich von den eigentlichen Verbrechen fernzuhalten. Und niemand in seiner Organisation sagte auch nur ein Wort. Zumindest war das bis jetzt so gewesen. Vielleicht ließ sich das ändern?

Jake überkam ein mulmiges Gefühl, während er dem schicken Wagen nachsah, der auf die Hauptstraße abbog und aus seinem Sichtfeld verschwand. Ohnmächtig ballte er die Hände zu Fäusten und schob sie frustriert in die Taschen seiner Jacke.

Kimberlys Mercedes und ihre teure Kleidung leuchteten ein. Robert Fisher war immerhin einer der wohlhabendsten Männer der Gegend. Er besaß Grundstücke in den West Hills von Portland, mehrere Restaurants in Downtown, hielt Mehrheitsanteile an drei Sägewerken außerhalb der Stadt und war angeblich eine der Hauptpersonen des organisierten Verbrechens im pazifischen Nordwesten.

Natürlich war ihm nie etwas nachzuweisen gewesen. Fisher war einfach zu glatt, seine Anwälte zu raffiniert. Nein, Robert Fisher gelang es immer, dem Gesetz stets einen Schritt voraus zu sein. Auch damals, als das Gesetz von Jakes Halbbruder Daniel Stevens vertreten worden war …

Der Regen prasselte in Jakes Nacken und lief in seinen Kragen, doch er bemerkte es nicht einmal. Er hing seinen Gedanken nach.

Dianes Freundin war also Fishers Exfrau. Und die wollte gegen Robert Fisher in die Schlacht ziehen. Dafür musste er Kimberly Bennett Anerkennung zollen. Aber sie wollte nicht nur Fisher bekämpfen, sondern auch seinen Anwalt Ben Kesler. Einen Mann, den Jake höchstpersönlich zum Bastard des Jahrhunderts nominieren würde.

Seinen Segen hatte sie. So viel war sicher: Diese Frau besaß zumindest Mut. Und sollte sie es tatsächlich mit Fisher aufnehmen, würde sie auch all ihren Mut benötigen.

Jake strich sich die Haare aus den Augen, lief zurück zum Wagen und hob eine weitere Kiste mit Akten heraus, die er eilig ins Büro trug. Dort angekommen, stellte er sie ab und ging Dianes Dokumente durch. Kurze Zeit später fand er eine Akte mit der Aufschrift *Bennett, Kimberly L.* Seine Augen wanderten zu der angebrochenen Flasche Scotch. Wieso nicht, dachte er mit einem verächtlichen Blick zum Fenster hinaus. Er goss sich einen Drink ein und lächelte grimmig.

Auf seinem Stuhl zurückgelehnt, die nassen Stiefel auf dem Schreibtisch, begann er, alles über Robert Fishers faszinierende Exfrau zu lesen. Wahrscheinlich würde er ihr nicht helfen können, aber er musste wenigstens einen Versuch unternehmen. Diane zuliebe. Schließlich hatte er es ihr versprochen.

Die Aussicht, Robert Fishers Skalp an die Wand zu nageln, war verlockend – und darüber hinaus egoistisch und rachsüchtig.

Das eigentliche Problem sah er in dem Kind. Sie war die einzig Unschuldige in dieser Geschichte. Sie sollte nicht leiden müssen.

Nachdenklich beäugte er seinen Drink. In den wenigen vor ihm liegenden Tagen würde er über Kimberly Bennett nachdenken und sie überprüfen lassen können. Währenddessen konnte er andere Pläne verfolgen. Pläne, die schon lange feststanden. Sobald er hier fertig ausgepackt hatte, würde er in einen kurzen Skiurlaub aufbrechen, um seinen Kopf freizubekommen. Und wenn er wieder zurück war, würde er eine Entscheidung bezüglich des Sorgerechtsstreits Bennett gegen Fisher im Gepäck haben.

Er nahm einen großen Schluck aus seinem Glas. Der Alkohol rann brennend seine Kehle hinunter. Er lenkte den Blick zurück auf die Akte, die aufgeschlagen auf seinen Schenkeln ruhte, und begann zu lesen.

Kimberly fuhr in das Parkhaus der Bank, in der sie arbeitete, und parkte das Auto auf ihrem Stellplatz. „Idiot“, murmelte sie verärgert und stellte den Motor ab. Sie brauchte einen Moment, um sich zu sammeln. Es gibt noch andere Anwälte, sprach sie sich Mut zu, Hunderte allein in Portland. Sie würde jemanden finden, der ihr half. Der sich kümmerte, der keine Vorurteile gegen geschiedene Mütter hatte und der sich nicht einschüchtern ließ von dem Gedanken, rücksichtslos über Robert Fisher hinwegzufegen.

Beim letzten Teil zuckte sie leicht zusammen und sah sich auf dem Parkdeck um. Die Bank arbeitete immer noch mit Robert zusammen. Betrachtete der Präsident der Bank Robert nicht als seinen persönlichen Freund? Und waren Roberts Firmen nicht die größten Konteninhaber der First Cascade?

„Dann suchst du dir eben einen anderen Job!“, beschwichtigte sie sich schon zum tausendsten Mal. Sie beäugte ihr Spiegelbild im Rückspiegel. Besorgte meeresgrüne Augen starrten sie an. „Es gibt noch andere Banken, ebenso wie es andere Anwälte gibt.“

Bei dem Gedanken an Jake McGowan runzelte sie die Stirn. Schnell fuhr sie sich mit ihren Fingern durch die Haare, um ihre widerspenstigen rotbraunen Locken zu bändigen. Dann griff sie nach ihrer Tasche, stieg aus und hastete schnurstracks zum Aufzug.

Die Treuhandabteilung lag im dritten Stock. Kimberly bahnte sich ihren Weg durch das Labyrinth an Schreibtischen. Computer summten, Telefone klingelten, Gesprächsfetzen hingen in der Luft. Die Wände waren mit poliertem Kirschholz ausgekleidet, der Teppich in vornehmem Waldgrün gehalten; Lampen und Einrichtungsgegenstände aus Messing ergänzten das Bild gediegenen Wohlstands, das die Bank unter allen Umständen zu bewahren versuchte.

Marcie, Kimberlys Sekretärin, saß tippend an ihrem Schreibtisch. Ihre Finger flogen regelrecht über die Tastatur; auf ihrem perfekten honigblonden Pagenkopf saß ein schwarzes Headset. Als Kimberly näher kam, sah sie auf und riss sich das Gerät vom Kopf. „Gott sei Dank sind Sie zurück!“

„Das klingt nicht gut“, bemerkte Kimberly trocken.

„Soll es auch nicht.“

„Was ist denn los?“ Sie nahm den Stapel Nachrichten auf, der an einer Ecke von Marcies Tisch für sie bereitlag.

„Alles und jeder ist los!“, raunte Marcie aufgeregt. „Hier

geht es zu wie in einem *Zoo* – und ich meine damit einen waschechten Zoo! Zealander befindet sich wieder einmal auf dem Kriegspfad. Er behauptet, Sie stehlen ihm seine Kunden."

Kimberly unterdrückte nur mühsam ein Lächeln. Bill Zealander ärgerte sich fortwährend darüber, dass Kimberly die Karriereleiter ein wenig schneller erklomm als er. Er schrieb es ihrem Aussehen, den Frauenrechten und der Tatsache zu, dass ihr gemeinsamer Chef Eric Compton Kimberly seit ihrer Scheidung mehrere Male eingeladen hatte. „Mit Bill komme ich schon zurecht", sagte sie und hoffte, Marcie zu beruhigen.

Aber Marcie war nicht in der Stimmung, sich beruhigen zu lassen. „Und dann ist da noch Mrs Pendergraft", plapperte sie weiter. „Die alte Dame ist gestürzt und hat sich ihre Hüfte gebrochen. Jetzt ist sie im Pflegeheim, und die Treuhand muss für ihre Ausgaben aufkommen …" Fast ohne Luft zu holen redete die Sekretärin weiter und informierte über den jüngsten Büroklatsch und die Probleme der Kunden. Als sie zum Ende kam, seufzte sie laut.

„Wieso machen Sie nicht mal eine Pause?", schlug Kimberly vor, sah sich um und erspähte Bills Sekretärin. „Heather und ich können die Stellung halten."

„Sind Sie sicher?", fragte sie nach, griff aber schon nach ihrer Handtasche.

„Absolut. Und wenn Sie zurück sind, schicken Sie bitte Mrs Pendergraft einen Strauß Blumen mit einer Grußkarte von der Bank."

„Wird gemacht", versprach Marcie.

Lächelnd ging Kimberly in ihr Büro und hängte ihr Cape auf den Kleiderständer aus Messing, der in der Nähe des Fensters stand. Einen Moment später kam Marcie herein und stellte ihr eine dampfende Tasse Kaffee auf den Schreibtisch.

„Ich dachte, Sie könnten eine kleine Stärkung vertragen."

Kimberly seufzte dankbar. „Ich glaube, die hätte ich vor

zwei Stunden gebraucht."

„Dann ist das Treffen mit dem neuen Anwalt nicht besonders gut verlaufen?"

„Das war die Untertreibung des Jahrhunderts", entgegnete sie ironisch.

„Kann ich irgendwie helfen?"

Sie nippte an ihrem heißen Kaffee und dachte laut nach. „Könnten Sie alle Anwälte heraussuchen, die direkt oder indirekt mit der Bank zusammenarbeiten?", erkundigte sie sich. „Jeden, der im Vorstand sitzt oder mit Immobilien zu tun hatte oder dergleichen?"

„Ich denke schon, aber das wird ein Weilchen dauern."

„Das macht nichts", beruhigte Kimberly sie und runzelte die Stirn. „Ich möchte nur keinen Anwalt haben, der auch nur im Entferntesten mit der First Cascade in Verbindung steht."

„Wird erledigt", versicherte Marcie. „Ich fange damit an, sobald ich aus der Pause zurück bin." Zum Abschied winkend, eilte sie aus dem Büro und ließ Kimberly zurück, die sich die Hände an der heißen Tasse wärmte. McGowan hatte nicht gesagt, dass er sie nicht vertreten würde. Aber sie war sich nicht mehr sicher, ob sie ihn überhaupt wollte. Sie brauchte jemanden, der engagiert war. Jemanden, für den Lindsays Wohlergehen im Vordergrund stand. Jemanden, der sich der Sache ohne Einschränkung annahm.

Und damit war Jake McGowan mit seinem unkonventionellen guten Aussehen und seiner zynischen Haltung aus dem Rennen.

## 3. KAPITEL

Jake wischte sich die Reste der Rasiercreme vom Kinn und starrte nachdenklich in den Spiegel. Ganz offensichtlich war er der größte Narr, den es auf der Welt gab.

Die vergangenen drei Stunden hatte er ausschließlich damit zugebracht, über Kimberly Bennett und ihren Fall nachzudenken. Er hatte sogar aufgegeben, die Kisten aus- und sein Büro einzuräumen. Stattdessen war er nach Hause gefahren, um zu duschen und sich zu rasieren, bevor er sich daranmachte, Kimberly aufzusuchen. Und das war einfach verrückt. Wenn er auch nur den leisesten Funken Verstand besaß, würde er die Hände von Miss Bennett und ihren Problemen lassen. Aber genau das konnte er nicht. Vielleicht, weil sie mit Robert Fisher verheiratet gewesen war – dem Mann, dem Jake bittere Rache geschworen hatte? Vielleicht lag es aber auch daran, dass es endlich Zeit wurde, seine Dämonen zu begraben und wieder das Fachgebiet zu praktizieren, das er liebte? Oder daran, dachte er und schnitt seinem Spiegelbild eine Grimasse, dass sie die atemberaubendste Frau ist, die ich seit Langem gesehen habe.

Egal, aus welchen Beweggründen er es tat: Tatsache war, dass er sich gerade in seinem kleinen Cottage am Ufer des Lake Oswego rasierte und ordentlich anzog. Gerade so, als würde es ihn kümmern, was sie über ihn dachte.

Leise murmelnd schlüpfte er in einen cremefarbenen Pullover und steuerte auf die Tür zu. Dabei übersah er geflissentlich den offenen Koffer auf seinem Bett und den Stapel Skikleidung, den er einzupacken gedacht hatte.

Heute Abend würde er Kimberly Bennett auf den Zahn fühlen. Und herausfinden, was sie bezweckte. Er hatte jede Seite in ihrer Akte gelesen, sogar Dianes kaum zu entziffernden Notizen. Trotzdem gab es in Miss Bennetts Fall noch immer eine Vielzahl offener Fragen.

Warum interessierte sich Fisher gerade jetzt dermaßen für seine Tochter? Empfand er plötzlich bislang verborgene Vatergefühle? Wohl kaum. Jake schürzte die Lippen. Wie immer, wenn er an Robert Fisher dachte, verkrampfte sich sein Magen. Fisher kannte nur einen Beweggrund: Habgier.

Wenn er sein Kind für sich haben wollte, wieso hatte er seiner Frau dann vor über drei Jahren das alleinige Sorgerecht überlassen? Was hatte seine Meinung geändert?

Die abgewetzte Lederjacke überstreifend, griff er nach seinen Schlüsseln und zwang sich, an etwas anderes als an diesen Mistkerl zu denken. Natürlich war er sich bewusst, dass es das Beste wäre, geduldig zu sein, schlafende Hunde nicht zu wecken und Fisher der Polizei zu überlassen. Irgendwann würden sie ihn erwischen, irgendwann würde er ihnen durch kein Schlupfloch mehr entkommen können.

Dummerweise zählte Geduld nicht zu Jakes Stärken. Ihm dauerte das alles viel zu lange. Und die Vorstellung, Fisher selbst zu überführen, war mehr als verlockend.

Den Kragen gegen den pfeifenden Wind aufgestellt, schritt er über das nasse Gras zu seinem Ford Bronco, den er neben dem Pick-up geparkt hatte. Kies spritzte auf, als er die Auffahrt rückwärts hinausfuhr. Er lenkte das Auto in Richtung Norden, auf die blinkenden Lichter von Portland zu.

Kimberly. Dass sie Fishers Frau gewesen war, störte Jake – viel mehr, als es ihn stören dürfte. Allerdings überraschte es ihn auch. Aber warum? Er wusste ja von Fishers Interesse an jüngeren Schönheiten. Und Kimberly Bennett passte durchaus in dieses Beuteschema.

Oder vielleicht doch nicht?

Jake bremste an einer roten Ampel, schaltete das Radio ein und versuchte, sich auf die Nachrichten zu konzentrieren. Doch seine Gedanken kreisten immer wieder um die Frau, die ihm dabei helfen konnte, Robert Fisher zur Strecke zu bringen.

Sicher: Er verbarg vor ihr, dass er über Fisher einiges wusste, und eigentlich sollte er ihr reinen Wein einschenken. Aber das konnte er nicht, *noch* nicht. So schön und charmant Kimberly Bennett auch war – sie hatte sich auf Robert Fisher eingelassen. Himmelherrgott, sie war sogar seine *Ehefrau* gewesen! Und deshalb war sie sozusagen Freiwild. Außerdem, appellierte er an seine Vernunft, während er am dunklen Willamette River entlangfuhr, dies war ein Geschäft. Ein ausgewogenes Geschäft: Er würde ihr helfen, wenn sie ihm half. Eine Hand wäscht die andere.

Warum also plagte ihn sein Gewissen? Und weshalb hatte er das Gefühl, er würde sie ausnutzen?

„Weil du ein Narr bist", murmelte er und sah sich im Rückspiegel in die Augen. „Du bist ein verdammter Narr."

Kimberly hatte den Nachmittag mit dem Versuch verbracht, sich von Jake McGowan abzulenken. Sie füllte Berichte aus, telefonierte, diktierte Briefe und verhandelte mit der Kapitalanlageabteilung. Als sie schließlich die Augen von ihrem Schreibtisch hob, war es schon nach sechs. Sie war schon wieder viel zu spät dran.

„Na toll", murmelte sie und wählte schnell ihre eigene Nummer. Ungeduldig wartete sie darauf, dass Arlene den Hörer abnahm.

„Hallo?"

„Hi", sagte sie. „Rate mal, wo ich bin."

Arlene lachte leise. „Vielleicht gefangen hinter einem Stapel Steuerformulare oder was auch immer du dort tust?"

„Stimmt genau", erwiderte Kimberly lächelnd, „aber ich bin in zwanzig Minuten zu Hause."

„Mach dir keine Gedanken", meinte Arlene. „Ich nehme Lindsay mit rüber. Sie kann mir helfen, das Abendessen für Lyle vorzubereiten. Sie kann gern mit uns zu Abend essen."

„Aber das geht doch nicht …"

„Er sieht sie nicht sehr oft", fügte Arlene hinzu. „Sie ist für ihn wie die Enkelin, die er nie hatte."

Kimberly seufzte. „Ich sollte das wirklich nicht."

„Aber natürlich solltest du! Mach mal etwas langsamer und genieß das Leben! Wieso gehst du heute Abend nicht aus? Überlass Lindsay nur mir."

„Aber …"

„Kein Aber! Hast du denn keine Freunde bei der Bank?"

„Schon …"

„Na also! Mach dir um uns keine Sorgen."

„Aber ich hole sie gegen halb acht ab", sagte Kimberly dankbar und legte den Hörer auf. Sie hatte in der Tat noch ein paar Dinge zu erledigen. Und so schnappte sie sich ihre Handtasche und ihr Cape und verließ das Büro. Sie würde schnell in die Apotheke, die Reinigung und in den Lebensmittelladen gehen und anschließend Lindsay abholen.

Sie rief den Aufzug und fuhr anschließend in die schwach beleuchtete Tiefgarage hinunter, wo auch ein paar Kollegen aus der Bank auf dem Weg zu ihren Autos waren. Als sie ihren Wagen erreichte, blieb sie jedoch überrascht stehen. Denn dort stand, lässig an ihren Mercedes gelehnt, Jake McGowan.

Er hatte die ausgewaschene Jeans und sein T-Shirt gegen eine graue Cordhose, einen cremefarbenen Pullover und eine abgewetzte Lederjacke getauscht. Sein Haar wirkte zwar noch immer zerzaust, aber die offensichtliche Feindseligkeit war größtenteils aus seinem Gesicht gewichen. Und er strahlte diese herbe Sinnlichkeit aus, die ihr gleich bei ihrer ersten Begegnung aufgefallen war.

Seinen männlichen Charme ignorierend, eilte sie auf den Wagen zu. „Was tun Sie denn hier?"

„Ich warte auf Sie."

Fragend hob sie eine Augenbraue. „Wieso?"

„Ich glaube, wir sollten reden. Über Ihren Fall."

Kimberly beförderte Handtasche und Aktenkoffer auf den Beifahrersitz, während sie trocken bemerkte: „Wir haben heute Nachmittag miteinander geredet. Sie haben mir sehr deutlich zu verstehen gegeben, dass Sie nicht daran interessiert sind, mir und meiner Tochter zu helfen." Sie baute sich vor ihm auf, stützte ihre Hände in die Hüften und funkelte ihn an. „Ich denke also nicht, dass wir noch etwas zu besprechen haben."

Er hielt ihrem Blick stand. „Vielleicht haben Sie recht", stimmte er zu. „Aber ich habe noch einmal nachgedacht und Ihre Akte gelesen."

*Schön für dich!* „Das wäre nicht nötig gewesen", gab Kimberly unterkühlt zurück.

Jake biss die Zähne aufeinander. „Ich bin hier, weil ich helfen möchte, das ist alles. Ich dachte, wir könnten das Ganze noch einmal besprechen. Aber ich habe Diane versprochen, Ihnen zu helfen."

„Hören Sie, Mr McGowan ..."

„Jake."

„Dann eben Jake. Sie schulden mir keinen Gefallen. Und was Ihre Verpflichtung Diane gegenüber anbelangt – vergessen Sie es einfach. Ich werde ihr sagen, dass es nicht funktioniert hat und ich jemand anderen gefunden habe."

„Wen?"

*Gute Frage.* Sie warf sich das Haar über die Schulter. „Ich weiß es noch nicht. Aber sobald ich sie gefunden habe, werde ich Diane Bescheid geben."

„*Sie*? Wenn Sie *sie* finden?", wiederholte er.

„Ja, sie. Ich sollte besser mit einer Frau zusammenarbeiten."

Er lächelte. Was war daran so amüsant? Was für ein Spiel spielte er überhaupt? Nachmittags schickte er sie zum Teufel, und abends stellte er ihr nach?! Was für ein Mistkerl!

„Ihr Ex könnte Ihnen unterstellen, dass Sie nicht mit Männern klarkommen …“

Sie spürte, wie ihr vor Wut das Blut in die Wangen schoss. „Kein Richter würde ihm so etwas Lächerliches abkaufen.“

„Vielleicht. Vielleicht aber auch nicht. Ihr Ehemann …“

„Mein *Ex*ehemann“, korrigierte sie ihn schneidend. Wieso gab sie sich überhaupt mit ihm ab?

„… ist ein sehr mächtiger Mann. Sie haben ja selbst schon gesagt, dass er so ziemlich jeden Anwalt in dieser Stadt kennt. Aber wie steht es mit Richtern? Hat er vielleicht auch *Freunde* auf der Richterbank?“

Mit einem Mal hatte Kim das Gefühl, als wollten ihre Beine unter ihr nachgeben, doch sie hob kämpferisch das Kinn. „Dann wissen Sie, wer den Vorsitz hat?“, fragte sie herausfordernd. Sie verstand es einfach nicht. Was hatte dieser Mann nur an sich, dass er sie derart irritierte und auf die Palme brachte?

„Nein.“

„Natürlich nicht. Das weiß keiner.“

„Aber Robert … Ich werde das Gefühl nicht los, dass er versuchen wird, seine Erfolgschancen ein klein wenig zu beeinflussen.“

„Und woher wollen Sie das wissen?“

Seine Gesichtzüge versteinerten sich. „Ich lese Zeitung.“

Natürlich. Robert war in letzter Zeit öfter mit dem Gesetz in Konflikt geraten – zumindest war sein Name in Verbindung mit einigen Polizeifällen gefallen.

„Es würde mich nicht überraschen, wenn Fisher irgendwie an einen Richter gerät, der den Rechten von Vätern gegenüber nachsichtig eingestellt ist.“

Kimberly schluckte hart und lehnte sich gegen das Auto. Ja, Robert hatte Freunde in hohen Positionen, wahrscheinlich auch bei Gericht. „Sie scheinen nicht viel Vertrauen in unser Rechtssystem zu haben.“

„Ich weiß nur, wo seine Fehler liegen."

„Sicherlich würde kein Richter den Vorsitz übernehmen, wenn er Robert persönlich kennt …" Unsicher brach sie ab. Der Gedanke, dass Robert einen Richter kaufen konnte, war ihr selbstverständlich auch schon gekommen. Aber dieses Szenario erschien ihr grotesk und unwahrscheinlich. So etwas gab es doch nur im Film, nicht im wahren Leben.

„Ich sage ja nur …", lenkte Jake mit fast schon liebenswürdigem Ton ein, „… dass ich Ihnen möglicherweise helfen kann. Oder zumindest, dass ich jemanden finden kann, der diesen Fall am besten vertritt."

„Das ist doch mal ein Sinneswandel!", erwiderte sie spöttisch. „Was ist passiert?"

„Ich verdanke Diane Welby eine Menge, und ich weiß ein paar Dinge über Robert Fisher."

„Ach ja, stimmt. Die Zeitung, nicht wahr?"

Er zog eine Grimasse. „Stimmt genau."

Kimberly sah ihm in die Augen. McGowan. Hatte Robert diesen Namen jemals zuvor erwähnt? Nein, nicht dass sie wüsste. Aber dieser Jake McGowan mit seinen stahlgrauen Augen hatte etwas an sich, dass sie berührte. Ungeachtet seiner rauen, zynischen Schale zog sie die Charakterstärke, die sie in seinen stahlgrauen Augen sah, an wie ein Magnet. Wem würde es schon schaden, wenn sie sich anhörte, was er zu sagen hatte? Schließlich musste sie ihn ja nicht engagieren.

„Fisher ist mir nicht gerade ans Herz gewachsen ist", sprach Jake weiter. „Aber wenn Ben Kesler ihn vertritt, wird es höchste Zeit, etwas zu unternehmen."

„Etwa heute Abend?"

„Heute Abend." Sein Lächeln wirkte etwas gezwungen. „Ich werde ein paar Tage verreisen."

„Das heißt also: Jetzt oder nie?" Sie fühlte sich dabei ein wenig unwohl.

Seine Augen leuchteten auf. „Nein. Es heißt eher: Jetzt oder Ende nächster Woche."

Fast hätte sie gelächelt. Er war clever, und das war gut. Sie war versucht, ihm zuzuhören, doch zuerst musste sie reinen Tisch machen. „Hören Sie, McGowan! Es gefällt mir nicht, wie Sie mich heute Nachmittag behandelt haben. Ich bin zu Ihnen gekommen, weil ich Hilfe brauchte, und Sie sind sofort auf mich losgegangen."

„Vor Gericht wird es nicht anders werden", erwiderte er.

„Das mag sein. Aber von meinem Anwalt möchte ich nicht so behandelt werden."

Er kniff seine vollen Lippen zusammen. „Wir wollen doch mal eines klarstellen: Wenn ich Ihren Fall übernehme, dann läuft das auf meine Art."

Nur mit Mühe hielt Kimberly eine scharfe Antwort darauf zurück. Diese neue Seite an Jake McGowan, dieses leicht Bedrohliche und Autoritäre, ließ ihren Widerstand aufflackern, aber vielleicht war seine Arroganz ja auch ein Pluspunkt. Sie wollte sich bestimmt nicht von einem Schwächling vertreten lassen. Und im Moment sah McGowan, der ihr gegenüberstand und sie anblitzte, alles andere als schwächlich aus. Ganz im Gegenteil: Er wirkte geradezu beeindruckend. Er war perfekt, um gegen einen Widerling wie Kesler anzutreten. Und zum ersten Mal, seit sie ihn kennengelernt hatte, fühlte sie einen Funken Hoffnung in sich aufsteigen.

Sie warf einen Blick auf ihre Armbanduhr. „Ich habe meinem Babysitter versprochen, um halb acht zu Hause zu sein."

„Wir könnten auch bei Ihnen reden."

Die Vorstellung, ihn in ihrem Haus zu haben, war doch ein wenig beunruhigend. Sie fühlte sich nackt und verletzlich. Aber hatte sie denn eine Wahl? Sie brauchte einen Rechtsanwalt, und McGowan war möglicherweise genau der Richtige. Außerdem wollte sie schnell zurück zu Lindsay. „Dann eben bei mir", sagte sie ruhiger, als sie sich fühlte. „Ich wohne ..."

„Ich kenne Ihre Adresse", unterbrach er sie. „Erinnern Sie sich? Ich habe Ihre Akte gelesen."

„Oh." Sie war sprachlos. Der Gedanke daran, dass er ihr Privatleben durchforstet und bei ihrer Beziehung zu Robert zwischen den Zeilen gelesen hatte, ging ihr auf die Nerven. Sie hasste es, ihre Seele vor ihm ausbreiten, ihre innersten Gefühle mitteilen zu müssen. Und doch hatte sie keine andere Wahl. Wenn er sie vertrat, musste er alles wissen.

„Wir treffen uns dann dort", schlug er vor.

„In Ordnung." Sie beobachtete, wie er zu einem silbernen Ford Bronco schlenderte. Er war ein großer und schlanker Mann mit dunklen Haaren und ausdrucksvollen Augen, und er bewegte sich mit einer natürlichen Sinnlichkeit, die ihr den Atem stocken ließ. Als er den Wagen aufschloss und sich über den Vordersitz beugte, rutschte sein Pullover ein Stückchen nach oben, und sein flacher Bauch blitzte hervor.

Kimberly glitt in ihr eigenes Fahrzeug. Sie durfte Jake McGowan nicht als Mann sehen. Er war ihr Anwalt, nichts weiter! Und im Moment ist er noch nicht einmal das, rief sie sich frustriert in Erinnerung und steckte den Schlüssel in die Zündung. Noch hatte er nicht zugesichert, ihren Fall zu übernehmen. Im Übrigen war sie auch noch nicht zu hundert Prozent überzeugt, dass er der Richtige war. Noch nicht.

Wenigstens hatte er ihr seine Hilfe angeboten.

„Das ist ein Schritt in die richtige Richtung", murmelte sie und fuhr aus der Parklücke.

Jake steuerte seinen Wagen auf direktem Wege zu einer nahen Telefonzelle und tätigte noch einen Anruf – den dritten in den letzten beiden Stunden. Beim vierten Klingeln schaltete sich klickend ein Anrufbeantworter ein. Ron Koskis Stimme klang ihm rau ins Ohr und forderte ihn auf, Namen und Telefonnummer zu hinterlassen.

„Noch Mal McGowan hier“, begann Jake, als Ron den Hörer abnahm.

„Ich habe deine Nachricht abgehört“, meinte dieser mit einer von wenigem Schlaf und zu vielen Zigaretten angekratzten Stimme. „Ich dachte, du hättest Fisher abgeschrieben.“

Jake verzog das Gesicht und schlug seinen Kragen hoch. „Ich schätze, das kann ich nicht.“

„Vielleicht solltest du endlich aufgeben, Mann! Nichts von alledem wird Dan zurückbringen.“

In den vergangenen Jahren hatte Jake sich das auch immer wieder gesagt. „Ich weiß. Aber ich bin in eine andere Sache hineingeraten, und da ist Fishers Name aufgetaucht.“ Schnell warf er einen Blick über die Schulter zu den wenigen Menschen, die in der dunklen Nacht die nassen Straßen entlangeilten. Niemand beobachtete ihn.

„Dann soll ich die Untersuchung wieder aufnehmen?“

„Sofort. Und schick mir eine Kopie von allem, was du über Fisher hast.“

Ron lachte. „Das würde eine ganze Enzyklopädie füllen. Nur kann ihm nichts nachgewiesen werden. Es existieren keine Beweise.“

„Ich weiß. Schick es mir trotzdem. Und … wer war noch dieser Freund von dir bei der Polizei?“

„Du meinst Brecken?“

„Ja. Kannst du herausfinden, was er über Fisher weiß? Und über seine Organisation und über seine Frau.“

„Fishers *Frau*?“

„Ja. Um genau zu sein, über beide Frauen. Die Erste heißt Bennett, Kimberly Bennett. Sie ist die Mutter seines einzigen Kindes. Seine aktuelle Frau heißt Stella Cross Fisher.“

„Was haben denn seine Frauen mit der ganzen Sache zu tun?“

„Wahrscheinlich nichts“, gab Jake zu und war überrascht,

dass ihn das überhaupt kümmerte. Er hoffte, dass Kimberly nur eine naive und unschuldige Frau war. Eine Frau, die nicht wusste, dass ihr Exmann Portlands Antwort auf den *Paten* war. „Überprüf sie trotzdem."

„Ist ja dein Geld", brummte Ron.

Nein, korrigierte Jake im Stillen, während er auflegte. Es ist Kimberly Bennetts Geld, und wahrscheinlich kommt es direkt von Robert Fisher. Zweifellos hatte Kimberly ihren Ex bei der Scheidung abkassiert. Allerdings wies nichts in ihrer Akte darauf hin: Sie hatte ein Haus bekommen – ein Mietobjekt, das Fisher gehört hatte –, das Auto, Mittel für die Schulausbildung der Kleinen und ein paar monatliche Dollar als Unterhalt.

Er stieg in seinen Wagen und fädelte sich geschickt durch den Verkehr, der sich auch jetzt noch, um kurz vor sieben, im Schneckentempo durch die Stadt dahinschlängelte.

Sobald er daran dachte, dass er nicht ganz ehrlich zu Miss Bennett gewesen war, fühlte er sich unwohl. Doch er rechtfertigte seine Täuschung als Notwendigkeit. Solange er nicht wusste, wie weit er ihr vertrauen konnte, würde er sich bedeckt halten. Vor allem, was Daniel anbetraf.

Er fuhr in südlicher Richtung durch die regennassen Straßen und überquerte die Sellwood Bridge. Die Lichter der Hausboote, die an der Ostseite des Flusses angelegt hatten, reflektierten auf dem Willamette River. Jake wunderte sich. Sellwood, das Viertel, in dem Kimberly wohnte, hatte seine Vorteile – aber es war wohl kaum so repräsentativ, wie eine vermögende Frau wie sie es gewohnt war.

Andererseits ergab in Zusammenhang mit Robert Fishers wunderschöner Exfrau kaum etwas Sinn. Diese Frau arbeitete bei der First Cascade Bank, und das schon seit Jahren. Nein, entschied er, während er zu ihrem kleinen Cottage abbog. Es gab einige Dinge an Kimberly Bennett, die einfach nicht in das Bild der reichen Superzicke passten.

Jake stieg aus und lief einen von goldenen und braunen Ahornblättern übersäten Weg entlang. An der Veranda drückte er die Klingel, und beinahe im gleichen Moment flog die Tür auf.

In ihrem flauschigen auberginefarbenen Pullover und der Jeans sah Kimberly viel jünger aus als in ihrem strengen Kostüm. Ihre Wangen waren gerötet, ihre Augen glänzten. Sie wirkte nervös. „Kommen Sie rein!" Sie trat einen Schritt zurück, um ihn vorbeizulassen, dann schloss sie die Tür. „Ich muss Sie warnen: Ich bin es nicht gewöhnt, mein Seelenleben vor Fremden auszubreiten."

Er lächelte. „Das ist niemand."

„Dennoch möchte ich nicht, dass Sie einen falschen Eindruck bekommen. Ich spreche nicht gerne über meine Ehe oder meinen Exmann. Was mich angeht, ist das Schnee von vorgestern. Alles wieder auszugraben ist ... schwierig. Und wenn es nicht um die Tatsache ginge, dass ich alles – und ich meine wirklich *alles* – tun würde, um Lindsay zu behalten, dann würde ich kein Wort über meine Ehe oder mein Privatleben verlieren."

„In Ordnung."

Sie atmete tief ein. „Also, nachdem das nun raus ist, sollten wir vielleicht noch mal von vorne beginnen. Darf ich Ihnen Ihre Jacke abnehmen?"

„Danke." Mit einem Schulterzucken reichte er Kimberly seine Lederjacke und ließ sie nicht aus den Augen, während sie sie aufhängte.

„Wenn Sie ein Feuer anzünden, mache ich uns Kaffee."

„Abgemacht." Er schlenderte ins Wohnzimmer hinein. Ein altes Sofa nahm die Wand gegenüber vom Kamin ein, und unter dem Rundbogen, der zum Esszimmer führte, schwang ein antiker Schaukelstuhl sanft vor und zurück. Die Tischlampen in den Ecken tauchten den Raum in warmes Licht, und mit Laub und getrockneten Blumen gefüllte Weidenkörbchen verliehen dem Zimmer ein paar Farbtupfer. Kinderbilder hingen eingerahmt an den Wänden.

„Es ist nichts Besonderes“, erklärte sie, „aber es ist unser Zuhause.“

Jake versuchte, seine Überraschung zu verbergen. Das Haus war gemütlich. Es duftete nach Gewürzen, Zitrone und dem Feuer vom vergangenen Abend. Aber es fehlte der Glanz, der Reichtum, den er erwartet hatte. Abgesehen von ein paar wenigen antiken Möbelstücken und einem ausgebleichten Perserteppich war nichts hier von besonderem Wert.

Dann rief er sich den schwarzen Mercedes in der Garage in Erinnerung. Irgendwie passte das nicht zusammen. Was war das bloß mit Miss Bennett, grübelte er.

Kimberly verschwand durch das Esszimmer und rief ihm über die Schulter zu: „Das Anzündholz finden Sie im Korb und die Streichhölzer auf dem Kaminsims.“

Jake kniete sich vor den Kamin, arrangierte ein paar Holzscheite und entzündete mit einem Streichholz den Anzünder aus Zedernholz. Kurze Zeit später knisterte ein warmes Feuer.

Jake streckte die Hände über dem Feuer aus und genoss die sanfte Wärme der Flammen, als er einen Blick im Rücken spürte. Kimberly stand in der Tür, ihre argwöhnischen blaugrünen Augen auf ihn geheftet. „Stimmt etwas nicht?“, erkundigte er sich.

Sie befeuchtete ihre Lippen, und tief in Jake regte sich etwas. Etwas, das gefährlich, ja, ursprünglich war.

„Nein … ja … na ja, alles“, gestand sie, zögerlich lächelnd. „Wenn alles gut wäre, wären Sie nicht hier, oder?“

„Vermutlich nicht.“

„Der Kaffee ist gleich so weit. Zucker? Milch?“

„Danke, schwarz. Ich bin Purist.“

„Es ist entkoffeinierter.“

Jake verzog das Gesicht. „Na ja, so puristisch dann doch wieder nicht."

In diesem Moment wurde Kimberly klar: Sie hatte einen kolossalen Fehler begangen, als sie ihn zu sich bat. Er war viel zu maskulin, zu respektlos und verdammt noch mal viel zu sexy. Vielleicht lag es nur daran, dass sie seit Jahren mit niemandem zusammen gewesen war und sich seit der Scheidung kaum verabredet hatte – aber sie hatte den Eindruck, als würde Jakes Anwesenheit das ganze Haus ausfüllen.

Ein gezwungenes Lächeln auf den Lippen, zog sie sich wieder in die Küche zurück, wo sie sich bemühte, ihre Nerven zu beruhigen. Er war doch nur ein Mann! Zugegeben, ein attraktiver Mann, aber sie traf jeden Tag attraktive Männer. Und doch zitterten ihre Hände leicht, als sie den Kaffee eingoss. Lautlos schalt sie sich, dass sie sich wie eine Idiotin aufführte.

Als sie zurück ins Wohnzimmer kam, hatte Jake bereits seine Aktentasche geöffnet und einen Notizblock, Papiere und ein Aufnahmegerät hervorgeholt. Er saß an einem Ende der Couch und balancierte den gelben Block auf einem Knie.

Er blickte zu ihr auf. „Ich glaube, wir sollten anfangen. Bereit?"

*Niemals*, durchfuhr es sie. „So bereit, wie ich je sein werde", erwiderte sie stattdessen und stellte die dampfenden Tassen auf dem niedrigen Tisch ab.

„Lassen Sie uns ganz am Anfang beginnen. Erzählen Sie mir, wie Sie Fisher kennengelernt haben, wie lange Sie miteinander ausgingen, wann Sie geheiratet haben und wie alles in die Brüche ging."

„Diane weiß das alles", informierte sie ihn.

„Stimmt schon, aber ich würde es gerne von Ihnen hören."

Vermutlich hätte sie das kommen sehen müssen, aber dennoch fiel es Kimberly schwer, darüber zu reden. „Ich war kaum zwanzig und wechselte von der University of California in Los Angeles hierher ..."

„Wieso?"

„Wieso was?", wiederholte sie verständnislos.

„Wieso haben Sie gewechselt?"

„Wegen eines Stipendiums. Meine Mutter konnte es sich nicht leisten, mich studieren zu lassen, also habe ich nebenbei gearbeitet. Das Stipendium hier war damals ein Geschenk des Himmels." Nachdenklich nippte sie an ihrer Tasse und runzelte die Stirn.

„Und Sie lernten Fisher an der Uni kennen?"

Kopfschüttelnd fuhr sie fort: „Nein. Ich jobbte in der Kreditabteilung der First Cascade. Dort haben wir uns kennengelernt." Es viel ihr sichtlich schwer, darüber zu sprechen, wie magisch diese ersten Monate für sie gewesen waren, als sie mit einem der vermögendsten Kunden der Bank ausging. Und wie Robert sie mit seiner Raffinesse, seinem Charme und seinem Geld im Nu erobert hatte. Sie sah Jake an. „Ich weiß, heute klingt das alles lächerlich. Aber so fühlte ich damals eben."

„Dann wussten Sie nichts über seinen Ruf?"

Kimberly nahm einen Schluck von ihrem heißen Kaffee. „Mir waren ein paar Gerüchte zu Ohren gekommen, natürlich. Aber ich verbuchte es als Büroklatsch und Neid. Als er mich dann bat, seine Frau zu werden, habe ich nicht gezögert."

„Er ist ein gutes Stück älter als Sie", stellte Jake fest.

„Fünfzehn Jahre", bestätigte sie.

„Und das hat Sie nicht gestört?"

Sie seufzte, wich seinem fragenden Blick allerdings nicht aus. „Ein wenig schon, aber nicht genug. Ich habe mir eingeredet, dass ich ihn liebe."

Jake hielt mit dem Schreiben inne. Nur das leise Knistern des Feuers und das Ticken der Uhr auf dem Kaminsims waren zu hören. „Und? Haben Sie ihn wirklich geliebt?"

Sie presste die Lippen aufeinander. „Ich … ich … glaube nicht. Ich wüsste nicht, wie ich das hätte tun können."

„Wieso nicht?“

„Na ja … Irgendwann konnte ich die Gerüchte und all die Gerichtsverfahren nicht mehr ignorieren. Erst dachte ich zwar, das würde eben zu seinen Geschäften dazugehören, doch als dann vor ein paar Jahren ein Mann ums Leben kam … Er beging Selbstmord.“ Sie fröstelte. Jakes Gesicht wirkte mit einem Mal angespannt.

„Nur weiter“, forderte er sie knapp auf.

„Der Mann hieß … Daniel … Stevens, glaube ich.“

„Sie erinnern sich nicht daran?“

Ihr Kopf fuhr hoch. „Ich versuche, mich nicht zu erinnern. Jedenfalls wendeten sich die Dinge ab diesem Zeitpunkt zum Schlechten. Zum sehr viel Schlechteren. Robert veränderte sich, wurde kälter.“ Schmerzvolle, beängstigende Erinnerungen flammten in ihr auf. Kimberly biss sich auf die Lippe.

„Was wissen Sie von Daniel Stevens?“

„Nur das, was ich aus der Zeitung erfahren konnte“, sagte sie.

„Robert hat nie etwas erwähnt?“

„Wir haben nie über etwas gesprochen, das auch nur im Entferntesten mit seinen Geschäften zusammenhing.“

„Und Sie vermuten, Stevens Tod könnte etwas mit dem Geschäft Ihres Mannes zu tun gehabt haben?“

„Das habe ich nicht gesagt. Er war Polizist. Und soweit ich weiß, hat er gegen Robert ermittelt. Mehr weiß ich nicht.“ Wieder trank sie einen Schluck und fragte dann: „Aber was hat das alles mit meiner Scheidung zu tun?“

Jake sah sie aus dunklen Augen direkt an. Feine Linien zeichneten sich um seinen Mund ab. „Ich muss einfach über alle Fakten informiert sein.“

„Na ja, mehr weiß ich nicht über Daniel Stevens.“

Jake zögerte einen Moment lang, sein Blick hart und prüfend. „Selbst nach all der schlechten Presse über Robert, seinen dubiosen Geschäftsverbindungen und der Tatsache, dass er möglicherweise involviert war in Stevens …“

„Nein, das war er nicht!“, unterbrach sie ihn. „Ich glaube, es war Selbstmord.“

„Trotz alledem blieben Sie noch bei ihm?“, fuhr er unbeirrt fort. Seine Stimme war voller Zweifel.

„Ich wurde dazu erzogen, an die Ehe, das Eheversprechen und die Treue zu glauben.“

„Bis dass der Tod uns scheidet, ja?“, sagte er bissig.

„Ja!“, fuhr sie auf. „Und ich … ich wollte die Schande einer Scheidung nicht auf mich nehmen.“

„Eine Scheidung ist keine Schande.“

„Für mich war es das. Meine Eltern führten eine wundervolle Ehe. Bis zu dem Tag, an dem mein Vater starb, gab es nie einen Streit zwischen ihnen. Und ich dachte, ich hoffte, dass Robert … dass er einsehen würde, dass er auf dem falschen Weg ist.“

„Aber das tat er nicht?“

„Nein.“

„Was hat Ihre Meinung über eine Scheidung geändert?“

Kimberly zögerte. „Robert war mir untreu. Wahrscheinlich die ganze Zeit über. Aber dann traf er eine Frau, in die er sich verliebte.“

„Stella?“

„Ja.“ Sie stieß einen tiefen Seufzer aus. Wieso ausgerechnet Roberts Affäre mit Stella sie verletzte, wusste sie nicht. Sie liebte ihn nicht und hatte das vermutlich auch nie getan. Aber Roberts Verrat hatte ihrem Stolz einen empfindlichen Schlag versetzt. Sie erinnerte sich an all die Anschuldigungen, an all die Nächte, in denen er nicht nach Hause gekommen war. Hatte er sich in jenen Nächten mit Stella getroffen – oder etwas noch viel Schlimmeres getan? Sie fröstelte, als sie Jake davon erzählte, wie bestrebt Robert gewesen war, sie loszuwerden. Dass er in diesem Zuge zugestimmt hatte, ihr das alleinige Sorgerecht für Lindsay zu übertragen. Mehr hatte sie von ihm nicht verlangt. Selbst den Unterhalt, den sie von ihm bekam, zahlte sie in einen Treuhandfonds für Lindsay ein. Nur das kleine Haus und ein Auto hatte er ihr darüber hinaus noch überlassen.

Jake stellte noch ein paar weitere Fragen, die zwar nicht ganz so persönlich, aber dennoch schwierig zu beantworten waren. Kimberly antwortete so ehrlich sie nur konnte, vermied es jedoch, ihn dabei anzusehen. Stattdessen konzentrierte sie sich auf ihren Kaffee oder verfolgte, wie das Holz langsam herunterbrannte. Sie bemühte sich sehr, den Duft seines Aftershaves zu ignorieren. Doch das war gar nicht so leicht.

Plötzlich flog die Eingangstür auf, und ein kalter Windstoß fegte hinein. Mit wehendem blondem Haar stürmte Lindsay in das Zimmer. „Mommy!“, rief sie begeistert, blieb aber wie angewurzelt stehen, als sie Jake bemerkte. „Wer bist du denn?“

Kimberly erhob sich, breitete ihre Arme aus, und Lindsay warf sich hinein. Schwungvoll hob sie ihre Tochter in die Luft und drückte sie fest an sich. „Das ist Mr McGowan. Er ist … ein Freund von mir“, erklärte sie und sah in Arlenes Richtung, die ebenfalls hereingekommen war.

„Ich heiße Jake“, korrigierte der. Seine Miene wurde weich. Unverwandt sah er das kleine blonde Energiebündel an.

„Ich sagte ihr, sie soll langsamer machen …“, entschuldigte sich Arlene gutmütig und warf Lindsay einen verständnisvollen Blick zu, „… doch sie war einfach zu aufgeregt.“

„Ist schon gut“, antwortete Kimberly.

Lindsay hatte ihre Ärmchen um den Hals ihrer Mutter geschlungen. Sie roch nach Fliederseife.

„Sie ist schon bettfertig. Zieh ihr einfach den Mantel und die Stiefel aus“, meinte Arlene, und ihr Blick wanderte zu Jake.

Lindsay noch immer auf dem Arm, stellte Kimberly die beiden einander vor. Arlenes dunkle Augen ruhten mit mehr als nur ein wenig Interesse auf ihm. „Freut mich, Sie kennenzulernen“, bemerkte sie, fügte jedoch eilig hinzu: „Ich muss gleich wieder los, Lyle macht sich sonst Sorgen.“ Sie rückte ihren Regenhut zurecht.

„Vielen Dank“, sagte Kimberly schlicht.

„Gern geschehen.“ Wieder sah Arlene Jake an. „Jederzeit wieder. Du weißt, wir haben sie gerne bei uns.“ Sie winkte kurz zum Abschied und war auch schon verschwunden.

Jake verstaute seine Papiere in seiner ledernen Aktentasche. „Ich sollte auch besser gehen.“

„Gut.“ Lindsay beäugte ihn misstrauisch, die Unterlippe trotzig nach vorne geschoben.

„Ich rufe Sie an, wenn ich wieder in der Stadt bin“, erklärte er. Seine Mundwinkel zuckten; eine Reaktion auf Lindsays offenkundige Feindseligkeit. „Dann treffen wir uns und schaffen das alles aus der Welt.“

Kimberlys Herzschlag beschleunigte sich. Plötzlich wollte sie unbedingt, dass er ihr Anwalt wurde. Sie hatte seine harte Seite gesehen, seine Stärke gespürt. Wenn er sie vertrat, würde er sicher sein Bestes geben. „Dann übernehmen Sie meinen Fall?“

Sich mit einer Hand den Nacken reibend, seufzte er. „Ich übernehme ihn nur unter zwei Bedingungen. Die erste kennen Sie schon: Wir machen es auf meine Art.“

„Und die zweite?“

„Dass Sie nichts vor mir verheimlichen“, sagte er ernsthaft. „Es gibt Dinge, über die Sie mit Sicherheit nicht reden möchten. Aber wenn wir diesen Fall gewinnen wollen, muss ich alles wissen, egal wie schmerzlich es ist.“

„Selbstverständlich“, beeilte sie sich zu sagen, bevor sein Blick ihre Gedanken zu lesen schien. Sie hob das Kinn an und straffte ihre Schultern. „Aber ich habe selbst ein paar Bedingungen.“

„Schießen Sie los.“

„Ich möchte, dass Sie mich immer auf dem Laufenden halten. Ich will keine Überraschungen."

„Geht in Ordnung."

„Und wenn Sie jemals denken – auch nur für eine Sekunde –, dass Robert die Oberhand gewinnt, dann sagen Sie es mir."

„Wieso?", fragte er.

„Ich möchte einfach wissen, wo ich stehe", erklärte sie, wobei sie ein klein wenig log. Darum ging es ihr nicht ausschließlich. Sie hatte längst Vertrauen zu Jake gefasst. Wenn er dachte, dass Robert eine Chance hätte, ihr Lindsay wegzunehmen, dann würde sie alles tun, um ihre Tochter zu behalten. Selbst wenn es bedeutete, vor Robert davonzulaufen … und vor dem Gesetz.

## 4. KAPITEL

Jake saß in der Bar und starrte aus dem Fenster hinaus auf die schneebedeckten Pisten des Mount Bachelor. Graue Wolken hingen über den zerklüfteten Gipfeln. Feiner Regen nieselte vom Himmel und ließ den Schnee schmelzen. Die Temperatur lag um die vier Grad, und die Wettervorhersage sprach von einem Hoch.

„Wunderbar", murmelte Jake zum wiederholten Male sarkastisch vor sich hin und gab dem Barkeeper ein Zeichen. Kurze Zeit später nippte er an seinem Bier. Seine Stimmung verschlechterte sich zusehends, genau wie das Wetter. Der Krach aus der Stereoanlage interessierte ihn nicht weiter, und die Ski-Ausstellung auf der Großleinwand ließ ihn ebenfalls völlig kalt.

Die anderen Gäste der Bar – bis auf die Haut durchgeweichte Skifahrer in triefenden Jacken und pitschnassen Wollmützen –, schienen sich damit zu trösten, zusammen zu nörgeln, zu trinken und über den Regen zu lachen.

Jake amüsierte sich kein bisschen. Er hatte einfach zu viele Wochen damit zugebracht, diese Reise zu planen. Er war unruhig und angespannt. Und, das gab er nur ungern zu, seine Gedanken wanderten fortwährend zurück zu Kimberly.

Seit zwei Nächten verfolgte ihn ihr Bild. Es blieb an ihm haften wie der betörende Duft eines teuren Parfüms. So sehr er sich auch bemühte, er konnte ihre verständnisvollen blaugrünen Augen nicht vergessen, ihre sanft geschwungenen Lippen, die süße Verführung in ihrer Stimme. Die Überlegung, dass er in Portland hätte bleiben und damit beginnen sollen, das Durcheinander mit ihrem Exmann aufzuarbeiten, ließ ihn nicht zur Ruhe kommen.

Bei dem Gedanken an Fisher zog Jake die Augenbrauen zusammen und warf noch einen Blick nach draußen auf den trostlosen Tag. Er fragte sich, ob Gott sich an ihm und dem Rest der lärmenden Meute in der verrauchten Bar rächte.

Unterdrückt fluchend trank er sein Bier aus, ließ einige Geldscheine auf dem polierten Tresen liegen und drängte sich, so schnell es seine Skistiefel erlaubten, durch die Menge.

Draußen war das Wetter einfach miserabel. Schmelzende Eiszapfen tropften im Rhythmus des sanft fallenden Regens. Die Bedingungen ignorierend, stieg er genervt in seine Skibindungen und stach seine Skistöcke in den Boden. Ohne ein Wort zu den anderen Hartgesottenen, die dem Regen trotzten, ließ er sich über die schneebedeckten Kiefernwipfel bis zum Gipfel befördern.

Dort angekommen, fuhr er die Rampe hinab und blieb stehen, um die tiefer liegenden Pisten zu begutachten. Zum Teil von tief hängenden Wolken verdeckt, war die Strecke nass und matschig.

Kalter Regen lief ihm den Nacken hinunter und setzte sich in seinen Knochen fest. Er blies auf seine nassen behandschuhten Hände, doch seine Finger blieben eiskalt. Finster blickte er zum dunklen Himmel, doch dieser ließ nichts Gutes erahnen.

Es gab überhaupt keinen Grund, noch länger hierzubleiben. Wieder dachte er an Kimberly, stieß seine Stöcke in den Schnee und fuhr los. Während er die Abfahrt zur Hütte beinahe hinabflog, entschied er resigniert, dass er auch nach Portland zurückkehren konnte. In der Stadt würde er wenigstens etwas tun können, das sich lohnte.

*Und er würde sie wiedersehen.* Zum ersten Mal an diesem elenden Nachmittag lächelte Jake.

Kimberly legte einen Stapel Kontoauszüge auf Charlenes Schreibtisch. „Könntest du bitte die Dividenden überprüfen?“, bat sie die rothaarige Buchhalterin der Innenrevision. „Ob im letzten Quartal auch alles verbucht worden ist?“

„Stimmt etwas nicht?“, fragte Charlene. Sie saß in einer Art Käfig – in einem mit Sicherheitsglas abgeschirmten, verglasten Büro, in dem der Anleihen- und Aktienhandel stattfand. Sie war schnell, und ihr unterlief selten ein Fehler.

„Nicht, dass ich wüsste. Aber Mr Juniper hatte einige Fragen. Er ist sicher, dass die Dividenden und Zinsen dieses Quartal geringer ausgefallen sind. Ich habe es überprüft und mir scheint alles in Ordnung zu sein, aber wenn du das Ganze noch mal kontrollieren könntest, wäre ich dir dankbar.“

„Geht klar“, nickte Charlene, während das Telefon zu klingeln begann.

Kimberly winkte ihr zu, machte kehrt und wäre beinahe mit Marcie zusammengeprallt. „Oh gut, ich habe Sie gesucht!“, sagte Marcie. „Mr Compton hat eine Besprechung für alle leitenden Angestellten einberufen. Vier Uhr dreißig im Sitzungssaal.“

Mit einem Blick auf ihre Armbanduhr meinte Kimberly: „Ich werde da sein.“

„Gut. Ach, und die Liste der Anwälte, die Sie wollten – die, die mit der Bank in Verbindung stehen? Ich habe sie auf Ihren Schreibtisch gelegt.“

„Danke, Marcie.“ Gerade in diesem Moment bog Kimberly um die Ecke und sah sich Robert gegenüber. Ihre Schritte verlangsamten sich, aber sie schaffte es, weiterzugehen.

Teilnahmslos blickte Robert in ihre Richtung, bevor er sich zu der Gruppe Männer umwandte, die ihm Gesellschaft leisteten. Er war groß und sah vornehm aus. Um ihn herum standen ein paar einflussreiche Persönlichkeiten: Eric Compton, Vizepräsident der Treuhandabteilung, Aaron Thorburn, Präsident der Bank, und Earl Kellermann, Berater des Vorstandes, und Bill Zealander hatten sich zusammengefunden.

Roberts blaue Augen streiften noch einmal Kimberly, bevor sie zu Thorburn zurückwanderten. Angst durchzuckte sie kalt.

„Ich bin dann in meinem Büro“, sagte sie zu Marcie.

Sie hatte es sich gerade in ihrem Stuhl bequem gemacht, als Robert in den Raum schlüpfte und leise die Tür hinter sich schloss.

Zum ersten Mal seit ihrer Scheidung war Kimberly alleine mit ihm. „Hallo, Kimberly.“ Seine Stimme war genauso melodisch wie in ihrer Erinnerung.

„Was willst du?“, fragte sie ihn. Sie lehnte sich in ihrem Stuhl zurück und sah ihn an.

Er setzte sich auf die Kante ihres Schreibtisches. „Was für eine seltsame Frage.“

Ihr Herz begann wild zu klopfen. „Ich meinte, was machst du hier?“

„Ach …“, er machte eine beiläufige Handbewegung, „… nichts Wichtiges. Nur ein kleines Bankgeschäft.“

„Und? Ist es abgeschlossen?“ Sie sah ihn direkt an. „Dann kannst du ja gehen.“

„In einer Minute.“ Er verschränkte die Hände über seinem Knie. „Ich dachte, du und ich sollten miteinander reden. Nicht über unsere Anwälte.“ Er lächelte sie warm an, und Kimberly sah ein wenig von dem Mann aufblitzen, den sie geheiratet hatte. Der Mann, der charmant und kultiviert gewesen war.

„Worüber sollten wir reden?“

„Über unsere Tochter.“

Kimberly nahm all ihre Kraft zusammen. „Was ist mit ihr?“, fragte sie gespielt unschuldig.

„Du weißt, dass sie es bei mir besser hat.“

„Das sehe ich nicht so.“

„Kimberly“, flüsterte er auf eine Art, die er wohl für verführerisch hielt. Bei ihr jedoch bewirkte er damit nur eines: Es machte sie unglaublich wütend.

„Sag doch einfach, was du zu sagen hast, Robert.“

Er wirkte etwas verstört. „Ich will meine Tochter haben, Kim. Sie braucht einen Vater.“

„Und eine Mutter."

„Stella …"

„*Ich* bin Lindsays Mutter."

Allmählich rötete sich sein Gesicht. Herrisch zog er eine Augenbraue nach oben. „Irgendwann im Leben kommt für jeden Mann der Punkt, an dem er die Gewissheit braucht, dass er nicht … ganz so … sterblich ist."

„Das hättest du dir vorher überlegen müssen."

Seine Augen blitzten vor Wut, und er meinte bissig: „Ich werde nicht ruhen, bis sie bei mir ist. Weißt du das denn nicht?"

Wie arrogant dieser Mann war! Was bildete er sich eigentlich ein? Kimberly schäumte vor Empörung. „Was soll das sein? Eine Drohung?"

„Nein", wehrte er ab und furchte seine Augenbrauen. „Drohungen scheinen bei dir ja nicht zu wirken."

„Was dann?" Du lieber Gott, hoffentlich konnte er nicht hören, wie heftig ihr Herz klopfte.

„Ich möchte, dass du es dir noch mal gut überlegst. Denk daran, was das Beste für das Kind ist! Stella und ich können ihr alles bieten, was mit Geld zu kaufen ist."

„Vielleicht ist das aber nicht genug!"

„Das ist mehr, als du ihr momentan gibst."

„Ich gebe ihr Liebe, Robert. Erinnerst du dich? Ich bin diejenige, die sie von Anfang an haben wollte. Du hattest kein besonders großes Interesse daran, überhaupt Kinder zu bekommen – schon gar nicht eine Tochter."

„Ich weiß, ich weiß", wiegelte er unerträglich ruhig ab. „Aber die Dinge haben sich geändert."

„Du meinst, seit Stella dir keinen Sohn schenken kann?"

„Wie kalt, das so auszudrücken."

„Zu dumm, denn es ist die Wahrheit. Aber es ändert überhaupt nichts. Wir haben eine Vereinbarung getroffen, Robert!" Sie erhob sich und erhoffte sich von den wenigen Zentimetern, die sie dadurch gewann, einen kleinen Vorteil. „Und ich erwarte, dass du dich daran hältst. Lindsay bleibt bei mir!"

„Du bist sturer, als es gut für dich ist, Kimberly."

„Ich glaube nicht."

„Es könnte sich für dich lohnen."

„Was soll das werden?", fragte sie ihn ungläubig. „Willst du mich bestechen? Oh, Robert, mach dich nicht lächerlich! Ich will dein Geld nicht. Hätte ich das gewollt, hätte ich bei der Scheidung etwas davon eingefordert."

Er schnalzte mit der Zunge. „Kimberly, Kimberly!", meinte er und richtete sich auf. Nun überragte er sie. „Du verstehst es nicht, oder? Ich will meine Tochter!"

„Ach ja? Das willst du? Und wieso habe ich dich bisher noch nicht ein Mal sagen hören, dass du sie liebst?"

Der letzte Funken Freundlichkeit wich aus seinen Augen. „Weißt du, vielleicht singst du ein anderes Lied, wenn du deinen Job verlierst."

Kurz zog sie seinen Einfluss in der Bank in Erwägung. „Dann suche ich mir einen neuen Job."

„Das könnte schwierig werden."

„Deine Einschüchterungstaktik funktioniert bei mir nicht, Robert. Das hast du ja selbst gesagt." Sie lehnte sich über ihren Schreibtisch, stützte sich mit den Händen ab und zwang sich, ihre Gesichtszüge so ruhig wie möglich wirken zu lassen, auch wenn sie tief in ihrem Inneren wie Espenlaub zitterte. „Wenn dir auch nur das Leiseste an Lindsay liegt, wirst du nichts tun, was sie verletzen könnte."

„Oh, du meinst, so wie du es getan hast?"

„Ja!"

Ein energisches Klopfen unterbrach sie. Roberts Bodyguard, ein korpulenter blonder Mann mit Pferdeschwanz, steckte seinen Kopf in das Zimmer. „Sie sagten, ich soll Sie an die Besprechung mit Schuster erinnern", erklärte er und verbeugte sich beinahe.

Kimberly wurde schlecht.

„Ich komme gleich.“ Als Robert sich wieder zu ihr umdrehte, fiel sein Blick auf Kimberlys Hände. Erst in dem Moment dachte sie wieder an den Ausdruck auf ihrem Tisch: die Liste der Anwälte, die mit der Bank in Verbindung standen und folglich auch mit Robert.

Sie gab sich nicht die geringste Mühe, etwas zu verheimlichen. Sie wendete lediglich die Seite, bevor er zu viel entziffern konnte.

Seine kalten Augen hielten ihre gefangen. „Dann sehen wir uns vermutlich vor Gericht wieder.“

„Sieht so aus.“

„Du wirst verlieren, weißt du? Und zwar auf der ganzen Linie.“

„Ich glaube nicht.“

„Wir werden sehen.“

Sie konnte nicht widerstehen, ihn zum Abschied zu provozieren. „Zumindest muss ich nicht mit einem Bodyguard herumlaufen.“

„Vielleicht solltest du das.“ Mit angespanntem Lächeln verließ er den Raum.

In dem Augenblick, in dem die Tür ins Schloss fiel, brach Kimberly auf ihrem Stuhl zusammen. Was hatte er nur vor? Wie konnte er nur so selbstsicher sein? Kein Gericht der Welt würde ihm das Sorgerecht übertragen. Oder etwa doch?

Nachdenklich knabberte sie an ihrer Unterlippe, drehte das Blatt Papier um und ging die Liste der Namen durch. Jake McGowan war nicht aufgeführt.

Eine kleine Welle der Erleichterung überkam sie. Leider hielt sie nicht lange an. Sie wusste, sie hatte Jakes Namen zuvor schon gehört. Diane hatte ihn erwähnt, ja, aber auch noch jemand anders. Wenn sie ihn nicht aus der Bank kannte, woher dann? Sicherlich nicht von Robert. Oder vielleicht doch?

Vor lauter Furcht fühlte sich ihre Kehle ganz trocken an. Sie konnte spüren, dass Jakes und Roberts Weg sich schon einmal gekreuzt hatten, auch wenn Jake das nicht so gesagt hatte. Er schien Dinge über Robert zu wissen und ein Interesse an ihm zu hegen, die über die übliche Neugier hinausging. War Jake Roberts Anwalt gewesen? Hatte Robert ihn übers Ohr gehauen?

„Oh, hör auf damit!", schalt sie sich flüsternd, wütend auf sich selbst. Zitternd rieb sie sich die Arme. Robert meinte es ernst. Und sie hatte Angst. Mehr Angst, als jemals zuvor in ihrem Leben.

Die Sprechanlage summte. Marcies Stimme erklang: „Mr Juniper wieder auf Leitung zwei. Soll ich ihm … ähm … ausrichten, dass Sie ihn zurückrufen?"

„Nein …" Kimberly schüttelte ihren Kopf, als ob Marcie sie durch die Wände hindurch sehen konnte. „Ich nehme das Gespräch an." Froh um die Ablenkung, hob sie den Hörer ab. „Hallo?"

„Sie tut es wieder!", rief Henry Juniper aufgeregt ohne Begrüßung.

„Wer tut was wieder?"

„Carole. Sie lechzt nach Blut, das sag ich Ihnen. Sie wird das gesamte Testament anfechten! Sie wird behaupten, weitere dreihunderttausend Dollar zu benötigen, um sich während seiner letzten Jahre um Dad zu kümmern. Darüber hinaus will sie, dass ihre Anwaltskosten bezahlt werden! Das ist doch lächerlich!"

„Bitte! So beruhigen Sie sich doch, Mr Juniper!", versuchte Kimberly ihn zu besänftigen. „Wieso erklären Sie mir nicht alles von Anfang an?"

Als Henry Juniper begann, seine Leidensgeschichte zu erzählen, hörte sie ihm zwar zu, doch ihr Blick war auf das Foto von Lindsay geheftet, das auf ihrem Schreibtisch stand. Ihre

Finger krampften sich um den Hörer. Zum ersten Mal in seinem Leben wird Robert nicht gewinnen, dachte sie fest entschlossen. Das Risiko war einfach viel zu hoch.

Erst Stunden später, nach einem besonderen Abend mit Lindsay, beruhigte sie sich wieder. Sie genoss jeden Augenblick mit ihrer Tochter.

Als das Mädchen dann schließlich gähnte und ihre Augen immer wieder rieb, brachte Kimberly sie ins Bett. Wenig später löschte sie das Licht in dem ausgebauten Dachboden, der Lindsays Kinderzimmer war.

Nun saß Kimberly auf dem Fußboden vor dem Feuer, den Rücken gegen die Couch gelehnt, einen alten Quilt um die Schultern. Sie versuchte, sich auf die Zeitschrift zu konzentrieren, die aufgeschlagen auf ihrem Schoß lag, aber es war hoffnungslos. In ihrem Kopf wirbelten die Gedanken durcheinander, die an Robert, die an Jake. Roberts Drohungen setzten ihr noch immer stark zu, aber sie hielt sie mit der Hoffnung in Schach, dass Jake ihr helfen konnte. Wenn sie an ihn dachte, musste sie lächeln, obwohl die Situation alles andere als amüsant war.

„Mommy?", tönte Lindsays Stimme herunter.

Keine Sekunde später stand Kimberly auf den Füßen. „Was ist denn, Schätzchen?", rief sie und nahm zwei Stufen auf einmal.

Auf dem Bett sitzend und die Augen reibend beschwerte sich Lindsay: „Ich habe wieder schlecht geträumt."

„Er ist vorbei, mein Schatz."

„Aber der böse Traum hat mir Angst gemacht." In Lindsays Augen sammelten sich Tränen.

„Ich weiß." Kimberly ließ sich auf dem Bettrand von Lindsays Bett nieder und strich ihr sanft über das zerzauste Haar. „Denk an etwas Schönes. An einen Regenbogen und Schneeflocken und einen kleinen Hund ..."

„Kann ich einen haben?“, fragte Lindsay, die Tränen vergessen.

Die große Diskussion, dachte Kimberly amüsiert. „Eines Tages vielleicht.“

„Wann?“

„Ich weiß es nicht. Wenn du älter bist.“

„Wie zum Beispiel morgen?“

„Eher in ein paar Jahren, wenn du alt genug bist, ihn zu füttern, mit ihm spazierenzugehen und hinter ihm herzuputzen.“

„Aber ich möchte ihn doch nur lieb haben“, argumentierte die Kleine und schob ihre Unterlippe in einem müden Schmollen nach vorne. „Daddy meinte, er würde mir einen Hund kaufen.“

Eiseskälte erfasste Kimberlys Herz. Jeder einzelne Muskel in ihrem Körper spannte sich an. „Hat er das?“

„Mmh.“ Lindsay nickte energisch. „Als er mich angerufen hat.“

„Er hat dich angerufen? Hier? Schon wieder?“, wiederholte Kimberly. Sie versuchte, nicht alarmiert zu klingen, auch wenn die Panik sich ihrer bemächtigte. All seine Drohungen hallten ihr durch den Kopf. Würde er etwas derart Dummes versuchen und seine eigene Tochter entführen? Sicher nicht. Es sei denn, der Sorgerechtsstreit würde nicht zu seinen Gunsten ausfallen …

Ihr Hals war mit einem Mal wie zugeschnürt. „Hat … hat Arlene mit ihm gesprochen?“

Lindsay rutschte tiefer unter ihre Bettdecke. „Nein. Sie war im Keller.“ Das kleine Gesichtchen in ihr Kissen gekuschelt, gähnte das Mädchen.

„Ruft Daddy öfter an, wenn ich nicht da bin?“

Aber Lindsay antwortete nicht mehr. Ruhig atmend glitt sie in den Schlaf. Kimberly hätte am liebsten geschrien. Sie hatte sich immer Kinder gewünscht. Doch selbst dieser überwältigende Wunsch, Mutter zu werden, hatte sie nicht auf die tiefen Gefühle vorbereitet, die sie für ihre kleine Tochter empfand. Für ihre manchmal verwöhnte, oft altkluge, aber immer heiß geliebte Lindsay.

Nachdem sie einen Kuss auf ihr zerzaustes Haar gehaucht hatte, lief Kimberly lautlos nach unten. Robert hatte also angerufen. Na und? Er hatte jedes Recht, mit seiner Tochter zu sprechen. Es gab überhaupt keinen Grund, in Panik zu verfallen. Doch die Erinnerung an ihre eigene Unterhaltung mit ihm ließ sie bis auf die Knochen erschauern.

Sie goss sich ein Glas Wasser ein und stellte den Teekessel auf den Herd. Nachdenklich blickte sie aus dem Fenster. Sollte sie den Kampf einfach aufgeben, Lindsay und ein paar Habseligkeiten packen und fliehen? Aber wohin? Nach Kalifornien? Kanada? Mexiko? Sie presste das kalte Glas gegen ihre Stirn.

Kurze Zeit später machte sich der Wasserkessel schrillend bemerkbar. Gerade schaltete Kimberly den Herd aus und wollte danach greifen, als es an der Tür klingelte.

Sie sah auf die Uhr. Es war schon nach neun. Wer würde zu dieser späten Stunde Regen und Wind trotzen?

Robert!

Und seine Entourage an Bodyguards!

Ihr wurde das Herz so schwer wie ein Stein, doch sie schaffte es, sich zusammenzureißen. Sie würde nicht klein beigeben! Robert konnte sich auf den Kampf seines Lebens gefasst machen! Sie setzte den Teekessel ab und marschierte festen Schrittes durch das Wohnzimmer. Zur Not würde sie den Mann auch verprügeln.

Sie spähte durch das kleine Fenster, das in die Haustür eingelassen war. Ihre Beine gaben beinahe nach, als sie Jake schutzsuchend unter ihrem Verandadach stehen sah. Sein Atem bildete kleine Nebelwölkchen in der kalten Luft. Er trug eine ausgewaschene Jeans, einen stahlgrauen Pullover und eine blaue Skijacke. Fast im selben Moment, in dem er die Hand erneut nach der Klingel ausstreckte, wandte er seinen Blick zum Fenster und sah sie.

Ein Lächeln, so warm wie eine Südseebrise, stahl sich auf sein Gesicht.

Kimberly nestelte an dem Schloss und riss die Tür auf. „Gott sei Dank sind Sie es!“, begrüßte sie ihn und hielt sich am Türknauf fest, um sich nicht impulsiv in seine Arme zu stürzen.

Tatsächlich erklang ein leises Lachen. „Haben Sie mich vermisst?“

„Ein klein wenig“, log sie. „Na ja, vielleicht mehr als ein klein wenig.“ Ihr fiel das Atmen schwer, und sie spürte, wie ihr Tränen der Erleichterung in die Augen stiegen.

Jakes Lächeln verschwand sofort. „Was ist los?“, fragte er besorgt.

Einen Moment lang traute sie ihrer Stimme nicht. Sie schloss die Tür und lehnte sich gegen die kühlen Holzpaneele. „Robert“, gab sie leise zu. Sie räusperte sich. „Ich habe ihn heute gesehen … und er wirkte ziemlich entschlossen.“

„Seine Tochter zurückzubekommen?“

„Stimmt genau.“ Wieder verengte sich ihr Hals. „Er war nicht sonderlich zartfühlend.“

„Hat er Ihnen gedroht?“, wollte Jake wissen.

„Der richtigere Ausdruck wäre wohl: Er hat mich gewarnt. Ich dachte gerade, Sie wären er. Und ich ging sogar so weit, zu glauben, dass er sich mit Gewalt Zutritt verschaffen, Lindsay schnappen und in die Nacht verschwinden würde, also …“ Sie sah zu ihm auf und brachte ein zittriges Lächeln zustande. „Geben Sie mir eine Minute, um mich zu sammeln, okay?“

„Natürlich.“ Zu ihrer Überraschung legte er seine Arme um sie und zog sie eng an sich. Seine Stärke und Wärme schienen seine Kleidung zu durchdringen und in sie hinein zu fließen. Ohne weiter darüber nachzudenken, legte sie die Wange an seine stahlharte Brust. Sein Duft umhüllte sie; ein erdiger Geruch, der sie an Kiefernwälder erinnerte.

Sie lauschte seinem Atem, wollte sich nicht eingestehen, dass er sie als Mann interessierte. Sich zu ihm hingezogen zu fühlen, brachte einfach zu viele Komplikationen mit sich. Und Gefahren. Dennoch: So von ihm gehalten und getröstet zu werden, zu fühlen, wie sein Atem ihr Haar zerzauste, das ließ ihre Haut prickeln.

„Geht's wieder?", erkundigte er sich sanft.

Sie nickte in seine Jacke hinein und fragte sich dabei, wieso sie in diesem zynischen Mann eine Art Ritter in glänzender Rüstung sah. Sie musste lächeln. Er würde tausend Tode sterben, wenn er davon wüsste.

Sie hob ihren Kopf und entzog sich allmählich seiner Umarmung. „Ich … äh … ich dachte, Sie sind verreist?" Dass sie ihren Schutzschild hatte fallen lassen und er eine verletzliche Seite an ihr zu Gesicht bekommen hatte, war ihr schrecklich peinlich.

„Ich bin zurück."

„Na, das sehe ich", bemerkte sie trocken. „Ich wollte übrigens nicht in Ihren Armen zusammenbrechen …"

„Das sind Sie nicht."

„Bin ich wohl." Sie nickte.

Wieder grinste er, und dummerweise hätte sie ihn am liebsten ebenfalls angelächelt. „Okay, sind Sie. Und nun erzählen Sie mir, was passiert ist."

„Können wir mit den harten Fakten noch etwas warten?", erkundigte sie sich. Noch immer versuchte sie, sich unter Kontrolle zu bekommen. „Ich brauche noch ein paar Minuten."

„Sicher. Wie Sie möchten."

Erst jetzt bemerkte sie die Wassertropfen auf seiner Jacke und sein feuchtes Haar. „Haben Sie keinen Schirm?"

Er lächelte schief. „Ich kann diese Dinger nicht ausstehen. Außerdem gewöhne ich mich langsam an den Regen. Ich habe gerade ein paar Tage damit verbracht, ihn am Mount Bachelor von meiner Skibrille zu wischen."

„Ach, Sie fahren Ski?"

Seine Augen blitzten auf. „Das hätten Sie bei diesem Wetter wohl nicht erwartet." Sie gingen ins Wohnzimmer, wo er sich umsah und die Hände in die Taschen seiner Jeans schob. „Als der Wetterbericht ankündigte, das Wetter würde gleich bleiben, entschied ich mich, zurückzukommen. Ich habe hier eine Menge Arbeit und dachte, wir könnten dort weitermachen, wo wir aufgehört haben."

„Jetzt?"

„Was du heute kannst besorgen, das verschiebe nicht auf morgen." Er streckte seine Hände dem Kamin entgegen. Das Licht des Feuers warf goldene Schatten auf seine kantigen Gesichtszüge. Mit einem Blick über seine Schultern meinte er: „Entspannen Sie sich, ich werde schon nicht beißen."

„Ist das ein Versprechen?"

„Ja." In seinen Augen funkelte es fröhlich. „Sind Sie sicher, dass es Ihnen gut geht?"

„Ich denke schon."

„Können wir dann anfangen?"

Sie nickte. „Das wird schwierig für mich, wissen Sie? Ihnen meine Lebensgeschichte zu erzählen."

„Gewöhnen Sie sich lieber an den Gedanken", riet er ihr. „Wir werden sehr viel Zeit miteinander verbringen."

Irgendwie wirkte diese Aussicht beruhigend auf sie.

„Ich muss alles über Sie und Robert wissen, und auch alles, was Sie sonst noch für wichtig erachten – unabhängig davon, wie schwierig es ist, darüber zu reden."

„Verstehe", sagte sie leise.

„Möchten Sie aussteigen?"

„Nein!“, widersprach sie ihm. „Wir haben eine Abmachung! Erinnern Sie sich daran?“

„Natürlich.“

Obwohl sie sich unbehaglich fühlte, spürte sie, wie sich ein Lächeln in ihre Mundwinkel schlich. Irgendetwas an ihm weckte in ihr den Wunsch zu lächeln. Und gleichzeitig gab es eine dunkle, sinnliche Seite an ihm, die sie tief im Inneren berührte. „Also … möchten Sie etwas Warmes? Eine Tasse Kaffee oder Tee oder vielleicht etwas Stärkeres? Ich glaube, ich habe … Ehrlich gesagt, ich habe keine Ahnung“, gab sie mit einem Schulterzucken zu. „Vielleicht Wodka.“

„Bringen Sie mir irgendetwas.“

Er folgte ihr durch den kurzen Flur in die winzige Küche.

„Ist Lindsay schon im Bett?“, wollte er wissen, während sie zwei Tassen aus dem Schrank holte.

„Schon zum zweiten Mal.“ Sie erzählte ihm von Lindsays Albträumen und seufzte. „Es hat letzten Sommer angefangen, ein paar Monate, bevor sie in den Kindergarten kam. Kaffee oder Tee?“

„Kaffee. Und jetzt? Geht sie jeden Tag zur Schule?“, fragte er.

„Ja, halbtags. Arlene holt sie nach dem Mittagessen ab und bringt sie nach Hause, damit sie ihren Mittagsschlaf halten kann. Sie verbringen hier ihre Zeit, außer Arlene muss ein paar Besorgungen machen. Manchmal gehen die zwei auch in den Park, um Enten zu füttern.“

„Und Lindsay mag Arlene.“

„Sie vergöttert sie.“

„Sind Sie sicher?“

„Ja.“

„Und die Schule. Gefällt es ihr da?“

„Ja, und ihre Lehrerin ist ein Traum. Was soll das?“, fragte sie lachend. „Ist das schon das Kreuzverhör?“ Sie reichte ihm eine dampfende Tasse.

„Noch nicht. Das ist nur das Vorgeplänkel." Er nippte vorsichtig. „Glauben Sie mir, es wird noch schlimmer."

„Das habe ich schon befürchtet", murmelte sie und deutete auf einen kleinen runden Tisch mit zwei Stühlen. „Bitte, setzen Sie sich."

Jake drehte den Stuhl um, setzte sich rittlings darauf und lehnte sich nach vorne. „Erzählen Sie mir von Arlene", forderte er sie auf.

„Wieso?"

„Sie ist Lindsays Babysitter. Das könnte ein wunder Punkt sein. Vielleicht bringt er Ihre Arbeit zur Sprache und dass Sie seine Tochter in der Obhut einer älteren Frau lassen. Wer weiß?"

Kimberly nahm einen Schluck von ihrem Tee. „An Ihrer Stelle würde ich Arlene nicht ins Gesicht sagen, dass sie eine ältere Frau ist", warnte sie trocken. „Nicht, wenn Ihnen Ihr Leben lieb ist."

Jake grinste. „Ich denke dran. Vertrauen Sie ihr?"

Beinahe hätte Kimberly gelacht. „Blind! Ich kenne sie schon mein ganzes Leben. Sie ist eine Freundin meiner Mutter. Sie wuchsen zusammen im Mittleren Westen auf, bevor Mom und Dad nach Kalifornien zogen."

„Ist sie verheiratet?"

Kimberly nickte. „Lyle, ihr Ehemann, war Hafenarbeiter. Doch seit er vor Jahren eine Verletzung am Rücken davongetragen hat, ist er in Rente."

„Dann passt Arlene des Geldes wegen auf Lindsay auf?"

Kimberly reagierte gereizt auf diese Unterstellung. „Das Geld ist wirklich nicht der ausschlaggebende Punkt", fauchte sie. „Arlene liebt meine Tochter! Lindsay ist die Enkelin, die sie nie hatte." Sie stellte ihre Tasse auf dem Tisch ab und zwang sich, Jake in die Augen zu sehen. „Sie haben sie doch neulich kennengelernt! Was denken Sie denn?"

„Mit diesen Fragen möchte ich Ihnen doch nur zeigen, was im Gerichtssaal auf Sie zukommen wird“, wiegelte er ab. Sein Gesichtsausdruck wurde nüchtern. „Wenn es überhaupt so weit kommt. Glauben Sie mir, das wird kein Spaziergang werden – nicht für Sie und auch nicht für Lindsay.“

„Ich weiß.“ Wie immer, wenn sie an den bevorstehenden Gerichtstermin dachte, spürte sie ein nervöses Kribbeln in der Magengegend. „Ich wünschte, ich könnte das irgendwie umgehen. Mir gefällt die Vorstellung nicht, dass ich meine schmutzige Wäsche in der Öffentlichkeit wasche. Roberts Name wird oft genug in den Zeitungen erwähnt.“

Jakes Blick verdüsterte sich, doch nur für einen Moment. „Vielleicht können wir es verhindern“, meinte er zögerlich.

„Wie?“

„Wenn wir Robert überzeugen könnten, die Klage fallen zu lassen …“

Kimberly lachte bitter auf. „Unmöglich. Das habe ich schon versucht. Wenn es um Lindsay geht, sind wir einfach nicht einer Meinung.“

„Aber er hat Ihnen das Sorgerecht überlassen.“

„Oh ja“, bestätigte sie bitter. „Als er die Scheidung wollte, um Stella heiraten zu können. Doch das war, bevor er wusste, dass sie keine Kinder bekommen kann. Das ist die Ironie des Schicksals“, fügte sie traurig hinzu. „Er wollte keine Kinder, und die Tatsache, dass Lindsay ein Mädchen war, verschlimmerte alles nur. Doch jetzt, urplötzlich, da Stella nicht schwanger werden kann, flammt sein Interesse an Lindsay wieder auf.“ Auch wenn es ihr schwerfiel, schilderte sie ihre Begegnung mit Robert in der Bank. Jake saß regungslos da; sein Kaffee stand fast unberührt auf dem Tisch. Kimberly konnte sehen, wie seine Muskeln sich anspannten.

„Was für ein wundervoller Mann!“, meinte er schließlich voller Zynismus.

„Ich hielt ihn mal dafür“, gab sie zu und wunderte sich, wie sie so naiv hatte sein können. Mit einem Mal wurde ihr kalt. Sie rieb sich über die Arme und fragte: „Waren Sie je verheiratet?“

Stirnrunzelnd starrte er in seine Tasse. Er biss die Zähne zusammen. „Eine Weile lang. Es hat nicht lange gehalten. Wahrscheinlich war es von Anfang an ein Fehler“, antwortete er knapp.

Überrascht sah sie auf und erhaschte gerade noch einen flüchtigen Schmerz in seinen Augen. Sie verspürte einen Stich in ihrem Herzen. Offenbar hatte Jake seine Frau sehr geliebt.

„Jetzt ist sie tot“, sagte er mit heiserer Stimme. „Sie starb vor ein paar Jahren bei einem Autounfall. Es passierte nicht lange nach der Scheidung.“

„Es tut mir so leid“, flüsterte Kimberly.

„Das muss es nicht.“

„Aber ...“

„Ich möchte lieber nicht darüber reden“, unterbrach er sie finster. Er rutschte unbehaglich auf seinem Stuhl hin und her. „Außerdem sind wir nicht hier, um mein Privatleben zu besprechen.“

„Stimmt. Sie sind wegen meinem hier.“

„Richtig. Also, was ist damit? Lassen Sie uns bei Robert beginnen. Lieben Sie ihn noch immer?“

Ihr Blick schoss zu ihm. „Was für eine Frage ist das denn? Er ist verheiratet und ...“

„Lieben Sie ihn noch immer?“

„Natürlich nicht!“

Jake hob eine dunkle Augenbraue.

Entrüstet erwiderte sie: „Würde ich etwa so vehement gegen ihn angehen, wenn er mir noch etwas bedeuten würde?“

„Ich weiß es nicht“, antwortete Jake gelassen. „Beziehungen sind manchmal kompliziert. Ich dachte nur, wir klären das Grundlegende.“

„Und ich dachte, ich hätte Ihnen gesagt, dass ich nicht einmal sicher wäre, ob ich ihn überhaupt je geliebt habe!"

Sein Blick wankte keine Sekunde. „Okay. Kommen wir zur Kehrseite der Medaille. Hassen Sie ihn?"

„Nein."

„Wieso nicht?"

„Er ist immerhin Lindsays Vater ..."

Jake runzelte ungläubig die Stirn. „Dieser Mann kommt vorbei und droht, Ihnen Ihr Kind wegzunehmen, und Sie können nicht vergessen, dass er der Vater ist?"

Ohnmächtig ballte Kimberly die Hände zu Fäusten.

„Das wird kein Spaziergang werden, wissen Sie", meinte er freundlich. „Es könnte sogar sehr blutig werden."

„Das ist mir klar."

„Dann sagen Sie: Was für eine Art Mann ist Fisher?"

„Erbarmungslos", sagte sie schnell, „und unbeirrbar. Wenn er etwas will, dann verfolgte er es."

Er stützte sein Kinn auf eine Faust. „Erzählen Sie mir von dieser erbarmungslosen Seite seines Charakters."

Ihre Hände zitterten ein klein wenig, als sie ihre Tasse hochhob. Sie nippte, doch da das Getränk bereits lauwarm war, stellte sie die Tasse zurück auf den Tisch. „Wenn er beispielsweise Ihre Anwaltskanzlei haben wollte, würde er einen Weg finden, um sie zu bekommen. Er ist unglaublich geduldig. Er würde alles unternehmen, würde so lange warten, bis Sie endlich einsehen würden, dass es in *Ihrem* Interesse wäre, an ihn zu verkaufen, ob Sie es nun wollten oder nicht."

Die kleinen Fältchen um Jakes Mundwinkel wurden tiefer.

„Und nun, da er beschlossen hat, dass Lindsay bei ihm leben soll, wird er nicht mehr einlenken. Diane hat mir schon versichert, dass er nicht die leiseste Chance hat, und doch kann ich das nicht glauben. Robert ist wie eine Katze: Er landet immer auf seinen Füßen." Sie biss sich auf die Unterlippe. „Und manchmal sind seine Krallen ausgefahren."

Jake betrachtete sie nachdenklich. „Wie war es, mit ihm verheiratet zu sein?"

Mit einem Mal war der alte Schmerz wieder da. „Anfangs war es wundervoll – zumindest dachte ich das. Doch das änderte sich schnell."

„Wieso?"

Sie zuckte die Schulter. „Ich weiß es nicht. Ich glaube, ich habe angefangen, ihn zu langweilen."

Jakes Blick wurde weich. „Es fällt mir schwer, Sie als langweilig zu betrachten."

„Er hat jedenfalls das Interesse verloren. Und dann waren da ja noch all die Geschichten über ihn. Sie wissen schon ... die Gerüchte, die ihn mit allem in Verbindung brachten, was in dieser Stadt faul ist."

Jake sah sie mit einem Mal scharf an. „Sie glauben also nicht, dass er Teil des organisierten Verbrechens in Portland ist."

„Nein."

„Aber Sie sind sich nicht sicher."

„Er ist Lindsays Vater!", rief sie. Wie immer nahm sie Robert automatisch in Schutz.

„Das beantwortet nicht meine Frage", beharrte Jake.

Kimberly strich sich das Haar aus dem Gesicht und dachte angestrengt nach. Jahrelang hatte sie die Gerüchte über Robert gehört, doch niemals hatte sie glauben können, dass er wirklich so furchtbar war, wie man sagte. „Vielleicht bin ich unglaublich naiv, aber ich lebte mit diesem Mann zusammen. Ich bestreite nicht, dass er auf einem sehr schmalen Grat wandert oder das Gesetz sogar gelegentlich zu seinen Gunsten verbiegt. Aber ich kann einfach nicht glauben, dass er etwas mit der Mafia zu tun hat."

Jake schaute finster drein. „Sie haben in einem Punkt recht: Sie *sind* unglaublich naiv."

Sie knabberte auf ihrer Unterlippe. „Tja, es ist hart zu denken, dass der Mann, den man geheiratet hat …“ Sie brach zitternd ab.

„Sprechen Sie nur weiter.“

„Wie ich schon sagte: Ich habe keine Ahnung, in was er alles involviert ist, aber ungefähr zu der Zeit, in der die polizeiliche Untersuchung stattfand, hat er sich verändert.“

„Verändert? Inwiefern?“

Sie konnte es nicht wirklich erklären. „Er wurde geheimnisvoller und hatte andere Geschäftsfreunde.“

Jake starrte sie so intensiv an, dass sie das Gefühl hatte, er würde ihr bis in die Seele blicken. Nervös rieb sie ihre Finger.

„Was für Freunde?“, erkundigte er sich so leise, dass sie seine Frage beinahe überhört hätte.

„Ich kannte sie nicht und ich habe sie nie kennengelernt. Dennoch hatte ich das Gefühl …“ Sie sah ihm in die Augen. „… das Gefühl, dass sich Roberts geschäftliche Interessen geändert hatten. Vielleicht habe ich mir das alles nur eingebildet, aber ich sage Ihnen, er hat sich verändert.“

Jake rieb sich das Kinn. „Sie haben nie irgendwelche Namen gehört?“

„Nein. Er hat sich mir nicht anvertraut.“

Langsam verstrichen die Sekunden. Jake ließ Kimberly nicht aus den Augen. Die einzigen Geräusche kamen vom knackenden Kaminfeuer.

„Wissen Sie, Kimberly, wenn wir beweisen könnten, dass Fisher Teil von etwas – irgendwas – Illegalem ist, wird das seine Situation in beträchtlichem Maße schwächen.“

„Ich weiß.“

Er berührte sanft ihren Arm. „Wären Sie bereit, gegen ihn auszusagen?“

Sie erinnerte sich an die kalte Wut in Roberts Augen an diesem Nachmittag. Sie atmete tief ein und nickte. „Das wäre ich.

Aber glauben Sie mir, ich weiß gar nichts."

„Denken Sie einfach darüber nach." Dann, als wolle er das Thema verwerfen, winkte er ab und blickte auf seine Armbanduhr. „Es ist schon spät. Ich sollte besser gehen." Langsam erhob er sich und stellte seinen Stuhl an den Tisch zurück. „Ich rufe Sie dann nächste Woche an, nachdem ich mit Kesler gesprochen habe. Vielleicht schaffen wir es ja, einen Kompromiss auszuarbeiten."

„Das bezweifle ich."

Ein angriffslustiges Lächeln huschte über sein Gesicht, während sie ins Wohnzimmer gingen und er nach seiner Jacke griff. „Das weiß man erst, wenn man es versucht hat."

Kimberly schüttelte den Kopf. „Offenbar haben Sie Robert noch nie getroffen."

Beinahe unmerklich verfinsterten sich seine Gesichtszüge. „Es gibt immer einen Weg", entgegnete er ruhig, aber seine Stimme bekam einen seltsamen gefährlichen Unterton. „Ich rufe Sie dann an."

Er öffnete die Haustür; eine Böe feuchter Luft wehte herein. Die Vorhänge bauschten sich, und das Kaminfeuer loderte prächtig auf. Jake hastete die Stufen hinunter und verschwand in die Nacht. Wenige Sekunden später erstrahlte die Innenleuchte seines Ford Broncos, und Kimberly sah ihm dabei zu, wie er hinter das Lenkrad glitt.

Sie schloss die Tür. Plötzlich kam ihr das Haus so leer vor ohne ihn. „Sei keine Närrin!", tadelte sie sich, konnte aber nicht aufhören zu lächeln.

Wieder in der Küche, setzte sie eine Kanne Tee auf. Kaum hatte sie sich mit einer Zeitschrift niedergelassen, klingelte auch schon das Telefon. Lächelnd hob sie beim dritten Läuten ab. „Hallo?"

„Hi!" Diane Welbys vertraute Stimme erklang am anderen Ende der Leitung.

Kimberly sah aus dem Fenster. „Sieh an! Wie geht es denn der zukünftigen Braut? Schon kalte Füße?"

„Niemals! Genau genommen bin ich noch nicht einmal nervös."

„Aber sicher", nickte Kimberly sarkastisch.

Durch die Scheibe konnte sie die schimmernde dunkle Straße erkennen. Stirnrunzelnd bemerkte sie einen Mann, der ununterbrochen auf ihr Haus starrte. Jetzt nahm er einen tiefen Zug von seiner Zigarette. Ihr Herz begann zu rasen.

Mit halbem Ohr hörte sie Diane sagen: „Ich rufe nur an, um zu sehen, wie die Dinge mit Jake laufen. Er übernimmt doch deinen Fall, oder?"

„Warum ... Aber ja!"

„Gut."

Kimberly löschte das Licht in der Küche, damit sie den Mann besser erkennen konnte. Doch draußen war es zu dunkel, um seine Gesichtszüge auszumachen. Er war groß, trug einen Regenmantel und einen Hut ... Das war nichts Außergewöhnliches. Einen Augenblick lang überlegte sie, ob sie sich Diane anvertrauen sollte. Aber was sollte sie schon sagen? Es war ja nicht gesetzeswidrig, an der Straßenecke zu rauchen.

„Und ihr zwei kommt miteinander klar?"

Der Mann auf der Straße schlenderte davon, um die Ecke und aus ihrem Sichtfeld.

„Kimberly?", fragte Diane erneut.

„Oh ja. Na ja, wir hatten einen etwas holprigen Start", gab sie zu. Den Blick noch immer aus dem Fenster gerichtet, versorgte sie Diane mit den Einzelheiten. „Er ist vor etwa einer Viertelstunde gegangen", schloss sie ihren Bericht.

„Gut, gut. Es ist nämlich kein Scherz, wenn ich sage, dass er der Beste ist."

„Der Beste oder nicht, er war jedenfalls nicht sonderlich erpicht darauf, mich zu vertreten", schränkte Kimberly ein und wickelte die Telefonschnur um ihre Finger. „Aber er wollte nicht sagen, warum."

Am anderen Ende entstand eine lange Pause. Schließlich hörte sie, wie Diane laut seufzte. „Jake hatte vor ein paar Jahren eine sehr schwierige Phase. Eine unschöne Scheidung."

„Er hat es erwähnt."

„Das hat er?" Diane klang hocherfreut.

„Er ist nicht besonders in die Tiefe gegangen."

„Das würde er auch nicht", bestätigte Diane, als in der Leitung ein deutliches Klicken zu hören war. Diane murmelte: „Verdammt, ich habe noch jemanden in der Leitung. Eigentlich wollte ich ja auch nur wissen, ob alles in Ordnung ist und ob du zur Hochzeit kommst."

„Ich werde da sein!", versprach Kimberly. „Bis dann." Sie legte auf und starrte suchend aus dem Fenster. Doch außer dem normalen allabendlichen Verkehr konnte sie nichts Auffälliges entdecken. „Du wirst langsam paranoid, Bennett", murmelte sie. „Reiß dich zusammen!"

Trotz alledem sah sie noch einmal nach Lindsay, schloss alle Türen ab und verriegelte die Fenster. Dass sie nicht viel Schlaf bekommen würde, war ihr klar.

Jake ignorierte die Geschwindigkeitsbegrenzung. Er raste über die regennassen Straßen von Sellwood, über den Willamette River und weiter in Richtung Lake Oswego. Sein Haus befand sich auf der südlichen Seite des Sees. Er lebte in einem Bungalow, in den sich begüterte Portlander im frühen 19. Jahrhundert zurückgezogen hatten.

Die Fahrt nach Hause dauerte zwanzig Minuten, und Jakes Gedanken waren keinen Augenblick von Kimberly gewichen.

Auf dem Zufahrtsweg bremste er so scharf, dass der Kies aufspritzte. Kurz darauf stellte er den Motor ab. Regen trommelte aufs Dach, während der abkühlende Motor vor sich hin tickte. Jake starrte durch die verschwommene Windschutzscheibe und kämpfte mit seinem Gewissen.

Tief in seinem Inneren hatte er gespürt, dass Kimberly Bennett eine Frau war, mit der er eine dauerhafte Beziehung würde eingehen können. Doch nun, da er zugestimmt hatte, sie professionell zu vertreten, war sie seine Klientin. Zudem war sie mit dem Mann verheiratet gewesen, der – davon war Jake überzeugt – für Daniels Tod verantwortlich war. Sich mit Kimberly Bennett einzulassen, würde ihm nichts als Probleme bescheren. Außerdem war da noch ihre Tochter, ein bezauberndes kleines Ding. Doch Jake wollte kein Kind zu nahe an sich heran lassen. Nein, er hatte genug Schmerz erfahren, so viel, dass es ihm ein Leben lang reichte. Wenn er Kimberly helfen und gleichzeitig Fisher hinter Gitter bringen konnte, würde ihm das schon genügen. Also, warum konnte er sie dann nicht vergessen?

Seine Finger umklammerten das Lenkrad. Er musste dem dringenden Verlangen widerstehen, zu ihr zurückzufahren und sie zu bitten, mit ihm auszugehen. Oder ins Bett, fügte er im Stillen hinzu. Er war wütend auf sich, auf diese körperliche Anziehungskraft, die so verdammt unwiderstehlich war, dass er kaum mehr klar denken konnte.

„Wach auf, Mann!“, murmelte er vor sich hin, während er aus seinem Auto kletterte und die Tür hinter sich ins Schloss warf. Lupus, sein weißer Schäferhund, bellte laut. Lupus schoss mit wedelndem Schwanz unter den feuchten Zweigen eines Rhododendrons hervor. Jake beugte sich zu ihm hinunter und kraulte den alten Hund hinter seinen nassen Ohren. Aber seine Gedanken waren noch immer bei Kimberly.

Mit Kimberly Bennett eine Affäre zu beginnen, steht überhaupt nicht zur Debatte, sagte er sich wohl schon zum hundertsten Male und schlenderte in Richtung Tür. Er konnte nicht mit ihr zusammen sein, und es war völlig sinnlos, auch nur darüber nachzudenken. Sie war seine Klientin und Robert Fishers Exfrau, und damit hatte es sich.

Aber wieso, fragte er sich und kickte wütend gegen einen Stein, der ihm im Weg war, bekam er dann das Bild, mit ihr zu schlafen, nicht mehr aus dem Kopf?

## 5. KAPITEL

Zwei Nächte später stand Jake auf und streckte sich. Sein Rücken schmerzte ihn, weil er zu lange an seinem alten Sekretär im Wohnzimmer gesessen hatte. Er hatte alles gelesen, was er über die aktuellsten Sorgerechtsfälle finden konnte.

Lupus lag zusammengerollt auf einer Wolldecke in der Nähe des Fensters. Plötzlich knurrte er tief in seiner Kehle. Sein schneeweißes Fell sträubte sich, als er auf der Veranda Schritte vernahm.

„Entspann dich!", rief Jake den Hund zur Ordnung, während er zur Tür ging und sie öffnete. „Das ist nur Ron."

Ron Koski grinste und zeigte ihm seine leicht gelben Zähne. „*Nur* Ron? Na, was sagt man dazu? Und das nach allem, was ich für dich durchmachen musste!" Er trat die schäbigen alten Nike-Schuhe auf der Türmatte ab und kam herein, mit ihm ein Hauch kalter Winterluft. „Eigentlich schuldest du mir was, Freundchen! Um ein Miller kommst du jetzt nicht herum."

„Ist schon unterwegs."

Lupus trottete zum Kaminfeuer und rollte sich dort wieder zusammen. In einer Nische stand ein kleiner Esstisch, an dem Ron Platz nahm.

„Dann hast du etwas über Fisher erfahren?", rief Jake ihm über die Schulter zu, während er in die Küche ging, den Kühlschrank öffnete und zwei Flaschen herausholte.

„Ich weiß nicht, ob man das *etwas* nennen könnte. Du weißt doch, wie aalglatt Fisher ist."

„Ja, ich weiß." Wahrscheinlich besser als die meisten Menschen, dachte Jake. Er öffnete die Flaschen und dachte an Daniel.

Ron hatte es sich bereits bequem gemacht. Auf dem Tisch lag eine dicke Akte ausgebreitet, im Aschenbecher qualmte eine Zigarette. „Das ist alles, was ich über Fisher habe", erklärte er und nahm die Flasche mit einem Grinsen entgegen. „Der größte Teil sind Zeitungsausschnitte. Aber von Brecken habe ich noch ein paar Polizeiberichte ergattern können. Dann sind da noch ein paar Informationen aus einer Observation, die ich vor ein paar Jahren durchgeführt habe."

„Ich erinnere mich daran." Jake zog sich einen Stuhl heran und beäugte die fein säuberlich getippten Berichte, die vergilbten Zeitungsartikel und die Schnappschüsse kritisch. Robert Fisher war immer fotogen gewesen. Er war ein großer Mann mit dichtem, samtschwarzem Haar, intelligenten braunen Augen und kantigem Gesicht – eine imposante Figur, selbst in vergilbtem Schwarz-Weiß. Jake überflog den Bericht über Daniels Selbstmord, und sein Magen verkrampfte sich. Daniel hatte als Ermittler bei der Polizei von Portland gearbeitet, im Drogendezernat. Er hatte eine Verbindung, eine Spur zu Robert Fisher verfolgt.

Erst später hatte Jake erfahren, dass Daniel gehofft hatte, einen riesigen Drogendeal hochzunehmen und Fisher zu entlarven. Aber diese Hoffnung hatte sich nicht erfüllt. Stattdessen wurde Daniel tot aufgefunden, scheinbar an einer selbst verabreichten Überdosis gestorben. Mehrere Kilo Kokain, gestohlen aus der Asservatenkammer der Polizei, waren zusammen mit einem maschinengeschriebenen Abschiedsbrief in seinem Apartment gefunden worden. Der anschließende Skandal hatte die Polizeibehörde bis in die Fundamente erschüttert.

Jake starrte auf die Kopie des Briefes, die in Rons Akte enthalten war. Heiße Wut packte ihn. Daniel war sauber. Punkt. Er hatte nie in seinem Leben Drogen genommen. Seine Leiche war sauber gewesen – keine Nadelstiche, nichts. Darüber hinaus hätte er sich niemals selbst das Leben genommen.

Natürlich hatte es eine Untersuchung gegeben, doch die war kurz und nicht beweiskräftig genug gewesen. Daher hatte man alles, mitsamt dem Rest des Schmutzes, den man nicht erklären konnte, unter den Teppich gekehrt.

Doch Jake hatte die Selbstmordgeschichte nie geglaubt. Sie war einfach nicht schlüssig.

Ron fuhr sich mit der Hand durch sein kurzes blondes Haar. „Es gibt keinen Grund, das alles wieder ans Licht zu zerren. Es ist vorbei, Mann."

„Vielleicht nicht." Jake klang bestimmt. Er blätterte die ersten Berichte durch und überflog sie.

„An was bist du dran?"

„An nichts, was so schmutzig ist, wie das alles hier", erwiderte er angeekelt von dem Haufen kalter Spuren, die zu Fisher hätten führen müssen. „Es ist ein Sorgerechtsfall. Fishers Tochter."

„Worum geht's da?"

„Er macht Ärger, weil er das Sorgerecht haben will. Und seiner Exfrau gefällt diese Idee ganz und gar nicht."

„Das kann man ihr nicht verübeln", meinte Ron trocken. Er trank sein Bier aus, nahm einen letzten Zug von seiner Zigarette und drückte sie im Aschenbecher aus. „Fisher scheint mir nicht gerade der väterliche Typ zu sein."

„War er auch nicht. Aber aus irgendeinem Grund hat er seine Meinung geändert."

„Kann er das so einfach?"

Jakes Mund wurde zu einem schmalen Strich. „Nicht, wenn ich es verhindern kann", erwiderte er und ging noch mal die Dokumente durch. Die Aussicht, Robert Fisher einen Strich durch die Rechnung zu machen, war ein Glücksfall. Dass er dabei auch noch Kimberly helfen konnte, machte es umso verlockender.

Bei dem Gedanken an sie musste er lächeln. Auch wenn er sie kaum kannte, war es ihm in den vergangenen Tagen beinahe unmöglich gewesen, sie aus seinem Kopf zu kriegen.

„Und? Wie ist sie so?", erkundigte sich Ron und zündete sich eine neue Zigarette an.

„Wer?"

„Fishers Ex." Ron zog leicht die Augenbraue nach oben. „Jung? Hübsch? Gut gebaut?"

Jake war mulmig zumute. „Ich denke schon", wich er aus. Irgendwie behagte es ihm nicht, an Kimberly und Leute wie Robert Fisher in einem Atemzug zu denken.

„Wahrscheinlich hat sie ihn ausgenommen wie eine Weihnachtsgans. Sofern das überhaupt möglich ist."

„Vielleicht." Inzwischen aber zweifelte Jake daran. Auch wenn ihr Auto und ihre Kleidung teuer waren – ihr Haus aus den Zwanzigerjahren war nur etwas größer als ein Cottage. Und die Dokumente, die er bisher gesichtet hatte, zeigten ebenfalls, dass sie aus Fisher *nicht* die Hälfte seiner unermesslichen Vermögenswerte und dazu noch Unterhaltszahlungen herausgepresst hatte. Nein, alles deutete darauf hin, dass Kimberly nur raus wollte aus dieser Ehe – und Schluss. Wenn sie nicht irgendwo ein Schweizer Bankkonto oder ein Aktiendepot versteckt hatte, dann gehörte sie inzwischen dem Mittelstand an.

Jake rollte sich die Ärmel über die Unterarme, als ihm bewusst wurde, dass er schon eine Weile seinen Überlegungen nachhing und Ron ihn neugierig und abwartend musterte. „Sie scheint zu denken, dass Fisher sauber war, bis Daniel anfing, herumzuschnüffeln."

„Ausgeschlossen!" Koski kniff die Augen ein wenig zusammen. „Aber es scheint in der Tat so zu sein, dass er bis zu diesem Zeitpunkt nicht allzu tief verwickelt gewesen war. Ich vermute, irgendjemand hat Daniel kaltgemacht. Und Fisher ist jetzt jemandem einige Gefallen schuldig, weil dieser jemand seinen Namen aus der ganzen Sache herausgehalten hat." Er sah seinen Freund an. „Ich bezweifle, dass Fisher die Drecksarbeit selbst erledigt hat. Er macht sich nicht gerne die Hände schmutzig."

Jake hatte das Gefühl, kaum atmen zu können, so sehr verengte sich seine Brust. Dennoch wanderten seine Gedanken zurück in gefährliche Gefilde. „Ist auch egal", meinte er wenig überzeugend. „Daniel ist tot."

„Und jetzt hilfst du Fishers Frau."

„Ex", betonte Jake. „Das ist ein großer Unterschied."

Ron zuckte die Schultern. „Hast du das Kind schon gesehen?"

Jake nickte. „Ja, ein fünfjähriges Mädchen."

„Zu dumm, dass sie das alles mitbekommen muss."

„Ja." Jake sah Lindsays lachende blaue Augen und ihren schalkhaften Gesichtsausdruck vor sich. Sie war reizend, kein Zweifel, aber er beabsichtigte nicht, Robert Fishers Tochter zu nahezukommen. Oder seiner Exfrau. „Komm!", forderte er Koski auf. „Lass uns an die Arbeit gehen."

„Einige von uns haben das schon getan", erwiderte Ron mit einem gutmütigen Lächeln. „Weißt du, als ich auf dem Revier mit Brecken sprach, hatte ich das Gefühl, dass er mir nicht alles gesagt hat."

„Es ist seine Aufgabe, nicht alles auszuplaudern."

Nachdenklich zog Ron an seiner Zigarette. „Nein, es war mehr als das", beharrte er. „Ich glaube eher, dass er mir ausweichen wollte."

Jakes Kopf flog nach oben, und er bedachte Ron mit einem durchdringenden Blick. „Und das heißt?"

Ron grinste. „Ich kenne Brecken schon so lange. Wenn der keinen Piep mehr sagt, dann ist irgendetwas im Busch. Und ich gehe jede Wette ein, dass es mit unserem Freund hier zu tun hat." Mit seinem Zeigefinger tippte er auf Roberts Bild. „Zehn zu eins, dass die Polizei wieder hinter ihm her ist."

„Glaubst du, sie sind kurz davor, ihn einzukassieren?"

„Nein", widersprach Ron und drückte seine Zigarette aus. „Ich wette, die Polizei denkt, sie *könnte* ihn wieder drankriegen. Das ist ein himmelweiter Unterschied."

Amen, dachte Jake. Missmutig sortierte er die Informationen in verschiedene Stapel. Es würde ihn Tage kosten, all das durchzugehen, aber er würde sich die Zeit nehmen. Das schuldete er sich selbst und auch Daniel.

Und Kimberly, meldete sich eine kleine Stimme, die ihn überraschte.

„Sie dürfen die Braut jetzt küssen!" Die Worte des Pfarrers klangen fröhlich durch die kleine Kapelle.

Auf der hintersten Kirchenbank kämpfte Kimberly mit einem dicken Klumpen in ihrem Hals. Sie sah dabei zu, wie Scott Donaldson den elfenbeinfarbigen Schleier hob und Dianes gerötetes Gesicht freigab. Ihre blauen Augen strahlten um die Wette, auf ihren Wangen lag ein rosiger Hauch, als sie ihren Kopf nach hinten bog. Scott nahm ihr Gesicht in beide Hände und fuhr mit seinen Fingern in ihr blondes, von Spitze bedecktes Haar. Dann senkte er seinen Kopf, bis er ihren Mund mit seinem umschloss.

Zustimmendes Geflüster war in der winzigen Kirche zu hören, Gäste lächelten mit tränenfeuchten Augen. Selbst Kimberly fühlte sich den Tränen nahe. Es war so offenkundig, dass diese zwei Menschen sich liebten: Diane, die in elfenbeinfarbener Seide fast schon einem Engel glich, und Scott, groß und schlank in seinem schwarzen Smoking.

Jake saß am anderen Ende einer Kirchenbank, ebenfalls in den hinteren Reihen. In seinem gestärkten weißen Hemd und der dunklen Krawatte wirkte er ganz wie die Anwälte in den Gerichtssälen.

Sein Blick löste sich von dem Schauspiel am Altar, und seine stahlgrauen Augen trafen auf die ihren.

Dann lächelte er – ein träges, schiefes Lächeln, das ihren Puls mindestens doppelt so schnell schlagen ließ.

Der Organist senkte seine Finger auf die Tasten der Orgel, und die Klänge des Hochzeitsmarsches füllten die heiligen Hallen. Braut und Bräutigam schritten vom Altar einen langen, mit einem weinroten Läufer ausgelegten Gang entlang und durch die Außentüren. Die Gäste folgten ihnen auf dem Fuß.

Draußen hing leichter Nebel in der Luft und hüllte die schwarzen Äste der nackten Eichen- und Ahornbäume ein, die zur linken und rechten Seite der Kirche standen.

Diane und Scott begrüßten ihre Gäste auf den Stufen vor der Kapelle. Kimberly stellte sich in die Reihe und wartete darauf, bis sie ihre Glückwünsche überbringen konnte. In diesem Moment erblickte sie Jake, der, die Hände in den Hosentaschen, abseits von der Menge auf einem Weg aus Ziegelsteinen stand, der zu einem alten Friedhof führte. Er gab sich nicht die geringste Mühe, zu verbergen, dass er sie anstarrte. Erwartungsvoll hob er eine schwarze Augenbraue, während sie dem Brautpaar näher kam. Kimberly sah ihm direkt in die Augen, zwang sich zu einem kleinen Lächeln und hoffte bei Gott, dass man ihr nicht ansah, wie schnell ihr Puls raste.

Dunkle Wolken brauten sich zusammen, und ein heftiger Wind kam auf, der ihren Rock durcheinanderwirbelte. Doch Kimberly bemerkte es kaum. Ihre Aufmerksamkeit war ausschließlich auf Jake gerichtet.

Plötzlich spürte sie eine Hand auf der ihren, sie drehte den Kopf und blickte in die lachenden Augen ihrer Freundin Diane. „Herzlichen Glückwunsch!“, flüsterte Kimberly und umarmte sie fest. „Es war eine wundervolle Zeremonie.“

„Dann vergibst du mir, dass ich mich aus der Sache rausgekauft habe?“, zog Diane sie auf.

„Nein, aber ich habe gelernt, damit zu leben.“ Kimberly lächelte und wusste, dass sich auf ihren Wangen Grübchen zeigten. „Aber wenn es einen Weg gibt, wie ich dich und Scott dazu überreden kann, zu bleiben …“

Der Bräutigam, der sie gehört hatte, lachte laut auf. „Nein! Da hast du keine Chance!“

„Was soll man dazu sagen?“, richtete Diane sich gespielt entrüstet an sie und rollte mit den Augen. „Geboren und aufgewachsen in Los Angeles.“

Kimberly seufzte schwer. „Also wenn du jemals die Nase voll hast vom warmen Wetter, dem Sonnenschein und den Stränden ...“

„Verlass dich nicht allzu sehr drauf“, sagte Scott schmunzelnd.

„Und wie stehen die Dinge bei dir?“, fragte Diane, deren Lächeln von plötzlicher Besorgnis überschattet wurde.

„So wie immer.“

„Und Jake?“, bohrte Diane weiter und nickte in die Richtung, in der Jake stand.

„Er kümmert sich sehr“, räumte Kimberly ein. „Ich glaube, er wird gute Arbeit leisten.“

„Dessen bin ich mir sicher“, beteuerte Diane und drückte ihren Arm. Dann lächelte sie wieder. „Und eine Augenweide ist er obendrein, findest du nicht?“

„Wer denn? Ich?“, hakte Scott nach, der nur das Ende der Unterhaltung mitbekommen hatte.

„Nur du, Darling!“, meinte Diane trocken.

„Komm, du musst Frankie und Paul kennenlernen ...“

In den umliegenden Bergen grollte schon der Donner. Kimberly ging weiter und ermöglichte es anderen Gästen so, dem Brautpaar ebenfalls ihre Glückwünsche zu übermitteln.

Jake war offenbar den kleinen Weg bis zum Friedhof weitergegangen. Als sie ihn entdeckte, stand er da, die Schulter an eine alte Zeder gelehnt, die Augen auf das Meer von verwitterten weißen Grabsteinen gerichtet. Kimberly zögerte nur einen kurzen Moment, dann raffte sie ihren Rock, damit er nicht durch die Pfützen und den Matsch schleifte, und lief zu ihm.

Den Rücken zu ihr gedreht, strich Jake sich das Haar aus dem Gesicht, doch der Wind wirbelte es wieder zurück.

Kimberly blieb hinter ihm stehen. „Die anderen gehen hinein."

„Bitte?" Er drehte sich schnell um. Sein Gesichtsausdruck war finster. Seine Augen blickten düster drein und wirkten so abwesend, als sei er in seiner privaten Hölle gefangen.

„Es tut mir leid! Ich wollte Sie nicht stören ..."

„Das tun Sie nicht." Er zwang sich zu einem Lächeln. Seine sinnlichen Lippen kräuselten sich ironisch, und seine silberfarbenen Augen blitzten interessiert auf. Ein Blitz durchschnitt den dunklen Himmel.

„Wir müssen hier weg." Er legte eine Hand auf ihre Schulter und führte sie vom schützenden Dach der Zedern zu einer verwitterten, von Rosen umrankten Laube, in der sie Unterschlupf fanden.

„Vielleicht sollten wir ins Haus gehen", flüsterte Kimberly, mit einem Mal atemlos vor Aufregung. Sie war sich seiner warmen Hand auf ihrer Schulter nur allzu sehr bewusst. Seine Fingerspitzen hinterließen eine heiße Spur auf ihrer nackten Haut.

Er wandte den Blick himmelwärts, als es wieder donnerte und die Luft sich elektrisch aufzuladen schien. Obwohl erst spät am Nachmittag, war es so dunkel, als wäre es schon Mitternacht. Der Regen prasselte in dicken Tropfen auf den Boden. Instinktiv zog Jake sie näher an sich heran. Einen Arm um ihre Taille gelegt, bot er Kimberly den schwachen Schutz seines Jacketts an. Sie schmiegte sich eng an seinen muskulösen schlanken Körper. Der Duft seines Aftershaves vermischte sich mit der frischen, regenschweren Luft.

Seine Züge wurden zärtlich, beschützend, seine Augen lebhaft. Sie wusste, dass er sie küssen würde. Kimberly schluckte mühsam. Ihr hämmerndes Herz wollte ihr beinahe aus der Brust springen, ihr Atem wurde schwer. Als er den Kopf senkte, konnte sie ihr eigenes Spiegelbild in seinen Augen sehen. Leidenschaftlich presste er sie an sich. Seine Lippen eroberten ihren Mund mit einer derartigen Heftigkeit, dass sie nicht denken konnte, nichts tun konnte, außer sich den übermächtigen Gefühlen hinzugeben – seiner Stärke, der Wärme seines Mundes, der sinnlichen Berührung seiner Hände auf ihrem Rücken.

Ihr Puls schoss in die Höhe, als sie seinen Kuss mit geschlossenen Augen erwiderte. Ein paar wenige Regentropfen glitten ihren Nacken entlang und prickelten auf ihrer bereits elektrisierten Haut.

Entgegenkommend öffnete sie ihre Lippen, die er zärtlich mit seiner Zunge berührte. Seine Liebkosungen jagten ihr einen Schauer nach dem anderen über den Rücken. Ihre Knie wurden ganz weich.

Stöhnend hob er den Kopf. Sein vor Erregung dunkler Blick hielt den ihren gefangen. „Oh, Gott, Kimberly!“, flüsterte er an ihrer Schläfe. „Ich hätte das nicht …“

„Nein, tu das nicht“, unterbrach sie ihn rasch. Eine Entschuldigung konnte sie nicht brauchen. Nicht jetzt. Sie wollte nicht über einen Kuss nachdenken, der so voller Leidenschaft gewesen war, dass ihre Hände noch immer zitterten. Sie quälte sich ein Lächeln ab. „Vor einigen Nächten hast du mir geholfen.“

Um seinen Mund herum zuckte es. „Und das ist jetzt der Dank?“

„Du hast ausgesehen, als bräuchtest du einen Freund.“

„Danke.“ Die Traurigkeit verschwand aus seinen Augen. „Ich brauchte in der Tat einen.“ Dann fragte er verschmitzt: „Behandelst du all deine Freunde auf diese Art, Miss Bennett?“

Lachend schüttelte Kimberly den Kopf. „Nur ganz besondere Freunde.“

Der Donner kam immer näher, und der Himmel öffnete wirklich alle Pforten. Jake nahm sie bei der Hand und machte sich mit ihr auf den Rückweg zur Empfangshalle direkt neben der kleinen Kapelle. Sie raffte die Röcke und versuchte, mit ihm Schritt zu halten, während er den Steinweg entlanghastete.

In dem Festsaal war die Feier in vollem Gange. Die meisten Gäste hatten sich schon in dem gedämpft erleuchteten Saal eingefunden. Dutzende Kerzen spendeten flackernd ihr Licht, lange Tafeln, gedeckt mit weißem Leinen, waren hübsch geschmückt, und Blumen füllten den Saal mit dem zarten Duft von Rosen und Nelken. In den Fenstern, die vom Boden bis zur Decke reichten, spiegelte sich strahlend das Abbild des Kerzenlichts.

Fasziniert betrachtete Kimberly die Regentropfen in seinem Haar, während Jake ihnen Champagner besorgte. Die körperliche Anziehungskraft, die sie für ihn fühlte, konnte sie nicht verleugnen, und sie fragte sich, wie sie damit umgehen sollte. Sie suchte keinen Mann. Und der Mann, der sie verteidigen würde, war der letzte, mit dem sie sich einlassen konnte. Was immer auch passierte: Es war entscheidend, dass Jake seine Objektivität behielt.

Er reichte ihr ein Glas. „Auf Diane und Scott?“

Kimberly nickte. Sie war froh, dass er nicht *auf uns* gesagt hatte. Es konnte kein *uns* geben. Sie stieß mit ihm an und blickte anschließend durch die großen Fenster auf den Willamette River, der träge nach Norden floss.

Plötzlich flog die Tür auf, und Diane und Scott traten in den Saal. Fröhlich lachend schüttelten sie sich den Regen aus dem Haar und ließen gutmütig die Hochzeitsbräuche von frisch Vermählten über sich ergehen. Gemeinsam schafften sie es, die dreistöckige Torte anzuschneiden, einander mit einem klebrigen, mit Zuckerguss überzogenen Stückchen zu füttern und, mit ineinander verschränkten Armen, aus gravierten Silberbechern Champagner zu trinken.

„Grausames Ritual, nicht wahr?“, witzelte Jake.

Kimberly lachte und entspannte sich ein wenig, während Diane ihr Bouquet aus Rosen, Schleierkraut und Nelken hoch in die Luft warf. Die Blumen landeten direkt in den Händen eines jungen Mädchens, das vor Freude kreischte.

„Du hättest versuchen sollen, den Brautstrauß zu fangen“, meinte Jake. „Vielleicht hätte er dir Glück gebracht.“

„Oder Pech. Das kommt ganz auf den Blickwinkel an“, antwortete Kimberly.

„Das klingt aber zynisch, Miss Bennett.“

„Ich spreche nur aus Erfahrung.“

„Du willst mir doch nicht etwa sagen, dass du die Institution der Ehe aufgegeben hast?“

„Nein, nicht für jeden“, entgegnete sie. „Nur für mich.“ Sie betrachtete ihn über den Rand ihres Champagnerglases hinweg. „Und was ist mit dir?“

„Ein Mal ist mehr als genug“, stimmte er ihr zu.

„Kein Bedarf an einer Frau, die all deine Launen erträgt – deine Böden schrubbt, dir den Rücken kratzt, deinen Porsche wäscht?“

Seine Augen blitzten vergnügt auf. „Bewirbst du dich um den Job?“

„Nein.“

„Gut, denn ich habe gar keinen Porsche. Aber ich finde, du hast einen Trostpreis verdient.“

„Wofür?“

„Dafür, dass du den Strauß nicht gefangen hast. Hier …“ Er pflückte eine langstielige weiße Rose aus einem Korb, der vor blauen und weißen Blüten überquoll. „Für dich“, raunte er mit rauchiger Stimme und strahlenden Augen.

„Was wird Diane dazu sagen?“

„Diane schuldet mir etwas.“

„Komisch. Sie sagt genau das Gleiche über dich.“

„Aber ich bezahle meine Schulden.“ Seine Augen glitzerten. „Außerdem glaube ich, dass Diane von Scott viel zu sehr in Anspruch genommen wird, um eine einzige Blume zu bemerken.“

Kimberly nahm die zarte Knospe engegen und nippte an ihrem Champagner.

Aus einer Ecke spielten Musiker in Smokings. Als die sanften Klänge des Hochzeitwalzers den Raum erfüllten, tanzten Mr und Mrs Scott Donaldson ihren ersten Tanz als Mann und Frau.

„Sollen wir auch?", fragte Jake und nickte in Richtung Tanzfläche. Das flackernde Kerzenlicht glänzte in seinem braunen Haar.

Sie warf einen Blick auf die Uhr. „Ich sollte wirklich gehen …" Stattdessen jedoch nahm Jake ihr das Glas aus der Hand und zog sie schwungvoll auf das glänzende Parkett. Eine anmutige Drehung, und sie leisteten Scott und Diane und ein paar mutigeren Gästen Gesellschaft.

Sie hatte schon seit Jahren nicht mehr getanzt, aber Jake machte es ihr leicht. Seine starken Arme lagen sicher um ihre Taille, und sein Körper presste sich vertraut an den ihren.

Unverwandt sah er auf sie hinab. Sie verlor sich in seinen Augen, bis er mit seinem Kopf ihre Schläfe berührte und sie seinen Atem an ihrem Haar spürte.

Obwohl der Saal so viele Gäste beherbergte, bemerkte sie nichts und niemanden. Ihre ganze Aufmerksamkeit galt Jake und der sinnlichen Macht seiner Umarmung. Noch ein Stückchen enger drängte er sich an sie, sodass ihr Busen gegen seinen stahlharten Oberkörper gedrückt wurde und ihre Schenkel an die seinen. Eine Hand hatte er besitzergreifend auf ihren schmalen Rücken gelegt.

Der intensive Duft von Rosen und Nelken umhüllte sie, und sie schloss die Augen. Sie schien ihm noch näher zu kommen. Auch wenn tausend Stimmen in ihrem Kopf Vorsicht schrien, schenkte sie keiner einzigen Beachtung.

Seine Augen, dunkel vor Leidenschaft, versanken in ihren, und Kimberly erzitterte. Ihr war nicht kalt, nein. Die elektrisierende Energie, die durch sie hindurchjagte, ließ sie erschauern.

Aber das durfte sie nicht zulassen. Sie *durfte* einfach nicht!

Als wäre sie wieder ein Teenager, war sie entflammt von jeder seiner Berührungen – als wäre Jake der letzte Mann auf Erden, zu dem sie sich je hingezogen fühlen würde.

Die Musik endete, und sie zog sich aus seinen Armen zurück. „Ich muss jetzt wirklich gehen", hauchte sie, wohl auch, um sich selbst davon zu überzeugen.

„Die Party hat doch gerade erst begonnen!", wandte er ein.

Einen Moment lang dachte sie darüber nach, der Versuchung nachzugeben. Tief in ihrem Herzen wusste sie jedoch, dass sie sich dann vielleicht auf ihn einlassen würde. „Ich muss zurück, wirklich! Arlene passt auf Lindsay auf. Sie wartet sicher schon auf mich." Sie lächelte entschuldigend; seine Rose hielt sie noch immer in ihrer Hand. Schnell wandte sie sich ab. Sie musste gehen, bevor sie ihre Meinung änderte und entschied, bei ihm zu bleiben.

Frustriert kniff Jake die Augenbrauen zusammen und beobachtete sie – oder vielmehr ihre Flucht, denn genauso wirkte es: Ihr kastanienbraunes Haar flatterte hinter ihr her, das seidige Kleid schimmerte, als sie aus der Tür hastete.

Wie Aschenputtel um Mitternacht, dachte er. Er ballte die Hände zu Fäusten und versenkte sie in den Hosentaschen.

Am liebsten wäre er ihr nachgelaufen. Sie hatte etwas an sich, das ihn herausforderte, etwas, das ihn auf eine Weise berührte, die er nie zuvor erlebt hatte. „Das bildest du dir nur ein", sagte er zu sich, während die Kapelle einen lebhaften Popsong anstimmte.

Er sah aus dem Fenster und verfolgte, wie sie den Pfützen auf dem Parkplatz auswich. Ihre langen, schlanken Beine bewegten sich schnell, und der Wind spielte mit ihren Haaren. Ein Blitz erhellte einen Moment lang ihr Gesicht. Ein schönes Gesicht, das in einem Augenblick eine grimmige Entschlossenheit ausdrücken konnte, nur um im nächsten eine sinnliche Einladung auszusprechen.

Er fragte sich, ob es wohl einen anderen Mann in ihrem Leben gab, verwarf den Gedanken aber gleich wieder. Ihre Reaktion auf seinen impulsiven Kuss hatte er deutlich gespürt. Was im Übrigen ein entschiedener Fehler gewesen war! Robert Fishers Exfrau zu küssen! *Was ist nur in dich gefahren, McGowan?*

Kimberly steuerte ihren Wagen vom Parkplatz. Zur gleichen Zeit fuhr ein anderes Auto, ein weißer Kombi, vom Randstein los. Jake erhaschte nur einen flüchtigen Blick auf den Fahrer, denn Diane tippte ihm auf die Schulter.

„Wie ich sehe, verstehst du dich gut mit deiner neuen Klientin?" Sie versuchte wohl, ihr Lächeln zu verbergen, scheiterte aber kläglich. Ihre blauen Augen strahlten vergnügt, und Jake fühlte sich, als sei er irgendwie betrogen worden.

Gerade lief ein Kellner mit einem Silbertablett an ihnen vorbei, und Jake griff nach einem weiteren Glas Champagner. „Sag jetzt bloß nicht, dass das wieder einer von deinen lahmen Versuchen als Kupplerin war, Dr. Welby!"

„Ich heiße jetzt Donaldson, merk dir das!", schmunzelte Diane. „Und so lahm scheint er mir nicht zu sein. Außerdem braucht sie deine Hilfe."

„Ihr werdet beide nicht müde, mir das zu sagen."

Der schelmische Ausdruck wich aus Dianes Blick, und sie wurde ernst. „Sie hat Angst, ihr Kind zu verlieren. Das muss ich dir ja wohl nicht erklären."

Jake erstarrte, als wollte er sich schützen.

Ungerührt fuhr Diane fort: „Du könntest ihr helfen, weißt du? Und es gleichzeitig Robert Fisher heimzahlen. Sozusagen zwei Fliegen mit einer Klappe erledigen."

Jake erstarrte. „Hast du ihr etwa von Daniel erzählt?"

„Natürlich nicht", beruhigte ihn Diane. „Das steht mir nicht zu." Der Ausdruck in ihren Augen nahm einen traurigen Zug an, und sie berührte ihn sanft an der Wange. „Aber ich wünschte, es gäbe einen Weg, wie du ihn endlich ruhen lassen könntest."

Ich finde einen Weg, schwor sich Jake. Und Diane, die ihren Scott am anderen Ende des Saales entdeckt hatte, bahnte sich den Weg durch die Menge zu ihrem Bräutigam.

Letztendlich, so vermutete Jake, würde er Kimberly die Wahrheit über seine Beziehung zu Daniel sagen müssen. Am besten, bevor er die Kontrolle verlor. Bevor er sich mit ihr einließ.

Er nahm einen großen Schluck Champagner und starrte aus dem Fenster. Was sollte er ihretwegen nur unternehmen? Hätte er ein Gewissen, würde er seine Karten auf den Tisch legen. Er würde ihr sagen, was wirklich los war, würde zugeben, dass er Daniel Stevens Halbbruder war. Und dass er mit keiner Frau eine tiefe, emotionale Beziehung eingehen wollte – vor allem aber nicht mit einer Frau, die ein Kind hatte und einst mit Robert Fisher verheiratet gewesen war. Er würde ihr aber auch sagen, dass er *sie* wollte.

Unglücklicherweise schien es in letzter Zeit so zu sein, dass sein Gewissen ihm keine Schwierigkeiten bereitete.

## 6. KAPITEL

Kimberly atmete erst wieder durch, als sie mehrere Blocks zwischen sich und die Pioneer Chapel – und somit Jake McGowan – gebracht hatte. Wieso war sie ihm nur auf den Friedhof gefolgt? Weshalb hatte sie zugelassen, dass sein trauriger Anblick sie so durcheinanderbrachte? Und warum, du lieber Himmel, hatte sie zugelassen, dass er sie küsste?

Seufzend warf sie einen Blick auf die weiße Rose, die nun, taufrisch vom Regenwasser, auf dem Beifahrersitz lag. Die Blume entlockte ihr ein Lächeln, gleichzeitig aber erinnerte sie sie unweigerlich an Jake und seinen überwältigenden Kuss. Er hatte tief in ihrem Inneren ein Verlangen geweckt – ein Verlangen, das sie sich nicht eingestehen wollte.

„Reiß dich zusammen!", schimpfte sie und warf sich dabei einen Blick über den Rückspiegel zu. Ihre Wangen waren gerötet und ihre Augen strahlten. Wenn sie daran dachte, wie sich Jakes Mund auf ihrem angefühlt hatte ... „Oh, Kimberly, du bist *wirklich* eine Närrin!", flüsterte sie. Das Auto, das hinter ihr herfuhr, bemerkte sie kaum.

Sie lenkte das Auto auf die von Pfützen übersäte Auffahrt ihres Cottages. Sie musste ihre Fantasien von Jake unbedingt beiseiteschieben! Sie waren indiskutabel! Himmelherrgott, er war ihr *Anwalt*! Er musste objektiv bleiben, um ihr dabei helfen zu können, Lindsay zu behalten!

Sie griff nach ihrer Handtasche und der Rose, kletterte aus dem Auto und duckte sich unter der tropfenden Waldrebe hindurch, die die Regenrinne der hinteren Veranda berührte. Dann fiel die Tür hinter ihr ins Schloss.

„Mommy!" Lindsay wäre beinahe ausgerutscht, während sie mit rosigen Wangen und wehenden Haaren aus der Küche rannte und sich in Kimberlys ausgebreitete Arme stürzte.

„Hallo, Schätzchen!" Kimberly drückte ihre Tochter so fest,

als könne sie damit die schwarzen Wolken verscheuchen, die über ihnen schwebten.

Lindsay wand sich fröhlich quietschend in ihrer Umarmung. „Oh, du siehst aber hübsch aus!“ Mit großen runden blauen Augen betrachtete sie Kimberlys Kleid und die einreihige Perlenkette, die ihren schlanken Hals schmückte. „Wo bist du gewesen?“

„Auf einer Hochzeit. Und ich habe dir etwas mitgebracht, schau!“ Feierlich überreichte Kimberly Lindsay die weiße Rose.

„Ich wäre auch gerne hingegangen!“ Lindsay schob ihre kleine Unterlippe vor. Nichtsdestotrotz nahm sie die Blume an und betrachtete nachdenklich die elfenbeinfarbenen Blütenblätter.

Kimberly hauchte ihrer Tochter einen Kuss auf die Stirn. „Vielleicht das nächste Mal!“, versprach sie, während Arlene flotten Schrittes in die Diele kam.

„Wie war die Hochzeit?“, erkundigte sie sich.

„Wie im Märchen. Diane ist im siebten Himmel.“

„Wie schön für sie! Du könntest dir daran ein Beispiel nehmen.“

„Woran?“

„Nicht alle Männer sind gleich.“ Arlene band sich die Schürze los.

Als ob ich das nicht wüsste, dachte Kimberly bei sich. Lindsay löste sich von ihrer Mutter, drehte sich um und trottete davon.

„Und – wie ist es heute gelaufen? War Lindsay …“

„Sie war ein Engel, wie immer.“

„Aber sicher!“ Kimberly lachte.

Arlene schmunzelte ebenfalls. „Na ja, ihr Heiligenschein verschiebt sich zwar hin und wieder … Aber es wäre ja nicht normal, wenn es das nicht täte.“

„Vermutlich hast du recht." Kimberly nahm eine Tasse aus dem Schrank, griff nach der Glaskanne in der Kaffeemaschine und goss sich eine Tasse ein. Fragend hob sie Arlene den Becher entgegen, doch die schüttelte den Kopf.

„Danke, ich hatte schon genug. Aber erzähl mir jedes noch so kleine Detail von der Hochzeit!"

Sie ging die gesamte Zeremonie durch, und Arlenes Augen glänzten. „Ich bin jedenfalls froh, dass du hingegangen bist. Ab und zu musst auch du dich amüsieren."

„Ich bin mir nicht sicher, ob ich eine Hochzeit als Amüsement betrachten würde."

„Du weißt genau, was ich meine. Du musst leben und auf den Putz hauen! Und auszugehen ist allemal besser, als hier herumzusitzen und dir Sorgen darüber zu machen, was dein ..." – Arlene spähte in den Flur, doch das kleine Mädchen suchte im Wohnzimmer nach ihrer Schmusedecke – „... dein Exmann noch in petto hat. Ich schwöre dir, wenn ich ihn je in die Finger kriege ..." Ihre Augen funkelten empört.

Trotz ihrer eigenen Befürchtungen musste Kimberly angesichts von Arlenes Kampfgeist lachen. „Wenn Robert *das* wüsste, würde er vor Angst erzittern!"

„Besser wäre es!" Arlene lachte. „Ich habe einen großen Topf Linsensuppe gemacht und frische Schokoladenkekse gebacken."

„Oh, danke", lächelte Kimberly gerührt. „Aber nimm doch auch ein paar mit für Lyle!"

„Ein andermal vielleicht", winkte Arlene ab. Sie griff nach ihrer Jacke. „Ich komme morgen früh wieder. Wenn das Wetter sich aufklart, gehe ich mit Lindsay hinüber in den Park. Vielleicht sind da ja noch ein paar Enten, die noch nicht herausgefunden haben, dass sie jetzt eigentlich in Palm Beach sein sollten." Mit einem Winken war sie fort.

„Hey! Schau mal her!" Kaum war Arlene aus der Tür, kam

Lindsay in die Küche stolziert. Sie trug ein Strassdiadem in ihrem Haar und eine lange Perlenkette, eines von Kimberlys Spitzenunterkleidern und ein Paar von ihren Pumps. „Ich bin eine Braut", verkündete sie stolz.

„Und eine ganz besonders hübsche dazu", lachte Kimberly und wirbelte ihre Tochter vergnügt herum. „Und? Wer ist der Glückliche?"

„Der Glückliche?"

Kimberly schmunzelte. „Na, du weißt schon, der Mann, den du heiratest."

„Niemand!", verkündete die Kleine mit Nachdruck. „Wie du."

„Wie ich", wiederholte Kimberly. „Na ja, meine Süße, ohne einen Bräutigam kann man eigentlich nur schwer eine Hochzeit feiern. Aber wenn du es so haben möchtest – ich habe nichts dagegen."

„Gut." Die Kleine lächelte schelmisch und beäugte die Keksdose, die auf dem Tresen und somit außerhalb ihrer Reichweite stand. „Kann ich jetzt einen Keks haben?"

„Später. Zuerst essen wir ein bisschen Suppe."

Lindsay verzog das Gesicht. „Plätzchen mag ich aber lieber."

„Das tun die meisten von uns." Kimberly stellte ihre Tochter auf die Füße. Die Kleine war sogleich damit beschäftigt, auf den Pfennigabsätzen die Balance zu halten.

Kimberly tätschelte Lindsays hellen Lockenkopf. „Ich ziehe mich jetzt um, und dann können wir essen."

Sie eilte den kurzen Flur bis zu ihrem Schlafzimmer hinunter und zog sich das Kleid über den Kopf. Während sie begann, ihre Haare zu bürsten, betrachtete sie sich nachdenklich in dem ovalen Spiegel über ihrer Kommode. Ihre blaugrünen Augen funkelten, während die Erinnerung an Jake auf sie einstürmte.

Nur allzu deutlich spürte sie, wie sie dabei langsam errötete.

Ihre Gefühle gerieten in Aufruhr, sobald sie an Jake McGowan dachte. Was sie für diesen Mann empfand … Kimberly seufzte leise auf. Irgendwie mussten diese Gefühle doch zu überwinden sein! Entnervt warf sie ihre Bürste auf die Kommode und kickte ihre Schuhe von den Füßen.

Sie machte sich schwere Vorwürfe. Niemals hätte sie Jake McGowan auf den Friedhof folgen dürfen, niemals sich gestatten dürfen, seinem Charme zu erliegen. Ihr Blick kehrte zu ihrem Spiegelbild zurück. „Du hast ein ganz schönes Chaos angerichtet!“, schimpfte sie, bevor sie sich für einen Moment auf ihr Bett sinken ließ.

Unabhängig von allem, was geschehen war, sie musste Jake sachlich entgegentreten. Zum Teufel noch mal, sie brauchte ihn schließlich! „Du hast keine andere Wahl!“, flüsterte sie, lehnte sich in die Kissen und schloss die Augen. Doch was sie vor sich sah, war Jakes Gesicht.

Als Jake nach Hause fuhr, kreisten seine Gedanken ausschließlich um Kimberly. Die Sinne noch immer bis zum Äußersten gespannt, fragte er sich, was ihn nur geritten hatte, dass er Kimberly zuerst geküsst und anschließend auch noch so eng mit ihr getanzt hatte. Noch immer konnte er ihr elegantes Parfum riechen, die Wärme ihres Körpers spüren. Es war ihm unmöglich gewesen, auch nur einen klaren Gedanken zu fassen, als sie sich an ihn schmiegte.

Sogar jetzt noch wurden seine Hände feucht, wenn er daran dachte, wie er beim Tanzen auf sie hinunter gesehen hatte. Sie hatte ihren Kopf nach hinten geneigt. Ihr Haar streifte seinen Arm, und ihr Blick berührte den dunkelsten Winkel seiner Seele.

Dass ihr Haar vom Wind zerzaust war, schien ihr nicht viel auszumachen. Der Drang, seine Hände in den langen duftenden Strähnen vergraben zu wollen, war beinahe übermächtig geworden. Es hatte ihn erhebliche Anstrengung gekostet, seinen Blick von den rosigen Lippen abzuwenden.

Fast wäre er von dem verrückten Wunsch, sie auf die Arme zu nehmen, überwältigt worden – von dem Wunsch, sich in ihrem Körper und ihrer Seele zu verlieren. Doch er hatte es nicht getan. Irgendetwas – sein gesunder Menschenverstand vielleicht? – hatte ihn davon abgehalten.

Den Blick auf die dunklen Straßen gerichtet, erkannte er, dass er schon seit Jahren nicht mehr so fasziniert von einer Frau gewesen war. Und obwohl seine Vernunft ihm sagte, dass er einen unabänderlichen Fehler beging, konnte er dem Verlangen nicht widerstehen, das sich seiner bemächtigte.

Es war einfach unvorstellbar, dass Kimberly Bennett tatsächlich zu Robert Fisher gehört hatte! Sie war warmherzig und sanft, und die erotischen Gedanken an sie brachten sein Blut in Wallung.

Als die Rücklichter vor ihm aufleuchteten, trat Jake auf die Bremse. Der Bronco geriet ins Schleudern.

„Vergiss sie", murmelte er. Doch noch bevor er die Worte ausgesprochen hatte, wusste er, dass er das nie tun würde.

Die Morgensonne blendete ihn beim Autofahren. Jakes Augen brannten, er hatte zu wenig geschlafen. Stundenlang hatte er über jedem noch so winzigen Detail gebrütet, das in Robert Fishers Akte zu finden gewesen war. Er hatte gehofft, irgendetwas darin zu finden, etwas Greifbares. Etwas, das er als Verhandlungsargument einsetzen konnte, um Fisher dazu zu bewegen, den Sorgerechtsstreit fallen zu lassen.

Insgeheim erhoffte er sich mehr. Er suchte fieberhaft nach der Spur eines Beweises, der übersehen worden war, einem Beweis, der Fisher endgültig hinter Gitter bringen würde. Doch seine Hoffnung war vergebens.

Er stieg aus seinem Auto und versuchte, sich selbst davon

zu überzeugen, dass seine schlechte Laune rein gar nichts mit der Tatsache zu tun hatte, dass er Kimberly seit der Hochzeit, seit zwei Tagen, nicht mehr gesehen hatte. Wieso sollte das auch eine Rolle spielen?

Ganz früh an diesem Morgen, als er schließlich aufgegeben und die Fisher-Akte geschlossen hatte, war er wie erschlagen ins Bett gefallen. Doch anstatt einzuschlafen und sich auszuruhen, hatte er in einem fort auf die Uhr gestarrt und den Geräuschen der Nacht zugehört. Unablässig wanderten seine Gedanken zu Kimberly, immer und immer wieder. So oft er sich auch dazu zwang, an etwas anderes zu denken: Es dauerte nicht lange, bis er wieder an ihr sanftes Lächeln und ihre strahlenden Augen denken musste.

Einen unterdrückten Fluch auf den Lippen, drückte er die Bürotür auf. Überrascht bemerkte er den leisen Klang klassischer Musik und den Duft von frischem Kaffee. Was für eine willkommene Begrüßung!

Sarah, die füllige Sekretärin, die er von Diane übernommen hatte, saß an ihrem Schreibtisch und ließ ihre Finger über die Computertastatur fliegen.

Sie hob den Blick und lächelte ihn an. „Guten Morgen, Mr McGowan!"

„Guten Morgen, Sarah", erwiderte er. „Aber bitte nennen Sie mich Jake. Wenn wir es nicht gerade mit spießigen Klienten zu tun haben, halten wir alles ganz zwanglos."

„Wird gemacht. Möchten Sie eine Tasse Kaffee?"

Er quälte sich ein Lächeln ab. „Ich bediene mich selbst."

Sarah nickte lächelnd und machte sich wieder an die Arbeit.

Jake wanderte den Gang hinunter zur Küche. Dort goss er sich einen Becher schwarzen Kaffee ein und wärmte sich die Hände an der Tasse. Heute Morgen hatte er mehrere Kliententermine vor sich, doch er brachte es nicht fertig, seine Aufmerksamkeit auf Grundstücksstreitigkeiten, Patentverletzungen oder

Steuerschlupflöcher zu lenken. Er konnte sich auf nichts anderes konzentrieren als auf Robert Fisher.

Und Kimberly Bennett.

„Du bist ja total besessen!“, murmelte er, durchquerte wieder den Empfangsbereich und nahm den Stapel Telefonnachrichten von Sarah entgegen. Er blätterte sie schnell durch, in der Hoffnung, Kimberlys Namen zu lesen. Stattdessen blieb er mit der letzten Nachricht in der Hand erstaunt in der Tür stehen. Ben Kesler hatte endlich zurückgerufen!

Jakes Stimmung hellte sich auf. „Jetzt bewegt sich endlich was“, brummte er, während er der Bürotür einen Stoß versetzte und sie ins Schloss fiel. Dann ließ er sich in seinen Stuhl fallen.

Dass Sarah seinen Schreibtisch umgeräumt hatte, fiel ihm zunächst nicht auf. Er bemerkte es erst, als er zum Hörer griff und sein Blick auf das Bild fiel. Seine Hand erstarrte mitten in Bewegung, als er auf das Gesicht eines kleinen zweijährigen Jungen starrte. Eines Jungen mit dunklen Haaren und blauen Augen. Eines Jungen, der eine gelbe Plüschente im Arm hielt und dessen Gesichtchen ein breites Lächeln erhellte. Eines Jungen, den er von ganzem Herzen geliebt hatte. Eines Jungen, der sein Sohn war.

Jake ließ den Telefonhörer fallen. Mit einem dicken Kloß im Hals nahm er das Foto in die Hand und starrte es an. Er unterdrückte den Schmerz, der unweigerlich auf ihn einstürmte, ließ ihn nicht zu, so wie er es immer tat. Dann stellte er den Rahmen auf die Kommode hinter sich.

Er runzelte die Stirn und wartete, bis er seine Fassung wiedergefunden hatte. Schließlich griff er nach dem Telefon und hämmerte Keslers Nummer hinein.

Doch der war in einer Besprechung. Seine Sekretärin versprach, dass er zurückrufen würde. Ohne weiter darüber nachzudenken, wählte Jake Ron Koskis Nummer und hinterließ eine Nachricht. Eine halbe Stunde später hatte er Koski selbst am Apparat.

„Wie geht es dir?“, fragte er mit seiner rauen Stimme.

Jake redete nicht lange um den heißen Brei herum. „Ich habe in der Fisher-Akte nicht besonders viel gefunden. Eigentlich habe ich gar nichts gefunden, was ich nicht schon gewusst hätte. Ich will, dass du dich noch mal mit Brecken beschäftigst! Sieh zu, ob du nicht noch irgendetwas herausfinden kannst.“

„Was ist denn los?“

„Wahrscheinlich nichts“, sprach Jake seine Überlegung laut aus und lehnte sich in seinem Stuhl zurück. „Aber wenn die Polizei Fisher näher kommt, dann wird er es wissen. Irgendjemand wird ihm diese Information schon zuspielen, wenn der Preis stimmt. Und wenn dem so ist, bereitet er sich vielleicht auf einen sehr langen Urlaub vor.“

Koski pfiff leise vor sich hin. „Und du glaubst, dass er sich deswegen so plötzlich für die Kleine interessiert.“

„Ich weiß es nicht“, gab Jake zu. Er wollte gar nicht erst darüber nachdenken, was mit Kimberly passieren würde, wenn sie ihr Kind verlor. „Ich möchte nur keine Überraschungen erleben. Mal sehen, was du noch ausgraben kannst.“

„Wird gemacht. Aber Brecken ist in letzter Zeit sehr zugeknöpft.“

„Ich weiß“, erwiderte Jake und rieb sich nachdenklich das Kinn. „Gerade das macht mir ja auch solche Sorgen.“

Um fünf Uhr am Nachmittag stürmte Bill Zealander in Kimberlys Büro. Sein Gesicht war wutverzerrt, seine Augen hinter der Brille mit Drahtgestell gerötet. „Was hat das zu bedeuten?“ Mit herrischer Geste schleuderte er eine Akte mit einem daran gehefteten Memo auf ihren Tisch.

„Was hat was zu bedeuten?“

Er kniff die Augen zusammen, während sie das Memo las.

„Eric hat *Ihnen* das Juniper-Treuhandvermögen zugewiesen", zischte er ihr zu. „Wieso?"

„Weil die Erben mich verlangt haben."

Seine Nasenflügel bebten. „Welche Erben?"

„Henry und Carole. Die Kinder."

„Das ist doch lächerlich!"

„Als ich in der Hypotheken-Abteilung war", antwortete Kimberly ruhig, „habe ich Henry geholfen, einen Baukredit abzusichern, und Carole, ein Depot einzurichten."

„Und das soll alles sein?" Zealanders Stimme triefte vor Zweifel.

„Mit Ausnahme der wenigen Wochen, die ich mit ihnen am Nachlass gearbeitet habe. Weshalb?"

„Das wissen Sie ganz genau!" Er lehnte sich über ihren Schreibtisch. „Der Juniper-Nachlass ist über fünf Millionen Dollar schwer. Er ist einer der Größten in der gesamten Abteilung!" Sein Mund war nur mehr ein schmaler Strich in seinem verbissenen Gesicht. „Glauben Sie ja nicht, dass das letzte Wort schon gesprochen ist! Ich werde auf jeden Fall mit Eric darüber reden!"

Kimberly erwiderte seinen Blick ruhig. „Das würde mir nicht im Traum einfallen, Bill. Machen Sie nur! Reden Sie, so viel Sie wollen."

„Das werde ich." Er schnappte sich die Akte und verschwand so schnell aus der Tür, wie er gekommen war.

„Miss Bennett?" Marcies Stimme erklang fast im gleichen Moment über die Gegensprechanlage. „Ein Anruf für Sie auf Leitung zwei. Mr McGowan."

Kimberlys Herz machte einen Sprung. „Danke", sagte sie und griff nach dem Telefonhörer. „Kimberly Bennett?"

Jake redete nicht lange um den heißen Brei herum. „Wir müssen uns treffen, so schnell wie möglich. Ich habe gerade mit Kesler gesprochen."

Kimberly stockte der Atem. „Und?“

„Und es sieht so aus, als hättest du recht. Robert ist wild entschlossen, das alleinige Sorgerecht zu bekommen.“

Kimberly schloss die Augen. Ihre Finger verkrampften sich um den Hörer. „Ich wusste es!“, flüsterte sie erschüttert. „Ich habe es einfach gewusst!“

„Wir sollten uns sofort treffen.“

„Natürlich!“

„Ich hole dich ab, und wir reden beim Essen.“

Ihr kam es nicht einmal in den Sinn, etwas anderes vorzuschlagen – zu sehr war sie in ihren Grundfesten erschüttert. Es stimmte also. Robert würde die Sache durchziehen, so wie er ihr gedroht hatte. „Kann er sie mir wegnehmen?“ Ihre Stimme zitterte.

„Nicht, wenn ich es verhindern kann.“

Benommen legte Kimberly den Hörer auf. Zumindest hatte sie Jake auf ihrer Seite. Das war gut. Jake McGowan würde ein gefährlicher Gegner sein, dessen war sie sich sicher.

Jake hielt Wort und war knapp fünfundvierzig Minuten später bei ihr. Marcie führte ihn ins Büro, zwinkerte Kimberly hinter seinem Rücken zu und verschwand wieder.

Kimberly sah von ihrem Schreibtisch auf. Sorge stand in seinen Augen, und ihr Herz begann, unbeherrscht zu flattern. „Was hat Kesler gesagt?“

„Du möchtest hier darüber sprechen?“

Sie biss sich auf die Lippe. „Im Grunde nicht. Das klingt jetzt vielleicht paranoid, Robert ist hier überall. Er ist ein großer Kunde der Bank.“

„Und die Wände haben Ohren?“, deutete Jake an und lächelte ironisch.

„Ich möchte kein Risiko eingehen.“ Kimberly fuhr sich mit der Zunge über die Lippen. „Ich habe Angst, Jake“, gestand sie leise. „Große Angst.“

„Das brauchst du nicht. Noch ist nichts passiert."

„Ich kann sie nicht verlieren. Ich kann nicht!" Er legte seine Arme um sie, und sie lehnte sich an ihn. Sein Körper, seine Stärke fühlten sich so richtig an – so natürlich. Sie dachte nicht einmal daran, sich aus seiner Umarmung zu befreien, nein, sie schmiegte sich an ihn. Sie spürte seine weiche Jacke an ihrer Wange, der Duft von Leder und seinem Aftershave stieg ihr in die Nase. „Lindsay …"

„Schhh", beruhigte er sie. „Habe ich dir nicht gesagt, dass ich das nicht zulassen werde?"

Sie nickte, und ihre Haare kitzelten ihn am Kinn. „Aber du kennst Robert nicht."

Die Muskeln in seinem Körper spannten sich an. „Ich kenne ihn."

„Er kann so …"

„… skrupellos sein?"

„Ja", gab sie zitternd zu. „Skrupellos."

Er legte ihr einen Finger unter das Kinn und hob sanft ihren Kopf an. Ihre angsterfüllten Augen begegneten seinem ruhigen Blick. „Dann nehme ich an, dass ich einfach noch skrupelloser sein muss, nicht wahr?"

„Du willst dich auf sein Niveau herablassen?"

Sein Mund verzog sich zu einem Lächeln. „Sagen wir einfach, ich werde tun, was nötig ist. Und jetzt komm! Lass uns von hier verschwinden."

Sie hatte nichts dagegen. Sie löste sich widerwillig aus seiner Umarmung und griff nach ihrem Mantel. „Und wohin gehen wir?"

„Gibt es irgendwas in der Nähe?"

„Nein." Kimberly wollte nicht das Risiko eingehen, dass jemand aus der Bank ihr Gespräch zufällig belauschte. Sie wusste, dass einige Kollegen sich hin und wieder in den umliegenden Bars und Restaurants trafen.

„Wie wär's mit dem Bollinger's?", schlug er vor.

Das Restaurant lag hoch oben in den Hügeln nordwestlich von Portland. Ihr fiel kein Ort ein, der abgelegener war. Und, soweit sie wusste, war das Bollinger's keine von Roberts bevorzugten Adressen. „Wir treffen uns dort."

„Du könntest mit mir fahren."

Plötzlich fühlte sie sich albern, weil sie vor einem Moment noch beinahe die Beherrschung verloren hätte. Sie strich sich das Haar mit einer entschlossenen Bewegung aus dem Gesicht und sagte: „Ich kann selbst fahren. Wirklich. So ist es einfacher."

„Wie du willst ..."

Gemeinsam gingen sie zum Aufzug. Unten in der Tiefgarage angekommen, beobachtete sie, wie er seinen Bronco aufschloss, bevor sie in ihren eigenen Mercedes glitt. Nachdem sie aus der Garage herausgefahren waren, steuerten sie in Richtung Westen.

Keine zwanzig Minuten später saßen sie sich an einem kleinen Tisch gegenüber. Das Restaurant war in einem alten viktorianischen Gebäude untergebracht; seit der Jahrhundertwende war es mehrmals renoviert. Das Bollinger's war eine wahre Antiquitäten-Schatztruhe: Es war vollgestopft mit Mobilmachungsplakaten der beiden Weltkriege, Kuriositäten aus den Vierzigern und Fünfzigern, Schallplattenhüllen aus den Sechzigern, Tiffany-Lampen und Filmplakaten großer Klassiker.

Kimberly bemerkte all das jedoch kaum. „Erzähl mir, was Ben Kesler gesagt hat."

Ihr Tisch war so klein, dass Jakes Bein das ihre streifte. Das Kerzenlicht flackerte auf seinem ernsten Gesicht. „Eigentlich ist es ganz einfach: Sie haben vor, dir das Sorgerecht wegzunehmen. Robert ist der Ansicht, dass du als Mutter ungeeignet bist."

„Oh Gott!"

„Es zu sagen und es zu beweisen, sind zweierlei Paar Schuhe", sagte er ruhig.

Der Kellner kam an ihren Tisch, und Jake bestellte eine Flasche Wein und das Essen für sie. Sie wollte protestieren, doch letztendlich war es egal. Das Essen interessierte sie kaum. Sie machte sich ausschließlich Sorgen um Lindsay.

Der Ober kehrte mit dem Wein zurück, und Jake schenkte ihnen beiden ein Glas ein. „Und jetzt erzähl mir von deinem Leben", forderte er sie auf.

„Was willst du wissen?"

„Was machst du den ganzen Tag?"

„Du meinst in meiner üppigen Freizeit? Wenn ich nicht gerade Mutter oder Bankangestellte bin?"

Das Kerzenlicht spiegelte sich in seinen Augen. „Stimmt genau."

„Ich schlafe … und treibe ein wenig Sport. Ich sehe fern und lese. Ganz schön aufregend, was?", fragte sie und nippte an ihrem Glas. In diesem Moment wurden knackige Salate und ein knuspriges Baguette serviert.

„Und was ist mit Männern in deinem Leben?"

„Männer? Gleich in der Mehrzahl?", erwiderte sie ein wenig defensiv.

„Na gut, dann erzähl mir etwas über den *Mann* in deinem Leben."

Sie schlug die Augen nieder. Sie spießte ein Stückchen Tomate auf ihre Gabel auf und versuchte, gegen die Wut anzukämpfen, die in ihr aufwallte. „Ich hasse das, weißt du?"

„Was?"

„Dass ich … Rechenschaft ablegen soll. Dass mein Leben seziert und unter einem Mikroskop analysiert wird!"

„Ich weiß." Er streckte seine Hand aus und legte sie tröstend auf die ihre. „Aber ich muss das fragen", sagte er mitfühlend.

Die zärtliche Geste rührte ihr Herz. Trotzdem entzog sie

ihm ihre Hand und sah ihn direkt an. „Es gibt keinen Mann." *Außer vielleicht dich.*

Jake starrte sie eine Sekunde lang an, dann blinzelte er und richtete sein Augenmerk auf den Brotkorb zwischen ihnen. „Du bist doch seit der Scheidung sicher ausgegangen?"

„Kaum." Kimberly war es nicht gewohnt, ihr Privatleben vor einem Mann auszubreiten – vor keinem Mann. Und bei Jake war es noch einmal eine andere Geschichte. Ihm ihre Seele zu offenbaren, erforderte Mut. Sie musste sich daran erinnern, dass sie ihn selbst engagiert hatte. „Da gibt es nicht viel zu erzählen." Der Kellner entfernte die Salatteller und servierte dampfende Pasta. „Der erste Mann war ein alter Freund der Familie – nichts Romantisches. Und der zweite ... Na ja, der war ein Fehler."

„Weshalb?"

„Es war Eric Compton – mein Boss. Er ist Vizepräsident der First Cascade und für die Treuhandabteilung verantwortlich. Eric ist direkt Aaron Thorburn, dem Präsidenten der Bank, unterstellt. Es war zwar nur eine Verabredung, aber sie hat alle möglichen Probleme verursacht."

„Welche zum Beispiel?"

„Andere Mitarbeiter dachten, ich würde mich nach oben schlafen – einer im Besonderen."

Einen Augenblick lang sah er sie unverwandt an. „Und? Hast du?"

Beinahe wäre ihr vor Überraschung der Mund offen stehen geblieben. Schätzte er sie tatsächlich so ein? „Was glaubst du?"

Er lächelte träge. „Es scheint nicht dein Stil zu sein."

„Vielen Dank", entgegnete sie trocken. „Das ist es auch nicht. Eigentlich wünsche ich mir sogar, ich wäre nie mit Eric ausgegangen. Dann wären die Dinge viel einfacher gewesen." Sie runzelte die Stirn. Eric hatte gehofft, in jener Nacht etwas mit ihr anzufangen. Er hatte erwartet, dass sie ihm zu Füßen liegen würde. Er war sogar so weit gegangen, ihr anzubieten, dass sie die Nacht mit ihm verbringt. Bei diesem Vorschlag wäre sie damals beinahe an ihrem Drink erstickt. Nein, jener Abend war in vielerlei Hinsicht ein Desaster gewesen.

„Und du bist nie wieder mit ihm ausgegangen?"

„Nein." Sie trank einen Schluck Wasser.

„Warum nicht?"

„Man muss das Getratsche ja nicht auch noch anfachen. Ich hatte als einzige weibliche leitende Angestellte der Treuhandabteilung genügend Probleme – auch ohne die ‚Geliebte' vom Chef zu sein."

„Und Compton? Hat er das einfach so akzeptiert?"

„Ich ließ ihm kaum eine Wahl."

Durchdringend sah er sie an. „Noch jemand?"

„Nichts Ernstes."

Eine unangenehme Stille breitete sich zwischen ihnen aus. Kimberly wünschte, sie hätte sich hier nicht mit ihm getroffen. Der kleine Tisch war zu intim, Jake war ihr zu nahe, sein Blick zu intensiv. Seine Augen ruhten auf ihr, während er an seinem Wein nippte. Sie starrte auf seinen Hals. In diesem schummrigen Licht war die kleine, natürliche Bewegung, als er schluckte, so unbeschreiblich sinnlich. Mit Mühe wandte sie ihren Blick ab und sah aus dem Fenster. Die Lichter Portlands funkelten in der Ferne.

„Erzähl mir von Lindsay", flüsterte Jake.

Kimberlys Kopf schnellte hoch. „Was denn?"

„Alles. Sie ist wie alt? Fünf?"

„Ja. Robert und ich waren etwas über ein Jahr verheiratet, als sie auf die Welt kam." Mit einem Mal fühlte sie sich gehemmt. „Ich war außer mir vor Freude, als ich herausfand, dass ich schwanger war."

„Und Robert?"

„Schlug eine Abtreibung vor." Das war der Anfang vom

Ende gewesen, dessen war sie sich heute bewusst. „Aber auf diesem Ohr war ich taub, deshalb stritten wir uns viel. Während der letzten Monate der Schwangerschaft schien es, als würde er seine Meinung ändern. Und als Lindsay dann geboren wurde, heuchelte er sogar Interesse."

Jakes Augen schienen sie zu durchbohren. „Und was ist schiefgegangen?"

„Er wollte einen Jungen." Sie lächelte schief. „Ziemlich archaisch, nicht?"

Ein Schatten huschte über sein Gesicht. „Sehr."

Sie schob die Reste ihres Essens auf dem Teller hin und her und legte schließlich die Gabel beiseite. „Er schien sich nie besonders für unsere Tochter zu interessieren. Versteh mich bitte nicht falsch – er war nie grausam oder Ähnliches, er war einfach unaufmerksam. Und irgendwann verlor er auch sein Interesse an mir."

„Also wolltest du die Sache beenden …"

„Oh nein!" Sie war selbst überrascht, wie wichtig es ihr war, dass er sie verstand. „*Er* wollte die Scheidung. Ich habe mich anfangs dagegen gewehrt."

„Warum?"

„Weil wir Eltern waren. Wir hatten dieses wundervolle Baby, und ich wollte eine perfekte kleine Familie schaffen." Zynisch verzog sie die Lippen.

„Und er wollte das nicht?"

„Zu diesem Zeitpunkt gab es schon eine andere Frau", erklärte sie. Schmerz durchzuckte sie, genauso real und kalt wie in jener Nacht, als Robert ihr von Stella erzählt hatte. „Erst dann habe ich angefangen, den Gerüchten und Anspielungen in den Zeitungen mehr Aufmerksamkeit zu schenken."

„Und ihnen zu glauben?"

„Nein … ja … Ach, ich weiß nicht. Wo Rauch ist, ist auch Feuer … aber ich habe nie etwas gesehen oder gehört, was all die Spekulationen bestätigt hätte."

Sie verdrängte die Gedanken an Robert und ihre kurze, unglückliche Ehe. Jake lenkte sie von dem schmerzhaften Thema ab, kümmerte sich bald darauf um die Rechnung und begleitete sie hinaus.

„Weißt du ...", begann er, als sie draußen standen und die Dunkelheit sie umgab, „... wir haben ein Problem."

„Nur eines?", zog sie ihn auf und lächelte ihn entwaffnend an. Die Luft in dieser klaren Nacht war eisig kalt.

„Glaub mir, *dieses* Problem reicht vollkommen." Er nahm sie bei der Hand, und sie spürte seine warmen Finger. Ein erregender Schauer kribbelte über ihren Arm.

Ihr Herz begann, heftig zu klopfen. „Und was wäre das?"

„Du und ich."

„Was ist mit uns?"

„Ich möchte dich öfter sehen, Kimberly", erklärte er, wobei ihm dieses Zugeständnis offensichtlich schwerfiel.

„Ich glaube, wir werden einander in den nächsten Wochen sehr oft sehen."

Mit kalten Fingern strich er sich durchs Haar. „Ich weiß. Das Dumme ist nur, dass ich mehr will als das – mehr als eine rein geschäftliche Beziehung. Ich weiß, das ist verrückt und tabu, aber so ist es nun mal." Seine Augen verdunkelten sich. Ihr Herz schlug so laut, dass sie glaubte, es deutlich hören zu können.

„Ich glaube nicht, dass es vernünftig ist ..."

„Ich *weiß*, dass es das nicht ist", unterbrach er sie heftig. „Aber wir können nicht verleugnen, was wir fühlen."

„Oh Jake! Nicht ..."

Er ließ sie nicht weitersprechen. „Streite es nicht ab, Kimberly!"

Ihr Hals war wie zugeschnürt, als er sie langsam an sich zog. „Ich stelle dir all die Fragen aus zweierlei Gründen. Zum einen wegen des Falls. Und zum anderen ... für mich."

Das Geständnis trieb ihren Herzschlag noch weiter an. Unbewusst benetzte sie ihre Lippen und zog damit seinen Blick auf ihren Mund. „Ich ... Wir sollten das auf rein geschäftlicher Ebene belassen", schlug sie mit ungewöhnlich heiserer Stimme vor.

„Du hast absolut recht. Aber ich glaube nicht, dass ich das kann." Dabei sah er sie so intensiv an, dass sie innerlich dahinschmolz.

„Ich habe eine Tochter, an die ich denken muss."

„Ich weiß."

„Und ..." Langsam entzog sie ihm ihre Hand. „Und manchmal beschleicht mich das Gefühl, als würdest du mir etwas verheimlichen, Jake. Als wärst du nicht ganz ehrlich zu mir."

Er sah sie an, als sei er plötzlich auf der Hut. Sollte er ihr jemals ein Geheimnis anvertrauen, dann bestimmt nicht heute Abend.

Enttäuscht wandte sie sich ab. Doch dann spürte sie, wie seine Hand ihre Schulter umschloss und er sie mit einer raschen Bewegung an sich zog. „Ich weiß, es ist verrückt", murmelte er, „aber ich kann nicht anders." Und dann berührten seine Lippen die ihren. Er küsste sie mit dem gleichen rasenden Feuer wie auf Dianes Hochzeit, und sie konnte und wollte ihn nicht aufhalten. Glühend erwiderte sie seinen Kuss. Sie wurde von der stürmischen Leidenschaft mitgerissen, schmiegte sich an ihn.

Als er schließlich seinen Kopf hob, sah er sie durchdringend an. In seinen Augen funkelte ein Hauch von Belustigung. „Nun, wie wollen wir dies denn bitte ignorieren, Miss Bennett?"

„Wir werden schon einen Weg finden", neckte sie zurück, auch wenn ihr Gleichgewicht völlig aus dem Lot geraten war.

„Meinst du?" Seine weißen Zähne blitzten auf. „Wenn ich du wäre, würde ich mich nicht allzu sehr darauf verlassen." Er ließ seine Arme sinken, um sie gehen zu lassen, doch sie verharrte noch einen Augenblick.

„Ich denke nicht, dass ich mich jetzt mit jemandem einlassen kann. Nicht, bis all das hier vorbei ist."

„Die Frage ist nur, ob das möglich ist."

„Das weiß ich nicht", flüsterte sie und drehte sich um zu ihrem Auto. In seiner Gegenwart traute sie sich keine Minute länger selbst über den Weg. Und so stieg sie in ihren Mercedes und fuhr eilig davon.

Mechanisch lenkte sie den Wagen nach Hause. Auch wenn sie sich bemühte, nicht an Jakes attraktives Gesicht oder sein rätselhaftes Lächeln zu denken, sah sie sein Bild vor ihrem inneren Auge. Himmelherrgott noch mal, er war ihr Anwalt! Sie hatte ihn überzeugt, ihr zu helfen, und damit war die Sache erledigt! Mit den Fingerspitzen berührte sie ihren Mund. Sie spürte Jakes Lippen immer noch, spürte immer noch, wie sein Mund den ihren eroberte, so besitzergreifend, so fordernd, spürte das pulsierende Verlangen ihrer Körper …

„Hör auf damit!", murmelte sie, riss das Lenkrad herum und fuhr in die Auffahrt. Wütend auf ihre eigensinnige Fantasie, machte sie den Motor aus und stürmte die Hintertreppe hinauf.

In der Küche sah sie eine mit einem Pyjama bekleidete Lindsay auf einem Stuhl stehen. Ihr Herz zog sich zusammen. Eine Zukunft ohne Lindsays altkluge Bemerkungen und ihre glänzenden Augen war einfach unvorstellbar.

Plötzlich hatte sie einen dicken Kloß im Hals. Lindsay beobachtete Arlene dabei, wie diese über einen Topf gebeugt war und bedächtig darin rührte. Der Duft von Zitronen erfüllte den Raum.

„Was macht ihr denn schon wieder?", fragte Kimberly verwundert und ließ ihre Handtasche auf den Tisch fallen.

„Mommy!" Lindsay beeilte sich, von ihrem Stuhl zu klettern, und warf sich ihrer Mutter in die offenen Arme. „Du kommst aber spät!"

„Ich weiß, und es tut mir leid."

„Ich habe dich vermisst!", erklärte die Kleine mit ernstem Gesichtchen.

Arlene schnalzte mit der Zunge. „Jetzt mach aber kein Theater!", warnte sie Lindsay mit einem liebevollen Blick. „Ich habe dir doch gesagt, dass sie angerufen hat." Ohne das Rühren zu unterbrechen, nickte sie in Kimberlys Richtung. „Nur noch eine Minute, ja? Lindsay wollte unbedingt Zitronenkuchen."

„Aber wir haben doch noch Kekse!"

„Dann esst sie schnell! Worauf wartet ihr?"

Kimberly schlüpfte aus ihrem Mantel. „Im Ernst, Arlene, du musst dir doch nicht die Mühe machen ..."

„Das ist überhaupt keine Mühe", meinte Arlene lachend. „Sie war beschäftigt, und ich mag Zitronengeschmack auch am liebsten."

„Arlene sagt, ich darf bei ihr übernachten."

„Ach ja?" Ihre Tochter auf der Hüfte balancierend, durchquerte Kimberly die Küche und spähte in den Topf mit der blubbernden Puddingfüllung.

„Am nächsten Wochenende, wenn es dir recht ist", nickte Arlene.

„Bist du sicher?"

„Absolut. Außerdem wird es Lyle richtig guttun, auf diesen Wurm hier aufzupassen."

Aufgeregt klatschte Lindsay in die Hände. „Wir werden dir ein Weihnachts..."

„Schhhh!", fuhr Arlene schmunzelnd dazwischen. „Das ist doch eine Überraschung! Weißt du noch?"

„Oh!" Das Kind sah ernsthaft erschrocken aus.

Zärtlich strich Kimberly ihr über das Haar. „Okay. Du darfst dort übernachten, wenn du mir versprichst, brav zu sein, deine Zähne zu putzen und ins Bett zu gehen, wenn Arlene es sagt.“

„Ich bin immer brav!“, rief Lindsay.

„Ein wahrer Engel!“, bestätigte Arlene mit einem breiten Lächeln. „Okay, los geht's!“ Sie drehte sich um und goss die Zitronenfüllung auf den warmen Kuchenboden, auf der sie anschließend Baiser verteilte. Lindsay wand sich aus Kimberlys Armen, kletterte zurück auf ihren Stuhl und steckte ihren Finger ohne zu zögern in die Baisermasse.

„Nicht!“ Kimberly wollte ihre Tochter noch aufhalten, aber es war schon zu spät.

Lachend wehrte Arlene ab: „Ist schon gut! Backen macht nur halb so viel Spaß, wenn man nicht probieren kann. Nicht wahr, meine Süße?“

Lindsay warf ihrer Mutter einen Hab-ich-doch-gesagt-Blick über ihre schmale Schulter zu. Dabei blieb ein Klecks Baiser an ihrer Nasenspitze hängen, und Kimberly musste lachen.

„Ich glaube, wir waschen dir dein Gesicht und machen dich dann fertig fürs Bett.“

„Noch nicht!“, bettelte die Kleine.

„Komm schon!“, beharrte Kimberly. „Es ist schon nach acht.“

„Aber ich bin noch gar nicht müde!“

„Nein, überhaupt nicht“, zog sie die Kleine auf. Lindsay konnte ihre Augen kaum mehr aufhalten, und ihr kleiner Daumen verschwand in ihrem Mund. „Komm, mein Engel, ich lese dir noch eine Geschichte vor.“

„Aber ich will …“

„Schhh …“ Kimberly schob ihre protestierende Tochter ins Bad und trug sie dann nach oben. Nachdem sie sie sorgfältig zugedeckt hatte, legte sie sich neben Lindsay und begann, ihr eine Geschichte vorzulesen. Es dauerte nur wenige Minuten, bis Lindsay in den Schlaf glitt. Kimberlys Herz quoll schier vor

Liebe über, als sie ihre Tochter betrachtete: die Lippen leicht geöffnet, den blonden Schopf ins Kopfkissen geschmiegt. Ihr Lieblingskuscheltier, einen struppigen Waschbär, hielt sie fest im Arm.

Kimberlys Hals wurde eng; sie bekam kaum noch Luft. Aufgewühlt blickte sie auf ihr schlafendes Kind hinunter. Sie konnte, sie durfte Lindsay einfach nicht verlieren.

Sie lauschte dem Regen, der auf das Dach prasselte, und schloss die Augen. Irgendwie, schwor sie sich leise, würde sie einen Weg finden, Lindsay bei sich zu behalten. Und Jake McGowan würde ihr dabei helfen.

## *7. KAPITEL*

Eric Compton klopfte zwei Mal an die Tür von Kimberlys Büro, bevor er sie öffnete und eintrat. Ein großer, stattlicher Mann mit ausgedünntem schwarzen Haar, gerader Nase und braunen Augen strahlte Kimberly mit einem gut einstudierten Lächeln an. „Schön, dass ich dich erwische", begrüßte er sie und sah auf seine Armbanduhr. „Ich dachte, du könntest vielleicht die Steuerakte für den Juniper-Nachlass brauchen." Damit ließ er eine Aktenmappe auf ihren Schreibtisch fallen.

„Danke." Kimberly nahm die Dokumente an sich. „Hast du eine Minute Zeit?"

„Für dich? Mindestens eine ... Vielleicht auch zehn."

Sie grinste. „Gut."

Lässig ließ er sich in einen Stuhl nahe dem Schreibtisch fallen. „Schieß los!"

„Okay. Ich bin deswegen ein bisschen unter Beschuss geraten", erklärte sie, und tippte dabei mit ihrer Fingerspitze auf die geschlossene Akte.

„Von Zealander. Ich habe es gehört." Eric blickte finster drein und fuhr sich mit einer Hand durch sein schütteres Haar. „Bill kam vor Kurzem aufgebracht in mein Büro gestürmt. Er ist der Ansicht, ich bevorzuge dich."

„Und? Tust du das?"

Eric lächelte. „Das würde ich gerne. Aber nicht, indem ich dir im Büro etwas zuschiebe. Ich habe immer versucht, Privates und Berufliches auseinanderzuhalten."

„Gut. Ich auch", bestätigte sie.

„Das habe ich Bill auch gesagt." Er zupfte einen unsichtbaren Fussel von der Bügelfalte seiner Hose. „Aber ich bin mir nicht sicher, dass er mir geglaubt hat. Aber das ist sein Problem." Er stand auf. „Gibt es sonst noch was?"

„Nicht, dass ich wüsste", meinte sie.

Sein einstudiertes Lächeln zuckte ein wenig. „Gut. Weißt du, Kim, ich würde gerne mit dir ausgehen. Ich habe für nächsten Freitag Karten fürs Symphonieorchester."

Kimberly seufzte leise und schüttelte den Kopf. „Ich glaube nicht, dass das geht."

„Ein anderes Mal vielleicht?"

„Vielleicht", sagte sie vage, zuckte aber zusammen, als sie einen Hoffnungsschimmer in seinen Augen aufblitzen sah. „Aber wahrscheinlich nicht. Solange ich hier arbeite, halte ich es für besser, mit keinem Mitarbeiter der Bank auszugehen."

„Nicht mal mit dem Boss?"

„Ganz besonders nicht mit dem Boss." Sie lächelte ihn an, sodass ihre Grübchen sichtbar wurden.

Er zuckte die Schultern. „Na gut, aber ich warne dich: Ich gebe nicht so leicht auf, Kim. Sag Bescheid, falls du deine Meinung ändern solltest." Er machte sich auf den Weg zur Tür, hielt inne und warf ihr einen Blick über die Schulter zu. „Übrigens, gestern Abend habe ich noch einen Mann um den Parkplatz schleichen sehen. Sei bitte vorsichtig, ja? Es wird zwar ein Memo an alle Mitarbeiter rausgehen, aber in meiner Abteilung sage ich es jedem noch persönlich."

„Hältst du ihn für gefährlich?", fragte sie erstaunt.

„Wahrscheinlich ist er es nicht, aber wir können nicht vorsichtig genug sein." Mit diesen Worten zog Compton die Tür fest hinter sich zu.

In ihre Gedanken versunken, starrte Kimberly ihm nach. Sie dachte an den Mann, der ihr unter dem Laternenmast in der Nähe ihres Hauses aufgefallen war. Das war ihr schon beinahe entfallen, doch Erics Warnung spülte das Bild wieder an die Oberfläche.

Nachdenklich saß sie da und klopfte mit ihrem Bleistift auf den Tisch, als die Gegensprechanlage summte.

„Miss Bennett? Mr Juniper ist hier und möchte Sie sprechen", kündigte Marcie an, und im gleichen Moment sprang die Tür zu ihrem Büro wieder auf. Henry Juniper, ein kleiner rundlicher Mann mit einem roten Gesicht, eilte auf ihren Schreibtisch zu. Kimberly erhob sich.

„Meine Schwester versucht, mich um meinen Erbteil zu bringen, nicht wahr?", platzte er heraus.

Wie vor den Kopf geschlagen, sah sie ihn an. „Sie hat keine Möglichkeit, das zu tun. Ich dachte, wir hätten das zur Genüge erklärt."

„Aber klar!", meinte Henry mit kämpferisch aufblitzenden Augen. „Wo ein Wille ist, ist auch ein Weg. Vor allem, wenn man einen raffgierigen Anwalt involviert."

„Wieso beruhigen Sie sich nicht und erzählen mir, wovon Sie eigentlich sprechen?"

„Es geht um Carole!", rief er voller Verzweiflung aus. „Sie hat einen Spitzenanwalt engagiert, und jetzt will sie mehr Geld! Dieser Kerl … wie hieß er noch gleich … Kesler … Dieser Kesler will mich ausnehmen!"

Kimberly glaubte fast, sich verhört zu haben. „Ben Kesler?", vergewisserte sie sich deshalb.

„Höchstpersönlich. Ich habe gehört, er ist einer, der über Leichen geht! Dass er nie aufgibt und dass er einem immer wieder zusetzt, bis er das bekommt, was er will!"

Obwohl sie innerlich erschüttert war, hob sie beruhigend eine Hand. „Die Bestimmungen im Testament Ihres Vaters waren sehr deutlich, Mr Juniper. Es gibt nichts, was Kesler tun könnte, um das zu ändern. Egal, was er unternimmt: Es wäre nur ein Täuschungsmanöver. Das Testament ist absolut hieb- und stichfest."

Ihre Worte beruhigten Juniper ein wenig, und er ließ sich erleichtert in den Stuhl fallen, den Eric Compton erst vor Kurzem geräumt hatte. Doch dann verschränkte er nervös die Finger. „Sind Sie sicher?"

„Absolut.“

„Und es hat noch nie einen Fall gegeben, in dem einer der Erben ein klein wenig mehr für sich hat herauspressen können?“

„Das habe ich nicht gesagt. Natürlich hängt es von den Umständen ab …“

„Aha! Ich wusste es“, fuhr er dazwischen und rang verzweifelt die Hände. „Vater hat eine Weile bei Carole gelebt, wissen Sie? Als er sich nach dem Krankenhaus erholt hat. Ich habe damals ein Pflegeheim vorgeschlagen, aber nein – davon wollte sie ja nichts hören!“ Er lehnte sich nach vorne. „Sie wollte sich bestimmt nur bei ihm einschmeicheln. Während er bei ihr war, hat sie sicherlich versucht, ihn dazu zu bringen, sein Testament zu ändern. Es hat nicht funktioniert. Und jetzt versucht sie, den Treuhandfonds mit den Kosten für seine Pflege zu belasten. Und dann sind da ja auch noch Keslers Anwaltsgebühren und Gott weiß was noch!“ Er klang immer entsetzter.

„So beruhigen Sie sich doch, Mr Juniper!“, versuchte sie ihn zu beschwichtigen. „Mr Compton ist ebenfalls Anwalt, und er hat sehr eng mit dem Anwalt zusammengearbeitet, der den Nachlass regelt. Ich versichere Ihnen, dass alles seine Ordnung hat.“

„Oh, das ist ja toll! Das ist genau das, was mir noch gefehlt hat! Noch ein paar Anwälte, die verwickelt sind. Das hat uns diesen Schlamassel doch überhaupt erst eingebrockt!“

Die nächste halbe Stunde bemühte Kimberly sich nach Kräften, den aufgebrachten Mr Juniper damit zu besänftigen, dass sie alle Details des Testaments nochmals mit ihm durchging. Als der Arbeitstag dann endlich zu Ende war, konnte sie nur noch daran denken, nach Hause zu fahren. Sie freute sich darauf, mit Lindsay zu essen, anschließend ein heißes Bad zu nehmen und ein gutes Buch zu lesen.

Sie griff nach ihrer Tasche; dabei fiel ihr Blick auf das rosafarbene Memo auf ihrem Tisch. Sie runzelte die Stirn. Das Papier sollte alle daran erinnern, in dem Parkhaus vorsichtig zu sein.

Gerade als sie ihren Mantel von der Garderobe nahm, klingelte ihr Telefon. Schnell griff sie nach dem Hörer. „Kimberly Bennett."

„Jake McGowan."

Beim Klang seiner Stimme schlug ihr Herz Purzelbäume.

„Ich weiß, es ist spät, aber ich dachte, wir könnten ins Kino und später etwas essen gehen."

„Und ich dachte, wir hätten eine Abmachung."

„*Du* hattest eine Abmachung."

„Jake, das wird nicht funktionieren ..."

„Und was, wenn ich sagte, dass wir arbeiten müssen?"

Sie lächelte und vergaß das heiße Bad und das Buch. „Ich kann trotzdem nicht ausgehen. Arlene hat heute Abend keine Zeit."

„Hast du keinen anderen Babysitter?"

„Niemanden, auf den ich mich verlassen könnte." Überrascht stellte sie fest, wie sehr sie diese Tatsache enttäuschte.

„Dann müssen wir wohl den Film ausfallen lassen und direkt zur Sache kommen. Ich könnte bei dir vorbeischauen, und du könntest mir etwas kochen."

Sie lachte und schlug alle Bedenken in den Wind. Eine Nacht wird schon nicht schaden, überlegte sie fröhlich. „Na gut, Herr Anwalt, abgemacht. Das schulde ich dir wohl."

Am anderen Ende der Leitung machte sich eine lange, nervenaufreibende Stille breit. „Du *schuldest* mir überhaupt gar nichts." Sein Tonfall war sehr ernst.

„Okay, dann sieh es nicht als Verpflichtung. Du kannst übrigens den Wein mitbringen."

„Weiß oder rot?"

„Überrasch mich."

„*Das* würde ich liebend gerne tun", erwiderte er seidenweich.

Kimberlys Herz setzte einen Schlag aus.

„Ich bin gegen acht Uhr bei dir."

Wie angewurzelt stand sie da, bis sie ein Klicken vernahm. Er hatte aufgelegt. Langsam ließ sie den Hörer sinken und murmelte: „Dann solltest du dich jetzt wohl beeilen."

Mit dem Aufzug fuhr sie in die Tiefgarage, die wie üblich nur spärlich beleuchtet war. Die Härchen in ihrem Nacken stellten sich auf, und sie hatte das Gefühl, als bohrte sich ein unsichtbarer Blick in ihren Rücken. „Mach dich nicht lächerlich!", schimpfte sie sich selbst. „Du leidest ja an Verfolgungswahn!" Dennoch fuhr sie vor Schreck beinahe aus der Haut, als sie hinter sich ein Geräusch hörte.

Erics Warnung schoss ihr durch den Kopf, und sie wurde unruhig. Ihr Herz hämmerte wie wild in ihrer Brust, und sie konnte kaum noch atmen. Hastig drehte sie sich um und ließ ihren Blick forschend über das Parkgeschoss gleiten, doch sie bemerkte nichts Ungewöhnliches. Ein paar Angestellte schlenderten zu ihren Autos. Eilig öffnete Kimberly ihren Wagen und ließ sich auf den Fahrersitz fallen.

Vor Nervosität waren ihre Hände schweißnass. Zur Sicherheit verschloss sie alle Türen, bevor sie ihren Parkplatz verließ. Als sie durch das Tor fuhr, entdeckte sie kurz eine schemenhafte Figur hinter einer Säule, doch sie verschwand genauso schnell, wie sie erschienen war. „Deine Vorstellungskraft spielt dir einen Streich", sagte sie zu sich, um ihre überspannten Nerven zu beruhigen, „nichts weiter." Trotzdem konnte sie den ganzen Weg nach Sellwood das Gefühl nicht abschütteln, dass sie beobachtet wurde.

Keine halbe Stunde später war sie zu Hause; sie hatte noch einen Stopp im Supermarkt eingelegt. Sie jonglierte zwei Tüten, schloss gleichzeitig die Tür auf und eilte ins Haus. Arlene und Lindsay waren in der Küche.

„Hast du mir etwas mitgebracht?“, begrüßte ihre Tochter sie. Lindsay saß unter dem Tisch, wo sie sorgfältig Bauklötzchen zusammensetzte, und nahm die beiden Tüten in Augenschein.

„Das alles!“, erwiderte Kimberly und lächelte. „Das ist nämlich unser Abendessen. Und wir werden Gesellschaft haben.“

Arlene zog überrascht die Augenbrauen nach oben.

„Was denn für eine Gesellschaft?“, wollte die Kleine wissen. Eilig kroch sie aus ihrem Schlupfwinkel hervor und betrachtete ihre Mutter kritisch. „Wer kommt?“

„Jake. Erinnerst du dich? Du hast ihn schon kennengelernt.“

Augenblicklich schob Lindsay ihre Unterlippe schmollend nach vorne, und ihr rundliches Gesichtchen verdüsterte sich. „Ich mag ihn nicht!“

„Aber wieso denn nicht?“, fragte Kimberly.

Das Mädchen zuckte die Schultern. „Er ist zu groß!“

Arlene kämpfte damit, ein Lächeln zu unterdrücken.

„Na wunderbar!“, murmelte Kimberly sarkastisch. „Das kann ja heiter werden!“

„Auf geht's, mein Süße“, sagte Arlene liebevoll und nahm Lindsay bei der Hand. „Ich helfe dir, dich frisch zu machen.“

Während die beiden nach oben gingen, packte Kimberly die Lebensmittel aus, setzte Nudelwasser auf und eilte in ihr Schlafzimmer. Hastig zog sie sich um. Sie schlüpfte in eine schwarze Jeans und einen meerblauen Pullover, bevor sie wieder in die Küche eilte. Dort gab sie Lasagneplatten ins kochende Wasser und erhitzte in einem weiteren Topf etwas Tomatenmark. Danach holte sie Gemüse, Käse und die Überreste eines gebackenen Hühnchens hervor und machte sich daran, Mozzarella zu reiben.

Arlene betrat die Küche. „Lindsay wollte sich selbst anziehen. Sie kommt in einer Minute nach." Der auf dem Herd stehende Topf mit seinem kochenden Inhalt stach ihr ins Auge. „Was kochst du denn Schönes?"

„Hühnchen-Lasagne."

„Brauchst du Hilfe?", erkundigte Arlene sich und griff schon nach ihrer Lieblingsschürze.

„Ich schaff das schon", lächelte Kimberly. Ein nervöser Blick auf die Uhr, und sie rieb den Käse in doppelter Geschwindigkeit.

„Dann nehme ich mir das Huhn vor", bot Arlene an. Ohne eine Antwort abzuwarten, suchte sie sich ein scharfes Messer und begann fachmännisch, das Fleisch von den Knochen zu lösen. „Erzähl mir von diesem McGowan", forderte sie Kimberly auf.

„Was soll ich sagen? Er ist mein Anwalt."

„So viel weiß ich auch schon. Ich nehme an, er ist alleinstehend?"

„Das ist er", bestätigte Kimberly und erinnerte sich an Jakes gequälten Ausdruck, als er von seiner Ehe gesprochen hatte. „Aber er war ein Mal verheiratet. Seine Frau ist tot. Sie waren geschieden."

„Und was ist mit Kindern? Hat er welche?"

„Nein." Mit einem Mal fiel Kimberly auf, wie wenig sie doch tatsächlich über Jake wusste.

„Klingt nach einem sehr geheimnisvollen Mann", bemerkte ihre ältere Freundin.

„Das ist er", gab sie stirnrunzelnd zu. „Ich habe immerzu das Gefühl, dass ich seinen Namen schon mal gehört habe, aber ich weiß leider nicht, in welchem Zusammenhang."

„Ist es denn wichtig?"

Unschlüssig zuckte Kimberly mit den Schultern. „Wahrscheinlich nicht." Sie schichtete die Lasagne und schob sie anschließend in den heißen Ofen.

Lindsay kam in die Küche gerannt, bekleidet mit einer lavendelfarbenen Hose und einem mintgrünen T-Shirt, auf dem Bären Purzelbäume schlugen. Auffordernd hielt sie ihrer Mutter ein zerknittertes Haarband hin. „Ich hab meinen Pferdeschwanz selbst gemacht!“, erwähnte sie stolz.

„Das sehe ich.“

„Aber ich kann keine Schleife binden.“

„Dann helfe ich dir.“

„Und ich muss jetzt wirklich los.“ Arlene drückte der Kleinen einen Kuss auf die Stirn. „Bis morgen früh!“

Lindsays Kopf flog zu ihr herum. „Und was ist mit dem Baum?“

„Baum?“, wiederholte Kimberly irritiert.

„Dem Weihnachtsbaum!“

Arlenes Hand lag schon auf dem Türknauf. Sie hielt inne und drehte sich um. „Ach ja, stimmt. Das machen wir morgen.“ An Kimberly gerichtet erklärte sie: „Lyles Bruder hat uns zwei kleine Douglasien mitgebracht; er züchtet sie auf seiner Farm in der Nähe von Estacada. Wir brauchen allerdings nur eine, also habe ich die andere auf deine Terrasse gestellt.“

„Aber wir wollten doch die Lichter dranmachen!“, wandte die Kleine ein.

„Morgen …“

„Jetzt!“, rief Lindsay unnachgiebig.

Arlene verdrehte die Augen. „Wir sehen uns morgen früh, mein Engel! Und vergiss nicht, dass du am Freitag bei uns übernachtest.“

Der Baum war für den Augenblick vergessen. Lindsay strahlte.

„Und du …“, wandte sich Arlene an Kimberly, während sie die Tür öffnete, „… nimm meinen Rat an und amüsier dich.“

„Ich werde es mir überlegen.“

„Was sollst du tun?“, wollte ihre Tochter wissen.

„Arlene möchte, dass ich ein bisschen Spaß habe.“ Lachend wischte sich Kimberly die Hände ab und band die Schleife um Lindsays Pferdeschwanz. „Komm, du kannst mir helfen.“ Sie griff in eine Schublade und zog drei Silberbestecke heraus, die sie von ihrer Großmutter als Hochzeitsgeschenk bekommen hatte. „Deckst du bitte mit den roten Platzdeckchen den Tisch im Esszimmer?“

„Kerzen auch?“, fragte ihre Tochter. „Und die tollen Gläser?“

„Silberbesteck, Porzellan, Kerzen, das ganze Drum und Dran“, bestätigte Kimberly lachend.

Das kleine Gesichtchen ihrer Tochter erstrahlte vor Freude. Ohne ein weiteres Wort zog sie ab ins Esszimmer, wo sie sich mit Nachdruck an ihre Aufgabe machte.

Als zwanzig Minuten später die Türglocke erklang, zuckte Kimberly zusammen.

„Ich gehe!“, rief Lindsay und spurtete schon ins Wohnzimmer.

„Aber frag erst …“

Ihre Worte verhallten ungehört; die Kleine hatte die Tür schon weit aufgerissen. Jake stand auf der Schwelle, zwei Flaschen Wein unter den Arm geklemmt. Eine kalte Windböe fegte über die Veranda und wirbelte trockene Blätter auf.

Bei Jakes Anblick fing Kimberlys Puls an zu rasen, und ihr Herz pochte wild. Doch die Kleine zeigte sich von seinem Äußeren unbeeindruckt und musterte ihn argwöhnisch.

„Komm rein!“, rief Kimberly, während sie ihm entgegentrat. Nachdem er eingetreten war, schloss sie die Tür und nahm ihm die Jacke ab. „Das Essen braucht noch ein paar Minuten.“

Jake schnupperte. „Das riecht aber lecker!“

„Hoffen wir, dass es genauso gut schmeckt.“

„Hier, bitte.“ Jake reichte ihr die beiden Weinflaschen, und seine Finger streiften in einer hauchzarten Berührung die ihren.

„Rot oder weiß – je nachdem, was du bevorzugst."

„Ich will rot haben!", verkündete Lindsay aufgeregt.

Kimberly lachte. „Du bekommst aber weiß, und zwar das von Kühen."

In der Küche entkorkte Jake den Wein und goss ihnen beiden ein Glas ein. „Auf den Erfolg", prostete er ihr zu und nickte in Lindsays Richtung, die im Wohnzimmer spielte.

„Auf den Erfolg", wiederholte Kimberly leise. Während sie mit ihm anstieß, fragte sie sich, ob ihr Vorhaben überhaupt erfolgreich sein konnte.

„Also, was möchtest du zuerst hören? Die gute Neuigkeit oder die schlechte?"

Sie erstarrte. Deshalb wollte er sich also verabreden, durchzuckte es sie. Um sie vorzubereiten. Nur zu deutlich spürte sie, wie ihr die Farbe aus dem Gesicht wich. „Ich hasse diese Spielchen", sagte sie verhalten.

„Das ist kein Spielchen."

Scharf sog sie die Luft ein. „Das habe ich von Anfang an befürchtet. Na schön. Lass uns mit der guten Nachricht beginnen."

„Roberts Anwalt hat einen Antrag zur Änderung des Sorgerechts eingereicht. Und wir haben einen Gerichtstermin: der 20. Januar."

„Und das sollen gute Nachrichten sein?" Ihr war, als würde ihr Herz stehen bleiben. Fassungslos sah sie ihn an.

„So bekommen wir etwas Zeit, um uns vorzubereiten."

„Ich möchte gar nicht wissen, was die schlechte Nachricht ist."

Jake berührte leicht ihren Arm. „Der Richter, dem dieser Fall zugewiesen wurde, ist Ken Monaghan."

Beinahe wäre ihr das Glas aus der Hand gerutscht. „Monaghan? Aber er und Robert …"

„… kennen sich schon seit Jahren", vollendete er ihren Satz.

„Er kann den Vorsitz nicht übernehmen!"

„Ich habe Einspruch erhoben, aber der Fall wurde Monaghan zugewiesen."

Resigniert lehnte Kimberly sich an den Tresen. Ihre Ängste schnürten ihr fast die Luft ab. Sie hatte sich selbst etwas vorgemacht. Es gab keine einzige Möglichkeit, sich einem so mächtigen Mann wie Robert entgegenzustellen und zu gewinnen.

„Mach dir keine Sorgen!" Jake legte beschwichtigend seine Hand auf ihren Arm.

„Aber er könnte sie mir wegnehmen!" Tränen verfingen sich in ihren Wimpern. Kimberly musste mit sich kämpfen, um nicht völlig die Beherrschung zu verlieren und zusammenzubrechen.

Jake zog sie zu sich heran. „Hey, ich sagte doch, das würde ich nicht zulassen, oder etwa nicht?"

„Aber …"

„Du hast mich gebeten, dich auf dem Laufenden zu halten, dich über alles zu unterrichten, was vor sich geht. Deshalb habe ich es dir gesagt. Aber jetzt wir müssen schnell handeln."

„Wie …" Entmutigt blickte sie ihn an.

„Indem wir beweisen, dass Robert als Vater ungeeignet ist."

Sie hatte das Gefühl, in einem engen Raum gefangen zu sein. In einem Raum, dessen Wände immer näher rückten und ihr die Luft zum Atmen, die Freiheit zu denken nahmen. Gegen Robert vor Gericht zu ziehen war eine Sache. Aber ihn öffentlich in die Schranken zu weisen, etwas völlig anderes. „Aber das könnte ich nicht …"

Jakes Ausdruck wurde ernst. „Du hast versprochen", erinnerte er sie eindringlich, „dass wir dies entweder auf meine Art machen oder gar nicht. Wir wissen beide, dass Fisher in viele zwielichtige Geschäfte verwickelt war, von denen man einige durchaus als ganz und gar illegal bezeichnen kann. Diesen Verdacht hast du doch selbst schon lange Zeit gehegt. Alles, was wir jetzt noch tun müssen, ist, ihn mit diesen Verbrechen in Verbindung zu bringen."

Kimberly versteifte sich. „Verbrechen?", wiederholte sie zweifelnd. Das klang so … hart. Alles in ihr sträubte sich schon gegen die bloße Vorstellung.

„Spiel nicht die Unschuld, Kimberly!" Aus seinen Gesichtszügen, aus seiner Stimme war jedwede Freundlichkeit verschwunden. Sein Blick bohrte sich in ihre Augen. „Du warst seine Frau! Du hast mit diesem Mann *zusammengelebt*. Du hast Dinge gesehen, in deren Nähe kein Polizist je kommen würde."

„Dann soll ich den Spion spielen? Ist es das, was du willst?", fragte sie bitter.

„Ich will, dass du alles in deiner Macht Stehende tust, um dein Kind zu behalten."

Kimberly sank gegen den Tresen. Selbstverständlich war ihr klar gewesen, dass es darauf hinauslief. Jake verfolgte verbissen das Ziel, Robert und seine zweifelhaften Verbindungen ins Spiel zu bringen. Sie nippte an ihrem Wein, doch sie schmeckte nichts. Jake nahm, wie so viele andere auch, nur das Schlimmste von Robert an. Nicht, dass sie der Ansicht war, er habe keine Fehler. Aber ein Verbrecher? Ein Mafiaboss? Ein Mann, der in Drogengeschäfte, Prostitution und Schmuggel verwickelt war? Das konnte sie sich einfach nicht vorstellen – obschon ihr Roberts Veränderung deutlich aufgefallen war. „Aber ich kann doch überhaupt nichts beweisen", wandte sie ein. „Das habe ich dir schon gesagt."

Sein Gesicht zeigte keinerlei Regung. „Du bist die Einzige, die nahe genug an ihm dran war, um etwas Belastendes über ihn zu wissen."

„Das haben wir doch alles schon mal besprochen! Während unserer Ehe hat er seine Geschäfte nie mit mir besprochen, und seit dem Ende haben wir kaum zwei Worte miteinander gewechselt."

Jake blickte sie kalt an. Kimberly fröstelte, aber er blieb beharrlich. „Aber vielleicht hast du etwas gesehen oder gehört, dem du keine besondere Bedeutung beimisst“, bohrte er weiter.

Kimberly konzentrierte sich. Es kostete sie enorme Anstrengung, ihre Gedanken zurück zu jener trostlosen, einsamen Zeit zu lenken, die ihre Ehe mit Robert Fisher für sie darstellte. Sie erinnerte sich an viele Dinge, die sie lieber vergessen hätte. Dinge, die allerdings in keinem Zusammenhang mit seinen Geschäften standen.

„Er … er war gefühlskalt, nicht an der Familie interessiert. Er hat viele Nächte nicht zu Hause verbracht.“

„Hat ihn jemand besucht?“

„Nein.“ Sie kaute auf ihrer Unterlippe. „Während unserer Ehe haben wir nur wenige Partys gegeben. Die meisten Gäste waren wohlhabende Geschäftsmänner und ihre Ehefrauen gewesen.“

Abwägend schob Jake seinen Kiefer hin und her. „Und nach Daniel Stevens' Tod? Was war da?“, fragte er ruhig.

Sie schüttelte den Kopf. „Nichts.“

„Verdammt! Das war *kein* Selbstmord, weißt du?“, fuhr Jake auf. Er ließ sie keine Sekunde aus den Augen.

„Das weißt du nicht.“

„Oh doch! Glaub mir, auf diese Weise ist es ganz sicher nicht passiert.“

Endlich fiel der Groschen bei Kimberly. „Du kanntest ihn, nicht wahr?“, sagte sie ihm auf den Kopf zu.

„Ja.“

„Und du hast es mir nicht gesagt?“ In ihrer Stimme schwang unglaubliche Enttäuschung mit. Sie bedachte ihn mit einem Blick, als wäre er ein Fremder für sie – was er ja auch in vielerlei Hinsicht war. „Wieso nicht?“

„Ich wollte dein Urteil nicht beeinträchtigen.“

„Oder du wolltest mir die Wahrheit nicht anvertrauen.“ Sie

spürte, wie sich allmählich Wut in ihr breitmachte. „Das ist es doch, oder? Obwohl du mir angeblich alles erzählen wolltest."

„Daniels Tod hat rein gar nichts mit deinem Fall zu tun!"

„Und wieso bringst du ihn dann immer wieder zur Sprache? Du hast mich angelogen."

Wie ein Schraubstock umfasste er ihr Handgelenk. „Ich habe dich nicht belogen. Ich habe nur meinen Freund nicht erwähnt."

„Und wieso nicht?"

„Was hätte es schon gebracht?" Einige Sekunden lang starrten sie einander wortlos an. Aber Kimberly war sich sicher, dass er spüren konnte, wie ihr Puls raste.

„Fangen wir doch einfach damit an, ehrlich zueinander zu sein. Okay?"

„Natürlich." Dann fügte er hinzu: „Daniel ermittelte gegen einen Mann, der dafür bekannt war, Umgang mit dem Bodensatz der Gesellschaft zu pflegen – deinen Exmann eingeschlossen. Und dann wurde er tot aufgefunden." Jakes Nasenflügel bewegten sich leicht. „Also, Kimberly, welche Schlussfolgerung ziehst du aus dieser Sachlage?" In seinen Augen sah sie deutlich, welch rasendes Feuer in seinem Inneren brodelte.

„Ich weiß es nicht." Sie schluckte schwer. Dass Robert in Drogen und Mord verwickelt sein sollte, vermochte sie einfach nicht zu glauben. Ein dicker Kloß im Hals machte es ihr schwer, zu sprechen. Ihre Stimme war kaum mehr als ein Flüstern. „Ich … Es tut mir leid wegen deines Freundes."

„Mir auch." Er ließ sie los, trank den letzten Schluck Wein und stellte das leere Glas ins Spülbecken. „Lass uns nicht über Dan nachdenken", murmelte er. Er ballte die Hände und schloss die Augen. Allmählich löste sich die Anspannung in seinem Gesicht. „Zumindest nicht heute Abend." Ein paar lange Sekunden starrte er aus dem Küchenfenster in die schwarze Nacht. „Aber wenn dir noch etwas einfällt – egal was –, das deinen Exmann mit dem organisierten Verbrechen in Verbindung bringt, dann sag es mir."

„Organisiertes Verbrechen?", brachte sie erstickt hervor, doch sein harter Gesichtsausdruck schnitt jeden weiteren Protest ihrerseits ab.

„Ja."

„Nun gut", lenkte sie ein. Gegen Robert wegen des Sorgerechts für Lindsay vorzugehen, war das eine. Aber zu beweisen, dass er ein Verbrecher war – oder gar ein Mörder –, überstieg ihr Vorstellungsvermögen. Außerdem konnte sie nicht vergessen, dass Jake, auch wenn er sie nicht direkt angelogen hatte, zumindest doch die Wahrheit für sich behalten hatte.

Das Klingeln der Küchenuhr riss sie aus ihren Gedanken. Mechanisch wandte sie sich um und deutete mit dem Kopf in Richtung Esszimmer. „Setz dich doch – und schenk uns noch etwas Rotwein ein. Lindsay und ich werden servieren."

Jake nahm am Kopfende des Tisches Platz. Der heftige Zorn, der noch vor Kurzem in ihm getobt hatte, verschwand aus seinem Gesicht, und er brachte sogar ein hauchdünnes Lächeln zustande. Es war seltsam. Trotz seiner Stimmungsschwankungen hatte Kimberly das Gefühl, dass er in dieses Haus gehörte. Dass seine Nähe eine Leere ausfüllte, von der sie – bevor sie ihn getroffen hatte – nicht einmal ahnte, dass sie existierte.

Mit Lindsays tatkräftiger Unterstützung entzündete er die cremefarbenen Wachskerzen. Das Licht glänzte in seinem dunklen Haar und funkelte im rubinroten Wein, den er für sie beide einschenkte.

Kimberly legte das dicke Telefonbuch von Portland auf einen Stuhl und hievte ihre kleine Tochter darauf. Sobald Lindsay versorgt war, stellte sie die Lasagneform auf den Tisch und nahm gegenüber von Jake Platz. Seine sinnlichen Lippen verzogen sich zu einem Lächeln, als sie sich in die Augen sahen, und die plötzlich auf sie einströmenden Gefühle raubten ihr den Atem.

Wir könnten Freunde sein, dachte sie. Und unter anderen Umständen vielleicht sogar Liebende. Jake McGowan war ein faszinierender, geheimnisvoller Mann, und sie mochte ihn. Nein, es war mehr als das. Und genau das war ihr Problem. Ob sie es nun zugeben mochte oder nicht: Sie war dabei, sich in ihn zu verlieben. Dennoch gab es noch so viel, was sie in Erfahrung bringen musste! Wieso hatte er ihr nicht anvertraut, dass Daniel Stevens sein Freund gewesen war? Und wieso nur hatte sie das Gefühl, dass er noch immer irgendetwas vor ihr verbarg?

Nachdem der Tisch nach dem Essen abgeräumt war und Kimberly Lindsay ins Bett gebracht hatte, versuchte Jake, sich davon zu überzeugen, dass er nach Hause musste, dass er hier nichts zu suchen hatte. Er konnte es sich nicht leisten, sich in Kimberly zu verlieben! Und am allerwenigsten wollte er die leiseste Form einer Bindung zu ihrer Tochter aufbauen. Trotzdem blieb er da, wo er war, und beobachtete Kimberly mit wachsender, aber äußerst gefährlicher Faszination. Sie war eine beeindruckende Frau. Und er konnte sich des Gefühls nicht erwehren, dem kleinen Mädchen eine Freude machen zu wollen.

„Kaffee?“, fragte Kimberly und goss dabei Wasser in die Kaffeemaschine.

„Später vielleicht.“ Er deutete in die Richtung der hinteren Veranda, auf der er eine kleine Tanne gesehen hatte. „Lass uns erst den Baum aufstellen und Lindsay überraschen.“

„Das würdest du tun?“ Überraschung klang in ihrer Stimme mit.

Er zuckte die Schulter. „Wieso denn nicht?“ Jake musterte ihren wohlgeformten Rücken und ihr volles Haar, das elegant zwischen ihre Schulterblätter fiel. Als sie sich streckte, um im oberen Regal nach dem Zuckerbehälter zu greifen, rutschte ihr Pullover ein wenig nach oben und enthüllte ihre samtige weiße Haut. Allein dieser Anblick genügte, um Jake in Aufregung zu versetzen. Hastig wandte er den Blick ab und schluckte schwer.

Mit einem Mal war sein Hals ganz trocken.

Während er den Baum von der Veranda holte, durchsuchte Kimberly Kisten voller Lichterketten und Christbaumschmuck. Endlich fand sie das, was sie suchte: den Christbaumständer. Eilig verschob sie im Wohnzimmer einen alten Schaukelstuhl, sodass sie den Ständer an das Fenster stellen und Jake bei seinen weiteren Bemühungen betrachten konnte.

Dunkle Tannennadeln piekten ihm ins Gesicht, als er versuchte, den Baum in den Ständer zu stellen. Ein Hauch von frischer Luft und der Duft von Harz durchzog das Haus. Jake bemerkte nicht, dass die Nadeln sich in seinem Haar verfingen oder dass sich die Bewegungen seiner Muskeln geschmeidig unter seinem Pullover abzeichneten, während er den Baum ausrichtete.

„Ich glaube, er hat ein bisschen Schlagseite", meinte sie fröhlich.

„In welche Richtung?"

„Rechts … Nein, links."

Jake lachte. „Entscheide dich!"

„Mache ich, wenn du aufhörst, ihn zu bewegen."

Leise fluchend rüttelte Jake an dem Baum.

„So ist es besser."

Durch die Zweige hindurch sah er sie lächeln. *Gott, sie ist wunderschön!* Das kastanienbraune Haar lockte sich um ihr Gesicht, und ihre großen, intelligenten Augen waren vom verführerischsten Blaugrün, das er je gesehen hatte. Sie wollte sich nicht mit ihm einlassen, diesbezüglich hatte sie kein Blatt vor den Mund genommen. Und dass eine romantische Beziehung mit der Exfrau von Fisher ein nicht wiedergutzumachender Fehler war, war ihm auch klar. Dennoch konnte er die Hoffnung nicht abschütteln, dass sie eventuell ihre Meinung ändern würde.

„Gut, dann sehen wir uns das mal an!", verkündete er, kämpfte sich unter den Zweigen hervor und strich sich das

Haar aus den Augen. Der arme Baum neigte sich auf einer Seite. „Nur ein paar kleine Korrekturen." Und schon war er wieder unter dem Baum verschwunden. „Könntest du dieses Ding mal gerade halten?"

„Ich kann's versuchen." Kimberly rüttelte ein bisschen am Baum, und als Jake die Klemme anpasste, stand er endlich gerade.

„So ist es besser", stellte er fest, lehnte sich auf die Fersen zurück und begutachtete sein Werk. Schließlich erhob er sich zufrieden.

Er war Kimberly so nahe, dass sie die dunklen Sprenkel in seinen grauen Augen sehen, seinen Atem an ihrem Haar spüren und den Duft seines Aftershaves einatmen konnte, vermischt mit dem Hauch frischer Tannenzweige.

„Und jetzt die Lichter!"

Sie lachte. „Du bist genauso schlimm wie Lindsay!"

„Liebt nicht jeder Weihnachten?", konterte er grinsend.

„Nicht jeder. Erinnere dich an Scrooge und den Grinch und …"

Wortlos riss er sie so plötzlich in seine Arme, dass ihr die Luft wegblieb. „Genug jetzt!" Seine Lippen eroberten ihren Mund mit einem so heftigen Kuss, dass ihre Knie weich wurden und unter ihr nachgaben.

„Ich … ich dachte, wir hätten eine Vereinbarung", murmelte sie, als er eine Weile später den Kopf hob.

„Das haben wir."

„Warum hast du dann …?"

„Ach? Habe ich dir das nicht gezeigt?", erkundigte er sich in unschuldigem Ton. Seine Augen funkelten vergnügt, als er in seine Tasche griff, einen Mistelzweig herausholte und ihn in die Höhe hielt. „Das hebt alle voreiligen Versprechungen auf, die wir einander gegeben haben."

„Das ist nicht fair!", beklagte sie sich lächelnd. „Muss der nicht von der Decke baumeln?"

„So was aber auch“, murmelte er, hielt den Zweig über ihre Köpfe und küsste sie wieder. Dieses Mal ließ er sich Zeit, ihren Mund zu erforschen. Dieses Mal war Kimberly bereit dafür. Trotz der Zweifel, die sie erfüllten, erwiderte sie seinen Kuss fieberhaft, genoss das Gefühl seiner Lippen, kostete die Süße dieser verbotenen Leidenschaft.

Seine Zungenspitze berührte ihre Lippen. Ungeduldig öffnete sie ihren Mund und legte ihm die Arme um den Hals. Sanft glitt er mit den Fingern den Saum ihres Pullovers entlang. Genau hier war gerade ihre verführerische samtige Haut zu sehen gewesen.

Wildes Verlangen schoss durch ihre Adern. Er presste seine Hüften an ihren Schoß, sodass sie seine Erregung deutlich spüren konnte. Langsam hob er den Kopf. „Oh mein Gott!“, keuchte er.

Kimberly hatte das Gefühl, innerlich zu zerschmelzen, als sie die Augen wieder öffnete. Ihr ganzer Körper kribbelte. Dieser Kuss hatte in ihr eine Sehnsucht ausgelöst, die sie bisher nie gefühlt hatte.

„Das kann nicht wahr sein“, flüsterte er und klang fast so, als wolle er sich selbst davon überzeugen. „Das kann es einfach nicht!“ Schnell trat er einen Schritt zurück und fuhr sich mit der Hand durchs Haar. „Was tust du mir nur an?“

Kaum eines Wortes fähig, versuchte sie erst ihren rasenden Herzschlag zu beruhigen. Doch das brennende Verlangen, das er in ihr geweckt hatte, jagte noch immer durch ihre Adern. „Dazu gehören immer zwei, Herr Anwalt“, flüsterte sie.

Da lächelte er. „Das hoffe ich doch sehr!“

Kimberly atmete tief ein, um wieder zur Ruhe zu kommen, und begann, die Lichterketten zu entwirren. „Wenn wir damit fertig sind, sollten wir uns vielleicht besser wieder auf das Geschäftliche konzentrieren“, murmelte sie, obwohl sie sich eigentlich wünschte, nicht weiter über die Sorgerechtsverhandlung sprechen zu müssen.

„Was ist los, Kimberly?“ Amüsiert zog er eine dunkle Augenbraue hoch. „Du hast Angst, dass die Dinge außer Kontrolle geraten könnten.“

Sie erwiderte seinen spöttischen Blick. „Du etwa nicht?“

„Und wie!“

Gemeinsam fädelten sie mehrere Lichterketten durch die Zweige. Als sie fertig waren, steckte Jake den Stecker in die Steckdose. Der Baum erstrahlte in einem hellen roten, grünen und goldenen Glanz.

Kimberly kreuzte die Arme vor der Brust und nickte ergriffen. „Ich gehöre wohl zu der Mehrheit, die Weihnachten liebt.“

„Das überrascht mich überhaupt nicht.“ Er sah sie unverwandt an.

Beim Anblick des verführerischen Glanzes in seinen Augen beschleunigte sich Kimberlys Puls sofort wieder. „Dieses Jahr wird etwas ganz Besonderes.“

„Oh!“, ertönte Lindsays begeisterte Stimme vom Treppenabsatz aus. Mit großen glänzenden Augen rannte sie die Stufen hinunter. „Er ist *wunderschön*!“ Andächtig blieb sie stehen und faltete ihre kleinen Händchen.

Lächelnd hob Kimberly sie auf die Arme „Wieso bist du denn noch wach?“

„Ich konnte nicht schlafen“, meinte Lindsay. Mit einem Blick zu Jake fügte sie hinzu: „Mein Daddy schenkt mir zu Weihnachten einen kleinen Hund!“

Der magische Moment war zerstört. Scharf atmete Kimberly ein; sie verabscheute Robert für sein Versprechen. „Schätzchen, ich glaube nicht …“

„Doch! Er hat es mir versprochen!“ Trotzig verschränkte Lindsay ihre Ärmchen.

„Wir werden sehen.“

„Er hat es versprochen!“

Kimberly runzelte die Stirn. „Ich möchte nur nicht, dass du enttäuscht wirst."

„Daddy tut so was nicht."

„Wenn du meinst. Komm, Schätzchen, wir bringen dich wieder ins Bett!" Sie wandte sich um und trug ihre Tochter wieder nach oben. Schweigend betete sie, dass Lindsay nicht gesehen hatte, wie Jake sie geküsst hatte.

„Daddy hat es versprochen!"

„Daddy und ich müssen uns darüber unterhalten", entschied Kimberly. „Aber im Augenblick ist es Zeit fürs Bett."

„Nein …"

„Schhh! Es ist schon spät." Liebevoll deckte sie die Kleine zu. „Gute Nacht, mein Schatz", sagte sie liebevoll, als Lindsay herzhaft gähnte und sich in ihr Bettchen kuschelte. Nur wenige Minuten später waren ihre Augen fest zugefallen. Kimberly küsste Lindsay auf den Scheitel und schlich sich auf leisen Sohlen zurück ins Erdgeschoss.

Jake stand über den Kamin gebeugt und stapelte Holzscheite auf den Rost. Seine Schultern spannten sich unter seinem Pullover, während er ruhig vor sich hin arbeitete. Kimberly stellte sich vor, wie sich seine Haut und seine kräftigen Muskeln unter ihren Fingern anfühlen würden.

Als er sie bemerkte, warf er ihr einen Blick über die Schulter zu. „Das macht dir doch nichts aus?", fragte er.

„Nein, natürlich nicht!", erwiderte Kimberly warm. Und mit einem Nicken in Richtung Kamin fügte sie hinzu: „Ein Feuer wäre jetzt schön." Es war kuschelig geworden im Wohnzimmer. Die farbigen Lichter des Baums funkelten in den Regentropfen, die gegen das Fenster prasselten.

„Ich dachte, ich mache es uns ein bisschen bequemer, bevor wir anfangen."

„Anfangen?"

Da erst fiel ihr der Wohnzimmertisch auf. Dort lagen ein

gelber Notizblock und ein Diktiergerät, daneben dampften zwei Tassen Kaffee. Schlagartig verschlechterte sich ihre Laune. Sie wollte nicht länger an Robert denken. Sie war seine Versprechungen Lindsay gegenüber leid, seinen Kampf um das Sorgerecht, seine dunklen Machenschaften und seine verdammten Lügen. Am liebsten hätte sie ihn ein für alle Mal aus ihrem Leben gestrichen. Aber das ging natürlich nicht. Resigniert setzte sie sich auf die Armlehne der Couch und starrte in das züngelnde Feuer. „Bringen wir es hinter uns!"

Jake lächelte und rührte sie damit tief in ihrem Herzen an. „Das ist keine Hinrichtung, weißt du?" Mit langen Schritten kam er auf sie zu und blieb vor ihr stehen. Er blickte auf sie hinunter, und der Ausdruck in seinen Augen wurde gütig und verständnisvoll.

Mit einem Finger berührte er ihr Kinn und hob ihren Kopf, bis sie ihn ansehen musste. „Entspann dich. Das wird ein Kinderspiel", machte er ihr Mut.

„Das hoffe ich." Obwohl sie daran zweifelte, zwang sie sich zu einem unsicheren Lächeln. Sie durfte sich nur nicht darauf konzentrieren, wie warm sich seine Haut auf der ihren anfühlte. Sie schluckte. Ganz so, als hätte er ihre Reaktion auf ihn deutlich wahrgenommen, ließ er rasch seine Hand fallen, nahm seinen Stift auf und zog den Deckel mit seinen Zähnen ab.

Er schaltete das Diktiergerät mit einem Knopfdruck ein, setzte sich ihr gegenüber und sah ihr ins Gesicht. Seine Nähe machte sie unruhig. „Okay, wir beginnen ganz langsam. Erzähl mir von deiner Familie! Hattest du eine glückliche Kindheit?"

„Ja."

„Wie war sie?"

Sie zuckte die Schultern. „Ich weiß nicht. Wir lebten auf einer Farm in Illinois, bevor wir nach Kalifornien umzogen. Mom und Dad arbeiteten hart. Wir besaßen nie sehr viel, allerdings mussten wir auch nie auf etwas verzichten. Es war eine … sorgenfreie Zeit. Zumindest für mich."

„Und was war mit deinen Eltern?"

„Na ja, sie machten sich sehr viele Sorgen. Zum Beispiel über solche Dinge wie das Wetter und die Ernte und den Getreidepreis. Um noch etwas dazuzuverdienen, gab Mom einigen Kindern aus der Umgebung Klavierstunden."

„Das heißt, alles in allem warst du glücklich?"

„So glücklich ein Kind eben ist", erwiderte sie. Sie war überrascht, wie einfach es ihr fiel, von ihrem Leben auf der Farm zu berichten. Mit verschränkten Fingern umfasste sie ihr Knie und ließ ihre Gedanken zurückschweifen zu der mit duftendem Heu übersäten Hügellandschaft, den blühenden Apfelbäumen, dem Klang der klickenden Windmühle, wenn der Wind auffrischte. Während sie ihm davon erzählte, wie sie im Sommer bei der Heuernte und im Herbst bei der Obsternte und dem Einmachen geholfen hatte, lächelte sie. Die Erinnerungen an das Leben auf der Farm umgaben sie wie ein Mantel, aus dem sie herausgewachsen war, den sie aber vermisst hatte. Dann schilderte sie ihm den Umzug nach Kalifornien und den Verlust ihres Vaters.

Jake lenkte ihre Unterhaltung zurück auf Robert und ihre Ehe. Sie schlang die Arme um sich selbst, als wäre ihr plötzlich kalt. Mit leerem Blick starrte sie in die gelben Flammen. Sie konnte spüren, dass Jakes Augen auf ihr ruhten, und sie wusste, dass er in ihren Gesichtszügen nach Spuren ihrer Gefühle suchte. Sie jedoch weigerte sich, ihn anzusehen. An Robert zu denken und an all die Hoffnung, die sie törichterweise in ihrem Herzen gehegt hatte, machte sie traurig.

Sie hatte Jake schon alles erzählt. Es gab nichts mehr, was sie dem noch hinzuzufügen hatte. Nach einer Weile schaltete Jake den Rekorder aus und lehnte sich auf der Couch zurück.

„War's das?", erkundigte sie sich, als sie ihre Stimme wiederfand. Sie klang schwach, und sie wusste, dass sie blass war.

„Für den Moment."

„Gott sei Dank." Sie war noch immer gefangen im Sturm der Gefühle, den die Gedanken an ihre Ehe auslösten. Sie starrte weiter ins Feuer, bis sie spürte, wie seine Finger ihr Handgelenk berührten.

„Wenn es dir irgendein Trost ist", sagte er leise. „Ich halte deinen Ehemann für den größten Narren, von dem ich je gehört habe. Er muss verrückt sein, dass er dich gehen ließ!" Er umfasste ihr Handgelenk und zog sie leicht nach vorne, sodass sie gegen ihn kippte. Das Haar fiel ihr ins Gesicht. Unter ihren Händen spürte sie den weichen Stoff seines Pullovers.

Er schloss sie in seine Arme. „Und nur fürs Protokoll", raunte er. „Du bist die schönste, aufregendste und intelligenteste Frau, die mir je begegnet ist."

Überrascht holte sie tief Luft.

Ihr Gesicht war nur wenige Zentimeter von seinem entfernt. In seinen grauen Augen spiegelte sich das knisternde Feuer. „Außerdem bist du die faszinierendste Frau, die mir seit Langem untergekommen ist."

Es fiel ihr schwer zu atmen.

Die feinen Fältchen um seinen sinnlichen Mund vertieften sich. Sein Blick wanderte zu ihren Lippen, verweilte dort, als würde er sich in ihrem Versprechen verlieren. Sanft lag seine Hand auf ihrem schmalen Rücken, und er streichelte sie sacht.

„Ich … ich halte das für keine gute Idee", flüsterte Kimberly, doch das Blut begann schon in ihren Adern zu klopfen.

„Ich auch nicht." Trotzdem ließ er sie nicht los. Ganz im Gegenteil, sein Griff schien fester zu werden.

„Soll das ein Test sein?"

„Ein was?"

„Du weißt schon … für die Anhörung. Um zu sehen, ob ich häufig den Partner wechsle?"

Jake schmunzelte. „Wenn das ein Test ist, dann höchstens einer für meine Selbstbeherrschung." Sein Gesicht war leicht gerötet, seine Augen glänzten.

Kimberlys Herz klopfte so laut, dass sie sicher war, dass er es auch hören konnte. Und ihr selbst war, als würde sie noch ein rhythmisches Klopfen vernehmen. Ganz so, als hätte auch er Schwierigkeiten, seinen Herzschlag zu beruhigen.

Sie wusste, er würde sie wieder küssen. Da spürte sie, wie seine Finger sanft ihren Rücken hinaufglitten und er seine Hand in ihrem Haar vergrub. Sie hielt ihn nicht auf. Sie konnte es nicht. Denn sie wollte ihn genauso verzweifelt wie er sie.

Alle Argumente, warum sie ihre Beziehung rein geschäftlich halten sollten, kamen ihr in den Sinn. Und trotzdem stand sie nicht auf. Stattdessen wartete sie regungslos auf seine Berührung. Als sein Mund endlich den ihren in Besitz nahm, schmolz sie dahin. Wie von selbst öffneten sich ihre Lippen, und sie schlang ihre Arme um seinen Hals.

Wollüstig genoss sie den leichten Druck seiner Zunge, die ihre Lippen liebkoste, bevor sie zwischen ihre Zähne glitt und das samtweiche Innere ihres Mundes erkundete. Ein weibliches Sehnen, das seinen Ursprung tief in ihrer Seele hatte und sich den Weg nach außen bahnte, füllte sie aus und verlangte nach Erlösung. Jake verstärkte den Druck seiner Lippen. Noch tiefer sank er in die weichen Kissen, und er vertiefte seinen Kuss, während sie seinen Nacken streichelte. Mit einer Hand umfasste er ihren Kopf, bog ihn leicht nach hinten und entblößte ihren Hals.

„Kimberly", flüsterte er heiser und drückte heiße kleine Küsse auf ihre seidige Haut. „Kimberly … warum tust du mir das an?"

„Ich … Ich tue nichts", brachte sie mühsam hervor. Das Denken fiel ihr schwer. Seine heißen Lippen wanderten knabbernd zu der kleinen Vertiefung zwischen ihren Schlüsselbeinen.

Noch enger presste er sie an sich, zog sie auf sich, bis sie endlich über ihm lag. Wie ein seidiger Vorhang fiel ihr Haar auf seine Schultern, streifte sanft seine Brust.

„Das sollten wir nicht tun!“, stöhnte er.

Sie blickte ihm in die Augen, blickte tief in die süße Qual, die die widerstreitenden Gefühle in ihm auslösten.

„Dann … dann hör doch auf!“

„Ich kann nicht!“, fluchte er unterdrückt, bevor er seinem inneren Drang nachgab und mit seinen Händen ihren Kopf zärtlich umfasste. Er zog ihn zu sich herunter und presste seine Lippen auf ihren Mund. Sein Kuss raubte ihr den Atem und löschte jeden klaren Gedanken aus. Sie konnte nicht mehr vernünftig sein. Sie konnte nur noch fühlen.

„Mommy?“

Kimberly erstarrte, als sie Lindsays nackten Füße über den Holzboden tapsen hörte.

„Schon wieder?“, fragte Jake benommen.

„Ich sagte dir ja, dass sie Albträume hat.“

„Wegen des Sorgerechtsstreits?“ Besorgt zog er die Augenbrauen zusammen.

„Ich weiß es nicht. Ich hoffe nicht.“ Schnell setzte Kimberly sich auf und fuhr mit den Fingern durch ihr zerzaustes Haar. Die Schritte kamen näher. Dann stand Lindsay an der obersten Stufe der Treppe. In der einen Hand hielt sie ihr Schmusetier, mit der anderen rieb sie sich die Augen.

„Ich habe einen bösen Traum gehabt.“

„Oh, mein Schätzchen!“ Augenblicklich war Kimberly auf den Füßen und eilte die Treppe hinauf. Sie nahm ihre Tochter in den Arm und drückte sie fest an sich, froh darüber, dass die Kleine nicht verstehen würde, warum ihr Gesicht gerötet war und ihr Herz wild klopfte. „Sollen wir dir ein Glas Wasser holen?“

Lindsay vergrub ihr kleines Gesichtchen in Kimberlys Halsbeuge. „Ich habe Angst gehabt.“

„Ich weiß, meine Süße, aber es ist alles in Ordnung!", versuchte sie die Kleine zu beruhigen. „Ich bin bei dir und werde das auch immer sein." Ihr Blick wanderte die Treppen hinunter. Jake ließ sie nicht aus den Augen.

Er lag noch immer halb auf der Couch ausgestreckt. Das Haar fiel ihm zerzaust in die Stirn, und er sah ihr in die Augen und zwinkerte ihr zu. Kimberlys Herz machte einen Hüpfer. Schnell gab sie Lindsay etwas zu trinken und half ihr anschließend wieder in ihr Bettchen.

„Ich lasse das Licht im Bad für dich an, ja?", schlug sie sanft vor und drückte ihre geschwollenen Lippen auf Lindsays Lockenkopf. „Geht's wieder?"

„Bleib hier bei mir!", bettelte Lindsay, und Kimberly brachte es einfach nicht übers Herz, ihr die Bitte abzuschlagen.

„Na gut." Sie kletterte in das Bett und legte den Kopf ihrer Kleinen auf ihre Brust. Sacht streichelte sie das feine Haar, spürte Lindsays warmen Atem, als diese sich an sie kuschelte. „Schlaf, meine Süße!", flüsterte sie und beobachtete, wie die kleine Brust sich regelmäßig hob und senkte. Dabei versuchte sie, ihren eigenen Herzschlag unter Kontrolle zu bringen.

Allmählich übermannte Lindsay der Schlaf. Kimberly hingegen dachte an Jake und ihre heftige Reaktion auf ihn. Überrascht über die Intensität ihrer Gefühle für einen Mann, den sie erst seit wenigen Wochen kannte, drückte sie ihre Tochter enger an sich. Sie schloss die Augen und fragte sich dabei, wie sie die kommende Schlacht vor Gericht nur überstehen sollte. In Jakes Nähe zu sein und ihm dennoch nicht nahe zu kommen, konnte sie sich einfach nicht vorstellen.

Ein leises Hüsteln zog ihre Aufmerksamkeit auf sich. Jake lehnte am Geländer und lächelte sie an. Seine Jacke hatte er schon übergestreift. Er wollte gehen! Kimberlys Gefühle gerieten augenblicklich wieder in Aufruhr. Beinahe hätte sie ihn angefleht, zu bleiben.

Aber noch bevor sie protestieren konnte, warf er ihr einen Handkuss zu und zwinkerte. Und dann war er weg. Sie hörte die Haustür auf und wieder zu gehen. Ein eiskalter Hauch wehte die Treppen hinauf zu ihr. Vom Wohnzimmer drang das Schimmern der farbenfrohen Lichter nach oben. Kimberly lächelte. Egal, was die Zukunft ihr bringen mochte: Jake gehörte dazu. Und diese Vorstellung allein war beruhigend.

## *8. KAPITEL*

Das Wochenende stand vor der Tür, und Kimberly konnte es kaum erwarten, aus der Bank herauszukommen. Seit zwei Tagen hatte sie kein Wort von Jake gehört. Überrascht stellte sie fest, wie oft sie an ihn dachte – und wie oft sie sich wünschte, von ihm zu hören. Und nicht nur, weil die Anhörung drohend näherrückte.

Der Winter hatte Portland fest im Griff. Fünfzehn Zentimeter Neuschnee waren auf die Stadt herabgefallen. Chaotischer Verkehr und lange Verzögerungen waren die Folge. Stromausfälle verursachten Computerstörungen, und auf den vereisten Straßen kam es häufig zu Unfällen mit Blechschäden. Der Kurierdienst der Bank war eingeschränkt, und die Nerven waren bei allen zum Zerreißen gespannt.

Das Schlimmste aber war Bill Zealander. Nachdem seine lautstarken Beschwerden bei Eric Compton auf taube Ohren gestoßen waren, war Bill dazu übergegangen, Kimberly völlig zu ignorieren. Glücklicherweise hielt Henry Junipers Paranoia sie so sehr auf Trab, dass sie nicht dazu kam, sich mit Bills zerbrechlichem männlichem Ego zu beschäftigen. Zumindest nicht, solange Henry Juniper der Auffassung war, dass seine Schwester Carole sich an Daddys Vermögen bedienen wollte.

Ich kümmere mich nächste Woche um Zealander, entschied sie und nahm ihre Tasche schwungvoll vom Schreibtisch. Vielleicht würde er sich über das Wochenende beruhigen? Oder aber er war danach noch schlechterer Laune? Möglich war alles.

„Alles zu seiner Zeit“, murmelte sie vor sich hin und machte sich zusammen mit ein paar Kollegen auf den Weg zum Aufzug. Die Türen glitten auf. Jake trat heraus und schlenderte auf sie zu. Sein warmer Blick erfasste sie. Augenblicklich beschleunigte sich ihr Puls. „Sieh an, Herr Anwalt!“, zog sie ihn lächelnd auf. „Was bringt Sie denn hierher?“

„Rate!“

„Ich habe keine Ahnung.“

„Du.“

Ihre Stimmung hob sich zusehends. Was hatte er nur an sich, dass er sie so tief berührte? Er trug eine Skijacke, einen Pullover und eine Skihose, grinste bis über beide Ohren und nahm sie beim Ellbogen. „Na, machst du heute mal früher Schluss?“

„Ich hatte die Frühschicht“, erwiderte sie lächelnd und sah zu ihm auf. „Es war wirklich eine lange Woche.“

„Gut.“

„Ich weiß nicht, was daran *gut* sein soll.“

Er schob sie in Richtung Aufzug. „Ich möchte dir ein Angebot machen“, flüsterte er ihr ins Ohr, während sich die Türen des Lifts leise schlossen.

„Das klingt aber interessant“, murmelte sie.

„Das ist es, das kannst du mir glauben.“

Ächzend kam der Fahrstuhl im Parterre zum Stehen, und die Türen öffneten sich. Kimberly überließ sich Jakes Führung, der sie geschickt durch die davoneilende Menge dirigierte und in die Tiefgarage führte, wo sein Auto abgestellt war. Direkt daneben stand auch ihr Wagen.

„Okay, McGowan, spuck's aus!“, foppte sie ihn. Allein die Tatsache, dass sie bei ihm sein durfte, hob ihre Laune. „Was ist das für ein Angebot?“

„Wie wär's, wenn du mit mir Skifahren gehst?“

„Heute Abend?“ Es war so kalt in der unbeheizten Tiefgarage, dass sie fröstelte.

„Wieso nicht?“

„Na ja … weil es dunkel und kalt ist?“

„Klingt für mich nach einer perfekten Möglichkeit zum Nachtskifahren“, hebelte er ihren Einwand aus. Ein allzu sicheres Lächeln breitete sich auf seinem Gesicht aus.

„Ich bin noch nie in meinem Leben nachts Ski gefahren …“

„Dann wird es ja Zeit. Aber du fährst doch Ski, oder?"

„Früher schon, aber das ist schon Jahre her."

„Hast du Skikleidung und Ausrüstung?"

„Irgendwo schon ... Aber ich kann wirklich nicht! Lindsay ..."

„... übernachtet heute bei Arlene und Lyle", beendete er ihren Satz für sie. „Das hat sie doch neulich erzählt! Also ... wenn dir keine weiteren Ausreden mehr einfallen ...?"

Kimberly konnte nicht anders – sie musste lächeln. *Amüsier dich*. Arlenes Rat klang ihr noch deutlich in den Ohren.

„Und was ist für mich drin?", fragte sie schmunzelnd. „Du sagtest: *ein Angebot*, nicht wahr? Also profitieren beide Parteien davon."

„Aber, aber, Miss Bennett! Sie bekommen meine Zeit und Aufmerksamkeit für die nächsten sechs bis acht Stunden!"

„Wie könnte ich dazu schon Nein sagen?"

„Das kannst du nicht!" Er zwinkerte ihr zu.

„Ich muss den Verstand verloren haben", murmelte sie.

„Das werte ich als ein Ja."

„Ein widerstrebendes."

„Dann lass uns gehen! Ich fahre dir nach."

Hatte sie den Verstand verloren? Kopfschüttelnd klemmte Kimberly sich hinter das Lenkrad und sah zu, wie Jake zu seinem Bronco lief. Lächelnd ließ sie den Motor an und fuhr aus der Parklücke. Als ihr Blick noch einmal zum Aufzug wanderte, entdeckte sie Bill Zealander, das *Wall Street Journal* und einen schwarzen Schirm unter den Arm geklemmt. Er ließ sie nicht aus den Augen.

Sie bezweifelte keine Sekunde lang, dass er die ganze Szene beobachtet hatte. Vielleicht hatte er sogar ein paar Fetzen ihres Gesprächs aufgeschnappt.

Kimberly fröstelte. Der Ausdruck auf seinem dicklichen Gesicht war grausam und berechnend.

Du hast nichts Falsches getan, erinnerte sie sich und legte den Vorwärtsgang ein. Dabei zwang sie sich zu einem Lächeln und winkte Zealander zu. Natürlich erwiderte er ihren Gruß nicht.

Die Fahrt nach Hause zog sich wie Kaugummi. Zu dem für einen Freitag üblichen Verkehrschaos, verursacht durch den Feierabendverkehr, gesellten sich die unwägbaren Wetterverhältnisse. Die Autos schlichen im Schneckentempo durch Schnee und Matsch die Straßen entlang. Die Hausboote, die auf dem pechschwarzen Wasser trieben, waren mit bunten Weihnachtslichtern geschmückt, die von der Wasseroberfläche reflektiert wurden. Doch der Geist des bevorstehenden Weihnachtsfestes ging im allgemeinen Chaos verloren.

Als Kimberly dann endlich auf ihre Einfahrt fuhr, war sie ein nervliches Wrack. Sie versuchte zwar, sich einzureden, dass das Wetter daran schuld wäre und nicht Jake McGowan – oder die Tatsache, dass sie zugestimmt hatte, den Abend mit ihm zu verbringen. Doch sie wusste, dass sie sich selbst etwas vormachte. Es war die Aussicht, mit ihm alleine zu sein, die sie aufwühlte.

Sie schaltete den Motor ab. Da hörte sie sein Auto auch schon die Straße entlangbrummen, sah das Aufleuchten der Scheinwerfer in ihrem Rückspiegel.

Gleichzeitig mit ihr stieg er aus seinem Wagen und folgte ihr zur Tür. Seine Stiefel knirschten im tiefen Schnee. Eiszapfen hingen an der Regenrinne.

„Das ist nicht besonders clever“, meinte Kimberly und schloss zitternd die Tür auf.

„Was ist nicht clever?“

„Bei diesem Chaos unterwegs zu sein. Die Straßen in die Berge sind sicher heimtückisch.“

„Ich habe angerufen. Sie wurde geräumt und gestreut.“

„Wann?“ Eindringlich warf sie einen Blick zurück auf die

dichten Schneeflocken, die noch immer vom Himmel fielen. Dann drückte sie die Tür auf und trat in die verhältnismäßig warme Küche. „Es schneit schon den ganzen Tag."

„Mach dir keine Sorgen, ich habe Allradantrieb. Das wird ein Kinderspiel."

„Aber natürlich."

Seine Augen huschten suchend durch die Küche. „Hast du eine Thermoskanne?"

„Unter der Spüle."

„Hast du etwas dagegen, wenn ich das hier aufwärme und mitnehme?", fragte er und hob die Kaffeekanne hoch, sodass der kalte Kaffee hin- und herschwappte.

„Nur zu!" Rasch zog sie ihren Mantel aus und hängte ihn an die Garderobe. Dabei fiel ihr ein großer Umschlag auf, der in großen kritzeligen Buchstaben ihren Namen trug. Sie öffnete ihn und fand eine aus Papier ausgeschnittene Schneeflocke darin. Mit übergroßen, ungleichen Lettern hatte Lindsay „Ich hab dich lieb!" daraufgeschrieben. Kimberlys Herz schäumte über vor Liebe. Sie griff nach dem Telefon und drückte schnell eine Nummer hinein.

Beim fünften Klingeln ging Arlene ans Telefon. „Hallo?"

„Hallo. Wie läuft es?"

„Einfach toll!", antwortete Arlene und lachte herzhaft. „Wir haben schon einen Schneemann gebaut und die Krippe auf dem Kaminsims aufgebaut. Im Moment beharrt Lindsay gerade darauf, dass wir unseren Baum aufstellen."

„Oh, das kenne ich", schmunzelte Kimberly und lehnte sich an den Tisch im Flur. Unterdessen ließ sie die Papierschneeflocke nicht aus den Augen.

„Möchtest du mit ihr sprechen?"

„Nur für einen Moment."

„Mal sehen, ob ich sie von dem Baum loseisen kann."

Kimberly wartete ungeduldig, als Jake in den Flur kam.

„Schwierigkeiten?“, fragte er besorgt.

„Nein …“

„Mommy?“, rief Lindsay am anderen Ende der Leitung.

„Hallo, Schätzchen.“

„Hast du meine Überraschung gefunden?“, erkundigte sich die Kleine fröhlich.

„Und wie! Und ich rufe an, um mich bei dir zu bedanken. Am Montag nehme ich deine Schneeflocke mit ins Büro und hänge sie dort auf.“

„Machst du das *wirklich*?“

„Darauf kannst du wetten! Bist du auch schön brav?“

„So brav wie ein Engel“, betonte die Kleine mit Nachdruck. „So nennen mich Arlene und Lyle.“

„Ich weiß.“ Kimberly lachte. „Bis morgen, Engelchen! Ich hab dich lieb.“

„Ich dich auch.“

„Gibst du mir noch mal Arlene?“

„Okay.“

Wenige Sekunden später war Arlene wieder dran. Kimberly erklärte ihr, was sie vorhatte und dass sie ihre Tochter am nächsten Morgen gegen zehn Uhr abholen würde.

„Aber hetz dich nur nicht ab“, bemerkte Arlene. „Lindsay tut Lyle und seinem Gemüt richtig gut.“

„Danke.“

Nachdem sie aufgelegt hatte, entdeckte sie, dass Jake noch immer in der Tür zwischen Flur und Küche stand. „Alles in Ordnung?“, fragte er.

„Klingt ganz danach.“ Ein fröhliches Lächeln erhellte ihre Miene. „Ich glaube, ich muss Lindsay morgen mit einer Brechstange da rausholen.“

Jake besah sich die Schneeflocke aus Papier. „Das bezweifle ich“, murmelte er. Der Klang seiner Stimme berührte sie tief in ihrem Herzen. „Deine Tochter hängt ganz schön an dir.“ Aufmerksam studierte er ihr Gesicht.

„Na, das hoffe ich doch!“ Sie verlor sich für einen kurzen Moment im silbrigen Glanz seiner Augen, bevor sie sich räusperte und an ihm vorbei in den Flur ging. „Ich werde schon ein paar Minuten brauchen, bis ich alles gefunden habe.“

„Nur keine Eile. Hauptsache, du schaffst es heute noch.“

„Darauf würde ich nicht wetten“, feixte sie, lief in ihr Schlafzimmer und schloss die Tür hinter sich. Sie kickte sich eilig die Lederstiefel von den Füßen und durchwühlte ihren Schrank nach der alten Skitasche. Vor Jahren hatte sie sie in eine dunkle Ecke verbannt. „Und wie steht's damit?“, murmelte sie triumphierend, warf die Tasche aufs Bett und öffnete den Reißverschluss. Ihre Latzskihose in sattem Violett, Skibrille, Mütze, ein Pullover und lange Unterwäsche kamen zum Vorschein.

Schnell entledigte sie sich ihres schwarzen Kostüms, der Bluse und ihrer Strümpfe. Sie drückte sich selbst die Daumen, dass ihr die alten Sachen noch passten; sie hatte sie lange vor Lindsays Geburt das letzte Mal angehabt. Allerdings – auch wenn sie jetzt weniger wog als vor der Schwangerschaft, schienen sich ihre Pfunde doch an andere Stellen ihres Körpers verlagert zu haben als früher.

Trotzdem stand sie wenige Minuten später in voller Montur vor dem ovalen Spiegel, der über der Kommode hing. Latzhose und Pullover saßen zwar eng, aber nicht zu eng.

Mit geübten Handgriffen flocht sie ihr Haar aus dem Gesicht und ignorierte dabei ihre geröteten Wangen. Sie sah dem heutigen Abend erwartungsvoll entgegen. Das Funkeln in ihren Augen und das Lächeln, das ihre Lippen umspielte, konnte sie nicht verbergen.

Als sie schließlich noch ihre Skistiefel und ihre Skijacke hervorgekramt hatte, hatte Jake bereits den Kaffee aufgewärmt und in die Thermoskanne gefüllt. „Meine Ski sind in der Garage“, sagte sie. Über ihrem Arm lag eine Tasche mit trockener Kleidung.

Er nahm sie von oben bis unten in Augenschein und sah ihr anschließend direkt in die Augen. „Worauf warten wir denn dann noch?“

„Darauf, dass der Schneesturm eine Pause macht? Oder darauf, dass die Vernunft den Wahnsinn überwältigt?“

„Vertrau mir“, erwiderte er schlicht.

Und das tat sie. Leichtsinnig oder nicht: Sie vertraute diesem Mann mit dem eindringlichen, mysteriösen Lächeln und dem klugen, aufmerksamen Blick.

In der Garage waren ihre Ski schnell gefunden. Sie spannten sie in den Skiträger, der auf dem Dach von Jakes Wagen angebracht war. Nachdem sie sich den frisch gefallenen Schnee von Haaren und Schultern geklopft hatten, stiegen sie ein und fuhren los.

Über matschige Straßen und unter kahlen Bäumen hindurch, vorbei an Häusern, die im Glanz der Weihnachtsbeleuchtung erstrahlten, lenkte Jake den Wagen immer in östlicher Richtung zu den Pisten von Mount Hood. Die Scheibenwischer befreiten die Windschutzscheibe vom Schnee; weihnachtliche Musik aus dem Radio übertönte das Brummen des Motors.

Sicher steuerte Jake den Bronco durch die dunklen Straßen, während Kimberly ihnen Kaffee eingoss. Sie reichte ihn ihm und fragte: „Lebst du schon lange in Portland?“

„Fast mein ganzes Leben.“

„Und deine Familie?“

Der Zug um seinen Mund und Kiefer spannte sich kaum merklich an. Er wechselte die Spur. „Meine Eltern sind schon vor ein paar Jahren gestorben.“

„Keine Geschwister?“

„Nein.“

Wie gerne hätte sie ihm noch mehr Fragen gestellt, vor allem über seine Frau. Sie wollte so viel über ihn wissen, aber sie spürte, dass sie keine Antworten bekommen würde. Dass er ihr sehr viel vorenthielt. Den Blick auf die trübe Windschutzscheibe gerichtet, fragte sie sich, ob er seine Geheimnisse wohl jemals mit ihr teilen würde. „Kennst du Diane schon lange?"

„Seit der Uni."

„Und dann?"

„Dann haben wir zusammen in einer großen Anwaltskanzlei gearbeitet." Ein Muskel zuckte in seinem Kiefer. „Sie half mir durch ein paar harte Jahre. Und sie unterstützte mich bei dem Wechsel ins Gesellschaftsrecht."

„Wieso?", erkundigte sie sich.

„Was meinst du?"

„Wieso hast du dich vom Familienrecht losgesagt?"

Fest presste er die Lippen aufeinander und schaltete hastig einen Gang hinunter. „Es schien der richtige Schritt zu sein", wich er ihrer Frage aus. Sie fuhren aus der Stadt hinaus. Links und rechts säumten weite Ackerflächen die Fahrbahn. Der Schnee wehte gegen Zäune und Gebäude und erhellte sanft die Nacht.

„Du sollst einer der besten Anwälte für Familienrecht der Stadt gewesen sein." Kimberly ließ nicht locker.

Gleichgültig zuckte er die Schulter. „Das ist Ansichtssache."

„Und du warst nicht gerade versessen darauf, meinen Fall zu übernehmen."

Er warf ihr einen kurzen Blick zu. „Was soll das werden? Eine Fragerunde à la *Wer bin ich*?"

Aufmerksam studierte sie sein attraktives Gesicht, die großen Augen, das starke Kinn, das mit dunklen Stoppeln bedeckt war. „Du weißt fast alles über mich."

„Noch nicht."

„Aber bald. Ich dachte, es wäre an der Zeit, dass ich etwas über dich erfahre."

„Da gibt es nicht viel zu sagen."

Sie dachte kurz über diesen Satz nach. Dann stellte sie die eine Frage, die sie schon eine Weile beschäftigte. „Wieso hast du nie wieder geheiratet?"

„Ich habe die Richtige noch nicht getroffen. Oder ist dir das zu klischeehaft?"

„Ja."

„So ist es aber. Das und die Tatsache, dass ich nicht sicher bin, ob die Institution Ehe überhaupt eine gute Idee ist."

Überrascht zog Kimberly eine Braue in die Höhe. „Wieso nicht?"

„Wahrscheinlich aus dem gleichen Grund, aus dem du sie abgeschrieben hast."

Sie hatte die Ehe abgeschrieben, das stimmte wohl. Aber seit Jake in ihr Leben getreten war, fiel ihr die Vorstellung, sich wieder an einen Mann zu binden, gar nicht mehr so schwer. Schnell verdrängte sie diese Wunschvorstellung.

„Sagen wir einfach: Meine Erfahrungen waren nicht so toll", fuhr Jake fort. „Meine Frau war nicht glücklich mit mir, und die Beziehung hat nicht gehalten. Was meine Eltern angeht: Sie hielten zwar zusammen, meist glich es bei ihnen jedoch einem Kriegsschauplatz." Er sah sie an. „Sicher siehst du das ähnlich."

Sie schüttelte den Kopf und dachte an die glücklichen, liebevollen Jahre zurück, die sie mit ihrer eigenen Familie verbracht hatte. „Nein. Ich glaube daran, dass eine Ehe perfekt sein kann."

Er lachte auf. „Das klang auf Dianes Hochzeit aber ganz anders."

„Da war ich vielleicht etwas zynisch", gab sie zerknirscht zu.

„Etwas? Sogar sehr!"

„Man muss offenbar den richtigen Menschen finden." Stirnrunzelnd schaute sie in ihren Becher. „In meinem Fall war Robert nicht der Richtige."

„Das glaube ich dir sofort", erwiderte Jake trocken, sagte dann aber nichts weiter dazu.

Hatte seine Exfrau ihn so tief verletzt? Hatte er sie so sehr geliebt? Hatte sie ihm die Ehe für immer vergällt, als sie die Scheidung verlangt hatte? Eine Weile fuhren sie schweigend. Die Straße führte hinauf, wand sich durch die Ausläufer der Cascade Mountains, vorbei an kleinen Dörfern, die mit hell erleuchteten Bäumen geschmückt waren, bis die Abgeschiedenheit des Waldes sie umgab.

Der Verkehr verlangsamte sich. In den Dörfern waren die Gehwege mit Schnee und Eis bedeckt. Mehrere Autos hatten an der Seite angehalten; die Fahrer legten Schneeketten an.

Immer wenn der Bronco auf einer vereisten Stelle ins Rutschen geriet, traten Kimberlys Knöchel vor Anspannung hervor. Doch Jake blieb völlig ruhig. Schließlich steuerte er auf den überfüllten Parkplatz in der Nähe der Berghütte.

„Geschafft!", verkündete er und tätschelte ihr Knie.

„Gott sei Dank!" Kimberly ignorierte die Wärme, die seine Hand ausstrahlte, und schüttete schnell den Rest des Kaffees hinunter. Jake öffnete die Tür und trat in zwanzig Zentimeter hohen Pulverschnee.

Seinem Beispiel folgend, legte sie Skistiefel und Skibrille an, bevor sie – die Ski auf ihrer Schulter balancierend – auf die Hütte zustapfte.

„Hunger?", erkundigte sich Jake, während sie ihre Liftkarten an den Jacken befestigten.

„Ein wenig."

„Möchtest du gleich etwas essen?"

Sie schüttelte den Kopf und musterte den Berg. Unter dem Schein bunter Lampen erstreckte sich unberührt und einladend die Piste. „Lass uns zuerst ein bisschen fahren."

„Dem werde ich nicht widersprechen."

Sie marschierten hinüber zum Lift und nahmen nach einer kurzen Wartezeit auf den eisigen Sitzen Platz. Schneeflocken verfingen sich in den Haarsträhnen, die sich aus Kimberlys Mütze gekämpft hatten und ihre Wange umspielten.

„Warm genug?", fragte Jake und legte einen Arm um ihre Schultern. Er drückte sie kurz an sich.

„Ja."

Langsam fuhren sie den Berg hinauf, über die Spitzen majestätischer Fichten und Hemlocktannen hinweg. Die tief verschneiten Zweige bewegten sich sanft im Wind. Der Himmel war schwarz, doch Flutlicht erhellte die Pisten in den höheren Lagen.

„Ich hatte vergessen, wie wunderschön es hier oben ist", hauchte Kimberly ergriffen.

„Und so still! Manchmal denke ich, es ist die Einsamkeit, die es so besonders macht", erwiderte Jake. „Nachts sind nicht sehr viele Menschen hier."

Er hatte recht. Kimberly erinnerte sich zurück, an die überfüllten Wochenenden beim Skifahren. Dann hatte es länger gedauert, für den Lift anzustehen, als die Abfahrt selbst zu bewältigen. Doch heute Nacht, eine Woche vor den Feiertagen, drängten sich kaum Leute auf dem Berg. Ganz im Gegenteil: Es schien, als wären sie ganz alleine.

Jake drückte sie enger an sich. Sie fühlte eine Wärme tief in ihrem Inneren, die in jede Faser ihres Körpers ausstrahlte. Entspannt und zufrieden fragte sie sich, wie viel Zeit sie wohl mit Jake verbringen und weiterhin diese Faszination für ihn empfinden konnte.

Er war der erste Mann, der sie seit ihrer Scheidung ernsthaft interessierte. Und die Intensität ihrer Gefühle überwältigte sie. Nie hätte sie damit gerechnet, sich wieder zu verlieben. Aber hier saß sie, schaukelnd über den Baumwipfeln, und die Ruhe des schneebedeckten Waldes übertrug sich auf sie. Sie spürte, dass sie eine Verbindung zu ihm hatte, die weit über die Grenzen bloßer Freundschaft hinausging. Oder über die professionelle Beziehung zu deinem Anwalt, durchzuckte es sie reumütig. Dass sie dabei war, sich zu verlieben, nagte schwer an ihr. Sie konnte es sich schlicht nicht leisten, sich zu verlieben. Nicht jetzt. Nicht, bis Lindsays Zukunft an ihrer Seite abgesichert war.

„Und los geht's!" Er ergriff ihre behandschuhte Hand und half ihr, die ersten paar Meter vom Lift bis zur Piste zu fahren. „Bereit?"

„So bereit ich je sein werde."

„Okay! Dann zeig mal, was du kannst!"

Sie kratzte ihr Selbstvertrauen zusammen, stieß ihre Stöcke in die weiße Pracht und schoss nach vorne. Sie spürte die eisige Luft in ihrem Gesicht, während sie den Berg hinabfuhr. Erst fühlte sie sich noch etwas unsicher, doch mit der Zeit wurde sie mutiger.

Jake sauste an ihr vorbei und wartete am Bergkamm in der Nähe einer rustikalen Hütte mit einem riesigen Kamin. Rauch stieg aus dem Schornstein auf, und Licht schimmerte durch die beschlagenen Fenster.

Atemlos schloss Kimberly zu ihm auf.

„Du bist gut!", meinte er bewundernd.

„Ich hatte schon genug Unterricht – und Stürze."

„Wieso hast du es aufgegeben?"

„Ich wurde schwanger und wollte nicht fallen. Dann kam Lindsay und ich war gefangen zwischen Windeln, Rasseln und Fläschchen." Bei dem Gedanken an jene Tage, als ihre Ehe sich in Schutt und Asche verwandelt hatte, runzelte sie die Stirn. Hastig sah sie hinüber zu dem Gebäude. „Was ist das?", fragte sie interessiert.

„Die Aufwärmhütte", erklärte er. „Man bekommt Getränke oder einen Donut oder kann einfach nur ein bisschen auftauen."

„Hier oben?“ Sie blickte die Piste hinunter. In der Ferne konnte sie gerade noch einige Skifahrer ausmachen, die schwungvolle Bögen fuhren. Ein Mann, von der Skimaske bis zu den Stiefeln in Dunkelblau gekleidet, kam neben ihnen zum Stehen. Kimberly achtete nicht besonders auf ihn.

Jake fuhr mit seiner Erklärung fort. „In der Aufwärmhütte kann man die durchdringende Kälte vertreiben, die einem nach der Fahrt hier hoch in den Knochen sitzt. Außerdem bietet sie Unterschlupf, wenn hier oben ein Schneesturm tobt.“

Kimberly nickte, bevor sie ihre Brille zurechtrückte und ihn schelmisch herausforderte: „Komm schon, wir fahren um die Wette!“

„Du machst Witze ...“

Doch statt ihm eine Antwort zu geben, fuhr sie einfach los. Die Piste lag lang und steil vor ihnen, und Kimberly flog den Hang hinab. Der Wind pfiff ihr um die Ohren, während sie den Schnee durchpflügte.

Auf der Hälfte des Weges holte Jake sie ein, winkte ihr zu und zog an ihr vorbei. Wenige Sekunden später hatte aber auch Kimberly den schmalen Teil der Strecke bis zur Liftstation bezwungen. „Du hast geschummelt!“, rief er lachend, als sie neben ihm zum Stehen kam.

Sie kicherte. „Ich habe mir nur einen kleinen Vorsprung verschafft. Außerdem hat es nicht viel genützt. Wie wär’s mit einer Revanche?“

„Die Wette gilt!“

Auch die nächste Abfahrt endete wie die erste: Sie fuhr zwar besser, als sie gedacht hatte, aber Jake flog meisterhaft an ihr vorbei. Schließlich nahm sie ihre Skibrille ab und hob die Hände in gespielter Kapitulation. „Ich gebe auf“, lachte sie. Ihr Atem bildete kleine Nebelwolken in der frostigen Luft.

Jake umarmte sie. „Und ich spendiere das Abendessen.“

„Abgemacht“, stimmte Kimberly seinem Vorschlag zu. Seite

an Seite fuhren sie zur Hütte. Die große, mit einer Skimaske vermummte Person in Dunkelblau glitt mühelos den Abhang hinunter.

Drinnen setzten sie sich an einen Tisch in der Nähe des Steinkamins, der vom Boden bis zur Decke reichte. In der anderen Ecke stand eine buschige Douglasie, die mit silbernen Glöckchen, scharlachroten Schleifen und blinkenden Lichtern geschmückt war.

„Bis gestern Abend …", meinte Kimberly und hielt ein Glas Irish Coffee zwischen den Händen, das Jake bestellt hatte, „… hatte ich Weihnachten fast vergessen."

„Ist das überhaupt möglich, wenn man eine Fünfjährige zu Hause hat?"

„Eigentlich nicht. Aber diese ganze Sorgerechtsgeschichte hat mich gedanklich so gefangen genommen, dass ich wirklich nicht sehr viel Weihnachtsstimmung verspürt habe." Ihre Augen leuchteten dankbar auf. „Danke, dass du mich hierher mitgenommen hast!"

„Glaub mir, das Vergnügen ist ganz auf meiner Seite!" Er prostete ihr zu, bevor er beide Ellbogen auf dem Tisch abstützte und sein Glas mit beiden Händen umfasste. Seine rauchgrauen Augen sahen sie eindringlich an. Als sich ihre Blicke trafen, breitete sich eine Erkenntnis wie morgendlicher Nebel in jedem Winkel ihres Herzens aus.

Sie aßen schweigend und genossen eine zünftige Mahlzeit. „Wenn ich noch einen Bissen esse", stöhnte Kimberly schließlich pappsatt, „kann ich keinen Meter mehr fahren."

Jakes Mundwinkel zuckten amüsiert. „So leicht kommst du mir nicht davon."

„Das hatte ich gar nicht vor!"

„Gut, dann fordere ich dich noch mal heraus: doppelt oder nichts." In Aufbruchstimmung griff er unter den Tisch und schloss klackend die Schnallen seiner Stiefel. Dann legte er ein paar Scheine auf den Tisch.

„Moment mal! Wovon redest du eigentlich?"

„Wir fahren noch ein Rennen."

„Aber beim ersten Mal haben wir nicht gewettet!"

„Umso besser, dann wetten wir jetzt", schlug er vor, und seine Augen blitzten spitzbübisch, als sie nach draußen gingen.

„Um was denn? Einen Dollar? Einen Drink?"

„Ach komm schon! Da fällt dir doch sicher was Besseres ein!"

Sie rollte mit den Augen. „So wie in Junior High? Der Verlierer ist eine Woche lang Sklave des Siegers? Meinst du etwa so was?"

Laut lachend schüttelte er den Kopf. „Tja, also, *das* wäre schon interessant."

„Ausgeschlossen!", rief sie amüsiert.

„Aber wie wäre es mit etwas nicht ganz so Bizarrem?", schlug er einlenkend vor.

„Und was hast du da im Sinn?", fragte sie misstrauisch.

„Der Verlierer muss einen ganzen Tag lang im Haus helfen."

„Das heißt …?"

„Na ja, ich habe beispielsweise ein paar Sachen, die genäht werden müssen, ein paar Fenster, die man mal putzen müsste, solche Dinge eben."

„Na toll!", murmelte sie, dachte aber gleich an das eingerostete Schloss an der Hintertür, an die abblätternde Farbe der Schaukel, an den Wasserhahn, der einfach nicht aufhören wollte zu tropfen, und an die morsche Stufe an der Veranda, die schon seit über einem Jahr ausgetauscht werden musste.

„Ich lasse dir auch einen Vorsprung", versuchte er sie zu ködern.

„Wie groß?"

„Ich fahre erst los, wenn du an der Aufwärmhütte vorbei bist."

„Aber das ist beinahe ein Drittel der gesamten Abfahrt!", wandte sie ein.

„Ich weiß“, feixte er mit der Selbstsicherheit eines Mannes, der davon überzeugt war, dass er gewinnen würde.

Aber ihre Chancen standen auch gar nicht schlecht, fand Kimberly. Es hätte ihr einfach zu gut gefallen, Jake sein großspuriges Grinsen auszutreiben.

„Abgemacht, Herr Anwalt! Aber lass uns den Einsatz erhöhen. Der Gewinner bekommt zwei Tage!“

„Und wie viele Nächte?“, fragte er.

Sie hob die Augenbraue und meinte gespielt ausweichend: „Das kommt darauf an.“

„Auf was?“

„Darauf, um wie viel ich gewinne.“

Seine weißen Zähne blitzten in der Nacht auf, als er lachte. „Worauf warten wir denn dann noch?“

Natürlich gewann er.

Gerade als Kimberly noch dachte, dass der Sieg nur eine Handbreit von ihr entfernt war, schoss Jake mit einem Schwung an ihr vorbei, dass der aufspritzende Schnee ihr die Sicht nahm.

Ehrfürchtig und aufgebracht zugleich fuhr sie die restliche Strecke. Wie hatte sie nur so dumm sein können, sich überhaupt auf diese Wette einzulassen? Auch wenn sie den Berg in Höchstform hinuntergeflogen war, war er an ihr vorbeigezogen, als wäre sie wie angewurzelt herumgestanden.

„Du Idiotin!“, schalt sie sich, während sie sich zu Jake quälte. Er hatte schon Brille und Mütze abgenommen und bemühte sich redlich, nicht allzu selbstgefällig zu grinsen.

„Ich würde dich gerne des Betrugs bezichtigen“, knurrte sie, „aber ich kann nicht.“

„Wie wär’s jetzt mit doppelt oder nichts?“, schlug er mit einem breiten Grinsen vor.

„Mit Sicherheit nicht!“ Sie bemerkte ein neckisches Glänzen in seinen Augen und versuchte, ernst zu bleiben. Doch ihr Herz begann wild zu klopfen, und sie spürte regelrecht, wie sich ein Lächeln auf ihr Gesicht und Grübchen in ihre Wangen schlichen.

Lachend hakte er sich bei ihr unter. „Für den Anfang müssten meine Hemden gebügelt und die Vorhänge gewaschen werden. Dann wäre da noch das Essen. Ich erwarte drei Gänge …“

„Ich habe schon verstanden“, unterbrach sie ihn trocken. „Es ist also doch ‚Sklave für einen Tag‘.“

„Zwei Tage“, korrigierte er sie. „Und wir fangen gleich morgen an.“

„*Dieses* Wochenende?“

„Jawohl.“

Wieso nicht, dachte sie. Sie freute sich über jeden noch so kleinen Vorwand, um mehr Zeit mit ihm verbringen zu können. „Also gut, dann dieses Wochenende“, stimmte sie zu. Dabei verwarf sie vehement die Zweifel, die an ihr nagten. Die sie wieder einmal erinnerten, dass er ihr Anwalt war und sie eine strikt berufliche Beziehung führen sollten.

Fröhlich lachend stapften sie zum Parkplatz zurück. Dabei fiel Kimberly der einsame Skifahrer mit dem dunkelblauen Anzug auf, der seine Ski zu einem weißen Kombi trug. Da er ihr den Rücken zugedreht hatte, konnte sie leider keinen Blick auf sein Gesicht erhaschen. Irgendwie hatte sie aber das Gefühl, dass sie das Auto – oder den Fahrer – kannte. Doch bevor sie die Möglichkeit hatte, etwas zu sagen, befestigte Jake ihre Skier auf dem Träger und half ihr in den Wagen.

Jake war sehr wohl aufgefallen, wie fasziniert Kimberly von diesem Mann im weißen Kombi war, und es störte ihn. Kannte sie ihn etwa? Und wenn ja – wieso sagte sie dann nicht Hallo? Inzwischen kam es ihm sogar so vor, als hätte der Mann sich regelrecht an ihre Fersen geheftet und sie die Pisten hinunter verfolgt.

„Gehen wir“, sagte er mit ungeduldiger Stimme und glitt

hinter das Lenkrad. Kimberly blickte düster drein, und er fragte sich, was sie wohl überlegte. „Kennst du ihn?", erkundigte er sich mit einem Nicken in Richtung des Autos, dessen Räder im Schnee durchdrehten.

„Nein – zumindest denke ich das." Sie schenkte Jake ein Lächeln, das ihn völlig unvorbereitet traf. Ihr kastanienbraunes Haar fiel ihr in üppigen Locken über die Schultern, und die Schneeflocken glitzerten wie kleine Diamanten in den leuchtenden Strähnen.

Im Inneren des Broncos war es so kalt, dass die Scheiben beim Sprechen beschlugen. Aber Jake hatte den Motor und die Heizung schon eingeschaltet. Langsam schmolz das Eis auf der Windschutzscheibe.

„Warm genug?", fragte er.

„Mhm." Kimberly zitterte, aber ihre Wangen waren gerötet, und ihre Augen leuchteten.

Verdammt, sie war das faszinierendste Wesen, das er seit langen Jahren kennengelernt hatte.

„Kaffee?", bot sie ihm an, indem sie die Thermoskanne nach oben hielt.

„Gute Idee." Er beobachtete sie, während sie etwas in den Becher goss.

„Das ist ausschließlich dein Verdienst", murmelte sie und nippte. Augenblicklich schnitt sie eine Grimasse, so als ob der Kaffee heiß und stark wäre – zu stark. „Hier, wenn du das willst, gehört es dir."

„Ich passe", schmunzelte er angesichts ihrer Grimasse.

Kimberly beförderte die Flüssigkeit zurück in die Thermoskanne und drehte den Verschluss fest zu. Mit einem kurzen Blick in seine Richtung meinte sie: „Danke für den heutigen Abend! Ich habe sehr viel Spaß gehabt."

„Ich auch." Gott, ihre Augen waren hypnotisierend! Sie schienen direkt in seine Seele zu blicken.

„Das wiederholen wir!", versprach Jake, wobei er sich gleichzeitig fragte, wie er so eine überstürzte Aussage treffen konnte. Tief in seinem Herzen wusste er, dass er sich nicht mit ihr einlassen durfte. Dass sie emotionale Verwicklungen genauso wenig wünschte wie er. Hastig legte er den Gang ein, um sich von diesen Gedanken abzulenken. Er schlängelte sich an den anderen Autos vorbei und versuchte, nicht an den Rest der Nacht zu denken, der noch vor ihnen lag.

Unter anderen Umständen hätte er augenblicklich damit begonnen, jeden Schritt seiner Verführung sorgsam zu planen. Er konnte einfach nicht anders. Sein Verlangen loderte immer heißer auf, je mehr Zeit er in Kimberlys Nähe verbrachte.

In Schweigen gehüllt bemühte er sich, die sanfte Rundung ihres Knies zu ignorieren, das sich so nah an seiner Hand auf dem Schaltknüppel befand. Er zwang sich, das kaum merkliche Heben und Senken ihrer Brust nicht zu bemerken und über den zarten Schwung ihrer Lippen hinwegzusehen.

Sie lehnte ihren Kopf an das Seitenfenster und schloss die Augen. Ihr Haar fiel ihr über die Wange, was sie nur noch verführerischer machte.

Zärtlichkeit überkam ihn, die völlig unvernünftig war und die er sich nicht erklären konnte. Ohne weiter darüber nachzudenken, strich er ihr mit einem Finger eine widerspenstige Locke aus dem Gesicht.

Sie öffnete die Augen und lächelte. Sie lächelte so sanft, dass es sich tief in sein Herz bohrte. „Sind wir schon zu Hause?", fragte sie verschlafen.

„Noch ein paar Meilen. Schlaf weiter!", flüsterte er zärtlich, tief berührt von ihrem verschleierten Blick.

Sein Hals fühlte sich rau an, und die brennende Sehnsucht ließ ihn nicht los. Schwer schluckend konzentrierte er sich so gut es ging auf die Straße vor ihm und auf das Lichtermeer Portlands, das sich am tiefschwarzen nächtlichen Horizont erstreckte. Die Straßen waren vereist; es schneite noch immer. Doch Jake hatte Schwierigkeiten damit, sich auf die Schnellstraße vor ihm zu konzentrieren. Sein Blick wanderte immer wieder zurück auf ihr perfektes Gesicht.

Noch nie in seinem Leben hatte er eine Frau so sehr begehrt wie Kimberly Bennett. Noch nie in seinem Leben hatte er eine derart brennende Leidenschaft verspürt wie für Kimberly Bennett.

Als der Bronco ein klein wenig rutschte, seufzte sie leise auf. Jake bremste leicht, nicht zu stark, und zwang sich, sich auf die Straßenverhältnisse und die Fahrt nach Hause zu konzentrieren.

## *9. KAPITEL*

Kimberly reckte sich widerstrebend und massierte sich den Nacken. Eigentlich wollte sie noch nicht aus ihrem Traum erwachen. Aus einem Traum, der ihr die glückliche Familie verhieß, an der sie so hart gearbeitet hatte …

Sie öffnete die Augen und sah Jake dabei zu, wie er langsamer fuhr und in ihre Einfahrt einbog.

„Endlich aufgewacht?", erkundigte er sich und schaltete den Motor aus.

„Ich glaube schon." Sie gähnte. „Tut mir leid, dass ich eingeschlafen bin."

„Das muss an meiner mitreißenden und intelligenten Konversation gelegen haben."

„Wahrscheinlich", antwortete sie trocken, während sie die Tür öffnete und ein eisig kalter Windstoß durch das kuschelig warme Innere des Broncos schnitt.

Leise fiel der Schnee. Ihr Garten war mit einem dicken weißen Schneeteppich bedeckt. Die Straßenlaternen warfen einen zarten Schein auf die weiße Pracht, und in einigen Häusern brannten noch immer bunte Lichter.

Kimberly schnappte sich die Stiefel und ihre Tasche vom Rücksitz. Unterdessen löste Jake ihre Ski vom Dachträger und schulterte sie. „Sollen die zurück in die Garage?"

„Das wäre schön."

Gebeugt, um sich vor dem Wind zu schützen, trug sie ihre Tasche zur Tür und stapfte auf der Veranda den Schnee von ihren Stiefeln. Drinnen war das Haus dunkel. Kimberly tastete nach den Schaltern und machte Licht, bevor sie die Kaffeemaschine in Betrieb nahm.

Eilig lief sie in ihr Schlafzimmer, wo sie ihre Jacke über das Bettende legte. Dann, einem Impuls folgend, sauste sie ins Wohnzimmer und drückte den Schalter, der mit dem Weihnachtsbaum verbunden war. Rote, gelbe und grüne Lichter erhellten den dunklen Raum.

Mit einem Mal war es ihr wichtig, dass Jake dieses Haus mit ihren Augen sah: warm und einladend. Und verführerisch? Sie schluckte schwer. Hastig lehnte sie sich über den Kaminrost und zündete mit einem Streichholz das Holz an. Sie wusste keine Antwort.

Das trockene Kaminholz entzündete sich knisternd und zischend. Um die moosbedeckten Eichenscheite züngelten die Flammen. Sie hörte die Tür quietschen und spürte, wie ein kalter Windhauch hereinwehte.

„Komm rein", rief sie über ihre Schulter in seine Richtung. „Ich mache uns gleich etwas Warmes zu trinken. Aber erwarte nicht mal annähernd etwas so Ausgefallenes wie die Drinks in der Hütte."

Jake lachte leise. Es war ein tiefer, kehliger Laut, der eine schmerzhafte Leere in ihr ausfüllte. Eine Leere, die schon so lange existierte.

„Mir ist eigentlich egal, was es ist." Seine Stimme kam näher, und ihr Herz begann wild zu klopfen. „So lange es warm und flüssig ist."

„Das kann ich dir versprechen." Er schlang seine Arme um ihre Taille, sein Kinn berührte ihren Kopf. Kimberly spürte, wie seine Wärme auf sie überging.

„Den ganzen Abend treibst du mich schon in den Wahnsinn", gestand er mit einem tiefen Seufzen. Das Feuer knisterte leise.

„Ich? Dich in den Wahnsinn treiben?", fragte sie ungläubig, obwohl sie diese besondere Glut in seiner Berührung gespürt, die unverhohlene Lust in seinem Blick erkannt hatte.

„Du weißt, dass sich die Dinge zwischen uns geändert haben."

Ihr Hals fühlte sich trocken an. „Haben sie das?"

„Oh, Kimberly! Gott, ja!“

Seine Hände lagen auf ihrem Bauch, ein Daumen unter ihrer Brust. Sie spürte sein Flüstern an ihrem Haar. „Ich will dich, Kimberly“, raunte er. „Ich will dich mehr, als jede andere Frau seit Langem. Vielleicht sogar als jede andere Frau in meinem ganzen Leben.“

Ihr Puls schnellte in die Höhe. Ihr Herz klopfte so laut, dass es in ihren Ohren rauschte. Oder war dieses unüberhörbare Donnern etwa der Klang seines rasenden Herzschlags? Sie bemühte sich, vernünftig zu bleiben, ruhig zu sein und klar zu denken. Doch die einstürmenden Gefühle benebelten ihre Sinne. Und als er sie noch enger an seinen Körper presste, sie eng in seine muskulösen Arme schloss, konnte sie nur noch an ihn denken. An die pure Männlichkeit, die er ausstrahlte, an den harten Beweis seines Verlangens, den sie nachdrücklich an ihrer Hüfte fühlte. Prickelnde Vorfreude ergriff ihren Leib.

„Sag mir, dass das niemals gut gehen kann“, flüsterte er.

„Das wird es nicht. Und wir wissen es beide“, kam sie seiner Bitte nach. Dennoch verschränkte sie ihre Finger mit seinen und seufzte verträumt, als seine Lippen ihr Haar streiften. Die Dunkelheit nahm sie beide in sich auf und schützte sie, sodass sie das Gefühl bekam, dass es niemals falsch sein konnte, mit ihm zusammen zu sein.

„Sag mir, dass ich aufhören soll.“

Nur unter Mühe brachte sie heraus: „Das solltest … du.“

Sachte fuhren seine Hände nach oben, sein Daumen zeichnete die Konturen ihrer Brüste nach, während seine Lippen verlockend über ihrem Hals schwebten.

„Sag mir, dass du mich nicht willst.“

„Das kann ich nicht“, gab sie zu. Ihre Stimme zitterte. Warum sollte sie lügen? Sie beide wussten um die Macht der Begierde, dieses rasende, unbedachte Feuer der Leidenschaft, das sich tief in ihren Seelen ausbreitete. Bedächtig drehte er sie zu sich herum, sodass sie ihm tief in die Augen sehen musste. Verloren in diesem erotischen Blick, schlang sie die Arme um seinen Hals.

„Ich dachte, wir hätten einen Deal?"

Ein Lächeln zuckte an seinen Mundwinkeln. „Nichts Schriftliches", murmelte er.

„Du hättest mich warnen müssen."

„Nein, Kimberly. *Du* hättest *mich* warnen müssen! Auf das hier war ich nicht vorbereitet."

„Ich doch auch nicht."

Einige Sekunden lang sah er sie durchdringend an. Dann eroberte er ihren Mund mit einem hungrigen Kuss, so verzehrend wie die Flammen, voll glühender Leidenschaft.

Sanft erkundete er ihre Lippen, und sie öffnete sie bereitwillig, ohne Furcht. Sie bog ihren Rücken durch, um ihm noch näher zu sein, presste ihre Brüste fest an ihn. Ihre Zungen begannen einen erotischen Tanz, und begierig erwiderte sie sein kühnes Vorstoßen und das neckende Zurückweichen.

Sie ließ ihre Finger durch sein dichtes Haar gleiten, spürte die schmelzenden Schneeflocken in den dunklen Strähnen. Bedächtig schob er sie zur Couch, wo sie sich beinahe schon einmal geliebt hätten.

Er blickte ihr tief in die Augen. Mit einem Mal spürte er, wie es ihm den Hals zuschnürte. „Sag nicht Nein", flüsterte er. Er spielte mit dem Saum ihres Pullovers.

„Niemals", versprach sie mit atemloser Stimme, die dem beruhigenden Knistern des Feuers glich.

Geschmeidig zog er ihr den Pullover über den Kopf. Als diese Hürde genommen war, ließ er seinen Blick bewundernd über ihren Körper gleiten. Ihre Brüste wurden von hauchzarter Spitze bedeckt, ihre rosa Knospen drückten sich gegen den zarten Stoff, als wollten sie ihn einladen … ihn quälen …

„Kimberly", flüsterte er rau, und dann küsste er sie mit einem brennenden Verlangen, dass sein Herz erfasst hatte. Einladend öffnete sie ihre Lippen.

Seine Hände glitten langsam nach oben, berührten hauchzart ihre weiche Haut und spielten mit dem Saum ihres BHs. Kimberly stockte der Atem. Gefühle so berauschend, so verlockend wie eine Sommerbrise, bemächtigten sich ihrer.

Er küsste ihre Brüste, liebkoste sie mit der Zunge, umkreiste bedächtig erst die eine, dann die andere Knospe. Unter dem feuchten Stoff richteten sie sich hart auf.

„Bitte …“, flehte Kimberly keuchend.

„Bitte was?“ Sein Atem strich über die feuchte Spitze, heizte das Feuer der Lust, das in ihren Adern brannte, noch weiter an.

Liebe mich, schoss es ihr durch den Kopf. Doch die Worte wollten nicht über ihre Lippen kommen. Fieberhaft machte sie sich daran, ihn aus seiner Jacke, seinem Pullover und aus seinem Shirt zu befreien. Achtlos warf sie alles beiseite. Dann endlich sah sie seine nackte Brust vor sich, die im flackernden Licht des Kaminfeuers golden schimmerte. Hastig hakte er ihren BH auf und ließ das zarte Stückchen Stoff auf seine Kleider fallen.

„Schlaf mit mir, Kimberly“, murmelte er und schaute sie eindringlich an. „Schlaf mit mir und hör niemals damit auf.“

Sie konnte nicht anders: Sie war verloren. Verloren in der wundervollen Welt, die er für sie erschuf. Seine Fingerspitzen wanderten unter ihre Skihose, streichelten zart über ihre weiche Haut, über ihren Bauch. Stöhnend registrierte sie, wie er ihr die Hose von den langen, schlanken Beinen streifte.

Nachdem er sich seiner restlichen Kleidung entledigt hatte, legte er sich erneut zu ihr. Der weiche Flaum seiner Beine rieb an ihrer zarten Haut. Sein Mund fand den ihren, überwältigt von seinen Gefühlen. Er schob eine Hand unter ihren Rücken und presste sie enger an sich. Ihr schlanker Körper wurde in seidiges Licht getaucht.

„Ich möchte dir nicht wehtun“, flüsterte er.

„Das wirst du nicht."

„Und ich möchte nicht, dass wir einen Fehler machen."

Sie bemühte sich wirklich, sich auf seine Worte und deren Bedeutung zu konzentrieren. Doch seine Hände auf ihrem Körper brachten sie völlig durcheinander. „Fehler?"

„Ich möchte nicht, dass du schwanger wirst, Kimberly." Die Worte klangen sehr hart, obwohl er sie behutsam ausgesprochen hatte.

Sie versuchte, ihre Gedanken zu ordnen, zu rechnen, aber alles verschwamm, als er sie wieder liebkoste. Eine Schwangerschaft war das Letzte, woran sie gerade dachte. „Das werde ich nicht", brachte sie hervor.

„Bist du sicher?"

„Ja", bestätigte sie verträumt. Als er mit der Fingerspitze ihre erregte Brustwarze berührte, sog sie scharf die Luft ein.

„Absolut sicher?"

„Ja!" Würde er denn nie aufhören, sie zu quälen? Kimberly versank in einem Meer von Leidenschaft. Hauchzart berührte sie seine Schultern und Unterarme, streichelte seinen geschmeidigen Rücken, seinen festen Po. Bei jeder sinnlichen Berührung seines männlichen Körpers durchflutete sie ein übermächtiges Prickeln. Sie kostete ihn, schmeckte seine Haut auf ihren Lippen.

Und er revanchierte sich bei ihr. Seine Zunge und seine Lippen riefen süße Gefühle in ihr hervor, berührten sie an ihren empfindlichsten Stellen. Er küsste sie hinter ihrem Ohr, bahnte sich einen Weg über ihre Schultern und an den Kurven ihres Körpers entlang tiefer nach unten. Stöhnend wand sie sich unter seinen Liebkosungen. Wie sein zärtlicher Mund sie in Flammen setzte!

Als er zwischen ihre Beine glitt, wusste sie, dass es kein Zurück mehr gab. Er stützte sich auf die Ellbogen; jeder einzelne Muskel in seinem Körper war angespannt. Sanft umfasste er ihren Kopf mit beiden Händen. Er sah ihr unverwandt in die Augen und hielt ihren Blick gefangen, und dann drang er langsam in sie ein.

Kimberly keuchte auf, überwältigt von der drängende Hitze, die sie vollständig ausfüllte.

„Liebe mich, Kimberly!", stöhnte er.

„Oh Jake!", schrie sie bei seinem ersten, tiefen Stoß, der bis zu ihrer Seele zu reichen schien. Sie krallte die Finger in seinen Rücken, wollte ihn nicht loslassen. Doch er zog sich zurück, nur um keine Sekunde später wieder zu ihr zu kommen, dieses Mal noch tiefer und schneller. Sie bewegte sich mit ihm, passte sich bereitwillig seinem Rhythmus an, fühlte, wie die Welt um sie herum zu beben begann. All ihre Sinne waren hellwach. Sie liebkoste seine Brust, bevor sie die Augen schloss und sich dem verzehrenden Taumel hingab.

Ihr wildes Liebesspiel raubte ihr jedes Gefühl für Zeit und Raum. Ihr war, als drehte sich alles um sie herum, immer schneller und schneller, immer höher und höher. Eingeschlossen in einem Kaleidoskop farbiger Lichter, die dem hellsten Weihnachtsstern gleich erstrahlten, baute sich die wogende Welle ihrer Erregung immer weiter auf, bis sie sich in tausenden explodierenden Farben entlud. Heftig zuckend kam sie mit einem Aufschrei zum Höhepunkt, in dem die Urkraft des Seins lag.

„Kimberly!", stieß Jake rau aus. Zitternd erreichte auch er den Gipfel der Lust, bevor er sich auf sie sinken ließ. Sein schweres Atmen erfüllte das kleine Zimmer. „Oh, meine süße Kimberly." Zart küsste er ihre Brüste, bevor er sein Gesicht auf ihre samtweiche Haut bettete. Warm strich sein Atem über ihre Haut.

In ihren Wimpern hingen Tränen; sie sammelten sich in ihren Augenwinkeln und tropften auf die Couch. Kimberly schämte sich für ihren Gefühlsausbruch. Sie schluckte hart und bemühte sich, nicht zu schniefen.

Genau in diesem Augenblick sah er nach oben. Er berührte eine Träne, die noch von ihrer Wange kullerte.

„Bereust du es?“, fragte er weich.

„Nein …“

„Was ist es dann?“

Sie blinzelte. In ihrer Befangenheit lachte sie nervös auf. „Es … Es ist nur schon so lange her“, erklärte sie und fügte im Stillen hinzu: Und so ist es noch nie gewesen. Ich habe mich noch nie derart aufgewühlt gefühlt, so vollständig jemand anderem ausgeliefert.

„Weißt du denn nicht, dass du mir vertrauen kannst?“

Lächelnd wischte sie die letzten Tränen fort. „Doch“, gab sie zu. „Genau das ist ja das Problem.“

Voller Mitgefühl schaute er sie an, schob ihr eine glänzende Locke aus der Stirn, bevor er seine Lippen auf ihre Augenbraue drückte. „Robert … Hat er dich so tief verletzt?“

„Ich ließ es zu“, gestand sie. „Aber das gehört der Vergangenheit an.“ Sie wollte nicht an Robert denken. Nicht heute Nacht. Heute Nacht hatte sie nur Platz für Jake. Er füllte sie vollständig aus, ihr ganzes Sein, ihre Gedanken, ihre Seele, ihren Körper.

„Bist du sicher?“ Sein Blick hielt den ihren zweifelnd fest. War sie wirklich davon überzeugt? Krachend barst ein Scheit im Kamin.

„Ganz sicher.“

„Gut, denn ich habe vor, dich ihn vergessen zu machen.“ Jakes Gesicht wirkte sehr entschlossen, während seine Finger mit ihrem Haar spielten.

Sie seufzte schwer. „Wenn du das nur könntest.“

„Lass es mich einfach versuchen“, schlug er flüsternd vor, bevor er den Kopf neigte und sie mit der gleichen atemberaubenden Leidenschaft küsste, die sie noch vor wenigen Minuten miteinander geteilt hatten. Rasch stand er auf, hob sie in seine

Arme und trug sie in das Schlafzimmer.

„Was ... was machst du denn?“

Fröhlich hob er eine dunkle Augenbraue und grinste sie verschmitzt an. „Ich unterwerfe dich meinem Willen.“

„Falsch!“, konterte Kimberly wie aus der Pistole geschossen und schlang ihm die Arme um den Hals. „Ich unterwerfe dich *meinem* Willen.“

Jake warf den Kopf in den Nacken und lachte lauthals. „Das werde ich mir merken.“

„Tu das.“ Fasziniert, gefesselt, überwältigt von diesem Mann, traf Kimberly eine Entscheidung: Was auch immer geschehen würde – sie würde diese eine Nacht genießen, ohne den leisesten Gedanken an die Zukunft zu verschwenden.

Er überquerte die Schwelle ihres Zimmers, kickte mit einem Fuß die Tür ins Schloss und bettete sie auf die kühle Tagesdecke. „Dann zeig mir deinen Willen“, stöhnte er lustvoll in ihr Ohr. Ein Schauer der Erregung lief ihr über den Rücken. Zielstrebig umfasste er ihre Hand, die er nach unten zog und auf seine pochende Männlichkeit legte.

„Du bist unanständig!“, kicherte sie.

„Nur mit dir, Liebling“, sagte er leise. „Nur mit dir.“

Träge streckte sich Kimberly und drehte sich im Bett um.

Jake grinste sie spitzbübisch an. Sein Kinn war von dunklen Stoppeln übersät, sein nackter muskulöser Oberkörper von dunklen Härchen bedeckt. Er stützte sich auf einem Ellbogen ab und bedachte sie mit einem erotischen Blick. „Guten Morgen, du Faulpelz“, begrüßte er sie gedehnt.

Leidenschaftliche Bilder der vergangenen Nacht schossen durch ihren Kopf. Ihr Zusammensein war wundervoll gewesen, verrückt und perfekt! „Faulpelz?“, flüsterte sie rau und spürte, wie sie rot wurde. Schläfrig strich sie sich das zerzauste Haar aus dem Gesicht und schielte auf die Uhr auf dem Beistelltisch.

Beinahe zehn! Stöhnend ließ sie sich in die Kissen zurückfallen. „Ich muss Lindsay abholen."

„Darum habe ich mich schon gekümmert."

„Du hast *was*?", rief sie und setzte sich kerzengerade auf. Sie folgte seinem Blick; offenbar wurde er von ihren nackten Brüsten abgelenkt. Schnell zog sie die Decke über sich.

Sein Grinsen wurde noch breiter. „Ich habe Arlene angerufen … Sie ist übrigens sehr nett. Sehr verständnisvoll."

„Darauf wette ich", stöhnte Kimberly. Arlene würde vor Freude einen Handstandüberschlag machen, wenn Kimberly ein Verhältnis hätte. Vor allem mit einem Mann wie Jake.

„Jedenfalls sagte ich ihr, dass ich Brunch besorge und wir Lindsay gegen Mittag abholen."

„Du hattest kein Recht …"

„Ich weiß." Er lehnte sich nach vorne und zog kurz, aber kräftig an der Decke. Eine rosige Knospe kam zum Vorschein. Zu seinem Entzücken stellte sie sich unter seinem Blick unverzüglich auf.

„Jake, ernsthaft …"

Er nahm die Knospe in den Mund und saugte zärtlich und bedächtig daran.

Kimberly hatte das Gefühl, innerlich zu vergehen. All ihre Aufmerksamkeit richtete sich ausschließlich auf diese eine Brust, die ihr süße Schmerzen bereitete. „Denkst du nicht …?"

Die Frage war überflüssig, denn ganz offensichtlich tat er es nicht. Mit einem tiefen Stöhnen legte er sich auf sie. Sein Mund suchte ihre Lippen, seine Zunge spielte mit der ihren, forderte Einlass. Gleichzeitig bewegte er sich auf ihr und öffnete geschickt ihre Beine. „Nur ein Mal noch, Liebling", murmelte er an ihrer Schläfe.

Ihr Herz klopfte schon wie wild, das Blut rauschte heiß durch ihre Adern. „Wir … wir sollten wirklich aufstehen", brachte sie mühsam hervor. Doch seine Hände streichelten sie, fanden die Stelle, die so ungeschützt, so empfindlich war. Und dann senkte er seinen Mund über ihre Brust und nahm hungrig von ihr Besitz.

Sie konnte ihn nicht aufhalten. Ihre Finger krallten sich in die Laken, während er abwechselnd ihre sensiblen Knospen liebkoste und immer weiter reizte.

Ein ungezähmter Sturm der Lust tobte in ihrem Inneren. Ungeduldig bog sie sich ihm entgegen und lud ihn zu sich ein, nahm ihn in sich auf. Und dann liebte er sie. Langsam. Hielt sich absichtlich zurück. Er küsste sie. Er saugte an ihr. Drang in sie ein und zog sich zurück. Quälend langsam. So lange, bis sie sich unter ihm wand, ihn anflehte, diese bittersüße Folter zu beenden. Immer wieder brachte er sie an den Rand der Ekstase, hielt inne. Doch irgendwann konnte er nicht länger widerstehen.

Als sie mit heiserer Stimme seinen Namen rief, war seine Zurückhaltung dahin. Heftig stöhnend liebte er sie so wild wie in der vergangenen Nacht. Und wieder überkam Kimberly ein Sturm der Leidenschaft, der so ungezügelt, so verzehrend war, dass es ihr beinahe Angst machte.

Sie erzitterte und schrie leise auf, und er stimmte ein. Ihre Stimmen hallten in dem Raum wider, wurden zurückgeworfen von den eisbedeckten Fenstern und trafen sie mitten ins Herz.

Erschöpft schmiegte sie sich in seine Arme, die Beine um seine Hüften geschlungen, ihre Körper feucht von der Hitze ihres leidenschaftlichen Feuers. Lieber Himmel, sie hatte sich in ihn verliebt! Sie hatte sich so schnell verliebt, dass ihr ganz schwindelig war. Jake zu lieben war verrückt, ja, geradezu absurd. Denn es war das einzige Gefühl, dass sie sich versagen musste. Aber es war vorhanden! Es war da. Unüberwindbar.

Sie hörte seinen flachen Atem, der sanft ihre nackten Brüste streichelte. Sie atmete befriedigt aus.

„Wie ich schon gestern Nacht gesagt habe“, raunte Jake nach einer Weile, „du machst mich wahnsinnig!“ Die heutige

Nacht hatte er sich häufig vorgestellt. Wie er sie immer und immer wieder lieben würde, weil er der Ansicht gewesen war, dass er so die Lust an ihr verlieren würde.

Doch ihre Vereinigung hatte genau das Gegenteil bewirkt. Je öfter er sie besaß, desto mehr wollte er haben. *Wie ein Ertrinkender, dessen Durst nicht zu stillen ist.*

„Wir sollten lieber nicht über unsere Zurechnungsfähigkeit sprechen", murmelte sie. Ihre Gedanken wanderten zur bevorstehenden Schlacht vor Gericht. „Zumindest nicht heute Morgen."

„Da hast du recht", bestätigte er mit einem triumphierenden Lächeln auf dem Gesicht. „Denn in den nächsten beiden Tagen bist du meine persönliche Haushälterin."

Sie stöhnte. „Erinnere mich nicht daran!" Gerade in dem Moment stieg ihr frischer Kaffeeduft in die Nase. Mit einem misstrauischen Blick in seine Richtung fragte sie: „Wie lange bist du eigentlich schon wach?"

„Seit Stunden", meinte er übertrieben angeberisch.

„Das glaube ich nicht."

„Okay. Wie wäre es mit lange genug, um Kaffee zu machen und ein Telefonat zu führen?"

„Schon eher!" Ihr Bademantel hing normalerweise am Fußende ihres Betts, doch er war in der vergangenen Nacht unbemerkt zu Boden gefallen. Sie hob ihn mit einem schiefen Lächeln auf und schlüpfte hinein. „Ich fange an, meine Wettschulden abzutragen, indem ich dir Frühstück mache."

„Ich hätte gern Spiegeleier, frische Waffeln und hausgemachte Pfirsichmarmelade", grinste er.

„Träum weiter!", gab sie zurück und rutschte aus dem Bett.

„Weißt du, daran könnte ich mich gewöhnen", zog er sie auf. Seine grauen Augen funkelten fröhlich, und Kimberly konnte nicht anders, als auf seine breiten Schultern zu starren, als er sich leicht bewegte.

„Das halte ich für keine so gute Idee", wehrte sie ab, meinte es aber nicht so. In Jakes Armen aufzuwachen, mit ihm gemeinsam zu frühstücken und jeden Tag mit ihm zu verbringen klang in ihren Ohren wie das Paradies. Gerade als sie durch die Tür trat, fühlte sie, wie ein Kissen sie auf den Po traf.

Lachend machte sie sich auf den Weg in die Küche. Gedankenverloren stellte sie sich vor, wie es wohl wäre, mit ihm verheiratet zu sein. „Du träumst schon wieder, Bennett!“, wies sie sich selbst zurecht und betrat die Küche. Der Boden unter ihren nackten Füßen fühlte sich kalt an.

„Was meinst du?“, fragte Jake, der ihr auf dem Fuß folgte.

„Nichts … Wie wär's, wenn du die Zeitung reinholst?“

„Aber klar, das mache ich doch gerne.“ Er schlüpfte in Skihose und Pullover und schlenderte nach draußen.

Kimberly beobachtete durchs Fenster, wie er sich einen Weg durch den Schnee bahnte.

Die Sonne stand hoch am winterblauen Himmel. Ihre goldenen Strahlen glitzerten auf der weißen Pracht. Wenn da nicht die bevorstehende Verhandlung und Roberts Drohungen wären, dachte Kimberly, dann wäre mein Leben perfekt. Nur war das ein ziemlich großes Wenn.

Sie sah, wie Jake in den Zeitungskasten griff. Er warf einen Blick zurück. Als er sie so am Fenster stehen sah, lächelte er, stand stramm und salutierte. Sie lachte. Im gleichen Moment schlug ihr törichtes Herz Purzelbäume. Sein Anblick allein genügte, und sie bekam einen ganz trockenen Mund.

Er marschierte zu seinem Auto, nahm eine große Tasche heraus und kam zurück. „Was dagegen, wenn ich mich umziehe?“, fragte er beim Durchschreiten der Küche und drückte ihr seine kalten Lippen in den Nacken.

Sie war gerade dabei, Eier in die Pfanne aufzuschlagen. Einen starken Arm schlang er um ihre schlanke Taille und vergrub sein Gesicht in ihrem Haar. „Tu dir keinen Zwang an.“

Sie drehte sich zum Herd um. Dann hat er also etwas zum

Wechseln eingepackt, überlegte sie. Sie biss auf ihre Lippe.

Und was ist mit dir? Du hast doch auch für sanftes Licht und das Feuer im Kamin gesorgt und gar keine Gegenwehr geleistet. Wer hat hier also wen verführt?

Wenige Minuten später hörte sie das Wasser rauschen und den gedämpften Klang seiner Stimme; offenbar sang er unter der Dusche. Unter Mühen versuchte Kimberly, sich davon zu überzeugen, dass es ein Fehler war, mit Jake zusammen zu sein. Dass es gefährlich war, außerhalb seines Büros Zeit mit ihm zu verbringen. Nur konnte sie das alles nicht glauben. Wie kann etwas ein Fehler sein, das sich so richtig anfühlt, überlegte sie, während sie mit ihrer Gabel die brutzelnden Speckstreifen fürs Rührei hin und her schob.

Da verstummte das Rauschen des Wassers. Wieder begann ihr Herz heftig zu klopfen. Ein paar Sekunden später erschien Jake nur mit einer ausgewaschenen Jeans bekleidet, ein weißes Handtuch leger um den Hals geschwungen, und mit einem vielsagenden Lächeln um die Lippen in der Küche. „Das riecht wundervoll! Nicht auszudenken, dass ich vorgeschlagen hatte, essen zu gehen!", meinte er zwinkernd, als rede er mit sich selbst. „Sie ist nicht nur schön, sie kann auch noch kochen! Du bist ein Glückspilz, McGowan."

„Hinsetzen und essen", befahl sie. Doch sie spürte, wie sie bei diesem Kompliment errötete.

Sie unterhielten sich beim Essen, lasen die Zeitung, nippten an ihrem Kaffee. Sogar den Tisch räumten sie gemeinsam ab. Es ist schon seltsam, dachte Kimberly. Wie leicht ich mich daran gewöhne, ihn um mich zu haben.

Nachdem sie geduscht und sich umgezogen hatte, liefen sie gemeinsam hinüber zu Arlenes Haus. Lindsay war schon dabei, das dritte Mitglied einer Schneemannsfamilie zu formen.

„Hi, Mommy!", rief Lindsay fröhlich und winkte. „Willst du mir helfen?"

„Aber klar!“, antwortete Kimberly und kniete sich hin, um die Seiten des Schneemanns abzurunden.

„Das ist Daddy“, verkündete die Kleine stolz und steckte zwei Stöcke in die Seiten der Gestalt. Kimberlys Hals war mit einem Mal wie zugeschnürt. „Und das bist du, und das bin ich“, fuhr die Kleine fort und deutete auf die beiden anderen Schneefiguren. „Jetzt müssen wir nur noch einen kleinen Hund bauen!“

„Und was ist dann?“, erkundigte sich Kimberly vorsichtig mit einem Blick zu Jake. Seine Miene war undurchdringlich. Aber er bückte sich und rollte einen weiteren Schneeball durch den Vorgarten.

„Dann ist die Familie fertig“, antwortete Lindsay bestimmt.

„Ich verstehe.“ Kimberly spürte einen stechenden Schmerz im Herzen. Auch wenn Lindsay das alles mit einem ganz sachlichen Ton dargestellt hatte, fragte sie sich dennoch, wie viel Schmerz die Scheidung ihrem Kind schon zugefügt hatte. Was würde mit ihr geschehen, wenn es zwischen ihren Eltern tatsächlich zu einem Gefecht vor Gericht kam?

„Bitte schön!“ Jake bearbeitete einen Schneeball.

„Was ist denn das?“, fragte Lindsay.

„Der Hund.“

Misstrauisch musterte sie das vierbeinige Etwas. „Was denn für einer?“

„Ein Straßenköter.“

Wenn es ihm unangenehm war, an der perfekten Familie mitzuarbeiten, so zeigte Jake es nicht. Trotz ihrer Sorgen musste Kimberly beinahe lachen, als sie seinen mitleiderregenden Versuch sah.

„So einen Hund habe ich noch nie gesehen!“ Lindsay kräuselte die Nase. Wieder beäugte sie das Wesen, das nicht im Entferntesten einem Hund glich.

Jake warf einen Blick auf die dicke Schneefrau. „Tja, wenn

das nicht gut genug ist, müssen wir noch mal von vorne anfangen. Denn das da", er deutete auf die Eisfigur, „sieht deiner Mutter zum Verwechseln ähnlich."

„Ooh!", rief Kimberly grinsend. „Ich glaube, Sie haben mich gerade beleidigt, Herr Anwalt!" Sie nahm eine Handvoll Schnee und schleuderte sie ihm entgegen. Der Ball traf ihn an seiner Jacke, und er lachte auf. „Das ist eine Kampfansage!"

Jakes Augen blitzten vor Vergnügen „Ach ja? Komm, Lindsay, wir erteilen deiner Mom mal eine Lektion!"

Noch bevor sie sich hinter einem Baum verstecken konnte, bombardierte Jake sie mit drei Schneebällen, und Lindsay warf einen weiteren nach ihr, der vor ihren Füßen landete.

Kichernd schnappte Lindsay nach einem weiteren Schneeball, bevor Jake die Kleine auf seine Schultern hob. Gemeinsam jagten sie hinter Kimberly durch den Garten. Schwer atmend und lachend musste Kimberly schließlich in der Nähe der Veranda um Gnade flehen.

„Du gibst auf?", fragte Jake mit einem zufriedenen Lächeln auf den Lippen.

„Ja ... Ich gebe auf", japste sie, und ihre Augen funkelten.

„Weiter, weiter!", forderte Lindsay laut. In dem Moment ging die Haustür auf.

„Lindsay, was ist hier draußen denn nur los?", wollte Arlene wissen. Sie trug noch immer ihren zu großen Morgenmantel und Pantoffeln, und sie lachte leise, als sie Lindsay auf Jakes breiten Schultern sitzen sah.

„Sie wollen mich umbringen!", rief Kimberly scheinbar verängstigt.

„Das ist nur deine gerechte Strafe!", korrigierte Jake.

„Du hast angefangen, Mommy", erwiderte die Kleine und kicherte, als Jake nickte.

„Da ist was dran", bestätigte er.

„War nur 'ne Kleinigkeit", murmelte Kimberly.

„Na, dann kommt mal rein und trinkt was Warmes, bevor ihr drei noch erfriert!“ Hinter ihrer Brille strahlten Arlenes Augen. Sie trat einen Schritt zurück, um die Bande eintreten zu lassen.

Kimberly trat den Schnee von ihren Stiefeln ab und folgte Jake und Lindsay ins Haus. Sie machte Jake und Lyle miteinander bekannt und hängte dann ihren Mantel an die Garderobe im Flur.

„Wir haben dir eine Überraschung gebastelt!“, verkündete Lindsay aufgeregt.

Sie hatten alle am Tisch in Arlenes geräumiger Küche Platz genommen und wärmten sich ihre durchgefrorenen Finger an dampfendem Kaffee und Kakao.

„Was denn?“, erkundigte sich Kimberly.

Lindsay verzog ihr kleines Gesichtchen. „Das kann ich dir nicht sagen, sonst ist es doch keine Überraschung mehr. Es ist für Weihnachten!“ Fragend sah sie zu Lyle. „Das stimmt doch, oder?“

Der nickte. „Das stimmt, mein Engel. Vielleicht solltest du es zur Sicherheit bis Weihnachten hierlassen. Sonst könnte deine Mom auf die Idee kommen und einen Blick drauf werfen.“

Lindsays Augen wurden ganz rund vor Überraschung. „Das würdest du tun?“

„Natürlich nicht“, lachte Kimberly und zerzauste das Haar ihrer Tochter.

„Gut.“ Die Kleine sauste in das Gästezimmer und kam mit einem ungeschickt eingepackten Paket zurück, das halb so groß war wie sie selbst.

„Das ist für mich?“, rief Kimberly erstaunt.

„An Weihnachten.“

„Ich kann es kaum erwarten!“, murmelte sie mit einem Blick auf das Paket. Sie hatte das Gefühl, als würde ihr Herz vor Liebe zerspringen.

Nach einem Kaffee und ein paar Zimtschnecken schob Jake seinen Stuhl zurück. „Ich muss langsam gehen."

„Aber Sie sind doch gerade erst gekommen!", protestierte Arlene.

Jake grinste. „Ich weiß, aber ich habe einen Hund, der wahrscheinlich denkt, dass ich ihn verlassen habe. Außerdem gibt es da noch eine Wettschuld, die beglichen werden muss."

Kimberly spürte, wie sie rot wurde. „Ich denke, wir sollten uns auch auf den Weg machen", sagte sie hastig, bevor jemand nachhaken konnte.

„Warum habt ihr es denn so eilig?", fragte Lyle. Doch seine Frau legte ihm beruhigend die Hand auf den Arm, als könne sie die Signale zwischen Jake und Kimberly genau lesen.

„Bis Montag dann", sagte sie mit leuchtenden Augen.

Nachdem sie Jacken und Handschuhe angezogen hatten, trotteten Jake, Kimberly und Lindsay, die ihr Geschenk trug, an der Schneefamilie vorbei zu Kimberlys Haus. Jake bestand darauf, Lindsays Reisetasche zu tragen und gleichzeitig Kimberlys Hand zu halten.

Lindsay schlitterte auf ihren Stiefeln einen kleinen Hügel hinunter. Als sie auf ihrem Hosenboden landete, jauchzte sie vor Freude.

Lachend bemerkte Jake: „Sie sieht schon aus wie eine richtige Skifahrerin."

„Nimmst du mich mal mit?", fragte die Kleine aufgeregt.

Mit einem Blick zu Kimberly, meinte er: „Das könnten wir sicher einrichten."

„In der Nacht?"

„Vielleicht", bemerkte Kimberly vorsichtig.

„Arlene hat gesagt, dass ihr nachts Skilaufen wart", fügte die Kleine erklärend hinzu.

„Ach ja? Hat sie das?", fragte ihre Mutter.

Lindsay gab einen bestätigenden Ton von sich.

„Was hat sie noch gesagt?"

„Nur, dass du, ich und Jake sehr oft Skifahren gehen würden."

„Einmal eine Kupplerin, immer eine Kupplerin", murmelte Kimberly.

„Über dich hat sie mir alles erzählt", meinte Lindsay in Jakes Richtung. „Du bist ein … Avocado."

Jake hatte Mühe, ein Auflachen zu unterdrücken.

„Ein Advokat", korrigierte Kimberly ihre Tochter.

Lindsays Wangen waren vor Kälte gerötet, und in ihren Augen standen Unmengen von Fragen. „Was ist das?"

Sie suchte nach den richtigen Worten. „Das ist ein Mann, der uns helfen wird, mein Schatz", erklärte sie schließlich.

„Wir brauchen keine Hilfe."

„Doch", widersprach Kimberly. „Irgendwann braucht jeder Hilfe."

„Ich nicht!", meinte Lindsay und kreischte, als Kimberly sie zu sich zog und ihr einen dicken Schmatzer auf die Wange drückte.

„Noch mal!", befahl die Kleine.

Ihre Mutter schüttelte den Kopf. „Das reicht vorerst."

Obwohl ihre Tochter nicht ganz überzeugt schien, gab sie sich geschlagen. Nachdem sie zu Hause angekommen waren, schob Lindsay ihr Geschenk unter den Baum. Jake blieb in der Nähe der Tür stehen. „Du kommst doch nachher zu mir, oder?", fragte er.

„Ich habe es doch versprochen, oder etwa nicht?", scherzte sie, obwohl ihr Magen nervös zuckte. Nach der leidenschaftlichen Nacht hatte sie eigentlich keinen Grund, sich Sorgen zu machen. Und dennoch brachte sie der Gedanke, den Großteil des Wochenendes in seinem Haus zu verbringen, aus der Fassung.

„Du könntest mit mir fahren."

„Ich weiß, aber ich fahre lieber selbst. Die meisten Straßen sind inzwischen ohnehin geräumt."

„Solange du keinen Rückzieher machst …"

Kimberly lachte. „Niemals!"

„Gut." Jake griff nach seinem Portemonnaie, zog eine Visitenkarte heraus und notierte seine Adresse auf der Rückseite. „Ruf an, wenn du dich verirrst."

„In Lake Oswego?"

„Es kann ganz schön unübersichtlich sein."

„Na gut, aber schick den Suchtrupp nicht gleich los. Es kann eine Weile dauern."

Mit einem strahlenden Lächeln warf er einen Blick auf seine Armbanduhr. „Du hast zwei Stunden."

„Und was, wenn ich zu spät komme?"

Da grinste er süffisant und bedachte sie mit einem Blick, dass ihr ganz heiß wurde. „Ich kenne sehr viele Arten, wie ich dich bestrafen kann."

„Du bist *wirklich* ein Träumer", konterte sie, bevor er die Tür öffnete und entschlossen hinausging. Wenige Minuten später hörte sie, wie sein Auto aus der Einfahrt brummte.

Sie schnappte Lindsays Reisetasche und trug sie in das Zimmer ihrer Tochter. Beim Auspacken dachte sie an die vergangene Nacht und an all die Folgen, die aus einer Liebesbeziehung mit Jake McGowan erwachsen würden.

Lindsays Schritte auf der Treppe rissen sie aus ihren Gedanken. Kurze Zeit später spähte die Kleine schon mit glänzenden Augen unter dem Geländer durch. Erstaunt blickte sie auf ihre Tasche. „Gehen wir weg?"

„Zu Jake nach Hause."

Argwöhnisch fragte sie: „Übernachten wir auch da?"

„Oh … Nein." Lachend warf Kimberly Lindsays schmutzige Wäsche in den Wäschekorb. „Ich packe nur deine Sachen von gestern aus."

„Ach so." Aber noch irgendwas schien Lindsay zu beschäftigen, denn sie biss auf ihrer Unterlippe herum. „Ich mag ihn", verkündete sie schließlich. „Auch wenn er ein … du weißt schon … ist."

Kimberly durchzuckte ein überraschendes Gefühl der Erleichterung. „Ich mag ihn auch", pflichtete sie ihr bei. *Ich mag ihn viel zu sehr.*

„Magst du ihn mehr als Daddy?"

Tief seufzend setzte sie sich auf das Bett und zog ihre Tochter zu sich auf den Schoß. Fest nahm sie die Kleine in den Arm. „Ich mag ihn auf eine andere Art als deinen Dad", begann sie bedächtig. „Dein Dad und ich … wir verstehen uns einfach nicht."

„Du liebst ihn nicht."

Das stimmte.

„Und er liebt dich nicht", fuhr Lindsay nüchtern fort.

Wieder seufzte Kimberly. Diesmal aus Überraschung, wie klug ihr Kind doch war. „Nein, das tut er nicht, zumindest nicht so wie früher. Aber er liebt dich sehr", antwortete Kimberly und wäre bei dieser Lüge beinahe zusammengezuckt. Sie war sich sicher, dass Robert keine Ahnung hatte, was das Wort Liebe überhaupt bedeutete. Noch nicht einmal, wenn es um seine Tochter ging. Sie drückte Lindsay an sich und hauchte ihr einen Kuss auf die Stirn. „Und ich liebe dich so sehr, dass ich platzen könnte!"

„Ich weiß."

Gott sei Dank.

„Hast du Jake lieb?", fragte ihre Kleine nach einer Weile. Dabei drehte sie sich um, sodass sie ihrer Mutter direkt in die Augen sehen konnte.

„Ich mag ihn sehr", meinte diese ausweichend.

„Ich weiß, aber hast du ihn auch lieb?"

„Kann ich ihn nicht einfach mögen? Wie … einen besonderen Freund?"

Während sie überlegte, legte Lindsay die Stirn in Falten.

Dann schüttelte sie ihre blonden Locken. „Ich denke nicht", murmelte sie.

Ich auch nicht, stimmte ihr Kimberly in Gedanken zu.

„Also, hast du ihn lieb oder nicht?"

„Ich glaube ja." Sie wollte ihre Tochter nicht noch einmal belügen. „Ich habe ihn lieb, aber auf eine ganz bestimmte Weise."

„Ich weiß schon. Du willst ihn küssen und all so was."

Kimberly verdrehte die Augen und stellte die Kleine wieder hin. „Betrachten wir ihn einfach als einen guten Freund. Und behalte das für dich, ja?"

Lindsay rümpfte die Nase und grinste. „Ich sag es keinem!"

Hoffentlich konnte die Kleine dieses Geheimnis wirklich für sich behalten. „Gut, ich verlasse mich darauf."

„Ich verspreche es", gelobte diese. „Wirst du ihn heiraten?"

„Nein!", rief sie. Als sie den irritierten Ausdruck auf Lindsays Gesichtchen sah, fügte sie ruhiger hinzu: „Liebe ist kompliziert."

„Das ist sie nicht. Wenn man jemanden liebt, dann heiratet man ihn. Das sagt wenigstens Shawna Briggs."

„Ach ja, sagt sie das?" Schmunzelnd dachte sie an Lindsays Freundin aus dem Kindergarten.

„Ja", bestätigte die Kleine bestimmt. „Und sie liebt Josh Barton, und sie wird ihn heiraten."

„Na, dann hoffe ich, dass du zur Hochzeit eingeladen wirst."

„Das werde ich!", verkündete Lindsay mit dem Selbstvertrauen einer Fünfjährigen.

Während Kimberly fertig auspackte, untersagte sie sich jeden Gedanken an eine Hochzeit mit Jake. Aber die Vorstellung wollte sich nicht verflüchtigen. Jake ist nicht der Typ, der heiratet, sagte sie sich. Das hatte er ihr ja schon gesagt. Und außerdem wusste sie zu wenig über ihn. Es gab noch so viel, das sie über ihn erfahren musste.

„Komm, wir ziehen uns um“, forderte sie ihre Tochter auf, als die letzten Kleidungsstücke aufgeräumt waren. „Und dann gehen wir, Jake besuchen, wenn du willst. Wie findest du das?“

Lindsay grinste über beide Ohren. „Er hat einen Hund, nicht?“

Jake hatte wirklich einen Hund. Eine große, wolfsartige Kreatur, die bellte und heulte, während Kimberly langsam den vereisten Weg entlangfuhr.

Jakes Haus war klein, es glich einem Cottage. Perlgrau gestrichen und eingebettet in ein Wäldchen dichter, hoher Douglasien sah sein Haus aus wie ein Ferienhaus. Das war es früher auch einmal gewesen. Der Wind hatte den Schnee an die Fensterläden geweht. Auf die herabhängenden Tannenzweige und auf den Erdboden hatte sich ein dicker weißer Teppich gelegt.

Rauchwolken wanden sich aus dem mächtigen Steinkamin und verflüchtigten sich in dem strahlend blauen Himmel.

„Schau mal!“, rief Lindsay begeistert, als Lupus seine Pfoten auf die Beifahrertür des Mercedes legte und seine Nase gegen das Fenster drückte.

„Lupus!“ Jake stand in der Tür und winkte.

Bei seinem Anblick beschleunigte sich Kimberlys Puls. Er hatte sich umgezogen und trug nun ein kariertes Wollhemd, eine hellbraune Cordhose und Laufschuhe. Ohne einen Gedanken an eine Jacke oder Stiefel kam er ihnen durch den Schnee entgegen.

„Ich hätte beinahe aufgegeben“, meinte er, als er Kimberly aus dem Auto half.

„Du hast zwei Stunden gesagt.“

„Und du hast es bis zur letzten Sekunde ausgereizt.“

„Wir haben eben eine Weile gebraucht.“

Lindsay krabbelte über die Handbremse und stieg zur Fahrertür aus. Lupus hastete um das Auto herum zu Lindsay, schleckte ihr mit seiner Zunge übers Gesicht und bellte aufgeregt. Die Kleine quietschte vor Begeisterung, und dann tollten das Mädchen und der Hund ausgelassen durch den unberührten Pulverschnee.

„Seelenverwandte", bemerkte Jake trocken.

Die Szenerie erheiterte Kimberly so sehr, dass ihr vor lauter Lachen die Tränen in die Augen schossen.

„Er ist wunderschön", rief Lindsay zu ihnen herüber.

„*Das* hört er zum ersten Mal", sagte Jake und ergriff ihre Hand. „Komm, ich zeig dir alles."

Lindsay und Lupus tollten fröhlich herum. Jake hingegen hakte sich bei Kimberly unter und schlenderte mit ihr unter den Bäumen hindurch einen schneebedeckten Pfad entlang.

Hinter dem Haus fiel das Gelände sanft bis zum Ufer des Lake Oswegos ab. An der Anlegestelle hingen Eiszapfen, plätschernd traf das eisig kalte Wasser des Sees auf das ausgebleichte Holz. Die Wasseroberfläche war ruhig, und man konnte bis zum anderen Ufer blicken.

„Hier ist es herrlich!", meinte Kimberly. Ihr Atem bildete kleine Nebelwölkchen in der Kälte. Durch die Bäume rund um Jakes Garten, den Zaun und natürlich den See war man ungestört.

„Du solltest es erst einmal im Sommer sehen."

Von vorne drangen Lindsays Lachen und Lupus' lautes Jaulen zu ihnen nach hinten.

Die Temperatur lag unter dem Nullpunkt, doch sie spürte es nicht. In ihrem Inneren war ihr warm. Und als Jake die Arme um sie legte und seine eisigen Lippen auf die ihren drückte, protestierte sie nicht – im Gegenteil: Sie reagierte augenblicklich auf ihn. Das schwelende Feuer in ihr musste nicht erst geschürt werden. Allein der Druck seines Mundes auf ihren Lippen reichte aus, um sich wie Wachs in seinen Händen zu fühlen.

Bereitwillig schlang sie ihm die Arme um den Hals, und

sie spürte, wie seine nackten, kalten Hände unter ihre Jacke schlüpften.

„Ich habe dich vermisst." Seine Stimme war leise und rau. Auch wenn er die Worte geflüstert hatte, waren sie in der Stille deutlich zu hören.

„Aber wir haben uns doch nur ein paar Stunden nicht gesehen."

„Viel zu lange", brachte er stöhnend hervor und eroberte erneut ihren Mund. Seine Hände schienen sich durch den Pullover zu brennen.

Schwer atmend hob er den Kopf. Seufzend blickte er ihr in die Augen. Er vergrub seine Hand in ihrem Haar. „Versprich mir eines: Wenn das alles vorbei ist, gehst du mit mir fort."

„Was?" Sie verstand kein Wort. Wie hypnotisiert sah sie ihn an.

„Wenn der Sorgerechtsstreit vorüber ist, möchte ich mit dir fort von hier. Vielleicht nach Mexiko oder in die Karibik. Irgendwo hin, wo wir eine lange Zeit allein sein können."

„Und … was ist mit Lindsay?"

„Sie kommt natürlich mit."

„So viel zum Thema alleine sein", murmelte sie atemlos. Es ging alles so schnell! Kimberly konnte kaum einen klaren Gedanken fassen. „Ich weiß nicht recht. Vielleicht ist das keine so gute Idee."

„Überleg es dir wenigstens."

Lindsay und Lupus pflügten sich den Weg in ihre Richtung.

„Kommt mit rein!", sagte Jake. „Ich hab eine Überraschung für dich, Lindsay."

Lindsay, deren Wangen schon vor Kälte und Anstrengung gerötet waren, strahlte noch viel mehr. „Was ist es denn?"

„Das wirst du gleich sehen."

Die Kleine rannte schnell wie der Wind zur Hintertür.

„Zieh deine Stiefel aus …" Aber es war schon zu spät;

Kimberlys Anweisung verhallte ungehört in der kalten Winterluft. Die Fliegengittertür fiel krachend ins Schloss. Lindsay schrie begeistert auf, und Lupus winselte mitleiderregend vor der Tür.

„Das hast du nicht getan!“, rief Kimberly und sah Jake an, als hätte er den Verstand verloren. Er grinste lediglich bis über beide Ohren, während sie die Stufen zur hinteren Veranda hinauf und in die Küche gingen. „Sie kann es doch hier halten, wenn dir das lieber ist.“

„Und du wirst dich darum kümmern?“

Kimberly sah ihre Kleine schon mit einem Hündchen schmusen und machte sich bereit, Jake gründlich die Meinung zu sagen. Stattdessen stand Lindsay entzückt vor einem pelzigen braun-weißen Meerschweinchen, das sich in eine Ecke des Käfigs zusammengekauert hatte.

„Kann ich es mal halten?“, fragte Lindsay mit strahlenden Augen. Auch die Augen des Nagetiers glänzten, allerdings vor Angst.

„Wenn du vorsichtig bist.“

„Ganz sicher.“ Sie griff in den Käfig, nahm das verschreckte Tierchen in die Hand auf und drückte es an ihre Brust.

„Ein Meerschweinchen? Du hast ihr ein Meerschweinchen geschenkt?“ Kimberly schüttelte fassungslos den Kopf. „Wieso?“

„Es war billiger als ein Cockerspaniel“, meinte er mit ausdruckslosem Gesicht.

„Gott sei Dank.“

„Jedes Kind braucht ein Haustier.“

Draußen jaulte Lupus und kratzte an der Tür. Als das kleine pelzige Wesen wieder sicher zurück in seinen Käfig gesetzt worden war, ließ Jake den Hund herein. Er schlitterte über den Boden, sprang auf und versuchte, Lindsays Gesicht abzulecken.

„Er ist eifersüchtig“, stellte Jake lachend fest. „Wie wär’s jetzt mit einer heißen Schokolade?“

Wenige Minuten später nippten Jake und Kimberly vor dem Kamin an ihrem Getränk, während Lindsay ihre Aufmerksamkeit zwischen dem Hund und dem Meerschweinchen aufzuteilen versuchte. Kimberly kuschelte sich an Jake und streckte die Füße aus, um die Wärme des Feuers einzufangen. Sie hatte das Gefühl, endlich zu Hause angekommen zu sein.

„Also, wann muss ich anfangen, die Schulden zu begleichen?", fragte sie.

„Das tust du schon", meinte er und legte ihr einen Arm um die Schultern.

Sie lehnte den Kopf in seine Halsbeuge und schloss die Augen. Das Zusammensein mit Jake war einfach perfekt. Während sie Lindsays gedämpftem Plappern, der leisen Weihnachtsmusik und dem knisternden Feuer lauschte und Jakes gleichmäßigen Herzschlag spürte, fühlte sie sich so sicher und glücklich wie schon lange nicht mehr.

## 10. KAPITEL

Lindsay schlief auf einer Decke in der Nähe des Feuers ein. Ihr Daumen verschwand in ihrem Mund, und sie seufzte wohlig.

Das Meerschweinchen wurde munter und schaufelte unermüdlich die Späne in seinem Käfig hin und her. Lupus ließ es keine Sekunde aus den Augen.

„Ich sollte meine Tochter wohl nach Hause bringen", meinte Kimberly leise. Es klang bedauernd. „Es war ein langer Tag für sie."

Jake grinste. „Sehr lang."

Sie kuschelte sich an ihn. Sie lagen auf der Couch, nippten hin und wieder an ihrem Glühwein, und Kimberly hatte nicht die geringste Lust, sich zu bewegen. Sie konnte sich noch nicht einmal vorstellen, ohne ihn nach Hause zurückzukehren.

Seine Lippen streiften ihre Wange. Mit der Fingerspitze berührte er ihr Kinn und hob es an, sodass sie gezwungen war, ihn anzusehen. „Bleib!", flüsterte er. Seine silbrigen Augen hielten sie gefangen. „Verbring die Nacht mit mir. Es war ja auch Teil unserer Abmachung: Zwei Tage und ... so viele Nächte wie du willst." Seine Stimme war leise und samtweich. „Du wirst es nicht bereuen."

Sie kicherte. „Hat Ihnen jemals jemand gesagt, dass Sie ein unglaubliches Ego haben, Mr McGowan?"

„Ich kann sie kaum zählen, so viele waren es", grinste er. „Komm schon, Kimberly, genieß das Leben ein bisschen!"

„Lieber nicht."

„Im Ernst." Er sah sie liebevoll an. „Ich habe Platz genug für euch beide."

„Du meinst für uns alle drei", zog sie ihn auf und deutete auf Lindsays neues Haustier. Gerade hatte das Meerschweinchen das Laufrad entdeckt, und es begann, sich zu drehen.

Jake lachte leise und verschwand im rückwärtigen Teil des

Hauses, um mit einer kuscheligen Decke zurückzukehren, die er um die schlafende Lindsay wickelte. Dann hob er sie behutsam in seine Arme.

Nachdenklich folgte Kimberly ihm den Flur entlang in ein kleines Zimmer. In einem Eck war ein Bett untergebracht, eine dazu passende Kommode stand an einer Wand. Bis auf diese zwei Möbel war das Zimmer jedoch leer. Kimberly vermutete, dass es bisher noch niemand bewohnt hatte. Und doch schien alles auf ein Kind zu warten. Aber auf wen? Mit Sicherheit nicht auf Lindsay.

Liebevoll legte Jake die Kleine ins Bett und strich ihr eine Haarsträhne aus der Stirn, bevor er sie zudeckte. Kimberlys Herz machte einen Purzelbaum. Kein einziges Mal hatte sie Robert so mit Lindsay umgehen sehen, mit solch einer Fürsorge, mit solch offensichtlicher Liebe. Und dieser Mann hier behandelte ihre Tochter, als wäre sie sein eigenes Kind. Ach, wenn sie doch nur alle eine Familie wären … Hastig untersagte Kimberly sich jeden weiteren Gedanken an eine gemeinsame Zukunft. Sie mussten noch so viele Hürden überwinden, bevor überhaupt daran zu denken war! Und es gab noch so viel, das sie nicht über Jake wusste. Geheimnisse, die er ihr noch nicht anvertraut hatte.

Jake streckte die Hand zur Kommode aus und machte die kleine Lampe aus, die darauf stand. „Siehst du?“, fragte er flüsternd und erhob sich. „Ihr fehlt es an nichts.“ Lupus kam hereingetrottet, rollte sich in der Nähe des Fußendes des Bettes zusammen. Jake lachte, während er den Schäferhund tätschelte. „Sie hat sogar einen eigenen Wachhund.“

Kimberly wurde beim Anblick der drei ganz warm ums Herz. Schweigend machten sie sich auf den Weg ins Wohnzimmer. Das Feuer war beinahe vollständig heruntergebrannt, sodass Jake neue Holzscheite im Kamin stapelte. Kimberly sah sich derweil genauer um. Die Bücherregale an der Wand quollen über mit Gesetzestexten, Fachbüchern, Science-Fiction-Romanen und Krimis.

An den Wänden hingen Jakes Diplome und ein Foto vom Schulabschluss. Das Foto jedoch, das ihre Aufmerksamkeit erregte, war ein kleiner Schnappschuss in einem handverzierten Rahmen, der auf dem Kaminsims stand. Ein dunkelhaariger, etwa dreijähriger Junge strahlte ihr mit blauen Augen entgegen, einen Football unter sein rundliches Ärmchen geklemmt. Man musste ihr nicht erst sagen, dass er mit Jake verwandt war. Das war offensichtlich.

Sie sah sich um. Jake hatte seine Arbeit am Kamin beendet. Er saß noch in der Hocke und starrte zu ihr hinauf. „Das ist Sam“, sagte er schroff. „Mein Sohn.“ Seine Augen wurden kühl, distanziert.

„Ein hübscher Junge“, erwiderte sie leicht irritiert. Hatte Jake nicht gesagt, er hätte keine Kinder?

„Ja.“

Er erhob sich und schob die Hände in die Gesäßtaschen seiner Jeans. Unbändiger Schmerz trübte seinen Blick. „Ich hatte dir gesagt, ich hätte keine Kinder, aber das war nicht die Wahrheit. Ich hatte beinahe drei Jahre lang ein Kind. Kurz nachdem dieses Bild aufgenommen wurde, kam Sam ums Leben.“ Er räusperte sich, versuchte, sich wieder zu fangen.

Kimberlys Herz blieb beinahe stehen vor Mitgefühl. Wie schrecklich musste es sein, ein Kind zu verlieren! „Oh, Jake …“

Er hob die Hand und schüttelte den Kopf. „Sag nicht, dass es dir leidtut, ja? Ich will das nicht hören.“

Unbehaglich biss sie sich auf die Unterlippe. Sie wünschte, sie könnte ihm ein paar Worte des Trostes sagen, liebevolle Worte, um seinen Schmerz zu lindern. Aber es gab nichts, was sie sagen konnte. „Ich … Das habe ich nicht gewusst.“

Schweigend nahm er das Foto in die Hand und starrte es lange an. „Mit manchen Dingen wird man nie fertig“, murmelte er. „So sehr man auch versucht, sie zu vergessen."

Er holte tief Luft und legte das Bild mit dem Gesicht nach unten auf den Sims. Dann schlenderte er zum Fenster. Die eine Hand am Rahmen abgestützt, starrte er mit leerem Blick nach draußen. „Es ist vor Jahren passiert, aber es vergeht kein Tag, an dem ich nicht daran denke."

Wie sehr es sie danach verlangte, ihn zu berühren, ihm Trost zu spenden! „Schläft Lindsay in seinem Zimmer?"

Er schüttelte den Kopf, drehte sich aber nicht zu ihr um. „Nein. Es sind seine Möbel, aber es ist nicht sein Zimmer. Ich … Wir … lebten damals noch in der Stadt. In einem großen Haus in Dunthorpe." Er wandte sich um, versuchte zu lächeln, doch das misslang gründlich. Also schürzte er die Lippen, bevor er fortfuhr. „Lydia, Sams Mutter, war nicht glücklich. Sie war der Meinung, ich sollte härter arbeiten, um als Partner in die Kanzlei aufgenommen zu werden. Erwartete, dass ich schneller Karriere machte, als ich es tat. Nach Sams Geburt wurde sie immer unzufriedener. Sie hatte Angst, das Leben zu verpassen." Eine dunkle Strähne fiel ihm in die Stirn, die er gleich wieder wegstrich. „Also suchte sie sich einen anderen Mann, einen Anwalt aus der Stadt. Einen Mann, der wirklich erfolgreich war. Einen Mann mit teuren Autos, einem Boot, einem Privatflugzeug." Er presste die Lippen aufeinander. „Einen Mann, der über die richtigen Kontakte verfügte!"

Kimberly wurde eiskalt.

Jakes Augen wurden schmal, und er goss sich einen Schluck Scotch ein.

„Wen?", brachte sie zitternd hervor. Ob sie die Antwort auf diese Frage überhaupt hören wollte, wusste sie nicht.

Mit einem Zug leerte er sein Glas. „Unseren Freund Ben Kesler."

„Oh Gott", flüsterte sie entsetzt. Ben war mehr als nur Roberts Anwalt. Sie waren Geschäftspartner. Selbst Bens Flugzeug, das außerhalb der Stadt im Hangar stand, gehörte zur Hälfte ihrem Exmann.

Die Sekunden verflogen, während er in sein Glas starrte. „Genau. Sie hatte sich vorgenommen, Sam mitzunehmen, sicherzustellen, dass ich ihn nie wiedersehen würde. Und sie wollte Kesler heiraten.“ Er sah sie ernst an. „Das ist zumindest ihre Version der Geschichte. Ich weiß nicht, ob Kesler je vorhatte, mit ihr vor den Traualtar zu treten. Er war einfach nur ihr Scheidungsanwalt und eben gleichzeitig ihr Liebhaber. Aber das ist unbedeutend. Gleich nachdem die Scheidung rechtskräftig war, hatten Lydia und Sam einen Autounfall. Keiner von beiden überlebte.“ Er holte tief Luft. Kimberly eilte zu ihm und berührte sein Gesicht.

„Es tut mir so unendlich leid!“, flüsterte sie. Er erzitterte unter ihrer Berührung. „Ich kann nicht einmal erahnen, wie du dich fühlst. Es muss so unbeschreiblich schmerzvoll sein, ein Kind zu verlieren!“

„Es ist die Hölle“, flüsterte er. Unerträgliches Leid verdunkelte seine Augen. „Die reine Hölle. Ich schwöre dir, dass ich das nie wieder durchmachen werde. Niemals mehr! Nur so kann ich sicher sein, dass das nicht wieder passiert, nicht wahr?“

Kimberlys Hals fühlte sich wie zugeschnürt an. „Die Freude, die einem ein Kind schenkt, ist jedes Risiko wert“, wisperte sie erschüttert.

Er wandte sich von ihr ab. „Wie du schon sagtest: Du weißt nicht, wie ich mich fühle. Keiner weiß das.“ Erneut griff er nach der Flasche Scotch, doch sie war fast leer. Leise fluchend schleuderte er sie ins Feuer. Sie ging krachend zu Bruch und zersplitterte in tausend Scherben. Die Flammen loderten zischend auf.

„Jake …“

Er antwortete ihr nicht, sah sie nicht einmal an.

„Schließ mich nicht aus!“, flüsterte Kimberly erstickt.

Seine Schultern spannten sich an.

Kimberly fühlte sich hilflos. Sie wusste nicht, was sie tun sollte. „Bitte, Jake! Du bedeutest mir viel zu viel. Lass mich dir helfen!"

Als er sich endlich zu ihr umdrehte, war sein Gesicht von den Höllenqualen gezeichnet, die er litt.

Mit einem Mal verstand sie – mehr, als er ihr eingestanden hatte. Seine Scheidung und der Verlust seines Kindes hatten sich in der Zeit ereignet, in der er und Diane zusammengearbeitet hatten. Diane hatte ihn aus dem Abgrund gerettet, zu dem sein Leben nach Sams Tod geworden war. Sie hatte ihn gedrängt, eine völlig neue Richtung einzuschlagen, weil er es einfach nicht länger ertrug, sich mit Sorgerechtsfällen, Adoptionen oder Scheidungen zu beschäftigen.

Wie schwer es Jake gefallen sein muss, ihren Fall zu übernehmen, begriff sie erst jetzt. Tränen stiegen ihr in die Augen. „Ich möchte dir helfen."

„Für Hilfe ist es zu spät", flüsterte er und hielt ihrem Blick stand. „Niemand kann mir Sam zurückbringen."

Seine Worte brachen ihr fast das Herz. Sie streckte die Arme nach ihm aus, lehnte sich an seine Brust. Sie drängte ihn nicht, war einfach für ihn da. Nach einer Weile spürte sie, wie er sie umarmte. Sie hob ihm den Kopf entgegen und drückte ihm tränenfeuchte Küsse auf die Lippen.

Laut aufstöhnend presste er seinen Körper an den ihren.

„Vertrau mir, Jake", wisperte sie an seinen Lippen, die heiß und hungrig die ihren umschlossen. Er war einfach überall. Er drängte sich an sie, seine Hände flogen über ihre Haut, und sein Mund suchte Trost in ihren Küssen.

Sie gab sich ihm völlig hin, öffnete sich wie eine Blume der Sonne, um seinen Schmerz zu lindern.

„Kimberly …" Seine Stimme war rau vor all den Gefühlen, die er schon so lange verdrängt hatte.

Die Hände in ihren Haaren vergraben, zog er sie auf den

weichen Teppich vor dem Kamin. Ihre und seine Kleidung flogen hastig beiseite, und endlich spürte er ihren weichen, nachgiebigen Körper. Er küsste ihren Hals, ihre Wangen, ihre Brüste, ihren Bauch, und dann verlor Jake allmählich die Kontrolle.

Vor dem Feuer, das goldene Schattenspiele auf ihre liebenden Körper zeichnete, half Kimberly ihm beim Vergessen. Und sei es auch nur für kurze Zeit.

Als Jake am nächsten Morgen die Augen öffnete, wusste er nicht gleich, wo er sich befand. Schließlich erkannte er dann doch sein Schlafzimmer. Der Schnee reflektierte das Sonnenlicht, das in grellen Strahlen durch das Fenster fiel. Träge räkelte er sich und sah zu der Frau hinüber, die sein Bett teilte.

Kastanienbraune Locken umrahmten Kimberlys feines Gesicht. Dunkle Wimpern ruhten auf ihrer hellen weißen Haut. Sie sah so friedlich und ruhig aus, man sah ihr kaum an, dass sie atmete.

Die zerwühlte Bettdecke bedeckte eine Brust. Die andere war nackt. Die Knospe ragte verführerisch empor. Erinnerungen an ihre wilde, hemmungslose Liebesnacht wurden wach, und er lächelte. Er hatte die Nacht damit verbracht, seine Vergangenheit durch die innige Vereinigung mit dieser wunderschönen Frau auszulöschen. Und sie? Sie war seiner unbändigen Leidenschaft mit glühender Sinnlichkeit begegnet, wie er sie nie zuvor erlebt hatte.

Er wickelte eine ihrer Haarsträhnen um den Finger und hing seinen Gedanken über sie nach. So liebenswürdig und fürsorglich sie war, so außergewöhnlich verführerisch konnte sie werden, dass er sich nach mehr sehnte.

Die Bilder der vergangenen Nacht heizten sein Verlangen an, und sein Blick wanderte zurück zu ihrer Brust. Sie war so perfekt, so verlockend. Unfähig, sich zurückzuhalten, beugte er sich zu ihr, um diese rosige, einladende Spitze zu verwöhnen.

Sein Körper reagierte prompt darauf. Heiße Lust pulsierte in seinen Lenden.

Zu seiner Freude richtete sich ihre Brustwarze hart auf. Kimberly stöhnte leise und drängte sich an ihn. Ein Bein legte er über sie, und sie seufzte wohlig. Seine Aufmerksamkeit hatte er noch immer auf ihre Brust gerichtet, gleichzeitig ließ er eine Hand unter die Decke gleiten. Seine Finger ertasteten das samtige Dreieck zwischen ihren Oberschenkeln, tauchten in sie hinein.

Sie war bereit. Feucht und heiß pochte es an seiner Hand.

Er selbst spürte das drängende Verlangen in sich. Pulsierend flehte seine Lust geradezu um Erlösung. Wieder knabberte er an ihrer Brustspitze und schaute ihr ins Gesicht. Zögerlich öffnete sie ihre verschlafenen blaugrünen Augen und schenkte ihm einen Blick, so voller Erotik, dass ihm beinahe der Atem stockte.

Sie lächelte, und da war es um ihn geschehen. Er rutschte nach oben, küsste ihr Gesicht. Mit einem kräftigen Stoß drang er in sie ein, glitt in ihre heiße, feuchte Weiblichkeit, die ihn um den Verstand zu bringen drohte.

„Was ... Was tun Sie denn da, Herr Anwalt?“, flüsterte sie.

„Ich wünsche dir einen guten Morgen“, antwortete er atemlos.

„Das gefällt mir ...“

Wieder stieß er tief in sie hinein.

Sie öffnete den Mund, wollte etwas sagen, doch sie konnte nicht sprechen.

Er spürte, wie ihr Puls hochschnellte, sah, wie ihre wundervollen Brüste sich beim Atmen bewegten. „Du bist wunderschön.“

Langsam bewegte er sich in ihr. So langsam, dass sie sich ihm entgegenstreckte. Sie legte die Hände auf seinen Po und drückte Jake an sich, drängte sich fieberhaft an ihn.

„Hab Geduld“, flüsterte er. Er drängte das Begehren zurück, sie so ungestüm und wild zu nehmen, wie er es noch vor wenigen Stunden getan hatte.

Während er sich in der vergangenen Nacht in rein sexueller Hingabe verloren hatte, der Sex stürmisch war, wie eine Reinigung von all dem Schmerz aus seiner Vergangenheit, hielt er sich an diesem Morgen zurück. Er gab, und er nahm. Wartete auf ihre Reaktion, genoss es, als sie Höhepunkt um Höhepunkt erklomm, bis sie völlig erschöpft und befriedigt war. „Oh Jake", flüsterte sie. Erst in diesem Moment erlaubte er sich, sein Verlangen zu stillen, die Kontrolle zu verlieren.

Befriedigt lagen sie beieinander. Ihr engelsgleiches Gesicht war im Nachhall der Ekstase völlig entspannt. Jake hielt sie fest umschlugen, das Gesicht an seine nackte Brust gedrückt. Der Duft ihrer Haare stieg ihm in die Nase.

„Wir haben versagt, weißt du das?", meinte sie schließlich, beugte den Kopf und sah ihn spitzbübisch lächelnd an.

„Versagt? Und ich dachte, wir hätten gestern Nacht einen Volltreffer gelandet."

Sie errötete, dann lachte sie. „Ich sprach eigentlich nicht vom Sex."

„Nicht?"

„Wir haben es nicht geschafft, die Finger voneinander zu lassen."

„Amen", stimmte er ihr zu. Wie sollte er nur je ohne sie weiterleben? Wie hatte er je ohne sie leben können?

Ein Blick zur Uhr, und sie stöhnte auf. „Ich sollte besser aufstehen, bevor Lindsay hier hereinstürmt."

Jungenhaft grinste Jake. „Du schämst dich meiner."

„Nein, Herr Anwalt", widersprach sie. „Aber ich habe keine Lust, das hier einer neugierigen Fünfjährigen zu erklären. Wenn du jedoch bereit bist, ihr diese Situation zu erläutern …" Sie machte mit ihrer Hand eine einladende Bewegung. „Bitte sehr! Nur zu."

„Ich verzichte, vielen Dank."

„Das dachte ich mir."

Er streckte sich und ließ sie schließlich gehen. Genüsslich schaute er ihr dabei zu, wie sie aus dem Bett glitt. Er liebte ihre langen Beine, die Rundung ihrer Hüften, die schmale Taille, ihre wundervollen Brüste. Sie war sich nicht bewusst, wie verführerisch sie war, während sie sich den Pullover über den Kopf streifte, ihre Haare schüttelte und in ihre Jeans schlüpfte. Jake schloss die Augen, um den Drang zu unterdrücken, aus dem Bett zu springen und Kimberly zurückzuholen.

Was war nur los mit ihm? Er war mit genügend Frauen zusammen gewesen. Doch noch nie hatte er dieses unersättliche Verlangen gespürt, eine Frau wieder und wieder in Besitz zu nehmen. Ganz im Gegenteil – so weit war es nie gekommen. Die meisten Frauen hatten ihn schon bald gelangweilt. Kimberlys wacher Geist und ihre hinreißenden Grübchen jedoch würden ihn immer interessieren, so viel war ihm klar. Schlagartig wurde ihm etwas bewusst, das ihn bis ins Mark traf: Er wollte den Rest seines Lebens mit ihr verbringen. Den Rest seines Lebens, mit Robert Fishers Exfrau.

Stöhnend bedeckte er sein Gesicht mit einem Kissen. Was war nur in ihn gefahren?

Er warf das Kissen von sich, gerade, als sie aus dem Zimmer ging.

Wie von der Tarantel gestochen sprang er aus dem Bett, auf direktem Wege unter den kühlen, kurierenden Strahl der Dusche. Kurz erwog er, sie hochzuheben und bei laufendem Wasser zu entkleiden, verwarf den Gedanken aber wieder. Auch wenn er sich ihr lustvolles Seufzen sehr gut ausmalen konnte, so fiel es ihm auch nicht schwer, sich vorzustellen, dass Lindsay aufwachte und genau im falschen Moment hereinspazierte. Stirnrunzelnd drehte er das Wasser auf.

Nein, er war nicht bereit, einer neugierigen Fünfjährigen seine sexuellen Fantasien zu erklären. Er trat unter die Dusche und spürte das köstliche Nass auf seinem Rücken.

Was war überhaupt mit Lindsay? Wenn er Kimberly wollte, so würde er letztendlich auch ihre Tochter bekommen. Die zwei gab es nur im Paket. Er, der geschworen hatte, nie mehr Vater werden zu wollen, er, der fast alles dafür tun würde, um den unausweichlichen Schmerz der Vaterschaft zu vermeiden, genau er zog in Betracht, all seine Überzeugungen über Bord zu werfen. Sich zu öffnen und wieder Ehemann und Vater zu werden.

Jake fluchte verhalten; er ärgerte sich über sich selbst. Vielleicht würden sich diese Gefühle ja auch wieder in Luft auflösen. Wenn Fisher hinter Gittern und Lindsay bei Kimberly sicher war, mochte Jake eine verschwindend geringe Chance haben, sein Leben so weiterzuführen, wie es vor ihrem Auftauchen in seinem Büro gewesen war. Bevor sie in sein Leben geplatzt war, bevor ihre umwerfenden blaugrünen Augen tief in seine Seele geblickt hatten.

Ein paar Minuten später, er schloss gerade seinen Gürtel, tapste jemand über den Eichenboden ins Schlafzimmer. Er warf einen Blick über seine nackte Schulter. Lindsay starrte ihn neugierig an.

„Guten Morgen“, begrüßte er die Kleine, nachdem sie ihn von oben bis unten gemustert hatte.

„Guten Morgen.“

„Hast du Hunger?“

„Wieso sind wir noch hier?“

„Wie bitte?“

Sie runzelte ihre Augenbrauen und schob ihre Unterlippe nach vorne. „Ich dachte, wir wären gestern Nacht nach Hause gefahren.“

„Es war schon zu spät dafür.“

Sie sah ihn mit einem ungläubigen Ausdruck an, doch dann wechselte sie unvermittelt das Thema. „Wieso hast du keinen Weihnachtsbaum?“

Jake biss die Zähne zusammen. Er hatte seit Sams Tod keinen Baum mehr aufgestellt. Das ganze Drumherum, die Feierlichkeiten rund um Weihnachten, waren ihm albern und sinnlos ohne Sams helle, glänzende Augen und sein Lachen erschienen. „Ich bin wohl noch nicht dazu gekommen“, wich er aus.

Lindsay hob ihr Kinn etwas an. „Ich helfe dir.“

„Wirklich?“ Jake war verzaubert, obwohl er dieses kleine blonde Mädchen doch eigentlich nicht zu nah an sich heranlassen wollte. „Das ist aber lieb von dir!“

„Wir können gleich anfangen. Mommy macht das Frühstück.“ Und schon eilte sie den Flur entlang.

Lindsay hatte die Wahrheit gesagt: Kimberly bereitete das Frühstück vor. Die Haare zu einem Pferdeschwanz gebunden, bewegte sie sich in seiner Küche, als würde sie seit Jahren nichts anderes tun.

Jake verschränkte die Arme vor der Brust, lehnte sich an die Wand und sah ihr zu. Waffeln bräunten in dem Waffeleisen, der Kaffee kochte auf dem Herd und Würstchen brutzelten in der Pfanne. Die Küche duftete verführerisch. Erinnerungen stürmten auf ihn ein, die er eigentlich verdrängt hatte. Der Anblick von Kimberly, wie sie Eier in eine weitere Pfanne aufschlug, erinnerte ihn an seine Frau.

Es hatte einmal eine Zeit gegeben, in der sich Lydia Zeit für die Familie genommen und ein großes Sonntagsfrühstück zubereitet hatte – eine Zeit, in der sie ihn geliebt hatte und sich um Sam kümmern wollte. Sie war sehr kurz gewesen.

„Komm schon!“, rief Lindsay und riss ihn aus seinen Gedanken. Sie hatte Mantel und Stiefel gefunden und stürmte auf die Hintertür zu.

Lächelnd blickte Kimberly über die Schulter zu ihm hinüber. „Sag nichts“, meinte sie. „Du wurdest dazu verdonnert, einen Baum auszusuchen?“

„Ich habe schon einen", erwiderte Jake.

„Wo denn?" Lindsay sah sich demonstrativ im kahlen Wohnzimmer um.

„Da draußen." Er öffnete die Tür zur Veranda, und Lupus flitzte hindurch. Eine Katze, die unter der Rhododendronhecke herumkroch, wurde aufgeschreckt. Die beiden lieferten sich eine laute Verfolgungsjagd. Das getigerte Kätzchen spurtete zum nächstgelegenen Ahornbaum und kletterte hinauf. Lupus hingegen sprang vor dem Stamm auf und ab und bellte wie verrückt, sein Schwanz wild wedelnd, die Pfoten immer wieder von der rauen Rinde abrutschend.

„Er ist dumm!", rief Lindsay laut.

„Sehr", stimmte Jake ihr zu. Dem Hund zugewandt mahnte er: „Lupus, hierher!" Laut schlug er auf seinen Schenkel, doch der Schäferhund ließ sich nicht ablenken und jaulte durchdringend. „Er wird bald aufgeben", erklärte Jake der Kleinen.

„Wann?"

Jake lachte. „Wahrscheinlich im Frühling, wenn der Schnee schmilzt. Komm, kümmern wir uns um diesen Baum."

Er zog die kleine eingetopfte Tanne von der Veranda ins Wohnzimmer und schmückte ihn mit einer alten Lichterkette. Sogar eine Schachtel mit Baumschmuck hatte er gefunden. Aber auch wenn der Schmuck schon etwas abgenutzt war, sorgte er am Baum doch für eine festliche Stimmung.

Lindsay allerdings war überhaupt nicht überzeugt. „Du brauchst neuen Schmuck", stellte sie fest. „Ganz viel neuen Schmuck. Und einen größeren Baum."

„Nächstes Jahr", versprach er und wirbelte sie einmal um die eigene Achse. Fröhlich quietschte sie auf, dann ließ er sie wieder zu Boden.

„Arlene besorgt dir einen!", rief Lindsay aufgeregt.

„Vielleicht sollten wir sie erst fragen", bremste Jake das Mädchen, während sie in Richtung Küche steuerten.

„Hier, das hast du dir verdient!“ Kimberly reichte ihm lächelnd einen Becher Kaffee. Ihre Augen hatten die Farbe der Südsee, ihre Lippen verzogen sich zu einem kleinen Grinsen.

Jake nippte einmal vorsichtig, verbrannte sich aber trotzdem beinahe die Zunge. „Also? Was ist in dich gefahren? Wieso bist du auf einmal Miss Haus und Herd?“

„Ich bezahle nur meine Schulden, Mr McGowan“, erklärte sie. „Erinnerst du dich? Dieses Wochenende arbeite ich für dich. Und danach ist alles vorbei.“

Jake grinste. „Wenn das so ist, muss ich dafür sorgen, dass du keine Sekunde deiner Zeit vergeudest.“

Sie lachte. „Nur zu! Ich bin sicher, ich schaffe alles, was du mir auftischst.“

Mit funkelnden Augen betrachtete er sie. „Das werden wir noch sehen.“

„Tu dir keinen Zwang an. Aber jetzt“, sie zupfte ihm eine Tannennadel aus dem Haar, „solltet ihr beiden euch besser hinsetzen, bevor das Essen kalt wird. Ach, übrigens … Als du unter der Dusche warst …“

„Hm?“ Er nahm noch einen Schluck.

„Das Telefon hat geklingelt. Ein Mann … Koski hieß er, glaube ich … möchte, dass du ihn zurückrufst.“

Jakes Muskeln spannten sich an. „Ron Koski?“

„So hieß er“, nickte sie. „Es schien dringend zu sein. Er meinte, vielleicht müsste er ein paar Tage wegfahren. Ich habe die Nummer notiert und sie auf deinen Schreibtisch gelegt.“

Jake warf einen schnellen Blick zum Telefon. Seine Finger verkrampften sich um den Kaffeebecher. „Ich rufe ihn später an“, sagte er leichthin und hoffte, dass ihn sein Gesichtsausdruck nicht verriet. Bis auf Weiteres wollte er nicht, dass Kimberly von Ron oder den Nachforschungen über Robert erfuhr – sofern es überhaupt etwas zu erforschen gab. Er war noch nicht bereit, die Wahrheit über Daniel zu sagen. Gleichzeitig fühlte er sich aber schuldig, weil er nicht all seine Karten auf den Tisch gelegt hatte.

Kommt Zeit, kommt Rat, beruhigte er sich selbst, während er sich hinsetzte. Kimberly nahm ihm gegenüber Platz. Wenn die Dinge sich ein wenig beruhigt haben, dann vernichten wir alle Geister der Vergangenheit und konzentrieren uns auf die Zukunft.

Das Wochenende flog nur so dahin. Kimberly verbrachte jede Sekunde in Jakes Nähe. Sie hielt Wort und bügelte ein paar seiner Hemden, räumte die Küche auf, wusch zwei Ladungen Wäsche. Auch das Abstauben und Saugen übernahm sie.

Zwar protestierte er mit Nachdruck, aber sie ließ nicht locker. Am Ende gab er sich damit zufrieden, ihr zur Hand zu gehen oder sich um Lindsay zu kümmern.

Kimberly konnte sich nicht daran erinnern, wann sie sich glücklicher gefühlt hatte. Genau das machte ihr besonderes Kopfzerbrechen, als sie am Montagmorgen in die First Cascade spazierte. Weihnachtliche Musik klang leise aus den Lautsprechern, im Foyer der Bank sorgten Lichterketten für eine festliche Stimmung. Rote und grüne Buchstaben wünschten „Fröhliche Weihnachten".

In der Treuhandabteilung saß Marcie schon fleißig an ihrem Computer. Sie sah kurz auf und lächelte Kimberly an, doch ihre Finger tippten munter weiter.

Nachdem Kimberly ihr Cape aufgehängt hatte, machte sie sich auf den Weg in die Kantine, um sich eine Tasse Tee zu machen. Mehrere Damen aus der Hypothekenabteilung tranken hier Kaffee, knabberten an Donuts und unterhielten sich. Kimberly plauderte kurz mit Kelly und Annie, zwei ehemaligen Kolleginnen, bevor sie sich wieder auf den Rückweg in ihr Büro machte. Weit kam sie jedoch nicht. Bill Zealander, das Gesicht hochrot, marschierte steif in den Raum. „Ich muss mit

Ihnen reden", verkündete er.

Einschüchtern lassen würde sie sich nicht. „Nur zu!"

Er warf einen kurzen Blick zu den Frauen, die um die runden Tische gruppiert tratschten. „Nicht hier."

„Wieso nicht?"

Die Lippen zusammengepresst, verengten sich seine Augen hinter seiner Brille zu engen Schlitzen. „Weil es etwas Privates ist. Okay?"

„Na schön, Bill, na schön." Kimberly war nicht in der Stimmung, mit ihm zu streiten. Nachdem sie ihre Teetasse abgestellt hatte, folgte sie ihm in sein Büro. „Also gut, was gibt's?" Sie versuchte, sich ihren Ärger über sein selbstherrliches Verhalten nicht anmerken zu lassen, und hielt sich gar nicht erst damit auf, sich zu setzen. Stattdessen verschränkte sie ungeduldig die Arme und wartete auf den Sturm, der über sie hinwegbrausen würde.

Bill stand auf der anderen Seite des Schreibtisches, den Rücken einer langen Fensterfront zugewandt. Nervös spielte er an seinem Krawattenknoten. „Ich möchte wissen, was bei dem Juniper-Konto vor sich geht."

„Sagten Sie nicht, hier ginge es um etwas Persönliches?"

„Das tut es auch." Er warf ihr einen Blick zu, der sie tief treffen sollte. Nur tat er das nicht. „Wir wissen doch beide, dass Sie das Vermögen falsch verwalten."

„Ich tue was?", fragte sie fassungslos nach.

„Ach, um Himmels willen! Geben Sie es doch endlich zu! Sie können nicht mal richtig mit den Erben umgehen! Alle paar Tage weint sich Henry Juniper an ihrer Schulter aus. Wie ich gehört habe, will Carole das Testament anfechten. Sie mussten sogar um Hilfe aus der Innenrevision ersuchen, um sicherzugehen, dass die Dividenden ausgezahlt worden sind. Sie können sich ja kaum auf das Geschäft konzentrieren!"

„Wovon sprechen Sie eigentlich?"

Mit einem Ruck nahm er sich die Brille ab und polierte die Gläser mit einem Tuch. „Die Sorgerechtsverhandlung für Ihre Tochter."

Kimberly durchquerte den Raum und beugte sich über seinen Schreibtisch. „Was wissen *Sie* denn darüber?"

Wild gestikulierte er mit der Hand, in der er das Drahtgestell hielt. „Das sind allgemein bekannte Tatsachen, Kim. Robert Fisher ist ein hohes Tier in dieser Bank. Und es ist kein Geheimnis, dass Sie einen abgehalfterten Anwalt engagiert haben, der einen persönlichen Feldzug gegen Fisher führt. Wenn Sie mich fragen, dann spielen Sie mit dem Feuer."

„Niemand fragt Sie irgendetwas", erwiderte sie kühl. Es kostete sie alle Kraft, ruhig zu bleiben. „Und was ich mit meinem Privatleben mache, geht Sie gar nichts an."

„Ich weiß. Aber offensichtlich stehen Sie unter einer großen Belastung. Sie müssen sich um wichtigere Dinge kümmern als um das Geschäft."

„Sie bewegen sich auf dünnem Eis, Bill!"

Doch der zuckte lediglich die Schultern und polierte erneut seine Brillengläser. Ihn in dem dunklen Anzug zu sehen, seine Umrisse vor der Fensterfront, erinnerte sie an einen anderen großen Mann. Einen Mann, in dunklem Blau gekleidet, der seine Skibrille nach dem Skifahren säuberte. Sie bewegte sich nicht, konnte es nicht glauben. Ihr Verstand spielte ihr sicher lediglich einen Streich. Und doch … Ihr Mund fühlte sich plötzlich ganz trocken an.

„Also, hören Sie. Ich versuche nur, Ihnen aus der Klemme zu helfen", beteuerte er. Freundlich lächelnd schob er sich die Brille auf die Nase. „Ich könnte den Juniper-Nachlass übernehmen und Henry und Carole dazu bewegen, miteinander zu arbeiten statt gegeneinander. Zumindest so lange, bis Sie Ihr Privatleben wieder in geordnete Bahnen gelenkt haben."

„Mein Leben läuft in geordneten Bahnen."

„So wachen Sie doch auf, Kim!"

„Fahren Sie Ski, Bill?", fragte sie ihn plötzlich. Sie hatte genug von seinen arroganten Andeutungen.

„Ob ich was tue?", erkundigte er sich verblüfft.

„Skifahren."

„Ja, aber was …" Plötzlich hielt er inne. Langsam, aber deutlich sichtbar, errötete er.

Sie konnte seine Reaktion kaum fassen. „Sind Sie mir gefolgt?"

„Haben Sie den Verstand verloren?"

„Ich glaube nicht." Sie war so aufgebracht, dass sie am ganzen Leib zitterte. „In letzter Zeit habe ich das Gefühl, dass mich jemand beobachtet. Und ich denke, ich habe Sie neulich nachts auf dem Berg gesehen."

Nervös lachend griff er in seiner Anzugtasche nach seinen Zigaretten. „Jetzt sind Sie völlig übergeschnappt!"

„Bin ich das? Wirklich?"

„Kimberly …"

Sie schnitt ihm das Wort ab. „Ich weiß nicht, was Sie vorhaben, Bill, aber es gefällt mir nicht. Ganz und gar nicht! Halten Sie sich aus meinem Leben raus!" Sie machte auf dem Absatz kehrt, eilte mit großen Schritten direkt in ihr Büro und widerstand nur schwer dem Drang, die Tür hinter sich zuzuknallen.

Ihre Schläfen pochten. Sie atmete tief durch, versuchte, sich zu beruhigen und einen klaren Gedanken zu fassen. Hatte sich Bill Zealander etwa angewöhnt, ihr zu folgen? Aber warum? Und was sollten diese Anspielungen, dass Robert ein wichtiger Kunde der Bank war? Sie fühlte, wie eine kalte Hand nach ihrem Herzen griff. Hatte Zealanders Bespitzelung etwas mit der Anhörung zu tun? „Oh Gott!", flüsterte sie tief erschüttert.

Glühender Schmerz breitete sich in ihrem Kopf aus.

Kurz erwog sie, mit Eric Compton zu sprechen, verwarf

diese Idee aber gleich wieder. Compton hasste interne Machtkämpfe und Eifersüchteleien, und verdenken konnte sie es ihm nicht. Außerdem hatte sie keine Beweise. Nein, sie würde es für sich behalten. Zumindest, bis sie Jake wiedersah.

Jake. Zealander hatte gewusst, dass sie einen Anwalt engagiert hatte. Er konnte nur Jake meinen. Was sollte dann aber die Bemerkung über einen abgehalfterten Anwalt mit einer Fehde?

Nachdenklich eilte sie zurück in die Kantine, wärmte ihren lauwarmen Tee und schluckte, zurück in ihrem Büro, zwei Aspirin.

„Vergiss Zealander!“, murmelte sie, während sie sich an den Tisch setzte und mehrere dicke Mappen vor sich legte. Sie hatte keine Zeit, sich mit kleinlichen Persönlichkeitsstörungen auseinanderzusetzen.

Die Gegensprechanlage summte, und Marcie meldete, dass Henry Juniper auf Leitung eins wartete. Kimberly lächelte. Ausnahmsweise war sie dankbar für die Ablenkung. Langsam kehrte wieder Normalität ein.

Ron Koski sah Jake schließlich erst am Montagnachmittag, als er auf einen Sprung in Rons Büro vorbeischaute. Es bestand aus drei kleinen Zimmern und lag zwischen einer Reinigungsfirma und einem Reisebüro direkt in Oregon City, einem kleinen Ort vor den Toren Portlands.

Die Einrichtung bestand aus einem Schreibtisch, zwei Stühlen, einem kleinen Tisch und einem Sideboard. Das Fenster bot einen Ausblick auf die natürlichen Wasserfälle Willamette Falls, auf einen Bahnübergang und auf die Schornsteine der nahe gelegenen Papiermühle. Weiße Rauchwolken erhoben sich über der Stadt, verschmolzen mit dem grauen Himmel.

Ron bedurfte dringend einer Rasur; auch sein Bürstenhaarschnitt war etwas aus der Form geraten. Er sah auf, als Jake hereinspazierte. „Wurde auch Zeit, dass du auftauchst!“ Am

Schreibtisch sitzend, streckte er ihm zur Begrüßung die Hand entgegen.

„Ich habe dir seit gestern drei Mal aufs Band gesprochen." Jake ergriff die ausgestreckte Hand und schüttelte sie. Seit der Highschool waren die beiden Männer schon befreundet. Ron war einer der wenigen Menschen, denen Jake sein Leben anvertrauen würde. Diane Welby war die andere. Und nun war da natürlich noch Kimberly Bennett.

Ron bedeutete ihm mit einem Winken, sich zu setzen. „Ich war bei einer Überwachung. Aber ich dachte, du würdest sicherlich wissen wollen, dass die Polizei Fisher definitiv auf der Spur ist." Er griff hinter sich, umschloss eine Thermoskanne und goss ihnen beiden Kaffee ein.

Jake nahm die ihm angebotene Tasse und ließ sich auf den Stuhl neben dem Schreibtisch fallen. „Die Polizei war schon öfter hinter ihm her."

„Ich weiß, und es besteht immer die Chance, dass er davonkommt." Ron zuckte die Achseln. „Der Bezirksstaatsanwalt will nur einen glasklaren Fall übernehmen. Er kann es sich nicht leisten, Fisher mit weniger in der Hand zu verfolgen. Die öffentliche Blamage wäre zu groß."

„Woher weißt du das alles?"

„Ich habe meine Quellen", deutete Ron grinsend an und streckte die Hand nach einer Schachtel Zigaretten aus, die auf dem Schreibtisch lag. Sie war leer. Er zerknüllte sie, warf sie in den Papierkorb und kramte in der obersten Schublade, in der noch eine ganze Stange lag. Nachdem er die Schachtel vom Zellophanpapier befreit hatte, öffnete er sie und klopfte einen Glimmstängel heraus.

„Ist es Brecken? Hat er seine Sprache wiedergefunden?" Jake nippte an dem Getränk. Bitter und heiß rann es seine Kehle hinab.

Ron steckte sich die Zigarette an und ließ das Feuerzeug mit einem Klick zufallen. „Nein", bekundete er durch eine dichte Rauchwolke hindurch. „Brecken hält sich weiterhin bedeckt. Aber du kannst mir glauben: Meine Quelle ist gut."

„Wann geht die Sache über die Bühne?"

„Keine Ahnung."

Jake war besorgt. Zeitpunkt und Köder stimmten einfach nicht. „Wieso hat Fisher davon noch keinen Wind bekommen?"

Finster blickte Ron drein. „Vielleicht hat er das."

„Wird er fliehen?"

„Ich habe genauso viel Ahnung wie du. Er hat sehr viele Verbindungen in Portland. Es wäre schwer für ihn, sofort alle Zelte hinter sich abzubrechen."

Das wäre es tatsächlich, überlegte Jake niedergeschlagen. Vor allem, wenn er vorhatte, gegen Kimberly vor Gericht zu ziehen. Es sei denn natürlich, Fisher hatte vor, das Gesetz selbst in die Hand nehmen.

Kalte Gewissheit erfasste ihn. Selbstverständlich würde Fisher fliehen! Jake wurde übel. Er musste all seine Selbstbeherrschung aufbringen, um nicht sofort aus dem Büro zu rennen, Kimberly und Lindsay zu schnappen und sie irgendwo in Sicherheit zu bringen. Denn wenn Robert Fisher es mit der Angst zu tun bekam und seine Tochter ernsthaft bei sich haben wollte, würde er sie sich einfach nehmen. „Erzähl mir die Einzelheiten!", sagte er kurz zu Ron.

„So viele habe ich gar nicht."

„Bitte?"

„Meine Quelle hat mir ein paar Informationen gegeben, aber sie hat nicht den ganzen Einsatz verraten."

„Sie?"

Ron lächelte verschlagen. „Also gut. Ich weiß Folgendes ..."

An diesem Abend hätte Kimberly am allerwenigsten erwartet, auf ihrem Weg aus der Bank mit Robert zusammenzustoßen.

Und doch war er da, höchstpersönlich. Und wieder scharten sich die großen Köpfe der Bank um ihn. Auch Bill Zealander gehörte zu der Gruppe.

Ein Schauer jagte über ihren Rücken.

Monatelang hatte sie ihren Ex nicht in der First Cascade gesehen, und nun war er offenbar alle paar Tage hier. Er sah sie auf sich zukommen, hielt sich jedoch nicht damit auf, zu lächeln. Ganz im Gegenteil. Seine Augen blickten so kalt, dass sie erzitterte.

Robert und sein Gefolge verschwanden im Aufzug. Marcie wickelte sich gerade einen wollenen Schal um den Hals. Den Riemen ihrer Handtasche hatte sie sich schon um die Schulter gelegt.

„Warten Sie!“, rief Kimberly ihr zu, als sich die Türen des Lifts leise schlossen.

„Tut mir leid, Boss, ich bin schon weg“, flachste Marcie.

„Ich brauche nur ein paar Infos ....“

„Ist gut, Chef.“ Marcie grinste. „Sie haben fünf Minuten. Ich treffe mich unten mit Glen.“

Kimberly lächelte erleichtert. „Wissen Sie vielleicht, was Bill und Robert Fisher miteinander zu schaffen haben?“, fragte sie dann.

Marcie, die immer ein offenes Ohr für Büroklatsch hatte, zuckte die Schultern. „Ich weiß nichts Genaues. Aber ich weiß, dass Bill in letzter Zeit sehr beschäftigt gewesen war. Es gab sehr viele Besprechungen hinter verschlossenen Türen.“

„Mit Robert?“

Sie nickte. „Hin und wieder.“

Kimberly schluckte schwer. Sie bemühte sich, nicht in Panik zu verfallen.

„Was Fisher angeht, so glaube ich, dass er Gelder bewegt.“

„Innerhalb der Bank?“

„Ich glaube schon. Vielleicht bucht er es aber auch auf eine andere Zweigstelle um.“ Marcie zog ihre Puderdose hervor und überprüfte ihr Make-up.

Kimberlys Mund fühlte sich trocken an. Irgendetwas ging hier vor sich, etwas ganz Großes. „Woher wissen Sie das?“

Marcie grinste. „Von Heather. Sie weiß einfach alles.“

Und Heather war Bills Sekretärin. Verschiedene Bilder blitzten vor Kimberlys innerem Auge auf: Bill, der hinter Robert hertrottete, wenn dieser in der Bank war. Ein einsamer Skifahrer, der sie mit Jake beobachtete. Ein Mann, der auf der gegenüberliegenden Straßenseite unter der Laterne herumlungerte.

„Stimmt etwas nicht?“, erkundigte sich Marcie und sah sie durchdringend an. Dabei schloss sie ihre Puderdose und ließ sie zurück in ihre Handtasche gleiten.

Kimberly zwang sich zu einem dünnen Lächeln. „Ich weiß es nicht. Aber noch mal vielen Dank.“

„Jederzeit gerne. Ich spreche noch mal mit Heather – vielleicht weiß sie ja noch etwas?“ Winkend ging sie auf den Lift zu.

Abwesend griff Kimberly zum Telefon auf Marcies Schreibtisch. Mit zitternden Fingern wählte sie die Nummer von Zuhause. Drei Mal läutete es, bevor Lindsay rief: „Hallo?“

Kimberlys Knie gaben nach. Sie sank gegen den Schreibtisch. „Oh, hallo, mein Schatz! Wie war's in der Schule?“

„Es war doof. Bobby Hendricks hat nach mir getreten! Ich hab's ihm aber heimgezahlt und ihm in den Hals gezwickt!“, plapperte die Kleine aufgeregt und fuhr mit einem Bericht über ihren Schultag fort, der nicht das allerkleinste Detail ausließ. Kimberly musste plötzlich gegen Tränen kämpfen.

„Das hört sich aber nach einem sehr aufregenden Tag an“, erwiderte sie, bevor Arlene den Hörer übernahm und ihr versicherte, dass nichts Ungewöhnliches vorgefallen war und sie Lindsay mit Argusaugen bewachte.

„Hier ist alles in Ordnung“, sagte Arlene. „Geh und erledige deine Einkäufe, bevor du nach Hause kommst.“

Die Weihnachtseinkäufe! Die hatte sie ganz vergessen. „Vielleicht sollte ich doch lieber direkt nach Hause kommen?“

„Papperlapapp! Lindsay und ich stecken hier sowieso knietief in einem Projekt. Wir sehen uns nachher!“

„Passt auf euch auf!“, bat Kimberly.

„Das tun wir immer.“

Nachdem sie aufgelegt hatte, nahm sie den Aufzug hinunter in die Empfangshalle und verließ die Bank durch den Haupteingang. An jeder Straßenecke läuteten Nikoläuse ihre Glocken, und Scharen von Menschen hasteten die vereisten Straßen entlang auf der Suche nach Geschenken. Elegante Weihnachtsauslagen erhellten die Schaufenster der Geschäfte.

Die Nachtluft war frisch und klar und Kimberly fest entschlossen, sich in den nächsten Stunden von der berauschenden, fröhlichen Stimmung des Weihnachtsgetümmels einfangen zu lassen und ihre Sorgen zu verdrängen.

Zwei Mal blickte sie über ihre Schulter – nur, um sicherzugehen, dass niemand ihr folgte. Aber dann warf sie sich in das Getümmel im Kaufhaus Hollis, wo sie sich direkt auf den Weg in die Spielzeugabteilung machte.

Heute würde sie das perfekte Geschenk für Lindsay finden. Und wer weiß – vielleicht auch etwas Besonderes für Jake?

Jake. Gott sei Dank stand er auf ihrer Seite.

# 11. KAPITEL

Ben Keslers Lächeln sprach Bände: Es war überheblich, selbstsicher und äußerst zufrieden. In einen teuren Anzug gekleidet, lehnte er sich in seinem Schreibtischsessel zurück und legte die Fingerkuppen in Höhe seines beginnenden Doppelkinns aneinander. Unter seinem gestärkten weißen Hemdsärmel lugte eine Rolex hervor, Krawattennadel und Manschettenknöpfe waren mit Diamanten besetzt. Ja, Ben Kesler besaß Geld, und er trug es zur Schau. Jake musterte ihn voller Abneigung.

Keslers Haar war dicht und blond, seine Haut gebräunt und die Augen von einem hellen, wässrigen Blau. Er wirkte, als ob er Gewichte stemmte und ein paar Extrastunden im Solarium verbracht hatte.

Jake kam direkt zur Sache. „Sie wollten einen Deal anbieten?"

„Das stimmt."

Abwartend verschränkte Jake die Arme vor der Brust. Sein Blick wanderte über die verspiegelte, in Teakholz eingebaute Bar, den dicken grauen Teppich, die geölte Wandvertäfelung und verschiedene Kunstgegenstände, die in Keslers Büro in der achtundzwanzigsten Etage untergebracht waren. Es roch geradezu nach einem Innenarchitekten. Mit zuckenden Mundwinkeln dachte Jake an sein eigenes winziges Büro.

Kesler beugte sich nach vorne. „Ich muss Ihnen ja nicht sagen, dass Mr Fisher das Sorgerecht für seine Tochter unbedingt übernehmen möchte. Er ist bereit, die größten Anstrengungen zu unternehmen, um sie an seiner Seite zu wissen."

„Was für Anstrengungen?"

„Fünfhunderttausend Dollar."

Jake hob eine Augenbraue. „Eine halbe Million Dollar? Er möchte sich das Sorgerecht *kaufen*?"

Kesler setzte sich aufrecht hin und grinste noch breiter. „Mr

Fisher ist bekannt, wie schwer sich Miss Bennett tut. Sie arbeitet den ganzen Tag, um über die Runden zu kommen, und engagiert eine alte Frau als Babysitter. Mr Fisher ist jetzt der Ansicht, dass er sie bei ihrer Scheidung fairer hätte behandeln müssen." Er breitete seine mit Ringen geschmückten Hände aus. „Er möchte es wiedergutmachen."

„So, wie ich es sehe, hat er damals freiwillig auf das Sorgerecht verzichtet."

„Er hat seine Meinung geändert." Nachlässig hob Kesler eine Hand. „Sie wissen ja, wie das ist, Jake. Bei einer Scheidung kochen die Gefühle hoch, das Temperament geht mit einem durch – und dann ist es zu spät für die besten oder vernünftigsten Entscheidungen."

„Scheint so", gab Jake trocken zurück. In dem Moment betrat eine Sekretärin, groß und dunkelhaarig, den Raum. Schweigend stellte sie ein Tablett mit Kaffee auf eine Ecke von Keslers Schreibtisch.

„Sonst noch etwas?", erkundigte sie sich, warf einen schnellen Blick zu Jake, bevor sie sich erneut an Kesler wandte.

„Im Moment nicht." Er entließ sie mit einer lässigen Handbewegung, und sie verließ das Zimmer.

„Jedenfalls", fuhr Kesler fort, wobei er Jake eine Tasse anbot, in die seine Initialen eingraviert waren, „Robert denkt, er hat voreilig gehandelt. Er möchte, dass Kimberly all die Annehmlichkeiten bekommt, die sie während ihrer Ehe mit ihm genossen hat."

„Und im Tausch dafür erhält er Lindsay."

Kesler lächelte, als wollte er sagen: Was wäre gerechter?

„Sie wird sich nicht darauf einlassen."

„Das wissen Sie nicht …"

Jake unterbrach ihn. „Ich weiß es."

„Aber eine halbe Million Dollar gibt man nicht unüberlegt auf."

„Ein Kind auch nicht." Jake erhob sich und betrachtete Kesler von oben herab. Dieser Mann war einfach jämmerlich. Warum war er nur jemals auf ihn eifersüchtig gewesen?

„Robert Fisher ist es nicht gewöhnt, ein Nein als Antwort zu bekommen."

„Dann ist es vielleicht an der Zeit, dass er damit anfängt." Jake stand auf und ging zur Tür. Kesler seufzte.

„Robert wird noch etwas drauflegen."

„Keine Chance."

„Aber ..."

„Ich sehe Sie vor Gericht!" Beim Verlassen des Büros fiel die Tür krachend ins Schloss. Jake konnte Kesler trotzdem deutlich fluchen hören. Die Tirade an Schimpfwörtern hätte jedem Kesselflicker die Schamesröte ins Gesicht getrieben. Vielleicht war Kesler am Ende doch kein schlechter Kerl. Mit einem Lächeln schlenderte Jake durch den Vorraum, nickte der dunkelhaarigen Sekretärin zu und fuhr mit dem Aufzug hinunter zum Erdgeschoss. Es fühlte sich gut an, Ben Kesler zur Weißglut zu treiben – verdammt gut sogar. Wenn er ihn jetzt nur in seinem eigenen Spiel schlagen könnte!

Im Parterre angekommen, zog Jake den Reißverschluss seiner Jacke zu und verließ das Gebäude. Der Himmel war dunkel, aber die Stadt erstrahlte in hellem Licht. Ein bitterkalter Wind fegte durch die Stadt. Eis bedeckte die ehemals nassen Straßen. Die weißen Hügel, die der Schneepflug an der Bordsteinkante aufgeworfen hatte, hoben sich deutlich vom schwarzen Asphalt ab.

Jake hatte das Auto zwei Straßen von hier entfernt geparkt. Er hielt kurz unter einer Straßenlaterne, um sich seine Handschuhe überzuziehen. Dabei bemerkte er einen silbernen Mercedes, der angehalten hatte und im Leerlauf lief.

Robert Fisher entstieg dem Rücksitz, den Aufschlag seines schwarzen Mantels nach oben geschlagen. Den Kopf vor dem Wind geschützt gebeugt, machte er sich auf in das Gebäude.

Jake erstarrte, während Fisher durch die Drehtür verschwand. Eine Minute lang fiel es ihm schwer, zu atmen. Es fiel ihm schwer, sich Robert Fisher als Kimberlys Ehemann vorzustellen … und als ihren Liebhaber.

Er streifte sich die Handschuhe über und lief rasch zu seinem Auto. Offenbar kannte Fisher Kimberly kein bisschen, sonst hätte er ihr dieses lächerliche Angebot niemals unterbreitet. Eine halbe Million Dollar! Für ein Kind!

Während er in seinen eiskalten Bronco glitt, dachte er an Sam. Kein Geld der Welt könnte ihn ersetzen. Und genauso wenig würde Fisher sich Lindsay kaufen können.

Er steckte den Schlüssel in die Zündung, drehte ihn und der kalte Motor spuckte zwei Mal. Beim dritten Mal sprang er an. Rasch lenkte er das Fahrzeug durch den dichten Abendverkehr. Eigentlich wollte er zuerst nach Sellwood fahren, entschied sich jedoch anders und steuerte zu sich nach Hause.

Mit kalter Gewissheit erkannte Jake, dass Fisher allmählich in Panik geriet. Es war sogar höchstwahrscheinlich, dass er untertauchen würde – mit Lindsay. Zähneknirschend ertrug Jake die langen Verzögerungen während der Autofahrt, bis er endlich nach einer knappen Stunde auf die Einfahrt zu seinem Haus in Lake Oswego fuhr.

Lupus heftete sich an seine Fersen, als Jake ins Haus stürmte. Er packte ein paar Sachen und telefonierte mit Ron Koski. Kurze Zeit später rief er den Hund mit einem Pfiff zu sich. „Ich habe einen Job für dich", sagte er zu Lupus, als der auf den Beifahrersitz sprang. Liebevoll kraulte er seinen Schäferhund hinter den Ohren. „Sei heute Nacht auf der Hut, ja?"

Lupus winselte und spitzte die Ohren.

Fest entschlossen setzte Jake zurück. Egal wann Robert Fisher zuschlagen würde – ob heute, morgen oder wann auch immer: Jake beabsichtigte, seine Pläne zu vereiteln.

Kimberly bog um die Ecke ihrer Straße. Sofort bemerkte sie, dass Jakes Auto vor ihrem Haus stand. Trotz ihres langen Arbeitstages und des Getümmels im Kaufhaus lächelte sie, als sie auf ihre Einfahrt fuhr.

Hastig verstaute sie ihre Geschenke – ein kleines Fahrrad, zwei Spiele, ein Buch und eine Puppe – unter einer alten Decke in der Garage und versuchte dabei, ihren vor Freude rasenden Puls unter Kontrolle zu bringen.

Jake, Arlene und Lindsay waren in der Küche und eifrig damit beschäftigt, Weihnachtsplätzchen in Dosen zu verstauen. Die Küche war übersät mit Kuchengittern, auf denen ausgestochene Kekse in Form, mit Puderzucker bestäubt oder mit grünem Zuckerguss überzogen, und rote Zimtbonbons ruhten.

„Hallo, Mommy!", begrüßte Lindsay ihre Mutter und löste kurz den Blick von ihrer Aufgabe. Sie und Jake kämpften mit einer roten Schleife, die sie um eine rote Dose legen wollten, auf der eine idyllische winterliche Lithographie gedruckt war.

„Haben wir denn nicht schon genügend Plätzchen?", stöhnte Kimberly. „Brauchen wir wirklich noch zwanzig Dutzend?"

„Die sind alle für Lyles Verwandte", erklärte Arlene.

Kimberly sah sich in ihrer Küche um. „Er muss eine weit verzweigte Familie haben."

„Ach, wir verschenken sie auch an Freunde", winkte Arlene ab. „Außerdem ist da ja noch der Kirchenbasar und das Altersheim."

„Und ein paar bleiben übrig?", half ihr Kimberly augenzwinkernd aus.

Jake bemühte sich, nicht zu lachen. „Viele bleiben übrig."

„Ein paar", korrigierte Arlene mit fröhlich funkelnden Augen.

„Arlene hat gesagt, wir können welche behalten!"

„Aber nicht viele. Wie viele waren es noch gleich? Zehn

oder zwölf Dutzend?", erkundigte sich Jake, der inzwischen die Schleife aufgegeben hatte und sich streckte. Er nahm Kimberlys Hand in die seine und drückte sie.

„Sehr witzig", bemerkte Arlene, kicherte aber. „Lauft nur ihr drei, ich mache das hier fertig."

„Laufen? Wohin?"

Lindsay trottete hinüber zu ihrer Mutter. „Im Park werden Weihnachtslieder gesungen! Jake geht mit uns dahin."

„Wann?"

Jake sah auf seine Uhr. „Vor zehn Minuten. Wir hatten dich beinahe schon aufgegeben."

Kimberly grinste. „Worauf warten wir dann noch?" Sie half Lindsay in Mantel, Stiefel und Fäustlinge. Dabei forderte sie Arlene auf, sie möge sich ihnen doch anschließen, aber die wollte davon nichts wissen.

„Ich habe hier zu viel zu tun. Außerdem möchte ich mir nicht den Hintern abfrieren, nur um ein paar Kindern beim Singen zuzuhören. Also los, geht nur! In ein paar Minuten bin ich hier auch fertig."

Lindsay hüpfte zur Eingangstür und öffnete sie. Lupus, der geduldig draußen im Garten gewartet hatte, wollte hineinflitzen. Jake erwischte ihn aber noch auf der Veranda und hakte die Hundeleine an seinem Halsband ein.

„Die ganze Familie, was?", bemerkte Kimberly.

„Es ist fast Weihnachten", rechtfertigte sich Jake. „Ich wollte ihn nicht alleine zurücklassen." Er lächelte zwar, aber seine Augen strahlten nicht, wie sie es sonst taten. Da fiel ihr auch zum ersten Mal der Seesack auf, der in der Ecke der Veranda stand. Er gehörte Jake. Er hatte also vor, die Nacht hier zu verbringen. Ihr Herz machte einen Hüpfer – bis sie die Vorsicht in seinen Augen bemerkte. „Komm", forderte er sie auf. „Wir sind schon spät dran."

Eilig überquerten sie die Straße zum Park. Lindsay, die zwischen ihnen ging und beide an der Hand hielt, hüpfte fröhlich, während sie den verschneiten Pfad entlanghasteten. Lupus zerrte an seiner Leine und lief mit der Schnauze am Boden schnüffelnd voraus.

Immergrüne Bäume, deren Zweige unter der Last des Schnees herabhingen, säumten den Fußgängerweg. Das sanfte Licht der Straßenlaternen glitzerte im Schnee, ein paar Flocken fielen noch vom Himmel. Durch die Bäume wehte der Wind den Klang von Weihnachtsliedern. Je näher Kimberly, Jake und Lindsay der Lichtung am Teich kamen, desto deutlicher hörten sie es. „*God rest ye merry gentlemen, let nothing ye dismay …*“, schallte das alte Lied zu ihnen.

Die Viertklässler aus der örtlichen Kirchengemeinde sangen auf einer kleinen Bühne, die vor dem Teich aufgestellt worden war.

„Ich kann nichts sehen“, jammerte Lindsay, weil so viele große Menschen vor ihr standen.

„Das können wir ändern.“ Jake reichte Kimberly Lupus' Leine und hob das kleine Mädchen schwungvoll auf seine Schultern. „Und? Wie ist das?“, fragte er.

Lindsay klammerte sich an ihm fest, als hinge ihr Leben davon ab. „Es ist toll!“, rief sie begeistert.

Kimberly hatte das Gefühl, ihr Herz würde zerspringen. Sie wagte kaum zu atmen, als sie die beiden betrachtete. Jake, der Mann, der eigentlich keine Kinder mehr wollte, der sich selbst verwehrte, sich wieder emotional zu binden, und Lindsay, das Kind, dessen Vater sie als Eigentum ansah, als etwas, das man besitzen konnte … Gemeinsam lachten sie und waren so glücklich, als wären sie Vater und Tochter.

Hör auf damit, befahl sie sich angesichts der romantischen Wendung, die ihre Fantasie genommen hatte. Wie konnte sie auf eine Zukunft bauen, die so unsicher war?

Aber dann wischte Jake ihr eine Schneeflocke von der Nase, und ihr Herz ging über.

Wir alle gehören zusammen, durchzuckte es sie mit Gewissheit. Jake umschloss ihre Hand mit seiner. Er sah sie so intensiv an, dass sie sich fragte, ob er ihre Gedanken lesen konnte. Wusste er, dass sie sich wünschte, sie drei wären eine kleine Familie, ohne die Probleme aus ihrer Vergangenheit und mit einer strahlenden Zukunft?

Wie lächerlich das war! Doch das Bild wollte einfach nicht verschwinden.

„Hark the herald angels sing …", stimmten die Sänger nun an.

Lindsay kicherte. „So nennt mich Lyle immer", meinte sie. „Einen Engel."

Jake, dessen linke Hand sicher um Lindsays Knöchel gelegt war, zwinkerte Kimberly zu. „Ach ja? Ein Engel? Und wo sind deine Harfe und deine Flügel?"

„Sag, sie sind in der Reinigung", schlug Kimberly ihrer Tochter vor.

„Das ist doch albern!", jauchzte die Kleine. Kimberly wusste nicht, wann sie je glücklicher gewesen wäre. Eng an Jake gekuschelt, lauschte sie den Klängen der weihnachtlichen Musik, die von Lindsays kindlichem Lachen durchbrochen wurden. Und plötzlich nahm sie die Magie dieser besonderen Jahreszeit gefangen – und von dem Wunder, dem außergewöhnlichen Mann an ihrer Seite begegnet zu sein.

„Silver bells. Silver bells. It's Christmastime in the city …"

Lupus stellte die Ohren auf. „Komm her", flüsterte Kimberly, doch der Hund tapste unruhig vor und zurück. Er nahm in der Luft die Witterung auf, bohrte seinen Blick in das Dickicht der Bäume, die den Park vom Lärm und dem Verkehr der Straße abschirmten.

„Da ist ein Auto, das aussieht wie das von Daddy!", rief Lindsay. Mit ihrem runden Ärmchen deutete sie auf die Straße.

Kimberly musste sich bemühen, ruhig zu bleiben. „Das

sieht wahrscheinlich nur so aus wie seines."

Kopfschüttelnd beharrte die Kleine: „Ich glaube nicht."

Jake presste die Lippen aufeinander. Seine Augen wurden schmal, als er über die Köpfe hinweg in die Richtung sah, in die Lindsay gezeigt hatte. Doch die Dunkelheit und die dicht fallenden Flocken erschwerten seine Sicht.

Angst schien Kimberlys Brust zusammenzuschnüren. „Ist es …"

„Ich sehe nichts", sagte er knapp.

Winselnd zog Lupus an der Leine.

„Vielleicht riecht er ein Eichhörnchen", schlug Kimberly vor in dem Versuch, die Gedanken an Robert zu verdrängen.

„Oder eine Ratte", stimmte Jake zu und schaute den Hund an. Seine Finger fassten Lindsays Knöchel fester.

Die Sänger stimmten „*We wish you a Merry Christmas*" an und beendeten damit ihr Programm. Jake half Lindsay zurück auf den Boden, ließ ihre Hand aber nicht los.

Kimberly erzitterte vor Angst. Eiseskälte kroch ihr in die Knochen. Da war etwas, das Jake ihr vorenthielt. Etwas, das er heute erfahren hatte. Etwas, das mit der Gerichtsverhandlung in Verbindung stand … Etwas, das gar nicht gut war. Und aus diesem Grund war er auch mit Lupus und seinem Seesack hier aufgetaucht.

Die Menge stob in alle Richtungen auseinander, und die drei stapften ebenfalls nach Hause. Drinnen verlangte die Kleine nach einer heißen Schokolade und Popcorn, das sie sich alle schmecken ließen, wie auch Arlenes Zuckerguss-Plätzchen.

„Okay, meine Süße, Zeit fürs Bett", sagte Kimberly schließlich und wischte zärtlich ein paar farbige Zuckerkristalle von ihrem Mundwinkel.

„Noch nicht!", protestierte die Kleine laut, doch ihre Mutter schaffte es dennoch, sie nach oben zu tragen, ihr eine Geschichte vorzulesen und das Licht zu löschen. „Ich hab dich lieb, Mommy", flüsterte Lindsay, als Kimberly ihr einen Kuss auf die Wange drückte.

„Ich dich auch, mein Herz."

Lindsay kuschelte sich tief in ihre Bettdecke, während Kimberly leise nach unten ging. Sie fand Jake im Wohnzimmer vor. Bis sie unten angekommen war, hatte er alle Jalousien an den Fenstern geschlossen.

„Ich muss dir etwas sagen", begann sie und setzte sich auf die Armlehne des Sofas. „Ich glaube, Bill Zealander, ein Arbeitskollege, hat etwas mit Robert zu schaffen."

Jake biss die Zähne zusammen. Er lehnte sich mit dem Rücken an den Kaminsims. „Sprich weiter."

Sie erzählte ihm von ihrer Unterhaltung mit Zealander und dass sie ihn zusammen mit Robert gesehen hatte.

Jake wirkte nachdenklich, aber sein Gesichtsausdruck war undurchschaubar. „Wieso hast du mir nicht gesagt, dass du das Gefühl hast, beobachtet zu werden?"

„Weil es so paranoid klang." Sie strich sich das Haar aus dem Gesicht. „Ich dachte, ich bin übertrieben sensibel, reagiere hysterisch auf nichts."

„Und jetzt?"

„Und jetzt bin ich mir nicht mehr sicher", gab sie zu.

„Fährt dieser Bill Zealander einen weißen Kombi?"

„Ich … Keine Ahnung."

„Nach Dianes Hochzeit ist dir so ein Wagen vom Parkplatz aus gefolgt", überlegte er laut. „Es könnte sogar das gleiche Auto gewesen sein, das oben in den Bergen gewesen war."

Ein ungutes Gefühl beschlich sie.

„Gibt es sonst noch etwas?"

„Ich bin mir nicht sicher", räumte sie seufzend ein. „Aber in der Bank gehen Gerüchte über Robert um. Er bewegt Gelder."

„Wohin?"

„Ich weiß es nicht, aber ich werde es herausfinden."

„Nein!“ Er stieß sich ab, und beugte sich über sie, das Gesicht nur wenige Zentimeter von ihrem entfernt. „Ich denke nicht, dass du dieses Risiko eingehen solltest.“

„Welches Risiko?“

„Wenn Fisher wirklich aus der Stadt verschwindet, könnte er vielleicht versuchen, Lindsay mitzunehmen.“

„Aus der Stadt verschwinden?“, wiederholte sie ungläubig. „*Das* denkst du?“

„Ich bin nicht sicher.“ Jake wandte sich ab, lief ins Schlafzimmer und holte ihren Koffer aus dem Schrank hervor. Mit Schwung warf er ihn auf ihr Bett und öffnete ihn. „Du musst von hier verschwinden.“

Kimberly war ihm gefolgt. „Verschwinden?“

„Ja. Ich kenne einen sicheren Ort. Ein Freund von mir besitzt ein Strandhaus. Du und Lindsay werdet dort in Sicherheit sein.“

Das Blut wich aus Kimberlys Gesicht. Ihr wurde eiskalt. Nervös fuhr sie sich mit der Zunge über die Lippen, während sie all ihren Mut zusammennahm. „Okay, McGowan.“ Auch wenn ihre Stimme ruhig klang – ihre Hand, die sich um den Bettpfosten klammerte, zeigte, wie es um sie bestellt war. Weiß traten ihre Knöchel hervor. „Was ist heute passiert?“

Jake stützte ein Knie auf das Bett. „Ich war heute bei Ben Kesler. Er ist der Ansicht, dass Robert alle Register ziehen wird, um seine Tochter zu bekommen.“

„Das habe ich dir schon gesagt.“ Sie sah ihn durchdringend an, und kalte Angst bemächtigte sich ihrer. „Da ist noch mehr, nicht wahr? Etwas, was du mir vorenthältst.“

Er zögerte.

„Wir hatten einen Deal. Schon vergessen? Du wolltest mich über alles informieren und ich würde tun, was immer du auch sagst. Ich habe meinen Teil der Vereinbarung eingehalten.“

Er richtete sich kerzengerade auf. „Ich habe einen Tipp bekommen. Robert wird nicht auf einen Gerichtstermin warten, um seine Tochter zu bekommen."

Kimberly fröstelte. „Wieso?"

Frustriert fuhr er sich mit der Hand durch die Haare, dann wandte er sich ihr zu und sah ihr direkt ins Gesicht. „Weil es nur eine Frage der Zeit ist, bis die Polizei ihn mit dem organisierten Verbrechen in Portland in Verbindung bringt."

„Das habe ich doch alles schon mal gehört ..." Sie wandte sich um und wollte aus dem Schlafzimmer gehen, doch Jake packte sie am Arm und wirbelte sie zu sich herum. Kimberly keuchte auf.

„Kimberly, ich meine es ernst!" Seine Stimme war ganz ruhig. „Ich glaube nicht, dass du ein Risiko eingehen solltest."

„Hast du mit der Polizei gesprochen?", fragte sie ins Blaue hinein. Ihr Hals war so zugeschnürt, dass sie kaum atmen konnte.

„Nein, aber ich kenne jemanden, der das getan hat. Und ich vermute, dass auch Robert weiß, dass sich etwas zusammenbraut." Er presste die Lippen zusammen. „Er ist bereit, dir fünfhunderttausend Dollar für das Sorgerecht zu bezahlen."

„Er ist was?" Ihre Stimme überschlug sich fast.

„Das hat Kesler mich heute wissen lassen. Ich sagte ihm, du wärst nicht interessiert."

„Und?", flüsterte sie fassungslos.

„Er meinte, Fisher würde noch etwas drauflegen."

Ihr war speiübel. „Aber das muss nicht heißen ..."

Jake packte ihren Arm. „Du hast mir gerade gesagt, dass er Gelder bewegt. So wie ich das sehe, besteht eine verdammt gute Chance, dass er vorhat zu fliehen. Und wenn er das tut, dann wird er meiner Meinung nach versuchen, Lindsay mitzunehmen."

„Nein!"

Seine Finger bohrten sich in ihren Arm. „Er war dein Ehemann, Kimberly! Du hast mir selbst gesagt, dass er vor nichts

Halt macht, wenn er etwas haben will. Und jetzt möchte er eben Lindsay haben!"

Kimberly wollte ihm nicht glauben; alles in ihr sträubte sich dagegen. Aber sein ernstes Gesicht ließ ihr keine Wahl. „Was meintest du damit, als du sagtest, Robert wüsste, was los ist?"

„Dass die Polizei ihn verhaften wird."

„Bist du sicher?"

„Nein." Aber der Ausdruck seiner Augen sprach eine andere Sprache.

Alle Kraft wich aus ihrem Körper, und sie sank auf das Bett. Er setzte sich neben sie, stützte sie, indem er ihre Schultern umfasste.

„Und jetzt sag mir noch mal alles über Bill Zealander."

Mit vor Angst wild klopfendem Herzen erzählte sie ihm alles, was ihr einfiel. Auch von Bills Eifersucht wegen des Juniper-Nachlasses und ihrer Freundschaft mit Eric Compton. „Außerdem bin ich mir sicher, dass er derjenige war, der uns an jenem Tag auf der Skipiste gefolgt ist", schloss sie mit Bestimmtheit. Obwohl sie sich die Arme rieb, drang ihr die Kälte bis in die Knochen.

„Dann musst du verschwinden!"

„Du meinst, ich muss mich *verstecken*, nicht wahr?", gab sie aufgebracht zurück.

„Es ist egal, wie du es nennst."

Gedankenverloren blickte sie durch die Schlafzimmertür den Flur entlang zum Weihnachtsbaum. Sie hob protestierend das Kinn. „Ich werde nicht davonlaufen!" Und als sie die Worte ausgesprochen hatte, wurde ihr bewusst, dass sie niemals, egal, wie oft sie schon daran gedacht hatte, davonlaufen und sich verstecken würde. Sie würde nicht zulassen, dass Robert oder irgendein anderer Mann sie dazu brachte, sich wie ein Feigling zu verhalten. „Lindsay ist meine Tochter. Und wenn er nicht vor Gericht geht, hat er kein Recht auf sie ..."

„Aber vielleicht bleibt ihm nicht genug Zeit, auf einen Gerichtstermin zu warten oder darauf, dass sein Freund Monaghan die Entscheidung zu seinen Gunsten fällt“, wandte er ein. „Hör mal, Kimberly. Du sagtest, du würdest alles tun, um dein Kind zu retten.“

„Natürlich.“

„Und du hast versprochen, dass wir es auf meine Art machen.“

„Aber …“

Den Finger auf ihren Mund gelegt, unterbrach er sie. „Hör mir einfach zu, ja? Wir werden heute Nacht packen. Morgen wirst du so tun, als sei alles wie immer. Du wirst wie üblich zur Bank aufbrechen und Arlene wird rüberkommen, aber Lindsay wird die ganze Zeit bei dir sein und du fährst direkt los. Dann rufst du deinen Boss an und sagst ihm, dass du krank bist. Und dann fährst du auf direktem Weg zur Küste.“ Mit einer Hand griff er in seine Hosentasche und zog einen Schlüssel heraus. „Wir treffen uns dann dort.“

„Du hast dir das alles schon zurechtgelegt, nicht wahr?“, fragte sie erschrocken. Das alles ging ihr viel zu schnell. Um einen klaren Gedanken zu fassen, begann sie herumzulaufen. Jake folgte ihr ins Wohnzimmer.

„Ich hoffe nur, dass alles klappt.“

„Aber ich kann nicht einfach verschwinden! Nicht ohne Vorbereitung!“

Jakes Gesichtsausdruck wurde unnachgiebig. „Du hast mich aus einem Grund engagiert: Damit ich für Lindsays Sicherheit sorge. Nicht wahr? Und auch wenn du leugnest, dass dein Exmann mit dem organisierten Verbrechen unter einer Decke steckt, wissen wir beide, dass du dir etwas vormachst! Also – wenn du nicht riskieren willst, dass Robert dir Lindsay wegnimmt, dann solltest du den Tatsachen ins Auge sehen: Du musst für eine Weile untertauchen!“

„Aber mein Job …“, wandte sie schwach ein.

„Zur Hölle mit deinem Job!“, polterte er ungehalten. „Du hast die Wahl: Lindsay oder die Bank. Die First Cascade kann durchaus ein paar Tage ohne dich klarkommen – aber was ist mit deiner Tochter? Was soll sie ohne ihre Mutter tun?“

„Hör auf!“, fauchte sie. „Lindsay ist mir wichtiger als jeder Job …“

„Ist sie das?“, provozierte er sie weiter. „Dann beweis es und tu endlich das Richtige!“

Sie ließ sich auf den Schaukelstuhl fallen und zog die Beine an sich. „Ich hasse es, wenn man mich herumkommandiert“, entfuhr es ihr.

„Ich weiß. Aber *du* hast *mich* engagiert“, betonte er. „Nicht umgekehrt.“

Er hatte recht, das wusste sie. Dennoch hasste sie das Gefühl, von Robert manipuliert zu werden. Und was Jakes Gerede über das organisierte Verbrechen betraf … Es widerstrebte ihr, sich einzugestehen, dass sie tief in ihrem Herzen wusste, dass Robert in dunkle und bedrohliche Machenschaften verwickelt war. Um sich und Lindsay zu schützen, hatte sie den Kopf in den Sand gesteckt.

Mit fest geschlossenen Augen bemühte sie sich nach Kräften, Bilder von finsteren Figuren auszublenden, die an Drogengeschäften oder Schlimmerem beteiligt waren. Ja, sie hatte geahnt, dass seine Geschäftsverbindungen zwielichtig waren. Aber das, was Jake vermutete, war so viel teuflischer als alles, was sie je für möglich gehalten hatte.

Sie spürte, wie Jake sanft ihren Kopf anhob. „Es wird alles gut werden“, versprach er ihr. „Garantiert.“

Als er sich zu ihr beugte und sie küsste, dachte sie, ihr Herz würde zerspringen, so viel Wärme, so viel Zärtlichkeit lag in seinem Kuss.

„Bist du dir sicher?“

„Absolut!“, nickte er. „Also – morgen früh tun wir so, als wäre alles normal, okay?“

„Okay“, flüsterte sie. Doch als er sie auf die Arme hob und zurück ins Schlafzimmer trug, hatte sie das untrügliche Gefühl, dass nichts in ihrem Leben jemals wieder normal sein würde.

## 12. KAPITEL

Klick.

Jake öffnete ein Auge. War da etwas? Oder jemand? Um Kimberly nicht zu wecken, stieg er leise aus dem Bett und zog sich rasch die Jeans an.

Im Wohnzimmer hörte er Lupus leise knurren.

Jakes Nackenhärchen stellten sich auf, während er barfuß durch die Dunkelheit über den Flur lief. Der Boden war kalt, das Haus ruhig. Seine Augen gewöhnten sich langsam an die Dunkelheit und suchten die dämmrigen Räume ab.

Lupus kam zu ihm, die Ohren gespitzt. Wieder knurrte er, um einen Moment später in wildes Gebell auszubrechen.

„Jake?" Kimberlys Stimme zog seine Aufmerksamkeit auf sich. Er drehte sich um, erspähte im Augenwinkel eine Bewegung – die schwarzen Umrisse eines Eindringlings.

Jake suchte im Dunkeln nach dem Lichtschalter. Plötzlich wurde sein Arm hart nach hinten gerissen, etwas krachte auf seinen Kopf. Wie die Funken eines Feuerwerks explodierten Lichter in seinem Kopf. Schmerz durchzuckte ihn. Seine Beine gaben nach, und er fiel auf die Knie. *Denk nach, McGowan, denk nach!*

„Jake?"

„Raus hier", schrie er, aber es war zu spät.

Kimberly fand den Schalter, und die Küche wurde in grelles gleißendes Licht getaucht. Ihre Augen wanderten von Jakes Gestalt zu der des Einbrechers, einem großen bulligen Blonden mit Pferdeschwanz. „Jake … Oh Gott!"

Lupus machte einen Satz und schnappte nach der Kehle des Fremden.

„Lauf!", brüllte Jake, bevor ihm ein kräftiger Tritt den Atem raubte. „Kimberly, lauf weg!", keuchte er noch, bevor sein Gesicht auf den kalten Boden traf. Blinzelnd versuchte er, die drohende Ohnmacht aufzuhalten. Das Deckenlicht blendete ihn, alles verschwamm vor seinen Augen. Lupus hatte den Eindringling umgeworfen, seine mächtigen Kiefer in den Arm des stämmigen Mannes vergraben.

„Du verdammter Bastard!“, brüllte der Mann laut und schlug wild um sich, um den Hund abzuschütteln. Der jedoch ließ nicht locker.

Kimberly flüchtete aus der Küche. Jake konnte ihre Schritte auf der Treppe zu Lindsays Zimmer hören.

Heftig schwankend stürzte sich Jake auf den Blonden. Seine Faust traktierte ein stoppeliges Kinn, obgleich heftiger Schmerz in seinem Arm brannte. Der große Mann ächzte laut. Jake setzte immer weiter nach, und die beiden schlugen immer weiter aufeinander ein.

Schwer atmend rappelte er sich auf, aber der Korpulente tat es ihm nach. Er holte aus, aber er verfehlte Jake. Da griff Lupus wieder an. Er stürzte sich auf die Beine des Einbrechers, während Jake ihm einen linken Haken versetzte.

„Wer zum Teufel bist du?“, fragte Jake knurrend. Eine warme Flüssigkeit lief über sein Gesicht. Der Kerl taumelte nach hinten. Mit unbändiger Kraft schnappte Jake nach der Jeansjacke des Größeren und zog ihn wieder auf die Füße. „Bist du einer von Fishers Gorillas?“

„Er ist Roberts Bodyguard“, meldete sich Kimberly zu Wort. Sie stand wieder in der Küche. Lindsay kuschelte sich mit vor Schreck weit aufgerissenen Augen an ihre Mutter.

Jakes Nasenflügel bebten. Er zog den Mann dicht vor sein Gesicht und blickte ihn direkt an. „Ruf die Polizei!“, rief er ihr zu, den Blick unverwandt auf den bulligen Kerl gerichtet. „Verlang nach Detective Brecken! Er soll sofort einen Streifenwagen vorbeischicken.“

„Nur keine Mühe“, ertönte eine kühle Stimme hinter ihm.

Robert Fishers Stimme. Er war hier. Er war hier, um Lindsay zu holen.

„Lass ihn los“, befahl Robert schneidend.

Doch Jakes Finger krallten sich nur noch fester in den Stoff. Er war noch nicht bereit, aufzugeben – noch nicht. Er wandte sich dem Mann zu, der sein Todfeind war. Robert stand in der Tür, scheinbar ruhig, doch die Augen waren zu kleinen Schlitzen zugekniffen. Der über seine Schulter hängende Regenmantel konnte den Lauf der kleinen Pistole nicht verbergen, die er auf Jake gerichtet hatte.

„Ich sagte, lass ihn los!“

„Daddy?“ Lindsays Stimmchen klang unsicher und fragend, als sie sich an ihren Vater wandte.

Robert warf ihr einen Blick zu, und er lächelte sogar. Nicht das kalte, berechnende Grinsen, das Jake mit ihm in Verbindung brachte, sondern ein warmes Lächeln. „Es tut mir leid, mein Schatz“, sagte er, während er den Mantel zurechtrückte, um die Pistole zu verstecken. „Es ist bald vorbei, und dann machen wir eine kleine Spazierfahrt.“

Fest klammerte sich die Kleine an ihre Mutter. „Ich will aber nicht!“

„Aber klar willst du das! Das wird ein großer Spaß.“ Sein Blick glitt zu Kimberly. „Pack ihre Sachen!“

„Nein!“, rief Kimberly. „Verschwinde von hier, Robert, bevor ich die Polizei rufe! Du hast kein Recht …“

„Tu es!“, befahl er schneidend.

In dem Moment preschte Lupus nach vorne.

„Nein!“, brüllte Jake.

Fisher schoss. Der Knall hallte durchs Haus, und Lupus Körper wankte. Jämmerlich jaulend fiel er zu Boden. Blut besudelte das weiße Fell des Schäferhundes.

„Du Bastard!“ Jake stieß den Bodyguard von sich und trat einen Schritt nach vorne, aber Robert fuchtelte mit der Waffe vor seinem Gesicht herum.

„Zurück, McGowan!“

„Nein! Nein!" Lindsay weinte und schrie. Das Gesicht schmerzerfüllt, versuchte sie, sich aus den Armen ihrer Mutter zu winden und zu Lupus zu laufen.

„Schhhh, mein Schatz!", flüsterte Kimberly erstickt.

„Lupus!", heulte die Kleine.

„Lass ihn liegen!", ordnete Robert an und drängte Jake beiseite. „Ich meine es Ernst, Kim! Beweg dich!"

„Daddy! Daddy, du hast Lupus erschossen ... Du hast ihn umgebracht! Ich hasse dich!", schrie Lindsay, der dicke Tränen über die Wangen liefen. „Ich werde dich immer hassen!"

Roberts Gelassenheit bekam erste Risse. Vor Reue verdunkelten sich seine Augen. „Ich wollte nicht ..."

„Du nimmst sie nirgendwo mit hin!", rief Kimberly.

Sein Gesichtsausdruck verwandelte sich in eine böse Fratze. „Du hast in dieser Sache kein Mitspracherecht", zischte er ihr durch zusammengebissene Zähne entgegen.

Entsetzt vergrub das kleine Mädchen ihr Gesichtchen in die Halsbeuge ihrer Mutter. Langsam bewegte sich Jake zwischen Fisher und Kimberly. Demonstrativ sah er zu dem blonden Mann hinüber, der in einer Ecke kauerte, sich das Kinn rieb und schwer atmete. Blut tropfte aus seinem Mund.

„Du solltest dir einen anderen Bodyguard zulegen, Fisher", schlug Jake kalt vor. „Der hier ist ja völlig hinüber."

Lupus wimmerte mitleiderregend.

„Halte durch!", flüsterte sein Herrchen. Unbändiger Zorn ergriff ihn, brachte sein Blut zum Kochen.

„Es ist alles wahr, oder?", flüsterte Kimberly. Fassungslos betrachtete sie den Mann, der einmal ihr Ehemann gewesen war. Ihre Kehle war wie zugeschnürt. Tränen sammelten sich in ihren wunderschönen Augen.

Robert machte sich nicht einmal die Mühe, darauf zu antworten. Stattdessen versuchte er, an Jake vorbei nach Lindsay zu greifen, doch der blockierte ihm den Weg. „Es ist vorbei, Fisher!“, sagte er. Sein Puls raste.

Fisher lachte laut auf. „Es ist erst vorbei, wenn ich meine Tochter habe. Und jetzt geh mir aus dem Weg, McGowan!“

Doch Jake rührte sich nicht vom Fleck. Aus dem Augenwinkel registrierte er, wie Kimberly Zentimeter für Zentimeter in den Flur zurückwich. „Wenn ich du wäre, würde ich jetzt gehen. Bevor die Polizei hier ist. Irgendjemand aus der Nachbarschaft hat den Schuss mit Sicherheit gehört, und wahrscheinlich wartet da draußen ja auch schon jemand auf dich.“

Robert kniff die Augen zusammen. „Wovon sprichst du?“

Jake antwortete nicht.

Fisher gab seinem Leibwächter ein Zeichen. Dieser machte ein paar Schritte vorwärts und streckte die Hände nach dem Mädchen aus. Da griff Jake an. Er schlug dem Mann direkt in die Magengegend. In dem Moment wurde die Eingangstür aufgebrochen.

„Stehen bleiben! Polizei!“, brüllte eine tiefe männliche Stimme durchs Haus.

Robert wirbelte herum, steuerte auf die Tür zu, doch auf der Veranda wartete schon ein weiterer Polizist auf ihn. Er zielte mit der Waffe auf Fishers Brust. „Denken Sie nicht einmal daran!“, warnte er eindringlich.

Langsam ließ Fisher seine Waffe fallen. Kimberly, die noch immer ihre Tochter im Arm hielt, flüchtete in Jakes Arme. Nur wenige Minuten später erschien Detective Brecken. Er grinste Jake an, während er Robert die Handschellen anlegte und den jüngeren Polizisten anwies, ihm seine Rechte vorzulesen. Doch Fisher war noch nicht fertig. Hasserfüllt sah er Jake an.

„Ich sage nichts ohne meinen Anwalt“, sagte er kurz angebunden. Die Augen auf Kimberly gerichtet, fuhr er fort. „Weißt du, Kim, du beweist kein sonderlich gutes Händchen bei der Auswahl deiner Liebhaber. Dein Freund hier“, er nickte in Jakes Richtung, „ist nicht halb so interessiert an dir wie daran, mich dranzukriegen.“

„Halten Sie den Mund, Fisher!“, warnte ihn Brecken.

Der jedoch kam erst so richtig in Fahrt. „Er hat nur etwas mit dir angefangen, weil er davon besessen ist, dass ich etwas mit dem Tod seines Bruders zu tun hatte – ein aussichtsloses Unterfangen! Tja, das hatte ich nicht. Der Mann hat sich selbst umgebracht.“ Er lachte gehässig auf. „Und was seine Gefühle für dich betrifft? Wach endlich auf! McGowan ist ein Einzelgänger. Er interessiert sich nur für sich selbst – und für seine Rache.“ Er wandte sich an Jake. „Daniel Stevens hat sich selbst umgebracht, McGowan. Sieh's endlich ein!“

„Es reicht!“, fuhr der junge Polizist dazwischen.

Kimberly ließ sich gegen die Wand sinken, ihre Tochter fest an sich gedrückt. Ihr Herz pochte wie wild. Roberts wirre Anschuldigungen ergaben keinerlei Sinn.

Wenigstens war es jetzt vorbei! Gott sei Dank war die Gefahr ausgestanden.

Die Arme um ihre Tochter gelegt, kämpfte sie gegen den Drang an, in Tränen der Erleichterung auszubrechen.

„Geht es dir gut?“, fragte Jake und berührte sie sanft am Arm. Seine Wärme erfüllte sie, und sie tankte Kraft. Sie nickte schwach, stützte sich aber weiter an der Wand ab.

Jake schnappte nach einem sauberen Geschirrtuch. Gerade beugte er sich über Lupus, da schlenderte Ron Koski herein. „Ich bin froh, dass du angerufen hast“, begrüßte ihn Koski. „Auch wenn ich mir deshalb da draußen fast den Hintern abgefroren hätte.“

„Danke“, entgegnete Jake schlicht. „Ich schulde dir was.“

„Darauf komm ich zurück.“

Jake nickte. Er wirkte aschfahl, als er sich um Lupus' Wunde kümmerte und versuchte, den Blutverlust zu stoppen.

Kimberly blickte zwischen Ron und Jake hin und her.

„Das ist mein Freund, der Privatdetektiv“, informierte er sie murmelnd. Der Hund winselte gequält, und er zuckte zusammen. „Ron Koski – Kimberly Bennett und Lindsay. Ron hat dein Haus überwacht; die Polizei wusste Bescheid. Er informierte Detective Brecken in dem Moment, als Fisher hier eintraf."

Kimberly war sprachlos. Deswegen war die Polizei also so schnell eingetroffen! Jake hatte gewusst, dass Robert auftauchen würde?

„Wird Lupus es schaffen?", flüsterte Lindsay.

Kimberly wurde das Herz schwer. „Ich hoffe es, mein Schatz."

Ron beugte sich über den Hund. „Ich bringe den alten Jungen zum Tierarzt", bot er an. „Kümmere du dich um die Ladies!"

„Wir schaffen das schon", wehrte Kimberly ab. In Jakes Augen war der Schmerz nur allzu deutlich zu lesen – Gefühle, die er unter Kontrolle halten wollte. Tränen stiegen in ihr hoch.

Verächtlich sah sie hinüber zu ihrem Exmann. Sie kochte vor Wut. „Wag es ja nicht, *je* wieder mein Haus zu betreten!", zischte sie ihm zu. „Und halt dich fern von meiner Tochter!"

„Sie ist auch meine Tochter", erwiderte er kalt.

Lindsay schüttelte den Kopf und weinte bitterlich. Ihre Mutter trug sie ins Wohnzimmer, weg von dem blutenden Hund und weg von ihrem Vater, der fluchend, die Hände auf den Rücken gefesselt, hinaus zum Streifenwagen geführt wurde.

Mit ihrer Kleinen im Arm ließ sie sich in den Schaukelstuhl fallen, blendete die Stimmen und die dumpfen Schritte in der Küche aus. Sie schaltete die Weihnachtsbeleuchtung ein und verlor sich in den blinkenden Lichtern. Leise sang sie dem Mädchen etwas vor, hoffend, dass ihr Schrecken sich bald verflüchtigen würde. Doch Lindsay schluchzte in einem fort. Das kleine Mädchen konnte einfach nicht aufhören, um Lupus zu weinen.

Kimberly hörte nicht einmal, wie Jake zu ihnen trat. „Wir

müssen beide mit aufs Revier fahren“, teilte er ihr sanft mit.

Ihre Augen wanderten zu ihm, sahen sein blutverschmiertes Gesicht, und ein tiefes Gefühl der Liebe breitete sich in ihr aus. „Ich weiß.“

Detective Brecken kam herein. „Es ist nur eine Formalität.“

„Und meine Tochter?“, fragte sie schließlich.

„Sie hat heute genügend durchgemacht“, erwiderte der Detective. „Können Sie sie irgendwo unterbringen, wo sie sich wohlfühlt?“

Kimberly nickte. „Ich brauche nur einen Moment.“

„Nein!“, heulte Lindsay. „Bitte, Mommy, lass mich nicht allein!“

„Oh, mein Schatz, das werde ich nicht!“ Kimberly musste gegen ihre eigenen Tränen ankämpfen. Sie sah zu Jake und schluckte schwer. „Sie kommt mit“, bestimmte sie. „Ich rufe Arlene an und bitte sie, uns zu begleiten.“

„Gute Idee.“

Hastig griff sie zum Hörer.

Erst auf der Polizeiwache, wo sie ihre Aussagen zu Protokoll gaben, setzte Kimberly die einzelnen Puzzleteilchen zusammen. Und die Schlüsse, die sie daraus zog, gefielen ihr gar nicht.

Sie tranken bitteren Kaffee aus weißen Pappbechern. Detective Brecken hatte sie für diese Nacht entlassen.

„Wer war Daniel Stevens?“, fragte Kimberly, zerknüllte ihren Becher und warf ihn in den Papierkorb.

Der Zug um Jakes Mund wurde hart, seine Augen blickten kalt. „Ich erzähle dir alles, wenn wir nach Hause kommen“, setzte er an. „Wenn Lindsay im Bett ist, dann werden wir reden. Ich muss dir eine Menge erklären.“

Schmerzlich drehte sich ihr Magen um. Nur mit Mühe konnte sie sich auf das konzentrieren, was Arlene oder Lindsay während der Rückfahrt nach Sellwood sagten. Nachdem sie

Arlene abgesetzt hatten, trug Kimberly ihre Tochter hinein.

Jake rief in der Tierklinik an, um sich nach Lupus' Zustand zu erkundigen. Derweil brachte Kimberly ihre Tochter nach oben in ihr Zimmer. „Nein", flüsterte Lindsay und klammerte sich am Hals ihrer Mutter fest, als diese sie hinzulegen versuchte. „Mommy, bitte ...", flehte sie. „Kann ich bei dir schlafen?"

Sie lächelte traurig. „Natürlich kannst du das, mein Liebling." Wieso hatte sie nicht selbst daran gedacht? Lindsay hatte gerade ihre Albträume überwunden, da musste sie miterleben, wie ihr Vater ein lieb gewonnenes Haustier erschoss, ihre Mutter bedrohte und schließlich mit Handschellen gefesselt in einem Polizeiwagen abgeführt wurde. Ihre Tochter würde Zeit brauchen, bis sie verstand, was heute Abend vorgefallen war. *Und ich ebenso.*

„Komm, wir nehmen deine Schmusedecke und Sebastian mit." Sie nahm den rosafarbenen Elefanten in die Hand und Lindsay, eingekuschelt in ihre Decke, auf den Arm.

Jake hatte bereits die Küche saubergemacht; sein Gesichtsausdruck war grimmig und entschlossen. Schweigend sah er zu, wie sie Lindsay ins Schlafzimmer trug.

„Schlaf du jetzt auch", flüsterte das Mädchen, als ihre Mutter sie ins Bett legte.

„Das mache ich", bestätigte Kimberly. „Es ist spät, und ich bin müde." Das war eine glatte Lüge. Sie war so aufgedreht, sie konnte sich nicht vorstellen, jemals wieder einzuschlafen. Tausende unbeantworteter Fragen schwirrten ihr im Kopf herum. Wie war Robert ins Haus gekommen? Wieso war er ausgerechnet heute Nacht gekommen? Woher hatte Jake das gewusst? Was bedeutete Roberts verrückter Kommentar über Jakes Bruder? Jake hatte doch gar keinen Bruder – oder etwa doch?

Verwirrt löschte sie das Licht und krabbelte zu ihrer Tochter ins Bett. Instinktiv kuschelte das Mädchen sich an ihre Mutter. Kimberly wusste, dass sie nicht einschlafen würde. Sie hörte

Jake in der Küche, wie er leise am Telefon sprach, wie er aufräumte, wie er versuchte, leise zu sein und dabei scheiterte.

Kimberly starrte aus dem Fenster und beobachtete die Schneeflocken, die auf dem Fensterglas schmolzen. Allmählich atmete Lindsay ruhig und gleichmäßig. Also zwang sie sich, die Augen zu schließen. Morgen, dachte sie, morgen wird Jake mir alles erklären, und dann wird alles gut. Und sie würde sich nie mehr Sorgen machen müssen, Lindsay noch einmal zu verlieren.

Jake legte auf und strich sich mit einer müden Handbewegung die Haare aus den Augen. Unter seinen Fingern spürte er das getrocknete Blut an seinem Kopf. Ob es besser gewesen wäre, die Wunde von einem Arzt begutachten zu lassen? Zum Teufel, welche Rolle spielte das? Er war am Leben, oder etwa nicht? Fisher war hinter Schloss und Riegel, und Lindsay war für den Rest ihres Lebens sicher an der Seite ihrer Mutter.

Lupus ging es bedauerlicherweise nicht ganz so gut. Die Kugel war durch seine Flanke gedrungen und hatte innere Verletzungen verursacht. Der Tierarzt hatte ihn operiert, doch sein Zustand war auf Messers Schneide. Er würde es vielleicht nicht schaffen.

Er goss sich eine Tasse Kaffee ein und starrte nachdenklich aus Kimberlys Küchenfenster hinaus in die schwarze Nacht. Endlich war Robert Fisher da, wo er hingehörte. Wieso spürte er dann nicht eine immense Genugtuung? Wieso fühlte er nicht, wie ihm das Gewicht von den Schultern fiel, das er schon seit so vielen Jahren mit sich herumtrug?

Sein Blick wanderte zum Schlafzimmer. Nun würde er Kimberly alles sagen und zugeben müssen, dass er gelogen hatte. Und, ja, dass er sie am Anfang benutzt hatte.

Dabei musste er aber auch an Lindsay denken. Sie war doch noch ein Kind, in Gottes Namen! Ein Kind, das ihm viel bedeutete. Ein Kind, das er gerne als sein eigenes annehmen würde.

Zum Teufel mit Robert Fisher und zum Teufel mit diesem ganzen Schlamassel!

Er trank noch ein paar Schluck, schüttete dann den Rest die Spüle hinunter und löschte das Licht. Er holte sich im Wohnzimmer eine Decke, die auf der Couch lag, und machte sich auf den Weg zu Kimberlys Schlafzimmer. Leise öffnete er die Tür.

Das Bild, das er zu sehen bekam, zerriss ihm fast das Herz. Kimberly und Lindsay, eng aneinandergekuschelt, schliefen beide tief und fest. Sie wirkten ruhig und friedlich. Draußen hatte es erneut begonnen zu schneien. Dieses Jahr würde es wohl weiße Weihnachten geben. Bis auf das leise Ticken der Uhr im Wohnzimmer war es still im Haus.

Er ließ sich auf dem Schaukelstuhl im Eck nieder und betrachtete die beiden Menschen, die er allmählich als seine Familie ansah. Wenigstens für eine kleine Weile gehörten sie ihm noch. Bis Kimberly die Wahrheit kannte. Er wickelte sich in die Decke und wartete.

Kopfschmerzen rissen sie aus dem Schlaf. Kimberly musste sich zwingen, die Augen zu öffnen. Das graue Licht der Morgendämmerung erhellte das Zimmer. Ein warmes Knäuel lag dicht bei ihr. Instinktiv streichelte sie Lindsays zerzaustes Haar.

Gähnend bemerkte sie, dass Jake im Schaukelstuhl am Fußende des Bettes saß. Seine Augen waren geöffnet, und er starrte sie an. Sein Haar war frisch gewaschen; Wassertropfen glitzerten noch in den dunklen Strähnen. Die Rasur hatte er ausfallen lassen, und die dunklen Stoppeln verstärkten sein ausgeprägtes maskulines Aussehen. Sie lächelte. Sie liebte ihn so sehr!

Bei ihrem Anblick presste er die Lippen aufeinander. Er sah trotz seiner Verletzungen so gut aus, so spitzbübisch. Gott, wie sie es lieben würde, jeden Morgen mit diesem übermütigen, respektlosen Lächeln geweckt zu werden!

„Bist du schon lange wach?“, erkundigte sie sich und streifte ihren Bademantel über.

„Etwa eine Stunde.“

„Das war eine kurze Nacht.“ Sie zog den Gürtel fest zu.

„Sie war lang genug.“

Lindsay bewegte sich, und so schlichen sie aus dem Schlafzimmer in die Küche. Frischer Kaffee stand bereit, die Küche sauber. Alle Beweise für die Vorkommnisse der vergangenen Nacht waren fortgewischt. „Wie geht es Lupus?“, fragte Kimberly, als sie ihnen beiden eine Tasse des heißen Getränks eingoss.

„Er kämpft noch tapfer.“

Sie bemerkte seine Anspannung, die feinen Linien um Mund und Augen zeigten sie nur allzu deutlich. „Es tut mir leid.“

Seine Miene verhärtete sich. Er schluckte schwer. „Mir auch.“ Mit dem Fuß zog er einen Stuhl unter dem Tisch hervor und deutete mit dem Kopf darauf. „Setz dich!“, forderte er sie auf. „Es gibt etwas, das ich dir sagen muss.“

Seine Stimme war leise, seine Augen hellwach. Mit einem Mal wurde Kimberly klar, dass es noch nicht vorüber war. Die Finger um ihre Tasse geschlungen, um sich zu wärmen, ließ sie sich auf den Stuhl fallen.

„Ich habe mit Detective Brecken telefoniert, und du hattest recht mit Bill Zealander. Er gehörte zwar erst seit Kurzem zu Fishers Organisation, aber er war schon bis zum Kragenknopf darin verwickelt. Er war unzufrieden in der Bank, hatte das Gefühl, dass er immer wieder zu deinen Gunsten übergangen wurde. Als Fisher ihn ansprach, war er bereit.“

Ihre Hände zitterten, ihr Hals war wie zugeschnürt. „Nein“, flüsterte sie.

„Den letzten Kunden, den Compton dir gab …“

„Den Juniper-Nachlass?“

„Ja, genau. Das war wohl der Tropfen, der das Fass zum Überlaufen brachte.“

Ruhig stellte sie ihre Tasse ab und befeuchtete sich die Lippen. Sie spürte mit jeder Faser, dass dies erst der Anfang war, dass es noch mehr gab, noch viel mehr. Und sie war sich nicht sicher, ob sie das alles hören wollte.

„Es scheint, als hätte Zealander deine Schlüssel geklaut und einen zweiten Satz anfertigen lassen."

„Wann?"

„Ich weiß nicht. Wahrscheinlich, während du in der Bank gearbeitet hast. Wo bewahrst du deine Handtasche normalerweise auf?"

„Nein, sie liegt immer in meiner Schreibtischschublade ..." Sie brach ab. Bill könnte ihre Tasche ohne Weiteres durchwühlt haben. Sie erschauerte und rieb sich die Arme.

„Bill Zealander schien zu denken, dass er deinetwegen nicht in der Treuhand-Abteilung vorankam. Fisher bot ihm nicht nur mehr Geld, als er jemals in einer Bank würde verdienen können, sondern auch die Chance, sich an dir zu rächen."

Mühsam versuchte sie, all diese Informationen zu ordnen. „Aber weshalb hat Robert nicht bis zur Sorgerechtsanhörung gewartet? Vielleicht hätte er Monaghan überreden können, ihm das Sorgerecht für Lindsay zu übertragen. Wieso die Entführung? Wieso ist er dieses Risiko eingegangen?"

„Es blieb nicht genügend Zeit. Die Polizei war hinter ihm her. Er drehte durch, als er erfuhr, dass ihm eine Falle gestellt wurde." Jake lächelte kalt. „Er wollte mit Keslers Flugzeug fliehen."

Nachdenklich blies Kimberly sich die Haare aus den Augen. Es war nicht einfach, das alles zu verkraften, und trotzdem wollte sie alles wissen. Sie sah ihm direkt in die Augen. „Und was ist mit dir, Jake? Welche Rolle spielst du in dem Ganzen?"

„Du bist zu mir gekommen, vergiss das nicht." Seine Augen schweiften ab.

„Aber da ist noch etwas, das du mir sagen musst?"

„Ja." Leise verfluchte er sich selbst. „Daniel Stevens war mein Halbbruder."

Sie nahm all ihre Kraft zusammen, doch in ihrem Inneren begann es zu rumoren. Hatte Robert nicht genau das gesagt? Ihre Brust verengte sich, das Atmen fiel ihr schwer. Dann begriff sie, dass Jake sie angelogen hatte … sie benutzt hatte. Und sie liebte ihn! Gott, wie sehr sie ihn liebte! Als die Tatsache in ihr Bewusstsein drang, dass er nie Gefühle für sie gehegt hatte, dass er nur zugestimmt hatte, ihr Anwalt zu werden, um sich an Robert zu rächen, fiel ihr die Tasse aus der Hand. Heißer Kaffee ergoss sich auf den Tisch, doch das war ihr egal. Es spielte keine Rolle; nichts spielte mehr eine Rolle. Jake, ihr edler Jake, war auf seine Art ebenso mies wie Robert. Sie schloss die Augen, um die Wahrheit zu verdrängen.

„Als ich die Chance sah, Fisher zu verfolgen, konnte ich nicht widerstehen."

„Deshalb all die Fragen! Du wolltest alles über seine Geschäfte erfahren?" Doch sie kannte die Antwort bereits. Ihre Angst wurde von maßlosem Zorn abgelöst. Wie hatte sie nur so dumm sein können? Wie hatte sie sich nur so leicht von seinen Verführungskünsten täuschen lassen können?

„Zum Teil", gestand er und griff nach ihrer Hand. Sie zog sie zurück. „Aber ich wollte dir auch helfen."

„Mir helfen oder Robert schaden?", fauchte sie. Sie kochte vor Wut. „Und deshalb hast du mit mir geschlafen?" Ihre Wangen waren hochrot, ihre Kehle vor Erbitterung zugeschnürt, dass sie kaum flüstern konnte.

„Nein …"

„Wolltest du wissen, wie es ist, mit Robert Fishers Exfrau ins Bett zu steigen?"

„Mach dich nicht lächerlich!"

„Ach, tue ich das?" Laut knarrend schob sie ihren Stuhl zurück und lief aufgebracht zum Spülbecken. Hässliche Gedanken krochen in ihr hoch. „Hat Bill Zealander mich verfolgt?"

„Ja."

„Und was ist mit Ron Koski?", wollte sie wissen. „Ist er nicht dein Freund? Ein Privatdetektiv? Er ist gestern Nacht ums Haus geschlichen, nicht wahr? Deshalb war er so schnell zur Stelle!"

„Ich dachte, wir brauchen Verstärkung."

„Und *vor* dieser Nacht?", zischte sie. Als ihr die Bedeutung ihrer Frage klar wurde, wich ihr alles Blut aus dem Gesicht. „*Du* hast mich ausspionieren lassen, nicht wahr? Du hast Erkundungen über *mich* angestellt! Wolltest herausfinden, ob ich in Roberts Geschäfte verwickelt war!"

„Nein ..."

„Oh Gott, Jake, sag mir nicht, du hast Ron beauftragt, mich zu beschatten und mein Privatleben zu untersuchen!" Sie schäumte vor Wut. Ihr ganzes Leben war umgekrempelt worden. Sie hatte ihm vertraut, ihn geliebt – und wie hatte er es ihr vergolten? Indem er sie benutzt hatte!

Jakes Ausdruck wurde undurchdringlich. „Ich habe versucht, dir zu helfen."

Sie schüttelte den Kopf. „Das war nicht der Grund! Der Grund war dein Verlangen nach Rache! Weißt du, ich habe immer vermutet, dass ich deinen Namen irgendwoher kenne, aber ich habe ihn nie mit Daniel Stevens in Verbindung gebracht. *Bis jetzt!* Jetzt weiß ich es wieder! Dein Namen stand unter seiner Todesanzeige ..." Sie hatte das Gefühl, sich übergeben zu müssen.

„Und deshalb hast du mich verführt", schloss sie mit brennenden Augen. Die Tränen drängte sie zurück. „Um dich an Robert zu rächen, hast du dich mir genähert. Um alles auszugraben, was es gegen ihn gab." Maßlos enttäuscht fauchte sie: „Tja, ich hoffe, du hattest Spaß, Jake, denn es ist vorbei! Und ich hoffe bei Gott, dass dein Schnüffler*freund* keine kompromittierenden Bilder von uns gemacht hat!"

„Es reicht!“, brüllte Jake, durchquerte mit wenigen Schritten die Küche und umschloss ihre Schultern mit einem starken besitzergreifenden Griff.

„Wieso? Was ist denn?“, höhnte sie, um ihre verletzten Gefühle zu schützen. „Habe ich etwa dein Zartgefühl verletzt?“

Jake schüttelte sie. Die Finger in ihre Schultern vergraben, schüttelte er sie zwei Mal kräftig. „Ich liebe dich!“, sagte er, das Gesicht schmerzlich verzerrt.

„Liebe?“ Beinahe hätte sie hysterisch aufgelacht. „Du weißt doch gar nicht, was das ist!“

„Ich weiß, dass ich es mit dir versuchen wollte, Kimberly! Mit dir und deiner Tochter als meine Familie. Ich wollte noch einmal von vorn anfangen.“

Mit einer heftigen Bewegung schüttelte sie seine Hand ab. „Wieso? Um dein schlechtes Gewissen zu beruhigen? Gib dir keine Mühe!“

„Wir sind ein gutes Paar!“

„Ein *wir* hat es nie gegeben. Es war alles nur eine Lüge, McGowan. Deine Lüge!“

„So ist es nicht gewesen!“, wehrte er sich mit funkelnden Augen. Er umfasste ihr Gesicht mit seinen warmen Händen und hob es an, sodass sie ihn anblicken musste. „Sieh mich an, Kimberly“, befahl er. Sein Blick bohrte sich in ihren. „Verdammt noch mal, sieh mich an!“

Sie zwang sich, ihm in die Augen zu sehen, sah die Qualen, die er tief in seiner Seele erlitt. „Du kannst wirklich stolz auf dich sein“, flüsterte sie „Du musstest nur mit mir tanzen, mich zum Essen ausführen, mit mir ins Bett gehen – und schon habe ich dir alles erzählt, was du wissen wolltest. Habe dir geholfen, meinem Exmann eine Falle zu stellen.“

„Und das tut dir jetzt leid?“

„Um Robert? Nein.“ Sie schüttelte den Kopf und schluckte schwer, um den schalen Geschmack in ihrem Mund wieder los zu werden. „Aber mir tut es leid um dich, um mich und um all die Lügen … all diese verdammten Lügen!“

„Bist du fertig?“

„So ziemlich.“ Sie straffte die Schultern, schüttelte seinen Griff vollständig ab und ignorierte den Schmerz, der sich in seinen Augen widerspiegelte. „Ich denke, du solltest jetzt gehen, Jake“, sagte sie leise, ausdruckslos, obwohl es ihr entsetzlich schwerfiel, diese Worte auszusprechen. „Schick mir eine Rechnung für deine Dienste und mach, dass du aus meinem Leben verschwindest.“

„Das kann ich nicht.“

„Aber selbstverständlich kannst du! Es ist ganz einfach. Geh einfach aus der Tür.“

„Und was ist mit Lindsay?“

„Sie wird es überleben“, erwiderte sie traurig. „Außerdem will ich nicht, dass sie je erfährt, dass all deine Zuneigung bloß eine Lüge war.“

„Ich habe Lindsay nie belogen.“

Kimberly lächelte spröde. „Jedes Mal, wenn du durch diese Tür gekommen bist und vorgegeben hast, sie sei etwas Besonderes, hast du sie belogen. Das Meerschweinchen … dass du sie auf deine Schultern gehoben hast … dass du Schneemänner mit ihr gebaut hast … das alles waren Lügen. Du hast sie glauben lassen, dass sie für dich wie eine Tochter ist – oder wie eine ganz besondere Nichte. Dabei wissen wir doch beide, dass du dich nie wieder an ein Kind binden wirst, dass du gar keinen Platz und keine Zeit in deinem Leben hast für den Schmerz und die Verwundbarkeit, die ein Kind mit sich bringen kann. Also, bevor du mich und mein Kind weiter verletzen kannst, solltest du besser gehen!“

Jake fluchte leise und ging zur Tür, als das Telefon klingelte. Mechanisch griff sie nach dem Hörer. Jemand fragte nach Jake. Wortlos reichte sie ihm den Apparat. Es war ihr egal, wer der

Anrufer war. Innerlich fühlte sie sich wie tot – niedergeknüppelt von einer Liebe, die so lebendig war … und jetzt vorbei.

Ruhig nahm er den Anruf entgegen, reagierte einsilbig. Nach kurzer Zeit legte er auf und seufzte tief. „Lupus hat es nicht geschafft“, murmelte er und verließ das Haus.

Kimberlys Knie versagten ihren Dienst, und sie glitt zu Boden. Tränen, die sie so lange zurückgehalten hatte, liefen ihr nun über die Wangen. Sie weinte um ihre gescheiterte Ehe, um eine Liebesbeziehung, die nur auf Täuschung aufgebaut war, und um einen mutigen weißen Hund, der für sie und ihr Kind sein Leben gelassen hatte. Kraftlos ließ sie ihren Kopf auf die Knie sinken, und ihr weicher Bademantel saugte all ihre bitteren Tränen auf.

Sie wusste, dass sie sich zusammenreißen sollte, aber es war ihr unmöglich, ihr Schluchzen unter Kontrolle zu bringen. Lindsay würde bald aufwachen, Arlene bald eintreffen. Dann musste sie zur Bank … und so tun, als ob nichts wäre? Sie sollte die Scherben ihres Lebens aufsammeln und weitermachen? Ohne Jake?

Sie musste ihn vergessen.

Doch wie sollte sie das je schaffen? Mehrere Minuten lang saß sie auf dem Küchenboden, bis der Tränenfluss endlich versiegte.

Die Eingangstür ging auf, und Arlenes Stimme drang durch das Haus. „Kimberly?“

„Hier drinnen“, schniefte sie, rappelte sich mühsam auf die Beine und wischte sich übers Gesicht.

Arlene kam herein, die Zeitung unter den Arm geklemmt. Sie erfasste die Situation mit einem Blick und zog Kimberly in ihre Arme. „Ist ja gut! Ist schon gut“, flüsterte sie beruhigend und wiegte sie sanft in ihren Armen. „Setz dich hin und erzähl mir alles. Ich mache uns derweil einen Tee.“

Während Arlene herumhantierte, gab Kimberly zögernd zu,

dass sie Jake hinausgeworfen hatte.

„Aber wieso?", fragte Arlene verständnislos.

Gegen die erneut aufsteigenden Tränen ankämpfend, erzählte sie Arlene die ganze Geschichte.

„Und jetzt denkst du, er hätte dich betrogen?", wollte diese wissen. Mit stoischer Ruhe tunkte sie die Teebeutel in zwei Tassen, in denen das heiße Wasser dampfte.

„Betrogen, angelogen, hintergangen. Such dir was aus – er hat es getan."

„Aber Kind! Ich hab doch gesehen, wie er dich ansieht und wie er mit Lindsay umgeht. Dieser Mann liebt dich!"

Kimberly lachte bitter auf. „Aber sicher." Sie nippte an ihrer Tasse und verbrühte sich prompt die Zungenspitze. „Genau deshalb hat er mir hinterherspioniert, deshalb hat er mich benutzt."

„Du verdrehst alles!"

„Nein, Arlene", wehrte Kimberly traurig ab. „Zum ersten Mal im Leben sehe ich wirklich alles klar."

„Wenn ich du wäre, würde ich die Beine in die Hand nehmen. Sag ihm, dass du dich geirrt hast und dass du ihn liebst und dass du ihn nie wieder gehen lassen wirst."

„Oh, Arlene, das ist doch eine Schnapsidee!"

„Ganz im Gegenteil! Das ist der vernünftigste Ratschlag, den du je von mir bekommen hast."

Lindsay stolperte verschlafen herein, ihre Schmusedecke im Schlepptau. „Mommy?", flüsterte sie und kletterte auf den Schoß ihrer Mutter. „Hast du geweint?"

„Ich bin nur müde, meine Süße."

„Wo ist Jake?" Sie sah sich um.

„Er musste gehen."

„Um Lupus zu holen?", fragte sie gähnend. Aus ihrem Augenwinkel bemerkte Kimberly, wie Arlene die Lippen fest aufeinanderpresste.

Kimberlys Brust schien wie zugeschnürt. Das Atmen fiel ihr schwer. Sie konnte ihrer Tochter nicht sagen, was mit dem Hund war, noch nicht. Doch Arlenes Augen hefteten sich unnachgiebig auf sie. Daher sagte sie: „Lupus ist jetzt im Himmel, mein Schatz."

Lindsay fing an zu weinen, aber Kimberly versicherte ihr, dass der weiße Schäferhund nun glücklich war. „Komm, wir machen dir etwas zu essen, ja?"

„Okay", murmelte die Kleine mit rotem Gesichtchen.

„Ich übernehme das", meinte Arlene und griff nach den Haferflocken und einer Schale.

„Danke. Ich mache mich inzwischen fertig."

„Du willst zur Arbeit gehen?" Arlene sah sie fassungslos an. „Heute?"

„Es ist ein Arbeitstag, oder nicht?"

„Schon, aber du solltest dir eine Auszeit nehmen."

„Das geht nicht."

„Du wirst nicht einfach arbeiten können, Kim. Immerhin hast du es auf die Titelseite gebracht." Zum Beweis breitete Arlene die Zeitung auf der Arbeitsplatte aus. Kimberly zuckte zusammen. Ein riesiges Bild von Robert beherrschte die obere Hälfte der Titelseite. Sie überflog den Artikel. Ihr Name und Lindsays wurden hin und wieder eingestreut.

Es war ein Wunder, dass die Reporter sie noch nicht belagerten. „Du hast recht, Arlene. Ich melde mich heute ab." Ihr Platz war hier, an Lindsays Seite. „Wir sollten den Anrufbeantworter einschalten."

„Gute Idee!", stimmte Arlene ihr zu, während sie die Haferflocken in heißes Wasser rührte. „Und nachher gehen wir zu mir rüber. Dort werden wir nicht gestört."

Kimberly schenkte ihr ein dankbares Lächeln. „Danke, Arlene! Du bist wirklich ein Geschenk des Himmels."

„Ich wünschte, es wäre so. Und jetzt geh dich anziehen. Ich

kümmere mich währenddessen um Lindsay."

Kimberly nickte und lief direkt ins Badezimmer. Sie zog ihren Bademantel aus und drehte die Dusche an. Sie versuchte, sich zusammenzureißen. Weder Robert noch Jake noch die Zeitung oder gar die Polizei würden den Lauf ihres Lebens bestimmen. Das würde sie nicht zulassen. Und sie würde nicht herumsitzen und Jake und einer Liebe nachtrauern, die offenbar niemals existiert hatte. Nein, den heutigen Tag würde sie freinehmen. Sie würde mit Lindsay Weihnachtseinkäufe machen und sie mit Santa Claus fotografieren. Und sobald die Lage sich beruhigt, dachte sie, werde ich wieder ganz normal arbeiten gehen. Und irgendwann würde sie darüber vergessen, dass es Jake McGowan jemals gegeben hatte.

## *13. KAPITEL*

Zwei Tage später ging es in der Bank noch immer zu wie in einem Tollhaus. Der Klatsch in der Kantine verstummte nicht für eine Sekunde. Die meisten Fragen, die man ihr stellte, beantwortete Kimberly in einer äußerst sachlichen Weise. Die abschätzenden Blicke, die ihr neugierige Kollegen zuwarfen, versuchte sie zu ignorieren.

„Sie hatten übrigens recht mit Robert", begrüßte Marcie sie, wobei sie einen Stapel Briefe auf eine Ecke von Kimberlys Schreibtisch legte. „Heather meinte, er habe so schnell Geld aus der Bank geschafft, dass sie kaum mit den Buchungen hinterherkam."

„Das dachte ich mir doch", erwiderte Kimberly mit einem matten Lächeln. Sie fand dieses ganze Thema deprimierend.

„Und Bill erst! Ist es zu fassen, dass er darin verwickelt war?" Ihre Sekretärin schüttelte den Kopf. „Ich hielt ihn für einen hart arbeitenden Kerl."

„Wir täuschen uns wahrscheinlich alle mal in einem Menschen", erwiderte Kimberly und dachte dabei an Jake. Wie auch schon in den vergangenen vier Stunden. Wieso konnte sie nicht damit aufhören? Es war noch nicht einmal elf Uhr, und sie konnte es kaum erwarten, nach Hause zu gehen. Eric Compton und Aaron Thorburn hatten sie schon einem Verhör unterzogen. Die beiden waren ihrerseits von der Polizei, dem FBI und einem Buchprüfer der *Federal Deposit Insurance Corporation* verhört worden. Der FDIC – der US-Einlagensicherungsfonds gegen Bankenpleiten – war auf den Plan getreten und hatte eine außerordentliche Prüfung der Bücher der First Cascade angeordnet. Sie untersuchte sie auf Geldwäschegeschäfte und andere Verbrechen, in denen einer der reichsten Kunden der Bank verwickelt sein könnte.

„Henry Juniper hat heute einen Termin", verkündete Marcie.

„Na wundervoll!" Dieser Tag wurde ja immer besser.

„Ach, und Mrs Pendergraft rief an, um sich für die Blumen zu bedanken. Sie meinte, sie waren wunderschön."

Die ersten guten Neuigkeiten am heutigen Tag. „Sonst noch etwas?"

Marcie nickte. „Jake McGowan hat angerufen."

„Ich möchte nicht mit ihm reden."

„Ich weiß. Aber ich fand, ich muss es Ihnen sagen."

Jake. Wieso konnte er ein Nein als Antwort nicht hinnehmen?

Zwei Stunden später saß Henry Juniper vor ihrem Schreibtisch, malträtierte die Krempe seines Huts und ließ Dampf ab. Dabei wollte er unter keinen Umständen auf die Stimme der Vernunft hören.

Marcie rauschte herein. „Miss Juniper ist hier", rief sie aufgeregt.

Henry wurde aschfahl. „Carole ist da?"

„Ich habe sie gebeten, vorbeizukommen."

„Mit ihrem hinterhältigen Anwalt – diesem Kesler?", fragte Henry. Seine Stimme rutschte beinahe eine Oktave tiefer.

„Ich denke nicht", beschwichtigte sie ihn. In der Zeitung wurde berichtet, dass Kesler selbst mit ein paar Problemen zu kämpfen hatte – Probleme, die alle mit seiner Verbindung zu Robert Fisher zusammenhingen.

Marcie geleitete Carole in das Büro. Die Frau mittleren Alters setzte sich auf den verbliebenen freien Stuhl neben ihren Bruder. Ein Mal sahen sie sich an, dann starrten die beiden wie versteinert ausschließlich zu Kimberly.

„Ich freue mich, dass Sie gekommen sind, Carole!", begann Kimberly. Dabei griff sie nach dem Aktenordner über das Juniper-Vermögen. „Ich möchte mit Ihnen noch einmal das Testament Ihres Vaters besprechen, damit Sie beide genau im Bilde sind, was genau das Vermögen umfasst und auf welchen Anteil Sie Anspruch haben."

Henry nickte unaufhörlich.

Carole schürzte die Lippen.

Kimberly begann zu lesen und hoffte im Stillen, dass sie einen Weg fand, um das Chaos zwischen Bruder und Schwester ohne Gerichtsverfahren zu klären.

Als sie zum Ende kam, tauschten die Geschwister Blicke. Wenige Minuten später stritten sie noch über ein paar Punkte, fassten aber letztlich gemeinsam den Beschluss, dass die Bank sich um die Rechnungen kümmern sollte – auch um jene, die Carole für die Pflege ihres Vaters einreichte.

„Ich nehme an, ihr steht etwas zu für all die Zeit, die sie aufgewendet hat", brummte Henry. Er setzte seinen Hut auf den Kopf. „Wir sehen uns im neuen Jahr."

„Danke, Kimberly", sagte Carole, „und frohe Weihnachten."

„Gleichfalls", wünschte Kimberly. Sie sah auf ihren Kalender. Der Weihnachtstag stand vor der Tür. Und sie und Lindsay würden ihn alleine verbringen.

Sie sah Jake erst an Heiligabend wieder. Lindsay und sie fädelten Popcorn auf und lauschten Weihnachtsliedern. Das Meerschweinchen bewegte sich in seinem Laufrad, und das Metall klickte sogar im Takt.

„Können wir nicht wenigstens ein Geschenk aufmachen?", bettelte Lindsay und schielte zum Baum hinüber.

„Santa Claus kommt erst später."

„Ich weiß, aber da sind doch schon ein paar Geschenke."

Allerdings. Ein halbes Dutzend fröhlich verpackter Pakete schmückten die Douglasie.

„Außerdem …", fuhr die Kleine fort und kletterte auf Kimberlys Schoß, „… sollst du ja mein Geschenk auspacken."

„Aber ich möchte bis morgen früh warten."

„Bitteeee!"

„Na gut", gab Kimberly nach. Sie brachte es nicht übers Herz, ihr Töchterchen zu enttäuschen.

Lindsay schleppte das riesige Paket zu ihr, und Kimberly riss das Papier fort. Zum Vorschein kam ein großes, selbst gemachtes Vogelhäuschen. „Lyle und ich haben es gebaut! Aus Holzresten!", erklärte ihre Tochter stolz.

„Und es ist wunderschön!", flüsterte Kimberly ergriffen und bewundernd. „Du bist ja ein ganz ordentlicher Tischler."

„Ja, ich weiß", antwortete Lindsay feierlich.

„Ich danke dir sehr, mein Schatz!" Sie drückte dem Mädchen einen Kuss auf den Kopf.

„Darf ich jetzt eins aufmachen?"

Kimberly seufzte. „Aber nur eins."

Die Kleine rannte hinüber zum Baum, suchte sich ein Geschenk aus und packte das Puzzle mit dem weihnachtlichen Motiv aus. „Wie schön! Ich finde es toll!" Strahlend sah sie ihre Mutter an. „Jetzt bist du wieder dran."

„Oh nein", wehrte sie lachend ab.

„Nur eins noch!"

„Das geht nicht, wirklich."

Lindsay nickte. „Dann mach Jakes auf!"

„Jakes?" Eiskalt rann es ihr über den Rücken. „Da ist kein Geschenk von Jake."

„Doch!", freute sich die Kleine, griff unter die dichten Zweige des Baumes. Es dauerte eine Weile, dann zog sie eine kleine Box hervor, die in Silberfolie verpackt war.

„Seit wann ist das denn schon hier?"

Das kleine Mädchen zuckte die Schultern. „Och, schon lange."

„Wie lange?"

„Als wir im Park waren bei den Weihnachtsliedern", meinte Lindsay leichthin und drückte es ihrer Mutter in die Hände.

Kimberlys Brust war wie zugeschnürt. Sie wollte nicht an

Jake denken, und auch nicht an sein Geschenk. „Ich finde, ich sollte es nicht aufmachen."

„Ist schon okay. Er hat mir gesagt, es muss bis Heiligabend ein Geheimnis bleiben. Das ist doch heute!"

„Wenn das so ist ..." Kimberly machte sich mit klopfendem Herzen an der Karte zu schaffen. Sie öffnete den Umschlag. Beim Lesen spürte sie, wie ihr die Luft wegblieb, wie ihr die Tränen in die Augen stiegen. *„Für Kimberly"*, las sie da, *„die Frau, die Glück und Licht in mein Leben gebracht hat. Ich werde dich auf ewig lieben! Das hier gehörte meiner Mutter. Seit sie es mir gab, hat es niemand getragen."*

„Oh!", flüsterte sie ergriffen. Sie dachte an all die bösen Worte zurück, die sie ihm entgegengeschleudert hatte, während sie tief einatmete und das schmale rote Band löste. Das glänzende Papier enthüllte ein winziges Schmuckkästchen. Als Kimberly den Deckel öffnete, musste sie gegen Tränen ankämpfen. Auf einem Kissen aus rotem Samt lag da ein antiker Ring. Er war mit einem Diamanten besetzt, der strahlend hell funkelte.

„Oh!", rief Lindsay begeistert. „Der ist aber schön!"

„Das ist er." Kimberly fühlte sich wie eine Närrin. Hatte sie Jake womöglich zu vorschnell verurteilt? Wenn er den Ring schon *vor* der ganzen Sache mit Robert hier deponiert hatte – bedeutete das nicht, dass er sie liebte? Das musste sie unbedingt herausfinden! Sie steckte den Ring samt Kästchen in ihre Tasche und sprang auf.

„Komm, Schatz, wir müssen los."

„Aber ich will noch ein Geschenk auspacken ..."

„Wenn wir wieder zu Hause sind", bestimmte sie und suchte Mantel, Stiefel, Fäustlinge und Mütze ihrer Tochter zusammen. Nachdem sie beide angezogen waren, schob sie die Kleine aus der Tür.

„Wo gehen wir hin?", wollte Lindsay wissen.

„Das wirst du schon sehen." Kimberly schnallte sie auf der Beifahrerseite ihres Autos fest und glitt anschließend hinters Steuer. Heute noch, so entschied sie, würde sie es mit Jake ausfechten, ein für alle Mal. Sie würde auf allen vieren zu ihm zurückkriechen, um herauszufinden, ob er es wirklich ernst gemeint hatte. Ob er sie wirklich liebte. Wenn ja, wäre sie die glücklichste Frau auf Erden. Wenn nicht … Sie erschauerte.

Sie lenkte das Auto zu ihrer Lieblingsmall. Als sie sah, dass die Geschäfte noch geöffnet hatten, lächelte sie. „Komm, meine Süße! Das wird dir garantiert gefallen."

Jake schwenkte den Drink in seinem Glas, sah in den Spiegel und prostete seinem Spiegelbild zu. „Frohe Weihnachten", brummte er. Den größten Teil der Woche hatte er mit dem Versuch zugebracht, zu verdrängen, dass Weihnachten war, dass er gehofft hatte, Kimberly Bennett zu heiraten und dass sein Leben viel zu leer war. Er hatte auf ganzer Linie versagt. Lupus zu verlieren hatte ihm entsetzlichen Schmerz bereitet; Kimberly zu verlieren hatte ihm den Todesstoß versetzt.

Er kippte die Reste seines Drinks ins Feuer, schnappte sich seine Lederjacke und lief zur Tür. Er würde es mit ihr ein für alle Mal ausfechten. Und dieses Mal würde er sie verdammt noch mal dazu zwingen, ihm zu glauben, wie sehr er sie liebte.

Es klingelte. Leise fluchte er. Ihm war überhaupt nicht nach Sternsingern, strahlenden Gesichtern oder Weihnachtstrubel. Missmutig riss er die Tür auf, und da stand Lindsay mitten auf seiner Veranda mit ihren strahlenden blauen Augen, das Haar zu zwei Zöpfen gebunden. Im Arm trug sie eine Schachtel, die beinahe so groß war wie sie selbst.

„Frohe Weihnachten!", rief sie ihm fröhlich zu.

Jakes Herz setzte einen Schlag lang aus. „Hallo!" Er konnte kaum fassen, wie sehr ihm dieses kleine Mädchen unter die Haut gegangen war.

„Hallo!“

„Komm rein.“ Er trat vor die Tür, um ihr Platz zu machen, und ließ sie hinein. „Ist deine Mom auch hier?“

„Mhm.“ Sie stellte die Kiste vor dem Kamin auf den Boden. Jake war sich beinahe sicher, dass sie sich bewegte. Aber als Kimberly schwungvoll das Haus betrat, wurde er abgelenkt.

„Fröhliche Weihnachten“, wünschte sie fröhlich. Ihre Augen blitzten übermütig, ihr kastanienrotes Haar wirbelte wie eine Wolke hinter ihr her.

„Fröhliche Weihnachten!“, entgegnete er abwartend. „Ich wollte euch gerade besuchen.“

„Da haben wir dir wohl die Fahrt erspart.“ Schwungvoll entledigte sie sich ihres Capes. Lindsay kicherte, verließ aber nicht für eine Sekunde ihren Platz neben der riesigen Schachtel, während sie es ihrer Mutter gleichtat und ihre Jacke auszog.

Zu seiner Überraschung schlenderte Kimberly auf ihn zu, schlang die Arme um seinen Hals und küsste ihn lange und heftig.

Jake konnte nicht anders als sofort darauf zu reagieren. Verwundert umfassten seine Hände ihre Taille. „Ich würde dich zwar gerne fragen, was hier los ist, habe aber Angst, aufzuwachen.“

Augenzwinkernd lächelte sie ihn an und zog einen Mistelzweig aus ihrer Tasche. „Ich kenne da einen Mann, der hat mir gesagt, Mistelzweige müssten nicht unbedingt hängen.“

„Ein weiser Mann!“

„Und ich wollte dir für mein Weihnachtsgeschenk danken.“

Lächelnd blickte er zu Lindsay. „Ich dachte, ich hätte gesagt, am 1. Weihnachtstag.“

„Ich hab’s nicht mehr ausgehalten.“

„Und ich auch nicht.“ Kimberly löste sich aus seiner Umarmung und nahm ihn bei der Hand. „Lindsay und ich waren heute einkaufen … für dich. Wir hoffen, dass es dir gefällt. Uns auf die Farbe zu einigen, war nicht ganz einfach."

Jake beäugte misstrauisch die Kiste. „Und das soll ich jetzt gleich aufmachen?"

„Ja."

„Vielleicht sollten wir bis morgen warten?"

Kimberly lachte glücklich. „Ich glaube nicht, dass das so eine gute Idee wäre."

„Na gut", gab er nach und machte sich daran, die große grüne Schlaufe zu lösen. Vorsichtig hob er den Deckel an. Da entwich der Kiste ein aufgeregtes Jaulen. Ein kleiner schwarzer Hund schoss auf ihn zu und schleckte sein Gesicht mit seiner langen rosa Zunge ab.

„Immer langsam!", rief Jake überrascht, doch der Welpe, eine Mischung aus Labrador und Schäferhund, hüpfte verzückt an ihm hoch.

Vor Freude klatschte Lindsay in die Hände. „Er ist perfekt, stimmt's?"

„Perfekt", konnte er nur zustimmen. Lächelnd beobachtete er, wie das Tier drei wilde Runden durch den Raum drehte und schließlich mit Schwung in Lindsays Schoss landete. Das kleine Mädchen schrie und lachte, ihr Kichern hallte im ganzen Haus. „So nennen wir ihn!"

„Wie ... *perfekt*?", fragte Kimberly.

Lindsay schüttelte den Kopf. „Mir gefällt Schneeball besser."

„Aber er ist schwarz", gab ihre Mutter lachend zu bedenken.

„Das ist egal."

Jakes Blick wanderte zu Kimberly. Ihre blaugrünen Augen strahlten. So wie sie da in der Nähe des Kamins stand, schien sie dieses Haus mit einer Wärme und einem Glücksgefühl zu erfüllen, die schon seit sehr langer Zeit verschwunden waren. Gott, wie sehr er sie liebte! Es war beängstigend, und doch belebte es seine Lebensgeister.

Verführerisch zwinkerte sie ihm zu und deutete mit dem Kopf zum Garten. Dann drehte sie sich zu ihrer Tochter um. „Komm, Lindsay, mal sehen, ob Perfekt oder Schneeball oder Perfekter Schneeball mal raus muss." Sie half ihr in die Jacke.

Jake öffnete die Hintertür, und der Welpe schoss hindurch und zog Lindsay mit hinaus. Er und Kimberly folgten den beiden.

Die Nacht war still. Ein geisterhaft wirkender Mond beschien den schneebedeckten Boden mit einem blassen Licht. Jenseits des Gartens platschte das dunkle Gewässer leise an das Ufer. Kimberly griff nach seiner Hand. „Ich schulde dir wohl eine Entschuldigung", begann sie und holte tief Luft. „Ich habe dir furchtbare Dinge an den Kopf geworfen."

„Du warst verärgert."

„Und ich lag falsch." Sie hob ihm ihr Gesicht entgegen und sah ihn aus strahlenden Augen an. „Ich liebe dich, Jake, und das schon sehr lange. Ich bin hier, weil ich dich heiraten will."

Jakes Mundwinkel zuckten leicht. Sein Herz klopfte wie wild und ein wärmendes Gefühl der Liebe floss durch seine Adern. „Ist das ein Heiratsantrag?"

„Oh ja", bestätigte sie. In der kalten Luft formte ihr Atem kleine Wölkchen. Zärtlich nahm sie sein Gesicht in die behandschuhten Hände und küsste ihn sanft auf den Mund.

„Sollte ich nicht derjenige sein, der den Antrag macht?", fragte er schmunzelnd.

„Dann frag mich endlich", zog sie ihn auf.

„Willst du mich heiraten?"

„Nur, wenn wir an Weihnachten heiraten."

„Aber das ist schon …"

„… morgen."

„Und du meinst, du könntest so kurzfristig noch einen Pfarrer auftreiben?"

Kimberly kicherte. „Zufällig ist Arlene mit einem Pfarrer

befreundet – ich wette, ich könnte sie dazu bringen. Ich sehe nur ein Problem, und das ist Diane. Sie wird uns beide umbringen, wenn wir heiraten und sie nicht dabei sein darf."

„Das Risiko müssen wir dann wohl eingehen", gestand er, schloss sie fest in seine Arme und küsste sie leidenschaftlich.

Lindsay und das Hündchen fegten an ihnen vorbei. Pulverschnee wirbelte auf, Kichern und schrilles Bellen erfüllte die klare dunkle Nachtluft.

„Ich liebe dich!", flüsterte Jake an ihrer Schläfe. „Und wenn du glaubst, ich warte bis morgen mit unseren Flitterwochen, dann hast du dich getäuscht."

Kimberly warf ihr Haar in den Nacken. Mit spitzbübischer Miene griff sie erneut in ihre Tasche. „Es gibt keinen Grund zu warten", flüsterte sie und hielt den Mistelzweig in die Höhe. „Heute ist die erste Nacht unseres gemeinsamen Lebens."

„Dann sollten wir sie nutzen."

„Ich gehöre ganz Ihnen, Herr Anwalt."

„Und ich gehöre dir. Für immer."

„Ich glaube nicht, dass das lange genug ist", neckte sie ihn und wurde dafür mit einem Kuss belohnt, der ihr ein Leben voll Liebe versprach. In der Ferne, über den See hinweg, klangen die Weihnachtsglocken durch die winterliche Luft. Und Jake hob sie auf seine Arme und trug sie zurück nach Hause.

– ENDE –

*Lisa Jackson*

# Lebenslang

Roman

Aus dem Amerikanischen von
Dagmar Heuer

MIRA®

# 1. KAPITEL

Das schweißnasse Pferd schnaubte nervös. Seine dunklen Ohren stellten sich auf und legten sich im nächsten Moment gleich wieder flach an den Kopf. Tory war gerade dabei, das geschwollene Vorderbein des Braunen zu untersuchen, als das Tier plötzlich sein Gewicht verlagerte. „Ruhig, mein Junge", flüsterte sie. „Ich weiß, dass es wehtut …"

Als Tory die Schritte auf dem Schotterweg neben der Weide hörte, blickte sie auf. Es war Keith, der entschlossen auf sie zukam. Sein schlanker Körper war angespannt und sein Mund zu einer schmalen Linie zusammengepresst.

„Trask McFadden ist wieder da."

Die Worte schienen wie ein Donner über die windgepeitschte Hochebene zu rollen und in Torys Ohren widerzuhallen. Ihr Rücken versteifte sich angesichts der Äußerung ihres Bruders, und sie hatte das Gefühl, als würde ihre ganze Welt zusammenbrechen. Doch sie versuchte, sich nichts anmerken zu lassen, und konzentrierte sich erneut auf den geschwollenen Vorderlauf des braunen Hengstes. Vorsichtig untersuchte sie den Huf auf Zeichen einer möglichen Infektion.

„Tory, Herrgott noch mal", rief Keith lauter und lehnte sich über den obersten Balken des Zauns, der die Pferdekoppel umschloss. „Hast du gehört, was ich gesagt habe?"

Tory stand auf, streichelte das unruhige Tier liebevoll und holte tief Luft, bevor sie das Gatter öffnete. Die alten Scharniere knarrten. Sie schlüpfte durch die verstaubten Balken und sah ihren jüngeren Bruder an. Sein besorgter Gesichtsausdruck sprach Bände.

*Trask war also zurück. Nach all den Jahren. Genau wie er gesagt hatte.* Innerliche Kälte überkam sie. Ihr Blick wanderte zwischen dem nervös hinkenden Hengst in der Koppel und dem beunruhigten jungen Gesicht von Keith hin und her. Tory runzelte die Stirn und schüttelte den Kopf. Die späte Nachmittagssonne verlieh ihrem kastanienbraunen Haar einen rotgoldenen Schimmer.

„Das war wohl früher oder später zu erwarten“, antwortete sie ruhig, obwohl ihr das Herz bis zum Hals schlug. Nervös wischte sie sich die Hände an ihrer Jeans ab und versuchte, ihre Gedanken wieder auf das verletzte Quarter Horse zu richten. Aber die zerklüfteten Abhänge der Cascade Mountains im Hintergrund erregten ihre Aufmerksamkeit. Schneebedeckte Gipfel ragten kühn in den klaren Junihimmel hinauf. Für Tory waren die Berge immer eine symbolische Barriere zwischen sich und Trask gewesen. Das Willamette Valley, wo die Mehrheit der Einwohner Oregons lebte, befand sich westlich, auf der anderen Seite der Cascade Mountains. Das Wahlvolk war leichter erreichbar in den großen und kleinen Städten des Tals. Der unkonventionelle Senator Trask McFadden musste nur selten die Berge überqueren, wenn er in seinen Heimatstaat zurückkehrte. Alles, was er brauchte, befand sich auf der anderen Seite der Cascades.

Nun war er zurück. Wie er versprochen hatte. Torys Magen zog sich bei dem Gedanken schmerzvoll zusammen. Zum Teufel mit ihm und seinem dunklen verräterischen Herzen …

Aufmerksam beobachtete Keith seine Schwester. Mit leicht herunterhängenden Schultern steckte sie eine lose Haarsträhne in ihren Pferdeschwanz zurück, den sie immer während der Arbeit auf der Lazy W Ranch trug. Mit geballten Fäusten lehnte sie sich auf den gesplitterten Zaun, die Kiefer fest zusammengepresst. Keith sah, wie die Haut über ihren Wangenknochen weiß wurde, und befürchtete, dass sie gleich ohnmächtig werden könnte; doch als sie ihn mit ihren graugrünen Augen wieder anblickte, schienen sie ruhig zu sein und jeden inneren Aufruhr zu verbergen.

*Trask. Zurück. Nach all den Jahren und all den Lügen.* Tory schüttelte den Kopf, als wolle sie alle Gefühle abschütteln, die sie vielleicht noch für ihn empfand.

„Du tust so, als ob es dir egal wäre", stichelte Keith, obwohl ihm die Anspannung ihrer eleganten Züge nicht entgangen war. Er lehnte seine breiten Schultern gegen den Zaun und überkreuzte die Arme vor der Brust. Dunkle verschwitzte Haarsträhnen lugten unter dem staubigen Stetson aus Stroh hervor, den er sich etwas aus dem Gesicht geschoben hatte, während er seine temperamentvolle Schwester musterte.

„Es sollte mich sowieso nicht interessieren", sagte sie und zuckte abschätzig mit den Schultern. „Was den Hengst betrifft ..." Sie zeigte auf das Pferd. „Sein Vorderfuß ... ich glaube es ist Laminitis. Wahrscheinlich hat er sein Gewicht wegen der Verletzung des anderen zu sehr auf dieses Bein verlegt." Als Keith nicht reagierte, erklärte sie: „Governors Vorderlauf ist von akuter Hufrehe befallen. Er hat erhöhte Temperatur, schwitzt und schnaubt und kann das Bein nicht belasten. Glücklicherweise hat es sich noch nicht entzündet ..."

Keith stieß einen verärgerten Seufzer aus und hob frustriert über die Reaktion seiner älteren Schwester die Handfläche. *Was zum Teufel war los mit ihr? Hatte sie ihn nicht verstanden? War es ihr egal?* „Tory, um Himmels willen, hör mir zu und vergiss das Pferd für eine Minute! McFadden hat immer gesagt, dass er zurückkommen würde; *deinetwegen.*"

Tory zuckte leicht zusammen. Ihre graugrünen Augen verengten sich angesichts der vielen schmerzhaften Erinnerungen. Sie erzeugten eine Gänsehaut auf ihrem nackten Oberarm. „Das ist lange her", flüsterte sie und sah ihren Bruder erneut an.

„Das war vor dem Prozess."

Mit geschlossenen Augen versuchte Tory die Qualen der Vergangenheit zu bekämpfen. Sie lehnte sich gegen den Zaun und zwang ihre Gedanken, in die Gegenwart zurückzukehren. Obwohl ihr Herz wild in ihrer Brust schlug, gelang es ihr, äußerlich ruhig zu bleiben. „Ich glaube nicht, dass McFadden uns belästigen wird“, erklärte sie.

„Da bin ich mir nicht so sicher …“

Sie rang sich ein halbherziges Lächeln ab. „Komm schon, Keith, Kopf hoch. Lass uns nicht Trübsal blasen. Wir haben schon genug Sorgen, meinst du nicht?“ Erneut warf sie einen Blick zu dem braunen Hengst hinüber, der immer noch schwitzte und schnaubte. Sie hatte ihn sorgfältig untersucht und war froh, keine Anzeichen einer Infektion in dem geschwollenen Bein gefunden zu haben.

Keith erwiderte die Aufmunterung seiner Schwester mit einem kurzen Lächeln. „Ja. Ich nehme an, wir sollten uns nicht noch mehr Probleme aufhalsen. Nicht gerade jetzt“, räumte er ein, bevor sein rötlicher Teint sich verdunkelte und seine grauen Augen ihren Glanz verloren. „Wir haben schon unseren Teil abbekommen und wissen, wem wir es zu verdanken haben“, sagte er und nahm seinen Hut ab, um sein verschwitztes Haar aus der Stirn zu streichen. „Die ganzen Probleme haben mit McFadden angefangen.“

Tory wusste, dass ihr Bruder recht hatte. „Vielleicht …“

„Kein ‚vielleicht‘, Tory. Wenn McFadden nicht gewesen wäre, würde Dad bestimmt noch leben.“ Keith’ graue Augen waren von Hass erfüllt, während er sich mit erneut aufkeimendem Rachegefühl den Hut wieder aufsetzte.

„Da kannst du nicht sicher sein“, erwiderte Tory und fragte sich, warum sie einen Mann verteidigte, den sie sich zu hassen geschworen hatte.

„Nein?“, stieß er hervor. „Aber über eines kann ich mir sicher sein. Dad hätte nicht die letzten Jahre seines Lebens in einer stinkenden Gefängniszelle verrotten müssen, wenn McFaddens Aussage ihn nicht dorthin gebracht hätte.“

Tory spürte einen Stich in ihrem Herzen. „Es war meine Schuld“, flüsterte sie.

„Zum Teufel, war es nicht“, konterte Keith aufgebracht. „McFadden war derjenige, der Dad mit seinen falschen Anschuldigungen ins Jenseits befördert hat.“

„Du musst mich nicht daran erinnern.“

„Wahrscheinlich nicht“, gab er zu. „Der Mistkerl hat dich genauso benutzt.“ Keith rückte seinen Stetson zurecht und vergrub seine Fäuste in den Taschen. „Was du auch tust, Tory“, warnte er, „fang nicht an, ihn zu verteidigen. Zumindest nicht mir gegenüber. Tatsache ist, dass Dad tot ist.“

Tory lächelte bitter angesichts der Ironie des Ganzen und strich sich eine Haarsträhne aus dem Gesicht. Sie hatte schon einmal den Fehler begangen, McFadden in Schutz zu nehmen. Das würde nicht noch mal passieren. „Das werde ich nicht.“

Sie zog die Schultern hoch und stieß einen gequälten Seufzer aus. Wie oft hatte sie schon an den Tag gedacht, an dem Trask zurückkommen würde? Wie viele Male hatte sie diese Fantasien gehabt, in denen sie ihn fluchend von ihrem Grundstück gejagt und ein anderes Mal leidenschaftlich geliebt hatte … Sie räusperte sich und sagte: „Dass Trask zurück ist, bedeutet nicht gleich, dass er uns Probleme macht.“

Keith war nicht überzeugt. „Mit ihm kommt der Ärger automatisch.“

„Aber nicht bis hierher.“

„Wie kannst du da so sicher sein?“

„Weil er hier nicht willkommen ist.“ Ihre Augen und das kleine, stolz vorgestreckte Kinn drückten Entschlossenheit aus. Sie vermied Keith’ skeptischen Blick und beobachtete, wie ein Windstoß Staub und trockene Piniennadeln in dem Pferdegehege aufwirbelte. Governor schnaubte ungeduldig und schlug mit seinem Schweif, um die lästigen Fliegen zu vertreiben.

Keith musterte seine Schwester voller Zweifel. Obwohl Tory sechs Jahre älter war, erschien sie ihm manchmal wie ein kleines Mädchen. Besonders wenn es um Trask McFadden ging.

„Weiß er überhaupt, dass du ihn hier nicht haben willst?“

Tory stellte ihren Fuß auf die unterste Latte des Zauns. „Ich denke, ich habe ihm das klar zu verstehen gegeben, als ich ihn das letzte Mal gesehen habe.“

„Aber das ist über fünf Jahre her.“

Tory sah ihren Bruder mit ihren graugrünen Augen ernst an. „Nichts hat sich seitdem verändert.“

„Außer, dass er wieder hier ist und sich das Gerücht verbreitet, dass er dich wiedersehen will.“

„Das glaube ich nicht. So dumm wird er nicht sein, Keith. Er weiß, was ich von ihm halte. Wahrscheinlich ist er hier, um Neva zu besuchen. Wie er es schon öfter getan hat.“

„Und all die Male hat er nicht einmal erwähnt, dass er deinetwegen hier ist. Bis jetzt. Er meint es ernst. Der einzige Grund für seine Rückkehr bist du!“

„Ich glaube nicht …“

„Verdammt, Tory“, fiel Keith ihr ins Wort. „Hör wenigstens einmal im Leben auf mich! Ich war letzte Nacht im *Branding Iron*.“

Tory warf Keith einen besorgten Blick zu. Er machte ein finsteres Gesicht und fuhr fort: „Neva hat in der ganzen Stadt herumerzählt, dass Trask zurück sei. Deinetwegen!“

Tory blieb fast das Herz stehen. Neva McFadden war Trasks Schwägerin, die Witwe seines Bruders Jason. Es war Jasons mysteriöser Unfall gewesen, der zu all den Problemen mit ihrem Vater geführt hatte. Immer noch schmerzte es Tory, wie viel Leid Neva McFadden und ihr kleiner Sohn hatten ertragen müssen. Doch in ihrem tiefsten Inneren wusste sie, dass ihr Vater nichts mit dem Tod von Jason McFadden zu tun gehabt hatte. Calvin Wilson war als unschuldiges Opfer einer ausgeklügelten Intrige ins Gefängnis gesteckt worden. Nur aufgrund einer Aussage von Trask McFadden. Und weil sich Tory von ihm hatte benutzen lassen. Heißkalte Wut pochte in ihren Adern.

Keith ließ nicht locker und versuchte verzweifelt, sie von Trasks Absichten zu überzeugen. „Neva würde bei so etwas niemals lügen, Tory. McFadden wird ganz sicher hier aufkreuzen."

„Großartig", murmelte sie und schlug gegen den Zaun. „Pass auf, ich möchte, dass du Rex und den anderen Helfern sagst, dass McFadden nichts auf diesem Grundstück zu suchen hat. Wenn er auftaucht, werfen wir ihn hinaus."

„Einfach so?"

„Einfach so." Sie schnippte mit den Fingern, und die ganze unterdrückte Wut flackerte in ihren Augen auf.

Keith rieb sich das Kinn. „Wie willst du das anstellen? Ihm ein Gewehr an den Kopf halten?"

„Wenn es sein muss."

Skeptisch hob Keith die Brauen. „Ist das dein Ernst?"

Tory lachte nervös. „Natürlich nicht. Wir werden ihm einfach erklären, dass wir den Sheriff anrufen, wenn er nicht geht."

„Das wird eine Menge bewirken! Wir rufen den Sheriff an, und was meinst du, wird passieren? Nichts! Paul Barnett sind die Hände gebunden. Er verdankt seine Karriere und seine ganze politische Zukunft McFadden. Was meinst du, wer Paul bei den letzten Wahlen unterstützt hat? McFadden." Keith sprach Trasks Namen aus, als sei er pures Gift. „Selbst wenn er wollte, wie zum Teufel sollte Paul einen amerikanischen Senator vor die Tür setzen?" Angewidert fügte er hinzu: „Paul Barnett steht in McFaddens Schuld."

„Das hört sich so an, als ob Trask die ganze Stadt gehört."

„Beinahe. Jeder in Sinclair hält ihn für einen Gott, weißt du. Außer dir ... obwohl ich mir da manchmal nicht so sicher bin."

Unwillkürlich musste Tory über das düstere Bild lachen, das Keith malte. „Nun lass mal locker." Die gebräunte Haut ließ ihre Zähne besonders weiß erscheinen. „Das ist hier kein schlechter Western, in dem ein Sheriff und der ganze Ort gegen eine arme, hilflose Frau sind, die ihre Ranch zu schützen versucht …"

„Manchmal kommt es mir aber fast so vor."

„Hör auf, Keith. Wenn Trask McFadden hier eindringt …"

„Haben wir alle ein Problem. Besonders du."

Nervös trommelte Tory mit den Fingern auf dem Zaun. Sie versuchte, das Gespräch in eine andere Richtung zu lenken. „Wie ich schon sagte, ich glaube, du beschwörst die Probleme herauf", murmelte sie. „Was Trask McFadden sagt und was er tut, sind zwei verschiedene Dinge. Er ist ein Politiker. Hast du das vergessen?"

Keith' Mund verzog sich zu einem bitteren Grinsen. „Ja, ich erinnere mich. Und ich weiß, dass der einzige Grund, warum dieser Bastard gewählt worden ist, die Aussage gegen Dad und die anderen war. Er hat unschuldige Menschen in den Knast gebracht und einen lockeren Job in Washington bekommen. Was für ein toller Typ!"

Tory biss die Zähne zusammen, während sie einen pochenden Schmerz an den Schläfen verspürte. „Ich bin sicher, dass unser renommierter Senator sich bald hier in Oregon langweilen wird", bemerkte sie und versuchte ihre Unsicherheit zu kaschieren. „Er wird keine Lust mehr haben, sich mit den Wählern von Sinclair auseinanderzusetzen. Er wird nach Washington D. C. zurückkehren, wo er hingehört, und wir werden nichts mehr von ihm hören."

Keith lachte bitter. „Das glaubst du doch genauso wenig wie ich. Wenn Trask McFadden zurück ist, dann nur aus einem einzigen Grund: deinetwegen, Tory." Er lehnte sich lässig an den Zaun. „Was gedenkst du zu tun?"

„Nichts."

„Nichts?"

Ihre graugrünen Augen funkelten bedrohlich. „Warten wir es ab. Wenn Trask den Mut hat, hier aufzutauchen, werde ich schon wissen, was ich zu tun habe."

Keith schob seine Unterlippe vor und blinzelte gegen die untergehende Sonne. „Ich glaube, du solltest verschwinden …"

„Was?"

„Mach Ferien, fahr weg von hier! Du könntest sowieso eine Auszeit gebrauchen. Du hast die letzten fünf Jahre mehr als genug gearbeitet. Und wenn McFadden kommt und erfährt, dass du die nächsten Wochen nicht da bist, wird er bestimmt abhauen."

„Das hieße zu flüchten, Keith", widersprach Tory. „Das hier ist mein Zuhause. Ich laufe nicht davon wie ein ängstlicher Hase, verdammt noch mal! Weder wegen Trask McFadden noch wegen irgendeines anderen Mannes." Entschlossenheit lag in ihren Worten. In ihren Augen flackerte grimmiger Stolz.

„Er ist ein einflussreicher Mann", warnte Keith.

„Ich habe keine Angst vor ihm."

„Er hat dich schon einmal verletzt."

Tory straffte die Schultern. „Das ist lange her." Sie lächelte kurz und schlug ihrem Bruder liebevoll auf die Schulter. „Ich bin nicht mehr die Frau, die ich damals war. Ich bin sehr viel erwachsener geworden seitdem."

„Ich weiß nicht", murmelte Keith und erinnerte sich an seine einst so unbeschwerte Schwester, die immer ein Lächeln auf den Lippen trug. „Geschichte wiederholt sich auf ihre eigene Art."

Tory schüttelte den Kopf und zwang sich zu einem Lächeln. Sie konnte nicht den Rest ihres Lebens damit verbringen, sich Gedanken über Trask zu machen, was er tat oder was er nicht tat. Sie hatte schon zu viele Stunden über ihn und das Chaos nachgedacht, das er in ihr Leben gebracht hatte. Nur weil er jetzt in Sinclair war.

„Lass uns McFadden für eine Weile vergessen, okay? Sag Rex, dass ich es mit eiskalten Packungen bei unserem Freund hier versuchen möchte." Sie zeigte mit dem Kopf auf den Hengst. „Ich will nicht, dass er geritten wird, bis wir entschieden haben, ob er ein spezielles Eisen braucht." Ihr Blick verweilte auf dem schwitzenden Pferd. „Aber er sollte mindestens zweimal täglich herumgeführt werden. Möglichst noch öfter."

„Als ob ich Zeit dafür hätte ..."

„Jemand hier *muss* die Zeit haben", fiel sie ihm ungeduldig ins Wort. Sie dachte an die Gehälter und daran, wie schwierig es jeden Monat war, das Geld aufzubringen. Die Lazy W Ranch versank in roten Zahlen, seit Calvin Wilson vor fünf Jahren ins Gefängnis gekommen war. *Wegen Trask McFadden.* „Wenn du keine Zeit hast, lass jemand anderen mit Governor laufen, zum Beispiel Eldon", sagte sie.

Keith wusste, dass er nun gehen konnte. Stirnrunzelnd schaute er seine Schwester an, dann zog er seinen Hut tiefer ins Gesicht und schlenderte langsam auf die Scheune zu, die auf der anderen Seite der staubigen Pferdekoppel lag. Er hatte seine Pflicht getan und sie über McFaddens Anwesenheit informiert. Der Rest war Torys Sache.

Trask lief in dem kleinen Wohnzimmer hin und her. Er fühlte sich wie ein gefangenes Tier. Mit großen Schritten ging er zum Fenster und sah auf die schneebedeckten Berge. Gleich darauf kehrte er ans andere Ende des Zimmers zurück, wo Neva in einem alten Schaukelstuhl vor dem Kamin saß. Alle Räume in dem Haus waren so sauber und gepflegt wie ihre Besitzerin selbst. Allein in diesem Haus – Jasons Haus – zu sein, machte Trask unruhig. Die Angelegenheit, die er in Sinclair regeln musste, war nicht gerade angenehm, und er hatte sie nun schon mehr als zwölf Stunden vor sich hergeschoben. Jetzt war es Zeit zu handeln.

„Was soll dabei herauskommen?", fragte Neva und schüttelte den Kopf. Ihr schmales, hübsches Gesicht drückte Besorgnis aus. Ihre vollen Lippen waren zusammengepresst.

„Ich muss das tun." Trask lehnte sich gegen den Kaminsims und drückte nachdenklich einen Daumen auf die Lippen. Dann begann er wieder, nervös im Raum herumzulaufen.

„Würdest du dich bitte hinsetzen?", forderte Neva ihn ungewöhnlich scharf auf. Sofort hielt er inne. Sie musste lächeln und fühlte sich plötzlich ziemlich albern. „Es tut mir leid", flüsterte sie, „aber ich hasse es, dich so zu sehen. So völlig durcheinander."

„So war ich schon immer."

„Hmm." Sie glaubte es nicht eine Sekunde lang und vermutete, dass Trask es genauso wenig tat. Trask McFadden war einer der wenigen Männer, denen sie mit ihren fünfundzwanzig Jahren begegnet war, der wusste, was er wollte, und normalerweise entsprechend handelte. Seit Kurzem war es jedoch anders, und Neva hätte blind sein müssen, um nicht zu sehen, dass Trasks Verunsicherung mit Tory Wilson zu tun hatte. „Und du glaubst, ein Wiedersehen mit Tory würde alles verändern?" Sie bemühte sich nicht, ihre Skepsis zu verbergen.

„Ich weiß es nicht."

„Aber du bist bereit, das Risiko einzugehen und es herauszufinden?"

Er nickte. Die Linien um seine blauen Augen herum vertieften sich.

„Egal um welchen Preis?"

„Was soll das heißen?"

Neva starrte auf den einzigen Mann, der ihr etwas bedeutete. Trask hatte ihr geholfen. Während all der einsamen Nächte nach Jasons Tod war er an ihrer Seite gewesen. Er hatte im Alleingang veranlasst, dass der „Unfall" untersucht wurde, wobei sich herausgestellt hatte, dass ihr Mann ermordet worden war. Obwohl Trask Jasons Bruder war, ging seine Sorge für Neva über das übliche Maß hinaus. Sie wusste, dass sie nie seine Zuwendung vergessen und ihn immer lieben würde.

Neva schuldete Trask eine Menge, doch sie schien nicht zu ihm durchzudringen. Ein Angstschauer lief ihr den Rücken hinunter. Trask sieht müde aus, dachte sie besorgt. Unglaublich müde, als befände er sich auf einem neuen Kreuzzug. Seine Haare waren vom Winter in Washington D. C. dunkler geworden, und die Lachfalten an Mund und Augen schienen sich in tiefe Furchen der Ernüchterung verwandelt zu haben. Er machte in letzter Zeit einen abgehetzten, erschöpften Eindruck auf sie. Vielleicht war das der Preis, wenn ein aufrichtiger Mann zum Senator wurde …

In diesem Augenblick kam Nicholas ins Zimmer gesaust und lief geradewegs auf seine Mutter zu. „Mom?“ Seine staubigen Tennisschuhe hinterließen Spuren auf dem blanken Holzfußboden.

„Was ist, Liebling?“ Neva stoppte die Schaukelbewegung des Lehnstuhls und zerzauste Nicholas’ dunkles Haar, als er auf ihren Schoß kletterte.

„Darf ich zu Tim rüber? Wir wollen ein Baumhaus hinter der Scheune bauen. Seine Mom ist einverstanden …“

Neva sah auf und lächelte den größeren Jungen an, der hinter Nick hergehastet kam. Er war ein rothaariger, schlaksiger Kerl mit einer großen Zahnlücke vorn. „Wenn Betty wirklich damit einverstanden ist?“

„Ja, klar“, versicherte Tim. „Mom mag es, wenn Nick rüberkommt. Sie sagt, dass ich ihr dann wenigstens nicht im Weg stehe.“

„Wirklich?“ Neva lachte und schaute wieder ihren Sohn an. Verdammt, er war das genaue Ebenbild seines Vaters. Gewelltes braunes Haar, tiefblaue Augen, die voller Hoffnung schimmerten – genauso wie die von Jason. „Nur kurz, okay? Das Dinner ist spätestens in einer Stunde fertig.“

„Super!“ Nicholas sprang von Nevas Schoß und rannte aus

dem Wohnzimmer. Die beiden Jungen verschwanden genauso schnell, wie sie gekommen waren. Ihre hastigen Schritte hallten in der Diele wider.

„Vergesst nicht die Tür zuzumachen“, rief Neva hinterher, doch sie hörte das Knarren der offenen Tür, die gegen die Wand schlug.

„Ich gehe schon.“ Trask, froh über die kleinste Gelegenheit, der Enge des Raums zu entkommen, ging zur Tür, schloss sie und kam zurück. Neva gegenüberzustehen war weitaus schwieriger, als er gedacht hatte. Zum hundertsten Mal fragte er sich, ob er das Richtige tat. Neva schien jedenfalls nicht dieser Ansicht zu sein.

Ihre braunen Augen trafen Trasks betrübten Blick, als er wieder ins Zimmer kam. „Das ist der Preis, den du zahlen wirst.“ Sie zeigte in Richtung der Tür, hinter der Nicholas verschwunden war.

„Nick?“

„Seine Unschuld. Im Augenblick erinnert sich Nicholas nicht daran, was vor fünf Jahren passiert ist“, sagte Neva mit einem Stirnrunzeln. „Aber wenn du Tory Wilson aufsuchst, wird das alles verändern. Klatsch und Tratsch werden wieder beginnen; Fragen werden gestellt werden. Nick wird sich mit der Tatsache abfinden müssen, dass sein Vater von einer Gruppe von Menschen getötet wurde, deren Angehörige immer noch in der Nähe von Sinclair wohnen.“

„Das wird er eines Tages sowieso.“

Neva sah Trask bittend an, während sie sich vom Stuhl erhob. „Aber noch nicht jetzt, Trask. Er ist zu jung. Kinder können grausam sein … Ich möchte ihm noch ein paar Jahre ohne dieses Wissen gönnen. Er ist erst sechs …“

„Das hier hat nichts mit Nick zu tun.“

„Zum Teufel noch mal! Alles hat mit ihm zu tun. Sein Vater musste sterben, weil er zu viel von dem Pferdebetrug wusste.“

Neva schlug die Arme um die Taille, als wolle sie plötzliche Kälte abwehren. Sie ging ans Fenster und starrte zum Haus der Hamiltons auf der anderen Straßenseite hinüber, wo Nicholas emsig an dem Baumhaus baute. Auf glückliche Art unwissend über die brutalen Umstände, die den Tod seines Vaters begleiteten. Sie zitterte. „Ich will das nicht noch einmal alles durchmachen", flüsterte Neva, als sie sich vom Fenster abwandte.

Trask trat von einem Fuß auf den anderen. Ihn plagte sein Gewissen. Seine Brauen zogen sich zu einem finsteren Blick zusammen, und er strich sich ungeduldig durch das braune Haar. „Was wäre, wenn ich dir sagen würde, dass einer von Jasons Mördern möglicherweise der Justiz entkommen ist?"

Neva war auf ihn zugekommen und blieb plötzlich stehen. „Was meinst du?"

„Vielleicht waren vier Personen an der Verschwörung beteiligt – nicht nur drei."

„Ich … ich verstehe nicht."

Trask warf den Kopf zurück und schaute hinauf zu den Deckenbalken aus Zedernholz. Er wollte unter keinen Umständen Neva verletzen. Sie und ihr Junge hatten schon mehr als genug durchgemacht, dachte er.

„Ich habe Grund zu glauben, dass einer der Verschwörer nie genannt wurde. Es ist davon auszugehen, dass er ungeschoren davongekommen ist."

Neva blickte ihren Schwager mit zusammengekniffenen Augen an. „Wer?"

„Ich weiß es nicht."

„Das ist nicht etwa ein makaberer Scherz …"

„Neva", meinte er vorwurfsvoll, und sie musste nur in seine Augen sehen, um zu erkennen, dass er niemals über so etwas Schmerzhaftes und Abscheuliches wie Jasons unnötigen Tod scherzen würde.

„Bisher war immer nur von drei Männern die Rede. Was hat

dich veranlasst, deine Meinung zu ändern?"

In dem Wissen, dass er wahrscheinlich den größten Fehler in seiner kurzen politischen Karriere machen würde, griff Trask in die Hosentasche und zog die leicht zerknitterte Kopie des anonymen Briefes heraus, den er vor genau einer Woche in Washington bekommen hatte. Der Brief war der Grund für seine Rückkehr gewesen – so hatte er es sich jedenfalls die letzten sechs Tage zu erklären versucht.

Neva nahm das gräuliche Dokument in die Hand und las die ersten Sätze, bevor sie den Kopf schüttelte und ihr die kurzen blonden Locken unordentlich ins Gesicht fielen. „Das ist eine Lüge", stieß sie laut aus, während das Papier in ihrer schmalen Hand zitterte. „Alle Männer, die mit Jasons Tod zu tun hatten, sind vor Gericht gekommen und verurteilt worden. Richter Linn Benton und George Henderson sitzen im Gefängnis und Calvin Wilson ist tot."

„Wer bleibt also übrig?"

„Niemand."

„Das habe ich auch immer gedacht."

„Aber jetzt bist du dir nicht mehr so sicher?"

„Nicht bis ich mit Victoria Wilson gesprochen habe." *Tory.* Allein der Gedanke, sie wiederzusehen, verwirrte ihn. „Sie ist die Einzige, die vielleicht eine Antwort hat. Der Betrug hat sich auf Devil's Ridge abgespielt – einem Stück Land, das ihrem Vater gehörte."

Nevas Unterlippe bebte, und ihre dunklen Augen klagten ihn für Dinge an, die besser unausgesprochen blieben. Trask hatte Victoria Wilson benutzt, um ihren Vater zu überführen. Neva bezweifelte, dass Tory noch einmal so dumm sein würde, ihm zu vertrauen.

„Und du denkst, dass ein Gespräch mit Tory das hier aufklären würde?" Sie wedelte mit dem Brief in der Hand, um ihren Worten Nachdruck zu verleihen. „Das ist nichts als ein übler Streich, Trask. Lass die Finger davon!“ Sie ließ sich erneut in den Schaukelstuhl fallen und zog die Beine hoch, das Stück Papier immer noch fest in der Hand.

Im Stillen warf sich Trask vor, dass er im Begriff war, alte Wunden wieder aufzureißen. Er streckte den Arm aus und wollte Nevas Kopf streicheln, doch seine Hand ballte sich stattdessen zu einer Faust. „Ich wünschte, ich könnte es, Neva“, antwortete er, während er ihr sanft den Brief aus den Händen zog und nach seinem Wildlederjackett griff. Er klemmte einen Finger unter den Kragen und warf es über die Schulter. „Mein Gott, ich wünschte, ich könnte es.“

„Du und deine verdammten Ideale“, flüsterte sie. „Nichts wird Jason zurückbringen. Aber dieser … Rachefeldzug, auf dem du bist … wird meinen Sohn verletzen.“

„Auch wenn es die Wahrheit ist?“

Neva schloss die Augen und gab ihm mit der Hand zu verstehen, dass er gehen sollte. Sie wusste, dass es unmöglich war, ihn zur Vernunft zu bringen, wenn er sich einmal etwas in den Kopf gesetzt hatte. „Tu, was du tun musst, Trask“, sagte sie erschöpft. „Das wirst du sowieso. Denk nur daran, dass Nicholas derjenige ist, der leiden wird.“ Ihre Stimme war kaum hörbar, wie eine Warnung. „Du und ich – wir werden es überleben. Wie immer. Aber was ist mit Nick? Er geht zur Schule, und wir leben in einer Kleinstadt. Die Leute reden viel.“

Zu viel, dachte Trask in stillem Einvernehmen. *Die Leute reden verdammt viel.* Verärgert runzelte er die Stirn und wandte sich zur Tür.

Neva hörte seine Schritte in der Diele verhallen, bevor die Tür zugeschlagen wurde. Schließlich sprang der Wagen an, donnerte davon und verlor sich in der Ferne.

## 2. KAPITEL

Abenddämmerung legte sich über die Ranch. Tory war allein, und das war genau das, was sie wollte.

Sie saß auf der vorderen Veranda des zweistöckigen Farmhauses, das die meiste Zeit ihres siebenundzwanzigjährigen Lebens ihr Zuhause gewesen war. Die rauen, grau verwitterten Bretter aus Zedernholz setzten sich von den hellgelben Fensterrahmen ab. Die Veranda erstreckte sich über die gesamte Länge des Hauses, und das Dach wurde von groben Holzpfählen gestützt. Das Haus hatte sich nicht sehr verändert, seit ihr Vater es verlassen hatte. Tory hatte versucht, Haus und Grund in gutem Zustand zu halten, um ihm eine Freude zu machen, wenn er wieder auf freiem Fuß wäre. Doch so weit war es nicht gekommen. Calvin Wilson war seit fast zwei Jahren tot. Er hatte einen schmerzhaften, einsamen Tod im Gefängnis erleiden müssen, in dem er für ein Verbrechen saß, das er nicht begangen hatte. Und nur, weil sie Trask McFadden vertraut hatte.

Torys Blick wurde hart und ihre Hände umklammerten die Lehne der hölzernen Hollywoodschaukel, dem Lieblingsplatz ihres Vaters. Schuldgefühle schnürten ihr die Kehle zu. Wenn sie nur nicht Trask und seinen unbeschreiblich blauen Augen getraut hätte – Augen, von denen Tory nie vermutet hätte, dass sie lügen können. Er hatte sie schamlos ausgenutzt, und sie war seinen wirklichen Motiven gegenüber blind gewesen, zu verliebt, um die Wahrheit zu erkennen. *Nie* mehr, schwor sie sich. Trask McFadden zu vertrauen war ein Fehler, den sie nicht ein zweites Mal machen würde!

Die Hände an den Kopf gedrückt, saß Tory bewegungslos auf den lasierten Holzbalken der Schaukel und starrte über das offene Feld zu den Bergen hinüber. Violette Donnerwolken grollten nahe der dunklen Gipfel, während die Nacht über die Hochebene hereinbrach.

Nein, sie wartete ganz bestimmt nicht auf Trask McFadden. Während Tory langsam hin- und herschaukelte, erinnerte sie sich an das letzte Mal, wo sie ihn gesehen hatte. Es war im Gerichtssaal während der Verhandlung gegen ihren Vater gewesen. Alte Bitterkeit erfüllte sie, als sie daran dachte, wie schamlos Trask ihr Vertrauen damals missbraucht hatte …

Der Prozess hatte bereits mehr als eine Woche gedauert, und Torys Welt drohte auseinanderzubrechen. Die Anschuldigungen gegen ihren Vater waren lächerlich. Niemand konnte allen Ernstes glauben, dass Calvin Wilson sich des Betrugs, der Verschwörung oder gar des *Mordes* schuldig gemacht hatte. Und dennoch saß er in dem heißen Gerichtssaal neben seinem erregten Anwalt und hörte sich stoisch an, wie die Beweislast gegen ihn immer schwerer wurde.

Als er schließlich in den Zeugenstand gerufen worden war, hatte er stocksteif auf dem Stuhl gesessen und sich geweigert, auch nur ein Wort zu seiner Entlastung zu sagen.

„Dad, bitte, verteidige dich", hatte Tory ihn am letzten Verhandlungstag angefleht. Sie stand im Gerichtssaal und hielt ihren Vater am Ärmel fest, ohne all die Reporter um sich herum wahrzunehmen, die sich eifrig Notizen machten. Tränen der Angst und Frustration sammelten sich in ihren Augen.

„Ich weiß, was ich tue, Liebes", hatte Calvin versichert und ihr zärtlich den Kopf gestreichelt. „Es ist das Beste so. Vertrau mir …"

Vertrau mir.

Es waren dieselben Worte, die Trask nur wenige Tage vor dem Prozess ausgesprochen hatte. Und dann hatte er sie rücksichtslos verraten. Tory erblasste und sah mit ungläubigem Entsetzen, wie er in den Zeugenstand trat.

Er war der perfekte Zeuge der Anklage. Groß und gut aussehend, mit stolz aufgerichteten Schultern und stechend blauen

Augen machte er eine beeindruckende Figur im Zeugenstand. Sein Anzug saß perfekt, doch sein kräftiges, blondes Haar hatte immer noch etwas Wildes und unterstrich das Image des ehrlichen Jungen vom Lande. Die Tatsache, dass er der Bruder des Ermordeten war, spielte ihm zusätzliche Sympathien der Jury ein. Dass er seine Informationen durch eine Liebesaffäre mit der Tochter des Angeklagten erlangt hatte, schien seine Aussage nicht im Geringsten zu trüben. Dieser Umstand ließ seine Perspektive der Ereignisse sogar ergreifend authentisch erscheinen. Und der Staatsanwalt reizte es bis zum Äußersten aus.

„Sie waren also in der Nacht, in der Ihr Bruder starb, mit Miss Wilson zusammen", stellte der rundliche Bezirksanwalt fest und lehnte sich vertraut auf das glänzende Geländer des Zeugenstands. Er sah Trask über seine randlose Brille hinweg an und hob ermutigend die Augenbrauen.

„Ja." Trasks und Torys Blicke trafen sich. Sie saß hinter ihrem Vater und seinem Verteidiger. Für Tory war es unbegreiflich, dass der Mann, den sie liebte, langsam und vor aller Augen ihr Leben in Stücke zerriss. Keith, der neben ihr saß, legte fest den Arm um ihre Schulter. Sie aber starrte mit großen, gequälten Augen unverwandt auf Trask.

„Und was hatte Miss Wilson Ihnen anvertraut?", erkundigte sich der Staatsanwalt, während sein herausfordernder Blick zwischen Trask und der Jury hin und her wanderte.

„Dass sich gewisse Dinge auf der Lazy W Ranch abspielten … Dinge, die sie nicht verstand."

„Könnten Sie ein wenig präziser sein?"

Tory lehnte sich nach vorn, ihre Hände umkrallten das Geländer.

Trasks Kiefer arbeiteten. „Sie …"

„Sie meinen Victoria Wilson?"

„Ja", erwiderte Trask mit einem Stirnrunzeln. „Tory behauptete, dass ihr Vater die ganze Woche schon schlechter Stimmung gewesen sei. Sie ... Tory machte sich Sorgen um ihn. Sie sagte, Calvin wäre launisch und wirke irgendwie abgelenkt."

„Ist das alles?"

Trask zögerte ein wenig. Seine blauen Augen verdunkelten sich, und er sah Tory durchdringend an. „Tory hatte beobachtet, wie ihr Vater spät in der Nacht die Ranch auf einem Pferd verließ."

„Wann war das?"

„Am 7. Juli."

„Diesen Jahres – die Nacht, in der Ihr Bruder starb?"

Trasks Gesichtszüge spannten sich an. „Ja."

„Und was beunruhigte Miss Wilson so?"

„Einspruch", rief der Verteidiger mit erhobener Hand, während er mit fassungsloser Miene von seinem Stuhl aufsprang.

„Stattgegeben." Richter Miller funkelte den Staatsanwalt gebieterisch an.

Der Staatsanwalt warf der Jury ein aufmunterndes Lächeln zu. „Wieso glauben Sie, dass Miss Wilsons Vater an dem Pferdebetrug beteiligt gewesen war?"

Trask rutschte auf seinem Stuhl zurück und biss sich auf die Unterlippe, während er nachdachte. „Tory sagte, dass Richter Linn Benton mehrmals in den letzten Tagen die Ranch besucht hatte. Das letzte Mal, als Benton dort ..."

„Auf der Lazy W Ranch?"

Trask runzelte die Stirn. „Ja. Es gab in Calvins Arbeitszimmer einen lauten Streit zwischen ihm und dem Richter. Die Tür war natürlich geschlossen, doch Tory konnte den Wortwechsel teilweise mithören."

„Einspruch", rief der Verteidiger erneut. „Euer Ehren, das ist reine Spekulation. Mr McFadden kann unmöglich wissen, was Miss Wilson gehört oder geglaubt hat zu hören."

„Stattgegeben", erwiderte der Richter müde und wischte sich den Schweiß von der Stirn. „Mr Delany ..."

Der Staatsanwalt nahm die Aufforderung an und kniff nachdenklich die Lippen zusammen, während er sich wieder Trask zuwandte. „Sagen Sie mir, was Sie gesehen haben und wie Sie zu der Überzeugung gelangt sind, dass Calvin Wilson in den Pferdetausch verwickelt war."

„Ich habe eigene Nachforschungen angestellt", erklärte Trask und sah aus den Augenwinkeln Torys entsetztes Gesicht. „Ich wusste, dass mein Bruder Jason dabei war, einen sorgfältig geplanten Betrug aufzudecken."

„Jason hatte Ihnen davon berichtet?"

„Ja. Er arbeitete für die Versicherungsfirma Edward's Life. Einige registrierte Quarter Horses waren in den letzten Jahren bei Unfällen zu Tode gekommen. Das war an sich nichts Außergewöhnliches. Nur zwei der toten Tiere kamen von derselben Ranch. Verdächtig daran war die Tatsache, dass die Pferde so hoch versichert gewesen waren. Die Versicherung hatte nichts dagegen einzuwenden gehabt, als die Police ausgestellt wurde, war aber nicht gerade begeistert, als das Pferd starb und die Prämie bezahlt werden musste."

„Trotzdem, wie ich schon sagte, nichts erschien daran außergewöhnlich, bis der Mitarbeiter aus der Regulierungsabteilung zufällig mit Kollegen anderer Versicherungen sprach, die ebenfalls Pferde versicherten. Als er die Computerdaten miteinander verglich, stellte sich heraus, dass es eine wesentlich höhere Sterblichkeitsrate bei versicherten Quarter Horses rund um Sinclair, Oregon, gab. Jason als Versicherungsermittler für Edward's Life wurde damit beauftragt, den nächsten Schadensfall, der gemeldet wurde, genauer zu untersuchen. Auf Betrug hin, verstehen Sie? Er entdeckte dabei, dass das tote Pferd noch nicht einmal ein reinrassiges Quarter Horse war. Die Stute war ein einfacher Mustang."

„Wie war das möglich?"

„Das Tier war vertauscht worden. Das reinrassige Pferd war

noch am Leben. Es wurde auf einem verborgenen Stück Land am Fuße der Cascade Mountains versteckt. Wie Jason herausfand, sollte das edle Pferd entweder für eine hohe Summe verkauft oder zur Zucht verwendet werden. In jedem Fall würde der Besitzer mindestens den doppelten Wert des Pferdes herausbekommen."

„Ich verstehe", sagte der Staatsanwalt nachdenklich. „Wem gehörte dieses Stück Land?"

Trask zögerte. Seine Mundwinkel verhärteten sich. „Calvin Wilson."

Ein Raunen ging durch den Saal, während der Staatsanwalt Überraschung simulierte und kurz lächelte. Tory wurde ganz blass und schluckte den bitteren Geschmack der Enttäuschung hinunter.

„Woher wissen Sie, wer der Besitzer dieses Grundstücks war?"

„Jason hatte Unterlagen der örtlichen Steuerbehörde. Das erzählte er mir. Ich konnte es nicht glauben und fragte daraufhin seine Tochter, Victoria Wilson."

Tory musste sich angesichts der bösartigen Anspielungen zusammenreißen. Sie schloss die Augen.

„Und was hat Miss Wilson gesagt?"

„Dass sie nichts über dieses Grundstück wüsste. Als ich sie drängte, gab sie zu, dass sie sich Sorgen um ihren Vater und die Ranch machte; sie sagte, dass die Lazy W Ranch seit einiger Zeit in finanziellen Schwierigkeiten sei."

Der Staatsanwalt schien zufrieden zu sein und rieb sich die fleischigen Hände vor seinem dicken Bauch. Tory hatte das Gefühl, als würde alles Leben aus ihr herausgesaugt. Die Befragung wurde fortgesetzt, und Trask erzählte von den Ereignissen während des Sommers. Wie er zu unterschiedlichen Gelegenheiten Richter Linn Benton zusammen mit Calvin Wilson gesehen hatte; wie sein Bruder Jason kurz davor stand, seine Betrugsermittlungen abzuschließen; und wie Calvin Wilsons

Name in Zusammenhang mit den anderen beiden Männern gebracht wurde. Nur, weil er der Besitzer dieses verdammten Grundstücks war.

„Sie wollen mir sagen, dass Ihr Bruder Jason Ihnen erzählt hat, dass Calvin Wilson mit der Sache etwas zu tun gehabt hat?"

„Jason sagte, er glaube, dass es möglicherweise zwischen dem Grundstück und den Pferden einen Zusammenhang gäbe."

„Einen Zusammenhang", wiederholte der Staatsanwalt, klopfte sich auf den Bauch und sah skeptisch zur Jury hinüber. „Ich würde sagen, das war mehr als ‚ein Zusammenhang'. Meinen Sie nicht auch?"

„Ich weiß nicht." Trask rutschte unruhig auf dem Stuhl herum und sah den Staatsanwalt mit zusammengekniffenen Augen an. „Es wäre möglich, dass Calvin Wilson nicht wusste, was auf seinem Grundstück vor sich ging, zumal es einige Meilen von der Ranch entfernt liegt."

„Aber was ist mit der Stute, die ausgetauscht wurde?", setzte der Staatsanwalt nach. „War sie nicht registriert?"

„Doch."

„Und der Besitzer?"

„Calvin Wilson."

„Ihr Bruder Jason, der Versicherungsermittler von Edward's Life, dachte also, dass es da einen Zusammenhang geben könnte", folgerte der Bezirksanwalt süffisant.

„Jason war noch mit dem Fall beschäftigt, als der Unfall passierte." Trasks Augen verhärteten sich angesichts des schrecklichen Todes seines Bruders. Das war genau die Reaktion, mit der der Staatsanwalt gerechnet hatte.

„Der Unfall, der ihn das Leben gekostet hat, richtig?"

„Ja."

„Der Unfall, den jemand durch Manipulation der Benzinleitung absichtlich herbeigeführt hat", unterstrich der Staatsanwalt in sachlichem Ton.

„Einspruch!"

„Euer Ehren, es ist bewiesen, dass in den Motor von Jason McFaddens Wagen explosives Material eingeschleust wurde, dass bei einer bestimmten Geschwindigkeit detonieren und so den Benzintank zum Explodieren bringen würde. Ich möchte herausfinden, wie das geschehen konnte und wer dafür verantwortlich war."

Der grauhaarige Richter machte ein finsteres Gesicht, lehnte sich in seinem Stuhl zurück und sah den Verteidiger mit einem zynischen Blick an. „Einspruch abgelehnt."

Der Bezirksstaatsanwalt wandte sich wieder Trask zu.

„Lassen Sie uns noch einmal auf die Nacht, in der Victoria Wilson ihren Vater die Ranch verlassen sah, zurückkommen. Was haben Sie in jener Nacht des 7. Juli gemacht?"

Trask rieb sich den Nacken. „Nachdem ich Tory verlassen hatte, habe ich gewartet, bis Calvin zurückkam, und ihn damit konfrontiert, was Jason über den Pferdebetrug herausgefunden hatte. Ich habe ihm gesagt, dass ich ihn verdächtige, daran beteiligt gewesen zu sein."

„Aber warum haben Sie das getan? Es hätte nach hinten losgehen und den Ruf Ihres Bruders als Versicherungsermittler ruinieren können."

Trask schwieg eine lange Minute. Im Gerichtssaal war es absolut still, nur das leise Brummen des Ventilators war zu hören. „Ich hatte Angst."

„Wovor?"

Trasks Hände strafften sich unmerklich auf dem polierten Holzgeländer. „Ich hatte Angst um Jasons Leben. Die Sache schien ihm über den Kopf zu wachsen."

„Wieso?"

„Er und seine Familie waren bereits durch einen anonymen Anrufer bedroht worden." Trasks Augen verdunkelten sich voller Wut, und sein Unterkiefer schob sich drohend nach vorn. „Aber er weigerte sich, die Polizei einzuschalten. Es war ihm wichtig, das allein zu regeln."

„Deshalb gingen Sie also zu Calvin Wilson. Sie hatten die Hoffnung, dass er Ihnen helfen könnte, das Leben Ihres Bruders zu retten."

„Ja." Trask starrte wütend zu dem Tisch hinüber, hinter dem Torys Vater saß.

„Was hat Calvin Wilson zu Ihren Anschuldigungen gesagt?"

Hass flackerte in Trasks Augen auf. „Dass alle Probleme gelöst seien."

In dem Moment brach Jasons Witwe, Neva McFadden, zusammen. Ihre schmalen Schultern begannen zu zittern, ihr ganzer Körper bebte unter ihrem aufgelösten Schluchzen. Sie vergrub ihr Gesicht in den Händen, als ob sie auf diese Weise der schrecklichen Wahrheit entfliehen könnte. Calvin Wilson verzog nicht die geringste Miene. Keith' Gesicht wurde aschfahl, als Neva aus dem Saal geführt wurde. Er zog Tory noch fester an sich.

„Also", fuhr der Staatsanwalt fort und lenkte die Aufmerksamkeit wieder zurück auf den Zeugenstand und auf Trask. „Sie dachten, dass Sie aufgrund Ihrer engen Beziehung zu Calvin Wilsons Tochter mit dem Mann vernünftig reden könnten, bevor Schlimmeres passiert."

„Ja", flüsterte Trask. Seine blauen Augen wanderten resigniert von dem leeren Stuhl, auf dem Neva gesessen hatte, hinüber zu Calvin Wilson und schließlich zu Tory. „Doch das hat nicht funktioniert …"

Tory ließ sich immer noch in der Schaukel hin- und herwiegen. Die Espenblätter rauschten im Wind … genau wie in der ersten Nacht, als sie Trask begegnet war. Ihre Erinnerungen an ihn waren so lebendig. Leidenschaftliche Bilder voller Liebe und Hass quälten ihre erschöpfte Seele. Es war so einfach gewesen, sich in ihn zu verlieben ... Aber natürlich hatte er das alles so geplant gehabt, und sie hatte sich zu leicht von ihm in die Irre führen lassen. Gut, dass sie heute Abend allein war. So hatte sie Zeit, sich gedanklich vorzubereiten, bevor er wieder vor ihr stand.

Es hatte einige Mühe gekostet, Keith davon zu überzeugen, die Ranch zu verlassen. Am Ende war er dann abgezogen, um mit einigen anderen Arbeitern der Ranch in die Stadt zu fahren. Es war ein warmer Samstagabend im Frühsommer, und Keith hatte beschlossen, ein paar Stunden im Branding Iron Bier zu trinken und Billard zu spielen. Es war seine übliche Samstagabendbeschäftigung, und Tory hatte ihn davon überzeugen können, dass sie lieber allein wäre. Wenn es stimmte, was Keith gesagt hatte, so wollte sie Trask lieber auf ihre Weise begegnen, ohne unerwünschte Zuhörer. Es würde bestimmt ein hitziges Gespräch werden.

Der schwüle Wind wehte den Duft von frisch gemähtem Heu herüber und ließ ihre losen Haarsträhnen aufwirbeln. Das leise Geblöke unruhiger Rinder, die auf weit entfernten Wiesen herumwanderten, klang in ihren Ohren. Sie blinzelte in die herannahende Nacht. Das Abendlicht hatte begonnen, die Landschaft lavendel einzufärben. Salbeisträucher sprenkelten die Erde unterhalb hoch aufragender Gelbkiefern. Selbst die stolzen Cascade Mountains ragten dunkel und still in der Ferne empor, eine kalte Barriere zum Rest der Welt. *Nur, dass diese Welt von Neuem in ihr* Leben *eindrang.* Die zerklüfteten Berge hatten sie nicht im Geringsten beschützt. Es war töricht von ihr gewesen, zu glauben, dass sie hier sicher wäre, dass die Vergangenheit ihr nichts mehr anhaben könnte.

Das schwache Grollen eines Motors riss Tory aus ihren Gedanken. *Trask.*

Ihr Herz fing aufgeregt an zu pochen. Angst erfasste sie, während das Geräusch immer lauter wurde. Er war zurück.

Genauso wie er es gesagt und Keith befürchtet hatte. Ein dünner Schweißfilm bildete sich zwischen ihren Brüsten. Mit erneuter Entschlossenheit biss sie die Zähne zusammen, und ihre Hände umklammerten fest die Schaukellehne.

Scheinwerfer erleuchteten die Espen nahe der Auffahrt, bevor ein dreckiger, blauer Pick-up vor ihrem Haus zum Stehen kam. Tory holte tief Luft und richtete ihre Augen auf den Mann, der aus dem Führerhaus geklettert kam. Sie spürte einen unangenehmen Kloß im Hals.

Trask war genau so, wie sie ihn in Erinnerung hatte. Groß und schlank, mit muskulösen Beinen, einer schlanken Taille und breiten Schultern. Athletisch wie eh und je. Sein blondes Haar verfing sich in dem warmen Wind und fiel ihm in die Stirn.

*So viel zum spießigen Image eines amerikanischen Senators*, dachte Tory zynisch. Er trug ein sauberes, gebügeltes Hemd, das am Hals offen stand. Die eng anliegenden Jeans sahen aus, als hätten sie die besten Jahre schon hinter sich. *Nur einer von vielen …* Tory wusste es besser. Sie konnte ihm heute Abend genauso wenig trauen wie an dem Tag, an dem ihr Vater ins Gefängnis kam.

Trask kam mit entschlossenen Schritten auf die Veranda zu, die Augen fest auf sie gerichtet.

Doch was er in Torys zynischem Blick sah, war Feindseligkeit – genauso pur und intensiv wie an dem Tag, als Calvin Wilson für mitschuldig am Tod von Jason erklärt wurde.

„Was willst du hier?“, fragte sie und war überrascht, wie ruhig ihre Stimme klang. Wahrscheinlich deshalb, weil sie diese Szene bereits tausendmal gedanklich durchgespielt hatte.

Trask kam die beiden verwitterten Stufen der Veranda hoch, umfasste das Geländer und lehnte sich gegen das weiche Holz, die Stiefel voreinander gekreuzt. Er versuchte, locker zu wirken, doch Tory bemerkte seine Anspannung.

„Ich glaube, das weißt du.“ Seine leise, vertraute Stimme

erzeugte ein Prickeln in ihrem Nacken, und seine leuchtend blauen Augen erinnerten sie an die kurze gemeinsame Vergangenheit.

„Es heißt, dass du mich treffen willst."

„Das stimmt."

„Warum?"

Er löste seinen Blick von ihr und sah in den sternenlosen Himmel. Der Geruch von Regen lag in der Luft. „Ich dachte, es wäre an der Zeit, ein paar Dinge zwischen uns zu klären."

Bilder des Prozesses bohrten sich in ihren Kopf. „Das geht nicht."

„Tory ..."

„Hör zu, Trask", sagte sie mit leicht zitternder Stimme. „Du bist hier nicht willkommen." Sie rang sich ein sarkastisches Lächeln ab und wies auf den Pick-up. „Ich glaube, es ist besser, wenn du wieder gehst, bevor ich dir sage, was für ein Mistkerl du für mich bist."

„Das wäre nicht das erste Mal", erwiderte er gedehnt und lehnte sich gegen einen der Pfosten, die das Dach stützten. Seine Augen glitten träge ihren Körper hinab. Er nahm die elegante Wölbung ihres Nackens wahr, die glänzenden Strähnen, die sich aus dem Knoten ihres kastanienfarbenen Haars gelöst hatten und frei herunterfielen. Er sah das Feuer in ihren Augen und ihre stolze Haltung. Sie war ohne Zweifel die schönste und intelligenteste Frau, der er je begegnet war. So sehr er es auch versucht hatte, es war ihm nie gelungen, sie zu vergessen. Entfernung und Zeit hatten sein Verlangen nach ihr nicht abklingen lassen; im Gegenteil, die Gefühle, die sich in ihm regten, brannten glühender denn je.

Er grinste sie müde an, was Torys Wut zum Überschäumen brachte. Die Stimme schien ihr im Hals stecken zu bleiben. „Geh!"

„Noch nicht."

Aufrechte Empörung blitzte in ihren Augen auf. „Scher dich zum Teufel …“

„Nicht, solange wir …“

„Sofort!“ Sie schlug mit der Handfläche auf die polierte Holzlehne der Schaukel und stand ruckartig auf. „Ich will nicht, dass du auch nur ein einziges Mal noch einen Fuß auf diese Ranch setzt. Ich dachte, das hätte ich bereits klar zum Ausdruck gebracht, doch entweder hast du ein enorm kurzes Gedächtnis, oder du ignorierst der Einfachheit halber unser letztes Gespräch.“

„Nur fürs Protokoll: Ich habe nichts vergessen. Aber es war kein Gespräch damals gewesen“, erklärte er. „Ein Kriegsschauplatz vielleicht, eine Höllenschlacht meinetwegen, aber kein normales Gespräch.“

„Und das ist es jetzt auch nicht. Ich weiß nicht, warum du hier bist, Trask. Und es ist mir auch ziemlich egal.“

„Das war einmal anders“, sagte er leise. Seine blauen Augen bekamen einen weichen Ausdruck.

Der Ton seiner Stimme stach ihr wie eine Nadel ins Herz, und ihre Wut drohte abzuklingen. „Das war, bevor du mich ausgenutzt hast, Senator“, flüsterte sie rau und zeigte mit ihrem schlanken Finger auf seine Brust. „Bevor du alles, was ich dir erzählt hatte, verdreht und gegen meinen Vater verwendet hast.“

„Und du glaubst immer noch, dass er unschuldig war“, stellte Trask kopfschüttelnd fest.

„Ich weiß es.“ Sie hob ihr Kinn ein wenig und fixierte ihn mit ihren blitzenden graugrünen Augen. „Wie fühlt es sich an, jeden Morgen in den Spiegel zu schauen und zu wissen, einen Unschuldigen ins Gefängnis gebracht zu haben?“ Tränen stiegen ihr in die Augen. „Mein Vater hat die letzten Jahre seines Lebens einsam und todkrank hinter Gittern verbracht, nur weil du gelogen hast.“

„Ich habe nie einen Meineid geleistet, Tory."

Voller Zorn presste sie die Lippen zusammen. „Natürlich nicht. Du warst Anwalt. Du wusstest, wie du die Fragen richtig beantworten musstest; auf welche Weise du der Jury zu verstehen geben musstest, dass mein Vater Teil der Verschwörung war; wie du reagieren musstest, um die Jury glauben zu lassen, dass er dabei war in der Nacht, als Jason den Betrug entdeckte, wie er ungewollt mit am Tod deines Bruders beteiligt gewesen war. Du hast nicht nur den Namen meines Vaters beschmutzt, Trask. Du hast ihm das Leben genommen, als hättest du ihm ein Messer in die Brust gestoßen." Sie trat einen Schritt zurück und legte die Hand auf den Türknauf. Ihre Finger umschlossen das kalte Metall, während sie mit stählerner Stimme fortfuhr: „Und jetzt verschwinde von hier und komm nie wieder. Du magst vielleicht jetzt ein Senator sein und von denen respektiert werden, die nur dein öffentliches Image kennen, aber meiner Meinung nach bist du nichts weiter als ein egozentrischer Abstauber, der die Publicity um den Tod des eigenen Bruders genutzt hat, um gewählt zu werden!"

Trasks Augen funkelten in der Dunkelheit. Er ging einen Schritt auf sie zu, wurde jedoch sofort von ihrem hasserfüllten Blick gestoppt. „Ich habe nur die Wahrheit gesagt."

Zorn erfasste ihren Körper. Fünf lange Jahre voller Wut und Fassungslosigkeit entluden sich in ihr. „Du hast die Geschichte zur Sensation gemacht, sie genutzt, um in die Öffentlichkeit zu kommen, hast jeden vernichtet, der dir im Weg stand, nur um gewählt zu werden." Sie konnte die Tränen kaum zurückhalten. „Gratuliere, Herr Senator. Du hast bekommen, was du wolltest."

Mit dieser Bemerkung öffnete sie die Tür und schlüpfte hindurch, doch Trasks Hand erhob sich gerade noch rechtzeitig und verhinderte, dass sie ihm die Tür vor der Nase zuschlug. „Du hast für alles eine Antwort gefunden ..."

„Das war nicht schwer. Jetzt geh bitte von meinem Grundstück und verschwinde aus meinem Leben. Du hast es schon einmal zerstört. Ist das nicht genug?"

So etwas wie Verzweiflung zeichnete sich auf seinen rauen Zügen ab, doch diese Emotion wurde schnell von Entschlossenheit überspielt. „Nein."

„Nein?", wiederholte sie ungläubig. *Oh Gott, Trask, tu mir das nicht noch einmal an … nicht noch ein zweites Mal.* „Einmal war genug für mich", murmelte sie.

„Ich glaube nicht."

„Dann kennst du mich nicht besonders gut. Ich habe nicht mehr diese masochistische Ader wie früher." Sie drückte fester gegen die Tür, fest entschlossen, ihn auch körperlich aus ihrem Leben zu drängen.

„Da wäre ich mir nicht so sicher."

„Wie bitte?"

„Sieh dich doch an – du bestrafst dich immer noch, indem du dich für die Verurteilung und den Tod deines Vaters verantwortlich fühlst."

*Die Unverfrorenheit dieses Mannes!* Sie spürte, wie ihr Körper anfing zu zittern. „Nein, Trask. So unglaublich du das alles finden magst, aber ich mache *dich* verantwortlich. Schließlich warst du es, der gegen meinen Vater ausgesagt hat …"

„Und seit diesem Tag hasst du dich selbst."

„Ich *kann* jeden Morgen in den Spiegel sehen. Ich *kann* mit mir leben."

„Kannst du?" Seine Skepsis verhallte in der stillen Nacht.

„Ich sehe keinen Grund, warum wir weiter darüber diskutieren sollten. Ich habe dir deutlich gemacht, dass du aus meinem Leben verschwinden sollst."

„Genau das glaube ich dir nicht."

Sie versuchte noch einmal, die Tür zuzuschlagen, doch seine breiten Schultern stemmten sich gegen das Holz. „Du hast ein nicht zu überbietendes Ego, Senator", sagte sie und wünschte, es gäbe eine Möglichkeit, Distanz zwischen ihren Körpern zu schaffen.

„Du hast auf mich gewartet", behauptete er, während sein Blick von ihrem Gesicht ihren Nacken hinunterglitt und an ihrer Halskehle verweilte.

„Selbstverständlich habe ich das."

„Allein."

Sie umfasste den Rand der Tür so fest, dass ihre Finger anfingen wehzutun. „Ich wollte nicht, dass das Gerede von Neuem losgeht. Keith hat mir gesagt, dass du mich sehen wolltest. Also habe ich gewartet. Ich ziehe es vor, allein mit dir zu sprechen. Ohne Richter, Jury oder die Presse, die jedes meiner Worte gegen mich verwendet."

Seine Augen wanderten nach unten und betrachteten den Jeansrock und die apricotfarbene Bluse. „Warum hast du dich dann so hübsch gemacht?"

„Bild dir bloß nichts ein, Senator. Ich nehme gewöhnlich eine Dusche, nachdem ich den ganzen Tag mit den Pferden gearbeitet habe. Meine Kleidung hat nichts mit dir zu tun." Ihre Augen verengten sich ein wenig. „Warum nimmst du nicht einfach dich und dein Superego und verschwindest von hier? Wenn du es nicht tragen kannst, in der Scheune gibt es eine Schubkarre."

Er schob seinen Körper nach vorne und klemmte sich zwischen Tür und Pfosten fest. Tory war stark und drückte ihr ganzes Gewicht gegen die Tür. Doch sie hatte keine Chance gegen seine kräftigen Schultern, die sich ihren Weg in die dunkle Diele bahnten. „Du wirst dir anhören, was ich dir zu sagen habe, ob du willst oder nicht."

„Nein!"

„Du hast keine andere Wahl."

„Raus hier, Trask." Ihre Worte klangen bestimmt, doch innerlich bebte sie. Die Verzweiflung, die sie schon vorher bemerkt hatte, flackerte in seinen mitternachtsblauen Augen auf. So sehr sie ihn auch hasste, so spürte sie immer noch seine körperliche Anziehungskraft. *Gott, was für ein Dummkopf sie war.*

„In einer Minute."

Sie trat zurück und stemmte die Hände in die Hüften. Mit einem tiefen Seufzer entlud sich ihre ganze Frustration. „Da ich dich nicht anders überzeugen kann, warum sprichst du nicht einfach aus, was so brandwichtig ist, und verschwindest dann."

Er musterte sie misstrauisch und ging ins Arbeitszimmer.

„Moment mal ..."

„Ich brauche deine Hilfe."

Tory blieb fast das Herz stehen. Da war ein Anflug von Hoffnungslosigkeit in seiner Stimme, der einen Teil ihrer Seele empfindlich berührte. Sie musste sich daran erinnern, dass er ihr Gegenspieler war. Er war es immer gewesen. Obwohl Trask es ernst zu meinen schien, konnte und wollte sie ihm nicht glauben. Auf keinen Fall.

„Ich glaube, du wirst deine Meinung ändern."

„Das soll wohl ein Witz sein", flüsterte Tory.

Sie folgte ihm ins Arbeitszimmer ihres Vaters und schluckte ihre Wut hinunter. Trask hatte seine Hand auf den Steinkamin gelegt und hielt den Kopf gesenkt. Es schien so vertraut, ihn wieder hier in diesem warmen Raum zu haben, den ihr Vater als Büro benutzt hatte. Raue Holzwände, bequeme, verschlissene Möbel, Aquarelle aus dem alten Westen, indianische Webteppiche in Orange und Braun, und mittendrin Trask, der sich resigniert an den Kamin lehnte und so aussah, als ob er tatsächlich ihre Hilfe bräuchte. Zärtliche Erinnerungen schnürten ihr die Kehle zu. *Gott, wie sehr hatte sie diesen Mann geliebt.* Sie ballte die Fäuste, als käme es einer Niederlage gleich.

„Ich mache keine Witze, Tory." Er sah sie an, und sie las die Verzweiflung in seinen Augen.

„Kommt nicht infrage."

„Hör mir wenigstens zu. Mehr verlange ich nicht."

Die Wut war stärker als jedes andere Gefühl. „Ich kann dir nicht helfen. Und ich will es auch nicht."

Seine Bitte wurde zu einer Drohung. „Ich würde dir raten, es zu tun."

„Warum? Was kannst du mir noch antun? Meinen Ruf ruinieren? Meine Familie zerstören oder meinen Vater umbringen? Das hast du alles bereits getan, es bleibt nichts mehr übrig. Du kannst mir noch so viel drohen, es wird sich weder auf mich noch auf die Ranch auswirken."

Seine Augen suchten ihr Gesicht in der Dunkelheit, studierten besitzergreifend die feinen Linien ihrer Wangen, das stolz vorgestreckte Kinn und das geheimnisvoll Verführerische ihrer intelligenten graugrünen Augen. „Es bleibt nichts mehr übrig?", flüsterte er mit gesenkter Stimme. Er hob eine Hand und zeichnete die sanfte Rundung ihres Nackens nach.

Torys Herz hämmerte gegen ihre Brust. „Nichts", erwiderte sie und wandte sich von ihm ab, um seiner warmen Berührung und seinen trügerisch blauen Augen zu entkommen.

Er verzog das Gesicht. „Es geht um deinen Vater."

Sie drehte sich um und sah ihn an. „Mein Vater ist tot." Bebend vor Wut zeigte sie gebieterisch mit dem Finger auf seine Brust. „Deinetwegen!"

Die Kiefer fest aufeinandergepresst durchschritt er den Raum und hatte sichtlich Mühe, sich unter Kontrolle zu halten. „Du glaubst, dass ich für den Tod deines Vaters verantwortlich war, nicht wahr?"

Der ganze Schmerz der letzten fünf Jahre brach aus ihr heraus. „Das warst du. Er hätte die nötige medizinische Behandlung bekommen können, wenn er nicht im Gefängnis gesessen hätte …"

„Es ist sicher einfacher, in mir den bösen Buben zu sehen

und zu denken, dass dein Vater so etwas wie ein Heiliger war."

„Ich weiß nur, dass mein Vater niemals an so etwas wie einem Mord beteiligt gewesen war, Trask." Sie zitterte am ganzen Leib. All die alten Emotionen wie Liebe, Hass, Angst und Verzweiflung zerrten an ihr. Tränen quollen aus ihren Augen, gegen die sie sich nicht wehren konnte.

„Dein Vater war ein verzweifelter Mann", sagte er leise.

„Was soll das heißen?"

„Verzweifelte Männer begehen Fehler, die sie normalerweise nicht machen würden." Sein Gesicht sah nachdenklich und besorgt aus. Sie bemerkte weder Rache noch Wut in seinen Augen. *Trask glaubt wirklich, dass ihr Vater nichts weiter als ein einfacher Pferdedieb war.*

„Du klammerst dich an einen Strohhalm. Meinem Vater ging es sehr gut."

Trask durchquerte den Raum, legte einen Arm auf den Kaminsims und rieb sich das Kinn. Seine dunklen Augen ruhten auf ihr. „Die Ranch hatte in kurzer Zeit eine Menge Geld verloren." Sie wollte protestieren, doch er fuhr fort. „Das weißt du so gut wie jeder andere. Als du sie übernommen hast, musstest du die Bank um weitere Kredite bitten."

„Die Ranch war in Verruf geraten. Die Leute hatten wegen des Skandals Angst, Pferde von uns zu kaufen."

„Richtig. Der Skandal. Ein simpler Betrug, um Geld mit dem angeblichen Tod reinrassiger Quarter Horses zu machen. Als Beweis wurden tote Pferde geliefert, die den Blaublütern ähnelten, aber nicht annähernd so viel wert waren. Niemand in dieser Gegend stellte Richter Bentons Integrität infrage, zumal er von dem Tierarzt George Henderson unterstützt wurde. Es war ein einfacher Plan, um die Versicherungsgesellschaften zu täuschen und Tausende von Dollar abzukassieren. Es hätte niemals geklappt, wenn dein Vater nicht das perfekte Versteck für die Rassepferde zur Verfügung gestellt hätte. So ist es zu diesem ganzen Skandal gekommen."

„Ich kann nicht glauben, dass Dad etwas damit zu tun hatte."

„Die Pferde wurden auf seinem Grund und Boden gefunden, Tory." Trask runzelte die Stirn angesichts ihrer Starrköpfigkeit. „Zurzeit kannst du eine Menge Dinge nicht glauben, nicht wahr?", warf er ihr vor und verfluchte sich im Stillen, dass er sie so quälte. „Warum hat sich dein Vater nicht verteidigt, als er im Zeugenstand war? Sein Schweigen hat wie ein Schuldeingeständnis gewirkt."

Eine Träne lief ihre Wange hinunter. „Ich will nichts mehr davon hören ..."

„Aber das wird dir nicht erspart bleiben, Lady. Du wirst dir jedes belastende Detail, das ich habe, anhören."

„Warum, Trask?", fragte sie. „Warum gerade jetzt? Dad ist tot ..."

„Genauso wie Jason. Mein Bruder ist ermordet worden, Tory. Ermordet!" Er ließ sich auf einen Stuhl neben dem Schreibtisch fallen. „Ich habe Grund zu glauben, dass eine der Personen, die an dem Betrug und an Jasons Tod beteiligt war, nie vor Gericht gekommen ist."

Sie riss entsetzt die Augen auf. „Was willst du damit sagen?"

„Ich glaube, dass es mehr als nur drei Verschwörer bei der Sache gab. Vier, vielleicht fünf ... wer weiß? Die halbe verdammte Bevölkerung der County könnte darin verwickelt gewesen sein." Trask sah so verstört und niedergeschlagen aus, wie sie es nie für möglich gehalten hätte. Der US-Senator aus Sinclair, Oregon, hatte seinen Glanz verloren und war ausgepowert worden in den letzten Jahren. Zynische Linien umschlossen seinen Mund, und seine blauen Augen schienen plötzlich leblos.

Tory stockte der Atem. „Das ist nicht dein Ernst."

„Doch Tory. Das ist mein völliger Ernst. Und ich werde herausfinden, wer es war."

„Aber Richter Benton hätte jeden mit sich untergehen lassen – niemand hätte sich einfach so davonmachen können."

„Es sei denn, es gab einen Deal, oder die andere Person hatte etwas gegen Benton. Wer weiß? Vielleicht hat dieser Mann mehr Macht, als wir denken ..."

Tory schüttelte vehement den Kopf. „Ich glaube nichts davon und will es auch nicht." Unruhig lief sie im Zimmer umher. Ihr schwirrte der Kopf. *Warum musste Trask all das wieder ans Licht zerren? Warum jetzt, wo die Lazy W Ranch gerade zur Normalität zurückgefunden hatte ...* „Nichts von dem, was du sagst, kann die Vergangenheit ändern." Sie hob ergeben die Hände. „Um Himmels willen, Trask, warum bist du hier?"

„Du bist die Einzige, die mir helfen kann, das Rätsel zu lösen, Tory."

„Ich habe kein Interesse."

„Vielleicht wird das hier deine Meinung ändern." Er zog ein Stück Papier aus seiner Brieftasche und gab es ihr. Es war eine Fotokopie des Briefes, den er erhalten hatte.

Tory las die verheerenden Zeilen und zog ihre Augenbrauen zusammen. „Wer hat dir das geschickt?"

„Ich weiß es nicht."

„Ein anonymes Schreiben?"

„Ja. Es kam in mein Büro in Washington."

„Wahrscheinlich nur ein dummer Streich."

„Es ist in Sinclair, Oregon, abgestempelt worden. Wenn es ein Streich ist, dann ein sehr böswilliger. Und einer deiner Nachbarn hängt da mit drin."

Tory las den Text noch einmal:

Einer der Mörder deines Bruders ist noch auf freiem Fuß. Er war Teil der Verschwörung im Quarter-Horse-Betrug, zusammen mit Linn Benton, Calvin Wilson und George Henderson.

„Wer könnte ein Interesse daran haben, das alles noch mal aufzurollen?", wollte Tory wissen.

Trask schüttelte den Kopf und strich sich durchs Haar. „Jemand, der ein schlechtes Gewissen hat? Jemand, der etwas mitgehört hat und glaubt, dass es an der Zeit ist, reinen Tisch zu machen? Ein naseweiser Journalist, der an einer Story interessiert ist? Ich weiß es nicht. Wer immer es auch ist, er will mich mit hineinziehen."

Tory ließ sich auf einen Stuhl fallen. „Und du konntest deine Finger nicht davon lassen."

„Hättest du das gekonnt?"

Sie lächelte bitter und betrachtete den Brief in ihrer Hand. „Wahrscheinlich nicht. Nicht, wenn damit die Chance verbunden wäre, die Unschuld meines Vaters zu beweisen."

„Zum Teufel, Tory!", rief Trask. „Calvin hatte im Zeugenstand die Möglichkeit dazu gehabt. Er hatte es vorgezogen, von seinem Zeugnisverweigerungsrecht Gebrauch zu machen."

Tory musste schlucken, während sie sich daran erinnerte, wie ihr Vater in dem überfüllten Gerichtssaal gesessen hatte. Sein dickes weißes Haar war sorgfältig gekämmt, seine grauen Augen starrten vor sich hin. Jedes Mal, wenn der Staatsanwalt ihm eine Frage stellte, antwortete er mit stoischer Ruhe, dass er die Antwort verweigern würde, wohl wissend, dass das gegen ihn verwendet werden könnte. Calvins Verteidiger waren die Hände gebunden in dem stickigen Gerichtssaal. Die anderen Angeklagten, Linn Benton, ein bekannter Amtsrichter und Drahtzieher des Betrugs, sowie George Henderson, ein Veterinär und Rancher, dessen Grundstück im Norden an das der Lazy W Ranch grenzte, arbeiteten mit dem Staatsanwalt zusammen. Aber aus unerklärlichen Gründen, die er seiner verzweifelten Tochter gegenüber nicht erklären wollte, nahm Calvin Wilson ohne einen Anflug des Bedauerns die Schuld auf sich.

„Mach dir nichts vor, Tory", erklärte Trask. „Dein Vater hatte seine Gründe, sich an der Sache zu beteiligen. Er war unheilbar an Krebs erkrankt, die Ranch war in finanziellen

Schwierigkeiten, und er war nicht in der Lage, für dich oder deinen Bruder zu sorgen. Des Geldes wegen hat er sich auf den Betrug eingelassen … er hat es für euch getan. Aber er hatte nicht damit gerechnet, dass Jason seine Nase da hineinstecken würde.“ Er ging zum Fenster hinüber und sah in die Nacht hinaus. „Ich wollte es nie wahrhaben, dass dein Vater in den Mord verwickelt war, Tory. Es wäre mir lieber gewesen, wenn er nichts davon gewusst hätte, dass Jason ihm und den anderen auf der Spur gewesen war. Aber als ich ihn damit konfrontierte, sah er durch mich hindurch, als hätten meine Worte keine Bedeutung.“ Trask durchquerte den Raum und packte Tory an den Schultern. Verzweiflung lag in seinem Gesicht. *„Keine Bedeutung! Das Leben meines Bruders, um Gottes willen, und Calvin stand da wie eine verdammte Statue!“*

Tory versuchte, sich seinem Griff zu entziehen. „Nicht Mord, Trask. Mein Vater wäre nie dazu in der Lage gewesen. Er …“ Ihr versagte die Stimme. „… konnte es nicht.“

„Wenn du wüsstest, wie gern ich dir das glauben würde.“

„Aber bestimmt …“

„Ich glaube nicht, dass er der Anstifter war“, unterbrach er sie. „Genauer gesagt schätze ich, dass Benton Jasons ‚Unfall‘ geplant hat und einen seiner Handlanger damit beauftragt hat, am Auto herumzufummeln.“

„Und Dad musste den Preis bezahlen.“

„Weil er sich nicht verteidigt hat.“

Sie schüttelte den Kopf. „Deinen Lügen gegenüber.“ Sie fühlte den Druck seiner Hand durch den weichen Stoff ihrer Bluse. Die schwüle Nachtluft war voller Spannung, und Tory spürte Schweißperlen in ihrem Nacken.

„Ich habe nur das gesagt, was für mich die Wahrheit war.“

Verbittert zog sie ihre Mundwinkel nach unten, und ihre Augen wurden eiskalt. „Die Wahrheit, die du von mir erfahren hast.“

Seine Schultern versteiften sich unter seinem Baumwollhemd, und er sah sie mit durchdringendem Blick an. „Es war nie meine Absicht, dich zu verletzen, Tory, das weißt du."

Eine Sekunde lang war sie versucht, ihm das zu glauben. Doch all der Schmerz erfasste sie erneut wie ein heftiger Windstoß, und sie spürte, wie sie innerlich bebte. „Ich habe dir vertraut."

Er zuckte unmerklich zusammen.

„Ich habe dir vertraut, und du hast mich benutzt." Sie hielt immer noch das verknitterte Papier in der Hand. „Nimm diesen Brief und geh, bevor ich Dinge sage, die ich später bereue."

„Tory ..." Er wollte sie an sich ziehen, doch sie wich zurück, wollte weg von seinen lügenden Augen und seiner vertrauten Berührung.

„Ich will nichts mehr hören, Trask. Und ich will dich nicht wiedersehen. Lass mich jetzt bitte allein ..."

Ein lautes Klopfen erfüllte den Raum, und die Eingangstür knarrte, als Rex Engels das Haus betrat.

„Tory?", rief der Vorarbeiter. Seine Schritte verlangsamten sich, als zögerte er, weiter vorzudringen.

„Hier drinnen." Tory war erleichtert über sein Erscheinen. Sie wandte sich von Trask ab und ging zur Tür. Als Rex eintrat, blieb er einen Moment stehen und starrte zu Trask hinüber. Mit zusammengepressten Lippen nahm er seinen verstaubten Stetson ab und fuhr mit der Hand über seine weißen Bartstoppeln. Er war ein wenig kleiner als Trask, hatte aber von der körperlichen Arbeit eine gertenschlanke Figur. In seiner rauen Art war Rex Engels ein zuverlässiger Mann, und er arbeitete schon seit vielen Jahren auf der Lazy W Ranch.

Der Vorarbeiter fühlte sich offensichtlich unwohl; er trat von einem Bein aufs andere und sah zwischen Trask und Tory hin und her.

„Was ist los?", erkundigte sich Tory und wusste sofort, dass etwas nicht stimmte. Womöglich lag Keith im Krankenhaus oder noch schlimmer …

„Vor ungefähr einer Stunde habe ich einen Anruf von Len Ross bekommen", erklärte Rex. Sein Mund verhärtete sich. Tory nickte und sah ihn erwartungsvoll an. Ross war der benachbarte Rancher. „Einer von Ross' Männern war gerade dabei, den Zaun zu flicken, als er ein totes Kalb auf der Lazy W entdeckte."

Tory sackte unmerklich in sich zusammen. Vieh zu verlieren war immer eine Tragödie, besonders wenn es sich um junge Tiere handelte. Es war leider nichts Ungewöhnliches und kam öfter vor, als ihr lieb war. Trotzdem stellte es keinen ausreichenden Grund dar, dass Rex nach Einbruch der Dunkelheit hergefahren kam. Es musste noch etwas anderes sein. Etwas, das er nicht in Gegenwart von Trask besprechen wollte. „Und?"

Rex rieb sich den Nacken. Er sah vielsagend zu Trask hinüber. „Das Kalb wurde erschossen."

„Was?" Tory versteifte sich.

„Wie es aussieht, mit einem 22er Kaliber."

„Sie haben das Tier also gesehen?", warf Trask ein. Sein ganzer Körper war angespannt, während er gegen die Wand gelehnt im Durchgang zum Arbeitszimmer stand.

„Ja."

„Und du glaubst nicht, dass es ein Unfall war?", fragte Tory.

„Es ist keine Jagdsaison", erwiderte der Vorarbeiter, während er Trask einen anklagenden Blick zuwarf. „Außerdem steckten drei Kugeln in dem Kadaver."

Tory schluckte gegen die aufkommende Übelkeit. Zuerst Trask mit dem anonymen Brief und der Drohung, die Vergangenheit wieder auszugraben, und jetzt der Beweis, dass jemand versuchte, ihren Viehbestand zu gefährden. „Warum?", überlegte sie laut.

„Vielleicht irgendwelche Kinder …", meinte Rex und wechselte unruhig den Blick zwischen Trask und Tory. „Das ist schon früher mal passiert."

„Es sieht kaum wie ein dummer Streich aus“, warf Trask ein. Die unglücklichen Zufälle häuften sich, und Trask war kein Mann, der an Zufälle oder Glück glaubte.

Rex zuckte die Achseln. Er hatte keine Lust, die Angelegenheit mit dem Mann zu diskutieren, der Calvin Wilson ins Gefängnis gebracht hatte. Er traute Trask McFadden nicht über den Weg, und seine braunen Augen machten das deutlich.

Nachdem der erste Schock vorüber war, packte Tory die Wut. Jemand hatte mit Absicht ihr Vieh getötet. „Ich werde im Büro von Paul Barnett anrufen, wenn wir zurück sind“, sagte sie.

„Wenn wir zurück sind?“

„Ich möchte das tote Tier sehen.“ Ihre graugrünen Augen blitzten entschlossen. Sie wusste, dass Rex versuchen würde, sie vor dem hässlichen Anblick zu bewahren.

„Da gibt es nicht viel zu sehen“, beteuerte Rex. „Es ist dunkel.“

„Das ist meine Ranch, und wenn jemand mein Vieh angreift, möchte ich wissen, womit ich es zu tun habe. Lass uns fahren.“

Rex wusste, dass sie nicht davon abzubringen war, sobald sie einmal einen Entschluss gefasst hatte. Auch in dieser Hinsicht war Victoria Calvins Tochter. Er sah Trask forschend an. Was war mit ihm?

„Trask wollte gerade gehen.“

„Noch nicht“, wandte Trask ein. „Ich komme mit.“

„Kommt nicht infrage.“

„Hör zu. Ich glaube, es gibt einen Zusammenhang mit dem, was wir gerade besprochen haben.“

Der anonyme Brief? Die Inhaftierung ihres Vaters? Der Pferdebetrug vor fünf Jahren? „Ich sehe nicht, inwiefern …“ protestierte sie.

„Es tut keinem weh, wenn ich einen Blick darauf werfe.“

*Er war so verflucht logisch.* Da ihr kein Gegenargument einfiel und sie vor Rex keine Szene machen wollte, willigte sie widerstrebend ein. „Das gefällt mir nicht“, murmelte sie in sich hinein, nahm ihre Jacke von einem Holzhaken neben der Tür und wappnete sich für die unschöne Szenerie, die sie draußen auf der Weide erwartete.

„Mir auch nicht.“

Der Ton von Trasks Stimme jagte ihr einen Schauer über den Rücken.

Rex warf ihr einen besorgten Blick zu, setzte seinen grauen Stetson wieder auf und bewegte sich Richtung Tür. Während sie nach den Autoschlüsseln griff, fragte sich Tory, was mit ihrem Leben los war. Alles schien aus den Fugen zu geraten. Und daran war nur Trask McFadden schuld.

## *3. KAPITEL*

Trask saß auf dem Beifahrersitz des Pick-up und verfolgte mit nachdenklichem Blick die Rücklichter von Rex' kleinem Lastwagen.

Tory konzentrierte sich, Rex zu folgen. Ihre Hände umklammerten fest das Lenkrad, während sie versuchte, den Pick-up über den mit tiefen Spurrillen versehenen Schotterweg zu manövrieren, der entlang der Ranch zu den Bergen führte.

Unerträgliche Spannung erfüllte das dunkle Wageninnere, während sie schweigend nebeneinandersaßen. Tory musste sich auf die Lippe beißen, um ihm nicht ins Gesicht zu schreien. Sie wollte nicht, dass er sich wieder in ihr Leben drängte.

Sie schaltete den Gang herunter und kam an der Grenze zu Len Ross' Grundstück zum Stehen.

„Hier drüben", rief Rex, nachdem sie den Motor abgestellt hatte. Er nahm eine Taschenlampe aus dem Handschuhfach und sprang aus dem Führerhaus seines Wagens. Trask hielt den Stacheldraht, der die Weide umschloss, auseinander, während Tory durch den Zaun kletterte. Sie folgte dem Schein von Rex' Taschenlampe. Trask lief schweigend hinter ihr her. Sie spürte seine Gegenwart, hörte seine großen Schritte hinter ihren kleinen.

Die ersten Regentropfen fielen, als Tory sich einem dunklen Fleck nahe einer einzelnen Pinie näherte. Der Lichtkegel von Rex' Taschenlampe richtete sich auf den leblosen weißen Kopf des Kalbes. Ein stumpfes Augenpaar blickte gen Himmel und eine große, rosafarbene Zunge hing dem toten Tier seitlich aus dem Maul heraus.

„Oh, mein Gott", flüsterte Tory und beugte sich nach vorn, um den leblosen Körper zu berühren. Ihr wurde fast übel, während sie über das lockige rote Fell des Tieres fuhr, um die Fliegen zu vertreiben. In den fast siebenundzwanzig Jahren, die sie auf der Ranch lebte, war sie immer wieder mit dem Tod konfrontiert worden. Aber das mutwillige Zerstören jungen Lebens konnte sie nicht akzeptieren. Es war so sinnlos und schnürte ihr immer wieder die Kehle zu.

Im Schein der Taschenlampe bemerkte Tory drei dunkle Punkte im Bauch des Tieres. Das rot-weiße Fell war von getrocknetem Blut gefärbt. Wer auch immer das Kalb getötet hatte, hatte noch nicht einmal den Anstand besessen, es mit einem einzigen Schuss zu tun. Wahrscheinlich hatte die arme Kreatur noch etliche Stunden gelitten, bevor sie einsam unter dieser Gelbkiefer verendet war.

„Was ist mit der Mutter des Tieres?"

„Ich habe mich um sie gekümmert", antwortete Rex. „Sie ist bei der restlichen Herde auf der Südweide."

Tory nickte nachdenklich und wies mit dem Kopf auf das tote Kalb. „Wir müssen es abdecken", sagte sie leise. „Ich habe eine Plane hinten im Wagen."

„Warum?", wollte Rex wissen, doch Trask war bereits auf dem Weg zurück zum Pick-up.

„Ich möchte, dass sich jemand aus dem Büro des Sheriffs das Kalb ansieht, und dabei kein Risiko eingehen, dass es vorher von irgendeinem Aasfresser gefunden wird. Ein Kojote würde nichts von dem Kadaver übrig lassen", erwiderte Tory, während sie aufstand und sich den Rock abklopfte. Ihre Augen blitzten entschlossen in der Dunkelheit. „Jemand hat das hier mit Absicht getan." Sie zeigte auf das Kalb. „Und ich will, dass diese Person gefunden wird."

Rex holte tief Luft und schüttelte den Kopf. „Das dürfte nicht einfach werden", meinte er.

„Ja, aber wir müssen etwas unternehmen. Wir können nicht einfach dasitzen und es ein weiteres Mal geschehen lassen."

Rex nickte. „Sie haben recht, Tory. Dagegen ist nichts zu sagen. Wer immer das hier getan hat, muss dafür bezahlen. Aber ich glaube nicht, dass jemand aus dem Büro des Sheriffs dabei nützlich sein könnte."

„Vielleicht nicht, aber zumindest können wir herausfinden, ob andere Rancher ähnliche Probleme gehabt haben."

Rex vergrub die Hände in den Taschen seiner leichten Jacke und zog die Schultern hoch. Es fing heftig zu regnen an. „Ich werde morgen alle Weiden überprüfen, um sicherzugehen, dass es nicht noch mehr Überraschungen gibt."

„Gut."

Rex blickte beklommen zu den Fahrzeugen hinüber, wo Trask die Plane hervorholte. „Es gibt da noch etwas, das Sie wissen sollten." Seine Stimme war leise, als wolle er keine unliebsamen Zuhörer haben.

Tory folgte Rex' Augen. „Was ist?"

„Der Zaun ... jemand hat ihn zerschnitten. Wer immer das getan hat ...", er zeigte auf das tote Kalb, „... ist nicht einfach über den Zaun geklettert oder durchs Tor gekommen. Nein. Alle vier Drähte wurden sauber durchgeschnitten."

Tory blieb fast das Herz stehen. Wer immer das Kalb getötet hatte, hatte es mit Unverfrorenheit, ja fast mit offenem Spott getan. Innerhalb weniger Stunden hatte sich die Lage der Dinge zusehends verschlechtert.

„Ich habe es notdürftig geflickt", sagte Rex und runzelte die Stirn. „Aber ich brauche morgen einige Helfer, um es ordentlich zu machen."

„Glaubst du nicht, dass sich ein paar Kinder hier einfach etwas beweisen wollten?", fragte Tory.

Rex zuckte die Achseln, und selbst in der Dunkelheit konnte sie seinen finsteren, verstörten Blick sehen. „Mag sein. Aber ich bezweifele es."

„Großartig."

„Kennen Sie jemand, der nicht gut auf Sie zu sprechen ist?", fragte Rex angespannt.

„Nicht dass ich wüsste."

„Vielleicht jemand, der noch eine Rechnung mit Ihrem Dad

offen hat? Jetzt, wo er tot ist, wären Sie das nächste Ziel." Er zögerte einen Moment, als scheute er sich, das heikle Thema anzusprechen. „Vielleicht ist es jemand, der wegen des Pferdebetrugs Ärger machen will."

„Das glaube ich nicht", murmelte Tory. „Das ist so lange her … mehr als fünf Jahre."

„Aber McFadden ist zurück. Und mit ihm …" Rex verstummte. Trask kam mit einer schweren Plane über der Schulter zurück. Ohne ein Wort zu wechseln, bedeckten die beiden Männer das tote Tier und befestigten die Plane mit einem Seil und Metallpflocken, die Trask ebenfalls mitgebracht hatte.

„Das sollte reichen", sagte Rex und rieb sich das Regenwasser aus dem Nacken. „Da müsste schon ein Grizzly kommen, um das zu zerreißen." Er straffte die Schultern und fügte hinzu: „Wie gesagt, ich werde gleich morgen früh den Viehbestand und die Zäune kontrollieren. Ich gebe Ihnen Bescheid, wenn etwas nicht in Ordnung ist." Rex musterte Trask einen Moment lang, und Tory bemerkte, wie sich Trasks Züge anspannten.

„Wir sprechen uns morgen früh", erwiderte Tory.

„Gute Nacht", murmelte Rex und ging zu seinem Wagen.

„Danke, dass Sie sich darum kümmern, Rex."

„Kein Problem." Rex setzte sich den Hut auf. „Gehört alles zum Job."

„Mehr als Ihre Pflicht zu so später Stunde."

„Das ist nichts Besonderes", rief Rex über die Schulter zurück.

Tory stand neben Trask und verfolgte den Strahl der Taschenlampe, während der Vorarbeiter mit schnellen Schritten zu seinem Auto ging.

„Komm", sagte Trask und legte vertraut den Arm um ihre Schultern. „Du wirst ja klatschnass. Lass uns fahren."

Tory warf noch einen letzten verzweifelten Blick auf den mit der Plane bedeckten Kadaver. Dann ging sie zusammen mit

Trask zum Pick-up zurück, ohne sich gegen seinen Arm auf ihrer Schulter zu wehren. In dieser Nacht, in der ihre ganze Welt aus den Fugen zu geraten schien, spürte sie das Bedürfnis nach seinem Schutz. Ihre widersprüchlichen Gefühle für ihn grenzten an Ironie, doch das kümmerte sie nicht. Sie war viel zu müde und emotional ausgelaugt, um die Konsequenzen der neuen Vertrautheit zwischen ihnen zu bedenken.

„Ich fahre", sagte Trask.

„Ich kann ..."

„Ich fahre", wiederholte er mit Nachdruck. Sie holte die Wagenschlüssel aus der Tasche und überreichte sie ihm widerspruchslos. Trask kannte die kleinen Wege der Lazy W Ranch gut. Oft genug war er sie in den wenigen Monaten ihrer leidenschaftlichen Affäre entlanggefahren. Diese glückliche, sorgenfreie Zeit scheint eine Ewigkeit her zu sein, dachte sie, während der Wagen über die zerfurchten Wege holperte.

Trask fuhr langsam zum Haus zurück. Der alte Motor des Pick-ups rumpelte durch die Nacht, die Scheibenwischer kämpften gegen den strömenden Regen an. Aus den Lautsprechern tönte blecherne Countrymusik.

„Was glaubst du, wer das getan hat?", fragte Trask, als er den Wagen in der Nähe der vorderen Veranda zum Halten brachte.

„Ich habe keine Ahnung", erklärte Tory mit bedrücktem Gesicht. „Ich verstehe nicht im Geringsten, was hier vor sich geht. Gestern war noch alles normal: die einzigen Probleme waren ein kaputter Mähdrescher und ein Pferd mit Hufrehe. Aber jetzt ..." Sie hob hilflos die Hände, bevor sie die Tür öffnete. „... scheint es, als sei die Hölle los." Sie sah zu ihm hinüber und bemerkte, wie er sie musterte.

„Tory ..." Er streckte die Hand nach ihr aus, und das verführerische Glänzen seiner Augen ließ ihr Herz schneller schlagen. Langsam strich er durch ihr nasses Haar, und auf seinen Lippen lag ein wehmütiges Lächeln. „Ich erinnere mich an ein anderes Mal, als wir beide allein in diesem Pick-up saßen."

Bilder der Leidenschaft kehrten zurück. Sein intensiver Blick erinnerte sie an seine Hände auf ihrer Brust, an wohligen Schauer, die seine Berührung in ihr ausgelöst hatte, den Geschmack seiner Lippen auf ihren. „Ich glaube, wir sollten lieber nicht darüber reden. Noch nicht einmal daran denken", flüsterte sie.

Seine Hand verweilte auf ihrem entblößten Nacken und wärmte ihre nasse Haut. „Können wir nicht zusammen sein, ohne zu streiten?", fragte er mit leiser Stimme.

Nach all diesen Jahren begehrte Trask sie noch; zumindest wollte er, dass sie glaubte, dass er noch etwas für sie empfand – ein bisschen zumindest. Vielleicht tat er es ja auch. „Ich … ich weiß nicht."

„Lass es uns versuchen."

„Ich glaube nicht, dass ich das will", erklärte sie, doch es war zu spät. Mit Faszination und Schrecken sah sie, wie er sich über sie beugte und seine Lippen ihren Mund bedeckten, während er sie an sich drückte. Sein Geruch nahm sie völlig gefangen; der vertraute Duft seiner vom Regen durchnässten Haut und seine Berührung erweckten alle ihre Sinne zum Leben.

Die Wärme seiner Arme umhüllte sie, und sie spürte, wie aufkeimendes Begehren ihr Blut zum Brodeln brachte. Seine warmen Lippen berührten die ihren, voll mit der glimmenden Lust der letzten fünf Jahre.

Das darf nicht geschehen, dachte sie panisch und drückte die Handflächen gegen seine Schultern, um sich aus der intimen Umarmung zu befreien. Als er den Kopf zurücknahm, ließ sie ihre Stirn gegen sein Kinn sinken. Ihre Hände stemmten sich immer noch gegen seine Schultern, und nur ihr flacher Atem zeugte von ihrer inneren Zerrissenheit. „Wir dürfen nicht wieder damit anfangen", sagte sie schließlich und sah ihm entschlossen in die Augen. „Wir können nicht einfach so tun, als sei nichts geschehen."

„Aber wir dürfen nicht zulassen, dass das, was geschehen ist, einen Keil zwischen uns treibt."

„Oh, Trask, komm schon. Überleg doch mal", sagte Tory schnippisch, obwohl ein Teil in ihr ihm verzweifelt glauben wollte. „Ich ..."

„Das habe ich. Fünf Jahre lang."

„Es gibt keine andere Lösung, Trask. Das wissen wir beide." Bevor er ihr widersprechen oder ihr Herz protestieren konnte, öffnete sie die Wagentür und rannte im Regen über die Kiesauffahrt zum Haus hinüber.

Sie war bereits im Arbeitszimmer, als Trask den Raum betrat. Er lehnte sich herausfordernd gegen die Wand im Durchgang. Sein regennasses Haar hatte einen dunkelbraunen Ton bekommen, und der durchweichte Stoff seines Hemdes klebte an seinen muskulösen Schultern. Wie er mit vor der Brust gekreuzten Armen so dastand und sie durchdringend ansah, wirkte er männlicher, als ihr lieb war. „Wovor läufst du davon?", fragte er.

„Vor dir ... mir ... uns." Hilflos warf sie die Arme in die Luft und merkte, wie unwürdig ihre Gefühlsäußerung wirkte. Sie besann sich auf ihren Stolz, schlang die Arme um sich und ließ sich auf den Stuhl hinter dem Schreibtisch ihres Vaters fallen. Sie hoffte, dass der große Eichentisch eine Distanz zwischen ihnen schaffen würde – und ihr Zeit geben würde, ihre widersprüchlichen Gefühle in den Griff zu bekommen.

Trask sah sehr erschöpft aus, als er im Zimmer umherwanderte und sich ohne zu fragen einen großen Drink aus der verspiegelten Bar neben dem Kamin einschenkte. Stumm hob er die Flasche, doch Tory schüttelte den Kopf. Sie wollte einen klaren Kopf behalten. Ihre Reaktion auf Trask hatte etwas Unerwartetes und Überwältigendes. Sie musste sich unbedingt unter Kontrolle halten. Sie durfte sich nicht noch einmal von ihm hinters Licht führen lassen. Wie hieß es doch so schön? Gebranntes Kind scheut das Feuer? Genauso verhielt es sich mit

Trask. Er hatte sie schon einmal benutzt, und das war genug.

Er ging zum Fenster hinüber, stützte einen Fuß auf einen kleinen Schemel und sah mit dem Drink in der Hand in die sternenlose Nacht hinaus. Regentropfen perlten die Scheiben herunter.

„War es das erste Mal?“ Trask drehte sich um und lehnte sich gegen das Fensterbrett.

„Was?“

„Dass eines deiner Tiere als Zielscheibe diente?“

Ihre Augen verengten sich angesichts dieses groben Vergleichs. „Ja.“

Er schwenkte sein Glas mit dem goldfarbenen Alkohol und sah sie an. „Findest du es nicht merkwürdig?“

„Natürlich.“

Trask schüttelte den Kopf. „Mehr als das, Tory. Nicht nur merkwürdig. Was ich meine, ist, dass es nicht nur wie ein Zufall aussieht. Erst dieser Brief …“ Er zeigte auf das anonyme Schreiben, das immer noch zerknittert auf dem kleinen Tisch lag. „… und jetzt das Kalb.“

Ein angstvoller Schauer lief Tory über den Rücken. „Was willst du damit sagen?“

„Ich glaube, das erschossene Tier ist eine Warnung, Tory.“

„Wie bitte?“

„Jemand weiß, dass ich hier bin und nach demjenigen suche, der damals nicht vor Gericht gestellt worden war. Ich habe nicht verschwiegen, dass ich dich aufsuchen wollte. Das Kalb war eine Botschaft, dass du dich von mir fernhalten sollst.“

Tory lachte nervös. „Das meinst du nicht ernst …“

„Völlig ernst.“

Tory spürte erste Anzeichen der Angst. „Ich glaube, du bist zu lange in Washington gewesen, Senator“, erwiderte sie. „Zu viele Unterausschüsse über organisierte Kriminalität lassen dich jetzt Schatten nachjagen. Das hier ist Sinclair, Oregon, nicht New York City.“

„Ich spaße nicht, Tory." Seine Augen funkelten gefährlich, während er das Glas mit einem Schluck leerte. „Jemand will dich einschüchtern."

„Wahrscheinlich handelt es sich nur um einen dummen Streich, wie Rex gesagt hat."

„Das glaubt Rex genauso wenig wie du."

„Du weißt, wie Kinder sind: Sie haben eine Idee im Kopf und des Kitzels wegen ..."

„... schlachten sie ein Kalb ab?", ergänzte er rüde. Wut blitzte in seinen Augen auf. „Wirklich lustig: ein junges Kalb mit drei Schüssen im Bauch. Ein eigenartiger Humor."

„Ich wollte nicht sagen, dass sich jemand einen Spaß machen wollte."

Seine Faust krachte auf die Fensterbank. „Verdammt, Tory, hörst du nicht zu, was ich sage? Es ist doch ganz offensichtlich, dass dir jemand Angst machen will!"

„Warum dann nicht mit einem Brief ... oder einem Anruf? Warum so etwas Obskures wie ein totes Kalb? Ich glaube, du klammerst dich an einen Strohhalm und bringst die Dinge miteinander in Verbindung, nur damit ich dir bei dieser ... sinnlosen Unternehmung helfe!" Um jede weitere Diskussion zu vermeiden, griff sie zum Telefon.

Trasks Augen schienen förmlich zu brennen. Er wollte noch etwas sagen, doch Tory schüttelte den Kopf und winkte abwehrend mit der Hand, während sie die Nummer des Sheriffbüros wählte, den Hörer zwischen Kopf und Schulter festgeklemmt. „Nein, Trask, was du dir denkst, macht keinen Sinn. In keiner Weise."

„Zum Teufel! Wenn du nur nicht so verdammt sturköpfig wärst ..."

„Deputy Smith?", sagte Tory, als sich eine kurz angebundene Stimme meldete. „Hier spricht Tory Wilson von der Lazy W Ranch." Tory erhob die Hand, um Trasks aufkommenden Protest abzuwehren. Schnell und präzise fasste sie zusammen, was passiert war, nachdem Len Ross' Helfer das tote Tier entdeckt hatte.

„Wir schicken morgen früh jemand zu Ihnen raus", versprach der Hilfssheriff, nachdem er ihr versichert hatte, dass kein weiterer Rancher in den letzten Wochen einen solchen Zwischenfall gemeldet hatte. Zitternd legte Tory den Hörer auf. Nachdenklich zog sie die Brauen zusammen.

„Glaubst du mir jetzt endlich?", wollte Trask wissen. Er war immer noch aufgebracht, hatte seine Wut jedoch wieder im Griff.

„Nein ..."

„Denk lieber noch mal nach. Ist sonst noch etwas Ungewöhnliches hier passiert?"

„Nein ... doch, warte mal. Ein Mähdrescher ist plötzlich kaputt gegangen, und ein Hengst hat Hufrehe. Aber das hat sicher nichts miteinander zu tun ... vergiss es." *Welch ein Gedanke! Governors Zustand und die kaputte Maschine waren gewöhnliche Probleme einer Ranch. Der böse Vorfall mit dem Kalb – das war etwas anderes.* Sie lächelte gezwungen. „Ich glaube, es ist besser, wenn du jetzt gehst."

„Was ist mit dem Brief?" Er nahm das Stück Papier und wedelte damit herum. „Willst du den auch ignorieren?"

„Ich würde ihn nicht allzu ernst nehmen", meinte sie und zog die Schultern hoch.

„Nein?"

„Um Himmels willen, Trask. Er ist noch nicht einmal unterschrieben. Das ergibt keinen Sinn für mich. Warum sollte der Absender sich nicht zu erkennen geben, wenn er einen echten Verdacht hat? Wenn derjenige, der das hier geschrieben hat, will, dass du etwas unternimmst, warum hat er das verdammte Papier dann nicht unterschrieben?"

„Vielleicht weil er oder sie Angst hat. Vielleicht weil die Person, die bei dem Betrug beteiligt war und der Justiz entkommen ist, extrem einflussreich ist ..."

„Und vielleicht existiert sie überhaupt nicht." Herablassend betrachtete sie das graue Stück Papier. „Den Brief könnte jeder geschrieben haben; er muss nicht unbedingt der Wahrheit entsprechen."

„Tory." Seine Augen verdunkelten sich angesichts ihrer Sturheit.

„Wie ich schon sagte, es ist Zeit, dass du gehst."

Er machte einen Schritt auf sie zu, doch sie erhob die Hand und zeigte auf den Brief. „Ich kann dir dabei nicht helfen. Ich habe genug eigene Probleme hier auf der Ranch und keine Zeit, mich mit Hirngespinsten zu befassen."

Trask sah, wie sich ein Schleier gefühllosen Desinteresses über ihre schönen Züge legte. Die einst so unschuldigen und liebevollen graugrünen Augen strahlten jetzt kalte Entschlossenheit aus. „Mein Gott, Tory. Was habe ich dir angetan?", fragte er fassungslos. „Hast du durch unsere Geschichte dein ganzes Vertrauen verloren? Deine Hilfsbereitschaft? Dein Mitgefühl für andere?" Er ging langsam auf sie zu. Der weiche Teppich dämpfte seine Schritte.

Torys Herz pochte verräterisch, als er sich ihr näherte. Trasks intensiver Blick fixierte ihre pulsierende Kehle.

„Ich habe dich vermisst", flüsterte er.

„Nein ..."

„Ich habe es nicht gewollt, dass alles so zwischen uns endet."

„Aber so war es nun einmal. Nichts kann das ändern. Deinetwegen ist mein Vater ins Gefängnis gekommen."

„Aber ich habe nur die Wahrheit gesagt." Er blieb vor dem Schreibtisch stehen und sah zu ihr hinunter.

„Lass uns nicht wieder von vorne anfangen. Es ist zu lange her, Trask. Zu viele Wunden sind noch offen." Sie schluckte fest und begegnete tapfer seinem Blick. „Ich habe dich lange Zeit gehasst", sagte sie und wusste im gleichen Augenblick, dass es eine Lüge war, obwohl sie es fünf Jahre lang geglaubt hatte.

„Das glaube ich nicht."

„Du allein hast mich zerstört."

„Dein Vater hat es getan." Er beugte sich nach vorne und war nahe genug, um sie zu berühren. Doch er hielt inne und sah ihr tief in die Augen. Augen, die ihm vor fünf Jahren alles Vertrauen der Welt geschenkt hatten. „Was hast du von mir erwartet? Dass ich im Zeugenstand lüge? Wäre es dir lieber gewesen, nichts über deinen Vater zu wissen?"

Sie hielt es nicht mehr aus, konnte seinen selbstgefälligen Blick nicht mehr ertragen. „Er war unschuldig, zum Teufel!" Sie ballte die Fäuste vor Wut und stand abrupt auf.

„Warum hat er dann nicht seinen Kopf aus der Schlinge gezogen und seinen Teil der Geschichte erzählt?"

„Ich weiß es nicht." Ihre Stimme zitterte ein wenig. „Kannst du dir nicht vorstellen, dass ich mir diese Frage immer und immer wieder gestellt habe?" Er legte unvermittelt seine Arme um sie und zog sie fest an sich. Sie hörte seinen regelmäßigen Herzschlag und spürte die Wärme seines Atems an ihrem Haar. In dieser Sekunde wusste sie, dass sie niemals aufgehört hatte, ihn zu lieben.

„Wenn an dem Betrug noch ein anderer beteiligt gewesen war, möchtest du dann nicht, dass er vor Gericht gestellt wird?"

„Und genauso hinter Gitter kommt wie mein Vater."

„Oh, Tory." Er stieß einen Seufzer aus, während er sie noch fester an sich drückte. „Wie kannst du nur so verdammt einseitig sein? Früher hast du dir Gedanken gemacht, was mit den Menschen passiert …"

„Das tue ich noch immer."

„Aber deine Bereitschaft geht nicht so weit, dass du mir hilfst herauszufinden, wer noch am Tod meines Bruders und an dem Pferdedeal beteiligt gewesen ist."

Sie ließ sich noch tiefer in seine Arme sinken. Es wäre so schön, alles zu vergessen, was geschehen war. So zu tun, als sei alles genauso wie in der Nacht, in der sie Trask McFadden begegnet war, bevor ihr Leben unwiderruflich mit dem seinen verknüpft wurde. „Ich bin einfach nicht überzeugt, wozu es gut sein soll. Bei allem, was du weißt, könnte der Brief eine Ente sein, das Werk eines Spinners, der Vergnügen daran findet, anderen Probleme zu bereiten."

„Wie zum Beispiel mit dem toten Kalb?"

Tory strich sich durchs Haar. „Du weißt nicht, ob die beiden Vorfälle etwas miteinander zu tun haben."

„Aber wir werden es nicht herausfinden, wenn wir es nicht versuchen." Er zog sie noch fester an sich heran und flüsterte ihr ins Haar. „Lass es uns versuchen, Tory. Vertrau mir."

Dieselben bekannten Worte. Lug und Betrug. Sie gingen ihm so leicht von der Zunge wie damals. Die Warmherzigkeit verschwand aus ihrem Herzen.

Sie wand sich aus seiner Umarmung und fixierte ihn mit zornigen grünen Augen. „Ich kann dir nicht helfen, Trask", sagte sie leise. „Du bist dieses Mal auf dich allein gestellt." Sie nahm die Kopie des Briefes und knüllte sie langsam zu einer Kugel zusammen, bevor sie das verfluchte Papier in den rußgeschwärzten Kamin warf.

Trask verfolgte ihre Aktion. Seine Lippen pressten sich bedrohlich aufeinander. „Ich werde herausfinden, ob der Brief der Wahrheit entspricht", erklärte er entschieden. „Auch ohne deine Hilfe."

Obwohl ihr Herz wie wild schlug, sah sie ihm direkt in die Augen. „Dann kannst du davon ausgehen, dass du es allein tun wirst, Senator."

Trask sah aus, als wolle er noch etwas sagen, drehte sich dann aber um und verließ das Zimmer. Die Haustür schlug hinter ihm zu und der Motor seines Pick-ups heulte auf, bevor er in der Entfernung verklang.

„Du Mistkerl", murmelte Tory und lehnte sich gegen das Fensterbrett. „Warum kann ich nicht aufhören, dich zu lieben?"

## 4. KAPITEL

Nachdem Trask die Ranch verlassen hatte, saß Tory noch stundenlang auf der Fensterbank ihres Schlafzimmers, das Kinn auf die Knie gelegt, und starrte in die dunkle Nacht hinaus. Regentropfen prasselten gegen die Scheiben und trübten ihre Sicht auf die Blitze am Himmel, die die Landschaft immer wieder schlagartig grell erleuchteten. Donner grollte über den Bergen im Westen.

*Trask war also zurück.* Tory runzelte die Stirn und blinzelte in die Dunkelheit. Aber er war nicht ihretwegen gekommen, wie er es vor fünf Jahren geschworen hatte. Dieses Mal war er hier, weil er ihre Hilfe brauchte. Um zu beweisen, dass eine andere Person am Betrug mit den Quarter Horses und dem vorsätzlichen Tod von Jason McFadden beteiligt gewesen war.

Nervös strich sie ein paar Haarsträhnen aus den Augen. Das Wiedersehen mit Trask hatte gefährliche Erinnerungen in ihr wachgerufen. Erinnerungen an eine sorglosere und unbekümmertere Phase ihres Lebens. Erinnerungen an eine Liebe, die zum Scheitern verurteilt war.

Während sie durch das Fenster in den schwarzen Himmel sah, dachte Tory an einen Sommer voll schwülheißer Nächte zurück, an den süßen Duft der Piniennadeln und das vertraute Gefühl von Trasks warmem Körper, der sich ungeduldig gegen ihren presste.

Sie strich sich über die Arme bei der Erinnerung an seine harten Muskeln auf ihrer Haut, an den Geschmack seiner Küsse …

„Hör auf“, murmelte sie und riss sich aus ihren lustvollen Träumereien. „Er ist derjenige, der Dad ins Gefängnis gebracht hat, verdammt noch mal. Lass dich nicht zum Narren halten – nicht ein zweites Mal.“

Sie ging zum Bett hinüber und zog die Steppdecke weg,

bevor sie sich hinlegte und an die dunkle Decke starrte. Ihre Gefühle für Trask waren ihre Achillesferse gewesen. Mit jeder Faser ihres Herzens hatte sie ihm vertraut, und er hatte dieses Vertrauen missbraucht. Schlimmer als das. Wahrscheinlich hatte er die ganze Affäre von Anfang an geplant gehabt, sie perfekt inszeniert. Sie war dumm genug gewesen, auf ihn hereinzufallen und sich heillos in ihn zu verlieben. Das würde nicht noch einmal passieren.

Mit einem verzweifelten Seufzer drehte sie sich auf die Seite und starrte auf den Nachttisch. In der Dunkelheit konnte sie kaum das Foto ihres Vaters erkennen.

„Oh, Dad“, stöhnte Tory. „Ich wünschte, du wärest hier.“ Calvin Wilson war ein ungemein willensstarker Mann gewesen, der jeder Widrigkeit des Lebens standgehalten hatte. Ihm war es gelungen, von der Bank weitere Kredite zu bekommen, als die Ranch in finanziellen Schwierigkeiten war. Mit seinen ruhigen grauen Augen und seiner leisen Art hatte er das Vertrauen der örtlichen Banker gewonnen, obwohl die Bilanzen der Lazy W Ranch nicht gut aussahen.

Er hatte ohne eine Träne zu vergießen stoisch am Grab seiner Frau, mit der er fünfzehn Jahre lang verheiratet gewesen war, gestanden. Während er seine Kinder im Arm hielt, hatte er still um die Frau getrauert, die er über alles geliebt hatte, und fortan versucht, seiner Tochter und dem jungen Sohn ein starker Vater zu sein.

Als er die Urteilsverkündung für ein Verbrechen, das er nicht begangen hatte, vernahm, hatte er nicht mit der Wimper gezuckt. Genauso wenig war er zurückgeschreckt, als das Strafmaß von dreißig Jahren Gefängnis verlesen wurde. Er hatte alles ohne die kleinste Spur von Angst weggesteckt. Als er erfuhr, dass er einen bösartigen Tumor hatte, war Calvin Wilson in der Lage, dem Tod direkt ins Gesicht zu sehen. Die ganzen dreiundsechzig Jahre seines Lebens war er ein starker Mensch und ein liebender Vater gewesen. Tory wusste im Grunde ihres Herzens, dass er nichts mit dem Mord an Jason McFadden zu tun haben konnte.

Warum hatte er sich dann bei der Verhandlung nicht verteidigt?

Wenn er nur geredet und dem Gericht seine Version der Ereignisse geschildert und die Wahrheit gesagt hätte, wäre Trasks Zeugenaussage angefochten worden und Calvin Wilson wäre jetzt vielleicht noch am Leben. Und Trask wäre nicht zurück in Sinclair, würde nicht in der Vergangenheit herumstochern auf der Suche nach einem mysteriösen Verschwörer, der mitschuldig an Jasons Tod war.

Jetzt war Trask wieder da und glaubte tatsächlich, dass noch eine weitere Person in das Komplott verwickelt gewesen war.

Alles endete immer wieder bei Trask und der Tatsache, dass Tory nicht aufgehört hatte, ihn zu lieben. Sie wusste, dass es verrückt war, nach all diesen Ereignissen noch diese Gefühle für ihn zu haben. Sie liebte und hasste ihn im selben Augenblick und wünschte sich, sie hätte ihn niemals wiedergesehen. Sollte er doch seine unausgegorenen Theorien, seinen anonymen Brief und sein verführerisches Lächeln mit nach Washington nehmen, wo er hingehörte. Er hatte bestimmt Besseres zu tun, als ihr das Leben schwer zu machen.

„Lass mich einfach in Ruhe, Trask", seufzte Tory. „Geh zurück nach Washington und lass mich in Frieden ... ich will dich nicht mehr lieben ... ich darf es nicht ..."

Nach einer unruhigen Nacht bereitete Tory das Frühstück vor. Keith betrat verkatert die Küche. Schweigend ging er zum Kühlschrank, schenkte sich ein großes Glas Orangensaft ein und trank es in einem Schluck aus. Dann ließ er sich auf einen Stuhl fallen und sah mit geröteten Augen zu Tory hinauf.

„Sag nicht, dass du am Verdursten bist“, sagte Tory in spielerischem Ton.

„Okay, tue ich nicht. Dann muss ich mir auch nicht deine Belehrungen anhören.“

„Na gut.“ Wie es aussah, war Keith’ Kater schon Strafe genug für seine Trinkerei. Immerhin hatte sie ihn gestern Abend dazu gedrängt, in die Stadt zu fahren. An seinem Leiden war sie also nicht ganz unschuldig. Sie wendete die Pfannkuchen und beschloss, keine Bemerkung darüber zu machen, dass er erst nach drei Uhr nach Hause gekommen war. Er war über einundzwanzig, und sie sollte aufhören, ihn so zu bemuttern. Obwohl es schwierig war, diese Gewohnheit aufzugeben, hatte sie doch die letzten fünf Jahre die Mutter-, Vater- und Schwesternrolle zugleich übernommen.

„Wie wär’s mit einem schönen Frühstück“, schlug sie vor und schichtete die Pfannkuchen auf einen Teller neben einem Berg knusprigen Speck. Dann stellte sie beides auf den Tisch.

„Erst wenn du mir ein paar Fragen beantwortest.“

„Okay.“ Tory setzte sich auf einen Stuhl ihm gegenüber und goss Sirup über ihre Pfannkuchen. „Schieß los.“

„Was willst du hinsichtlich McFadden tun?“, wollte Keith wissen und lud sich mit der Gabel eine ordentliche Portion Speck auf den Teller.

„Ich weiß es nicht“, räumte Tory ein und biss in ein Stück Speck. „Vielleicht kann ich gar nichts tun.“

„Zum Teufel. Du könntest abhauen.“

„Kommt nicht infrage. Das haben wir doch schon gestern besprochen.“ Sie nahm die Kaffeekanne und schenkte beiden eine Tasse ein.

„McFadden wird bestimmt herkommen.“

„Das ist er schon.“

„Was?“ Keith wich die Farbe aus dem Gesicht. „Wann?“

„Gestern Abend. Während du in der Stadt warst.“

Keith rieb sich über seine rötlichen Bartstoppeln. „Mist. Ich wusste, dass so etwas passieren würde."

„Es war keine große Sache. Wir haben nur geredet."

Keith sah seine große Schwester an, als hätte sie den Verstand verloren. „Ihr habt was gemacht?", schrie er und stand abrupt auf.

„Ich habe gesagt, dass wir miteinander geredet haben. Wie hätte ich sonst herausfinden sollen, was er will?"

Keith musterte sie mit besorgtem Blick. „Was ist denn aus der Frau geworden, die gestern Nachmittag noch Trask McFadden gewaltsam von ihrem Grundstück werfen wollte, falls er je einen Fuß daraufsetzen sollte? Du weißt schon, die Frau mit dem Gewehr und der tödlichen Absicht."

„Moment mal ..." Tory wurde ganz blass, und ihre Augen verengten sich.

„Warst du es nicht, die die Idee hatte, ihm ein Gewehr an den Kopf zu halten und ihn zur Hölle zu schicken?"

„Das war doch nicht ernst gemeint ..."

„Verdammt!", rief Keith, bevor er seine Schwester das erste Mal an diesem Morgen bewusst ansah. Eine niederschmetternde Erkenntnis traf ihn wie ein Schlag. „Tory, du bist immer noch in ihn verliebt, nicht wahr? Ich glaube es nicht! Nach allem, was er dir angetan hat?" Keith sah seine Schwester ungläubig an, bevor er zum Kühlschrank ging und sich ein großes Glas Milch einschenkte. „Das kann nicht wahr sein", sagte er, als wolle er sich trösten. „Das ist alles nur ein böser Traum ..."

„Ich bin nicht in ihn verliebt, Keith", erwiderte Tory. Sie warf ihr Haar über die Schulter und begegnete seinem zweifelnden Blick.

„Aber du warst es einmal."

„Bevor er gegen Dad ausgesagt hat."

„Gottverdammt", murmelte Keith, während er tief Luft holte und sich wieder fing. Frustriert ballte er die Faust. „In dem Moment, als ich die Ranch verließ, wusste ich, dass er auftauchen würde. Was wollte er?"

„Meine Hilfe."

„Wie bitte? Das glaube ich nicht. Nach allem, was er dir angetan hat? Der Saukerl hat Nerven!" Er nahm einen großen Schluck aus seinem Glas und winkte mit der anderen Hand seiner Schwester auffordernd zu. „Nur zu, rede weiter. Das wird von Minute zu Minute besser."

„Er glaubt, dass noch eine weitere Person an Jasons Tod und dem Versicherungsbetrug beteiligt gewesen ist."

„Ist das dein Ernst?" Keith stellte sein leeres Glas auf den Tresen und schüttelte ungläubig den Kopf. „Nach all diesen Jahren? Unmöglich!"

„Das habe ich ihm auch gesagt."

„Aber er hat es nicht geglaubt."

„Ich würde sagen nein."

„Großartig! Der blöde Kerl wird wahrscheinlich alles wieder ausgraben, und es wird in allen Zeitungen stehen." Keith lief unruhig im Raum umher. Er blinzelte gegen das helle Sonnenlicht, das durch die staubigen Fensterscheiben fiel, und sah zur Scheune hinüber. „Dads Name wird wieder ins Gespräch kommen."

„Setz dich hin und iss dein Frühstück", sagte Tory mit Blick auf Keith' unberührten Teller.

Keith ignorierte ihre Bemerkung. „Das ist das Letzte, was wir jetzt gebrauchen können. Mit all den Problemen, die wir mit der Bank haben ...", fluchte er und schlug mit der Faust in die Handfläche. „Ich hätte dich gestern Abend nie allein lassen sollen. Ich wusste es, verdammt noch mal, ich wusste es!" Er war kurz davor, zu explodieren, bevor es ihm gelang, seine Wut im Zaum zu halten. Langsam öffnete er die Faust und nahm wieder Haltung an. Mit künstlicher Zuversicht fügte er hinzu: „Nun gut, vielleicht wollte McFadden sich ja nur etwas von der Seele reden, und es ist jetzt alles vorbei."

Tory fiel es schwer, Keith' Seifenblase zum Platzen zu bringen, doch sie war immer ehrlich zu ihrem Bruder gewesen und hatte ihn in alle Probleme in Zusammenhang mit der Ranch eingeweiht. Es gab keinen Grund, das nun zu ändern. „Ich bin mir nicht sicher, ob jetzt alles vorbei ist."

„Was soll das heißen?"

„Ich glaube nicht, dass Trask davon ablässt. Er schien sehr entschlossen." Tory hatte jeden Appetit verloren und schob ihren Teller beiseite. Gedankenverloren schob sie die Krümel auf der hölzernen Tischoberfläche zusammen.

„Aber warum? Was hat ihn nach fünf Jahren so aufgestachelt?", fragte sich Keith laut. „Bis zu den nächsten Wahlen sind es noch zwei Jahre. Er braucht also keine Publicity …"

„Er hat einen Brief bekommen."

Keith erstarrte. Er sah seine Schwester mit grauen ungläubigen Augen an. „Moment mal. Der Mann bekommt Unmengen von Briefen. Welche Art von Brief ist ihm so unter die Haut gegangen?"

„Ein anonymes Schreiben."

„Na und?"

Es ist besser, die Bombe gleich platzen zu lassen, dachte sie frustriert und stand auf, um ihren Teller neben das Spülbecken zu stellen. „Wenn du ihn lesen willst. Im Kamin liegt eine Kopie."

„Im Kamin! Wunderbar", murmelte Keith sarkastisch, während er durch den Rundbogen marschierte, der auf die kleine Diele führte, die Wohnzimmer, Küche, Esszimmer und Arbeitszimmer voneinander trennte.

„Was ist mit deinem Frühstück?", rief Tory ihm hinterher.

„Hab keinen Hunger", antwortete Keith, als er schon fast im Arbeitszimmer war.

„Großartig", murmelte Tory vor sich hin und schob die

unberührten Pfannkuchen und den Speck auf einen anderen Teller. „Morgen gibt es etwas Kaltes zum Frühstück, Bruderherz." Stirnrunzelnd öffnete sie die Tür zur hinteren Veranda und stellte den Teller auf den Holzboden. Alex, der alte Collie der Ranch, kam langsam angetrottet und wedelte mit dem Schwanz, bevor er sich über Keith' Frühstück hermachte.

„Geschieht ihm recht", sagte Tory zu dem alten Hund, während sie ihn liebevoll tätschelte und seine schwarzen Ohren kraulte. „Wenigstens einer, der meine Kochkünste schätzt."

Tory hörte, wie Keith in die Küche zurückkam. Mit einem letzten Klaps auf Alex' Kopf erhob sie sich und ging ins Haus.

Keith stand in der Mitte des Raumes und war sichtlich außer Fassung. Er hielt das zerknitterte und inzwischen leicht geschwärzte Stück Papier in der Hand. Die Farbe war ihm aus dem Gesicht gewichen. Er legte den Brief auf den Tisch und strich das Papier glatt. „Verdammter Mist."

„Das kann man wohl sagen."

„Wieso glaubt er, dass du ihm helfen könntest?", fragte Keith misstrauisch.

„Ich weiß nicht. So weit sind wir nicht gekommen."

„Und deshalb wollte er dich sehen?" Er zeigte auf den Brief.

„Ja, das hat er gesagt."

Keith schloss einen Moment die Augen und versuchte sich zu konzentrieren.

„Dann bin ich beruhigt."

Tory hob neugierig die Brauen. „Was heißt das?"

Keith lächelte traurig und schüttelte den Kopf. „Ich möchte nicht, dass du noch einmal verletzt wirst."

„Mach dir keine Sorgen, Bruderherz", versicherte sie ihm mit einem kleinen zynischen Lächeln. „Ich habe nicht die Absicht, das noch einmal geschehen zu lassen. Trotzdem vielen Dank für deine Anteilnahme."

„Du sollst mir nicht danken, Tory. Ich möchte nur, dass du

dich von McFadden fernhältst. Er bringt immer Probleme mit sich."

Tory konnte dem nichts entgegensetzen. Sie drehte den Hahn auf und ließ heißes Wasser ins Spülbecken laufen. Noch während das Wasser einlief, begann sie das Geschirr abzuwaschen, um Keith dann mit der nächsten schlechten Nachricht zu konfrontieren. „Es ist noch etwas passiert letzte Nacht."

„Ich weiß nicht, ob ich noch mehr hören will", sagte Keith, griff nach seiner Tasse und schenkte sich heißen Kaffee nach.

„Wahrscheinlich nicht."

Er füllte auch Torys leere Tasse auf und stellte sie neben das Spülbecken. „Was ist passiert?"

„Es gab gestern noch eine andere böse Überraschung", erklärte Tory. Sie unterbrach das Spülen und trocknete die Hände an einem Geschirrtuch ab. Während sie nach ihrer Tasse griff, lehnte sie sich gegen den Küchentresen und begegnete Keith' besorgtem Blick.

„Was denn noch?" Er setzte sich auf einen Bambussessel in der Nähe des Tisches und legte seine Stiefel auf einen anderen Stuhl.

„Jemand hat auf der Nordwestseite der Ranch den Stacheldrahtzaun aufgeschnitten und ein Kalb erschossen. Drei Schüsse in den Bauch. Eine Färse. Ungefähr vier Monate alt."

Keith griff nach der Zuckerdose und warf den Kopf hoch. „Du glaubst, es war Absicht?"

„Es muss so sein. Ich habe das Büro des Sheriffs angerufen. Sie schicken heute Vormittag jemanden vorbei. Rex kontrolliert gerade alle Außenzäune der Ranch, ob es noch weitere Zerstörungen gibt."

„Das hat uns gerade noch gefehlt", bemerkte Keith mit heruntergezogenen Mundwinkeln. „Eine weitere Krise auf der Lazy W. Wie hast du eigentlich davon erfahren?"

„Einer von Len Ross' Männern hat es gestern Abend entdeckt. Len hat Rex angerufen, und der hat es sich angeguckt."

„Was ist mit dem restlichen Vieh?"

„Soweit ich weiß, ist der Bestand vollzählig."

„Verdammter Mist!" Keith vergaß den Zucker und nahm einen Schluck schwarzen Kaffee.

„Trask glaubt, dass es einen Zusammenhang zu dem Brief gibt." Sie zeigte auf das angeschwärzte Stück Papier.

„Trask glaubt", wiederholte Keith. Seine Augen verengten sich. „Wie hat er es erfahren?"

„Er war hier, als Rex rüberkam, um mir davon zu berichten."

Keith sah sichtlich erschöpft aus. „Gütiger Himmel, Tory, ich weiß nicht, wie viel weitere von deinen fröhlichen Morgennachrichten ich noch ertragen kann."

„Das war die letzte."

„Gott sei Dank." Er stand auf und sah seine Schwester eindringlich an. „Sei gewarnt, Tory."

Sie musste kichern. „Wovor?"

„Wenn ich das nächste Mal auf der Ranch bleiben und mich nicht im Branding Iron herumtreiben will, lasse ich mich nicht von dir davon abhalten."

„Tatsächlich? Und wie hättest du reagiert, wenn Trask plötzlich auf der Veranda gestanden hätte?"

„Ich wäre deinem Vorschlag gefolgt und hätte ihn mit einem Gewehr begrüßt."

„Wir befinden uns nicht im Jahr 1840, ist dir das klar?"

„Das spielt keine Rolle."

„Du kannst einen US-Senator nicht einfach so bedrohen, Keith."

„Pass einfach auf", sagte Keith und nahm seinen Stetson vom Haken neben der Hintertür. „Das nächste Mal, wenn McFadden hier auftaucht, werde ich vorbereitet sein." Mit diesen eindeutigen Worten verschwand er durch den Hintereingang und lief zur Scheune hinüber. Tory sah ihm besorgt hinterher. Keith hatte schon immer ein hitziges Gemüt, doch durch Trasks Anwesenheit schien der Siedepunkt bei ihm wesentlich schneller erreicht zu sein.

Es war ihre Schuld. Sie hätte Keith nie Einblick in die Geschäftsbücher gewähren dürfen. Es gehörte nicht viel dazu, um festzustellen, dass die Lazy W Ranch finanziell in einem jämmerlichen Zustand war. Und wenn der alte Skandal wieder an die Oberfläche käme, würde es nur noch schlimmer werden. Aber Keith hatte darauf bestanden, die Bilanzen zu sehen, und Tory hatte ihn alles überprüfen lassen und war insgeheim froh darüber gewesen, dass er Verantwortung zeigte.

Deputy Woodward kam kurz nach zehn. Tory war gerade dabei, die monatlichen Gehaltsschecks auszustellen, als sie das herannahende Geräusch eines Motors vernahm. Sie sah aus dem Fenster und erblickte den jüngsten von Paul Barnetts' Hilfssheriffs aus dem Auto steigen. Woodward war schlank und trug einen dünnen Schnauzbart. Er war erst letztes Jahr eingestellt worden und einer der wenigen Deputies, die Tory noch nicht kannte. Keith hatte ihn ihr einmal gezeigt, als sie in der Stadt gewesen waren.

Als es klingelte, legte Tory das Scheckbuch in die oberste Schublade des Schreibtischs und öffnete die Haustür.

„Morgen“, sagte Woodward mit einem Lächeln. „Ich suche Victoria Wilson.“

„Das bin ich.“

„Gut. Ich bin Greg Woodward vom Büro des Sheriffs. Wie ich verstanden habe, hat jemand auf Ihr Vieh geschossen.“

Tory nickte. „Richtig. Ich habe ein totes Kalb da draußen liegen.“

„Nur eins?“

„Bis jetzt“, antwortete Tory. „Ich dachte, dass vielleicht

einige der anderen Rancher ähnlichen Vandalismus auf ihrer Ranch erlebt haben."

Der junge Hilfssheriff schüttelte den Kopf. „Glauben Sie, dass es sich um mutwillige Zerstörung handelt?"

Tory dachte an den zerschnittenen Zaun und das tote Kalb. „Nein, nicht wirklich. Ich hatte gehofft, dass man es nicht nur auf unsere Ranch abgesehen hat."

Woodward grinste verständnisvoll. „Na, dann lassen Sie uns mal einen Blick auf das Geschehen werfen."

Tory saß auf dem Beifahrersitz, als sie im Wagen des Hilfssheriffs über den holprigen Weg fuhren, auf dem sie vor weniger als zwölf Stunden schon mit Trask entlanggefahren war. Die Fahrrillen der unbefestigten Straße waren matschig und glitschig, doch das Fahrzeug kam problemlos bis zu der Stelle, wo der Zaun durchgeschnitten war.

Rex war bereits damit beschäftigt, neuen Stacheldraht zu ziehen. Als er die beiden bemerkte, richtete er sich auf und rückte stirnrunzelnd seinen Stetson zurecht.

Während Deputy Woodward den zerschnittenen Draht und das tote Tier inspizierte, bat er Tory, ihm zu schildern, was passiert war. Mit Rex' Hilfe erzählte sie ihm von Len Ross' Anruf und wie sie daraufhin zusammen mit Rex den kaputten Zaun und das tote Kalb entdeckt hatte.

„Wurden noch andere Tiere angegriffen?", fragte Woodward und kritzelte wild in sein Notizbuch.

„Nein", antwortete Rex. „Jedenfalls nicht, dass wir wüssten."

„Haben Sie das schon überprüft?"

„Einige meiner Männer tun das gerade", sagte Rex.

„Was ist mit anderen Zäunen, Gebäuden und Geräten der Farm?"

„Letzte Woche ist eine Mähmaschine kaputt gegangen, doch das war eine Frage des Alters", erwiderte Tory.

Woodward schien zufrieden. Mürrisch warf er einen letzten Blick auf den Kadaver. „Ich werde einen Bericht schreiben und die benachbarten Rancher befragen, ob es bei ihnen ähnliche Vorfälle gab." Er sah Tory vielsagend an. „Und rufen Sie mich an, wenn Sie noch etwas finden."

„Selbstverständlich", erklärte Tory.

„Weiß außer Ihnen noch jemand Bescheid über das, was hier passiert ist?", fragte der junge Mann, nachdem er seine Schreiberei beendet hatte.

„Nur zwei Leute außer den Helfern der Ranch", antwortete Tory. „Len Ross und Trask McFadden."

Der Kopf des jungen Mannes schnellte hoch. „Senator McFadden?"

Tory nickte und zwang sich zu einem vertrauensvollen Lächeln. Greg Woodward stammte aus der Gegend. Obwohl er damals sicher noch zur Highschool gegangen war, hatte er bestimmt von dem Mord an Jason McFadden gehört und wusste Bescheid über den Pferdeschwindel. „Trask war gestern Abend gerade zu Besuch, als Rex kam und von Lens Anruf berichtete."

„Was hat er dazu gesagt? Glaubt er auch an Vandalismus?"

Tory dachte an das Gespräch mit Trask zurück und seiner Überzeugung, dass der Tod des Tieres etwas mit dem anonymen Brief zu tun haben musste. „Ich weiß nicht", wich sie aus. „Ich nehme an, das müssen Sie ihn selbst fragen ..."

„Es gibt keinen Grund, den Senator damit zu belästigen", schaltete sich Rex ein und warf Tory einen bedeutungsvollen Blick zu. „Er weiß nicht mehr als wir."

Dem Deputy war der Augenkontakt zwischen dem Vorarbeiter und Tory nicht entgangen, doch er sagte nichts. Er hatte genug Gespür, um zu wissen, dass auf der Lazy W Ranch etwas nicht in Ordnung war und dass Senator McFadden mehr als nur ein einfacher Freund war. Auf der gemeinsamen Rückfahrt mit Tory machte sich Woodward im Stillen Gedanken über den

Skandal von damals und was die jüngsten Ereignisse wohl bedeuten könnten.

Als der Hilfssheriff Tory vor dem Haus absetzte, hatte sie ein ungutes Gefühl. Etwas im Verhalten des jungen Mannes hatte sich verändert, nachdem sie erwähnt hatte, dass Trask auf der Ranch gewesen war. Es fängt alles wieder von vorne an, dachte sie. Trask ist erst seit zwei Tagen in der Stadt und schon beginnen die Probleme von Neuem. Als ob sie und alle anderen, die mit der Lazy W Ranch zu tun hatten, nicht bereits genug unter dem Skandal vor fünf Jahren gelitten hätten.

Tory parkte den Pick-up vor der Futterhandlung in Sinclair. Der Tag war bisher ein einziges Desaster gewesen. Deputy Woodward hatte es nicht vermocht, sie hinsichtlich des toten Tieres zu beruhigen; im Gegenteil, die Reaktion des jungen Mannes auf die Tatsache, dass Trask über den Vorfall Bescheid wusste, steigerte nur noch ihr Unbehagen.

Nachdem Woodward weggefahren war, hatte Tory versucht, sich mit irgendetwas zu beschäftigen, um nicht die ganze Zeit an Trask zu denken. Doch so sehr sie es auch versuchte, war sie nicht in der Lage, sich auf etwas anderes als auf ihn und seine absurde Idee, dass eine weitere Person an dem Betrug und am Tod seines Bruders beteiligt gewesen war, zu konzentrieren.

Er jagt einem Schatten hinterher, dachte sie und stieg aus dem Pick-up auf die schmutzige Straße hinaus. Doch sie konnte das Bild von Trask nicht abschütteln, sah seine aufgerichteten Schultern und seine entschlossene Körperhaltung, als er letzte Nacht im Arbeitszimmer ihres Vaters vor ihr stand. Sie hatte die Empörung in seinen blauen Augen gesehen. „Er wird so lange keine Ruhe geben, bis er eine Antwort gefunden hat", sagte sie sich mit einem Stirnrunzeln.

Sie betrat die Futterhandlung und gab ihre Bestellung auf. Alma Ray, die Angestellte des Geschäfts, hatte ihr ganzes Leben in Sinclair verbracht und arbeitete schon seit ewigen Zeiten hier bei Rasmussen-Futter. Sie war eine Frau von Mitte oder Ende fünfzig. Ihr weiches rotes Haar war zu einem Knoten zusammengesteckt. Sie war immer freundlich zu Tory gewesen und hatte ihr so manchen nützlichen Tipp gegeben. Doch heute Nachmittag waren Almas braune Augen kalt, und ihr Lächeln wirkte aufgesetzt.

„Werde bloß nicht paranoid", ermahnte sich Tory leise, als sie den Laden verließ und auf den Bürgersteig trat. „Es ist nicht so, dass die ganze Stadt gegen dich ist, Herrgott noch mal. Alma hat einfach einen schlechten Tag …"

„Tory."

Beim Klang ihres Namens drehte sie sich um und erblickte Neva McFadden, Jasons Witwe. Tory sah die Anspannung in Nevas ebenmäßigen Zügen und die Sorge in ihren rehbraunen Augen, als sie auf sie zugestürzt kam. Bilder von Nevas stolzem, schmerzgepeinigtem Gesicht im Gerichtssaal kamen Tory in den Sinn.

„Hast du einen Moment Zeit?", fragte Neva, eine Tüte mit Einkäufen an die Brust gedrückt.

Es war das erste Mal seit dem Prozess, dass Neva McFadden mit Tory sprach.

„Sicher", antwortete Tory. Sie rang sich ein Lächeln ab, obwohl sie alles andere als entspannt war. Es konnte kein Zufall sein, dass Neva gerade jetzt mit ihr sprechen wollte, einen Tag nachdem Trask auf der Lazy W Ranch gewesen war. „Warum setzen wir uns nicht?" Sie zeigte mit dem Kopf auf ein Café gegenüber.

„Wunderbar", sagte Neva mit einem halbherzigen Lächeln.

Sobald sie in einer Nische Platz genommen und zwei Gläser Eistee vor sich auf dem Tisch hatten, entschloss sich Tory, in die Offensive zu gehen. „Also, was gibt's?"

Neva hörte auf, die Zitrone in ihrem Glas hin- und herzudrehen. „Ich wollte mit dir über Trask sprechen."

„Das habe ich mir gedacht. Was ist mit ihm?"

„Ich weiß, dass er gestern Abend bei dir war, und ich kann mir auch denken, worüber ihr geredet habt", erklärte Neva. Sie zögerte ein wenig und sah mit zusammengezogenen Augenbrauen in ihr Glas, als stünde sie vor einer schwerwiegenden Entscheidung. „Warum sollen wir um den heißen Brei herumreden, Tory. Ich weiß Bescheid über den Brief, den Trask erhalten hat. Er hat mir eine Kopie gezeigt."

„Die habe ich auch gesehen", räumte Tory ein und verbarg ihre Überraschung. Sie hatte geglaubt, dass sie die Einzige war, mit der Trask bisher darüber gesprochen hatte. Es würde nicht lange dauern, bis das Gerede wieder losging.

„Und was hältst du davon?", wollte Neva wissen.

Tory zuckte die Achseln. „Ich weiß es ehrlich gesagt nicht."

Neva stieß einen Seufzer aus und ignorierte ihr unberührtes Getränk. „Nun, ich weiß es aber. Es war ein Streich", sagte sie voller Überzeugung. „Irgendjemand will die ganzen Probleme wieder aufkochen."

„Warum sollte jemand ein Interesse daran haben?"

„Das wüsste ich auch gern", erklärte Neva und schüttelte den Kopf. Die Strahlen der Nachmittagssonne drangen durchs Fenster und reflektierten sich in den goldenen Strähnen ihres Haars. Abgesehen von den Sorgenfalten um die Augen war Neva McFadden eine äußerst attraktive Frau. „Ich würde um alles in der Welt gerne wissen, was das Ganze soll."

„Ich auch."

Neva berührte Torys Unterarm. Sie biss sich auf die Unterlippe, als wären ihr die folgenden Worte peinlich. „Ich weiß, dass du dir viel aus Trask gemacht hast, Tory, und ich weiß, dass du meinst, dass er dich …"

„… ausgenutzt hat?"

„Ja."

„Es war mehr als das, Neva." Tory wollte plötzlich, dass

diese Frau, die so viel Leid ertragen hatte, endlich begriff. „Trask hat mich und meine Familie verraten."

Neva versteifte sich und zog ihre Hand zurück. „Er hat in seinem eigenen Interesse gehandelt."

„Er hat gelogen, Neva."

Neva schüttelte den Kopf. „Das stimmt nicht. Er wollte einfach nur Gerechtigkeit für Jasons Tod."

„Gerechtigkeit oder Rache?", fragte Tory und hätte sich einen Tritt geben können, als sie die Wut in Nevas Augen aufflackern sah.

„Spielt das eine Rolle?"

Tory zuckte die Achseln und runzelte die Stirn. „Ich denke nicht. Es war eine furchtbare Geschichte mit Jason. Und ... und es tut mir alles ... so leid. Ich weiß, wie schwer es für dich war; viel schwerer als für mich." Torys Mund war plötzlich ganz trocken. Sie nahm einen großen Schluck von dem eiskalten Tee, doch sie verspürte immer noch Durst.

„Das ist vorbei", sagte Neva. „Jedenfalls war es das, bis Trask mit dieser wilden Idee zurückkam, dass noch jemand anderes an Jasons Tod beteiligt gewesen sei."

„Du glaubst also, dass der Brief nur ein übler Scherz war?"

„Natürlich war er das."

„Wie kannst du so sicher sein?"

Neva vermied Torys Blick. „Es ist fünf Jahre her, Tory. Fünf Jahre ohne Ehemann und ohne Vater für meinen Sohn."

All die Schuldgefühle, die Tory während des Prozesses empfunden hatte, überkamen sie erneut, als sie die junge Frau, die den Tränen nahe war, ansah. „Neva, es tut mir unendlich leid, wenn meine Familie in irgendeiner Form Schuld an dem Schmerz hatte, den du und Nicholas erlitten habt."

„Dein Vater hat mit Linn Benton und George Henderson unter einer Decke gesteckt. Ich weiß, dass du nie an seine Schuld geglaubt hast, Tory, aber er hat sich nicht einmal während des Prozesses verteidigt."

Tory hatte das Gefühl, als würde ihr ein fünf Jahre altes stumpfes Messer ins Herz gestoßen. „Ich sehe keinen Sinn darin, wieder darüber zu sprechen, Neva. Ich habe bereits gesagt, dass es mir leidtut." Tory stand vom Tisch auf. „Ich glaube, ich sollte gehen."

„Bitte nicht! Setz dich wieder, Tory", flehte Neva. „Ich wollte dir nicht wehtun. Gott weiß, dass es das Letzte ist, was ich will. Ich möchte mit dir über Trask sprechen."

Tory spürte, wie ihr Herz wild zu pochen begann. Sie setzte sich steif an den Rand der Nische. „Das sagtest du schon."

„Lass dich nicht wieder mit ihm ein, Tory. Glaub nicht, dass es noch mehr aufzudecken gibt, als bereits im Prozess herausgekommen ist."

„Ich weiß, dass es noch mehr aufzuklären gibt", erklärte Tory mit dem Bedürfnis, ihren Vater zu verteidigen.

„Das glaube ich nicht. Selbst wenn es so wäre, welchen Sinn hätte es, in der Vergangenheit zu graben? Jason wird deshalb nicht wieder lebendig und dein Vater auch nicht. Der ganze schmutzige Skandal würde nur wieder im Licht der Öffentlichkeit stehen."

Tory lehnte sich zurück und sah die blonde Frau an. Es steckte mehr hinter Nevas Worten, als sie zugeben wollte, das spürte Tory. „Und wenn doch ein Stück Wahrheit in dem Brief steckt? Willst du das nicht auch wissen?"

„Nein." Neva schüttelte vehement den Kopf.

„Ich verstehe nicht …"

„Weil du kein Kind hast, Tory. Du hast keinen sechsjährigen Jungen, der deinen ganzen Schutz braucht. Es ist schon schlimm genug, dass er keinen Vater hat. Aber muss er deshalb auch daran erinnert werden, dass sein Vater von Männern hier aus der Stadt, denen er vertraut hat, ermordet wurde?"

„Oh, Neva …"

„Denk darüber nach. Sieh genau hin und überlege, wer davon profitiert, wenn Trask diese sinnlose Suche weiterverfolgt; niemand. Weder du, Tory, noch ich. Und am allerwenigsten Nicholas. Er wäre der eigentliche Verlierer!"

Tory wählte ihre Worte mit Bedacht. „Bist du nicht der Meinung, dass dein Sohn die Wahrheit verdient?"

„Nicht, wenn es ihn seinen Seelenfrieden kostet." Neva hob ihr Kinn, und ihre braunen Augen wurden eisig. „Ich weiß, dass du genauso wenig wie ich einen neuen Skandal willst. Und was Trask betrifft …" Sie erhob achselzuckend ihre Handflächen und ließ die Hände fallen. „… ich hoffe es für euch beide, dass du dich nicht wieder mit ihm einlässt. Nicht nur wegen des Briefes. Ich glaube, er würde eine neue Affäre mit dir nicht überstehen, Tory. Das letzte Mal war er schon am Ende gewesen." Nach diesen Worten griff Neva nach ihrer Tasche und den Einkaufstüten und verließ eilig das kleine Café.

„So viel zur Klärung der Situation", murmelte Tory, während sie die Getränke bezahlte und ebenfalls aufbrach. Sie überquerte die Straße und stieg in ihren Pick-up, um zur Ranch zurückzufahren. Obwohl sie Neva nie besonders nahegestanden hatte, auch nicht vor Jasons Tod, so hatte sie doch gehofft, dass eines Tages die alten Wunden verheilt wären. Doch jetzt, mit Trasks Drohung, den Tod seines Bruders von Neuem zu untersuchen, schien das unmöglich.

Während Tory den schnurgeraden Highway zur Ranch hinunterfuhr, dachte sie an die Vergangenheit zurück. Vielleicht hatte Neva recht. Auf Trask zu hören, hätte vielleicht katastrophale Folgen.

Vor fünf Jahren, nachdem ihr Vater verurteilt worden war, war Tory gezwungen gewesen, ihren Traum von einem Hochschulstudium aufzugeben. Sie musste sich um die Ranch kümmern. Es waren nicht nur die finanziellen Schwierigkeiten, in denen die Ranch steckte, sondern auch ihr sechzehn Jahre alter Bruder Keith brauchte ihre Fürsorge und Unterstützung. Ihr Wunsch, Tierärztin zu werden, hatte sich genauso von einem Tag auf den anderen zerschlagen wie die Vorstellung, Trask McFaddens Frau zu werden.

Nachdem Calvin ins Gefängnis gekommen war, war Tory auf der Ranch geblieben und hatte versucht, ihren eigenwilligen jüngeren Bruder großzuziehen sowie die Ranch aus den roten Zahlen zu holen. In diesen fünf Jahren war Keith erwachsen geworden und hatte zunehmend Verantwortung übernommen. Doch die Ranch verlor immer noch Geld, wenn auch jedes Jahr ein bisschen weniger.

Keith könnte jetzt mit einundzwanzig die Ranch vielleicht allein übernehmen. Aber für Tory war es zu spät. Sie konnte jetzt nicht mehr studieren, um Tierärztin zu werden. Genauso wenig wie sie Trask McFaddens Frau werden konnte.

## 5. KAPITEL

Die aus groben Zedern- und Tannenholz bestehenden Gebäude der Lazy W Ranch ragten stolz aus dem flachen Land hervor und waren vom großen Highway aus weit sichtbar. Tory lenkte den Pick-up auf den Schotterweg, der von stattlichen Pinien und Espen gesäumt wurde und zum Haus führte.

Rassepferde grasten auf den Feldern nahe den Stallungen, dünnbeinige Fohlen tollten in der Nachmittagssonne.

Torys Brust schwoll an vor Stolz über die Ranch. Dreihundert Morgen Land, umspannt von Stacheldraht und roten Metallpfosten, waren seit siebenundzwanzig Jahren ihr Zuhause gewesen. Doch plötzlich schien es, als wäre das alles in Gefahr. Trask war mit seinen verdammten Nachforschungen über den Pferdebetrug vor fünf Jahren dabei, ihre Glaubwürdigkeit als Züchterin von Quarter Horses zu ruinieren, indem er die Öffentlichkeit an die fragwürdigen Geschäfte in Zusammenhang mit der Ranch erinnerte.

Das hohe Gras der Wiesen kräuselte sich im leichten Sommerwind, der aus den Bergen herüberwehte. Kleine Wolken über den zerklüfteten Gipfeln warfen ihre Schatten über die Weiden. Tory liebte dieses Land, und sie würde es mit allen Mitteln verteidigen – selbst wenn sie eigenhändig gegen Trask vorgehen müsste. Er konnte nicht einfach so wieder in ihr Leben hereinplatzen und alles zerstören, wofür sie die letzten fünf Jahre gearbeitet hatte!

In die späte Nachmittagssonne blinzelnd, parkte sie den Pick-up in der Nähe der Scheune und stellte den Motor ab. Der warme Westwind hatte jegliche Spur des nächtlichen Regensturms beseitigt. Sommerliche Hitze flirrte in der Ferne und verzerrte die Sicht auf die zerklüfteten schneebedeckten Berge.

Sie steckte die Autoschlüssel in ihre Jeanstasche und ging zu der Koppel, auf der Governor immer noch isoliert von den anderen Pferden gehalten wurde. Eldon, ein Arbeiter der Ranch, führte den braunen Hengst in der Koppel herum.

„Wie geht es unserem Patienten?“, fragte Tory, während sie Governor den Hals tätschelte und sein Bein hochhob. Das Tier schnaubte und legte die Ohren an. „Ruhig, mein Junge“, sagte Tory leise.

„Er ist immer noch nicht in Ordnung, würde ich sagen“, bemerkte der Vierzigjährige stirnrunzelnd. Sein verwittertes Gesicht drückte Besorgnis aus.

„Sieht ganz so aus“, stimmte Tory zu. „Hat er den Huf belastet?“

„Ein bisschen.“

„Und seine Temperatur?“, erkundigte sich Tory, während sie sich das weiche Gewebe im Hufinnern anschaute.

„Ein bisschen erhöht.“

Sie blickte nach oben und beobachtete Governors Atmung, die jedoch normal schien.

„Ich rufe die Tierärztin an. Anna sollte sich das vielleicht mal ansehen.“

„Das könnte nicht schaden.“

Sie ließ das Bein des Tieres wieder los und rieb sich die Hände an ihrer Jeans ab. „Ich werde sehen, dass sie morgen vorbeikommt; bis dahin behandeln wir ihn so, wie wir es die letzten Tage getan haben.“

„Alles klar.“

Mit dem Gedanken, sich im Haus gleich ein großes Glas Limonade einzuschenken, überquerte Tory den Kiesparkplatz und nahm den ausgetretenen Pfad, der zur hinteren Veranda führte. Alex lag träge im Schatten eines Wacholderbuschs. Er wedelte mit dem Schwanz, als sie näher kam, und Tory bückte sich, um dem Collie die Ohren zu kraulen, bevor sie die Küchentür öffnete.

„Tory? Bist du das?“, brüllte Keith aus dem Arbeitszimmer,

sobald die Gittertür hinter ihr zugefallen war.

„Wer sonst?“, rief sie zurück, als sie auch schon seine Schritte hörte und Keith von der Diele aus die Küche betrat. Sein junges Gesicht drückte Besorgnis aus. Seine verschwitzten Haare klebten ihm an der Stirn. „Erwartest du jemanden?“, neckte sie ihn, während sie einen Beutel Zitronen aus dem Kühlschrank angelte.

„Natürlich nicht. Ich habe auf dich gewartet.“

„Das hört sich verdächtig an“, sagte sie und zerschnitt die Zitronen, um sie auf einer Glaspresse auszudrücken. „Möchtest du auch ein bisschen Limonade?“

Keith schien unkonzentriert. „Ja. Klar“, antwortete er, bevor seine grauen Augen sich verdunkelten. „Was hast du so lange in der Stadt gemacht?“

Torys Blick sauste nach oben. Keith war nicht mehr er selbst, seitdem Trask wieder in Oregon war. „Was ist das, ein Verhör?“

„Kaum.“ Keith fuhr sich mit der Hand über die Stirn und schob seine Haare aus dem Gesicht. „Rex und ich haben uns nur gerade über die … Ereignisse der letzten Nacht unterhalten.“

„Du meinst das Kalb?“

„Zum Teil.“ Keith hatte den Salzstreuer vom Tisch genommen und sah ihn sich mit gespieltem Interesse an.

Torys Rücken versteifte sich ein wenig, als sie Zucker und Zitronensaft in einen Glaskrug schüttete. „Und der Rest der Unterhaltung drehte sich um Trask, nehme ich an.“

„Ja.“

In diesem Augenblick kam Rex herein. Er trat unruhig von einem Bein aufs andere, nahm seinen Hut ab und spielte mit seinen rauen Händen an der Krempe.

„Wie wär’s mit einem Glas Limonade?“, fragte Tory, nicht nur um gastfreundlich zu sein, sondern auch, um das Gespräch in eine andere Richtung zu lenken.

„Gerne“, antwortete der Vorarbeiter. Ein nervöses Lächeln umspielte seine Mundwinkel, das sofort verschwand, als er sich über das Kinn strich. „Ich dachte, es würde Sie interessieren, dass alle Pferde und das gesamte Vieh unversehrt und vollständig sind.“

Tory fühlte sich erleichtert. Das tote Kalb war also nur ein Einzelfall gewesen – so viel zu Trasks Verschwörungstheorien über angebliche Warnungen in Form von totem Vieh. „Gut. Gab es sonst noch Probleme?“

Rex schüttelte nachdenklich den Kopf. „Ich konnte nichts entdecken. Keines der Tiere ist durch das Loch im Zaun entkommen, und ich konnte auch keine weiteren Zerstörungen feststellen.“

Tory fühlte sich sofort besser. Die dunkle Angstwolke, die seit gestern Abend über ihr schwebte, fing an sich aufzulösen. „Ist der Zaun inzwischen repariert worden?“

„Ja. Ich habe es gleich gemacht, nachdem Sie mit dem Deputy rausgekommen waren, um das tote Kalb anzusehen.“

„Danke, Rex.“

„Ist doch mein Job“, murmelte er und vermied ihren dankbaren Blick.

„Also, die Tatsache, dass das restliche Vieh unversehrt ist, scheint ein gutes Zeichen zu sein“, bemerkte Tory und zuckte ein wenig zusammen, als sie an das unglückliche Jungtier dachte. Keiner der beiden Männer reagierte. „Wir sollten jetzt Vorsichtsmaßnahmen ergreifen, dass so etwas nicht wieder passiert.“

Rex lächelte zaghaft. „Ich bin für alle Vorschläge offen.“

„Moment mal, Tory“, fuhr Keith dazwischen, während sie sich umdrehte und anfing, Eiswürfel in die trübe Flüssigkeit zu werfen. „Warum willst du nicht über McFadden reden?“

„Vielleicht bin ich des Themas einfach müde“, sagte Tory erschöpft. Sie hatte gehofft, eine weitere Konfrontation über

Trask zu vermeiden, aber ein Gespräch mit ihrem Bruder schien unausweichlich. Sie füllte drei Gläser mit der eiskalten Flüssigkeit und reichte jedem der Männer eins.

„McFadden wird nicht so einfach aufgeben“, sagte Keith.

„Ich weiß.“

„Tory, dann müssen wir um Himmels willen einen Plan haben, wie wir uns gegen ihn wehren können.“

„Einen Plan?“, wiederholte Tory skeptisch. Sie musste lachen, während sie einen Schluck von der kalten Limonade nahm. „Ich glaube, du leidest an Paranoia, Keith. Einen Plan! Menschen, die Pläne machen, leiden entweder unter blühenden Fantasien oder haben etwas zu verbergen. Zu welchem Typ gehörst du?“

„Zu keinem. Ich versuche, einen weiteren Eklat zu vermeiden, das ist alles“, erwiderte Keith mit dunklen Augen. „Und vielleicht dabei die Ranch zu retten. Der letzte Skandal hat sie fast vernichtet und Dad umgebracht, falls du dich erinnerst.“

„Ich weiß“, sagte Tory. Die alte Bitterkeit meldete sich zurück.

„Sieh mal, Schwesterherz“, begann Keith mit leiser Stimme. „Ich habe mir die Bücher mal etwas genauer angesehen. Demnach kann die Ranch noch sechs Monate überleben. Dann muss mit der Bank neu verhandelt werden, richtig?“

„Stimmt“, erwiderte Tory mit einem erschöpften Seufzer.

„Die Bank wird den Kredit nur verlängern, wenn wir ihr glaubhaft versichern können, dass die Ranch absehbar Gewinn macht. Wir sind momentan diesem Ziel schon verdammt nah, Tory, verdammt nah. Das kann aber schnell vorbei sein, wenn sich die alten Gerüchte wieder verbreiten. Wenn die Leute daran erinnert werden, in welche Geschäfte Dad angeblich verstrickt war, werden uns die Käufer schneller davonlaufen, als du dir vorstellen kannst. Und jeder Gewinn ist dann weg.“

„Das weißt du nicht …“

„Und ob ich das weiß.“

Tory wich Keith’ Blick aus. Sie wusste, was er jetzt sagen würde.

„Es gibt nur eine Möglichkeit, im Geschäft zu bleiben: Du musst die Zuchtpferde verkaufen. Das weißt du genauso gut wie ich. Niemand wird die Tiere auch nur mit dem Stock anrühren, wenn auch nur der leiseste Betrugsverdacht besteht. Der Ruf der Ranch ist … na ja, zweifelhaft oder war es zumindest aufgrund des Skandals vor fünf Jahren. Wenn jetzt alles wieder an die Öffentlichkeit kommt, werden sich deine potenziellen Käufer schnell in Luft auflösen.“

„Du glaubst also, dass es so kommen wird, wenn Trask versucht, den Verfasser des anonymen Briefes ausfindig zu machen?“

„Darauf kannst du dich verlassen.“

Torys Blick wanderte von dem entschlossenen Gesichtsausdruck ihres Bruders hinüber zu Rex. „Du hast bisher nichts gesagt. Was ist deine Meinung?“

„Ich glaube das, was ich immer geglaubt habe“, sagte Rex und rieb sich das Kinn. „McFadden bedeutet Ärger. Schlicht und einfach.“

„Daran gibt es keinen Zweifel“, bemerkte Tory. „Aber ich weiß nicht, was wir dabei tun können.“

„Vielleicht kannst du ihn bewegen, nicht weiter in der Vergangenheit herumzustochern“, schlug Keith vor. „Obwohl es mir lieber wäre, wenn du dich von diesem Mistkerl fernhalten würdest.“

Tory funkelte ihren jüngeren Bruder an. „Halt dich mit solchen Ausdrücken zurück, okay? Also, woher willst du wissen, dass er zurückkommt?“

„Oh, ich weiß es einfach. Trask McFadden ist wie ein ungedeckter Scheck. Er kommt zurück. Das ist so sicher wie das Amen in der Kirche.“

Tory schüttelte den Kopf und runzelte die Stirn, während sie das Glas schwenkte und auf die schmelzenden Eiswürfel starrte. „Wenn er also hierher zurückkommt, möchtest du, dass ich ihn dazu überrede, den Brief und den ganzen Unsinn über eine mögliche weitere Person zu vergessen. Habe ich das richtig verstanden?"

„Im Wesentlichen", erwiderte Keith.

„Nicht gerade ein komplizierter Plan."

„Aber der einzige, den wir haben."

Tory stellte ihr Glas auf dem Tresen ab. Ihre Augen verengten sich zu Schlitzen. „Was ist, wenn es stimmt, was in dem Brief steht, Keith? Wenn eine andere Person in Jasons Tod verwickelt ist, jemand, der vielleicht Dad entlasten könnte?"

Keith lächelte traurig und sah plötzlich um Jahre älter aus. „Wie stehen die Chancen dafür?"

„Ungefähr eins zu einer Million, würde ich sagen", erklärte Rex.

„Noch weniger als das", sagte Keith entschieden, „wenn man bedenkt, dass McFadden kein Interesse daran haben wird, Dads Namen wieder reinzuwaschen. Schließlich war er es, der Dad ins Gefängnis gebracht hat, falls du dich erinnerst. Ich kann nicht begreifen, dass du wieder auf seine Sprüche hereinfällst, Tory."

Tory wurde ein wenig blass. „Das tue ich gar nicht."

„Nun mach mal halblang. Du lässt dich doch schon nach dem ersten Wiedersehen von ihm erweichen."

„Vielleicht habe ich es einfach nur satt, dass jeder versucht, mich zu beeinflussen", sagte Tory erregt. Sie stolzierte durch den Raum und setzte sich auf einen Stuhl am Küchentisch. „Die ganze Sache fängt an, nach einer Verschwörung zu stinken oder zumindest nach einer Vertuschung!"

„Was meinst du damit?" Keith schien völlig verwirrt zu sein. Rex mied Torys Blick und starrte auf die Straße hinaus.

„Ich habe in der Futterhandlung Neva McFadden getroffen. Sie wollte mit mir reden, verdammt noch mal! Mein Gott, die Frau hat seit dem Prozess nicht ein Wort mit mir gewechselt, und heute wollte sie nun über alles mit mir sprechen. Kannst du dir das vorstellen?"

„Mit ‚alles' meinte sie Trask?"

„Richtig." Tory lächelte grimmig angesichts der Ironie des Ganzen. Neva McFadden war die Letzte, von der sie erwartet hätte, dass sie Tory bittet, sich von Trask und seiner verrückten Idee fernzuhalten.

„Du weißt, dass sie in ihn verliebt ist, oder?", bemerkte Keith und sah, wie Tory unter ihrer gebräunten Haut blass wurde. Ob seine Schwester es zugab oder nicht, sie hatte noch immer etwas für McFadden übrig. Schon allein dieser Gedanke brachte Keith auf die Palme.

„Das hat sie nicht gesagt."

„Ich bezweifele, dass sie das zugeben würde, jedenfalls nicht dir gegenüber."

„Vielleicht nicht", flüsterte Tory.

„Na, egal. Worüber wollte sie mit dir sprechen?"

„Über genau die gleichen Dinge, die du mir predigst. Dass der anonyme Brief bestimmt nur ein dummer Scherz sei, dass wir die Vergangenheit ruhen lassen sollten, dass es für ihren Sohn ein Schock wäre, wenn der Skandal von damals wieder in der Öffentlichkeit diskutiert werden würde. Sie glaubt, dass es besser wäre, wenn ich Trask nicht mehr sehen würde."

„Dafür ist es zu spät", bemerkte Rex und strich sich durch die verschwitzten weißen Haare, während er aus dem Fenster starrte. Seine kräftigen Schultern fielen herunter und sein freundliches Lächeln verschwand. „Er kommt in diesem Moment die Einfahrt heraufgefahren."

„Super", murmelte Keith.

Tory spürte, wie ihr Herz aufgeregt zu pochen anfing.

„Vielleicht sollten wir offen mit ihm reden und alles sagen, was wir gerade besprochen haben."

„Das wäre Selbstmord, Tory. Am besten ist es, ihn zu überzeugen, dass sein Brief nichts weiter als ein fauler …"

Ein lautes Klopfen an der Tür unterbrach ihn. Keith stieß einen langen Seufzer aus. „Okay, Schwesterherz, du bist dran."

Tory verzog zynisch den Mund. „Wenn du glaubst, dass ich dir jetzt eine oscarreife Vorstellung liefere, irrst du dich."

„Was soll das heißen?", fragte Keith besorgt.

„Kennst du nicht den Ausdruck ‚Mit Honig fängt man Fliegen'?" Ohne weitere Erklärung ging sie den kleinen Korridor entlang, ignorierte das Fluchen aus der Küche und öffnete die Haustür.

Trask wollte gerade erneut klopfen. Mit erhobener Faust und wütendem Ausdruck stand er vor ihr. Beim Anblick von Tory und ihren graugrünen verschmitzten Augen musste er lächeln, und seine angespannten Züge wurden unwiderstehlich weich. Wenn Senator McFadden seinen Charme hervorholte, hatte das eine verheerende Wirkung auf Torys Sinne, obwohl sie wusste, dass sie ihm nicht trauen durfte.

„Ich dachte, du wolltest mir vielleicht einen kleinen Hinweis geben", sagte Trask.

Tory schüttelte den Kopf und lachte. „Ich nicht, Senator. Ich habe keine Angst, zu sagen, was ich denke und dir klarzumachen, dass du hier nicht willkommen bist."

„Das wusste ich bereits."

„Trotzdem bist du wieder da." Sie lehnte sich gegen die Tür und machte keine Anstalten ihn hereinzubitten. Aufmerksam studierte sie seine männlichen Züge. Ja, er ist definitiv ein gut aussehender Mann, dachte sie. Die fünf Jahre haben ihm nicht geschadet – im Gegenteil, die gewonnene Reife tat seinem Erscheinungsbild gut.

„Ich habe gehofft, dass du vielleicht deine Meinung geändert und über das, was ich gesagt habe, nachgedacht hast."

„Oh, ich habe eine Menge darüber nachgedacht", antwortete Tory. „Niemand hier lässt mich das so schnell vergessen."

„Und zu welchem Schluss bist du gekommen?" Seine kobaltblauen Augen erforschten ihr Gesicht, als sähen sie es das erste Mal. Tory blieb fast das Herz stehen.

„Warum kommst du nicht rein, und wir reden darüber?" Tory trat zur Seite und ließ ihn vorbei. Keith und Rex waren bereits im Arbeitszimmer, und als Trask eintrat war die Spannung im Raum fast greifbar.

„Es gehört eine Menge Mut dazu, hierher zurückzukommen", sagte Keith. Er ging zur Bar hinüber und schenkte sich einen Drink ein.

„Ich habe gesagt, dass ich wiederkommen würde", antwortete Trask. Sein selbstsicheres Grinsen stand im Gegensatz zu seinem verbitterten Blick.

„Ich kann mir nicht vorstellen, dass du wirklich erwartest, dass Tory oder sonst jemand auf der Ranch dir bei deiner ... sinnlosen Unternehmung hilft."

„Ich will die Sache nur näher untersuchen."

„Warum?", fragte Keith. Er stellte die Flasche zurück und hob das volle Glas an die Lippen.

Trask verschränkte die Arme über der Brust. „Ich möchte die Wahrheit über den Tod meines Bruders erfahren."

Keith schüttelte den Kopf. „Die Aussage beim Prozess reicht also plötzlich nicht mehr. Der Skandal war nicht genug. Und einen unschuldigen Mann ins Gefängnis zu bringen auch nicht. Was willst du denn noch?"

„Nur die Wahrheit."

Keith' Kiefer schob sich nach vorne. „Ein bisschen zu spät, meinst du nicht, McFadden? Du hättest schon früher an der Wahrheit interessiert sein sollen, bevor du gegen Calvin Wilson ausgesagt hast."

„Wenn dein Vater seine Sicht der Dinge erklärt hätte, wäre ich jetzt vielleicht nicht hier."

„Zu spät für einen zweiten Versuch, McFadden", sagte Keith mit leicht schwankender Stimme. „Der Mann ist tot."

Unangenehmes Schweigen erfüllte den Raum. Rex trat nervös von einem Bein aufs andere und zog den Stetson tief ins Gesicht. „Ich muss gehen", sagte er. „Belinda wartet auf mich." Er ging zur Tür und blieb einen Moment in der Diele stehen. „Bis morgen früh."

„Bis morgen, Rex", erwiderte Tory, während im gleichen Moment die Tür ins Schloss fiel.

„Vielleicht solltest du auch gehen", sagte Keith provozierend und nahm einen Schluck von seinem Scotch, während er gegen den Kamin gelehnt dastand. Er starrte Trask wütend an und machte keinen Hehl aus seiner Verachtung für ihn. „Wir haben kein Interesse an dem, was du zu sagen hast. Du hast vor fünf Jahren schon genug gesagt."

„Ich habe keinen Meineid geleistet, falls du mir das unterstellen willst."

„Ich will gar nichts unterstellen, McFadden. Ich bin dafür, die Dinge beim Namen zu nennen."

„So geht es mir auch."

„Dann wirst du verstehen, wenn ich dich bitte, die Ranch wieder zu verlassen. Wir haben kein Interesse an deinen Theorien und wollen nicht, dass der ganze Skandal von damals wieder an die Oberfläche gezerrt wird. Das würde niemandem guttun, am allerwenigsten den Leuten auf der Ranch. Du musst dir schon etwas anderes überlegen, um wieder gewählt zu werden, Senator."

Trask lehnte sich gegen die Rückwand der Couch und sah von Keith zu Tory hinüber. Seine blauen Augen fixierten sie. „Ist das auch deine Meinung?", fragte er.

Tory sah in Trasks zerfurchtes, attraktives Gesicht und versuchte, sich daran zu erinnern, dass er sie benutzt und verraten und alles zerstört hatte, was sie je geliebt hatte. Aber sie konnte sich nicht vor der Offenheit seiner kalten blauen Augen verstecken. Er war eine Gefahr. Eine Gefahr, so wie er es immer gewesen war, und trotzdem raste Torys Herz bei seinem Anblick. Ihre Faszination für diesen Mann grenzte an Wahnsinn, das wusste sie. „Ich teile Keith' Meinung", sagte sie schließlich. „Ich sehe nicht, wozu es führen könnte, diese komplizierte Geschichte noch einmal aufzurollen."

„Außer, dass ein weiterer Schuldiger bestraft wird."

„Du suchst also immer noch nach Vergeltung", flüsterte sie kopfschüttelnd. „Fünf Jahre sind vergangen. Nichts wird die Vergangenheit ändern. Neva hat recht. Nichts, was du tust, wird Jason wieder zum Leben erwecken."

„Neva?", wiederholte Trask. „Du hast mit ihr gesprochen?" Sein Gesicht erstarrte, sein bohrender Blick ging ihr unter die Haut.

„Ich habe sie heute auf der Straße getroffen."

„Und das Gespräch hat sich zufällig um mich gedreht." Er zog die Mundwinkel nach unten.

Torys Kopf schnellte nach oben, und sie schob trotzig ihr Kinn nach vorn. „Sie macht sich Sorgen um dich, Senator. Genauso wie um ihren Sohn. Sie glaubt, dass du einen persönlichen Rachefeldzug betreibst, der nichts weiter bewirkt, als alte Wunden zu öffnen und neues Leid und neuen Ärger zu produzieren."

Trask zuckte leicht zusammen und seufzte ungehalten. „Ich werde der Sache weiter nachgehen, Tory, und ich denke, du wirst das verstehen. Ich bin es meinem Bruder schuldig. Er ist ermordet worden, um Himmels willen! Ermordet! Und einer der Verantwortlichen ist vielleicht noch auf freiem Fuß!

Meiner Ansicht nach hast du zwei Möglichkeiten: Entweder bist du für mich oder gegen mich, aber ich rate dir dringend, alle Alternativen zu überdenken. Wenn dein Vater unschuldig war, wie du so selbstgerecht behauptest, bekommst du jetzt die Möglichkeit, es zu beweisen."

„Würdest du mir dabei helfen?", fragte sie skeptisch.

„Glaub ihm nicht, Tory", schaltete sich Keith ein, während er zwischen Trask und Tory auf und ab lief und seiner Schwester flehende Blicke zuwarf. „Du hast ihm schon einmal vertraut, und er hat dein Vertrauen mit Füßen getreten."

Trasks Augen verengten sich, während er Torys jüngeren Bruder scharf ansah. „Ich glaube, es ist besser, wenn du dich hier raushältst, Keith", erklärte er ruhig. „Es ist eine Sache zwischen deiner Schwester und mir."

„Ich glaube nicht ..."

„Ich mach das schon", bemerkte Tory. Ihr Blick wanderte zwischen Trask und Keith hin und her. Ihre Schultern waren gestrafft und ihre Lippen zusammengepresst. Ihre Augen versprühten Kampfeswillen.

Keith verstand die stumme Botschaft. Tory würde mit Trask auf ihre Weise fertig werden. „In Ordnung. Ich habe sowieso bereits alles gesagt, was ich zu sagen habe." Er zeigte mit dem Zeigefinger auf Trask. „Aber wenn du mich fragst, McFadden, hast du hier nichts zu suchen." Keith verließ mit großen Schritten den Raum, nahm in der Diele seinen Hut vom Haken, riss die Haustür auf und ließ sie knallend hinter sich zufallen.

Trask sah Keith nachdenklich hinterher. „Er hat ein hitzigeres Temperament, als du in seinem Alter hattest."

„Er hasst dich", bemerkte Tory lediglich.

Ein schiefes Lächeln huschte über Trasks Lippen, während er sich durchs Haar fuhr. „Ich kann es ihm nicht verdenken."

„Ich hasse dich auch", log Tory.

„Nein. Nein, das tust du nicht." Er hob abwehrend die Hand, als sie protestieren wollte, und wischte ihre Argumente weg, noch bevor sie ausgesprochen werden konnten. „Ja, du hasst, was ich getan habe, okay. Vielleicht hast du mich vor ein paar Jahren gehasst, oder glaubtest zumindest, dass du es tust. Aber jetzt weißt du es besser."

„Ich weiß gar nichts in dieser Hinsicht."

„Natürlich tust du das. Du weißt, dass ich nicht hergekommen bin, um dich zu verletzen. Und dir ist klar, dass ich vor fünf Jahren nur das getan habe, was ich tun musste, weil ich im Zeugenstand nicht lügen konnte. Es ging mir nicht darum, deinen Vater ins Gefängnis zu bringen …"

„Hör auf!", forderte sie ihn auf. Sie konnte sich seine Lügen nicht weiter anhören. „Ich … ich will nicht noch mehr von deinen Entschuldigungen hören …"

„Da ist es einfacher, mich zu hassen, nicht wahr?"

„Nein … ja! Gott, ja. Du kannst hier nicht einfach herkommen und mein Leben durcheinanderbringen, und ich will nicht Teil von … dieser Ermittlung, oder wie immer du das nennst, sein. Ich interessiere mich nicht für anonyme Briefe."

„Oder tote Kälber?"

„Das eine hat mit dem anderen nichts zu tun", sagte sie fest, obwohl sie Mühe hatte, das Zittern in ihrer Stimme zu unterdrücken.

Trask sah auf seine Hände hinunter, bevor er den Kopf hob und ihrem zornigen Blick begegnete. „Ich glaube, du irrst dich, Tory. Kommt es dir nicht komisch vor, dass jeder dir den Rat gibt, mich zu meiden?"

Sie schüttelte den Kopf und sah zur Decke hinauf. „Nicht nach alldem, was du mir angetan hast vor fünf Jahren", erwiderte sie leise.

„Du willst sagen, dass es dir noch nicht in den Sinn gekommen ist, dass jemand aus irgendeinem Grund versucht, dich von diesen Ermittlungen abzuhalten."

„Welcher Grund könnte das sein?"

„Um die Identität des Täters geheimzuhalten."

„Ich will nichts damit zu tun haben", sagte Tory abwehrend. Sie durfte sich nicht weiter auf Trask und seine verdammte Logik einlassen. Wenn sie in seiner Nähe war, schwirrte ihr der Kopf. Sie ging in Richtung Tür und blieb abrupt stehen, als er zu sprechen anfing.

„Hast du Angst vor der Wahrheit?"

„Ganz bestimmt nicht!" Sie drehte sich um und sah ihn an.

Trask stieß sich von der Couch ab. „Dann vielleicht vor mir."

„Mach dich nicht lächerlich", sagte sie. Aber während er auf sie zukam, bemerkte sie die Standhaftigkeit seines Blicks, der von ihren Augen zu ihrem Mund hinabglitt und auf der Rundung ihrer Brüste liegen blieb. „Ich habe keine Angst vor dir, Trask. Das hatte ich nie, selbst nicht nach all dem, was du mir angetan hast."

Er blieb kurz vor Tory stehen. In seinem Blick lag der stumme Vorwurf an sie, ihn täuschen zu wollen. Als er die Hand ausstreckte, um ihr eine widerspenstige Haarsträhne aus dem Gesicht zu streichen, berührten seine Fingerspitzen ihre Wange. Aber sie wich nicht zurück. „Dann hast du vielleicht Angst vor dir selbst."

„Unsinn."

„Das glaube ich nicht." Er umfasste ihren Nacken und hob ihren Kopf nach oben, während er sich hinunterbeugte und sein Mund ihre Lippen umschloss. Sein Mund war warm und weich und seine Zunge drängte sich geschickt zwischen ihre geöffneten Lippen. Erinnerungen an schwüle Sommernächte und sternenklare Himmel kamen ihr in den Sinn. Wie einfach es war, in die Vergangenheit einzutauchen …

Das tiefe Stöhnen, das aus seiner Kehle drang, brachte sie schlagartig in eine Realität zurück, die alles andere als romantisch war. Er liebte sie nicht, hatte sie nie geliebt und versuchte trotzdem erneut, sich ihrer zu bedienen. Wieder bei Sinnen, versuchte Tory sich ihm zu entziehen, doch seine Arme umklammerten sie noch fester.

„Lass mich los." Sie sah ihn herausfordernd an.

„Ich glaube nicht, dass ich das will. Dich loszulassen, war der größte Fehler meines Lebens, und ich habe dafür bezahlt. Ich werde denselben Fehler nicht ein zweites Mal machen."

„Du hattest keine andere Wahl, was mich betrifft. Ich habe geschworen, mich nie wieder von dir verletzen zu lassen. Und ich habe die Absicht, dieses Versprechen mir gegenüber einzuhalten."

Seine warmen Hände auf ihrem Rücken wollten sie nicht freigeben und begannen stattdessen, sie zärtlich zu streicheln. Durch den dünnen Baumwollstoff ihrer Bluse konnte sie Trasks Hitze spüren. Sie sickerte durch den Stoff und wärmte ihre Haut genauso wie damals.

Seine Lippen liebkosten ihr Gesicht, berührten die feine Haut ihrer Augenlider und ihrer Wangen.

„Das darf nicht sein", flüsterte sie und wusste, dass sie völlig machtlos war.

Sie errötete und das Verlangen, das sie totgeschworen hatte, erwachte von Neuem in ihr, während sein Mund ihre Kehle hinunterglitt und er begann, ihre Bluse aufzuknöpfen. Sie spürte, wie seine Lippen ihren Hals berührten und ihre Brüste anschwollen.

„Trask, bitte …", sagte sie und schluckte gegen das wilde Begehren, das durch ihren Körper schoss.

Seine Zunge umkreiste die zarten Knochen am Ende ihres Halses, während seine Hände geschickt ihre Bluse öffneten und sie ihr langsam über die Schulter abstreiften. „Ich habe dich immer geliebt, Tory", bekannte er und sah, wie ihre weißen Brüste sich im Tempo ihres Atems hoben und senkten.

Die rosigen Brustwarzen lugten verführerisch durch die dünne Spitze ihres pinkfarbenen BHs, und sein Verlangen ließ ihn Dinge sagen, die er lieber für sich behalten hätte. „Liebe mich“, flehte er sie an und hob seinen Blick zu ihren grünen Augen.

„Das ... habe ich, Trask“, antwortete sie und versuchte, einen klaren Kopf zu behalten. Sie griff nach der Bluse, die am Boden lag, doch er hielt sie am Handgelenk fest. „Ich habe dich mehr geliebt als eine Frau einen Mann lieben sollte, und ... ich habe einen Preis dafür gezahlt. Diesen Fehler werde ich nicht noch einmal machen!“

Er umklammerte ihr Handgelenk noch fester und zog sie zu sich heran. Mit der anderen Hand hob er ihr Gesicht zu sich hoch, sodass sie seinen stahlblauen Augen nicht ausweichen konnte. „Du kannst noch so viele Gründe und Erklärungen abgeben, Lady. Es sind nichts als Lügen.“

„Du musst es wissen, Senator. Du hast das Buch der Lügen geschrieben.“

Seine Kiefermuskeln spannten sich an, und er verzog zynisch den Mund. „Warum schaust du nicht in den Spiegel, Tory, und siehst dir an, welche Frau du geworden bist: eine Frau, die die Wahrheit scheut. Du willst nicht die Wahrheit über deinen Vater erkennen und willst nicht zugeben, dass du noch etwas für mich empfindest.“

„Es gibt einen großen Unterschied zwischen Liebe und Lust.“

„Wirklich?“ Er hob zweifelnd eine Braue und strich mit dem Finger über ihre Kehle, bis hinunter zu ihrem Brustbein, wo ihr BH mit einem Druckverschluss zusammengehalten wurde. „Wie würdest du das nennen, was wir vor fünf Jahren füreinander empfunden haben?“

„Die ganzen Gefühle waren in einem Netz von Lügen gefangen, das immer größer wurde. Das ist es, was wir miteinander teilen, Trask: die Lügen von damals.“ Er ließ sie langsam los und sah reglos zu, wie sie nach ihrer Bluse griff und hineinschlüpfte.

„Dann ist es vielleicht an der Zeit, nach der Wahrheit zu suchen."

„Indem du die Ermittlungen zum Tod deines Bruders wieder aufnimmst?"

„Ja. Wenn wir die Vergangenheit abschließen, können wir vielleicht über die Zukunft nachdenken."

Tory seufzte missbilligend. „Nie im Leben, Senator. Du weißt doch, wie es heißt: ‚Es gibt nie ein Zurück'. Ich glaube daran. Mach dir nicht die Mühe, mich mit Versprechungen über eine gemeinsame Zukunft zu locken, denn ich nehme sie dir sowieso nicht ab. Nicht mehr. Ich habe, was dich betrifft, meine Lektion gelernt. Ich bin nicht mehr so leicht zu täuschen, wie ich es mal war. Gott sei Dank." Sie trat von ihm zurück und knöpfte sich die Bluse zu.

Er presste die Lippen zusammen und rieb mit zwei Fingern seinen Nasenrücken, als wolle er aufkommende Kopfschmerzen vertreiben. „Okay, Tory, du willst also keine Beziehung zu mir – aber du kannst mir wenigstens ein bisschen behilflich sein. Wenn du wirklich glaubst, dass der Name deines Vaters reingewaschen werden kann, biete ich dir Mittel und Wege dazu an."

„Wie?"

„Ich möchte morgen zum Devil's Ridge hoch."

Ihr blieb fast das Herz stehen. Devil's Ridge war ein Stück Land nicht weit entfernt von der Lazy W Ranch. Es hatte einst ihrem Vater gehört, und Calvin hatte die vierzig Morgen Land am Fuße der Cascades an Keith vererbt. Devil's Ridge war das Grundstück, auf dem damals die Quarter Horses vertauscht worden waren; das Stück Land, das den angeblichen Beweis für Calvin Wilsons Mittäterschaft geliefert hatte.

„Tory, hast du mich verstanden?"

„Ja."

„Willst du mitkommen?"

*Nein. Ich kann diesem Skandal nicht noch einmal ins Auge sehen.* „Wenn du mir versprichst, dass sonst niemand davon erfährt." Tory sah seinen fragenden Blick und beeilte sich zu erklären: „Ich will die Öffentlichkeit so lange raushalten, bis du klare Beweise hast, Senator."

„Na gut." Er betrachtete ihr Gesicht. „Bist du auf meiner Seite, Tory?"

„Nein, aber ich werde dir auch kein Hindernis sein", sagte sie erschöpft. Sie war all der Diskussionen mit Trask, Keith, Neva und dem verdammten Rest der Welt müde. „Wenn du die Erlaubnis brauchst, um in Devils Ridge herumzuwandern, dann hast du sie hiermit. Und ich begleite dich."

„Warum?"

„Weil ich ein Auge auf dich haben will, Senator."

„Du vertraust mir immer noch nicht, stimmt's?"

„Ich kann es mir nicht erlauben. Es ist die einzige Möglichkeit, mich vor dir zu schützen."

Ein Anflug von Schmerz lag in seinen Augen, verschwand aber schnell wieder. „Ich komme morgen Mittag gegen zwölf."

„Ich warte auf dich."

Auf dem Weg zur Tür drehte er sich angesichts ihrer bittersüßen Worte noch einmal um. „Wenn ich das nur glauben könnte", sagte er, bevor er die Tür öffnete und nach draußen verschwand.

Vom Fenster aus beobachtete Tory seine kleiner werdende Gestalt. Die späte Nachmittagssonne warf bereits lange Schatten über die Ebenen der Lazy W Ranch, als Trask mit großen Schritten zu seinem Pick-up lief und ohne einen Blick zurückzuwerfen, davonfuhr.

„Was geht dich das Ganze an?", wollte Trask von seiner Schwägerin wissen. Sie legte letzte Hand an den Geburtstagskuchen für Nicholas und verteilte mit aller Ruhe den weißen Zuckerguss auf dem Kuchen, als ginge sie die Schimpftirade ihres Schwagers nichts an. „Warum hast du Tory zur Rede gestellt?"

„Es geht mich etwas an", warf Neva unbewegt zurück, während sie ihr Kunstwerk begutachtete und das Messer auf ein Brett legte. Als sie sich zu Trask umdrehte, schob sich ihr schmales Kinn entschlossen nach vorne. „Hier geht es um den Tod von *meinem* Mann, Herrgott noch mal! Und du hast mich mit dem verdammten Brief gestern Nachmittag da mit reingezogen."

„Aber warum hast du versucht, Tory zu überreden, sich aus der Sache rauszuhalten? Sie könnte mir helfen."

Neva sah mit müdem Blick ihren Schwager an. „Ich dachte, dass sie vielleicht Einfluss auf dich haben könnte. Du hörst nicht auf viele Menschen, Trask. Nicht auf mich. Nicht auf deine Berater in Washington. Auf niemanden. Ich dachte, Tory könnte dich vielleicht zur Vernunft bringen."

„Sie hat es versucht", räumte Trask ein.

„Ohne Erfolg, nehme ich an."

„Ich muss das tun, Neva." Trask legte seine großen Hände auf Nevas schmale Schultern.

Es fiel ihr schwer, die Wärme seiner Hände zu ignorieren. „Ohne Rücksicht auf die Konsequenzen, stimmt's? Deine Integrität um jeden Preis." Sie befreite sich von seinem Griff.

„Du bauschst die Sache unnötig auf."

„Ich?", schrie sie. „Was ist mit dir? Du bekommst einen Brief von irgendeinem Spinner und fängst an, die ganze Stadt auseinanderzunehmen, stocherst im Dreck von vor fünf Jahren herum und startest einen neuen Kreuzzug." Sie lächelte traurig angesichts des angespannten Mannes, der vor ihr stand. „Ich habe nur die Befürchtung, dass du dieses Mal nicht ohne Blessuren davonkommst, Don Quijote; die Windmühlen könnten zurückschlagen und dich genauso verletzen wie deine Dulcinea."

„Wer?"

„Dulcinea del Toboso, das Mädchen vom Land, dem Don Quijote seine ritterliche Zuneigung entgegenbringt. In diesem Fall Victoria Wilson."

„Du liest zu viel", sagte er.

„Nein."

Trotz der Ernsthaftigkeit in Nevas Blick musste Trask lachen. „Dann machst du dir eben zu viele Gedanken."

„Das bringt das Mutterdasein so mit sich", erklärte sie und hielt ihm einen mit Zuckerglasur bedeckten Rührbesen hin. „Jemand muss sich über dich Gedanken machen."

„Ich komme schon zurecht."

Sie betrachtete die Furchen auf seiner Stirn. „Ich weiß nicht, Trask. Ich weiß es nicht."

„Vertrau mir einfach, Neva."

Ihr Lächeln erlosch, und alle Gefühle, gegen die sie sich seit fünf Jahren gewehrt hatte, zerrissen ihr das Herz. „Ich würde dir mein Leben anvertrauen, Trask. Das weißt du."

„Neva …" Er machte einen Schritt auf sie zu, doch sie wich ihm aus und ging zum Küchenfenster hinüber. Draußen sah sie Nicholas mit dem Hundewelpen, den Trask ihm zum Geburtstag geschenkt hatte, herumtollen.

„Aber ich kann dir nicht Nicholas' Leben anvertrauen", flüsterte sie und spielte mit den Fingern an ihrer Schürze. „Das kann ich einfach nicht tun, und du hast nicht das Recht, es von mir zu verlangen." Tränen erfüllten ihre großen Augen.

Trask stieß einen langen Seufzer aus. „Ich fahre morgen zum Devil's Ridge hoch."

„Oh Gott, nein." Neva schloss die Augen. „Trask, tu das nicht …"

„Ich habe keine andere Wahl. Ich muss es tun", erklärte er.

„Dann solltest du jetzt besser gehen", sagte sie mit dünner Stimme. Trask war fast wie ein Vater für Nicholas, soweit es die Entfernung nach Washington überhaupt zuließ. Wenn sie Trask jetzt rausschmeißen würde, würde Nicholas ihr das nie verzeihen. „Tu, was du tun musst."

„Was ich tun muss, ist hierzubleiben und Nicks Geburtstag zu feiern."

Neva lächelte durch ihre Tränen hindurch. „Du bist ein Mistkerl, McFadden; wenn auch ein charmanter."

„Es wird alles gut werden."

„Das hoffe ich bei Gott", flüsterte sie und warf erneut einen Blick auf ihren dunkelhaarigen Sohn und das Knäuel aus hellbraunem Fell mit den betörend schwarzen Knopfaugen. „Nicholas verehrt dich wie keinen anderen, weißt du?"

Trask lächelte freudlos. „Dann ist er der Einzige in der Stadt. Ich würde momentan bestimmt keinen Beliebtheitswettbewerb in Sinclair gewinnen."

„Oh, da bin ich mir nicht sicher. Immerhin scheinst du einen Weg zurück in Victorias Herz gefunden zu haben."

„Das glaube ich nicht."

„Das werden wir sehen, Senator", sinnierte Neva. „Ich glaube, Victoria Wilson hat dich nie aus ihrem Leben bekommen."

## *6. KAPITEL*

Anna Hutton hob den Huf des rotbraunen Hengstes an und untersuchte ihn vorsichtig. Mit geübten Händen berührte sie sanft das geschwollene Gewebe, während Governors Augen nervös funkelten und er ein ungeduldiges Schnauben von sich gab. „Ist ja gut", beruhigte sie das Pferd, bevor sie Torys besorgtem Blick begegnete. „Mit deiner Diagnose hast du richtig gelegen, Tory", bemerkte Anna, bevor sie den Fuß des Pferdes langsam wieder auf den Stallboden sinken ließ. „Der Junge hat eine akute Hufrehe. Du hättest Tierärztin werden sollen." Sie schenkte Tory ein kleines Grinsen, während sie nach ihrer Ledertasche griff und noch einmal Governors Bein anhob, um die betroffene Stelle zu reinigen.

„Ich hatte damals was anderes im Kopf", sagte Tory. „Deshalb bin ich jetzt auf deine Kompetenz angewiesen."

Anna lächelte ihre Freundin verständnisvoll an, bevor sie sich wieder Governors Huf zuwandte. Beide Frauen hatten damals zusammen studieren wollen. Doch das war, bevor sich Tory mit Trask McFadden eingelassen hatte und der Skandal um Calvin Wilson und die Lazy W Ranch ans Licht gekommen war.

Torys Augen ruhten auf Annas Händen, doch ihre Gedanken waren weit weg, schweiften ab in eine Zeit, in der sie voller Vorfreude auf eine Ehe mit Trask gelebt hatte. Wie bereitwillig sie damals ihre Karrierepläne für ihn aufgegeben hatte …

Anna bemerkte Torys versonnenen Blick und lenkte taktvoll das Gespräch auf das Pferd zurück, während sie die Reinigung der betroffenen Stelle beendete. Governor legte die dunklen Ohren an und entfernte sich von der Frau mit den kurzen blauschwarzen Haaren und den geübten Händen. „Du solltest ihm einen speziellen Beschlag anfertigen lassen. Entweder ein H-Eisen oder ein Eiereisen. Und lass ihn weiter viel herumlaufen. Hast du schon heiße oder kalte Packungen ausprobiert oder seinen Huf in Eiswasser getaucht?"

„Ja, kalte Packungen."

„Gut. Mach das weiter", riet Anna und beobachtete den Hengst mit zusammengekniffenen Augen. „Ich möchte noch einen Tag warten und sehen, wie es ihm morgen geht, bevor ich ihm Acepromazin oder Antihistamine gebe."

„Eine Frau der alten Schule, was?"

„Du kennst mich doch. Je weniger Medikamente, desto besser." Sie tätschelte den Hals des Tieres. „Er ist ein prächtiger Kerl, Tory."

„Der Beste", antwortete Tory und sah den Hengst liebevoll an. „Wir setzen all unsere Hoffnungen auf ihn."

„Als Zuchthengst?"

„Seine ersten Fohlen wurden in diesem Frühjahr geboren."

„Und bist du mit dem Ergebnis zufrieden?"

Tory nickte und hielt ihrer Freundin die Stalltür auf. „Ich habe immer gern mit Pferden gearbeitet, besonders mit den Fohlen."

Anna kicherte und schüttelte voller Erstaunen den Kopf, während die beiden Frauen die Stallungen verließen und in das gleißende Sonnenlicht hinaustraten. „Du hast dich also trotz der Geschichte mit deinem Vater dazu entschlossen, wieder Quarter Horses zu züchten. Du hast mehr Mut als ich, Victoria Wilson."

„Vielleicht bin ich auch einfach nur dumm."

„Das bezweifle ich."

„Keith war der Meinung, es sei ein Fehler, wieder mit der Zucht anzufangen."

„Was weiß der schon?"

„Das werde ich ihm ausrichten."

„Tu das. Ich finde, es gehört jede Menge Mut dazu, nach dem Prozess und der ganzen schlechten Presse noch einmal von vorne anzufangen ..."

„Es war alles ein großer Irrtum."

Anna legte die Hand auf Torys Arm. „Ich weiß, aber ich dachte, dass du nichts tun willst, was die alten Gerüchte wieder zum Leben erwecken könnte. Ich würde jedenfalls nichts unternehmen."

„Man kann der Vergangenheit nicht entkommen."

„Besonders dann nicht, wenn unser berühmter Senator McFadden angestürmt kommt und alles wieder neu aufrollen will."

Tory spürte, wie sich ihr Rücken anspannte, doch ihr gelang ein kleines Lächeln, als sie langsam über den bekiesten Parkplatz gingen. „Jeder muss das tun, was er tun muss. Trask glaubt, dass es seine Pflicht sei, allem noch einmal auf den Grund zu gehen … wegen Jason."

Anna hob ihre dunkle Braue. „Jetzt verteidigst du ihn also schon?"

„Natürlich nicht!", sagte Tory etwas zu schnell und lachte sofort über ihre eigene Reaktion. „Es ist nur so … er war schon ein paarmal hier", räumte sie ein, „und, na ja, fast jeder ist der Meinung, dass ich noch nicht einmal mit ihm reden sollte."

„Kein Wunder. Du hast doch allen immer erzählt, dass du ihn nie wieder sehen willst. Immerhin hat er …"

„… mich verraten?"

„Wie immer du es nennen willst." Anna zögerte einen Moment und biss sich auf die Unterlippe, als müsse sie über die Bedeutung ihrer Worte nachdenken. „Sieh mal, Tory. Nach dem Prozess warst du ziemlich durcheinander und verbittert. Es ist kein Wunder, dass man dich vor einer weiteren Verletzung schützen will."

„Ich bin eine erwachsene Frau."

„Hast du jetzt deine Meinung über Trask geändert?"

Tory schüttelte den Kopf. Tiefe Sorgenfalten zeichneten sich auf ihrer Stirn ab. „Es ist nur …"

„Du kannst dem Kerl einfach nicht widerstehen."

„Anna!"

„Sei nicht so schockiert, Tory. In meinem Job ist es das Beste, die Wahrheit auszusprechen. Du weißt, dass ich Trask immer mochte, doch das war, bevor er meine beste Freundin beinahe zerstört hätte."

„Er hat mich nicht zerstört."

„Aber es hätte nicht viel gefehlt. Und jetzt, wo es so aussieht, dass du wieder auf den Beinen bist, kommt er angetanzt und sticht in das berühmte Wespennest, ohne sich darum zu scheren, wen er damit verletzt. Das macht mich rasend."

„Deiner Meinung nach sollte ich ihn also nicht treffen."

Anna lächelte zynisch. Sie blieb stehen, lehnte sich gegen den Zaun und blickte über die Pferdekoppeln, die das Kernstück der Lazy W Ranch bildeten. „Aber was ich denke, spielt keine Rolle, es sei denn, es betrifft deinen Viehbestand. Ich bin nicht gerade die richtige Person, um Ratschläge in Sachen Beziehung zu geben. Wie du weißt, bin ich seit fast einem Jahr geschieden." Entschlossen schlug sie auf den obersten Balken des Zauns. „Aber ich bin nicht hier, um über Trask zu reden. Außerdem wartet Arbeit auf mich."

„Wie wäre es mit einem Kaffee?" Anna war eine von Torys engsten Freundinnen; eine der wenigen Menschen in Sinclair, die Tory und ihrem Vater während des Prozesses zur Seite gestanden hatte.

Anna blinzelte in die Sonne und sah auf die Uhr. „Ich wünschte, ich könnte, aber ich bin ohnehin schon spät dran." Nachdem sie bereits ein paar Schritte in Richtung ihres Wagens gegangen war, drehte sie sich um und sah Tory besorgt an. „Was hat es mit diesem erschossenen Kalb auf sich?"

„Das hat sich also auch schon herumgesprochen?"

Anna nickte und zuckte die Achseln. „Mach dir nichts vor, Mädchen. Jetzt, wo McFadden zurück ist, sind alle Augen in

Sinclair auf dich gerichtet."

„Großartig", erwiderte Tory sarkastisch.

„Was ist denn genau passiert mit dem Kalb?"

„Das würde ich auch gern wissen. Einer von Len Ross' Leuten sah das Loch im Zaun und hat es entdeckt. Wir haben keine Ahnung, warum es erschossen wurde, wer dahintersteckt."

„Kinder vielleicht?"

Tory zuckte die Schultern. „Vielleicht", sagte sie ohne Überzeugung. „Ich habe den Sheriff angerufen, und der Deputy ist rausgekommen. Er wollte sich erkundigen, ob bei den anderen Ranchern Ähnliches passiert ist."

„Ich hoffe nicht." Annas dunkelbraune Augen verhärteten sich. „Ich habe nicht viel übrig für Leute, die herumlaufen und Tiere töten."

„Ich auch nicht."

Anna schüttelte ihre besorgten Gedanken ab und kletterte in ihren Wagen. Sie kurbelte das Fenster herunter und warf Tory ein letztes Lächeln zu. „Pass auf dich auf, okay?"

„Das werde ich."

„Ich komme morgen wieder und schaue mir unseren alten Governor an."

„Vielleicht hast du ja dann Zeit für einen Kaffee."

„Und tiefschürfende Gespräche", sagte Anna mit gespieltem Ernst. „Bereite dich darauf vor."

„Das werde ich."

Anna winkte Tory noch einmal zu, bevor sie den Gang einlegte und auf die Straße hinausfuhr.

Eine Stunde später saß Tory auf der Verandaschaukel und schwang langsam hin und her. Der warme Sommerwind blies ihr die Haare aus dem Gesicht, und sie wappnete sich innerlich für die nächsten Stunden, in denen sie mit dem Mann allein sein würde, den sie hasste und liebte zugleich.

Trask erschien pünktlich um zwölf. Glücklicherweise waren weder Rex noch Keith im Haus, als Trasks Geländewagen in der Nähe der Veranda zum Stehen kam. Obwohl Tory leichte Gewissensbisse empfand, dass sie hinter dem Rücken ihres Bruders agierte, ließ sie sich davon nicht stören. Die einzige Möglichkeit, sowohl die Unschuld ihres Vaters zu beweisen als auch Trask zufriedenzustellen, war, ihn zu begleiten. Keith hätte sich nie darauf eingelassen, *mit* Trask und nicht gegen ihn zu arbeiten.

Womit Tory nicht gerechnet hatte, war ihre erhöhte Pulsfrequenz, als sie Trask aus dem Wagen springen sah. Jedes vernünftige Argument hatte keine Chance gegen das Gefühl der Vorfreude, das sie durchströmte, als sie seine geschmeidigen Bewegungen beobachtete, mit denen er auf sie zukam. Seine Schritte waren groß und entschlossen, und die Cordhose spannte über seinen Muskeln, als er sich näherte. Ein einfaches Hemd mit aufgerollten Ärmeln entblößte seine gebräunten Unterarme. Ein nach hinten geschobener Stetson auf dem Kopf vervollständigte seinen Aufzug. Nichts Weltbewegendes, dachte sie. Doch als sie in seine intensiven blauen Augen sah, fühlte sie sich in der Falle, und ihr Herz weigerte sich, langsamer zu schlagen.

„Ich dachte schon, du hättest vielleicht deine Meinung geändert", sagte Trask. Er kam die Stufen herauf und lehnte sich gegen das Verandageländer, die langen Beine von sich gestreckt.

„Nicht ich, Senator. Auf mein Wort ist Verlass", erwiderte sie, obwohl ein defensiver Ton in ihrer Stimme lag; sie bemerkte es selbst, genauso wie Trask. Seine dichten Brauen hoben sich ein wenig.

„Wirklich?" Er lächelte bei ihrem Anblick. Ihre Haut war leicht gebräunt, und eine feine Schicht Sommersprossen bedeckte ihre Nase. Die verwegenen goldbraunen Locken waren zu einem Pferdeschwanz zusammengebunden, und sie war wie für einen längeren Ausritt gekleidet.

„Schon immer." Sie stand von der Schaukel auf, ihre wachen Augen erforschten sein Gesicht. „Wenn du willst ..." Sie zeigte mit dem Kopf auf seinen Wagen.

„Lieber jetzt als gleich, würde ich sagen." Ohne weiteren Kommentar gingen sie zu seinem Auto. Er öffnete die Tür und half ihr einzusteigen.

„Was ist mit Nevas Pick-up passiert?", erkundigte sich Tory, als Trask den Gang einlegte.

„Den habe ich nur gestern benutzt, weil der hier zur Reparatur war."

„Und Neva hatte nichts dagegen?"

„Sagen wir, ich habe sie dazu überredet. Sie war nicht unbedingt begeistert von der Idee."

„Das kann ich mir vorstellen." Sie klopfte leicht mit den Fingern auf das Armaturenbrett. Angespannte Stille lag zwischen ihnen.

Der Weg nach Devil's Ridge bestand lediglich aus zwei parallelen Fahrspuren in der roten Erde, zwischen denen hohes, trockenes Gras wuchs, das an der Unterseite des Geländewagens kratzte. Immer wieder geriet der Wagen ins Schlingern, wenn ein Rad in ein Schlagloch fuhr oder einen großen Stein traf, der sich hinter einem der Salbeisträucher verbarg, die zunehmend den Weg säumten.

„Ich weiß nicht, was du dir von dieser Tour versprichst", sagte Tory schließlich und brach das erstickende Schweigen, während sie durch die verstaubte Windschutzscheibe blickte. Sie blinzelte in die Strahlen der Mittagssonne, die durch die hohen Gelbkiefern fielen.

„Es ist ein Anfang. Das ist alles." Trask runzelte die Stirn und schaltete einen Gang herunter, als sie sich einer scharfen Kurve näherten.

„Was erwartest du, da oben zu finden?" Sie ließ nicht locker.

„Ich weiß es nicht."

„Aber du suchst doch irgendetwas."

„Das weiß ich erst, wenn ich es gefunden habe."

„Es besteht kein Grund, so geheimnisvoll zu tun, verstehst du?", betonte sie, irritiert von seiner Einsilbigkeit.

„Das war nicht meine Absicht."

Tory schürzte die Lippen und verschränkte die Arme vor der Brust, während sie ihn ansah. „Du meinst, ein fünf Jahre altes Indiz zu finden, das dich in deiner Theorie bestärkt."

„Ich hoffe es."

„Das wird nicht geschehen, Senator. Die Sachverständigen der Versicherung und die Polizei haben dieses Gebiet wochenlang abgesucht. Und das war direkt nach der Anklageerhebung …" Ihre Stimme versiegte, als sie an die mörderischen Tage und Nächte zurückdachte, nachdem ihr Vater festgenommen worden war. All die alten Gefühle von Liebe und Hass, Wut und Verrat begannen sie von Neuem zu quälen. Trotz der Wärme im Inneren des Wagens begann sie zu zittern.

„Es kann nicht schaden, sich ein wenig umzusehen", bekräftigte Trask. Er drückte aufs Gaspedal und zwang die Maschine die letzten achthundert Meter zum Bergkamm hinauf.

„Hier hat also alles angefangen", flüsterte Tory, während ihr Blick über das waldige Land glitt. Nach dem Skandal war sie nie wieder in Devil's Ridge gewesen. Ausgedörrtes Gras, staubige Felsen und Salbeisträucher bedeckten die Erde unter den Pinienbäumen. Das Land erschien öde und viel zu trocken für Ende Juni.

„Oder alles geendet, je nachdem, wie man es sieht", murmelte Trask.

Er parkte den Wagen neben einer Reihe baufälliger Gebäude und zog den Schlüssel aus der Zündung. Die Maschine rumorte leise, bevor sie gänzlich abstarb. „Wenn Jason in der Nacht damals nicht hier hoch gekommen wäre, wäre er jetzt noch am Leben." Obwohl er die Worte ruhig ausgesprochen hatte, zerschnitten sie Torys Herz wie ein Rasiermesser.

Sie wollte die Wagentür öffnen, aber hielt abrupt inne und stieß einen schweren Seufzer aus. „Es tut mir so leid wegen deines Bruders, Trask. Das weißt du. Selbst wenn ich auch nicht eine Sekunde daran glaube, dass Dad für den Tod deines Bruders verantwortlich war, bitte ich dich um Verzeihung für alles, was er möglicherweise getan und was Jasons Leben in Gefahr gebracht hat."

Trasks Blick wurde weich. „Ich weiß, Liebes", erwiderte er und räusperte sich, die Augen von ihr abgewandt, als sei es ihm peinlich, wie leicht ihm diese Zärtlichkeit über die Lippen kam. „Komm, wir sehen uns ein wenig um."

Tory sprang aus dem Geländewagen und sah vorbei an den grauen, verrotteten Gebäuden mit zerschlagenen Fensterscheiben, in denen die reinrassigen Quarter Horses und ihre weniger wertvollen Gegenstücke gehalten worden waren. Vor fünf Jahren war dieses kleine Stück Land Mittelpunkt eines Pferde- und Versicherungsbetrugs gewesen, der so groß und kompliziert war, dass er sich zu einem landesweiten Skandal entwickelt hatte. Jetzt hingegen war es nur eine verwahrloste, steinige und nutzlose Landschaft voller Pinien und Salbeisträucher mit einer atemberaubenden Aussicht. Östlich lagen in der Ferne die Nebengebäude und das Haupthaus der Lazy W Ranch. Von dem Bergrücken aus konnte Tory das graue Haus, die Scheune, den Geräteschuppen und die Stallungen erkennen. Näher zu den Bergen hin sah sie den See an der nordwestlichen Ecke der Ranch. Auf dem angrenzenden grüngoldenen Weideland graste friedlich das Vieh.

„Kaum zu glauben, nicht wahr?", sagte Trask.

Tory warf den Kopf herum und bemerkte, wie er sie beobachtete. Sein eindringlicher Blick ließ ihren Puls höher schlagen. „Was?"

„Das hier." Er zeigte auf die Gebäude und Pferdekoppeln des Höhenrückens, bevor er den Hut aus dem Gesicht schob und sich den Schweiß von der Stirn wischte.

„Ich kriege eine Gänsehaut dabei", bekannte sie und verschränkte die Arme über der Brust.

„Zu viele Geister treiben sich hier rum, oder?"

„So ungefähr."

Trask lächelte respektlos. Der Wind zerzauste seine braunen Haare. „Ich verrate dir ein Geheimnis", sagte er mit einem mysteriösen Flackern in den Augen.

„Na?"

„Ich kriege an diesem Ort auch eine Gänsehaut."

Tory musste unwillkürlich lachen. Tatsächlich verstand es Trask immer noch, ihre Ängste zu vertreiben. „Pass bloß auf, Senator", neckte sie ihn. „Ein solches Geständnis könnte an deinem öffentlichen Image kratzen."

Trasks Lächeln verwandelte sich in ein sympathisches schiefes Grinsen und verlieh seinem markanten Gesicht etwas Weiches. „Ich habe schon so einiges getan, das meinem öffentlichen Image schaden könnte." Sein Blick glitt von ihrem Hals zu den weichen Rundungen ihrer Brüste hinunter. „Und ich könnte mir vorstellen, noch ein paar mehr solcher Dinge zu tun."

Oh, Trask, wenn ich dir doch nur trauen könnte, dachte sie, als sie den verführerischen Schimmer in seinen Augen auffing und ihr Blut weiterhin verräterisch pulsierte. Sie zwang sich, die Augen von ihm abzuwenden, und richtete ihren Blick erneut auf das weite Land der Ranch.

„Ich wünschte, wir könnten all das hier hinter uns lassen", sagte sie und starrte immer noch auf die Rinder, die wie braune Tupfen in die Landschaft gemalt schienen.

„Vielleicht ist es möglich."

„Wie?"

„Wenn sich das Ganze als dummer Streich herausstellt."

„Aber wie sollte es dazu kommen?", fragte sie und drehte sich zu ihm um.

Er schüttelte den Kopf. „Ich muss mir nur etwas einfallen lassen, Tory; mein Bestes versuchen und dann …"

„Und dann was? Wenn du heute hier nichts findest, was sicher der Fall sein wird, was willst du tun? Zum Sheriff gehen?"

„Vielleicht."

„Aber?"

„Vielleicht warte ich einfach und sehe, was passiert."

Es hörte sich ermutigend an, doch sie spürte einen Hauch von Enttäuschung in ihrem Herzen. „In Washington?"

„Wahrscheinlich."

Sie antwortete nicht. Obwohl sie wusste, dass er ihre Reaktion beobachtete, versuchte sie, ihre Gefühle zu verbergen. Ihr Wunsch, dass er in Sinclair bliebe, war mehr als töricht. Er war geradezu dumm, dachte sie wütend. Dieser Mann hatte ihren Vater ins Gefängnis gebracht, verdammt noch mal. Und jetzt, da Calvin tot war, suchte Trask ein anderes unschuldiges Opfer. Während sie auf das größte der Gebäude zuging, sagte sie sich immer wieder, dass sie Trask McFadden hasste; dass sie ihn nur hier hinaufbegleitet hatte, um sich ein für alle Mal von ihm zu befreien und nie wieder an ihn zu denken, sobald er zurück in Washington D. C. wäre. Doch sie wusste, dass sie sich nur etwas vormachte. Sie liebte Trask immer noch so blind und leidenschaftlich wie in jener trostlosen Nacht, als er sie verlassen hatte, um ihrem Vater nachzujagen.

„Es wäre einfacher, wenn ich wüsste, wonach ich suchen soll", sagte sie.

„Alles, was deiner Meinung nach ungewöhnlich aussieht. Wir können hier drüben anfangen", schlug er vor und zeigte auf das größte der drei Gebäude. „Das war der Stall."

Er stemmte seine Stiefel in den trockenen Boden und drückte mit der Schulter kräftig gegen die Tür, die sich knarrend öffnete.

Tory betrat das marode Bauwerk. Spinnweben hingen von

den Balken, und alles war mit einer dicken Staubschicht überzogen. Schaufeln, Harken, eine Axt und eine Spitzhacke lagen in einer Ecke auf dem dreckigen Boden. Andere Werkzeuge sowie mehrere Zaunpfähle lehnten an der Wand. Die beiden Fenster waren mit Staub und toten Insekten übersät, sodass nur wenig Licht in das Gebäude drang. Tory lief ein Schauer über den Rücken. Etwas war nicht in Ordnung mit dieser verlassenen Scheune, und sie hatte das unangenehme Gefühl, etwas Verbotenes zu tun. Vielleicht hatte Trask recht; die Geister der Vergangenheit schienen sich in den hügeligen Hängen hier oben zu verbergen.

Trask ging zu der Ecke zwischen den beiden Fenstern hinüber und nahm altes Zaumzeug von einem Haken an der Wand. Die Lederzügel waren hart und steif und die Kandare verrostet. Das erste Mal, seitdem er den anonymen Brief erhalten hatte, überlegte er, ob er ihn nicht wirklich hätte einfach ignorieren sollen. Das morsche Leder in seinen Händen schien zu verdeutlichen, dass alles, was er unternehmen würde, einen Skandal aufleben lassen würde, der tot und begraben bleiben sollte.

Er sah die stille Anklage in Torys großen Augen. Gott, er war noch nicht einmal in der Lage gewesen, überhaupt ein Gespräch mit ihr zu führen; beide schienen sie zu angespannt zu sein, ständig kurz davor, dem anderen an die Gurgel zu gehen. Den Sünden der Vergangenheit ins Auge zu sehen war schwieriger, als er es sich vorgestellt hatte; aber das lag wahrscheinlich an der Frau, die hier im Spiel war. Er schien Victoria Wilson nicht abschütteln zu können, so sehr er es auch versuchte und sich einredete, dass sie ein Problem, ja sogar seine Gegenspielerin war. Trotzdem kam er immer wieder zurück und wollte mehr.

Sein Verlangen nach ihr hatte sich in den letzten fünf Jahren nicht verringert, im Gegenteil, es war leidenschaftlicher und beständiger geworden als je zuvor. Welch ein Tor er war, dachte er im Stillen und wandte seinen Blick von ihr ab, um weiter die Scheune unter die Lupe zu nehmen.

Sobald er seine Inspektion im Stall beendet hatte, untersuchte er einen kleinen Verschlag, in dem wahrscheinlich Futtervorräte aufbewahrt worden waren. Nichts.

Das letzte Gebäude war nicht mehr als ein Anbau von zwei kleinen, verschmutzten Zimmern. Ein Raum hatte als Beobachtungsposten gedient; von dem einzigen Fenster aus hatte man direkte Sicht auf die Straße und die Lazy W Ranch weiter unten. Das andere, etwas größere Zimmer war zum allgemeinen Gebrauch bestimmt gewesen. Ein altes Feldbett stand noch zusammengeklappt in der Ecke, vergilbte Zeitungen lagen auf der Erde herum, und das Rohr des Holzofens war oben an der Decke abgebrochen.

Tory beobachtete, wie Trask Stück für Stück den Boden der Holzhütte absuchte, während sie in jeder Ecke und Ritze nachsah, aber nichts von Interesse fand. Müde und abgeschlagen, mit dem Gefühl, dass der ganze Nachmittag völlige Zeitverschwendung war, ging sie auf die kleine Veranda hinaus.

Sie lehnte sich gegen einen der rauen Holzpfähle und blickte durch die Pinien hinunter zu den Gebäuden der Lazy W Ranch, ihrem Zuhause. Trask hatte es im Alleingang schon einmal zerstört – half sie ihm womöglich gerade dabei, dasselbe noch einmal zu tun? Die Geschichte wiederholt sich, dachte sie und lächelte bitter angesichts ihrer Dummheit, einen Mann gerne zu haben, der sie lieben und gleichermaßen benutzen würde.

Trasks Stiefel schrammten über die Holzdielen, und er trat auf die Veranda heraus. Ohne sich umzudrehen, spürte sie, dass er dicht hinter ihr stand. Die Wärme seines Atems streifte ihr Haar. Für den Bruchteil eines Augenblicks dachte sie, dass seine starken Arme sich um ihre Taille legen würden.

„Was hast du gefunden, Senator?“, fragte sie und brach die gespannte Stille.

„Nichts“, antwortete er.

Ihr erster Impuls, ihm ihre Genugtuung zu zeigen, erlosch sofort wieder. Als sie sich zu ihm umdrehte, bemerkte Tory, dass Trask plötzlich älter als sechsunddreißig Jahre wirkte. Die Linien um seine Mundwinkel hatten sich in tiefe Furchen verwandelt.

„Na los, sag es“, forderte er sie auf, als könne er ihre Gedanken lesen.

Sie schnaubte verächtlich. „Ich glaube, wir sind beide zu alt für diese Art von Spielen, meinst du nicht?“

Er lehnte sich gegen die Wand und kreuzte die Arme vor der Brust. „Das kleine Mädchen ist also erwachsen geworden.“

„Ich war damals kein kleines Mädchen“, protestierte sie. „Ich war zweiundzwanzig …“

„Aber gefühlte fünfzehn.“

„Das ist nicht fair, Senator.“

„Sei ehrlich, Tory“, sagte er leise. „Du bist aufs College gegangen, ja, und hast auf der Ranch gearbeitet, aber in vielerlei Hinsicht …“ Er streichelte vertraut mit dem Finger ihren Nacken. Sie bebte unter seiner Berührung. „… warst du fast noch ein Kind.“

Sie hob trotzig den Kopf. „Weil ich noch nicht so viele Erfahrungen mit Männern hatte“, wandte sie ein.

„Das war nicht der Grund, das weißt du“, sagte Trask und hielt in seiner Bewegung inne. „Ich meine, wie du zu deinem Vater aufgeschaut hast und die Tatsache, dass du nicht eine Entscheidung ohne ihn treffen konntest, deine Abhängigkeit von ihm.“

„Ich habe meinen Vater respektiert.“

„Es war viel mehr als das.“

„Natürlich war es das. Ich habe ihn geliebt.“ Sie trat einen Schritt zurück und verschränkte die Arme über der Brust.

„Vielleicht ist dir dieses Gefühl nicht so vertraut. Aber mir schon. Einfache, uneingeschränkte Liebe."

„Es war mehr als nur simple Liebe. Du hast ihn angebetet, Tory, hast den Mann auf ein so hohes Podest gestellt, dass er fallen musste; und als du gemerkt hast, dass er auch nur ein Mensch ist, der Fehler macht, konntest du es nicht ertragen. Und kannst es bis heute nicht." Seine blauen Augen versanken in den ihren und zwangen sie, ihn anzusehen.

„Ich will nichts davon hören, Trask. Nicht im Augenblick."

„Du willst nie etwas davon hören, weil du der Wahrheit nicht ins Auge sehen kannst, stimmt's?"

Zorn erfasste sie und begann, an ihren Schläfen zu pochen. „Ich habe der Wahrheit schon vor langer Zeit ins Auge gesehen, Senator", sagte sie bitter. „Aber der Mann, den ich angebetet und auf ein Podest gestellt habe und der schließlich davon heruntergefallen ist, war nicht mein Vater."

Trasks Kiefermuskeln verhärteten sich, als er sie mit dunklen, glühenden Augen ansah. „Ich habe getan, was ich tun musste, Tory."

„Ungeachtet der Konsequenzen?"

„Ja."

Angespannte Stille lag zwischen ihnen. Tory fühlte sich trotz ihrer Wut zu ihm hingezogen. „Es ist besser, wenn wir jetzt gehen", sagte sie. „Ich habe keine Lust mehr, mich mit dir zu streiten. Es führt zu nichts. Ich hatte dir versprochen, dich hierherzubegleiten, damit du herumschnüffeln kannst. Ich habe meinen Teil erfüllt."

„Das hast du", erwiderte er und rieb sich die Hände, um den Staub loszuwerden. „Okay, wir haben also nichts in den Gebäuden gefunden … Ich würde aber gern noch das Gehege und den Weg absuchen."

„Ich sehe nicht, warum …"

„Lass mir meinen Willen", beharrte er. „Jetzt haben wir

schon den halben Nachmittag hier verbracht. Ich möchte sichergehen, dass ich nichts übersehen habe." Er wusste, was sie jetzt sagen wollte. „Auf diese Weise müssen wir nicht noch einmal herkommen."

Und ich muss mich nicht bei Rex und Keith herausreden, dachte Tory. „Na gut, Senator", willigte sie ein. „Geh du voran, ich folge dir."

Die nächsten zwei Stunden verbrachten sie damit, das Grundstück zu durchkämmen. Sie untersuchten die Erde, die Pfade durch die Wälder und die Zäune, soweit sie noch intakt waren. Tory konnte nichts Ungewöhnliches entdecken, und falls Trask etwas Interessantes fand, so behielt er es für sich.

„Ich glaube, Neva hat recht", bemerkte Trask mit einem Grinsen.

„Womit?"

„Mit vielem, denke ich. Jedenfalls war sie der Meinung, dass eine Suche hier oben ein sinnloses Unterfangen wäre."

„Und nun bist du bereit einzugestehen, dass dein anonymer Brief nichts weiter als ein dummer Scherz war?"

Trask schob seinen Hut aus dem Gesicht und blinzelte nachdenklich zu den Bergen hinauf. „Ich weiß nicht. Vielleicht ist er das. Aber ich kann mir nicht vorstellen, warum."

„Du wirst also nicht aufgeben", vermutete Tory. „Der fleißige, gewissenhafte Senator McFadden wird nicht aufgeben."

„Es reicht", sagte Trask und musste über den Sarkasmus in Torys Stimme schmunzeln. „Warum vergessen wir die Vergangenheit nicht einfach für eine Weile, was meinst du?"

„Das dürfte schwer möglich sein in dieser Umgebung."

„Komm schon", ermunterte Trask sie. Sein Zorn war verklungen angesichts der Aussicht, noch eine Weile mit ihr allein sein zu können, nachdem die Suche jetzt abgeschlossen war. „Ich habe einen Picknickkorb dabei, den Neva fertiggemacht hat; sie wird mich umbringen, wenn ich ihn unberührt zurückbringe."

„Neva hat ein Picknick vorbereitet?“, fragte Tory ungläubig. Hatte Keith nicht erwähnt, dass Neva in Trask verliebt sei?

„Nicht ganz freiwillig“, räumte er ein.

„Das kann ich mir denken.“

„Nicholas und ich haben ihr allerdings geholfen.“

„Und sie konnte dem Charme der McFadden-Männer nicht widerstehen.“

Trask lachte laut auf. „So ähnlich.“

„Wahrscheinlich ein großer Fehler.“

„Aber du wirst nachsichtig mit mir sein?“

„Klar“, sagte sie schnell. „Warum nicht?“ Es gab eine Million Gründe, warum nicht, aber sie ignorierte sie alle. Die Sonne war gerade hinter den Bergen versunken, und die Dämmerung hatte begonnen, das Land in Dunkelheit zu tauchen. Sanfter Abendwind wehte durch die Bäume und brachte berauschenden Pinienduft mit sich.

Nachdem er die Kühlbox und eine alte Decke aus dem Geländewagen geholt hatte, ging Trask zu einer Lichtung zwischen den Bäumen am Rand des Bergkamms. Von hier aus konnten sie auf die weiten Felder der Ranch hinuntersehen. Die Rinder besprenkelten wie kleine Punkte die Landschaft, und der See hatte die geheimnisvolle violette Farbe des Himmels angenommen.

„Vogelperspektive.“ Tory setzte sich an den Rand der Decke und half Trask, die mitgebrachten Esswaren aus der Kühlbox zu nehmen und auf der Decke zu verteilen.

Trask setzte sich neben sie, den Rücken an einen Baum gelehnt. „Warum hat dein Vater dieses Land hier oben gekauft?“, fragte er und reichte Tory einen Teller.

Tory zuckte die Achseln. „Keine Ahnung. Ich glaube, er hatte die Absicht, eine Waldhütte für meine Mutter zu bauen …“ Die Stimme versagte ihr, als sie an ihre Eltern dachte und wie sehr sie sich geliebt hatten. Um Trasks bohrendem Blick zu entgehen, begann sie ihren Teller mit Essen aufzufüllen. „Aber das ist lange her. Sie waren jung, und Mom war noch nicht krank."

„Und er konnte sich nie dazu entschließen, es zu verkaufen?"

„Nein, ich glaube nicht. Er und Mom wollten sich im Alter hierher zurückziehen, um die Ranch immer im Auge behalten zu können, wenn Keith einmal die Führung übernommen hätte."

„Keith? Was ist mit dir?"

Sie lächelte verbittert und konzentrierte sich auf ihr Essen. „Oh, ich sollte heiraten und ein Dutzend wunderbarer Enkelkinder bekommen, die sie dann verwöhnen konnten ..." Tory nahm die Verzweiflung in ihrer Stimme wahr und räusperte sich, bevor sie ihm mutig in die Augen sah. „Na ja, die Dinge entwickeln sich nicht immer so, wie man geplant hat, oder?"

Trasks Ausdruck spannte sich ein wenig an, und in seinen Augen war ein Hauch Traurigkeit zu erkennen. „Nein, wahrscheinlich nicht. Nicht immer."

Trask schwieg, während er, an den Baum gelehnt, die von Neva vorbereitete Mahlzeit verzehrte. Selbst gebackenes Brot, gebratene Hühnchen, frischer Melonensalat und Birnenkuchen machten jeder Frau Ehre. Trask fragte sich, warum er Tory nicht einfach in Ruhe lassen konnte und stattdessen Nevas Liebe, die sie ihm so bereitwillig anbot, annahm. Vielleicht lag es daran, dass sie die Frau seines Bruders war. Oder, und das war die ehrlichere Antwort, weil keine andere Frau ihn mit ihrem feinsinnigen Blick so berühren konnte wie Tory Wilson. Um nicht weiter diesen schmerzlichen Gedanken zu verfolgen, griff er in die Kühlbox.

„Mist!"

„Was ist?"

Trask runzelte die Stirn, als er eine Thermoskanne mit Eistee herauszog. „Ich hatte Neva gebeten, eine Flasche Wein einzupacken."

Tory blickte auf die Teller voller Essen. „Vielleicht solltest du das nächste Mal dein eigenes Menü zusammenstellen. Ich glaube, sie hat schon mehr als genug ihren Beitrag geleistet. Vor allem, wenn man bedenkt, wie sie zu deinem Vorhaben steht." Sie nahm ihm die Thermoskanne aus der Hand und schenkte jedem ein Glas Tee ein.

Trask war immer noch ein wenig enttäuscht und ignorierte sein Getränk.

„Wir brauchen keinen Wein", betonte Tory. „Vielleicht dachte Neva, dass es besser für uns wäre, einen klaren Kopf zu behalten."

„Vielleicht." Trask sah Tory grübelnd an, den Blick auf ihren beunruhigenden Schmollmund gerichtet. „Sie ist der Meinung, dass ich dir schon genug Kummer bereitet habe."

„Das hast du."

Trask nahm seinen Hut ab und betrachtete die Krempe. „Du gibst nicht einen Zentimeter nach, nicht wahr?"

„Was meinst du?"

„Ich meine, dass du die ganze Zeit die alten Barrieren aufrechterhältst."

„Du bist doch darauf versessen, in der Vergangenheit herumzustochern; ich versuche, alles etwas nüchterner zu betrachten."

„Gelingt es dir?"

Tory versteifte sich und nahm einen Schluck Tee, bevor sie antwortete. „Ich versuche es, Trask. Ich gebe mir größte Mühe. Jeder denkt, dass ich verrückt sein muss, mich auf deine Pläne einzulassen. Und ich bin geneigt, ihnen recht zu geben. Aber ich habe gedacht, dass, wenn du hier oben herumgestöbert und sozusagen deine Pflicht getan hast, du das Ganze fallen lässt. Damit würde jeder Klatsch in Sinclair im Keim erstickt werden. Ich habe begriffen, dass du nicht so leicht von der Vorstellung abzubringen bist, dass noch eine weitere Person am Tod deines Bruders beteiligt gewesen ist. Und ich habe auch verstanden, dass jeglicher Widerstand meinerseits alles nur noch in die Länge ziehen würde und damit allen Gerüchten Tür und Tor geöffnet würden."

Er stellte seinen Teller beiseite und umschlang seine angewinkelten Knie, während er Torys faszinierende Gesichtszüge studierte. „Und das ist der einzige Grund, warum du mit mir hier heraufgekommen bist?"

„Nein."

Er hob die Brauen und sah sie erwartungsvoll an.

Nachdem sie ihren leeren Teller auf den Picknickkorb gestellt hatte, lehnte sie sich auf die Arme gestützt zurück und sah auf die weite Landschaft hinunter. „Wenn du wider Erwarten doch etwas gefunden hättest, einen kleinen Hinweis auf das, was passiert ist, hätte damit vielleicht Dads Unschuld bewiesen werden können."

„Oh, Tory …" Er beugte sich vor und berührte ihre Wange. „Ich weiß, du wirst es nicht glauben, aber wenn es Wege und Mittel gäbe, zu beweisen, dass Calvin nichts mit dem Betrug oder Jasons Tod zu tun hatte, wäre ich der Erste, der dem nachginge."

Seine Worte klangen aufrichtig, und seine tiefblauen Augen schienen bis in ihre Seele vorzudringen. Gott, wie sehr wollte sie ihm glauben und wieder Vertrauen schenken. Er hatte ihr so viel bedeutet. Die Hand auf ihrer Wange war warm und ermutigend und beschwor lebhafte Bilder einer vergangenen Liebe. Sie hatte Mühe, ihre Stimme wiederzufinden. Der Wind rauschte ruhelos durch die Äste über ihr, und Tory schien sich auf nichts anderes als auf Trasks Hand auf ihrer Haut konzentrieren zu können. „Ich … ich weiß nicht." Sie leerte ihr Glas mit dem kalten Tee und stellte es auf dem Boden ab.

„Es war nicht meine Absicht gewesen, deinen Vater fertigzumachen und nur meine Version der Geschichte zu erzählen, damit Jasons Mörder gefasst und vor Gericht gestellt werden konnten. Wenn Calvin unschuldig gewesen ist, hätte er sich verteidigen müssen …"

„Aber er hat es nicht getan, und deine Aussage hat ihn hinter Gitter gebracht." Sie schluckte gegen den Kloß in ihrer Kehle an.

„Würde es dir helfen, wenn du wüsstest, dass ich nie, aber auch niemals die Absicht hatte, dich zu verletzen?" Er beugte den Kopf zu ihr hinunter, und seine Lippen berührten sanft die ihren.

„Trask …" Ihr Protest wurde erstickt, als er seine Arme um sie legte und sie näher zu sich heranzog. Mit seinem ganzen Körper presste er sich leidenschaftlich an sie.

„Ich habe dich so vermisst, Tory", gestand er ihr sehnsuchtsvoll.

„Du hast mir auch gefehlt."

„Aber du kannst mir immer noch nicht vergeben?"

Sie schüttelte den Kopf, und für den Bruchteil einer Sekunde glaubte sie, dass er sie loslassen würde. Er zögerte und blickte in ihre schmerzerfüllten Augen. „Zum Teufel noch mal", murmelte er und zog sie erneut an sich, um sie zu küssen.

Durch den Stoff ihrer Bluse spürte sie seine warmen Hände auf ihrem Rücken. Ihre Beine verschlangen sich ineinander, und er drückte sie zärtlich auf den Boden. Langsam strich er mit der Hand über ihren Körper nach oben und löste das lederne Band, das ihre Haare zusammenhielt.

„Du bist wunderschön", flüsterte er, während seine Hände sich in ihrem Haar vergruben und ihre kastanienbraunen Locken ihr ins Gesicht fielen. Mit schläfrigen grünen Augen sah sie voller Verlangen zu ihm hinauf. „Ich begehre dich, Tory", sagte er atemlos. Sein Herz klopfte wie wild gegen seine Brust, und die Hitze in seinem Körper verbrannte jeden vernünftigen Gedanken. „Schon lange Zeit habe ich mich nach dir gesehnt."

„Ich weiß nicht, ob Verlangen ausreicht, Trask", flüsterte sie und dachte an die vielen qualvollen Stunden der letzten fünf Jahre, in denen sie sich nach einem Mann gesehnt hatte, den sie nicht bekommen konnte; sich einen Vater zurückgewünscht hatte, der bereits tot war; wieder ein Leben wie früher führen wollte, bevor das Schicksal es ihr so grausam entrissen hatte.

„Lass mich dich lieben, Tory."

Kaum hatte er die Worte ausgesprochen, spürte sie, wie Trask erstarrte. Er sah sich um, als im gleichen Moment ein Gewehrschuss die stille Bergluft zerriss.

Tory gefror das Blut in den Adern. Sie unterdrückte einen Schrei. Trask warf sich beschützend über sie, als die Kugel in den Bäumen abprallte und der Schuss im Tal verhallte. *Großer Gott, was war passiert? Das Geräusch war so nah!*

Blitzschnell sprang Trask auf und zog sie hinter einen großen Felsen in Sicherheit.

Torys Herz hämmerte wild gegen ihre Brust, während das Adrenalin durch ihren Körper schoss. Sie strich sich ein paar Strähnen aus der Stirn und bemerkte, wie ihre Hand zitterte. „Oh Gott", flüsterte sie verzweifelt.

„Alles in Ordnung?" Seine Augen überflogen ihr Gesicht und ihren Körper. Sie brachte kein Wort heraus und nickte.

„Sicher?"

„Ja!"

„Wer weiß davon, dass wir hier sind?", fragte Trask mit barscher, gedämpfter Stimme und warf einen Blick in Richtung Bäume.

„Niemand ... ich habe es keinem erzählt."

„Aber zum Teufel, jemand wusste, dass wir hier sind!"

„Aber ..."

„Shh!" Er hielt ihr die Hand über den Mund, während er angestrengt lauschte. In der Ferne war das knackende Geräusch wegeilender Schritte im Gebüsch zu hören. Tory bekam eine Gänsehaut, und ihre Augen weiteten sich, bis sie realisierte, dass das Geräusch abbrechender Zweige immer leiser wurde.

Trask trat aus dem Schutz des Felsens heraus, als wolle er den Angreifer verfolgen.

„Trask! Nein!“, rief Tory und hielt ihn am Arm fest. „Lass es sein.“

Er versuchte sie abzuschütteln und drehte sich zu ihr um. „Jemand hat auf uns geschossen, und ich werde herausfinden, wer das war.“

„Nein, warte! Er hat ein Gewehr, du … du darfst nicht gehen. Du hast nichts, womit du dich verteidigen kannst!“

„Tory!“

„Herrgott, Trask, ich habe Angst!“, bekannte sie und sah ihn fest an, ohne seinen Arm loszulassen. Ihre Unterlippe zitterte, und sie hatte Mühe, ihre Tränen zurückzuhalten. „Du darfst nicht auch noch sterben“, sagte sie leise. „Das lasse ich nicht zu!“ Er blieb wie angewurzelt stehen. „Ich liebe dich, Trask“, gestand sie. „Bitte, bitte geh kein Risiko ein. Das ist es nicht wert. Nichts ist das wert!“ Tory spürte einen Anflug von Hysterie, während sie sich an seinem Arm festkrallte.

Trask stand wie gelähmt da. „Du liebst mich?“, wiederholte er.

„Ja!“ Ihr versagte die Stimme. „Oh Gott, ja.“

„Aber du hast abgestritten …“

„Ich weiß, ich weiß. Weil ich mich dagegen wehre, dich zu lieben.“

„Wegen allem, was passiert ist.“

„Ja.“

„Umso wichtiger ist es, die Wahrheit herauszufinden, Tory“, sagte er entschlossen.

„Nicht wichtig genug, um dafür erschossen zu werden.“

Trasks Augen folgten den verhallenden Schritten. Die Haut über seinen Wangenknochen wurde weiß, als er in die hereinbrechende Nacht blinzelte. Seine einzige Chance, den Mitschuldigen an Jasons Tod zu finden, war ihm soeben durch die Finger geglitten. Nachdem wieder Stille eingekehrt war, richtete er seinen angespannten Blick auf Tory und fasste sie heftig an den Schultern.

„Wem hast du erzählt, dass wir hierherfahren?"

„Niemandem!"

„Aber dein Bruder und dieser Vorarbeiter, Rex Engels, sie wussten, dass wir heute Nachmittag hier oben sein würden."

Tory schüttelte den Kopf, und ihre grünen Augen funkelten empört, während sie sich aus seinem Griff befreite und ein paar Schritte zurückwich. „Ich habe niemandem etwas erzählt, Trask. Nicht einmal Keith oder Rex; keiner von beiden hätte das gebilligt. Die Einzige, die wusste, dass wir heute hierherfahren würden, ist Neva."

Trasks Mundwinkel zogen sich zusammen und er warf Tory einen wütenden Blick zu. „Jemand hat uns in die Falle gelockt."

„Und du glaubst, dass ich es war."

„Natürlich nicht. Aber es war mit Sicherheit nicht Neva!"

„Warum nicht? Sie war dagegen, dass du hier rauffährst. Und sie will nicht, dass du Nachforschungen zu Jasons Tod anstellst, habe ich recht? Warum sollte sie also nicht etwas unternehmen, um dein Vorhaben zu sabotieren?"

Er ging ein paar Schritte und rieb sich den Nacken. „Das ergibt einfach keinen Sinn."

„Alles andere tut es ebenso wenig. Der anonyme Brief, das tote Kalb und jetzt das hier ..." Sie warf die Arme hoch. „Nichts macht irgendeinen Sinn, Trask. Seitdem du zurück bist, gibt es nur Probleme!"

„Das ist genau der Punkt, nicht wahr?", sagte er leise, den Mund zu einer schmalen Linie zusammengepresst. „Jemand will dir Angst machen und zu verstehen geben, dich von mir fernzuhalten."

„Wenn das die Absicht war, hatte es Erfolg. Ich bin verrückt vor Angst", gestand sie und vergrub ihr Gesicht in den Händen.

„Und der Rest, Tory? Der Schuss vor wenigen Minuten war eine Warnung, dich von mir fernzuhalten!" Er warf noch einmal einen Blick über die Schulter.

„Wenn es das wirklich bedeuten sollte …"

„Genau das sollte es bedeuten", unterbrach er sie. „Lass uns fahren, bevor es sich derjenige noch anders überlegt und erneut auf uns schießt."

„Du glaubst, dass wir das Ziel waren?"

„Davon bin ich überzeugt."

„Vielleicht hat jemand einfach nur auf eine Schlange geschossen oder war auf der Jagd."

„Es ist keine Jagdsaison."

„Vielleicht Hasen …" Sie sah seinen ungläubigen Ausdruck. „Vielleicht war es ein Wilderer … oder jemand hat Schießübungen gemacht."

„Es ist fast dunkel, Tory. Ich weiß nicht, wie es dir geht, aber ich möchte mich nicht weiter zur Zielscheibe machen."

In seinen Gesichtszügen konnte Tory erkennen, dass er an ihre Erklärungsversuche genauso wenig glaubte wie sie selbst. Er kam auf sie zu und legte die Hand um ihre Schultern. Gemeinsam gingen sie zum Wagen zurück. „Ich würde auch gern an diese simplen Erklärungen glauben", räumte er ein.

„Aber das kannst du nicht."

„Nein." Er öffnete die Beifahrertür und half ihr einzusteigen, um dann selbst auf den Fahrersitz zu klettern. „Nein, Tory", erklärte er kalt. „Mit dem getöteten Kalb und den Gewehrschüssen will uns jemand warnen. Wir sollen uns voneinander fernhalten."

„Und das bedeutet, dass an dem anonymen Brief was dran ist", beendete sie den Satz für ihn.

„Genau." Bei dem Gedanken an Torys Liebesbekenntnis huschte ein Lächeln über sein Gesicht. Dann startete er den Geländewagen, wendete auf dem Parkplatz und begann, den holprigen Weg zurück zur Lazy W Ranch zu fahren.

## 7. KAPITEL

„Wieso ist niemand da?“, wunderte sich Trask und parkte den Geländewagen neben der Scheune.

„Keine Ahnung“, erwiderte Tory unruhig. Sie stieg aus und lief zur Rückseite des dunklen Hauses. Blasses Mondlicht und ein paar Sicherheitslampen an den verschiedenen Gebäuden waren die einzigen Lichtquellen auf der Ranch.

Trask folgte Tory mit schnellen Schritten. „Und dein Bruder? Wo ist er?“

*Wenn ich das nur wüsste.* „Er hat heute Nachmittag mit Rex an dem kaputten Mähdrescher gearbeitet“, erwiderte sie und versuchte zu verstehen, warum die Ranch menschenleer war. „Wahrscheinlich sind sie in die Stadt gefahren, um ein Ersatzteil zu besorgen, und sind danach noch etwas essen gegangen …“

„Oder er war mit einem Gewehr oben in Devil's Ridge“, wandte Trask ein.

Tory drehte sich zu ihm um und konnte ihre Empörung nicht verbergen. „Fang nicht wieder mit Keith an, okay? Er würde nie etwas tun, was mein Leben gefährdet.“

„Bist du dir da so sicher?“

„Absolut sicher.“ Tory stieg die wenigen Stufen zur Veranda hoch und schloss die Hintertür auf. Ihre Hände zitterten, als sie den Schlüssel ins Schloss steckte. Was hatte Keith gestern gesagt? Mit erschreckender Deutlichkeit erinnerte sie sich an seine Worte.

„Ich hätte McFadden mit einem Gewehr begrüßt … das nächste Mal, wenn McFadden hier auftaucht, werde ich vorbereitet sein.“

Tory spürte, wie sich ihr der Magen umdrehte. Trask hatte sie so beeinflusst, dass sie jetzt ihrem eigenen Bruder nicht mehr traute; dem Jungen, den sie seit dem Tod ihrer Mutter mit aufgezogen hatte. Sie schob die furchtbaren Zweifel beiseite und knipste das Licht an, als sie die Küche betrat.

„Was ist mit dem Vorarbeiter?"

„Rex?"

„Ja."

Tory musste fast lachen angesichts der Absurdität von Trasks Anspielung. „Du machst wohl Witze! Ich kenne Rex seit meiner Kindheit – er würde alles für die Ranch tun. Es ist sein Leben hier. Dad hatte ihn eingestellt, als Rex ganz unten war und kein anderer Rancher im ganzen Land ihn für sich arbeiten lassen wollte. Außerdem, weder Rex noch Keith wussten, wo ich heute Nachmittag war."

Trask lehnte sich gegen die Anrichte, während Tory anfing, Kaffee zu machen. Er runzelte die Stirn. „Warum wollte niemand Rex einstellen?"

„Du willst über jede Leiche im Keller Bescheid wissen, oder?"

„Nur wenn es hilft, die Dinge besser zu verstehen."

„Schon gut. Als er jung war, hatte Rex mal in Schwierigkeiten gesteckt – das ist lange her, ich war damals noch gar nicht auf der Welt. Dad hatte ihn eingestellt."

„Welche Art von Schwierigkeiten?", wollte Trask wissen.

Tory runzelte die Stirn und versuchte sich zu erinnern. „Ich weiß es nicht. Dad hat nie darüber gesprochen. Aber einmal, ich war damals ungefähr elf Jahre alt, habe ich ein Gespräch zwischen Dad und Rex mitgehört. Es hatte etwas mit Rex' Vergangenheit zu tun. Es ging um seine Exfrau, sie hieß Marlene oder Marianne … so etwas in der Art. Jedenfalls gab es Probleme zwischen ihnen, er hatte wohl zu viel getrunken und sie geschlagen. Sie hat Rex daraufhin verlassen, und niemand wollte ihn danach mehr einstellen."

„Bis auf deinen Vater."

„Richtig. Seit diesem Tag arbeitet Rex auf dieser Ranch."

„Ohne irgendwelche Probleme."

„Stimmt."

Trask biss sich auf die Unterlippe. „Ich dachte, er sei verheiratet."

„Das ist er. Er hat vor sieben Jahren Belinda geheiratet."

„Er ist also über jeden Verdacht erhaben."

„Natürlich ist er das. Er war es, der uns das erschossene Kalb gezeigt hat, falls du dich erinnerst." Sie klopfte ungeduldig mit den Fingern auf den Küchentresen. „Mir gefallen deine Gedankengänge nicht. Du verdächtigst schnell jeden hier auf der Ranch, aber niemand wusste, wohin wir fahren wollten."

„Man hätte uns verfolgen können." Er rieb sich den Nacken und verfolgte ihre Bewegungen.

Sie wollte gerade zwei Becher aus dem Regal nehmen, hielt jedoch inne und ließ die schmalen Schultern sinken. „Gott, du bist genauso schlimm wie Keith", murmelte sie.

„Was soll das heißen?"

„Dass ihr beide eine äußerst rege Fantasie entwickelt in der Einschätzung des jeweils anderen. Wenn ihr euch einfach mal hinsetzen und wie erwachsene Menschen die Dinge miteinander klären würdet, anstatt euch an die Gurgel zu gehen, wäre uns allen besser gedient."

„Stimmt."

Trask nahm einen Stuhl und setzte sich rittlings darauf. Er verschränkte die Arme über der Lehne, stützte das Kinn auf und sah Tory an.

„Du stimmst mir zu?", fragte sie skeptisch.

„Natürlich. Es ist sinnvoller, wenn wir alle zusammenarbeiten. Es wäre schneller und effektiver."

„Und du könntest die Sache hier abschließen und zurück nach Washington fliegen", sinnierte sie. Die Zukunft erschien ihr plötzlich ungemein trostlos.

„Willst du nicht, dass ich wegfahre?", fragte er.

Sie schluckte den Kloß in ihrem Hals runter und strich

sich die Haare aus dem Gesicht. „Es spielt keine Rolle, was ich will“, flüsterte sie. „Du hast einen wichtigen Job in Washington, Menschen verlassen sich auf dich. Es hat eine Zeit gegeben, in der ich dich angefleht hätte zu bleiben …“

„Und jetzt?“

Sie zuckte zusammen, entschied sich aber, mit offenen Karten zu spielen. Während der Kaffee noch durch die Maschine lief und den Raum mit seinem herrlichen Aroma füllte, lehnte sie sich gegen den Küchentresen und sah in seine tiefblauen Augen. „Und jetzt glaube ich, dass uns allen am besten gedient ist, wenn du in die Hauptstadt zurückfliegst, Senator. Ich habe mich schon einmal in dich verliebt und werde es nicht noch einmal tun. Niemals.“

„Was haben dann deine Worte oben auf dem Grundstück bedeutet?“, fragte er vorsichtig.

„Ich hatte Angst, das war alles. Ich wollte nur nicht, dass du etwas Unüberlegtes tust.“

„Tory …“ Er stand auf, doch sie schnitt ihm das Wort ab.

„Ich will es nicht hören, Trask. Hier …“ Sie schenkte jedem eine Tasse Kaffee ein und überlegte fieberhaft, wie sie das Gespräch in eine andere Richtung lenken könnte. „Nimm deinen Kaffee und lass uns ins Arbeitszimmer gehen.“

„Du kannst nicht einfach leugnen, was zwischen uns passiert.“

„Das Einzige, was passiert, ist, dass ich dir helfe herauszufinden, ob der Brief, den du bekommen hast, ernst zu nehmen ist oder nicht. Das ist alles.“ Sie lief den Flur entlang und hoffte, dass ihre Hände und ihre Stimme nicht zu zittern anfingen.

Im Arbeitszimmer angekommen, knipste sie zwei Lampen an und ging zum Fenster hinüber. *Wo war Keith?* Sie brauchte ihn jetzt. Mit Trask allein zu sein war mehr als töricht, es war auf geradezu gefährliche Art verlockend. Sie nahm einen

Schluck Kaffee und sah zu den im Dunkeln liegenden Nebengebäuden hinüber.

Trask betrat den Raum. Sie fühlte seinen Blick in ihrem Rücken. Ohne sie aus den Augen zu lassen, durchquerte er das Zimmer und lehnte sich gegen den Kamin. „Wovor hast du Angst, Tory?"

„Ich habe dir schon gesagt, dass ich keine Angst habe … ich bin nur durcheinander. Mein ganzes Leben scheint momentan auf den Kopf gestellt zu werden."

„Wegen mir?"

Sie stieß einen langen Seufzer aus. „Ja."

„Das ist bald vorbei", sagte er. „Dann wird dein Leben wieder in normalen Bahnen verlaufen – wenn es das ist, was du willst."

*Mein Leben wird nie mehr so sein wie vorher, Trask.* „Gut. Ich … ich möchte, dass dieser ganze Unsinn ein Ende hat." Sie leerte mit einem großen Schluck ihren Becher und stellte ihn auf die Fensterbank. Ihre Hände hatten aufgehört zu zittern. „Es ist spät. Vielleicht ist es besser, wenn du jetzt gehst."

„Vielleicht", erwiderte er und hob eine Braue. „Aber ich glaube, es ist Zeit, einige Dinge zwischen uns zu klären." Er knipste die Lampe auf dem Beistelltisch aus. Das verbleibende Licht der kleinen Schreibtischlampe aus Messing tauchte den Raum in ein dunkles, intimes Licht.

Mit gesammelten Kräften drehte sie sich um und sah ihn an. „Und das wäre?"

Er lehnte sich gegen die Kaminwand. Die Spannung schien aus seinem Körper zu weichen, und seine Augen wurden weich. „Zum Beispiel die Tatsache, dass ich nie über dich hinweggekommen bin …"

„Ich habe dir doch gesagt, dass ich nichts davon hören will", fiel sie ihm gereizt ins Wort und ging kopfschüttelnd vom Fenster weg. „Die Vergangenheit ist erledigt und vorbei – sie lässt sich nicht verändern oder wiederholen. Was zwischen uns passiert ist, ist vorüber. Dafür hast *du* gesorgt."

„Ich liebe dich, Tory", sagte er leise.

Tory blieb wie angewurzelt stehen. Wie lange hatte sie sich nach diesen Worten gesehnt! „Du hast nicht die geringste Ahnung von Liebe, Trask. Schon damals nicht."

„Und du bist immer schnell dabei, mich zu verkennen."

„Du kannst nicht von mir erwarten, dass ich dir vertraue, Trask. Nach allem, was mit meinem Vater passiert ist. Es war einzig und allein deine Schuld."

Trasks Gesichtsausdruck verhärtete sich. „Calvin ist tot; das kann ich nicht ändern." Er stieß sich vom Kaminsims ab und durchquerte den Raum, bis er vor ihr stand. „Glaubst du nicht, dass ich mir wünschte, er wäre noch am Leben? Kannst du dir vorstellen, wie oft es mich gequält hat, zu wissen, dass er im Gefängnis gestorben ist, hauptsächlich aufgrund meiner Aussage?" Sein aufgewühlter Blick erforschte ihr Gesicht, während er sie an die Schultern fasste. „Teufel noch mal, Tory, ich hätte sonst etwas gegeben, um seine Version der Geschichte zu hören – aber der Mann wollte sie nicht erzählen. Es war, als hätte er sich dieses Schweigegelübde als eine Art Strafe auferlegt!" Trasks leise Stimme klang bedrohlich. „Ich bin mehrfach durch die Hölle gegangen wegen dieses Prozesses!"

Sie spürte seinen harten Griff an den Armen, und die Verzweiflung in seinem Gesicht ging ihr durch und durch. „Mein Gott, Trask, ich wünschte, ich könnte dir glauben", lenkte sie mit zitternder Stimme ein.

„Offensichtlich kannst du es nicht."

„Du hast mich verraten!"

Er schüttelte sie, sodass ihr die Haare über die Augen fielen. „Ich habe im Zeugenstand die Wahrheit gesagt. Nicht mehr und nicht weniger." Seine zornige Stimme wurde lauter. „Und dein Vater hat verdammt noch mal nichts zu seiner Verteidigung getan! Glaubst du nicht, dass ich nächtelang wach gelegen und mich gefragt habe, was wirklich in der Nacht von Jasons Tod passiert ist?“ Sein Gesicht verzerrte sich voller Wut und Qual.

„Ich … ich weiß nicht …“

„Verdammt, Tory! Ob du es glaubst oder nicht, aber ich bin auch ein Mensch, der blutet, wenn man ihn verletzt.“ Er ließ sie los und schnaubte verächtlich. Seine blauen Augen durchbohrten sie. „Und du, Lady, hast mich in Stücke gerissen …“

Sie ließ ihr Gesicht in die Hände fallen und zitterte am ganzen Körper. Tränen, die sie nun nicht mehr unterdrücken konnte, füllten ihre Augen und liefen zwischen ihren Fingern hervor. „Ich wollte dir vertrauen, Trask. In unzähligen schlaflosen Nächten habe ich mich immer wieder gefragt, warum du mich auf diese Weise benutzt hast. Warum hast du mir gesagt, dass du mich liebst? Warum war ich so dumm, dir und all deinen Lügen … deinen gottverdammten Lügen zu glauben?“ Sie fing an zu schluchzen und spürte die Wärme seines Arms um sich. „Lass mich los“, flehte sie ihn an.

„Nie wieder.“ Er knipste die Lampe auf dem Schreibtisch aus. Der Raum war plötzlich in Dunkelheit gehüllt. Nur das fahle Licht des Halbmondes drang durch das Fenster. „Oh, Liebling. Ich habe dich niemals benutzt. Niemals …“

„Nein … Trask …“ Seine Lippen berührten ihre Haare, und er hielt sie fest an sich gepresst. Seine Hitze durchdrang ihren Körper und brachte das Eis in ihrem Herzen zum Schmelzen. „Ich … ich habe dich einfach zu sehr geliebt.“

„Unmöglich.“

„Ich weiß, es ist dumm“, räumte sie ein. „Aber ich möchte dir so gern wieder vertrauen. Schon lange habe ich gehofft, wieder mit dir reden zu können; du kannst dir nicht vorstellen, wie oft ich mir gewünscht habe, dass du hier wärst und wir miteinander sprechen würden.“

„Du hättest mich anrufen sollen."

„Das konnte ich nicht. Verstehst du das nicht? Du hast mir die Welt bedeutet und dann alles zerstört, was ich liebe. Meinen Vater, meine Karriere, diese Ranch und unsere Liebe – alles."

„Nur, weil ich die Wahrheit ausgesprochen habe."

„Deine Wahrnehmung der Wahrheit!"

„Tory, hör zu. Du musst eines wissen: Ich habe dich während all der Ereignisse immer geliebt. Und tue es noch immer."

Sie spürte, wie sich ihr Hass auflöste. Ihre Knie wurden weich, als sie sich an ihn lehnte, seine kräftigen Arme und tröstenden Lippen spürte. Wie oft hatte sie davon geträumt, wieder in Trasks Armen zu liegen? „Du liebst mich, wenn es dir gerade passt", schluchzte sie. Langsam löste sie sich von ihm und trocknete ihre Tränen. „Es hat dir vor fünf Jahren gepasst, als du deinem Bruder bei der Betrugssache helfen wolltest, und es passt dir jetzt, da du meine Hilfe brauchst." Sie trat einen Schritt zurück und begegnete seinem Blick. „Ich lasse mich nicht noch einmal benutzen. Nicht von dir."

„Das würde ich an deiner Stelle auch nicht." Seine blauen Augen leuchteten aufrichtig; und sein vorgeschobenes Kinn drückte Entschlossenheit aus. Es war unmöglich, ihm nicht zu glauben.

Tory räusperte sich. „Was ist mit Neva?"

„Was meinst du?"

„Wohnst du bei ihr?" Tory wusste, dass es sie im Grunde nichts anging, aber sie konnte nicht anders.

Trasks Gesichtsausdruck veränderte sich, doch er hielt ihrem Blick stand. „Nur die erste Nacht. Seitdem bin ich in der Hütte am Metolius River. Sie war noch nicht fertig, als ich in Sinclair ankam", begann er zu erklären und stieß einen wütenden Fluch aus. „Verdammt, Tory, ist das so wichtig?"

Ihre Augen wurden kalt. „Nicht wirklich, nehme ich an. Ich möchte nur wissen, mit was oder wem ich es zu tun habe. Mit dir und deinem verdammten anonymen Brief ist das manchmal schwer zu sagen."

„Ich habe keine Affäre mit der Witwe meines Bruders, wenn du das wissen willst."

„Das geht mich nichts an."

„Zum Teufel! Hast du nicht verstanden, was ich gesagt habe?" Als sie nicht reagierte, schlug er mit der Faust gegen die Wand. Ein Bild, auf dem Indianer mit Kriegsbemalung zu sehen waren, schepperte. „Verdammt, es wäre eine Lüge, wenn ich sagen würde, dass ich die letzten fünf Jahre enthaltsam gelebt hätte. Aber ich habe momentan mit keiner anderen Frau etwas zu tun, außer mit dir!" Erneut legte er die Hände um ihren Nacken.

„Wir haben nichts miteinander zu tun!"

Mit ihrer Empörung verflog seine Wut. Ein träges, selbstbewusstes Lächeln lag auf seinen Lippen. „In dem Punkt liegst du falsch. Wir haben seit dem Tag, als ich dich das erste Mal gesehen habe, etwas miteinander zu tun. Wo war es doch gleich? Beim Rafting auf dem Deschutes River!"

„Das ist lange her", murmelte sie und erinnerte sich an die wilde Fahrt auf dem Fluss. Obwohl sie mit einem anderen Mann dort gewesen war, hatte Trask sie den ganzen Tag nicht aus den Augen gelassen. Schon damals hatte sie das verführerische Funkeln in seinen unglaublich blauen Augen gesehen. Wie er mit seinem schlanken gebräunten Körper auf dem Floß saß, das nasse Haar goldbraun in der Sonne glänzend, und sein Interesse an ihr offen zur Schau stellte. In dem Moment war es um sie geschehen. So sehr, dass sie schier verrückt wurde. Sie hatte ihn später am Abend noch getroffen, und innerhalb von zwei Wochen waren sie ein Paar geworden. Sie hatte geglaubt, dass sie den Rest ihres Lebens mit ihm verbringen würde. *Aber es war anders gekommen.*

„Lass uns nicht über die Vergangenheit sprechen."

Er ließ sie los, seine Augen blieben jedoch auf ihr haften. „Wir müssen das klären."

„Was bringt das? Es wird nichts dabei herauskommen." Sie fühlte den Impuls, sich von ihm abzuwenden, rührte sich jedoch nicht von der Stelle. „Ich gebe zu, dass ich dich einmal geliebt habe. Aber das ist vorbei. Schon lange vorbei."

„Lügnerin." Er streckte die Hand aus und zog sie zu sich heran. Als seine Lippen ihr Gesicht berührten, schwand jeglicher Widerstand in ihr. Vertrautes, qualvolles Verlangen überkam sie und erzeugte diesen bittersüßen Schmerz, den nur er lindern konnte. Statt ihn wegzustoßen, schmiegte sie sich noch fester an ihn. Die Sinnlichkeit seiner Hände auf ihrer Haut brachten sie fast um den Verstand, jede Pore ihres Körpers sehnte sich nach ihm. „Du willst mich", flüsterte er ihr ins Ohr.

„Nein ..."

„Lass mich dich lieben."

Ihre Lust war kaum noch aufzuhalten, durchströmte sie wie glühende Lava und legte sich betäubend auf ihren Verstand. Seine warmen Lippen, die ihr Gesicht und ihren Hals mit Küssen bedeckten, steigerten ihr Verlangen nach ihm ins Unermessliche. „Ich glaube nicht ..." begann sie, doch sein Mund erstickte jeden Widerspruch.

Sie spürte die Wärme seiner Zunge und erwiderte seinen Kuss hemmungslos. Voller Erwartung ließ sie es geschehen, als seine Lippen ihren Nacken und schließlich ihre Halsbeuge liebkosten.

Plötzlich ließ Trask sie los. Am liebsten hätte sie aufgeschrien. Nein, er durfte sie dieser Empfindung jetzt nicht berauben! Doch er ging nur zur Tür, um sie abzuschließen und kam sogleich zu ihr zurück. Erleichtert empfing sie ihn.

Voller Verlangen ließ Trask seine Hände über ihre vollen Brüste gleiten. Sie spürte, wie sich ihre Brustwarzen unter seiner Berührung aufrichteten und stieß ein leises Stöhnen aus.

Langsam knöpfte er ihre Bluse auf, sodass ihre prallen Brüste unter der weißen Spitze des BHs zum Vorschein kamen. Seine Finger umkreisten ihre harten Knospen. Tory schmiegte sich fester an ihn, schmerzhaftes Verlangen durchströmte ihren Körper.

Ein Stöhnen entfuhr ihm, als er in die Knie sank und mit der Zungenspitze erst die eine und dann die andere Brustspitze liebkoste. Der feine Stoff des BHs wurde feucht, und jeder Atemzug von ihm war wie ein elektrischer Schlag, der durch Torys Körper jagte. Sie schloss die Augen und gab sich nur ihrer Sehnsucht nach ihm hin.

Das erwachte Begehren in ihr ließ sich durch nichts mehr aufhalten. Mit jeder seiner Berührungen verlor sie ein Stück mehr Boden unter den Füßen. Jede Bewegung seiner Zunge vergrößerte den Schmerz ihres Verlangens. Lustvoll bog sie sich ihm entgegen und verlangte nach mehr Berührung.

Fünf lange Jahre hatte sie dieses Gefühl herbeigesehnt, und gleichzeitig ihre geheimsten Träume verleugnet. Und jetzt wurde der Schmerz dieser vielen einsamen Nächte belohnt. Sie sog seinen Duft in sich auf, und sein Atmen füllte ihre Ohren.

Sie fuhr durch seine Haare, während er ihren BH öffnete und gierig ihre Brüste liebkoste. Verzweifelt presste sie seinen Kopf gegen ihren Körper, und obwohl sie wusste, dass ihre Liebe für diesen Mann unerwidert bleiben würde, waren ihr die Konsequenzen egal. Diese Nacht, diese wenigen Stunden, gehörte er ihr – ihr allein.

Sie rief seinen Namen, als seine Hände den Reißverschluss ihrer Jeans suchten und die zarte Haut darunter berührten.

„Trask, bitte“, flüsterte sie rau, während seine Zunge ihren Bauchnabel umkreiste und er ihr Jeans und Slip abstreifte. Langsam wurde sie von seinem Körper zu Boden gedrückt. Der geflochtene Teppich scheuerte auf ihrer nackten Haut, doch es war ihr egal.

Sie half ihm, seine Kleider auszuziehen, und strich über seine feste Brust und seine muskulösen Schultern. Sein Körper war wie elektrisiert unter der verlockenden Wärme ihrer Berührung.

Es war offensichtlich, wie schwer es ihm fiel, sich zurückzunehmen. Als Tory begann, seine Hose zu öffnen, spannten sich seine Bauchmuskeln an. Mit der ganzen Willenskraft, die er aufbringen konnte, stoppte er ihre Bewegung, ergriff ihr Handgelenk und hob mit der anderen Hand ihr Kinn und zwang sie, ihn anzusehen. „Ich liebe dich, Tory", gestand er rau. „Ich habe es immer getan. Aber ich möchte, dass dir bewusst ist, was du jetzt tust ... sag, dass ich aufhören soll, solange es noch möglich ist."

Gegen die Tränen ankämpfend, schloss sie die Augen und versuchte zu sprechen, wollte ihm sagen, wie sehr sie sich nach ihm sehnte. Ihre Lippen zitterten, doch sie brachte kein Wort heraus.

Trask küsste sie zärtlich und verbarg seine Hände in ihrem goldbraunen zerzausten Haar. „Ich wünsche mir nichts so sehr, wie dich glücklich zu machen", murmelte er, bevor er ihre Lippen eroberte und sich beschützend auf sie legte.

Nun waren sie nicht mehr voneinander zu trennen. Tory umschlang ihn mit ihrer ganzen Kraft, als er in sie eindrang und mit zunächst langsamen Bewegungen anfing, ihre intimsten Stellen erneut zu entdecken, und sie ihren gemeinsamen Rhythmus wiederfanden.

„Oh Gott", flüsterte er ihr ins Ohr, als die Hitze in ihr zu explodieren schien und auch er dem Gipfel der Lust immer näher kam. „Tory", rief er mit kehliger Stimme. „Bitte liebe mich wieder." Dann sank er auf ihr zusammen. Welch willkommene Last sein Gewicht auf ihr war.

Die Tränen, die sich in ihren Augen gesammelt hatten, liefen nun ihre Wangen hinunter. „Psst", machte er. „Alles wird gut."

Langsam löste er sich von ihr, hielt sie aber weiter fest an sich gedrückt. Er küsste sie und schmeckte das Salz ihrer Tränen. Einige Minuten lang lagen sie in schweigender Umarmung da. Tory hatte ihren Kopf an seine Brust geschmiegt und hörte den wilden Schlag seines Herzens. Eingebettet in seine Kraft verlor sie sich in ihren Gefühlen von Liebe und Verzweiflung für diesen Mann.

„Bedauerst du es?", fragte er, sobald sein Atem sich wieder normalisiert hatte. Zärtlich wischte er ihr eine Träne aus dem Auge.

„Nein ..."

„Aber?"

Ihre Stimme zitterte ein wenig. „Ich bin mir nicht sicher, ob es klug ist, mich wieder mit dir einzulassen. Aber in letzter Zeit habe ich schon so manche fragwürdige Entscheidung getroffen."

Er stützte sich auf den Ellenbogen und sah zu ihr hinunter. Sein Gesicht lag im Schatten, doch sogar in der Dunkelheit konnte sie sein verführerisches Lächeln erkennen.

„Warum nicht ... wieder mit mir einlassen? Was heißt das?"

„Ich war nur wegen des Briefes bereit, dich wiederzusehen ... und jetzt eine Affäre mit dir zu haben, würde die Dinge nur komplizierter machen."

Langsam verschwand sein Lächeln, und er streichelte ihre nackten Schultern. „Ich glaube, es wäre besser, wenn du ehrlich sagst, was du meinst, und aufhörst, um den heißen Brei herumzureden."

Tory nahm all ihren Mut zusammen. Die folgenden Worte fielen ihr nicht leicht, aber sie musste sie aussprechen. Sie konnte nicht weiter in einer gläsernen Traumwelt leben, die so zerbrechlich war. „Also gut, Senator. Was ich sagen möchte, ist, dass ich keine Lust auf eine kurze Affäre habe. Wir wissen beide, dass du nach Washington zurückfährst, wenn die Sache mit dem Brief geklärt ist."

„Du magst keine Beziehungen ohne Zukunft?"

„Exakt."

„Du könntest mit mir nach Washington kommen", schlug er vor und zog sie fester an sich.

Tory verkniff sich ein Lachen und griff nach ihrer Jeans. „Was würdest du tun, wenn ich dich beim Wort nähme?", fragte sie. „Ich bin nicht vorbereitet auf das gesellschaftliche Leben in Washington, und du hättest Probleme, Erklärungen für eine Geliebte aus Oregon zu finden."

„Ich spreche nicht von einer Geliebten, sondern einer Ehefrau."

Tory blieb fast das Herz stehen, Schmerz verdunkelte ihre Augen.

„Oh, Trask. Bitte …"

„Ich wollte dich schon vor fünf Jahren heiraten … Erinnerst du dich?"

„Das war vor dem Prozess."

„Vergiss den Prozess!" Er zog sie zu sich, sodass sie seinem Blick nicht ausweichen konnte.

„Wie könnte ich den vergessen? Du bist hier, weil du nach einem weiteren Verschwörer suchst, verdammt noch mal!" Sie schlüpfte in ihre Jeans und nahm ihre Bluse, während alte, bittere Gefühle ihr das Herz schwer machten. „Glaube bloß nicht, dass du mich mit einem Ehering locken kannst, nur weil wir miteinander geschlafen haben. Auf diesen Trick bin ich schon einmal reingefallen …"

Trasks Geduld war am Ende. Er packte sie am Oberarm und hielt sie fest. „Du bist so verdammt selbstgerecht. Ich weiß nicht, wie deutlich ich noch werden muss, um dir klarzumachen, dass ich dich liebe. Ich möchte, dass du meine Frau wirst, und ich habe gehofft, dass du in der Lage bist, über der Vergangenheit zu stehen und wie eine reife, erwachsene Frau mit deinen Gefühlen ins Reine zu kommen!"

„Dazu bin ich sehr wohl in der Lage."

Er ließ ihre Arme los. „Und?"

Der Kloß in ihrem Hals wurde unangenehm groß. „Ich liebe dich, obwohl ich es geleugnet habe, sogar mir selbst gegenüber", flüsterte sie. „Ich liebe dich sehr, aber … aber ich bin nicht sicher, ob ich dich *mag*, manchmal. Und was eine Heirat anbetrifft … sind wir weit von einer solchen Entscheidung entfernt."

Trask presste die Kiefer zusammen. „Hattest du andere Beziehungen?"

Tory schüttelte den Kopf. „Nein. Keine ernsthaften."

„Ich habe gehört, dass du vor ein paar Jahren fast einen Lehrer geheiratet hättest."

Sie lächelte traurig. „Es hat nicht funktioniert." Sie wandte sich von ihm ab und begann sich anzuziehen. Er beobachtete, wie sie in ihre Bluse schlüpfte.

„Warum?"

*War das nicht offensichtlich?* „Deinetwegen. So verrückt es sich anhört, Senator, aber du bist schwer zu überbieten." Sie lächelte betrübt angesichts dieses Eingeständnisses. Wie viele Male hatte sie versucht, sich einzureden, dass sie ihn nicht mehr liebte?

„Das ist ein gewisser Trost", sagte er mit offensichtlicher Erleichterung. Er hatte seine Cordhose und sein Hemd wieder angezogen, das noch offen stand und jedes erotische Detail seiner Brust- und Bauchmuskeln sichtbar machte. „Denk über meinen Vorschlag nach."

„Ich glaube, es ist fünf Jahre zu spät."

Er zog eine dunkle Braue hoch. „Besser spät als gar nicht, sagt man nicht so?"

„Das trifft nicht immer zu."

Trask lächelte ironisch, als er ihr half aufzustehen. „Heirate mich, Tory. Ich brauche dich."

„Frag mich nicht jetzt …"

„Wir haben es schon einmal zu lange aufgeschoben."

„Ich kann nicht so einfach eine Entscheidung treffen; jedenfalls nicht jetzt. Wir haben zu viele andere Dinge zu klären. Ich … ich brauche Zeit und du auch."

„Du meinst, ich sage das nur aus dem Moment heraus."

Ihr Kopf schnellte nach oben. „Es würde mich nicht wundern."

„Womit könnte ich dich überzeugen?"

„Mit Zeit – genug Zeit, um alles, was geschehen ist, hinter uns zu bringen."

„Sind fünf Jahre nicht genug?"

Tory lächelte bekümmert. „Nicht, wenn einer von beiden daran interessiert ist, die Vergangenheit noch einmal neu aufzurollen."

Er beugte sich nach vorn, drückte die Stirn gegen ihre und umfasste ihre Schultern. „Ich liebe dich und mache mir Sorgen um dich."

„Mir geht es gut", beteuerte sie.

„Ja, ich weiß." Er gab ihr einen leichten Klaps auf den Po. „Wer könnte also die Absicht haben, diesen herrlichen Körper mit Blei vollzupumpen?", fragte er.

„Niemand hat auf mich geschossen."

Sein Gesicht wurde ernst. „Wer immer auf das Kalb geschossen hat, hat es jedenfalls nicht aus Spaß getan."

„Es ist alles in Ordnung", bekräftigte sie, doch er schien nicht überzeugt. „*Wirklich.*"

„Ich glaube, du solltest mit zu mir in die Hütte kommen. Da bist du sicherer."

„Ich kann nicht."

Er rieb sich frustriert das Kinn. „Sieh mal, Tory, ich habe dich in diese Sache mit hineingezogen, und jetzt scheint es gefährlich zu werden. Ich fühle mich verantwortlich."

„Das musst du nicht. Ich kann auf mich selbst aufpassen."

„Wenn noch jemand mit dem Pferdebetrug zu tun gehabt hat, ist er auch in den Mord verwickelt, Tory. Den Mord an Jason. Es ist schwer zu sagen, wie weit derjenige gehen würde, um nicht entdeckt zu werden. Das tote Kalb und der Schuss auf uns heute waren jedenfalls bitterer Ernst."

„Versuch nicht, mir Angst zu machen; die habe ich schon."

„Also?"

„Wie ich dir gesagt habe, ich komme klar."

Ungeduldig strich sich Trask durch die Haare. „Ich möchte dich nur ungern allein lassen, aber ich muss morgen ins Gefängnis nach Salem."

„Um mit George Henderson zu sprechen?"

„Und Linn Benton."

Tory spürte, wie sich ihr die Kehle zuschnürte, als sie die Namen der beiden „Partner" ihres Vaters hörte. „Glaubst du, dass das eine gute Idee ist?"

Trasks Augen verengten sich, und Tory konnte in der Dunkelheit sehen, wie sich sein Kiefer anspannte. „Sollte wirklich noch jemand in die Sache verwickelt gewesen sein, würden sie es wissen."

„Und was macht dich so sicher, dass sie mit dir reden werden?"

„Ich habe schon mit dem Gefängnisdirektor einen Termin gemacht. Henderson und Benton haben in zwei Jahren die Möglichkeit, auf Bewährung entlassen zu werden ... Dein Vater hatte den größten Teil der Schuld auf sich genommen, wie du weißt. Während er zu dreißig Jahren verurteilt wurde, haben sie eine kürzere Strafe ausgehandelt."

„Es war so ungerecht", flüsterte wie.

„Weil Calvin es nicht einmal versucht hatte, sich zu verteidigen!" Sie erblasste, und er berührte zärtlich ihr Kinn. „Hör zu. So wie ich Benton und Henderson kenne, werden sie jeden

Ärger vermeiden, um nicht ihre Bewährung zu gefährden."

„Und du willst dich jetzt wichtigmachen, weil du Senator bist und so."

„Ungefähr in dieser Größenordnung."

„Ist das nicht unmoralisch?"

„Auf jeden Fall effektiv."

Sie konnte seiner Logik nichts entgegensetzen, obwohl ihr die Idee, Benton und Henderson mit ins Spiel zu bringen, missfiel. Ein leichter Angstschauer lief ihr den Rücken herunter. „Wann kommst du wieder?"

„Morgen Abend. Ich komme vorbei und erzähle dir, was dabei herausgekommen ist."

„Gut."

„Bist du sicher, dass du nicht mit mir in die Hütte kommen willst?", fragte er zärtlich und strich ihr eine Strähne aus der Stirn. „Es wäre bestimmt sicherer." Erneut bekamen seine Augen einen dunklen, verführerischen Glanz.

„Das hängt davon ab, was du unter sicher verstehst, Senator", erwiderte sie neckisch und versuchte, ihre Ängste beiseitezuschieben. „Außerdem ist die Ranch mein Zuhause. Ich fühle mich hier sicherer als an jedem anderen Ort in der Welt. Ich habe es fünf Jahre lang allein geschafft und werde es wohl auch die nächsten vierundzwanzig Stunden schaffen." Sie zwinkerte ihm verschwörerisch zu, und er konnte nicht widerstehen, ihre provozierenden Lippen zu küssen.

Trask wusste, dass jede weitere Argumentation zwecklos war. Außer sie gewaltsam zum Wagen zu schleppen und zu entführen, sah er keine Möglichkeit, sie zum Verlassen der Ranch zu bewegen. „Vergiss nicht, dass ich dich liebe und von dir erwarte, dass du auf dich aufpasst."

Sie konnte das Stocken in ihrer Stimme nicht verbergen. „Das werde ich."

Er griff nach seinem Hut und setzte ihn auf, bevor er sie

noch einmal küsste und mit großen Schritten das Haus verließ. Tory sah ihm vom Fenster aus hinterher und lächelte, als er sich im Gehen das Hemd in die Hose steckte, in den Geländewagen stieg und davonbrauste.

„Es ist nicht schwer, dich zu lieben“, sagte sie leise, während sie die Treppe hinaufstieg, um ins Bett zu gehen … allein.

Trask fuhr wie ein Wilder. Die Hände fest ums Lenkrad geklammert, stieß er einen Schwall von Flüchen aus.

Mit quietschenden Reifen hielt er an der zentralen Kreuzung der Stadt und schlug mit der Faust aufs Lenkrad. Er war wütend auf sich. Mit seiner Ungeduld hatte er Tory leichtfertig in Gefahr gebracht.

„Verflixt und zugenäht“, murmelte er, warf krachend den Gang ein und drückte das Gaspedal durch, um durch die Straßen zu manövrieren. Gedankenlos fuhr er zu Nevas Haus. Nachdem er in der Auffahrt geparkt hatte, lief er zum Haus und schloss auf.

„Trask?“, rief Neva besorgt aus ihrem Zimmer. Sie warf sich den Morgenmantel über und lief den Flur entlang. Trask stand im Wohnzimmer und sah aus, als wollte er jemanden umbringen. „Was machst du hier mitten in der Nacht?“

„Ich muss dringend dein Telefon benutzen. In der Hütte gibt es keins.“

„Nur zu.“ Sie strich sich die blonden Haare aus dem Gesicht und starrte auf Trasks unordentliche Kleidung und seinen entschlossenen Gesichtsausdruck. „Du hast mich fast zu Tode erschreckt.“

„Entschuldige“, sagte er ohne Bedauern und lief zwischen Wohnzimmer und Diele hin und her. „Ich hätte anrufen sollen.“

„Ist schon gut.“ Sie seufzte und sah zum Dachboden hinauf, wo ihr Sohn schlief. „Wenigstens hast du Nicholas nicht aufgeweckt ... bisher." Sie kreuzte die Arme vor der Brust und beobachtete Trasks besorgten Ausdruck. „Willst du mir erzählen, was los ist, oder muss ich raten?"

„Ich bin wirklich nicht sicher."

„Sag nicht, dass Tory mit deinem Plan nicht einverstanden ist."

„Nein, das ist es nicht." Er runzelte die Stirn. Bisher hatte er Neva immer alles anvertrauen können, aber jetzt hatten sich die Dinge verändert, das spürte er. „Pass auf. Lass mich das Telefon im Arbeitszimmer benutzen, und dann können wir reden."

„Okay. Wie wär's mit einem Kaffee?"

„Ein Bier wäre mir lieber."

Neva hob die Brauen. „So schlimm?"

„Ich habe keine Ahnung, Neva." Er schüttelte den Kopf, und die Sorgenfalten um seine Augen herum wurden sichtbar wie nie zuvor. „Ich weiß es wirklich nicht." Er durchquerte die Küche und ging zu dem kleinen Arbeitszimmer, in dem sein Bruder einst den Entschluss gefasst hatte, den größten Pferdebetrug im Pazifischen Nordwesten aufzudecken.

Trask schloss die Tür hinter sich. Sein Blick fiel auf die Erinnerungsstücke, die Neva bis heute nicht hatte wegräumen können. Ein Foto von Jason mit seinem neugeborenen Sohn auf dem Arm stand auf dem Schreibtisch. Jasons Lieblings-Softballhandschuh und ein Ball, von Pete Rose signiert, lagen auf dem Bücherregal neben den zahlreichen Taschenbuchkrimis, die Jason immer hatte lesen wollen, doch nie die Zeit dazu gefunden hatte. Eine Plakette an der Wand vervollständigte die Trophäen aus dem Regal; Erinnerungen an ein Leben, das viel zu früh zu Ende gegangen war.

Der Bürostuhl knarrte, als Trask sich daraufsetzte. Er hob den Hörer ab und drückte die Nummer des Sheriffbüros. Nach zweimaligem Klingeln meldete sich eine Stimme und sagte, dass Paul Barnett erst morgen früh wieder im Büro erwartet würde.

„Großartig“, murmelte Trask. Statt seinen Namen zu hinterlassen, legte er den Hörer auf und trommelte mit den Fingern auf die Schreibtischplatte. Welche Alternativen gab es? Du warst so ein Dummkopf, dachte er, während er sich im Stuhl zurücklehnte und die Fingerspitzen aneinander hielt. Wie konntest du nur so dumm sein?

Es war eine Sache, nach Sinclair zurückzukehren und eine diskrete Recherche zu starten; eine ganz andere war es, die Gründe für seine Rückkehr hinauszuposaunen. Er hatte zwar nur Tory und Neva von dem anonymen Brief erzählt, hatte aber nicht verhehlt, dass er in erster Linie Tory wiedersehen wollte. Inzwischen wusste die halbe Stadt von seiner Absicht, und der Schuldige konnte bestimmt zwei und zwei zusammenzählen.

*Es war also seine Schuld, dass Tory in Gefahr war.* Trask nahm seinen Hut ab und schleuderte ihn auf die verschlissene Ledercouch. Sein Mund war trocken und verlangte nach einem Drink.

Das Problem war, dass Trask nicht geschaffen war für diese Art von mysteriösen Aktionen. Selbst die Deals hinter verschlossenen Türen in Washington, wo eine Hand die andere wusch, gingen ihm gegen den Strich. Als junger Senator hatte er schon mehr als einmal im Kongress mit seiner Haltung Staub aufgewirbelt.

Mit schiefer Miene zog er eine Kopie des Briefes aus seiner Brieftasche und legte sie vor sich auf den Schreibtisch, während er Paul Barnetts Privatnummer wählte. Es dauerte eine Weile, bis Barnett schließlich mit benommener Stimme antwortete.

Das Gespräch war kurz und einseitig, als Trask ihm erklärte, warum er in Sinclair war und was passiert war.

„Ich muss das Original sehen“, sagte Barnett, nachdem Trask seine Geschichte beendet hatte. Die Stimme des Sheriffs war jetzt hellwach. „Ich habe schon jemand von meinen Leuten geschickt, um das erschossene Kalb zu untersuchen. Soweit wir wissen, handelt es sich um einen Einzelfall."

„Es ist eine Warnung", korrigierte ihn Trask.

„Möglicherweise."

„Genauso wie der Schuss heute Abend."

„Ich kümmere mich darum und tue, was ich kann."

„Gut. Tory wird es nicht gefallen, dass ich Sie angerufen habe. Sie wollte nichts an die große Glocke hängen, bevor wir das gefunden haben, wonach wir suchen."

„Das ist natürlich dumm. Aber ich kann es ihr nicht verübeln, wenn man bedenkt, was mit ihrem Vater passiert ist und welchen Ruf die Ranch hat."

„Was mit Calvin und der Ranch passiert ist, ist unwichtig. Im Augenblick benötigt sie Schutz. Ob ihr das bewusst ist oder nicht", fügte er grimmig hinzu.

„Ich habe nicht genügend Leute, um die Ranch rund um die Uhr zu überwachen."

„Ich kümmere mich um diesen Teil. John Davis, ein Privatdetektiv in Bend, schuldet mir noch einen Gefallen – und zwar einen großen."

„Und du hast ihn schon angerufen?"

„Das mache ich gleich."

„Gut. Und der Brief?"

„Ich bringe ihn innerhalb der nächsten Stunde vorbei."

„Ich erwarte dich."

Als Trask den Hörer auflegte, klopfte Neva leise an der Tür und betrat das Arbeitszimmer. Sie bot Trask einen Becher Kaffee an. „Das Bier ist leider alle", log sie.

Trask schmunzelte angesichts dieses offenkundigen Täuschungsmanövers. „Ich brauche keine Aufsichtsperson, weißt du?"

Neva lehnte sich gegen den Türpfosten und sah ihn traurig an. „Manchmal bin ich mir da nicht so sicher."

„Ich komme schon klar."

„Ich habe die Zeitungen gelesen, Trask. Wie nennen sie dich? ‚Der junge, aufmüpfige Senator aus Oregon‘?“

„Manchmal.“ Er nahm einen Schluck Kaffee. Die heiße Flüssigkeit beruhigte ihn. „Wann wirst du das ganze Zeug hier entfernen und wegpacken?“ Er zeigte auf Jasons Softball-Trophäen und Auszeichnungen.

„Vielleicht niemals.“

Trask runzelte die Stirn und schüttelte den Kopf. „Du bist eine schöne junge Frau, Neva …“

„Mit einem sechsjährigen Sohn, der etwas über seinen Vater erfahren muss.“

„Vielleicht braucht er einen neuen Vater.“

Neva war sichtlich schockiert. „Er ist ein McFadden, Trask. Der Sohn deines Bruders. Möchtest du, dass er von irgendeinem Fremden erzogen wird?“

„Er wird immer ein McFadden bleiben. Aber ein bisschen männlicher Einfluss würde ihm nicht schaden.“

„Er hat dich“, sagte sie leise.

„Ich lebe in Washington.“

„Nur, solange du gewählt bist.“

Trask hätte beinahe seinen Kaffee verschluckt. „Das Wort höre ich gerne: Zuversicht.“ Sein Blick wanderte durchs Zimmer, und sein Lächeln verschwand. „Du kannst nicht immer in der Vergangenheit leben, Neva.“

„Ich wollte dir genau dasselbe sagen.“

Trask begegnete ihrem bedeutungsvollen Blick und senkte stirnrunzelnd die Augen und sah in seinen Becher, bevor er ihn mit einem Schluck leerte und auf den Schreibtisch stellte. „Ich muss gehen.“

„Du könntest bleiben“, schlug sie vor und errötete leicht. „Nicholas wäre begeistert.“

Trask schüttelte den Kopf, stand auf, nahm seinen Hut und küsste Neva auf die Stirn. „Es tut mir leid. Aber ich muss noch ein paar Dinge erledigen."

„Und morgen?"

„Bin ich in Salem."

Neva erblasste und sank in den nächstgelegenen Stuhl. Ihre Hände umfassten nervös ihre Tasse. „Ich wusste es", seufzte sie. „Du willst Linn Benton und George Henderson im Gefängnis besuchen, stimmt's?"

„Ja."

„Oh, Trask. Warum?" Rehbraune Augen sahen ihn flehend an.

„Es ist wichtig." Er sah Tränen der Enttäuschung in ihren großen Augen und spürte den Impuls, sie zu trösten. „Sieh mal, Neva ..."

Sie schniefte die Tränen weg und begegnete seinem Blick. „Ist in Ordnung, Trask. Ich komme schon klar. Und wenn Nicholas sich wundert, warum alle seine Freunde mit dem Finger auf ihn zeigen und hinter seinem Rücken reden, werde ich es ihm sagen." Sie wischte sich mit dem Ärmel des Morgenmantels über die Wangen und zwang sich zu einem schwachen Lächeln. „Tu, was du tun musst, Senator. Und kümmere dich nicht darum, welche Auswirkungen es auf einen sechsjährigen Jungen hat, der dich über alles verehrt."

„Du machst es mir nicht gerade leicht ..."

„Verdammt, Trask. Das will ich auch nicht! Ich würde alles tun, um dir diesen ... Irrsinn auszureden."

Trasks Augen wurden eisig. „Wie weit würdest du gehen, um dein Kind zu schützen?"

„So weit, wie es notwendig wäre."

„Bedingungslos?"

„Nicholas' Gesundheit, Sicherheit und Wohlergehen haben für mich oberste Priorität."

„Und was ist mit deiner eigenen Gesundheit und Sicherheit?"

Neva lächelte bitter. „Warte nur, bis du selbst Kinder hast.

Dann werde ich dir dieselbe Frage stellen."

„Ich denke lediglich, dass du manchmal auch an dich selbst denken solltest."

„Weisheiten, Senator. Ich werde darüber nachdenken."

Trask hielt an der Tür inne. „Übrigens, vielen Dank für das Picknick heute."

„Bitte sehr. Hast du die Kühlbox wieder mitgebracht?"

Trask erinnerte sich an die leere Kühlbox, das verstreute Geschirr und die verrutschte Decke. Nachdem der Gewehrschuss die Luft zerfetzt hatte, hatte er in der Eile des Augenblicks vergessen, alles zusammenzusammeln. „Oh, Tory wollte das Geschirr noch sauber machen. Ich hole die Box morgen ab und bringe sie vorbei."

Ein Anflug von Neugier spiegelte sich in Nevas dunklen Augen wider. „Das Picknick ist also gut gelaufen?"

Aus unerfindlichen Gründen, die er selbst nicht verstand, log er seine Schwägerin das erste Mal in seinem Leben an. Ich will sie nicht unnötig beunruhigen, dachte er. „Es war prima."

„Und was habt ihr da oben gefunden?"

„Absolut nichts." Bis auf einen potenziellen Mörder.

„Und trotzdem willst du morgen nach Salem fahren?", sagte sie mit einem Seufzer. „Du kannst es einfach nicht lassen, oder?"

„Dieses Mal nicht."

„Dann los." Sie winkte ihm kraftlos nach. „Du hast noch einiges zu erledigen, schon vergessen? Pass einfach auf. Linn Benton hat immer noch viel Macht, selbst wenn er im Gefängnis sitzt. Er trägt vielleicht nicht mehr seine richterliche Robe, doch er ist immer noch ein reicher und einflussreicher Mann. Er hat viele Freunde, die alle nicht vergessen haben, dass du es warst, der ihn ins Gefängnis gebracht hat."

„Gute Nacht, Neva", verabschiedete er sich und ging zur Tür hinaus.

Nachdem er die Stufen der Veranda hinuntergegangen war und zu seinem Wagen lief, hörte er ein Geräusch und drehte sich um. Bevor er den Angreifer sehen konnte, fühlte Trask den dumpfen Aufprall eines schweren Gegenstands auf seinem Hinterkopf. Grelles Licht flackerte auf, als ihm ein Knie in den Bauch gerammt wurde und er nach vorne auf den Boden fiel. Bevor er das Bewusstsein verlor, hörte er eine männliche Stimme, die ihm irgendwie bekannt vorkam.

„Lass die Finger davon, McFadden“, warnte sie mit barschem Ton. Trask versuchte aufzustehen, wurde jedoch mit einem weiteren Tritt in den Bauch daran gehindert. „Das ist eine Nummer zu groß für dich, Senator.“

## *8. KAPITEL*

Das Erste, woran Trask sich erinnerte, waren Hände, unbeschreiblich weiche Hände, die seinen Kopf hielten. Eine besorgte weibliche Stimme rief seinen Namen. Der Schmerz in seinem Kopf war unerträglich, sodass Trask glaubte, er würde in tausend Stücke zersplittern.

„Trask ... Oh, mein Gott ...“, schrie die Frau nahezu hysterisch, als sie auf ihn hinunterblickte. Silbernes Mondlicht lag auf ihrem Haar, doch ihre Gesichtszüge waren verschwommen und undeutlich. *„Trask!“*

Sein Mund fühlte sich staubtrocken an, und als er zu sprechen versuchte, kannte er seine eigene Stimme nicht wieder. „Neva?“ Er streckte die Hand aus und berührte ihr Haar, bevor sie kraftlos zu Boden sank. Ein stechender Schmerz jagte durch sein Gehirn, als er versuchte, den Kopf anzuheben.

„Oh Gott, Trask ... ist alles in Ordnung?“ Ihre Hand ertastete vorsichtig die Beule an seinem Hinterkopf, während ihr Tränen in die Augen schossen. „Ich habe befürchtet, dass so etwas passiert, aber ich wollte es einfach nicht glauben ...“

Trask öffnete die Augen und versuchte, die Gestalt über sich zu erkennen. Es war zwar dunkel, doch es war zweifellos seine Schwägerin. Er versuchte sich mit dem Ellbogen abzustützen, um auf die Beine zu kommen, doch der stechende Schmerz in seinem Brustkorb ließ ihn aufstöhnen und drückte ihn auf den harten Boden zurück.

„Was ist passiert?“, fragte Neva und sah ihn mitfühlend an.

Als ob sie es hätte verhindern können, dachte Trask benommen und verwarf sogleich diesen lächerlichen Gedanken. Nevas Kopf bewegte sich schnell von links nach rechts, ihr Blick sprang von einem dunklen Baum zum nächsten, als ob sich der Angreifer noch in der Nähe versteckt hielte.

„Jemand hat mich überfallen ...“, versuchte Trask zu erklären.

„Ich habe es geahnt!“ Sie sah wieder zum ihm hinunter. „Ich wusste, dass so etwas passieren würde!“ Sie stieß einen verzweifelten Seufzer aus und ließ resigniert die Schultern fallen. Als hätte sie einen inneren Kampf gewonnen, ballte sie entschlossen die Fäuste. „Ich rufe die Polizei an und lass einen Notarztwagen kommen.“

„Warte einen Augenblick.“ Trask versuchte erneut, sich auf den Ellbogen zu stützen. Stirn und Brust waren voller Schweiß, und an seinem Hemd fehlten einige Knöpfe. „Ich brauche keinen Notarzt oder die Polizei ...“

„Du bist zusammengeschlagen worden, verdammt noch mal!“, kreischte sie.

„Neva, reiß dich zusammen“, sagte er barsch, als er wieder klar zu Bewusstsein kam. *Tory! Wenn ihr etwas zugestoßen war ...*

Er streckte die Hand aus und hielt Nevas Arm fest. „Ich muss ins Haus ... ich brauche ein Telefon“, erklärte er. Unzusammenhängende, aber deutlich brutale Bilder von Tory und was vielleicht mit ihr passiert sein könnte fingen an, ihn zu verfolgen.

„Du brauchst einen Arzt.“

„Du bist doch Krankenschwester. Kannst du mir nicht helfen?“

Sie sah ihn ernst an. „Nein. Du musst geröntgt und ärztlich untersucht werden. Vielleicht hast du eine Gehirnerschütterung, gebrochene Rippen und wer weiß noch was.“ Behutsam berührte sie die Wunde an seinem Kinn, wo er auf den harten Boden geschlagen war.

„Es wird schon nichts sein“, sagte Trask ärgerlich und verfluchte sich innerlich dafür, dass er nicht mehr auf Torys Sicherheit geachtet hatte. „Hilf mir lieber, ins Haus zu kommen. Wer immer mir das hier angetan hat, hätte genauso gut hinter Tory her sein können.“

„Tory?“, wiederholte Neva und erstarrte.

„Ich habe jetzt keine Zeit für Erklärungen, verdammt!“ Ein Dutzend abscheuliche Szenarien mit Tory als unschuldigem Opfer zermarterten ihm den Kopf.

„Verstanden, Sir“, schnappte Neva zurück und half ihm, sich aufzurichten. Den Arm um seinen Oberkörper gelegt, zwang Neva ihn, sich auf sie zu stützen, während sie die Stufen zur Eingangstür hinaufgingen. „Bevor du irgendetwas unternimmst, möchte ich wissen, was passiert ist.“

„Später.“

Sobald sie im Haus waren, untersuchte sie ihn genauer und legte ihm einen Eisbeutel auf den Kopf. „Zum Glück hast du einen dicken Schädel“, murmelte sie zärtlich. „Und was noch?“

Er drehte sich zur Seite, und sie zog ihm das Hemd aus. Stirnrunzelnd betrachtete sie die violetten Flecken auf seiner Brust. „Jemand hat etwas dagegen, dass du hier herumspionierst“, bemerkte sie.

„Niemandem gefällt es, dass ich herumspioniere“, sagte er mit dem Anflug eines Lächelns. „Selbst dir nicht.“

„Vielleicht solltest du diese Warnung ernst nehmen“, riet sie.

„Das geht nicht, Neva.“

„Warum nicht?“

„Ich werde es dir erklären, wenn ich ein paar Anrufe gemacht habe ...“

„Mom?“ Nicholas stand auf dem Treppenabsatz zum Dachboden. Seine blauen Augen weiteten sich bei Trasks ramponiertem Anblick.

„Nick, ich dachte, du schläfst.“ Nevas Augen zuckten erschrocken, bevor sie zwischen Trask und ihrem Sohn hin- und herhuschten. Ihr stummer Blick flehte Trask an, Nicholas mit der Wahrheit zu verschonen.

Der Junge ignorierte seine Mutter. Besorgnis stand ihm ins

Gesicht geschrieben. „Was ist passiert, Onkel Trask?"

„Eine Prügelei in einer Bar. Kannst du dir das vorstellen?"

„Nein." Nicholas schob nachdenklich seine Unterlippe vor und sah zu seiner Mutter hinüber. „Stimmt das wirklich?"

Neva zuckte die Schultern.

„So in der Art", kam Trask Neva zu Hilfe, der die Situation sichtlich unangenehm war. „Wir guten Jungs müssen immer die Augen offen halten, weißt du."

Nicholas kam die letzten Stufen herunter. Seine Augen waren geweitet vor Aufregung und Verehrung für seinen Onkel. „Mom? Hat Onkel Trask sich geschlagen?"

„Ich weiß es nicht", erwiderte Neva nervös.

„Wo ist der andere jetzt?"

„Er ist weggelaufen", sagte Trask und versuchte, ungezwungen zu wirken. „Er hatte wohl genug, nehme ich an."

„Weil du ihn geschlagen hast?" Nicholas saß am Rand des Sofas.

Trask musste lachen. Seine schmerzenden Rippen erschütterten seinen ganzen Körper. „Dummerweise hat der andere Typ mich besiegt."

Nicholas verzog verdrossen das Gesicht. Er rutschte näher heran und musterte seinen Onkel. „Aber die Guten gewinnen doch immer."

„Nur im Fernsehen", entgegnete Trask und fuhr dem Jungen durch das zerzauste Haar. „Und wenn ihnen Freunde zu Hilfe kommen." Trasks Augen wanderten von Nicholas zu Neva, die erblasste und seinem Blick auswich.

„Na los, Nick. Wenn du willst, darfst du ein Stück Kuchen und ein Glas Milch haben. Danach aber ab ins Bett." Sie stellte das Telefon auf den Couchtisch und trat vorsichtig über die Schnur. „Hier, nimm das", sagte sie zu Trask und bot ihm zwei Aspirin und ein Glas Wasser an.

„Danke."

„Ich will aber aufbleiben." Nicholas sah seinen Onkel flehend an.

„Du tust besser das, was deine Mutter sagt", riet ihm Trask.

„Aber das ist nicht fair!"

„Nichts ist jemals fair", antwortete Neva leise und dachte an Jasons frühen Tod und die Männer, die dafür verantwortlich waren. Sie führte Nicholas in die Küche und saß neben ihm, während er den Kuchen aß.

Nachdem er fertig war, brachte Neva ihn trotz lauten Protests ins Bett. Sie wartete, bis er fest eingeschlafen war. Nicholas hatte den Arm um den Hals des kleinen Hundes gelegt, den Trask ihm zum Geburtstag geschenkt hatte. Der Anblick ihres struwwelköpfigen Sohnes, der in seliger Unwissenheit von den Leiden und Problemen dieser Welt schlief, schnürte ihr die Kehle zu. Wie verzweifelt sie ihn beschützen wollte.

Als Nicholas zu schnarchen begann, hörte sie Trask im Wohnzimmer telefonieren, konnte jedoch den größten Teil des Gesprächs nicht verstehen.

„Mist!", murmelte Trask, als er den Hörer mit Wucht auf die Gabel knallte. Schon zweimal hatte er versucht, Tory zu erreichen, doch niemand auf der Lazy W Ranch antwortete. Wenigstens hatte er mit den anderen Anrufen Erfolg gehabt. Er fuhr sich mit den Händen durchs Haar und schwang die Beine über den Rand der Couch.

„Das geht jetzt schon lange genug", sagte Neva mit fester Stimme, als sie die Treppe herunterkam und sich in ihren Lieblings-Schaukelstuhl setzte. „Wenn dich das nächste Mal jemand angreift, kostet es dich vielleicht das Leben ... oder das eines anderen." Ihre Stimme überschlug sich, während sie nervös mit ihren Händen im Schoß spielte. „Ich finde, du solltest den Sheriff anrufen. Lass Paul Barnett seinen Job machen und hör auf, dieser Verschwörungstheorie zu folgen."

„Das habe ich bereits", sagte er langsam und sah sie an. Das erste Mal, seitdem er nach Sinclair zurückgekehrt war, bekam er eine Ahnung von Nevas wahren Ängsten und schien endlich ihr Verhalten zu verstehen.

Vor Schmerzen stöhnend erhob er sich.

„Du solltest dich … ins Gästezimmer legen“, schlug Neva vor.

Trask ging zu ihr hinüber und legte die Hände auf beide Lehnen des hölzernen Schaukelstuhls, sodass sie von ihm eingeschlossen war. „Warum sagst du mir nicht, was wirklich los ist, Neva, wovor du wirklich Angst hast?“, forderte er sie mit ernster Stimme auf. „Na los, sei ehrlich zu mir.“ Seine blauen Augen bohrten sich in ihre.

„Ich habe Angst um dich“, flüsterte sie.

„Das ist nicht alles.“

„Und um Nicholas.“ Sie rieb nervös ihr Kinn und versuchte, seinem starren Blick zu entkommen. Doch das war so gut wie unmöglich, da sein Gesicht nur wenige Zentimeter von ihrem entfernt war.

„Das ist schon besser.“

Tränen füllten ihre Augen. „Die Kinder in der Schule …“

„Sie sind es nicht, vor denen du Angst hast, oder? Jemand hat dich und Nicholas bedroht.“

„Nein … um Gottes willen, nein“, rief sie. Verzweiflung und Angst verzerrten ihr Gesicht.

Er berührte ihre Hand. „Neva?“

Angespannte unerträgliche Stille erfüllte den Raum. Nur das Ticken der Uhr über dem Kaminsims war zu hören.

„Hör zu, es ist offensichtlich, dass dich jemand kontaktiert hat und dir mit Nicholas’ Sicherheit droht. Ich will nur einen Namen haben, Neva.“

„Ich weiß nicht …“

Trask ballte die Faust. „Nur einen Namen!“

„Oh, Trask“, sagte sie leise und ließ sich mit geschlossenen

Augen in den Stuhl zurücksinken. „Es gibt keinen Namen ..." Ihre Stimme zitterte, und sie vergrub ihr Gesicht in den Händen. „Oh Gott, Trask, ich habe solche Angst", flüsterte sie. Er schlang die Arme um sie, und sie versuchte vergeblich, ihre Tränen zurückzuhalten. Schluchzend lehnte sie sich gegen seine Schulter. „Ich habe diese Anrufe bekommen ... furchtbare Anrufe ..."

„Von wem?"

„Ich weiß es nicht. Von einem Mann. Er hat mich bedroht. Er sagte, wenn ich dich nicht davon überzeugen könnte, die Sache mit dem Pferdebetrug zu vergessen ... würde er ... Nicholas etwas antun." Sie zitterte jetzt am ganzen Leib. „Ich hatte Angst, jemandem davon zu erzählen."

Heiße Wut überkam Trask. Jeder Muskel von ihm war angespannt. „Du hättest es mir sagen sollen", meinte er und stieß sich von dem Stuhl ab.

„Wahrscheinlich", räumte sie ein. „Das erste Mal in meinem Leben wusste ich nicht, was ich tun sollte. Der Mann hat darauf bestanden, dass ich dir nichts sage, oder ..." Ihre ängstlichen Augen suchten sein zerschundenes Gesicht. „... oder einem von uns würde etwas zustoßen. Und jetzt schau dich an ... sieh, was er getan hat ..."

„Nicholas wird nichts passieren", schwor Trask.

„Wie kannst du dir da so sicher sein? Sieh doch, was dir angetan wurde!"

Trasks Augen funkelten blau. „Ich werde dafür sorgen, dass ihr in Sicherheit seid. Wir werden nicht nur Paul Barnett erzählen, was los ist. Ich habe einen Freund, er ist Privatdetektiv und wird Tag und Nacht auf dich und Nicholas aufpassen." Er sah auf seine Uhr. „Paul ist wahrscheinlich bereits auf dem Weg zur Lazy W Ranch." Schnell wählte er die Nummer des Sheriffbüros und bekam Deputy Woodward an den Apparat, der versprach, sofort zu Nevas Haus zu kommen.

„Ich brauche keinen Wachschutz“, wandte Neva mutig ein, als Trask den Hörer auflegte und sofort eine weitere Nummer wählte.

„Fang keine Diskussion mit mir an, Neva“, brüllte Trask fast, als in dem Moment John Davis’ benommene Stimme am anderen Ende erklang. Erneut erklärte Trask, was geschehen war, und John versprach, sowohl einen Beamten zu Nevas Haus zu schicken, als auch das Kommen und Gehen auf der Lazy W Ranch beobachten zu lassen.

„Was hast du vor?“, wollte Neva wissen, nachdem Trask den Hörer aufgelegt hatte und begann, sich sein Hemd überzuziehen.

„Jemand vom Büro des Sheriffs, ein Mann namens Greg Woodward, kommt heute Abend noch hierher.“

„Nein.“

„Jetzt hör mir zu, verdammt noch mal. Woodward wird deine Aussage protokollieren und so lange warten, bis einer von John Davis’ Männern kommt. Dann wird er mich und Sheriff Barnett auf der Ranch treffen.“

„Du gehst zurück zu Tory?“

Trasks Gesicht erstarrte, und seine Augen verdunkelten sich gefährlich. „Wenn jemand unbedingt vorhat, meine Aktionen zu stoppen, bin ich sicher, dass er als Nächstes Tory ins Visier nehmen wird.“

Neva bekam einen trockenen Mund. „Was meinst du?“

„Ich meine ganz einfach, dass ich mir Sorgen um sie mache. Als wir oben in Devil’s Ridge waren, hat jemand auf uns geschossen.“

„*Nein!*“ Neva wirkte wie verrückt vor Angst. Sie wurde leichenblass und sah von Trask zum Dachboden hinauf, wo Nicholas friedlich schlief. „Ich kann nicht glauben, was hier passiert. Und das alles nur wegen einer verdammten anonymen Nachricht!“

„Glaub es."

„Oh Gott", flüsterte sie.

Es klopfte laut an der Tür. Trask öffnete und sah in das Gesicht von Deputy Woodward. Nachdem er sich vergewissert hatte, dass Woodward den Sheriff benachrichtigt hatte und Barnetts Befehlen folgte, raste Trask zu seinem Wagen, warf den Gang ein und brauste los in Richtung Lazy W Ranch.

Ein donnerndes Geräusch riss Tory aus dem Schlaf. Sie saß aufrecht im Bett, bis sie einen klaren Gedanken fassen konnte und realisierte, dass jemand heftig an die Haustür klopfte. Wahrscheinlich Keith. Er hatte die Angewohnheit, seine Schlüssel zu vergessen …

Tory warf sich ihren Morgenmantel über und eilte die Treppe hinunter. „Ich komme, ich komme", rief sie. „Immer mit der Ruhe."

„Gott sei Dank", antwortete eine männliche Stimme. Tory musste schmunzeln, als sie erkannte, dass es Trask war.

Schwungvoll öffnete sie die Tür und strahlte dem Mann entgegen, den sie liebte. „Na, Senator McFadden, was führt dich zu dieser Uhrzeit auf die Ranch zurück?"

Als sie auf die Veranda hinaustrat, fand sie sich im selben Augenblick in Trasks Armen wieder, die sie verzweifelt an sich drückten. „Gott sei Dank. Es geht dir gut", flüsterte er in ihr feuchtes Haar. „Wenn ich dich noch einmal verlieren würde …" Seine Stimme brach ab. Er hielt sie weiter fest umschlungen, als wolle er verhindern, dass sie wegliefe. „Wo bist du gewesen?", fragte er.

„Wann?"

„Vor zwanzig Minuten ungefähr." Er hatte sie immer noch fest im Griff.

„Ich war hier."

„Aber ich habe angerufen. Niemand hat sich gemeldet."

„Ich war hier“, wiederholte sie. „Vielleicht war ich gerade unter der Dusche. Ich hatte ein Klingeln gehört, doch als ich ranging, war niemand mehr dran.“

„Mein Gott, Tory“, flüsterte er und schloss die Augen. „Ich war halb wahnsinnig vor Angst.“ Langsam zog er den Kopf zurück und sah ihr in die Augen. „Wo ist Paul Barnett?“

„Der Sheriff?“, fragte sie ungläubig. „Trask, was ist los? Hast du eine Ahnung, wie spät es ist? Warum sollte Paul Barnett hier sein?“

„Weil ich ihn darum gebeten habe. Er sollte hier sein, verdammt noch mal!“

„Beruhige dich, okay? Du scheinst ein bisschen verwirrt zu sein.“

Das Licht vom Flur drang auf die Veranda hinaus, und sie bemerkte erst jetzt, dass seine Kleidung dreckig und zerrissen war, und sah seine Verletzungen unter dem rechten Auge und am Kinn. „Moment mal“, sagte sie erschrocken und berührte ihn vorsichtig am Unterkiefer. „Was in Gottes Namen ist mit dir passiert?“

Trasks Augen ruhten auf ihr, bevor er seinen Blick ins Innere des Hauses richtete. In dem Moment bemerkte sie seinen verstörten Ausdruck und sein leichtes Humpeln. Ihre Stimme klang besorgt. „Trask? Was ist los?“

„Geht es dir gut?“

„Das sollte ich besser dich fragen“, bemerkte sie in nunmehr ernsthafter Sorge. „Trask, was ist passiert?“

„Unser Freund vom Grundstück oben hat mich erwischt.“

„Was?“

Trask betrat das Haus und begann mehrere Lampen anzumachen, bevor er jede Ecke der einzelnen Räume im Erdgeschoss inspizierte. Nachdem er seinen Rundgang beendet hatte, lief er die Treppe hoch. Tory folgte ihm. „Ich habe mir Sorgen um dich gemacht“, erklärte er schließlich, nachdem er alle Zimmer und Schränke kontrolliert hatte. „Bist du allein?"

„Ja. Das hättest du mich fragen können, bevor du hier wie ein Wahnsinniger alles auf den Kopf stellst."

Er überhörte ihren Sarkasmus. „Wo ist Keith?"

„Ich weiß es nicht", räumte sie ein. „Manchmal bleibt er lange weg …"

„Mistkerl!" Trask betrat das Arbeitszimmer. Jede Faser seines Körpers war mit einem Schlag angespannt.

„Oh nein, Trask", rief Tory leise und folgte ihm. Sie begriff jetzt seine Wut und versuchte den leisen Schauer, der ihr dabei über den Rücken lief, zu ignorieren. „Du willst doch nicht ernsthaft Keith für das alles verantwortlich machen, oder?", fragte sie und deutete auf seinen ramponierten Zustand.

„Ich hatte gehofft, dass er ein Alibi hat."

Torys Augen weiteten sich voller Entsetzen. „Du glaubst, Keith hat dir das angetan?"

„Vielleicht."

„Oh, Trask, nein. Das kann nicht dein Ernst sein!", rief sie. Ihre Stimme zitterte, während sie die Hand auf den Mund legte und versuchte, Haltung zu bewahren. Sie sah den Zorn in seinen Augen und ließ langsam den Arm sinken. „Aber es ist nur eine Vermutung, richtig? Ich nehme an, du hast den Angreifer nicht gesehen."

„Es blieb keine Zeit. Es war dunkel."

Tory spürte einen Hauch von Erleichterung. Es war alles ein großes Missverständnis. Keith würde niemanden verprügeln, noch nicht einmal Trask McFadden. „Warst du beim Arzt?"

„Neva hat mich versorgt."

„Neva! Großer Gott, du warst auch bei ihr?" Tory strich ihr feuchtes Haar aus den Augen.

„Dort ist alles passiert."

Torys Augen wurden eisig. Das war zu viel, sie konnte nicht mehr klar denken. „Nun mal langsam. Komm mit in die Küche und erklär mir, was genau wann und wo passiert ist und warum." Sie lief den Flur entlang, dicht gefolgt von Trask.

„Warum? Genau das ist das Problem, oder?"

Tory runzelte die Stirn, während sie zwei Tassen aus dem Schrank holte und Tee machte. Sie versuchte, ihre Hände ruhig zu halten, während sie den Tee einschenkte. „Erzähl, was hat Neva gesagt?"

„Außer dass ich vorsichtiger sein sollte?" Tory lächelte nicht. „Sie glaubt, dass ich es überleben werde."

„Welch ein Trost." Sie reichte ihm eine Tasse und musste unwillkürlich grinsen, als sie über sein verletztes Kinn hinunter zu dem zerrissenen Hemd sah, dass den Blick auf seinen muskulösen Oberkörper samt der blauen Flecken freigab. „Du siehst furchtbar aus."

„Das wäre um einiges besser, als ich mich fühle."

„Ich glaube wirklich, dass du besser ins Krankenhaus fahren solltest."

„Später." Er stellte seine Tasse ab und betrachtete sie; wuscheliges feuchtes Haar, das lockig ihr frisches, ungeschminktes Gesicht einrahmte, die wunderschönen grünen Augen, die jetzt sorgenvoll dunkel erschienen und der dunkelviolette Morgenmantel, der locker über ihrer schmalen Taille zusammengebunden war. „Gott, ich hatte solche Angst um dich", bekannte er und fuhr sich über sein unrasiertes Kinn.

„Wie es aussieht, hätte ich mir eher Sorgen um dich machen müssen."

Er nahm ihr die Tasse aus der Hand und zog sie zu sich heran. Zärtlich küsste er sie und ließ all seine Sinne von ihrem frischen femininen Duft betören. „Von jetzt an werde ich dich nie wieder aus den Augen lassen", schwor er ihr ins Ohr, bevor er sie nur widerstrebend losließ.

„Ist das ein Versprechen oder eine Drohung?"

Sein unglaublich charmantes Grinsen leuchtete weiß auf im

Kontrast zu seiner dunklen Haut. „Wie immer du es verstehen willst."

„Ich denke darüber nach und teile dir meine Entscheidung mit."

Trasks Ausdruck wurde ernst, während er mit den Fingern am Revers ihres Morgenmantels spielte. „So sehr mir die Vorstellung zuwider ist", sagte er und küsste sie auf die Stirn, „aber ich glaube, es wäre besser, wenn du dich jetzt anziehst. Ich habe Sheriff Barnett gebeten, uns hier zu treffen."

„Heute Nacht?"

„Ja." Er trat einen Schritt zurück und gab ihr einen Klaps auf den Po. „Ich werde alles erklären, wenn Paul da ist. Geh einfach und zieh dir etwas …" Er hob die Handflächen nach oben und sah auf ihren weichen Frottee-Morgenrock und das Seidennachthemd, das mit jedem ihrer Schritte sichtbar wurde, „… etwas weniger Erotisches an."

„Das ist das erste Mal, dass jemand einen Frottee-Morgenmantel erotisch findet."

„Nur, weil ich dich noch nie zuvor in einem gesehen habe."

Tory schüttelte lachend den Kopf. Sie lief nach oben, zog eine Cordhose und einen Pullover an und stand gerade auf dem Treppenabsatz, als es an der Tür klopfte.

„Ich gehe", rief Trask. Er stand am Ende der Treppe und sah gebannt zu, wie Tory ihr Haar zu einem Zopf flocht.

„Mach, was du willst."

Sein neckischer Ausdruck wurde grimmig. „Und ich glaube, du solltest versuchen, deinen Bruder ausfindig zu machen. Es gibt einige Fragen an ihn." Mit einem letzten Blick zu ihr öffnete er die Tür.

Paul Barnett und Detective Woodward standen auf der Veranda. Torys Hand krallte sich am Geländer fest, als sie die Stufen herunterkam und den drei Männern entgegentrat.

„Kommen Sie rein, Sheriff … Deputy Woodward." Sie nickte

jedem der Männer zu und fragte sich, ob die beiden ihre Nervosität bemerkten. Seit dem Prozess hatte sie keine Probleme mit der Polizei gehabt, doch heute Nacht war es anders. Trask war überfallen worden und Keith ließ sich nicht blicken. Sie spürte, wie sie zu schwitzen anfing. „Ich wollte gerade Kaffee machen. Ich bringe ihn ins Arbeitszimmer."

Barnett nickte. Er war ein leicht dickbäuchiger Mann mit einer Metallrandbrille, kalten Augen und einem zynischen Lächeln. „Ist noch jemand hier?"

„Nein."

„Keine Helfer auf der Ranch?"

„Nicht heute Nacht."

„Was ist mit Ihrem kleinen Bruder?", setzte der Sheriff nach, wobei sich seine buschigen grauen Brauen bei jeder ihrer Antworten fragend hoben.

Tory spürte, wie sie sich anspannte. „Keith ist nicht zu Hause. Er ist in der Stadt, glaube ich."

„Sie wissen es nicht?"

„Nein. Nicht genau."

Barnett presste die dünnen Lippen zusammen, sagte aber nichts. Als die drei Männer ins Arbeitszimmer gingen, verschwand sie in der Küche, um den Kaffee zu machen. Sie zitterte am ganzen Körper.

*Wo war Keith?* Jeder wollte mit ihrem Bruder sprechen, und sie hatte nicht die leiseste Ahnung, wo er steckte. Es war schon spät, verdammt spät und nicht typisch für ihn, mitten in der Woche so lange wegzubleiben.

Die Uhr ihres Großvaters in der Diele schlug ein Uhr. Der dumpfe Klang verstärkte Torys wachsende Unsicherheit.

Unruhig trommelte sie mit den Fingern auf den Küchentresen, während der Kaffee durch die Maschine blubberte. Sie überlegte, ob sie zum Hörer greifen und versuchen sollte, ihren Bruder ausfindig zu machen, gab die Idee jedoch auf. Er war einundzwanzig und für sich selbst verantwortlich. Zumindest hoffte sie das insgeheim.

Stimmengewirr aus dem Arbeitszimmer erregte ihre Aufmerksamkeit, und ihr Herz begann ängstlich zu pochen. Schnell nahm sie die Glaskanne, vier Becher, Zuckerdose und Milch, stellte alles auf ein geflochtenes Tablett und brachte es ins Arbeitszimmer. Trask saß in dem ledernen Sessel ihres Vaters und warf ihr einen aufmunternden Blick zu.

„Okay, lassen Sie mich zusammenfassen", sagte Barnett, dessen grauer Schnauzbart bei jedem Wort auf und ab wippte. „Sie zwei sind also nach Devil's Ridge hochgefahren auf der Suche nach irgendeinem Indiz, das zu dem vierten Mann führen könnte, der angeblich in den Betrug damals verwickelt war. Richtig?"

„Richtig", erwiderte Trask.

Tory fing Barnetts fragenden Blick auf und nickte kurz. „Es war vielleicht nur eine Dreier-Verschwörung", sagte sie. „Ich glaube immer noch nicht, dass mein Vater etwas damit zu tun hatte."

„Wie dem auch sei, Ms Wilson, Ihr Vater ist vor Gericht gestellt und verurteilt worden. Wir müssen also davon ausgehen, dass er an dem Betrug beteiligt gewesen war", sagte Barnett langsam, bevor er sich Trask zuwandte. „Sie glauben also an die Vier-Mann-Theorie wegen dieses Stück Papiers." Er hielt den anonymen Brief hoch, ohne auf eine Antwort zu warten. „Und Sie glauben auch daran, weil ein Kalb der Lazy W Ranch getötet und auf Sie heute Nachmittag geschossen wurde ..."

„Ich bin nicht sicher, dass direkt auf uns gezielt wurde. Vielleicht sollte es nur eine Warnung sein", unterbrach ihn Trask.

„Trotzdem, ein Schuss wurde in Ihre Richtung abgegeben."

„Ja."

„Und als das ganz offensichtlich noch nicht erfolgreich war, ist derjenige Ihnen zu Neva McFaddens Haus gefolgt und hat Sie grün und blau geschlagen."

Trask runzelte die Stirn, nickte und strich sich nachdenklich übers Kinn. „Deshalb glaube ich, dass es eine Warnung war. Wenn er wirklich gewollt hätte, wäre ich jetzt ein toter Mann. Ich war ein leichtes Ziel, als ich Nevas Haus verließ."

„Gibt es sonst noch etwas, was Sie zu sagen haben?"

„Jemand hat bei Neva angerufen und gedroht, ihrem Sohn etwas anzutun", fügte Deputy Woodward hinzu.

„*Was?*" Die Farbe wich aus Torys Gesicht, und beinahe hätte sie ihren Becher fallen gelassen. Mit großen Augen sah sie Trask an. „Nein ..."

Trasks Kiefer verhärtete sich, seine blauen Augen wurden kalt wie Eis. „Deshalb hat Neva versucht, uns die Nachforschungen auszureden. Sie hatte Angst um Nicholas' Leben."

„Das Ganze ist völlig außer Kontrolle geraten", raunte Tory und lehnte sich gegen die holzgetäfelte Wand.

„Sie hätten mich anrufen sollen, statt auf eigene Faust zu ermitteln", sagte Barnett mit Blick auf Trask. „Sie hätten sich eine Menge Kummer und Schmerzen ersparen können."

„Ich wollte es einfach nicht an die große Glocke hängen."

Barnett runzelte die Stirn. „Wir wären effektiver gewesen. Falls Sie es vergessen haben sollten, aber wir werden dafür bezahlt. Wie es aussieht, haben Sie ganz schönen Mist verbockt."

Trask lächelte ironisch. „Danke."

Nachdem der Sheriff Tory befragt und sie Trasks Geschichte über die Ereignisse oben auf dem Ridge bestätigt hatte, tranken er und sein Deputy ihren Kaffee aus, nahmen ihre Notizen und verließen das Haus.

„Alles wird von Minute zu Minute schlimmer", erklärte Tory resigniert, nachdem sie mit Trask allein war.

„Barnett hat recht. Ich hätte sofort zur Polizei gehen sollen."

„Und dann wäre die Polizei hier eingefallen, die Presse hätte davon Wind bekommen, und der Skandal hätte erneut alle Titelseiten der Lokalpresse geziert."

„Wie es aussieht, wird es ohnehin darauf hinauslaufen."

„Wir können im Augenblick nichts tun", sagte sie mit einem Seufzer. Tory ging zum Lehnstuhl hinüber und suchte Trasks Blick. Sein Ausdruck war immer noch entschlossen, doch seine blauen Augen waren von Schmerz überschattet. Die Schnittwunden in seinem Gesicht waren zwar nicht tief, aber leicht geschwollen und offen. „Ist alles okay? Ich könnte dich nach Bend ins Krankenhaus fahren."

„Nicht jetzt."

„Aber dein Kopf …"

„Alles in Ordnung. Ich warte bis morgen."

„Oh, Senator", sagte sie mit einem traurigen Lächeln. „Was soll ich nur mit dir machen?"

Seine Augen glitten über ihren verführerischen Körper und verweilten auf ihren vollen Lippen. „Ich könnte mir da so einiges vorstellen …"

„Sei ernst."

„Das bin ich."

„Ich möchte nicht, dass du noch weitere Verletzungen riskierst." Sie blickte aus dem Fenster und dann auf die Wanduhr. *Viertel nach zwei und immer noch kein Zeichen von Keith.* „Außerdem ist es spät."

„Soll das ein dezenter Hinweis sein?"

„Ich bin müde." Sie strich ihm liebevoll über den Kopf. „Und du bestimmt auch."

„Alles in Ordnung. Geh nur ins Bett."

„Und du?"

„Ich bleibe hier."

„Du kannst nicht …"

„Sieh mal." Er machte es sich im Lehnstuhl bequem und kreuzte die Arme vor der Brust.

„Trask. Denk nach. Du kannst nicht hierbleiben. Keith wird bald zurückkommen."

„Auf genau den warte ich."

„Oh, Trask." Der Rest ihrer Antwort wurde von einem heulenden Motorengeräusch in der Einfahrt und umherfliegenden Kieselsteinen verschluckt. Der Pick-up kam abrupt neben der Scheune zum Stehen.

„Das wurde aber auch Zeit", sagte Trask und erhob sich aus dem Sessel.

Torys Herz schlug ihr bis zum Hals, als Keith die Haustür aufschloss und ins Arbeitszimmer kam. Sein jungenhaftes Gesicht spiegelte wilde Entschlossenheit wider und bekam einen grimmigen Ausdruck, als er Trask erblickte.

„Was macht der hier?", fragte Keith seine Schwester, während er frech den Daumen in Trasks Richtung hielt.

„Warum fragst du nicht mich?", schaltete sich Trask ein.

Keith drehte sich um und sah Trask das erste Mal in die Augen. In diesem Augenblick bemerkte er die Verletzungen in seinem Gesicht und seine zerrissene Kleidung. „Was zum Teufel ist mit dir passiert?"

„Willst du es mir nicht sagen?" Trask hakte beide Daumen unter die Gürtelschlaufen seiner Jeans und lehnte sich gegen den Kamin. Sein bohrender Blick traf Keith' besorgtes Gesicht.

Keith war wie vor den Kopf geschlagen. „Was meinst du?"

Trasks Augen verengten sich. „Jemand ist mir und Tory heute Nachmittag nach Devil's Ridge gefolgt. Derjenige hatte nicht nur ein Gewehr bei sich, sondern hat es auch benutzt und auf uns geschossen."

„Was?" Keith drehte sich zu Tory um und sah seine Schwester an. „Was redet er? Warum solltest du mit ihm zum Ridge hochfahren, nach allem, was er dir angetan hat?" Er war außer sich und fing an, im Zimmer hin und her zu laufen. „Ich wusste, dass McFadden es kaum erwarten kann, all den Dreck wieder ans Tageslicht zu ziehen!" Er warf einen Blick über die Schulter zu Trask. „Worüber redet er … Jemand hat auf euch geschossen? Das ist nicht sein Ernst …"

„Mein völliger Ernst", sagte Trask tonlos. „Und später vor Nevas Haus hat jemand meinen Kopf für Schlagübungen benutzt."

Keith wurde leichenblass, und seine übermütige Haltung verschwand mit einem Schlag. „Du machst Witze, oder?"

„Kaum", erwiderte Trask trocken und ging mit großen, selbstsicheren Schritten auf den jungen Mann zu. „Und dieselbe Person hat meine Schwägerin angerufen und gedroht, ihrem Sohn etwas anzutun, wenn ich diese Nachforschungen nicht einstelle." Keith sah aus, als würde er am liebsten im Boden versinken. „Ich nehme nicht an, dass du etwas darüber weißt, oder?"

„Ich … ich habe keine Ahnung."

„Und wo warst du heute Abend?" Trask wurde sichtlich ungeduldig.

„Heute Abend? Du glaubst doch nicht etwa, dass ich es war?" Keith schien ernsthaft überrascht. Mit flehendem Blick sah er zu Tory hinüber und erstarrte beim Klang von Trasks Stimme.

„Wo bist du gewesen?"

„In der Stadt."

„Bis zwei Uhr morgens?"

„Ja. Rex und ich sind in die Stadt gefahren, um ein Ersatzteil für den Mähdrescher zu besorgen. Wir konnten es aber nicht bekommen. Ich habe dann im Branding Iron etwas zu Abend gegessen und einige Biere getrunken. Später bin ich zu Rex rüber, wo wir mit ein paar anderen Poker gespielt haben."

„Es war also den ganzen Abend jemand bei dir?"

„Meistens." Empörung flackerte in Keith' Augen auf. „Pass auf, McFadden. Ich habe eine Menge Dinge im Leben getan, auf die ich nicht gerade stolz bin, aber was dir und Tory heute passiert ist, damit habe ich nichts zu tun."

„Wieso fällt es mir so schwer, dir zu glauben?“

„Weil ich kein Geheimnis daraus gemacht habe, dass ich dich nicht ausstehen kann.“ Er zeigte mit dem Finger auf Trask. „Du hast fast alles zerstört, wofür mein Vater sein Leben lang gearbeitet hat; du hast ihn nicht nur ins Gefängnis gebracht, sondern ihm auch sein ganzes Ansehen genommen, indem du seine Tochter benutzt und öffentlich gedemütigt hast.“

Trasks Gesicht versteinerte sich, seine Augen wurden unmerklich schmaler. „Ich habe auch meine Fehler gemacht“, räumte er ein.

„Zu viele, McFadden. Verdammt viele! Und heute Abend kommt ein weiterer dazu. Ich habe nichts damit zu tun, was dir heute passiert ist.“ Er zitterte vor Wut. „Ich glaube, es ist jetzt Zeit für dich zu gehen.“

Trasks Augen funkelten entschlossen. „Ich gehe nirgendwohin, Wilson.“ Er setzte sich in einen Sessel und legte die Beine auf den Couchtisch. „Genauer gesagt habe ich die Absicht, den Rest der Nacht hier zu verbringen.“

„Raus hier!“

„Niemals!“

Keith funkelte seine Schwester an. „Er ist dein Problem“, zischte er, bevor er aus dem Arbeitszimmer stapfte und mit schweren Schritten die Treppe zu seinem Zimmer hochlief.

Tory setzte sich auf Trasks Sessellehne. „Du warst zu hart zu ihm“, tadelte sie ihn mit sorgenvoller Stirn. „Er hat mit der Sache nichts zu tun.“

„Behauptet er.“

„Du glaubst ihm nicht“, sagte sie mit einem Seufzer.

„Ich glaube niemandem.“ Er sah in ihr ernstes Gesicht und lächelte. „ … Außer dir.“

„Vor nicht allzu langer Zeit hattest du kein Vertrauen zu mir.“

„Zu dir schon, aber nicht zu deinen Motiven.“

„Das ist dasselbe."

Trask nahm ihre Hand und presste sie an seine Lippen. „Ganz und gar nicht. Aber manchmal habe ich den Eindruck, dass du gelogen hast, um andere, die dir nahe stehen, zu schützen."

Sie schüttelte den Kopf und lächelte betrübt. „Falsch, Senator. Das hätte ich vielleicht vor fünf Jahren tun sollen. Als Dad nichts zu seiner Verteidigung gesagt hatte, hätte ich vielleicht alles auf mich nehmen sollen." Sie nahm einen kristallenen Briefbeschwerer vom Schreibtisch und fuhr mit den Fingern über das geschliffene Glas. „Vielleicht wäre er dann noch am Leben."

„Und du hättest dich des Meineids strafbar gemacht."

Sie runzelte die Stirn und sah in ihr verzerrtes Spiegelbild. „Es gibt wohl keine einfachen Antworten", sagte sie und stellte das schwere Stück Glas auf den Schreibtisch zurück. „Du musst wirklich nicht hierbleiben."

„Was anderes kommt nicht infrage."

„Das ist lächerlich. Keith ist doch hier."

„Genau deshalb." Er sah zu ihr hinauf, legte die Hand um ihren Hals und zog sie zu sich herunter. „Ich möchte nicht das geringste Risiko eingehen, was dein Leben angeht."

„Was ist mit Neva und Nicholas?"

„Ein Privatdetektiv ist bei ihnen."

„Und du hast dich zu meinem persönlichen Bodyguard auserkoren?"

„Hm, hm." Er rieb seine Lippen zärtlich an ihren. „Ich werde wie eine Klette an dir hängen bleiben", flüsterte er.

„Ich kann nicht glauben, dass jemand Nicholas oder dir etwas antun will."

Er lächelte ironisch. „Glaub es."

Er zog an ihrer Hand, sodass sie auf seinen Schoß fiel. Ihr Gewicht drückte schmerzvoll gegen seinen Brustkorb, doch er konnte sich ein hinterhältiges Grinsen nicht verkneifen. „Vielleicht wäre es das Beste, wenn ich mit zu dir ins Bett käme", hauchte er in ihr Haar hinein.

„Das glaube ich nicht."

„Hast du Angst, was Keith und die anderen denken könnten?"

Sie zuckte die Achseln. „Ein bisschen vielleicht."

„Heuchlerin." Er liebkoste ihren Nacken, und sie spürte, wie sich ihr Blut erhitzte.

„Das hat nichts mit Heuchelei zu tun, ich versuche nur, vernünftig zu sein. Wir sind beide todmüde. Du kannst im Gästezimmer schlafen. Es befindet sich nur zwei Türen von meinem Schlafzimmer entfernt."

„Ich erinnere mich", sagte er mit leiser, zärtlicher Stimme.

Tory musste wegsehen, um der offensichtlichen Leidenschaft, die in seinen Augen glühte, zu entkommen. Wem sagte er das? Wie viele Male hatte er sich früher in ihr Zimmer geschlichen? Er kannte das Haus wie seine Westentasche.

„Wo schläft Keith?"

„Oh … ähm, er ist nach Dads Tod in dessen Zimmer gezogen."

„Und die anderen Angestellten?"

„Sie fahren normalerweise nach Hause. Manchmal bleibt jemand über Nacht in der Baracke, aber das kommt in diesen Tagen eher selten vor."

„Und heute Nacht, oder besser gesagt, letzte Woche?"

„Niemand ist auf der Ranch außer Keith und mir."

„Und Rex?"

„Er hat sein eigenes Zuhause nördlich von Len Ross' Grundstück. Er und Belinda leben dort seit über fünf Jahren."

*Fünf Jahre!* Erneut erinnerte sich Tory an die Zeit, in der sie Trask unbekümmert und aus vollem Herzen liebte. Doch das war, bevor ihre Welt von dem Pferdebetrug, Jasons Mord und dem Prozess zerstört wurde.

Sie stand auf und zog an Trasks Arm. „Kommen Sie, mein Herr, ich helfe Ihnen die Treppen rauf.“ Als er vor ihr stand, musterte sie ihn nachdenklich. „Wenn du mir deine Sachen gibst, stecke ich sie in die Waschmaschine, sodass du morgen früh etwas Sauberes zum Anziehen hast.“

„Gerne“, willigte er ein, als sie die Treppen hochstiegen.

„Leg sie einfach vor deine Tür in den Flur.“

„Wie du befiehlst“, flüsterte er verführerisch, und ein Schauer der Erregung lief ihr über den Rücken.

„Ich will nur sagen, dass wir beide etwas Zeit brauchen, um über die heutigen Ereignisse nachzudenken. Vielleicht verstehen wir dann alles besser.“

Trasks Lächeln verschwand. „Da gibt es nichts zu verstehen“, sagte er und verzog das Gesicht vor Schmerz.

Einige Minuten später war Trask im Gästezimmer, während Wasser in die Waschmaschine lief. Tory lag in ihrem Bett und fragte sich, ob sie jemals Schlaf finden könnte. Immerhin befand sich Trask nur zwei Türen weit von ihr entfernt.

## 9. KAPITEL

Fahles Morgenlicht drang ins Schlafzimmer, als die Tür leise geöffnet wurde. Tory rollte sich herum und erblickte Trask, der auf ihr Bett zukam, nur ein Handtuch um die Hüften geschlungen. Ein Bluterguss verfärbte seine muskulöse Brust, und die Verletzung am Kinn war inzwischen von dunklen Bartstoppeln überwuchert. Bei jedem seiner leisen Schritte zeichneten sich seine festen Oberschenkel unter dem Handtuch ab.

„Was machst du?“, flüsterte sie schlaftrunken und rieb sich die Augen.

„Rate mal.“

Sein Anblick im Dämmerlicht, mit einem verschmitzten Funkeln in den Augen und vom Schlaf zerzausten braunen Haaren, ließ Torys Puls erwartungsvoll in die Höhe schnellen.

Doch der violette Fleck auf seinem flachen Bauch holte sie in die Wirklichkeit zurück. Jemand hatte ganz offenkundig etwas dagegen, dass Trask sich mit der Vergangenheit beschäftigte, und diese Person war bereit, brutale Gewalt anzuwenden, um Trask von seinen Nachforschungen abzuhalten.

„Wie spät ist es?“, fragte sie und schob den beängstigenden Gedanken beiseite.

„Fünf.“ Er blieb neben ihrem Bett stehen und sah zu ihr hinunter. Sein Blick liebkoste ihre geröteten Wangen und wanderte zu ihren fragenden Augen. „Ich konnte nicht besonders gut schlafen“, erklärte er, während seine Hände sich am Knoten des Handtuchs zu schaffen machten. „Zu wissen, dass du in meiner Nähe bist, hat mich verrückt gemacht.“

„Du bist wirklich unermüdlich … oder unausstehlich? Es ist noch zu früh, das zu entscheiden“, murmelte sie und sah liebevoll zu ihm hoch. „Noch gestern hat jemand versucht, dich krankenhausreif zu schlagen. Du hättest tot sein können, und jetzt bist du hier …“

„Und versuche die Frau zu verführen, die ich beschützen soll." Er ließ das Handtuch auf den Boden fallen und setzte sich auf den Rand des Bettes. Sanft strich er ihr die zerzausten goldbraunen Haare aus dem Gesicht und küsste sie zärtlich auf die Stirn. „Irgendwelche Einwände?"

„Keine, Senator." Er schlug die Bettdecke zurück und presste seinen muskulösen nackten Körper voller Ungeduld an sie.

„An so einen Job könnte ich mich gewöhnen." Er hielt ihr Gesicht in beiden Händen und sah in ihre verschlafenen Augen.

Glückseligkeit erfüllte Torys Herz. Eine kühle Morgenbrise wehte durch das offene Fenster herein und brachte den Duft von frisch gemähtem Heu mit sich. Die Vögel hatten angefangen zu zwitschern, und in der Ferne war das vertraute Geblöke der Rinder zu hören. Mit Trask im Bett zu liegen, während die ersten silberhellen Sonnenstrahlen ins Zimmer fielen, schien das Natürlichste auf der Welt zu sein. Eine friedliche Ruhe lag über dieser frühen Morgenstunde, und Tory war selig, diese Stimmung mit dem einzigen Mann, den sie je geliebt hatte, teilen zu können.

Er legte den Arm um sie und zog sie fest an sich. Die Wärme seines kraftvollen Körpers war ein willkommener Schutz. Es fühlte sich so gut an, sich wieder an ihn zu schmiegen. Vielleicht war es möglich, den Schmerz der Vergangenheit zu überwinden und neu anzufangen. Als sie in seine Augen sah, hatte Tory das Gefühl, dass nichts in der Welt ihr etwas anhaben könnte, solange er bei ihr war.

„Oh Gott, ich liebe dich so", flüsterte er und beugte sich zu ihr hinunter, um sie leidenschaftlich zu küssen.

Durch den hauchdünnen Stoff ihres Nachthemds fühlte sie seine liebkosenden Hände, die sich geschickt ihre Rippen entlang nach oben tasteten und schließlich ihre Brüste umfassten. Tory entfuhr ein leises Stöhnen.

Vor Verlangen nach ihm schmerzten ihre Brüste, sehnten

sich nach seinen Liebkosungen. Ihre rosafarbenen Brustspitzen richteten sich unter seiner Berührung auf, und ein erregender Schauer jagte durch ihren Körper. Dieses köstliche innere Beben verstärkte sich, als er ihr das Nachthemd über den Kopf streifte und sich langsam neben sie legte. Seine Hände lagen auf ihrem schmalen Rücken und drückten sie fest an sich. Hungrig umschloss er mit dem Mund erst die eine und dann die andere harte Brustknospe.

Torys Blut strömte heiß durch ihre Adern und verursachte ein unregelmäßiges Pochen an ihren Schläfen. Sie spürte den Druck seiner festen Oberschenkel auf ihren, während die feinen Härchen seiner Beine sich sinnlich an ihren Waden rieben und mehr von dieser leidenschaftlichen, bittersüßen Qual versprachen.

„Ich liebe dich“, stieß sie hervor. Alle ihre Zweifel wurden ausgelöscht durch die Wonnen, die sein Körper ihr bereitete, und das Verlangen nach ihm ließ jedes schmerzhafte Gefühl vergessen. Sie ballte die Fäuste und wollte seinen Namen rufen, als er hinunterglitt, ihren weichen Bauch liebkoste und eine feuchte Spur auf ihrer Haut hinterließ.

„Ich werde dich nie wieder gehen lassen“, schwor Trask, während er ihren Rücken und ihre Pobacken streichelte und sie sich ihm leidenschaftlich entgegenbog. „Verlass mich nie mehr, Tory.“

„Niemals“, stöhnte sie und spürte das alles verzehrende Feuer in sich. Nichts wünschte sie sich sehnlicher, als mit diesem Mann zu verschmelzen, ihn in sich aufzunehmen und eins mit ihm zu sein.

Langsam zog er sich wieder nach oben, und seine Hände verfingen sich in ihren üppigen Locken, die ihr ins Gesicht fielen. Seine feuchte Haut rieb sich verführerisch an ihrer. „Ich werde dich an dieses Versprechen erinnern“, sagte er rau. Seine blauen Augen funkelten leidenschaftlich. „Liebe mich.“

Sie sah ihm in die Augen und streichelte seinen muskulösen

Oberkörper. Seine warme, behaarte Brust drückte ihre Brüste zusammen, als er sich auf sie legte und mit dem Knie sanft ihre Schenkel auseinanderschob. „Ich möchte jeden Morgen so mit dir verbringen", flüsterte er, bevor seine Lippen die ihren berührten und sie seine warme Zunge spürte. Im selben Moment drang er in sie ein und begann den langsamen, rhythmischen Tanz der Liebe.

Tory schloss die Augen und vergrub die Finger fest in seinem Rücken, während er sich immer schneller in ihr bewegte. Ihr Herz pochte wie wild, und gemeinsam erreichten sie den Gipfel des Glücks, diesen intensiven Moment, den nur Trask ihr geben konnte.

Als sie erschöpft in seinen Armen lag, hatte Tory das Gefühl, dass es nichts auf der Welt gab, das sie beide nicht meistern könnten, solange sie es zusammen taten.

Fester schmiegte sie sich an ihn, und Trask küsste sie zärtlich auf den Scheitel. „Ich habe es ernst gemeint", sagte er leise. „Dass ich dich nie wieder gehen lassen werde."

„Gut, denn ich werde dich daran erinnern."

Schweigend beobachteten sie, wie das fahle Morgenlicht der aufgehenden Sonne wich. Ein klarer blauer Himmel verdrängte den Morgennebel.

Tory sah auf die Uhr und seufzte. „Ich muss aufstehen, mein lieber Senator. Rex kommt meistens zwischen halb sieben und sieben."

„Warum rufst du ihn nicht an und sagst ihm, er soll sich einen Tag frei nehmen?"

Lachend über die Absurdität dieses Gedankens, wand sie sich aus seiner Umarmung. „Es ist einfacher, einem Politiker eine ehrliche Antwort zu entlocken, als Rex dazu zu bekommen, sich einen freien Tag zu nehmen", bemerkte sie neckisch.

„Du fühlst dich heute Morgen wohl besonders angriffslustig, oder?" Er konnte ein Grinsen nicht unterdrücken.

„Und du? Nimmst du dir heute frei und vergisst die Idee, Linn Benton und George Henderson im Gefängnis zu besuchen?"

Seine Stimme wurde ernst. „Auf keinen Fall."

„Das habe ich befürchtet." Mit besorgter Miene schwang sie sich aus dem Bett und zog den Morgenmantel an, der über dem Bettpfosten hing. „Es würde mich nicht wundern, wenn die beiden hinter dem Angriff auf dich stecken würden."

Trask rieb sich das Kinn und schüttelte den Kopf. „Sie sind im Gefängnis, hast du das vergessen?"

„Ja, aber Linn Benton hat eine Menge Freunde." Sie schüttelte sich bei dem Gedanken und verknotete den Gürtel des Morgenrocks fest über ihrer schmalen Taille.

„Genauso wie ich."

„Ich glaube nicht, dass deine Freunde in Washington zählen. Hier können sie dir nicht viel helfen", sinnierte sie. Dann gab sie sich einen Ruck und versuchte, die Sorgen zu verdrängen, die sie belasteten, seitdem Trask sich mit diesem anonymen Brief zurück in ihr Leben gedrängt hatte.

Sie musste lächeln, als sie den Mann, den sie liebte, ansah. Sein braunes Haar war völlig zerzaust, und der nackte Körper lugte unter den dunkelblauen Laken und der Patchwork-Decke hervor, während seine verführerischen blauen Augen noch voller Leidenschaft waren. „Ich gehe und werfe deine Sachen in den Trockner."

„Nicht nötig. Das habe ich bereits getan. Sie müssten inzwischen trocken sein."

„Das heißt, du bist heute früh nur mit einem Handtuch hier im Haus herumgeschlichen?"

„Ich bin nicht herumgeschlichen. Außer dir und Keith ist doch niemand da." Er grinste breit, und seine Augen funkelten amüsiert. „Außerdem weiß ich, wo der Wirtschaftsraum ist. Ob du es glaubst oder nicht, aber ich habe schon gelegentlich meine Wäsche selbst gewaschen."

„Hmm. Das kann ich mir vorstellen." Kopfschüttelnd lief Tory die Treppe hinunter und ging in die Küche. Nachdem sie die Kaffeemaschine angestellt hatte, ging sie in den Wirtschaftsraum und holte Trasks Kleidung aus dem Trockner. Sie warf Jeans und Hemd über den Arm und lief wieder hoch ins Schlafzimmer.

Den Kopf auf zwei Kissen gestützt, lag Trask immer noch in dem großen Himmelbett. Ein verträumtes Grinsen gab seinen verwegenen Zügen etwas hinreißend Jungenhaftes, und Torys Herz machte einen Sprung bei seinem Anblick.

„Bitte sehr, Senator", sagte sie und warf ihm die Sachen entgegen.

„Könnte ich dich nicht überreden, noch mal ins Bett zu kommen?"

„Nicht heute Morgen. Ich bin eine beschäftigte Frau, falls du das vergessen haben solltest."

„Nichts als Ausreden", murmelte er und griff nach den Kleidungsstücken. Sie saß auf dem Bettrand, während er in die Jeans schlüpfte und das Hemd überzog.

„Sag mal", begann sie und betrachtete die blauen Flecken auf seiner Brust und die Wunde am Kinn. „Hast du eine Idee, wer es auf dich abgesehen haben könnte?"

Er sah zu ihr auf, während er das Hemd zuknöpfte. „So einige."

„Willst du mir sagen, wer?"

„Noch nicht."

„Warum nicht?"

„Es gibt keine Beweise."

„Was gibt's sonst noch Neues?" Stirnrunzelnd lehnte sie sich gegen das Kopfende. Sie hatte sich warm und sicher gefühlt, als sie mit Trask in ihrem Bett gelegen hatte. Alle Sorgen waren verflogen gewesen. Doch jetzt deuteten sie sich auf leise und unangenehme Weise wieder an.

Trask stand auf und stopfte sich das Hemd in die Hose. „Was es Neues gibt?“, wiederholte er. „Eine Menge vielleicht.“

„Es ist nicht der Zeitpunkt, in Rätseln zu sprechen.“

„Vielleicht nicht“, räumte er ein und sah auf die Uhr. „Aber ich muss los. Ich will noch mal bei Neva und Nicholas vorbeifahren, mich umziehen und um zehn in Salem sein.“

Der Gedanke, dass Trask die Ranch verließ, war für Tory nur schwer zu ertragen. In den wenigen Tagen hatte sie sich so an seine Anwesenheit gewöhnt und sich auf jede Stunde mit ihm gefreut. Die Vorstellung, dass er bald den beiden Männern gegenüberstehen würde, die für den Tod seines Bruders verantwortlich waren, machte ihr zu schaffen. Der ehemalige Richter Linn Benton und sein Komplize George Henderson waren ihrer Meinung nach immer noch skrupellose Männer, denen sie einen Mord zutraute.

„Bitte sei vorsichtig, okay?“, sagte er, während er zur Tür ging. „Ich werde John Davis fragen, ob er einen seiner Männer hergeschickt hat.“

„Ich glaube nicht, dass das nötig ist.“

Trasks Augen funkelten gefährlich. „Ich hoffe nicht, aber ich gehe lieber auf Nummer sicher.“

„Ach, ja?“ Sie sah demonstrativ auf sein Kinn und den blauen Fleck, der unter seinem Hemd durchschimmerte. „Dann guck dir doch an, wohin dich das gebracht hat. Und jetzt willst du mit den Mördern deines Bruders reden!“

Mit besorgtem Ausdruck kam er auf sie zu und nahm sie in die Arme. Zärtlich küsste er sie auf die Stirn und stieß einen langen Seufzer aus. „Glaub mir, Lady, eines Tages wird das alles ein Ende haben.“

„Das hoffst du.“

„Ich verspreche es dir.“

„Sag mir bitte nicht, dass ich bestimmt in zwanzig Jahren über das, was wir in diesen Tagen durchmachen, lachen werde.

Das wird nämlich nicht der Fall sein!"

Er schmunzelte und umarmte sie stürmisch. „Okay, ich werde keine Unwahrheiten von mir geben, aber ich verspreche dir, dass wir unseren Enkelkindern viele unterhaltsame Geschichten erzählen können."

„Ist das ein Versprechen?" *Enkelkinder und Kinder. Trasks Kinder.* Die Vorstellung, Trask zu heiraten und Kinder mit ihm zu haben, schien in diesem Augenblick nur ein ferner Traum; ein Märchen, von dem sie nicht zu hoffen wagte, dass es wahr werden könnte.

„Eines, auf das du dich verlassen kannst." Er senkte den Kopf, und sein Mund berührte sanft ihre Lippen. „Je eher wir das alles hinter uns haben, umso besser. Dann können wir uns auf unsere Hochzeit konzentrieren und damit beginnen, das Haus mit Kindern zu füllen."

„Immer langsam, Senator", entgegnete sie und sah ihn zärtlich an. „Eins nach dem anderen, oder? Oh, falls du noch einen Kaffee möchtest, ich glaube, er ist jetzt fertig."

Er schüttelte den Kopf. „Keine Zeit. Heute Nachmittag bin ich zurück."

„Ich verlasse mich darauf."

„Vielleicht kann ich dann mit deinem Vorarbeiter Rex Engels sprechen."

Tory spannte sich ein wenig an. „Um ihn dann auch ins Kreuzverhör zu nehmen?"

„Nicht ganz so schlimm", versprach Trask. „Ich will ihm nur ein paar Fragen stellen."

„Über gestern Abend?"

„Unter anderem."

„Du traust niemandem, oder?"

„Nur dir", erwiderte er.

„Hmm", murmelte sie ungnädig und kreuzte die Arme vor der Brust. „Ich werde Rex sagen, dass du mit ihm reden willst."

„Danke." Mit einem Augenzwinkern öffnete er die Tür ihres Zimmers und verschwand. Sie sah durchs Fenster, wie er in seinen Wagen stieg und den Weg hinunterfuhr. Eine große Staubwolke zerstörte die morgendliche Stille. Neugierige Fohlen hoben ihre Köpfe und stellten die Ohren auf, während ihre Mütter teilnahmslos weitergrasten.

„Wann wird das endlich aufhören?", fragte sich Tory leise und warf einen letzten Blick auf das taubedeckte Gras, die hügeligen grünen Weiden und staubigen Pferdekoppeln. Nachdenklich drehte sie sich um und ging ins Badezimmer.

Tory saß im Arbeitszimmer und überprüfte Rechnungen, als sie Keith die Treppen herunterkommen hörte. Ohne ins Zimmer zu schauen, lief er geradewegs in die Küche.

„Ich bin hier", rief Tory. Als keine Antwort erfolgte, zuckte sie die Schultern und fuhr fort, die Überweisungen des vergangenen Monats durchzusehen. Einige Minuten später betrat Keith das Arbeitszimmer mit einem Becher Kaffee in der Hand.

Er verzog das Gesicht, als erinnerte er sich an etwas Unangenehmes. „Wo ist unser Gast?"

„Trask ist schon auf dem Weg nach Salem."

Keith spannte sich an. „Salem? Warum?" Seine Augen verengten sich, und er erhob die Hand. „Sag nicht, dass er Linn Benton und George Henderson im Gefängnis besuchen will."

„Das hat er vor."

„Er lässt einfach nicht locker, was?"

„Ich bezweifele es. Und da der Sheriff jetzt eingeschaltet ist, gehe ich davon aus, dass Paul Barnett oder einer seiner Leute später herkommen wird, um dir ein paar Fragen zu stellen."

„Das hat mir gerade noch gefehlt", knurrte Keith und wechselte das Thema. „Wie geht es dir heute Morgen?" Er warf ein Bein über die Sessellehne, lehnte sich zurück und betrachtete seine Schwester.

„So gut, wie es eben gehen kann nach einem Abend wie gestern."

Keith starrte in seinen Becher. Die Sorgenfalten um seine Augen vertieften sich. „Stimmt es, was McFadden gesagt hat? Man hat auf euch geschossen?"

Tory stieß einen langen Seufzer aus. „Ja."

Keith' Augen verdunkelten sich, als er den Blick von seiner Schwester abwandte. „Du glaubst also, dass es etwas mit dieser anonymen Nachricht zu tun hat?"

„Ich weiß es nicht", erwiderte sie. Tory nahm ihre Lesebrille ab, legte sie an den Rand des Schreibtischs und sah ihren Bruder an. „Aber es erscheint mir kein Zufall, dass die Probleme in dem Moment angefangen haben, seitdem Trask wieder in der Stadt ist."

„Bist du je auf den Gedanken gekommen, dass Trask vielleicht all diesen Rummel inszeniert hat, damit sein Name in der Zeitung steht? Um die Wähler daran zu erinnern, was für ein toller Kerl er ist, verstehst du?"

„Ich kann mir nicht vorstellen, dass er jemanden engagiert, um sich zusammenschlagen zu lassen, wenn du das meinst. Und ich glaube auch nicht, dass er es zulassen würde, dass jemand Neva und Nicholas terrorisiert – du etwa?"

Keith rutschte im Sessel hin und her. „Wahrscheinlich nicht."

„Wie kannst du es dir dann erklären?"

Er sah sie an. „Ich kann es nicht, Tory. Ich habe nicht die geringste Ahnung, warum jemand auf dich schießen oder Neva verletzen sollte. Und das macht mir Angst, verdammt viel Angst!"

„Vielleicht hat es jemand lediglich auf Trask abgesehen", meinte Tory. „Wir anderen stehen dabei einfach nur im Weg. Jedenfalls war er es, der gestern Abend Schläge einstecken musste."

Keith' Kopf schnellte nach oben, die Kiefer fest zusammengepresst. „Ich hasse diesen Kerl. Das ist kein Geheimnis. Das weißt du genauso gut wie er." Keith' Stimme wurde schwächer, bevor er nach kurzem Zögern hinzufügte: „Und ich hasse die Tatsache, dass er wieder da ist, um dich völlig durcheinanderzubringen. Aber ich würde ihn niemals zusammenschlagen oder auf ihn schießen."

Tory tippte mit dem Bleistift nervös auf die Schreibtischplatte. Sie rang mit den Worten. „Es tut mir leid, Keith. Aber ich erinnere mich noch gut, dass du am Tag, als Trask zurückkam, in Panik geraten bist. Du bist zur Koppel rausgekommen, um es mir zu erzählen. Erinnerst du dich?" Torys Herz schlug ihr bis zum Hals. Sie verabscheute die Rolle des Inquisitors, besonders Keith gegenüber.

„Ich erinnere mich."

„Und später hast du davon geredet, Trask ein Gewehr vor die Nase zu halten, sollte er je einen Fuß auf die Ranch setzen."

Keith kniff die Augen zusammen und rieb sich den steif gewordenen Nacken. „Das war nur Gerede, Tory." Er lehnte sich im Sessel zurück. „Ich wünschte nur, er würde uns in Ruhe lassen." Nachdem er seinen Kaffee ausgetrunken hatte, stand er auf. „Ich möchte nicht, dass du noch einmal verletzt wirst. All das macht mir Angst."

„Ich bin ein großes Mädchen, Keith. Ich kann auf mich allein aufpassen."

Keith warf ihr ein entwaffnendes Lächeln zu. „Dann werde ich versuchen, mir nicht unnötige Sorgen um dich zu machen."

„Gut." Sie seufzte erleichtert und spürte, wie die Anspannung aus ihren Muskeln wich. Sie glaubte Keith und fragte sich, warum sie jemals an ihm gezweifelt hatte. „Wie ist eigentlich die Pokerrunde gestern Abend für dich gelaufen?"

Keith lächelte genüsslich. Er zog seine Brieftasche hervor und entnahm ihr ein dickes, sauber zusammengerolltes Bündel Geldscheine.

„Ich habe jeden bis aufs Hemd ausgenommen."

„Wie kommt es, dass du so viel Glück hast?"

Keith nahm seinen Hut von einem Haken nahe der Haustür und setzte ihn auf. „Wusstest du nicht, dass Poker kein Glücksspiel ist, sondern etwas mit Fähigkeiten zu tun hat?"

„Das behaupten Gewinner immer."

Lachend ging Keith zur Tür hinaus. „Ich bin auf der Westseite und helfe Rex, einige Büsche zu entfernen."

„Kommst du zum Mittagessen zurück?"

„Nein, ich esse später irgendetwas", rief er und verließ das Haus.

Tory trommelte mit den Fingern auf den Schreibtisch. Ihr Bruder hatte noch nie beim Pokern gewonnen. Gerade als sie angefangen hatte, ihm zu vertrauen, tat er Dinge, die gar nicht zu ihm passten. Das gab ihr zu denken und beunruhigte sie sehr.

„Hör auf damit!", ermahnte sie sich und setzte ihre Brille wieder auf, um die Kontoauszüge zu studieren. „Du siehst schon Gespenster wegen Trask." Trotzdem konnte sie das Unbehagen nicht abschütteln, das sich in ihr festgesetzt hatte.

Es war fast halb zwei, als Tory das Geräusch eines herannahenden Motors hörte. Sie hatte sich über den Zaun gelehnt und die Stuten und Fohlen beobachtet, die friedlich auf der Weide grasten. Mit der Hand über den Augen blinzelte sie gegen die Nachmittagssonne und lächelte, als sie Anna Huttons weißen Lieferwagen erkannte.

Tory klopfte sich den Staub von den Händen und erreichte den Wagen, als Anna ihn gerade neben den Ställen parkte.

„Wie geht es unserem Patienten?", fragte die junge Tierärztin, während sie aus dem Auto sprang und ihren Arztkoffer ergriff.

„Besser als erwartet. Ich habe deinen Rat mit den kalten Packungen befolgt. Er hat heute Morgen sogar sein Bein etwas belastet."

„Schön." Anna grinste breit. „Siehst du, das habe ich doch gesagt. Manchmal brauchen wir gar keine Medikamente."

„Er ist hinten auf der Koppel", sagte Tory und führte Anna an den Ställen vorbei zu dem kleinen Gehege, wo Governor von Eldon herumgeführt wurde.

Der Hengst bekundete laut schnaubend seine Missbilligung, als er die beiden Frauen sah, und legte die Ohren an.

„Das Herumführen war also nicht zu schmerzhaft für ihn?", erkundigte sich Anna und beobachtete eingehend das nervöse Pferd.

„Ich glaube nicht", erwiderte Tory. „Eldon?"

Der Rancharbeiter schüttelte den Kopf, sein wettergegerbtes Gesicht zeigte konzentrierte Anspannung. „Es geht ihm gut. Wenn ich geglaubt hätte, dass es ihm zu viele Schmerzen bereiten würde, hätte ich ihn nicht herumgeführt, egal was Sie gesagt hätten."

„Es ist großartig, Angestellte zu haben, die der eigenen Einschätzung vertrauen", kommentierte Tory, als sie die Erheiterung in Eldons Augen las.

Anna schien zufriedengestellt. „Da wollen wir doch mal einen Blick auf dich werfen", rief sie dem Hengst zu und schlüpfte durch das Gattertor. Sie tätschelte seinen dunklen Hals und hob vorsichtig den erkrankten Huf an. „Na los, Junge", redete sie ihm gut zu. „Du solltest dich inzwischen an all die Aufmerksamkeit gewöhnt haben."

Nachdem sie sorgfältig Governors Fuß untersucht hatte, ließ Anna sein Bein wieder zu Boden gleiten. „Es sieht gut aus", meinte sie zu Tory. „Mach mit den Packungen weiter und denk noch mal über den Spezialhuf nach. In einer Woche schaue ich ihn mir noch einmal an."

„Das ist die beste Nachricht seit zwei Tagen", erklärte Tory, als Anna zurück durchs Tor schlüpfte und sie gemeinsam zum Haus hinüberliefen.

„Ich habe gehört, was gestern oben in Devil's Ridge passiert ist", bemerkte Anna.

Tory blieb wie angewurzelt stehen. „Was? Und wie?"

Mit einem aufmunternden Lächeln begegnete Anna dem fragenden Blick ihrer Freundin. „Du solltest jetzt Rückgrat beweisen, Tory. Alle möglichen Gerüchte machen in Sinclair die Runde."

„So schnell? Ich weiß nicht, wie …"

Anna legte die Hand auf Torys Arm. „Trask McFadden, entschuldige, *Senator* McFadden ist eine Berühmtheit in dieser Gegend. Jeder Schritt, den er macht, ist eine Neuigkeit wert – und zwar eine große. Wenn ein Mann von seinem Format überfallen wird, geht das herum wie ein Lauffeuer."

„Aber es ist doch erst gestern Abend passiert", wandte Tory ein.

„Wie viele Personen wussten davon?"

Tory lächelte schief und setzte ihren Weg über den Parkplatz fort. „Zu viele", räumte sie ein und dachte an Trask, Neva, Keith, den Privatdetektiv … Die Liste schien endlos.

„Dann mach dich auf etwas gefasst; die Presse wird zweifellos mehr als begierig sein, über die Ereignisse zu berichten, und einen Zusammenhang mit dem Pferdebetrug und dem Mord an Jason McFadden vor fünf Jahren herstellen wollen." Annas Stimme klang ruhig und tröstend. „Der Name deines Vaters und seine Verstrickung in den Betrug, egal ob es stimmt oder nicht, wird zwangsläufig zur Sprache kommen."

Tory stieß einen langen Seufzer aus. „Das ist genau das, was ich vermeiden wollte." Die Nachmittagssonne glühte heiß auf ihrem Nacken. Der rötliche Staub unter den Kieselsteinen wurde von einem leichten Wind aufgewirbelt.

„Zu spät. Die Stunde hat geschlagen."

Tory hob das Kinn, ihr Blick verhärtete sich. Unbewusst straffte sie ihre schmalen Schultern. „Nun, was geschehen ist, ist geschehen. Wenigstens hast du mich rechtzeitig gewarnt. Wie wäre es mit einem späten Mittagessen?"

„Das hört sich himmlisch an", bemerkte Anna. Sie war froh, dass sich ihre Freundin ein bisschen gefangen zu haben schien und bereit war, der nahenden Herausforderung ins Auge zu sehen. „Ich dachte schon, du würdest mich das nie fragen!"

Tory lachte. Sie freute sich über Annas Gesellschaft und ihren sarkastischen Humor. Sie konnte etwas Ablenkung gut gebrauchen, um nicht ständig über die jüngsten Ereignisse auf der Ranch nachdenken zu müssen. Außerdem war es schon lange her, dass sie und Anna die Möglichkeit gehabt hatten, intensiv miteinander zu reden.

„Das war köstlich", erklärte Anna und rollte die Augen, nachdem sie ihr Stück Erdbeerkuchen aufgegessen hatte. „Denver Omelett, Spinatsalat und obendrein noch Kuchen. Solltest du eines Tages die Ranch aufgeben, könntest du Chefköchin werden. Gut, dass ich nicht öfter bei dir eingeladen bin, sonst würde ich mindestens zwanzig Pfund zulegen."

„Das bezweifele ich", erwiderte Tory, erfreut über das Kompliment. „Bei dem Arbeitspensum, das du dir auferlegst, wirst du nie zunehmen."

„Das ist mein Geheimnis", erklärte Anna. „Ich habe nie Zeit zum Essen."

Leise kichernd räumten die beiden Frauen das Geschirr ab und stellten es in das Spülbecken. „Nachdem wir jetzt über die gestrigen Ereignisse, über meine Pläne mit der Ranch und Governors Zustand gesprochen haben, erzähl mir von dir. Wie geht es dir?"

Annas braune Augen verdunkelten sich. „Das Leben ist anders, seitdem Jim ausgezogen ist." Sie erhob wie zur Erinnerung den Zeigefinger. „Trotz allem habe ich überlebt."

„Wenn du nicht darüber sprechen möchtest …“

Anna rang sich ein trauriges Lächeln ab. „Da gibt es nicht viel zu sagen. Ich war damit beschäftigt, meine eigene Praxis zu starten. Ich habe bis in die Nacht hinein gearbeitet und war todmüde, wenn ich nach Hause kam. Es hat mich gestört, dass er von mir erwartet hat, die perfekte Ehefrau, Hausfrau, was auch immer, zu sein. Er war gelangweilt, sich meine Träume anzuhören, nehme ich an. Ich habe ihn ziemlich ignoriert. Er brauchte wohl eine Frau. Ich kann es ihm daher nicht vorwerfen, dass er mit einer anderen angebändelt hat.“

„Ich würde es“, sagte Tory bestimmt. „Ich glaube, dass zwei Menschen, die sich wirklich lieben, alle Probleme miteinander lösen können.“

„Das ist nicht immer leicht.“

Tory dachte an ihre eigene Situation mit Trask. Ihre Liebe war immer von Täuschung umwoben gewesen. „Vielleicht hast du recht“, gab sie schließlich zu. „Aber ich verstehe nicht, warum du deshalb schuldbeladen durchs Leben gehen sollst.“

Nachdenklich rieb Anna den Daumen über den Zeigefinger. „Vielleicht deshalb, weil ich in dem Glauben aufgewachsen bin, dass eine Frau ins Haus gehört, Kinder bekommt, Geschirr abwäscht und Freude daran hat, die beste Freundin ihres Mannes zu sein.“ Sie lehnte sich gegen den Küchentresen und sah aus dem Fenster. „Aber ich bin gierig geworden. Ich wollte alles: einen Ehemann, ein Zuhause, Kinder und eine beeindruckende Karriere. Obwohl es nicht meine Absicht gewesen war, habe ich Jim in diesem Durcheinander irgendwie verloren.“

„Das passiert leicht …“

„Zu leicht. Aber ich habe aus meinen Fehlern gelernt, und das solltest du auch.“

„Was soll das heißen?“

Anna lachte grimmig. „Dass ich dabei bin, meine Nase in Dinge zu stecken, die mich nichts angehen.“

„Oh?“

„Sieh mal, Tory. Ich weiß, dass du nie über Trask hinweggekommen bist.“ Anna sah, wie sich Protest auf Torys Lippen abzeichnete, doch sie wehrte ihn mit erhobener Hand ab. „Es hat keinen Zweck es zu leugnen; du liebst ihn und hast es immer getan, trotz der ganzen Misere mit deinem Dad. Das steht dir ins Gesicht geschrieben.“

„Und trotz allem, was passiert ist, glaube ich, dass Trask ein respektabler Mann ist, der dich sehr liebt. Was mit deinem Dad passiert ist, war bedauernswert, und ich war genauso unglücklich wie jeder andere, als Trask gegen Calvin ausgesagt hat. Aber das ist fünf Jahre her und nun vorbei.“ Sie holte tief Atem. „Wenn Trask der Mann deines Lebens ist, dann solltest du dein Möglichstes tun, es ihn wissen zu lassen.“

Tory konnte ihr Erstaunen nicht verbergen. „Das ist so ungefähr der letzte Rat, den ich von dir erwartet hätte“, erwiderte sie.

„Ich habe gestern Abend darüber nachgedacht. Ich sage dir, wenn das Schicksal mir noch eine zweite Chance mit Jim geben würde, würde ich alles daransetzen, an ihm festzuhalten.“

„Aber wie? Indem du deine Arbeit und Unabhängigkeit aufgibst?“

Anna schüttelte den Kopf. „Natürlich nicht. Einfach, indem ich ein bisschen weniger dickköpfig und selbstgerecht wäre. Ich glaube immer noch, dass man alles haben kann, wenn man daran arbeitet. Aber man muss auch etwas geben, statt die ganze Zeit nur zu nehmen.“

„Das gilt für beide Seiten“, sinnierte Tory.

„Natürlich. Aber wenn ihr zwei guten Willens seid, sollte es doch klappen.“ Anna sah auf die Wanduhr und sprang abrupt auf. „Oje, ist es wirklich schon drei Uhr? Es tut mir leid, Tory, aber ich muss diese Sitzung beenden. Um vier Uhr muss ich in Bend sein.“

„Ich bin froh, dass du vorbeigekommen bist."

„Wann immer du bereit bist, etwas zu kochen, werde ich bereit sein zu essen. Danke fürs Mittagessen!" Blitzschnell war Anna durch die Hintertür verschwunden und wäre um ein Haar mit Keith zusammengestoßen.

„Entschuldigung", rief sie über die Schulter, während sie im Eilschritt die zwei Stufen der Veranda hinuntersprang und auf dem kleinen Pfad zur Vorderseite des Hauses rannte.

Keith betrat die Küche und warf die Post auf den Tisch. Er war von Kopf bis Fuß mit Staub bedeckt, verschwitzte Haarsträhnen klebten an seiner Stirn. Nur die Augenfalten waren von dem rötlich-braunen Staub verschont geblieben. Nachdem er seinen Hut an einen Haken neben der Tür gehängt hatte, wischte er sich mit dem Handrücken übers Gesicht. „Mittagessen habe ich wohl verpasst", bemerkte er mit Blick auf das dreckige Geschirr im Spülbecken.

„Ich fürchte ja", erwiderte Tory. „Anna und ich haben gerade gegessen."

„Ich habe sie wegrennen sehen", erklärte er und machte ein paar Dehnbewegungen gegen seinen verspannten Rücken. „Ich muss in die Stadt fahren, um die Ersatzteile für den Mähdrescher abzuholen. Danach schaue ich bei Paul Barnett vorbei … du hast gesagt, dass er mich sehen wollte?"

Tory nickte.

„Danach bleibe ich noch ein bisschen und trinke ein Bier im Branding Iron. Könnte ich dich dazu überreden, mir ein Sandwich zu machen, während ich dusche?"

„Glaubst du, das ist hier ein Schnellrestaurant?", fragte sie gereizt. „Hatte ich dich nicht heute Morgen gebeten, rechtzeitig zum Essen zurück zu sein?"

„Bitte."

Keith kann so verdammt charmant sein, wenn er will, dachte Tory und rang sich ein steifes Lächeln ab. „Okay, Bruderherz, ich werde sehen, was ich auftreiben kann. Aber ich verspreche keine Gourmetküche."

„Unter diesen Umständen wäre ich auch mit Erdnussbutter und Marmelade zufrieden", lenkte Keith ein, als er aus der Küche schlenderte und die Treppe hinauflief. Wenige Minuten später hörte Tory Duschgeräusche aus dem Badezimmer.

Nach zwanzig Minuten erschien Keith frisch rasiert und umgezogen in der Küche.

„Du bist ja kaum wiederzuerkennen", neckte Tory ihn und stellte ein Glas Milch sowie einen Teller mit Schinkensandwiches auf den Tisch. In diesem Moment fiel ihr der Stapel Post ins Auge. Nachdem sie die Zeitschriften und Werbebroschüren aussortiert hatte, sah sie die Briefumschläge durch.

„Rechnungen, Rechnungen und mehr ... was ist das?" Auf einem schmalen weißen Umschlag stand handgeschrieben ihr Name. Ein Absender war nicht vorhanden, der Brief war jedoch in Sinclair abgestempelt worden. Hastig riss sie den Umschlag auf. Ein einziges Blatt weißes Papier kam zum Vorschein, auf dem mit gleicher Handschrift nur ein Satz stand:

HALTE DICH VON McFadden FERN

„Oh mein Gott!", flüsterte Tory und ließ das Papier zu Boden fallen.

„Wie bitte?" Keith legte sein Sandwich ab und griff nach dem Brief. Fassungslos las er die Botschaft. Als ihm die Bedeutung der Worte klar wurde, färbte sich sein Gesicht rot vor Wut, und er warf das Papier auf den Tisch. „Jetzt reicht's, Tory. Ich höre mir nicht noch länger deine Entschuldigungen an. Sobald McFadden zurückkommt, sagst du ihm, dass du dich nicht länger an seinen Nachforschungen beteiligst!"

„Ich glaube, dafür ist es zu spät." Sie war immer noch erschüttert, doch ihr Gesicht hatte wieder ein wenig Farbe angenommen.

„Verdammt noch mal, Tory! Er ist zusammengeschlagen

worden. Neva hat Drohanrufe bekommen, und auf dich ist geschossen worden, Himmelherrgott! Mit einem Gewehr! Was muss noch passieren, damit du begreifst, dass, wer immer dahintersteckt …", er zeigte empört auf den Brief, „… es ernst meint!"

„Wir können da nicht mehr raus. Die Polizei ist informiert, und die ganze Stadt weiß Bescheid."

„Na und? Es geht um unser Leben, zum Teufel!" Wütend ballte er die Faust und knallte sie auf den Tisch, sodass das Geschirr schepperte. „Das muss alles aufhören!" Ruckartig schob er seinen Stuhl zurück und lehnte sich gegen den Türrahmen. Mit flehendem Blick sah er seine Schwester an. „Nur du kannst ihn dazu bringen, dass er seine Aktionen abbricht. Du bist die Einzige, auf die er hört."

„Nicht, wenn er sich etwas in den Kopf gesetzt hat."

„Dann befreie ihn davon, Tory!" Er drehte die Handflächen nach oben und schüttelte den Kopf. „Wann begreifst du endlich?"

Tory sah auf das Stück Papier auf dem Tisch und zitterte. Einen Augenblick lang zog sie Keith' Vorschlag in Betracht. Doch dann verwandelte sich ihre Angst in Wut. „Ich lasse mich nicht einschüchtern", sagte sie. „Wer immer das geschickt hat, muss eine Menge zu verlieren haben. Ich frage mich, was?"

„Ich nicht!" Keith schob sich nervös die Haare aus dem Gesicht. „Ich wünschte, dieser ganze Albtraum wäre zu Ende."

„Das wird er aber nicht. Es sei denn, wir finden die Wahrheit heraus", sagte sie.

„Oh Gott, Tory. Du bist eine solche Träumerin. Das bist du immer gewesen. McFadden hat dich schon einmal ausgetrickst, und jetzt lässt du es ein zweites Mal mit dir geschehen. Du lebst so sehr in deinen romantischen Fantasien, dass du die Wirklichkeit nicht mehr siehst!"

Tory lehnte sich gegen den Kühlschrank. „Dann sei so gut und erkläre sie mir."

„Er nutzt dich aus, Tory. Auch jetzt wieder. Ich hatte nur nicht geglaubt, dass du so dumm bist und erneut darauf reinfällst!"

Mit diesen letzten zornigen Worten stapfte Keith aus der Küche. Tory war wie benommen. Nach wenigen Augenblicken hörte sie, wie der Pick-up den Weg hinunterbrauste, bevor er mit quietschenden Reifen um die Ecke bog und auf den Highway hinauffuhr.

Den restlichen Nachmittag wartete Tory auf Trasks Rückkehr. Sie versuchte, sich im Haus zu beschäftigen, doch ihre innere Unruhe wuchs mit jeder Stunde, in der sie nichts von ihm hörte. Als es dunkel wurde, fing sie an, sich große Sorgen zu machen. *Was hatte er von Linn Benton und George Henderson erfahren?*

Beide Männer mussten ihn hassen. Trasks Zeugenaussage hatte ihr Schicksal besiegelt und sie beide ins Gefängnis gebracht. Vielleicht gingen der Überfall auf Trask und die Drohanrufe bei Neva auf ihr Konto?

Als gegen zehn Uhr abends das Telefon klingelte, war es wie eine Befreiung. Das musste Trask sein.

Atemlos nahm sie den Hörer ab. „Hallo?"

„Tory? Ich bin's, Neva." Tory rutschte das Herz in die Hose. „Ich wollte wissen, ob du vielleicht etwas von Trask gehört hast." All ihre Befürchtungen waren mit einem Schlag wieder da.

„Ich habe ihn seit heute Morgen nicht mehr gesehen", erklärte Tory.

„Verstehe." Eine bedrückende Stille entstand. „Weißt du, ob er nach Salem gefahren ist?"

„Ja, er wollte dorthin."

„Verflucht." Neva hielt einen Moment inne.

„Vielleicht ist er in die Hütte gefahren", sagte Tory voller Hoffnung, obwohl sie die Antwort schon ahnte.

„Ich war vor einer Stunde dort. Sein Wagen stand nicht da, und niemand machte die Tür auf. Ich habe einen Schlüssel und bin hineingegangen. Ich bin sicher, dass er seit heute früh nicht mehr dort gewesen ist."

Torys Herz begann heftig zu pochen. „Und er hat dich nicht angerufen?"

„Nein."

„Hast du den Sheriff informiert?"

„Noch nicht."

„Was ist mit diesem Privatdetektiv, John soundso?"

„Davis", ergänzte Neva. „Er weiß, dass ich mir Sorgen mache, und hat schon ein paar von seinen Männern Bescheid gegeben."

Tory ließ sich in einen Stuhl fallen und verspürte furchtbare Angst. „Was können wir tun?"

„Nichts außer warten", antwortete Neva. „Ruf mich bitte an, wenn du etwas von ihm hörst"

„Natürlich." Tory legte den Hörer auf. Wo war Trask? Die Frage quälte sie mehr und mehr.

Lieber Gott, bitte lass es ihm gut gehen!

## *10. KAPITEL*

Die Straße, die aus dem Willamette-Tal herausführte, war sehr schmal. Wie eine Schlange folgte sie entschlossen der natürlichen Schlucht, die sich der Santiam-Fluss gebahnt hatte und wand sich das Cascade-Gebirge hinauf. Zwischen nackten Felsen auf der einen Seite und dem reißenden Fluss auf der anderen durchschnitt der zweispurige Highway die Berge vom Willamette-Tal bis Central Oregon.

Es war zwei Uhr morgens. Trask saß hinter dem Steuer und fuhr dem Scheinwerferlicht folgend nach Osten. Er war todmüde. Den ganzen Morgen und halben Nachmittag hatte er im Gefängnis verbracht und Fragen gestellt, auf die er von den zwielichtigen Gestalten Henderson und Benton nur vage Antworten bekommen hatte.

Trasks Hände am Lenkrad spannten sich an, als er an das fleischige, runde Gesicht des ehemaligen Richters dachte. Selbst ohne seine Robe, nunmehr in staatlicher Gefängniskluft, hatte Linn Benton eine selbstgefällige, kalte Ausstrahlung, die Trask unter die Haut ging.

Mit offenem Sarkasmus hatte Linn Benton auf Trasks Fragen nach einer weiteren Person in dem Betrugsskandal reagiert. Der ehemalige Richter, der nun als Sträfling vor ihm saß, hatte sogar die Dreistigkeit besessen, laut aufzulachen. Trasks leicht angeschlagener Zustand und seine offenkundige Sorge über das, was vor fünf Jahren geschehen war, schien für ihn ein Grund zur Belustigung zu sein. Trask war mit dem Mann kein Stück weitergekommen, war aber überzeugter denn je, dass Linn Benton hinter den dicken Gefängnismauern die Fäden zog. Aber wer war seine Marionette hier draußen?

Bei George Henderson war es leichter gewesen. Der ehemalige Tierarzt hatte gezittert wie Espenlaub bei dem Gedanken, dem Mann Rede und Antwort stehen zu müssen, dessen

Bruder durch sein Mitwirken getötet worden war. Ob Hendersons offensichtliche Angst daher rührte, dass Trask jetzt Senator war, oder ob es eine Folge möglicher Drohungen seitens seines Mitgefangenen Linn Benton war, konnte Trask nicht ausmachen.

Mit einem Fluch auf den Lippen schaltete Trask einen Gang herunter und fuhr langsam zum Santiam-Pass hinauf.

Alles in allem war die kleine Reise jedoch keine Zeitverschwendung gewesen. Er war jetzt sicher, dass Linn Benton noch etwas zu verbergen hatte. Und es musste etwas sein, von dem er glaubte, dass Trask es niemals aufdecken würde. Sonst hätte der rundliche Mann nicht so unverhohlen gegrinst. Es schien, als wäre Benton in etwas eingeweiht, einer kleinen Ironie des Schicksals möglicherweise, die Trask auch nicht ansatzweise würde ergründen können.

„Ich werde es herausfinden." Trask blinzelte in die Dunkelheit und schwor sich im Stillen, mit dem Mann abzurechnen, der seinen Bruder auf dem Gewissen hatte. Wenn noch jemand in den Mord an Jason verwickelt gewesen sein sollte, so würde er es herausfinden und dafür sorgen, dass diese Person zur Rechenschaft gezogen werden würde.

Mehr als sechs Stunden hatte Trask in der Multnomah-County-Bibliothek in Portland verbracht und Zeitungsausschnitte über den Pferdebetrug und Jasons Tod herausgesucht und kopiert. Er hoffte, darin einen Hinweis zu finden auf das, was damals wirklich geschehen war und möglicherweise auf die jüngsten Ereignisse, die mit dem anonymen Schreiben begonnen hatten. Wenn doch nur derjenige, der den Brief geschrieben hatte, sich zu erkennen geben würde … seine Version der Geschichte erzählen und endlich die Wahrheit preisgeben würde … dann könnte der Gerechtigkeit Genüge getan werden. Trask könnte die Vergangenheit hinter sich lassen und unbeschwert einer Zukunft mit Tory entgegensehen.

Die Nacht schien endlos zu sein. Tory hörte, wie Keith kurz nach Mitternacht nach Hause kam. Sie drehte und wälzte sich unruhig im Bett umher und sah immer wieder auf die Uhr oder starrte durchs Fenster in den dunklen Nachthimmel hinaus. Was könnte Trask passiert sein? fragte sie sich zum vielleicht tausendsten Mal. Wo war er? Warum hatte er nicht angerufen?

Sie fiel schließlich in einen unruhigen Schlaf, und sowie die ersten Lichtstrahlen ins Zimmer fielen, war sie erleichtert, endlich aufstehen zu können. Sie wäre verrückt geworden, noch länger im Bett zu bleiben und ständig auf die Uhr zu sehen.

Sie war bereits geduscht und angezogen und hatte mit dem Frühstück begonnen, als sie Keith oben in seinem Zimmer rumoren hörte.

Der Kaffee lief durch die Maschine, und die Apfelmuffins waren bereits aus dem Ofen genommen, als Keith in die Küche geschlendert kam. Tory drehte sich zu ihrem Bruder um, der abwehrend die Hände erhob. „Waffenstillstand, Schwesterchen?“, fragte er und schmunzelte verlegen.

Torys Mundwinkel zogen sich nach oben, und ihre Augen strahlten voller Zuneigung. „Du weißt, ich bin nicht nachtragend. Jedenfalls nicht dir gegenüber.“

„Oder Trask McFadden gegenüber“, betonte er und schenkte zwei Tassen Kaffee ein.

„Ich glaube, fünf Jahre sind genug“, meinte Tory.

„Dafür, dass Dad ins Gefängnis gebracht wurde, um dort zu sterben? Jetzt hör aber auf!“ Er reichte ihr einen Becher mit dampfendem Kaffee, und sie spürte, wie ihr Lächeln zerfiel.

Tory stellte den Korb mit den Muffins auf den Tisch und versuchte, Keith’ offene Feindseligkeit Trask gegenüber zu ignorieren. „Hast du nicht etwas von einem Waffenstillstand gesagt?“

„Friede zwischen dir und mir. McFadden war nicht gemeint!“ Keith runzelte die Stirn, setzte sich an seinen angestammten Platz und griff nach einem Muffin. „Apropos, wo steckt er heute Morgen?"

„Ich weiß es nicht", räumte sie ein und biss sich nervös auf die Unterlippe. Sie wollte nicht zeigen, dass sie krank vor Sorge um ihn war. Unruhig sah sie auf die Uhr. Es war kurz vor sieben.

„Hat er gestern Benton und Henderson besucht?" Sein Blick wanderte nicht eine Sekunde von ihrem besorgten Gesicht, während er sich mit dem Messer Butter nahm. Die Ringe unter ihren Augen und tiefen Falten um den Mund herum verrieten, dass sie kaum geschlafen hatte.

„Das weiß ich auch nicht. Niemand hat etwas von ihm gehört oder gesehen, seitdem er gestern Morgen hier weggefahren ist."

Keith legte das Messer beiseite. „Du machst dir also Sorgen um ihn, habe ich recht?"

„Ein wenig."

„Er kommt schon alleine klar."

„Ich wünschte, das könnte ich glauben", erklärte Tory.

„Warum kannst du es nicht?"

„Überleg doch mal", sagte Tory mit einem Seufzer. „Sein Bruder musste sterben, weil er zu viel wusste, Trask wurde vor zwei Tagen zusammengeschlagen und jemand hat in Devil's Ridge auf ihn geschossen." Ihre Stimme zitterte leicht, und sie nahm einen großen Schluck Kaffee. „Ich glaube, ich habe allen Grund, mir Sorgen zu machen." Nervös sah sie aus dem Fenster, bevor sie am Tisch Platz nahm. „Wenn ich heute Vormittag nichts von ihm höre, rufe ich Paul Barnett an."

„Vielleicht ist Trask bei Neva", sagte Keith so vorsichtig er konnte.

Tory spürte die Spitze in seiner Bemerkung und wurde ein wenig blass. „Er war nicht bei Neva", flüsterte sie. „Neva hat gestern Abend angerufen. Sie macht sich auch Sorgen."

„Hör zu, Tory", schmeichelte Keith. „Ein US-Senator verschwindet nicht so einfach von der Bildfläche. Er wird wieder auftauchen und sein Politikerlächeln aufblitzen lassen. Der Mann ist ein Überlebenskünstler, verdammt noch mal."

Tory antwortete nicht. Sie schwenkte den Kaffee in ihrem Becher umher und betete im Stillen, dass Keith dieses Mal recht behalten würde.

Das Geräusch von Rex' Pick-up erregte ihre Aufmerksamkeit. Noch immer in Gedanken schenkte sie dem Vorarbeiter eine Tasse Kaffee ein. Als Rex einen Moment später die Küche betrat, hatte sie bereits einen Löffel Zucker in seine Tasse getan.

„Morgen", rief Rex und bemerkte Torys Sorgenfalten auf der Stirn.

„Wie wär's mit einem Frühstück?", fragte sie ihn.

Rex erblickte die Muffins und aufgeschnittenen Früchte auf dem Tisch. „Das sieht gut aus, aber danke." Er klopfte sich auf den flachen Bauch. „Habe schon mit Belinda gegessen." Er hielt einen Moment inne und schüttelte den Kopf. „Ich wollte Sie nur wissen lassen, dass ich gestern am späten Nachmittag den Mähdrescher noch repariert habe. Und dass ich vorhabe, die einjährigen Kälber heute von der Herde zu trennen. Ein Rancher aus Sisters hat Interesse an ungefähr dreißig Stück. Er kommt gegen elf." Rex schob seinen Hut ein wenig aus der Stirn, als er die Tasse entgegennahm, die ihm Tory anbot. Er wärmte seine Hände an dem Keramikbecher. „Vielleicht sieht er sich auch ein paar Pferde an."

Tory gelang ein Lächeln. „Gut. Du kannst ihm die Stuten und Fohlen sowie die Einjährigen zeigen."

Keith versuchte nicht, seine Überraschung zu verbergen, und runzelte die Stirn. Eine tiefe Furche erschien zwischen seinen Brauen. „Du willst einige Stuten verkaufen?"

„Vielleicht. Wenn der Preis stimmt."

Ihr Bruder lehnte sich zurück und kniff die Augen zusammen. „Weil du weißt, dass niemand mehr auch nur ein einziges

Quarter Horse von dieser Ranch kaufen wird, sobald der Skandal in der Presse steht."

„Das ist ein wenig übertrieben, glaube ich. Aber die Zahlung an die Bank ist bald fällig, und wir brauchen jeden Cent."

„Erinnere mich nicht daran."

„Ich versuch's."

„Okay." Rex bemerkte die unterschwellige Spannung zwischen den Geschwistern. „Ich führe den Mann aus Sisters herum. Mal sehen, ob ich ihn dazu bewegen kann, sich für eines der Pferde zu interessieren."

„Ich dachte, du wolltest die Stuten mindestens noch ein Jahr behalten, bis die Fohlen geboren sind", fragte Keith beharrlich.

Tory schürzte die Lippen und schüttelte den Kopf. „Ich glaube, wir sind besser beraten, zu nehmen, was kommt." Sie richtete ihren besorgten Blick auf Rex. „Wenn der Käufer an einer der Stuten interessiert ist, sie stehen zum Verkauf."

„Wie sieht es mit den Hengsten aus?"

Tory biss die Zähne zusammen. „Sie stehen ebenfalls zum Verkauf. Für einen angemessenen Preis."

„Governor auch?", fragte Rex.

„Alle", flüsterte Tory.

„Tory, das kann ich nicht zulassen ..." schaltete sich Keith ein. Er wollte noch mehr sagen, doch Tory schnitt ihm das Wort ab.

„Ich glaube nicht, dass wir eine Wahl haben. Ende nächster Wochen habe ich einen Termin bei der Bank, und ich möchte ihnen wenigstens einmal zeigen, dass wir genug Einnahmen haben. Du hattest recht, als du mir einmal gesagt hast, dass wir verkaufen sollten – es hat nur eine Weile gedauert, bis ich es begriffen habe. Wenn wir jetzt einen Teil der Rinder und ein paar Pferde verkaufen, kommen wir vielleicht im Juni aus den roten Zahlen heraus. Selbst wenn es nur ein Monat ist, würde es einen guten Eindruck machen und könnte die Bank überzeugen, uns einen weiteren Kredit zu geben."

„Mist! Wie sollte ich wissen, dass du plötzlich auf mich hörst?", erwiderte Keith. Er konnte ihrer Logik kein Argument entgegenhalten, obwohl er nach wie vor Bedenken hatte. Keith stand vom Tisch auf und erklärte, dass er den anderen Männern beim Heumähen helfen würde.

Rex und Keith verließen gemeinsam das Haus. Tory blieb allein mit dem dreckigen Geschirr zurück und machte sich weiterhin Gedanken, was mit Trask passiert sein könnte.

Zwei Stunden später, als sie gerade den Pferden Futter gegeben hatte und sich fragte, welche der Tiere – wenn überhaupt – für einen Verkauf infrage kämen, hörte sie das unverkennbare Geräusch von Trasks Geländewagen. Ihr Herz machte einen Sprung. Sie sah durch das staubige Stallfenster, und ein Lächeln breitete sich auf ihrem Gesicht aus, als sie Trasks Wagen erblickte, der neben dem Haus zum Stehen kam. Nachdem Trask ausgestiegen war, hob er die Arme über den Kopf und streckte sich. Sein flacher Bauch wölbte sich bei dieser unbewussten, jedoch sehr erotischen Bewegung nach innen. Er trug Cordhosen und ein bis zu den Ellbogen aufgekrempeltes Hemd. Sein Anblick löste Tränen der Erleichterung bei Tory aus.

Trask wollte ins Haus gehen, doch sie klopfte heftig ans Stallfenster. Er drehte sich um und blinzelte gegen die Sonne in ihre Richtung. Sein wundervolles, leicht schiefes Lächeln blitzte auf, als er sie bemerkte. Jetzt war sie nicht mehr zu halten. Ungeachtet, ob sie jemand beobachten könnte, rannte Tory aus dem Stall, direkt in seine Arme. Er hielt sie so fest, dass ihre Füße vom Boden abhoben, als er sie herumwirbelte.

Er neigte den Kopf und küsste sie leidenschaftlich. Ein warmer Schauer erfasste jede Faser ihres Körpers.

„Was ist passiert?", fragte sie atemlos. Seine Arme hielten sie noch immer umschlungen und drückten ihren weichen Körper fest an sich. „Ich habe mir unendliche Sorgen gemacht!"

„Ich hätte dich anrufen sollen“, entschuldigte er sich und hauchte ihr einen Kuss auf die Stirn. Er atmete den lieblichen Fliederduft ihres Haars ein. Die ganze Anspannung, die sich seit dem frustrierenden Besuch im Gefängnis in ihm aufgebaut hatte, schien sich beim Anblick von Torys zauberhaftem Lächeln und dem begierigen Druck ihres Körpers gegen seinen aufzulösen.

„Es wäre das Mindeste gewesen. Neva und ich sind fast gestorben vor Angst.“

„Neva auch, hm?“, fragte er stirnrunzelnd.

„Was hast du anderes erwartet, wenn du so einfach verschwindest?“

„Ich wusste nicht, dass ich so beliebt bin“, gab er mit einem Lächeln zurück. Sie lachte, die Arme immer noch fest um ihn geschlungen. Durch den leichten Baumwollstoff seines Hemdes spürte sie seinen festen Oberkörper, der sich an sie presste, als er sie noch einmal küsste, bevor er den Kopf hob. Seine blauen Augen glühten voller Leidenschaft.

„Warum bist du letzte Nacht nicht zurückgekommen?“, fragte sie, obwohl ihre Gedanken ganz woanders waren und sie nur noch seinen Körper spürte.

„Ich hatte nicht gedacht, dass es den ganzen Tag und die halbe Nacht dauern würde, alles zu erledigen, was ich mir vorgenommen hatte. Ich bin erst gegen halb drei heute Nacht in die Hütte zurückgekommen. Ich habe dich nicht angerufen, weil du um diese Zeit bestimmt schon im Bett warst.“ Der Gedanke löste ein verführerisches Lächeln bei ihm aus.

„Das war ich!“, erwiderte sie scharf und versuchte ärgerlich zu klingen, was ihr nicht gelang. Liebevoll strich sie mit dem Finger über seine Wange. „Ich habe mich im Bett hin- und hergewälzt und gefragt, welch furchtbares Schicksal dir wohl widerfahren ist.“ Unbewusst berührte sie die Wunde an seinem Kinn. „Du hast nicht gerade eine Erfolgsgeschichte vorzuweisen, was deinen Selbstschutz betrifft, weißt du. Ich habe die ganze Nacht mehr oder weniger wach gelegen und auf die Uhr gestarrt."

„Es tut mir leid", entschuldigte er sich grinsend und weigerte sich, sie loszulassen. Seine Augen glitzerten blau im Morgenlicht, während er ihre Fingerspitzen küsste. Ihr stockte der Atem, als sie seine Zunge auf ihrer Haut spürte. „Du zauberst ein sehr anzügliches Bild, weißt du das?", flüsterte er rau. „Ich hätte alles darum gegeben, letzte Nacht bei dir zu sein." Vertraut schoben sich seine Hände ihren Rücken hoch und drückten sie noch fester an sich, sodass ihr sein Verlangen nicht verborgen blieb. Ihr Körper reagierte sofort, und als er den Kopf erneut senkte, öffnete sie begierig die Lippen. Es fühlte sich so absolut richtig an, in seinen Armen zu liegen und die Wärme der Morgensonne im Nacken zu spüren.

„Vielleicht sollten wir die verlorene Zeit nachholen", flüsterte er ihr leise ins Ohr.

Sie räusperte sich und versuchte, einen klaren Kopf zu bewahren. Trasks Körper so nah an ihrem erschwerte jedes logische Denken. „Später, Senator", erwiderte sie und versuchte das süße Verlangen, das ihren Körper erfasste, zu ignorieren. „Ich habe zu tun, und außerdem möchte ich wissen, was du gestern alles herausgefunden hast."

„Hat das nicht Zeit?" Sein Atem streifte ihr Ohr.

Sie schluckte hart. Den Druck seiner Handflächen auf ihrem schmalen Rücken zu spüren, machte es enorm schwierig, sich seinem Vorschlag zu widersetzen. Tory war versucht, mit „Ja" zu antworten, doch sie konnte die drohende Nachricht nicht vergessen, die sie erst gestern bekommen hatte. „Ich glaube nicht", erwiderte sie und entzog sich widerwillig seiner Umarmung. Sie ergriff seine Hand und führte ihn zum Haus. „Du bist nicht der Einzige, der etwas zu erzählen hat."

Zum ersten Mal bemerkte er einen Anflug von Angst in ihren graugrünen Augen. „Ist etwas passiert heute Nacht?"

Sie näherten sich dem kleinen Weg, der zum hinteren Eingang führte. Alex, der unter seinem favorisierten Wacholderbusch gelegen hatte, trottete nun hinter ihnen her und schlüpfte durch die Gittertür, als Tory sie öffnete.

„Nicht letzte Nacht, sondern gestern", korrigierte Tory. Sie schenkte zwei Tassen Kaffee ein und stellte einen Napf mit Essensresten für Alex auf den Boden. Dann ging sie ins Arbeitszimmer und holte aus der Schreibtischschublade das Stück Papier mit der drohenden Mitteilung.

Trasks Augen verengten sich und funkelten gefährlich, als er die Zeilen las. „Das geht zu weit", murmelte er und ballte wütend die Faust. „Erst wurde Neva bedroht und jetzt du."

„Offenbar hat jemand etwas zu verbergen."

„Und er scheint immer weiterzugehen, damit es nicht ans Tageslicht kommt." Trask stieß einen langen Seufzer aus und lehnte sich gegen den Küchentresen. „Hast du schon mit dem Sheriff gesprochen?"

„Noch nicht."

„Und mit einem von John Davis' Männern?"

Tory schüttelte den Kopf. „Der eine, der mit der Überwachung der Ranch beauftragt ist, hält sich ziemlich im Hintergrund. Er war nur zweimal im Haus, aber die Arbeiter haben sich über seine Anwesenheit bereits ihre Gedanken gemacht."

Trasks Kopf schnellte hoch. „Was hast du ihnen erzählt?"

„Dass ich verhindern möchte, dass ein weiteres Kalb erschossen wird. Als Schutz für das Vieh, verstehst du?"

„Haben sie das geglaubt?"

Tory zuckte die Achseln. „Ich bezweifele es. Sie sind zu clever, um sich hinters Licht führen zu lassen. Sie durchschauen sofort jede Lüge. Obwohl sie sich nicht in meine Angelegenheiten mischen, ist es ihnen nicht entgangen, dass ein US-Senator mit einer hässlichen Wunde am Kinn hier aufgetaucht ist. Besonders, da er in einen Skandal vor einigen Jahren verwickelt gewesen war." Sie sah Trask demonstrativ an. „Es war nicht gerade hilfreich, dass die Gerüchteküche in Sinclair schon am Brodeln war. Da glaubten selbst die Arbeiter nicht, dass ein Detective lediglich zum Schutz des Viehs da ist."

„Das kann ich mir vorstellen." Er sah wieder auf das Schreiben hinunter. „Das gefällt mir nicht, Tory."

Sie schauderte und nahm einen Schluck Kaffee. „Mir auch nicht."

Erschöpft strich sich Trask die Haare aus dem Gesicht und begann, in der Küche auf und ab zu gehen.

„Hör auf damit", ermahnte Tory ihn leise. „Umherlaufen macht mich verrückt."

„Du bist wirklich mit den Nerven am Ende, nicht wahr?"

„Ich glaube, das sind wir beide. Warum rufst du nicht Neva an und sagst ihr, dass alles in Ordnung ist? Danach kannst du mir alles erzählen, was du gestern mit dem Richter und seinem Komplizen erlebt hast."

Widerwillig erklärte er sich dazu bereit, und während er mit Neva und Paul Barnett telefonierte, bereitete Tory ihm ein Frühstück aus Muffins, frischem Obst und Rühreiern vor. Sie verteilte die Eier gerade auf einem Teller, als Trask in die Küche zurückkam.

„Du verwöhnst mich", meinte er mit einem verschmitzten Augenzwinkern.

„Und du genießt es." Sie sah hoch und zeigte auf einen Stuhl neben dem Tisch. „Jetzt setz dich, Senator, und erzähl mir alles über Linn Benton."

Trask folgte ihrer Anweisung und begann zu essen. „Benton schien zu glauben, es handele sich um einen Scherz, als ich vor ihm stand. Aber Henderson hat sich vor Angst in die Hosen gemacht. Ich bin sicher, dass er geredet hätte, wenn Benton nicht gewesen wäre."

„Du hast also nichts erfahren, was du nicht schon wusstest?"

„Nichts Spezielles", räumte Trask ein. „Aber ich habe das

starke Gefühl, dass Linn Benton etwas mit den Ereignissen hier zu tun hat. Er war so amüsiert über das Ganze, besonders über die Tatsache, dass mich jemand zusammengeschlagen hat." Stirnfalten drückten Trasks Ratlosigkeit aus.

„Aber dir ist nicht genau klar, was er macht oder mit wem, stimmt's?"

Er wandte seinen Blick von ihr ab. Seine blauen Augen wurden so eisig wie ein Morgenhimmel im Winter. „Ich arbeite daran. John Davis nimmt Bentons Freunde unter die Lupe und die Leute, die noch für ihn auf seiner Ranch in der Nähe von Bend arbeiten. Nachdem ich im Gefängnis fertig war, bin ich nach Portland gefahren und habe einige Recherchen angestellt."

„Welche Art von Recherchen?"

„Ich habe Kopien von allen Zeitungsartikeln gemacht, die über die Ereignisse vor fünf Jahren berichtet haben. Alles, was ich über Jasons Tod und den Pferdebetrug finden konnte."

Tory spürte, wie sich ihr Rücken anspannte. „Aber du bist beim Prozess gewesen und hast ausgesagt. Du wusstest bereits alles, zumindest hast du geglaubt, es zu wissen."

„Ich wollte noch einmal ganz neu an den Fall herangehen und dachte, vielleicht etwas in den Presseberichten zu finden."

„Du hast diese Artikel doch bestimmt schon hundert Mal gelesen", flüsterte sie.

„Ja, vor fünf Jahren ... aber unter erheblichem Stress und mit widersprüchlichen Gefühlen", sagte er leise. Er beendete sein Frühstück und sah noch einmal auf das Drohschreiben. „Was meinst du, wer dir das geschrieben hat?" Er zeigte auf das Stück Papier vor sich.

„Ich weiß es nicht."

„Aber hast du vielleicht eine Vermutung?", bohrte er nach.

„Die Einzigen, die mir einfallen, sind Linn Benton und George Henderson, weil wir bereits wissen, dass sie beteiligt waren. Benton hat einflussreiche Verbündete außerhalb des Gefängnisses, Leute, die noch von ihm bezahlt werden oder ihm einen Gefallen schulden …"

Die Haustür wurde aufgerissen. „Tory?" Keith' besorgte Stimme schallte durchs Haus.

„In der Küche", rief sie ihm entgegen.

„Gott sei Dank bist du da." Er eilte mit großen Schritten zum hinteren Teil des Hauses und blieb abrupt stehen, als er Trasks kühlem Blick begegnete. „Mit dir habe ich noch ein Hühnchen zu rupfen, McFadden."

Trask lächelte schief. „Noch eins?"

„Rex hat noch ein weiteres Kalb gefunden – erschossen, genau wie das letzte", erklärte Keith mit verzerrtem Ausdruck. Er riss sich den Hut vom Kopf und pfefferte ihn auf den Küchentresen. Dann setzte er sich auf einen Stuhl Trask gegenüber.

Torys schmale Schultern sanken herab. Gestern die Drohung, heute ein weiteres Tier … wie lange würde das noch so weitergehen? „Wo ist es?", erkundigte sie sich.

„Rex hat es auf der Südseite der Weide entdeckt, in der Nähe des Sees. Er hat sich bereits um den Kadaver gekümmert."

„Was hat er auf der Weide gemacht?", wollte Trask wissen.

„Er arbeitet hier, verdammt noch mal!", erwiderte Keith ungehalten und ballte wütend die Fäuste. „Er hat eine Bewässerungsleitung gelegt … Ach was, warum erzähle ich dir das eigentlich?"

Tory erhob die Hände, um jeden weiteren Streit abzuwenden. „Das Kalb wurde auf die gleiche Weise getötet wie das andere?"

„Ja. Soweit wir sagen können, ist jemand über den Zaun gesprungen, hat sich irgendein Tier ausgesucht und geschossen."

Tory spürte, wie ihr das Blut in den Adern gefror. Sie sah zu Trask hinüber und bemerkte sein versteinertes Gesicht.

„Das ist alles deine Schuld", betonte Keith, während er sich mit seiner dreckigen Hand über die Stirn fuhr und einen Schmutzstreifen dabei hinterließ. „Alles war in bester Ordnung, bis du angefangen hast, hier herumzustochern."

Trasks Kiefermuskeln begannen zu arbeiten. Er stellte die Kaffeetasse auf den Tisch und erhob sich. Als er so groß neben Keith stand, fühlte er sich plötzlich älter als sechsunddreißig. „Ich weiß, dass ich mit meiner Rückkehr nach Sinclair die Ranch in Gefahr gebracht habe. Aber das war nicht meine Absicht gewesen, ob du es glaubst oder nicht."

„Mist." Keith starrte frech zu dem Mann hinauf, der für all den Schmerz in seinem Leben verantwortlich war. Er musste die Augen schließen, um den Schrecken der letzten Tage abzuschütteln.

„Mach dir nicht zu viele Gedanken über das, was passiert ist …"

„Zum Teufel!" Keith' Kopf schnellte nach oben. „Ein anderes Kalb ist tot, und wir bekommen diese … diese Drohung, verdammt noch mal!"

„Ich werde mich darum kümmern."

„So, wie du dich um Dad gekümmert hast?", fragte Keith.

Tory schnürte es den Magen zu. „Ich glaube nicht, dass uns die Vergangenheit weiterbringt …"

„Verdammt, Tory, darum geht es hier doch, um die Vergangenheit – oder hast du das vergessen?"

„Natürlich nicht!"

„Vielleicht sollten wir uns alle ein bisschen beruhigen", schlug Trask vor und blickte demonstrativ auf Keith.

Unerträgliche Stille erfüllte den Raum, als Rex durch die Hintertür hereinkam. Erleichtert über die Ablenkung, schenkte Tory dem Vorarbeiter eine Tasse Kaffee ein.

„Wir haben ein weiteres Tier verloren", erklärte Rex und runzelte leicht die Stirn, als er Trask erblickte. Er nahm den Stetson ab und rieb sich mit dem Handrücken über die Stirn.

„Keith hat es uns bereits erzählt", sagte Tory.

„Was glauben Sie, wie es passiert ist?" Trask lehnte sich gegen den Küchentresen, die Arme vor der Brust verschränkt. Obwohl er lässig erscheinen wollte, entging Tory nicht sein grimmiger Ausdruck und die Entschlossenheit in seinen Augen.

Rex zuckte die Achseln und nahm den Kaffee, den Tory ihm reichte. „Keine Ahnung."

„Sie müssen sich doch Gedanken darüber gemacht haben, was da passiert ist?"

Rex starrte über den Rand seiner Tasse Trask an. „Ich weiß nur, dass die ganzen Probleme angefangen haben, nachdem Sie hier aufgetaucht sind."

Trasks Brauen hoben sich. „Sie glauben also, dass es mehr als nur Zufall war?"

„So wahr ich lebe."

„Sagen Sie, Rex", fuhr Trask schmeichelnd fort, und Tory wurde daran erinnert, wie sie ihn einmal im Gerichtssaal als Anwalt erlebt hatte. Bei dem Gedanken lief es ihr kalt den Rücken runter. Es war zwei oder drei Monate, bevor die vermeintliche Beteiligung ihres Vaters an dem Betrug publik geworden war. Mit seinem jugendlichen Charme und freundlichen Lächeln hatte er das Vertrauen von allen im Gerichtssaal gewonnen, auch das einiger Zeugen der Anklage. So brachte er eine Zeugin dazu, Dinge zu sagen, die der Staatsanwalt lieber geheim gehalten hätte. Ein unangenehmes Gefühl machte sich in Torys Magengrube breit, als Trask anfing, Rex mit leisen, gedehnten Worten zu befragen. „Wie lange arbeiten Sie schon auf der Lazy W Ranch?"

„Mehr Jahre, als ich zählen kann", erwiderte Rex und hielt, ohne mit der Wimper zu zucken, Trasks Blick stand. „Worauf wollen Sie hinaus, McFadden?"

Trask überhörte die Frage. „Warum hat Calvin Sie damals eingestellt?"

Tory spürte, wie sich eine Atmosphäre des Misstrauens im Raum ausbreitete. „Trask …"

„Was hat denn das damit zu tun?", wollte Keith wissen.

Der Vorarbeiter beachtete Keith' Einwurf nicht und leerte seine Tasse, ohne den Blick von Trask abzuwenden. „Calvin brauchte offenbar jemanden auf der Ranch, und ich brauchte einen Job."

„Und Sie sind all die Jahre geblieben."

„Ja."

„Sogar nach Calvins Tod." Es hörte sich an, als wäre Rex' Loyalität eine Art Verbrechen.

„Ich bin zu alt, um den Arbeitsplatz zu wechseln."

„Trask", unterbrach Tory mit leicht unsicherer Stimme. „Das ist doch nicht nötig. Rex muss sich hier nicht erklären."

„Nur ein paar freundliche Fragen", erwiderte Trask eisig. Tory wunderte sich, was aus dem warmen, fürsorglichen Mann geworden war, den sie noch vor wenigen Augenblicken erlebt hatte.

„Die würde ich dir auch gern stellen", fiel ihm Keith ins Wort. „Du scheinst auf fast jeden, der dir über den Weg läuft, mit dem Finger zu zeigen, McFadden. Aber was ist mir dir? Wie können wir sicher sein, dass der Brief, den du mitgebracht hast, echt ist? Wie sollen wir wissen, ob nicht du es warst, der Neva angerufen, Tory Drohbriefe geschickt und auf das Vieh geschossen hat?"

Falls Trask über diese Worte schockiert war, so zeigte er es jedenfalls nicht. Sein Mund verzog sich zu einem grimmigen Lächeln, aber seine Augen wurden kalt und undurchdringlich.

„Du glaubst also, dass ich auf mich selbst geschossen habe?", erwiderte Trask.

„Du hättest jemand beauftragt haben können, einen Schuss abzufeuern, während du oben in Devil's Ridge bist. Immerhin wusstest nur du, dass du dort oben sein würdest. Was dir sonst noch zugestoßen ist ...", Keith zeigte mit der Hand auf die Verfärbungen unter Trasks Auge, „... dafür hättest du dir ebenfalls jemand bestellen können, damit es echter wirkt."

„Weißt du, Wilson, du hast eine ausgesprochen blühende

Fantasie", erklärte Trask mit aufrichtigem Vergnügen. „Warum sollte ich das tun?"

„Ich glaube, deine Motive sind ziemlich durchschaubar. Sicher, es sieht aus, als seiest du grundehrlich; auf diese Art gelingt es dir, Torys Herz wieder zu erobern, ganz zu schweigen von dem guten Eindruck, den du in der Presse hinterlässt. Das ganze Gerede und die Publicity, die du mit deiner Schnüffelei hervorrufst, sind nicht gerade schlecht für deine Karriere, oder? Und sie erinnern die Wähler an die Gründe, warum sie dich gewählt haben, indem sie beweisen, dass du ohne Zweifel immer noch der kompromisslose, integere Kandidat von vor vier Jahren bist!"

„Ich will lediglich herausfinden, ob noch eine weitere Person an Jasons Tod beteiligt gewesen war."

„Du hast schon mehr als nur deine Rache bekommen", sagte Keith. „Denn mein Vater hatte nichts mit den Machenschaften von Linn Benton und George Henderson zu tun."

„Warum hat er es dann nicht gesagt und seine Unschuld erklärt? Er hatte die Chance dazu."

„Ich ... ich weiß es nicht", antwortete Keith nunmehr etwas kleinlaut.

„Jetzt sind wir also wieder genauso weit wie zuvor, nicht wahr?", sinnierte Trask. „Aber nicht lange. Ich habe die feste Absicht, herauszufinden, was damals geschehen ist." Trasks Augen funkelten so wild entschlossen, dass Tory es mit der Angst bekam.

„Was ist, wenn sich dein Brief als Fälschung erweist? Wie steht's damit?", beharrte Keith. „Dann hast du uns all die Probleme wegen nichts beschert."

„Das glaube ich nicht."

„Ich auch nicht", bemerkte Tory voller Überzeugung, als sie auf die Wunde in Trasks Gesicht sah.

„Oh Gott, Tory, du darfst ihm nicht glauben, nicht schon wieder! Mach diesen Fehler nicht noch einmal!"

„Es braucht wirklich verdammt viel, um dich zu überzeugen, Wilson“, sagte Trask müde, bevor er seinen Blick erneut Tory zuwandte. Seine Augen waren jetzt wieder voller Wärme. „Hör zu. Ich werde einige Tage weg sein, um ein paar Dinge zu überprüfen. Aber ich komme zurück. In dieser Zeit wird einer von John Davis’ Männern hier sein.“ Er sah demonstrativ zu Rex und Keith hinüber, bevor er sich wieder Tory zuwandte. „Ich glaube, du solltest Paul Barnett anrufen und erzählen, was mit dem Kalb passiert ist.“

„Das werde ich“, versprach sie.

„Jetzt geht das wieder los“, murmelte Keith, während er seinen Hut nahm und zur Tür hinausging.

Rex trat unruhig von einem Bein aufs andere und strich sich nervös über die Stirn. „Ich wollte nur reinen Tisch machen“, bekannte er.

„Inwiefern?“

„Warum ich damals zur Lazy W Ranch gekommen bin.“

„Rex, du musst nicht …“

„Ich habe nichts zu verbergen, Tory. Wegen meiner ersten Frau konnte ich nirgendwo Arbeit finden. Sie hatte behauptet, dass ich … dass ich wütend auf sie geworden wäre, zu viel getrunken und … sie verprügelt hätte.“ Rex schloss die Augen und schüttelte traurig den Kopf. „Marianne hatte mehrere Male geschworen, dass ich sie geschlagen hätte; aber das stimmte nicht. Das einzige Mal, dass ich sie ins Gesicht geschlagen habe, war nach einem besonders heftigen Streit. Sie drohte mir mit einem Messer in der Hand, falls ich ihr näher käme. Ich habe ihr das Messer weggenommen und ihr eine gefeuert. Daraufhin hatte sie Anklage gegen mich erhoben.“

„Die später fallen gelassen wurde“, fügte Trask hinzu.

„Sie wussten das alles?“ Rex verzog das Gesicht.

Trask nickte, und Tory war es mehr als unangenehm, dass Rex zu dieser Offenbarung gezwungen worden war.

„Obwohl ich entlastet worden war, wollte mich niemand einstellen."

„Bis auf Calvin Wilson."

Rex' Kinn schob sich nach vorn. „Seit diesem Tag bin ich hier."

Er stellte seine Tasse auf den Tisch und ging zur Tür.

„Ich bin drüben in den Ställen, falls Sie mich brauchen", sagte er zu Tory. „Der Käufer aus Sisters ist an dreißig Rindern interessiert."

Immer noch ein wenig benommen von dem, was sich gerade vor ihren Augen abgespielt hatte, gelang es Tory nur schwer, sich auf die Belange der Ranch zu konzentrieren. Sie warf Rex einen stummen Blick der Entschuldigung zu. „Was ist mit den Pferden?"

Rex runzelte die Stirn und schüttelte den Kopf. „Er sagte, dass er mit der Entscheidung noch warten will, hat sich aber ein paar der Einjährigen näher angesehen." Nachdem er den Hut aufgesetzt hatte, ging Rex durch die Hintertür hinaus. Es war nicht nötig, ihm weitere Fragen zu stellen. Tory wusste, dass der Verkauf der Pferde einzig und allein wegen der Betrugsgeschichte damals und der vermeintlichen Beteiligung ihres Vaters daran nicht zustande gekommen war. Obwohl das alles schon lange her war und ihr Vater inzwischen nicht mehr lebte, vergaßen die Menschen es nicht, speziell jetzt, da Trask wieder zurück war. Die Last der Vergangenheit schien der Zukunft im Weg zu stehen.

Als sie bemerkte, dass sich Trask in Richtung Tür bewegte, sah sie ihn mit bohrendem Blick an. „Das war fehl am Platze, Senator", tadelte sie ihn.

„Wie bitte?"

„Es war unnötig, Rex so zu demütigen. Zumal du die Antworten schon kanntest. Diese Art von Taktik gefällt mir nicht. Vielleicht funktioniert sie in Washington D. C., aber bei meinen Angestellten hier auf der Ranch lasse ich so etwas nicht zu."

„Ich wollte nur sehen, ob er die Wahrheit sagt."

Torys Gerechtigkeitssinn brachte ihre Wangen zum Glühen. „Und hat er den Test bestanden?", fragte sie.

„Mit Bravour."

„Gut. Vielleicht hörst du dann endlich auf, jeden, der hier arbeitet, zu belästigen, und konzentrierst dich auf Linn Benton, oder wer auch immer einen Groll auf deinen Bruder hatte."

„Ich wollte dich nicht kränken", sagte er leise.

„Du willst so manches nicht, tust es aber trotzdem. Ohne Rücksicht auf die Gefühle anderer."

„Das ist nicht wahr, Victoria", konterte er. Trask ging auf sie zu, legte die Hände auf ihre Schultern und sah sie mit seinen stahlblauen Augen an. Er massierte sanft ihre angespannten Nackenmuskeln. Wärme durchströmte sie. „Ich mache mir immer Gedanken über dich und wie es dir geht."

„Vor fünf Jahren hast du es nicht getan."

Ein Anflug von Schmerz flackerte in seinen Augen auf. „Ich habe nur das gesagt, was meiner Meinung nach die Wahrheit war. Du kannst mir immer noch nicht vergeben, nicht wahr?"

Sie schloss die Augen und wehrte sich gegen das aufkeimende Gefühl, gleich weinend zusammenzubrechen. „Es … es war so ungeheuer schwer, dazusitzen und zu wissen, dass Dad sterben würde … allein in einer engen Gefängniszelle, nur weil ich dir etwas erzählt hatte."

„Es war nicht deine Schuld, dass du mitgehört hast, wie Linn Benton seine Pläne mit deinem Vater besprochen hat."

„Aber es war mein Fehler, dass du es erfahren hast", flüsterte sie.

Trask nahm sie in die Arme, obwohl seine Antwort nüchtern und kalt war. „Du darfst dir nicht ewig Vorwürfe machen."

Sie stieß einen erschöpften Seufzer aus. „Ich versuche, es nicht zu tun."

Er zögerte einen Moment. „Ist alles in Ordnung?" Sie nickte

stumm und versuchte, sich zu fangen.

„Gut." Er gab ihr einen zärtlichen Kuss auf die Stirn. „Ich muss los. In ein paar Tagen bin ich zurück."

„Wohin fährst du?"

„Wenn ich das nur wüsste", bekannte er. „Ich fange bei John Davis in Bend an und zeige ihm all diese Zeitungsausschnitte. Vielleicht hat er eine Idee; einen neuen Ansatzpunkt. Ich komme zurück ... bald."

„Ich verlasse mich darauf, Senator", flüsterte sie, bevor er sie in die Arme schloss und mit all der Leidenschaft, die seit ihrer allerersten Begegnung in ihm loderte, küsste. Seine Zunge zerschmolz mit ihrer, und als sie sich an ihn lehnte, wurden ihre Knie weich. Erneut fand sie sich im Sturm der Gefühle wieder, der jedes Mal in ihr wütete, wenn sie in seiner Nähe war, und diese innere Leere in ihr erzeugte, wenn er sie wieder losließ.

Tory stand auf der hinteren Veranda und sah ihm nach. Als sein Geländewagen außer Sichtweite war, versuchte sie, an alles andere zu denken, nur nicht an Trask und die Gründe, die ihn zur Lazy W Ranch zurückgeführt hatten.

Mit einer heißen Tasse Kaffee in der Hand ging sie ins Arbeitszimmer und setzte sich an den Schreibtisch, um die Finanzaufstellung für den Termin bei der Bank zu machen.

Aber die Zahlen vor ihren Augen waren ohne Bedeutung, und ihre Gedanken schweiften ab. Sie dachte an die Unterhaltung zwischen ihrem Vater und Linn Benton zurück, die sie vor fünf Jahren unbeabsichtigt mitgehört hatte ... in genau diesem Zimmer.

Es war eine heiße feuchte Sommernacht gewesen. Tory war heruntergekommen, um sich ein Glas Limonade zu holen, als sie gedämpftes Flüstern hinter der verschlossenen Tür zum Arbeitszimmer hörte. Der Raum ihres Vaters war nie tabu gewesen. Doch in dieser Nacht, in der Linn Benton ins Haus gestürmt war, hatte sich alles verändert. Die Wortfetzen, die in ihr Ohr drangen, erregten Torys Aufmerksamkeit, und sie blieb auf der untersten Treppenstufe stehen.

„Tu nicht so verdammt scheinheilig“, hatte der Richter in seinem schrillen, keuchenden Ton gesagt. „Du steckst bis zum Hals mit drin, Wilson.“

Tory glitt die letzte Stufe hinunter. Wie erstarrt stand sie im Korridor und belauschte ein Gespräch, von dem sie sich später wünschte, es nie mitgehört zu haben.

„Ich hätte mich nie auf dich einlassen sollen“, erwiderte ihr Vater schroff.

„Es ist zu spät. Du kannst jetzt nicht mehr zurück.“

„Wenn es nicht für die Kinder wäre …“ Die Stimme ihres Vaters verlor sich, und ihr wurde kalt ums Herz. Calvin hatte sich wegen ihres Bruders und ihr mit Linn Benton eingelassen. Ihr Vater tat etwas, von dem er nicht überzeugt war, nur um seiner Kinder willen! Sie griff nach der Türklinke, doch das selbstgefällige Gelächter von Linn Benton hielt sie zurück. Tory entschied, dass es besser wäre, zu warten, bis sie mit ihrem Vater allein reden konnte.

Der Rest des heftigen Gesprächs war zu leise, und sie konnte nur Teile davon verstehen. Doch es war genug, um zu erkennen, dass das, worüber die zwei Männer sich stritten, nichts Ehrliches war. Sie war sehr beunruhigt, bevor sie wieder die Treppe hochschlich und die Holzdielen entlang in ihr Zimmer zurückging.

Sobald sie das Auto des Richters die Einfahrt hinunterdonnern hörte, raste sie die Treppen runter, fest entschlossen, ihrem Vater entgegenzutreten und ihn anzuflehen, sein Vorhaben mit Linn Benton aufzugeben.

Aber Calvin befand sich nicht mehr im Arbeitszimmer. Die Tür stand offen. Dicke Schwaden von Zigarrenrauch lagen noch in der Luft und zwei halbvolle Gläser Whisky standen verwaist auf dem Schreibtisch.

„Dad?“ Sie wollte in die Küche laufen und sah durchs Fenster gerade noch, wie ihr Vater auf seinem Lieblingspferd aus dem Stall kam, ihm die Sporen gab und im Mondlicht davongaloppierte. Den Kopf im lauen Sommerwind vornübergebeugt, raste Calvin Wilson über die Weiden den Bergen entgegen, hinauf zum Devil's Ridge.

Tory rannte zur Haustür und riss sie auf. Heißer Sommerwind wehte herein. „*Dad!*“, schrie sie aus voller Lunge von der Veranda aus. Entweder hörte Calvin sie nicht mehr oder entschied sich, ihr Rufen zu ignorieren.

Tory wollte ihm gerade folgen, als Trask angefahren kam. Sie führte bereits eine Stute nach draußen, als ihr sein Geländewagen entgegenkam. Tory war völlig fertig mit den Nerven aus Angst um das Leben ihres Vaters. Mit knappen Worten erzählte sie dem Mann, den sie liebte und vertraute, von dem geheimnisvollen Gespräch, das sie mitgehört hatte. Trask stieß einen leisen Fluch aus, und seine Augen funkelten wütend.

Mit grimmiger Entschlossenheit und der knappen Anweisung, auf der Ranch zu bleiben und auf seinen Anruf zu warten, wendete er den Jeep und folgte Calvin über die offenen Felder. Wie ein Narr hatte sie ihm gehorcht und vertraut, hatte einsam die ganze Nacht gewacht, war im Arbeitszimmer auf und ab gelaufen und hatte gebetet, dass endlich das Telefon klingelte und ihre Ängste ein Ende hätten.

Als Trask früh am nächsten Morgen zurückkehrte, erfuhr sie die bittere Wahrheit: Jason McFadden war tot aufgefunden worden – das Ergebnis eines abscheulichen Komplotts, ersonnen von Linn Benton, George Henderson und, Trask zufolge, ihrem eigenen Vater. Tory war wie fassungslos, als sie erfuhr, dass ihr Vater wegen Mordes angeklagt worden war.

## 11. KAPITEL

Zwei ruhige Wochen waren vergangen, als Trask in das selbstzufrieden lächelnde Gesicht des Privatdetektivs auf der anderen Seite des Schreibtischs blickte. Trask saß in einem der bequemen weichen Ledersessel ihm gegenüber, doch sein Körper war wie erstarrt.

„*Was* haben Sie herausgefunden?“ Er sah den Privatdetektiv ungläubig an.

„Genau das, was ich Ihnen gerade erzählt habe“, erwiderte John Davies und lehnte sich zurück, um sich lässig eine Zigarette anzuzünden. Durch das Fenster hinter ihm war das geschäftige Treiben der Innenstadt von Bend zu sehen.

„Verdammt!“ Trask schlug mit der rechten Faust in seine Handfläche, die dunklen Brauen zusammengezogen.

„Ich dachte, Sie wollten die Wahrheit wissen.“

„Ja, ja, das wollte ich.“ Trask klang ein wenig verunsichert. „Es ist nur … ach, zum Teufel, ich weiß es nicht.“ Ihm schwirrte der Kopf, seine Gedanken gerieten durcheinander. Die letzten zwei Wochen waren ruhig und entspannt verlaufen. Glücklicherweise hatte es keine weiteren Drohbriefe, erschossenes Vieh oder sonstige Gewalt gegeben. Er hatte die meiste Zeit mit Tory auf der Ranch verbracht. Es waren wundervolle, harmonische Tage und Nächte voller Leidenschaft gewesen. Doch jetzt veränderte John Davis’ unerwartete Nachricht alles, und das Verflixte war, dass Trask eben genau nach diesen Informationen verlangt hatte.

„Sind Sie sich sicher?“, fragte er, obwohl er die Antwort schon kannte, während er auf den fatalen Bericht in Johns Hand blickte.

Der private Ermittler drückte seine Zigarette aus und sah seinen Klienten eindringlich durch die dicken Brillengläser an. „Absolut. Und wenn Sie auf den Gedanken kommen sollten, die Sache unter den Tisch zu kehren, kann ich da nicht mitmachen. Ich habe eine Verantwortung dem Gesetz gegenüber, wie Sie wissen." Er schob den sauber geschriebenen Bericht über den Schreibtisch.

„Genau wie ihre Klienten."

„Das ist egal. Wenn Sie etwas in dieser Größenordnung verschweigen wollen, Trask, dann müssten Sie Ihren gesamten politischen Einfluss ins Spiel bringen. Und selbst der dürfte nicht ausreichen."

„Ich habe nicht gesagt, dass ich das Ganze vertuschen will."

„Gut. Sollten Sie sich Gedanken um Ihre politische Karriere machen, wenn es an die Öffentlichkeit kommt …" Der junge Mann zuckte die Achseln und lächelte.

„Meine Karriere ist mir ziemlich egal!"

„Immer noch der eigenwillige Senator, nicht wahr?"

Trasks Ausdruck verspannte sich, und sein Blick wanderte auf das verhängnisvolle Dokument, das vor ihm auf dem polierten Mahagonitisch lag. Er faltete es zusammen und steckte es in einen braunen Umschlag, den John ihm reichte. „Das wird einen ziemlichen Wirbel geben", sinnierte er.

„Aber es wird vorübergehen", erwiderte John. Die Worte des Privatdetektivs klangen wie ein Unkenruf.

„Ja, das wird es wohl", entgegnete Trask. „Ich sollte mich bei Ihnen bedanken." Er steckte den dicken Umschlag in die Jackentasche und warf den Mantel über den Arm.

„Ja, vielleicht sollten Sie das", erwiderte John mit einem Lächeln. Seine Augen blieben jedoch ernst.

Trask verließ das Büro und hatte das Gefühl, die ganze Welt laste auf seinen Schultern. *Tory hatte also recht gehabt: Calvin Wilson war unschuldig gewesen! Aber nicht ihr jüngerer Bruder Keith.* Diese Nachricht würde sie vernichten. Und zweifellos würde sie Trask dafür verantwortlich machen.

Er begann innerlich vor Wut zu kochen, als er daran dachte,

wie viele Lügen über Keith' Lippen gekommen waren, nicht nur ihm, sondern auch Tory gegenüber. Fluchend lief Trask die Treppe hinunter. Laut dem Bericht von John Davis war Keith Wilson in den Pferdebetrug vor fünf Jahren beteiligt gewesen. Nicht sein Vater Calvin! Trasks Zeugenaussage vor Gericht war nichts als ein Irrtum gewesen. Calvin Wilson hatte versucht, seinen Sohn vor einer Anklage zu schützen.

„Verrückter alter Dummkopf", murmelte Trask, als er das Gebäude verließ und in seinen Jeep stieg. Unter einem Schwall von Flüchen über sich selbst und dem von Linn Benton erzeugten widerlichen Chaos, warf er den Gang ein. Die Auswirkungen der illegalen Machenschaften des Exrichters ruinierte das Leben der einzigen Menschen, die er liebte. Tory, Neva und Nicholas waren alle unschuldige Opfer einer bösen Verschwörung geworden, die auch den Mord an seinem Bruder beinhaltete.

Trasks Mundwinkel schoben sich nach unten, und er presste die Kiefer zusammen angesichts der Dummheit von Keith Wilson. Torys ganzes Vertrauen würde erschüttert sein, wenn sie die Wahrheit über ihren Bruder erfahren und erkennen würde, dass Trask dabei geholfen hatte, ihren unschuldigen Vater ins Gefängnis zu bringen. „Verflucht, Wilson", schimpfte er, als säße Calvin neben ihm. „Warum hast du nichts gesagt, statt so verdammt edel zu sein!"

Tory verließ das Bankgebäude und tauchte in die glühende Nachmittagshitze ein. Ein pochender Schmerz hämmerte in ihrem Kopf, und auch die Nackenmuskeln taten ihr weh. Zwei Stunden lang hatte sie einem desinteressierten jungen Bankangestellten Gewinne und Verluste sowie Vermögenswerte und Verbindlichkeiten der Lazy W Ranch erklärt.

„Sie werden von mir hören", hatte der gelangweilte junge Mann gesagt. „Im Augenblick kann ich Ihnen nichts versprechen. Ihr Kreditantrag wird zusammen mit Ihren anderen Unterlagen von einem Vergabeausschuss und dem Bankdirektor geprüft werden."

„Ich verstehe", hatte Tory mit einem entmutigten Lächeln geantwortet. Sie wusste, ob es der junge Mann zugab oder nicht, dass er sie lediglich mit finanziellen Doppeldeutigkeiten abspeiste. Die Lazy W Ranch hatte nicht die geringste Chance, weiterhin Geld von dieser Bank zu bekommen. „Wie lange wird es dauern, bis ich mit einer Antwort rechnen kann?", hatte Troy gefragt.

„Der Kreditvergabeausschuss trifft sich nächsten Donnerstag."

„Gut." Sie war aufgestanden, hatte die weiche Hand des Bankangestellten geschüttelt und das Gebäude mit der Gewissheit verlassen, dass die Lazy W Ranch sich aus einer anderen Quelle finanzielle Mittel würde beschaffen müssen.

Nachdem sie in der Futterhandlung noch einige Säcke Hafer und Kleie besorgt hatte, ging Tory in das kleine Lebensmittelgeschäft, wo sie ihren wöchentlichen Einkauf machte und die lokale Tageszeitung kaufte. Nachdem die Säcke auf dem Pickup verstaut waren, warf sie einen Blick auf die Schlagzeile.

Der Artikel war klein, jedoch auf der ersten Seite platziert. In wenigen Absätzen wurde berichtet, dass Senator Trask McFadden zurück in Sinclair war, um zu untersuchen, ob möglicherweise ein vierter Verschwörer an dem Pferdebetrug und dem Mord an seinem Bruder vor fünf Jahren beteiligt gewesen war. Die *Sinclair Weekly* versprach einen Folgeartikel in der nächsten Woche.

„Wunderbar", stöhnte Tory leise, warf die Zeitung beiseite und fuhr zur Ranch zurück.

Die letzten beiden Wochen waren ruhig verlaufen. Tory hatte all ihre Zweifel, was die Vergangenheit betraf, ignoriert und sich von Kopf bis Fuß erneut in Trask verliebt. Es hatte weder Drohbriefe noch sonstige Gewalttätigkeiten gegeben, sodass Tory den Grund für Trasks Rückkehr nach Sinclair fast vergaß. Ihr war es sogar gelungen, sich nicht mit der Tatsache zu beschäftigen, dass er bald wieder nach Washington D. C. zurückkehren würde.

Obwohl sie immer noch besorgt über die Gewalttätigkeiten war, die mit Trasks Rückkehr verbunden gewesen waren, hatte sie immer weniger darüber nachgedacht. Trasks Wunden waren verheilt und keine weiteren Ereignisse dieser Art passiert. Unglücklicherweise hatte die *Sinclair Weekly* beschlossen, alles wieder an die Oberfläche zu holen.

Ich möchte ihn doch einfach nur lieben, ohne dass die übrige Welt sich einmischt, flehte Tory im Stillen.

Doch all ihr Hoffen war umsonst. Mit dem Zeitungsartikel kehrten die Ereignisse mit Getöse in die Wirklichkeit zurück. Sie konnte nicht länger den wahren Grund für Trasks Rückkehr ignorieren. Genauso wenig wie sie vergessen konnte, dass er wieder nach Washington D. C. zurückkehren würde, sobald seine Nachforschungen abgeschlossen waren.

Und was dann? Was war mit all seinen Liebesbeteuerungen und dem Versprechen, sie zu heiraten? Ist es das, was du willst? Mit einem US-Senator verheiratet sein, der in Washington D. C. lebt? Was ist, wenn er es nicht aufrichtig meint? Was ist, wenn das alles nur ein Abenteuer für ihn war? Er hat dich schon einmal verlassen. Es gibt keine Garantie, dass er es nicht noch einmal tut.

„Aber er wird es nicht tun", murmelte sie, während sie den Pick-up in der Nähe des Hintereingangs parkte. „Er wird mich nicht verlassen und mich nicht noch einmal verraten!" Als sie ihre eigenen beschwörenden Worte hörte, die gegen ihre inneren Zweifel antraten, überkam sie plötzlich Angst.

Tory packte die Einkäufe aus. Nachdem sie ihr Leinenkostüm ausgezogen hatte und in ihre Jeans geschlüpft war, fuhr sie den Wagen zu den Ställen hinüber. Dort lud sie die schweren Getreidesäcke ab und stapelte sie in dem Futterbehälter an der Wand.

Sie betrachtete voller Liebe die sauberen Pferdeboxen, sah die glänzenden Eimer, die neben den Futtertrögen hingen, und nahm den Geruch von Pferden, Leder und Sattelseife wahr, zusammen mit dem süßen Duft von Hafer und frisch gemähtem Heu. Ihr Blick fiel nach draußen, wo Governor friedlich graste. Sein Fuß war fast verheilt. Ein fernes Geräusch erregte seine Aufmerksamkeit, und er hob den anmutigen dunklen Kopf und stellte die Ohren auf, bevor er ungeduldig mit den Hufen scharrte. Voller Stolz beobachtete sie den prächtigen Hengst. Ein Pferd, um das sie sich gekümmert hatte, seitdem es ein hitziges Fohlen war.

Sie ging nach draußen und schloss die Stalltür hinter sich. Ihr Blick wanderte über den weiten Horizont und die hügeligen Weiden, die bis hin zu den zerklüfteten, schneebedeckten Bergen führten. Was wäre, wenn sie die Ranch aufgeben müsste? Der Gedanke, die Ranch zu verlieren, war ernüchternd, und ihr schmales Kinn schob sich trotzig nach vorn. Es durfte nicht sein, dass das Schicksal ihr das Zuhause und damit ihre Kindheit so einfach entriss.

Ich darf die Ranch nicht verlieren, dachte sie und ballte die Fäuste. Egal was passiert, ich muss sie behalten. Tory hatte immer daran geglaubt, dass, wo ein Wille ist, auch ein Weg sei. So war es auch mit der Lazy W Ranch. Sie würde einen Weg finden, die Ranch zu behalten, egal wie. Das Vieh könnte verkauft werden, genauso wie einzelne Maschinen, wenn nötig. Darüber hinaus könnten Teile der Ranch abgetrennt werden, ohne dass der tägliche Betrieb beeinträchtigt wäre. Die Wiesen könnten verkauft werden, und sie würde das Heu, das sie benötigte, von anderen Ranchern kaufen. Und es gab immer noch Devil's Ridge. Obwohl dieses Stück Land jetzt Keith gehörte, könnte auch das verkauft oder verpachtet werden.

Sie lehnte sich gegen den Zaun und seufzte. Wenn die Dinge anders verlaufen wären, hätten sich ihre Eltern im Alter nach Devil's Ridge zurückgezogen und Keith hätte die Ranch übernommen. Tory hätte Trask geheiratet und mehrere wundervolle Kinder bekommen …

„Hör auf", ermahnte sie sich und schlug gegen den Zaunpfosten. „Wenn das Wörtchen wenn nicht wäre …"

Um ihre Verzweiflungsstimmung, die sie seit ihrem Bankbesuch überkommen hatte, zu vertreiben, sattelte Tory ihre Lieblingsstute und bestieg das temperamentvolle Pferd. Nachdem sie einige Koppeln nahe den Stallungen durchquert hatte, gab sie dem Tier die Sporen und galoppierte über die angrenzenden Felder. Tory wusste nicht genau, wohin sie reiten wollte, sie wollte einfach nur weg von den Problemen der Ranch.

Die Stute genoss sichtlich die schnellen Bewegungen. Tory lehnte sich vornüber und trieb das kleine Pferd an, bis sie nur noch das Aufschlagen der Hufe auf dem sommertrockenen Boden und ihren eigenen Herzschlag hörte. Als sie auf den See zueilten, spürte Tory, wie der scharfe Wind ihr Tränen in die Augen trieb. Als hätte der Wind sie gefangen genommen, fiel all der Druck von ihr ab, und sie gab sich vollständig dem atemlosen Rausch des Ritts hin.

„Dich habe ich jetzt gebraucht", gestand sie der Stute, als sie das Pferd langsam zum Stehen brachte. Tory glitt aus dem Sattel und ließ das Tier aus dem kristallklaren Wasser des Sees trinken. Die späte Nachmittagssonne spiegelte sich auf der Wasseroberfläche wider, und der Duft von frisch gemähtem Heu wehte über das Land. *Ihr Land.* Das Land, für das ihr Vater und sie gearbeitet hatten, um es für die Familie zu erhalten.

Während die Stute in der Nähe graste, lehnte sich Tory gegen eine Pinie und sah zum westlichen Horizont hinüber. Weiße Nebelwolken umhüllten die obersten schneebedeckten

Berggipfel in der Ferne. Weiter vorne, im bewaldeten Vorgebirge, war der ausgeprägte Felsrücken von Devil's Ridge zu erkennen.

Tory konnte sich nicht dagegen wehren, an den Nachmittag zurückzudenken, den sie vor nur wenigen Wochen mit Trask dort oben verbracht hatte.

*Trask.* Sein Bild huschte verführerisch durch ihren Kopf.

Er war der Mann, den sie eigentlich hassen müsste, es aber nicht konnte. Trotz der Enttäuschungen in der Vergangenheit und der ungewissen Zukunft, liebte Tory ihn von ganzem Herzen. Selbst Keith schien in den letzten Wochen aufgetaut zu sein, und zum ersten Mal dachte Tory, dass es vielleicht eine Zukunft mit dem Mann, den sie liebte, geben könnte. Sie warf einen Kieselstein ins Wasser und beobachtete die immer größer werdenden Ringe auf der ruhigen Wasseroberfläche.

Aber was hat es mit dem anonymen Brief, den erschossenen Kälbern, den Gewehrschüssen in Devil's Ridge und den Drohungen auf sich? Ihr hartnäckiger Geist kam nicht zur Ruhe.

Mit Sorgenfalten auf der Stirn rupfte Tory einen Grashalm aus dem Boden und zwirbelte ihn um den Finger. Wenn das alles vorbei ist, dachte sie und stellte sich Trasks Gesicht vor, werden wir Zeit füreinander haben. Nur du und ich. Ohne Zweifel. Ohne Lügen …

Herannahendes Pferdegetrappel erregte Torys Aufmerksamkeit. Die Stute hob den Kopf und wieherte leise Pferd und Reiter entgegen, bevor sie weitergraste.

Tory schirmte die Augen mit der Hand ab und blinzelte der Sonne entgegen. Eine männliche Gestalt auf einem großen Wallach kam angeritten. Ein Lächeln breitete sich auf ihren Lippen aus, als sie Trask erkannte. In Jeans und Baumwollhemd und ohne eine Kopfbedeckung machte er im Sattel einen genauso selbstsicheren Eindruck wie als Senator in irgendeinem Ausschuss.

Tory stand auf und klopfte sich die Hände ab, während Trask abstieg und den Wallach neben Torys Stute festband. „Ich habe gerade an dich gedacht", bekannte sie und lächelte ihm entgegen. „Woher wusstest du, wo ich bin?"

„Einer der Arbeiter, Eldon – so heißt er, glaube ich ..." Tory nickte. „Er hat dich wegreiten sehen und mir die Richtung gezeigt, nachdem er mir das Pferd gesattelt hatte."

„Das nennt man also Verschwiegenheit", murmelte sie.

„Ich dachte nicht, dass du etwas dagegen hast." Er ging auf sie zu und zog sie sanft an sich. Sofort spürte sie, wie ihr Körper reagierte und schlummernde Begierde in ihr erwachte.

„Das habe ich auch nicht, Senator. Jedenfalls nicht viel", erwiderte sie neckisch und sah zu ihm hinauf, während die späte Nachmittagssonne ihr kastanienbraunes Haar golden aufleuchten ließ.

Ihr entging nicht der sorgenvolle Ausdruck in seinen blauen Augen, und auch seine angespannten Gesichtszüge verhießen nichts Gutes. „Irgendetwas ist nicht in Ordnung", bemerkte sie und spürte, wie Angst ihr die Kehle zuschnürte.

Er versuchte, ihre Besorgnis mit einem Lächeln zu entkräften, doch seine Augen blieben angestrengt und geheimnisvoll. „Ich habe gerade darüber nachgedacht, dass wir bald heiraten sollten."

„Was?" Obwohl er mit diesen Worten genau das ausdrückte, wonach sie sich sehnte, konnte sie ihr Erstaunen nicht verbergen.

„Schau nicht so schockiert", sagte er mit schmeichelnder Stimme und küsste zärtlich ihre Stirn. Innerlich jedoch wehrte er sich gegen den schmerzhaften Gedanken, sie vielleicht nie mehr so in den Armen halten zu können. „Wie du weißt, rede ich bereits seit drei Wochen darüber."

„Moment mal. Ich dachte, wir wären uns einig gewesen, dass die Dinge zwischen uns erst einmal geklärt werden müssen. Was ist mit dem Brief und den toten Kälbern und deiner Theorie über eine vierte Person bei dem Betrug …"

„Daran wird sich nichts ändern." Seine Stimme war ruhig, sein Gesichtsausdruck voller Entschlossenheit.

In diesem Augenblick wurde sie von panischer Angst erfasst. „Du weißt etwas, nicht wahr?", fragte sie mit der plötzlichen Erkenntnis, dass er etwas vor ihr verbarg. Sie befreite sich aus seiner Umarmung und spürte das angstvolle Pochen ihres Herzens.

Der Schmerz in seinen Augen war fast greifbar, und die Linien um seinen Mund schienen Unheil zu verkünden. „Ich möchte, dass wir so schnell wie möglich heiraten."

„Aber dafür muss es doch einen Grund geben."

„Vielleicht, weil ich ohne dich nicht leben kann."

„Sei bitte ehrlich zu mir, Trask."

„Das bin ich. Ich möchte den Rest meines Lebens mit dir verbringen und dachte, dass es dir genauso geht."

„Ja … aber irgendetwas stimmt nicht. Ich sehe es an deinen Augen. Was ist passiert?", wollte sie wissen.

Trask fuhr sich mit beiden Händen durchs Haar und ließ seine breiten Schultern fallen. „Ich komme gerade aus dem Büro von John Davis", erklärte er.

*John Davis. Der Privatdetektiv.* Torys Stimme zitterte ein wenig. „Und?"

„Er hatte einige Erklärungen für mich."

„Erklärungen, die mir nicht gefallen werden", vermutete sie und holte tief Atem.

„Ja."

„Über Dad?"

„Nein."

Trask drehte sich um und begegnete ihrem fragenden Blick. „John Davis hat einige gründliche Nachforschungen angestellt. Er ist sogar ins Gefängnis gefahren und hat sich seine Entdeckungen von George Henderson bestätigen lassen. George wollte endlich die Wahrheit sagen."

„Worüber?"

„Dein Vater war unschuldig, Tory. Genauso wie du immer gesagt hast."

*Das war es also! Trasks Schuldgefühle, einen unschuldigen Mann ins Gefängnis gebracht zu haben, nagten an ihm.* Eine Welle der Erleichterung erfasste sie und trieb ihr Glückstränen in die Augen. Wenn nur ihr Vater noch leben würde und erleben könnte, wieder ein freier Mann zu sein. „Das ist eine wunderbare Nachricht", sagte sie und kam einen Schritt auf ihn zu.

Die Härte seines Blicks ließ sie innehalten.

„Da ist noch mehr. Zwar war nicht dein Vater in die Machenschaften von Linn Benton und George Henderson verwickelt, aber jemand anderes."

Sie erstarrte, und eine böse Vorahnung beschlich sie. „Wer?"

„Dein Bruder, Tory. Keith hat in dem Pferdebetrug eine wesentliche Rolle gespielt."

Tory war bewegungsunfähig. Sie ließ die Worte auf sich wirken und hatte das Gefühl, als würde ihre kleine heile Welt in sich zusammenfallen. Nackte Verzweiflung erfasste ihr Herz. „Aber das ist unmöglich. Keith war erst sechzehn. Er kannte Richter Benton oder ... George nicht einmal ..."

„Er kannte George Henderson, Tory. George war der örtliche Tierarzt. Er war öfter auf der Ranch, als du dich erinnern kannst. Er mochte deinen Bruder. Keith war sogar gelegentlich mit ihm jagen gewesen."

„Aber er war doch noch ein Kind", erwiderte sie wie benommen. „Das macht doch alles keinen Sinn."

„Warum, glaubst du, hat Keith so aggressiv auf meine Rückkehr nach Sinclair reagiert?"

„Er hat guten Grund, dich zu hassen."

„Und mich zu fürchten."

Torys Kopf war überschattet von beunruhigenden Gedanken, Puzzleteile, die nicht zusammenpassten. Sie entfernte sich einige Schritte von Trask. Die Hände in die Gesäßtaschen ihrer Jeans gesteckt, starrte sie auf den See, ohne die leuchtende Strahlkraft des Wassers zu bemerken. Der leichte Wind fuhr durch ihre Haare. „Ich glaube dir nicht", flüsterte sie. „Wenn Keith mit Linn Benton und George Henderson gemeinsame Sache gemacht hätte, wäre es mit Sicherheit beim Prozess herausgekommen."

„Es sei denn, dein Vater hat sich für die Schuld deines Bruders geopfert."

„Nein!" Sie wirbelte herum und sah ihn an. Erkenntnis und Schrecken zeigten sich in ihren großen Augen.

„Warum sonst hat Calvin sich nicht verteidigt?" Er streckte seine Hand aus und ergriff ihren Oberarm. Sie war gezwungen, nicht nur den Zorn in seinen Augen zu sehen, sondern auch die dahinter verborgene Seelenqual. „Dein Vater hat sich geopfert, Tory. Damit dein Bruder nicht in eine Erziehungsanstalt oder ins Gefängnis musste."

„Nein! Das glaube ich nicht!" Ein Meer von Gefühlen tobte in ihr: Liebe, Hass, Wut, Angst und vor allem Fassungslosigkeit. „Du klammerst dich an einen Strohhalm, nur weil dieser Privatdetektiv herausgefunden hat, dass Dad unschuldig war."

„Gott, Tory, glaubst du, ich habe mir das ausgedacht?", fragte er mit bebender Stimme. „Glaubst du, es macht mir Spaß zuzusehen, wie du zerbrichst? Glaubst du, es gefällt mir, hierherzukommen, um dir zu sagen, dass ich mich geirrt und einen schrecklichen Fehler begangen habe und dass dein einziger noch lebender Verwandte der wahre Schuldige ist?"

Sie verbarg das Gesicht in den Händen und schloss die Augen. „Ich weiß es nicht, Trask."

„Heirate mich." Voller Verzweiflung versuchte er an ihrer

Liebe festzuhalten. „Zerbrich dir nicht den Kopf. Heirate mich einfach."

„Oh Gott, was fällt dir ein?", warf sie zurück und rang nach Luft. „Nach allem, was du mir gerade erzählt hast, willst du mich heiraten." Ihre Augen wurden eisig.

„Ich möchte dich nicht noch einmal verlieren", erwiderte er und umklammerte ihre Arme noch fester.

Erneut schlug sie die Hände vor dem Gesicht zusammen und versuchte verzweifelt, einen Sinn in seinen Worten zu erkennen, ohne sich von dem Gefühl der Liebe für diesen Mann in ihrem Urteil beeinflussen zu lassen. Sie schluckte schwer, bevor sie die Augen hob und seinem aufgewühlten Blick begegnete. „Ich ... ich kann das einfach alles nicht glauben."

„Du kannst es nicht oder willst es nicht?"

„Das ist dasselbe", betonte sie und fühlte sich plötzlich mutterseelenallein in einer fremden Welt von Lug und Trug. „Ich werde es nicht glauben und kann es auch nicht. Keith war mit mir bei der Verhandlung, hat mir hier auf der Ranch geholfen. Er hat sich zu einem liebenswerten Menschen entwickelt. Und jetzt kommst du und willst mir sagen, dass er in der Lage war, die Öffentlichkeit hinters Licht zu führen, Teil eines grausamen Mordkomplotts war und es zugelassen hat, dass sein Vater anstelle von ihm ins Gefängnis geht? Was würdest du empfinden, wenn ich dir dasselbe gesagt hätte?" Tory zitterte am ganzen Leib und hatte sichtlich Mühe, nicht zusammenzubrechen.

„Keine Ahnung", erwiderte er barsch, „denn ich habe die letzten fünf Jahre ohne meinen Bruder gelebt."

„Es wiederholt sich alles", flüsterte Tory und schluckte den Kloß in ihrem Hals hinunter. „Genau wie damals." Es war, als ob das Schicksal ihr Herz in Stücke riss und sie einen Mann lieben ließ, der sie nur verletzen wollte. „Und du bist dafür verantwortlich." Sie schüttelte den Kopf und ließ ihren Tränen freien Lauf. „Wahrscheinlich glaubst du, dass Keith dich niedergeschlagen, die Kälber erschossen und die Drohbriefe an Neva und mich geschickt hat."

„Ich weiß es nicht", erklärte Trask. „Aber ich kann es nicht ausschließen."

„Und was glaubt dein Superdetektiv?", fragte sie sarkastisch.

„Er ist sicher, die Wahrheit herausgefunden zu haben. Einige der Aussagen beim Prozess waren nicht korrekt, vielleicht sogar regelrechte Lügen."

„Deine eigenen eingeschlossen?", fragte sie. Trasks Züge spannten sich, und ein Funkeln blitzte in seinen Augen auf. Doch Tory konnte ihre Empörung nicht unterdrücken. *Keith. Ein Krimineller!* Das konnte nicht sein. Niemals würde sie tatenlos herumsitzen und zusehen, wie ihr Bruder zu derselben Strafe verurteilt werden würde wie ihr unschuldiger Vater. Sie musste gegen das Schicksal ankämpfen, das ständig ihrem Glück im Wege stand. „Ich nehme an, dass Mr Davis sich verpflichtet fühlt, die Dinge richtigzustellen."

„Das ist sein Job."

Sie lächelte verbittert. „Und was ist mit dir, Senator? Fühlst du dich auch in der Pflicht?"

„Ich wollte nur zwei Dinge in meinem Leben: die Wahrheit und noch etwas anderes."

„Ich will es nicht hören", flüsterte sie.

„Du kannst dich nicht davor verstecken, Tory. Ich will dich, und zwar ganz und gar, egal, was noch passiert. Ich möchte den Rest meines Lebens mit dir verbringen." Er hob stolz den Kopf, und ihr wurde bewusst, wie schwer es ihm gefallen war, ihr auf diese Weise gegenüberzutreten.

Sie hatte das Gefühl, als würde ihr Herz in tausend Stücke zerspringen.

„Warum versuchst du dann, mich immer wieder zugrunde zu richten?", schluchzte sie und sah ihn mit weichen Augen an. „Müssen wir immer so nah und doch so fern voneinander sein?“

Er streckte die Hand nach ihr aus, doch sie wich zurück. Tränen strömten ihr über die Wangen, aber es kümmerte sie nicht. „Bitte vertrau mir“, sagte er mit so leiser Stimme, dass sie seine Worte kaum verstehen konnte.

„Ich weiß nicht, ob ich das kann.“ Sie richtete sich auf und versuchte, sich davon zu überzeugen, dass sie auch ohne ihn leben könnte. So wie sie es bereits getan hatte. Es würde ihr auch jetzt wieder gelingen, trotz des Schmerzes in ihrer Brust. „Ich ... ich glaube, wir sollten zum Haus zurückreiten“, sagte sie und ging auf die Stute zu. Doch seine Stimme ließ sie wie angewurzelt stehen bleiben.

„Victoria?“ Sie drehte sich um und sah ihn an. „Ich habe dich immer geliebt.“

Tory schloss die Augen, als wollte sie sich gegen diese schmerzhaften Worte wehren. Sie hatte Trask so verzweifelt geliebt, und jetzt wünschte sie sich von ganzem Herzen, ihn hassen zu können.

Tief in Gedanken versunken, ritten sie schweigend zum Haus zurück. Die Dämmerung breitete sich über den Wiesen aus und tauchte die Landschaft in ein wundervoll lavendelfarbenes Licht, aber Tory nahm keine Notiz davon.

Keith’ Pick-up stand neben der Scheune. Torys Herz fing an zu rasen bei dem Gedanken an die bevorstehende Konfrontation mit ihrem Bruder. Im Stillen betete sie, dass Trask sich dieses eine Mal geirrt hatte.

Nachdem Eldon ihnen die Pferde abgenommen hatte, lief Tory mit Trask zum Haus zurück. Sie sprachen kein Wort miteinander und berührten sich auch nicht. Das beklemmende Gefühl in Torys Brust wollte nicht nachlassen.

„Wird aber auch Zeit, dass du auftauchst“, rief Keith von oben, als er Tory ins Haus kommen hörte. „Ich sterbe vor

Hunger." Der Knoten in ihrem Magen wurde noch fester, als sie ihren Bruder die Treppe herunterkommen sah. Das Hemd noch offen, trocknete er sich mit einem Handtuch die Haare ab. „Was hältst du davon, wenn wir nach Bend fahren und ins Kino gehen? Danach lade ich dich zum Essen …" Seine Stimme verstummte, als er Trask erblickte. Keith ließ das Handtuch sinken und lächelte grimmig. „Ich sehe, du hast was anderes vor." Er blieb auf der letzten Stufe stehen und bemerkte ihr blasses Gesicht. „Hey, was ist los?"

„Trask möchte dich etwas fragen", erklärte Tory mit leicht zitternder Stimme.

„Was gibt's sonst Neues?" Keith warf Trask einen unfreundlichen Blick zu, bevor er in die Küche ging.

„Dieses Mal ist es ein wenig anders", bemerkte Trask und folgte dem jüngeren Mann.

„Ach, ja? Gut", gluckste Keith freudlos vor sich hin. „Ich habe die immer gleichen Fragen langsam satt." Er schien nicht das geringste Interesse an Trasks Anwesenheit zu haben und holte den Milchkrug aus dem Kühlschrank.

Alex winselte an der Hintertür, und Keith ließ den alten Collie ins Haus. „Was ist los, Junge?", fragte er und kraulte den Hund hinter den Ohren. „Hungrig?"

Der Anblick ihres Bruders, wie er so unschuldig den Kopf des Hundes tätschelte, zerriss Tory das Herz. „Keith …" Tory hielt inne, als sie Rex' Pick-up die Einfahrt heraufkommen sah.

„Was?"

„Vielleicht sollten wir später darüber reden", sagte sie.

„Reden worüber?" Keith schenkte sich ein großes Glas Milch ein und leerte es fast in einem Zug.

„Über das, was vor fünf Jahren geschehen ist", erklärte Trask.

„Ich dachte, du wolltest mir ein paar neue Fragen stellen."

„Das stimmt, Keith." Die Schärfe in Trasks Ton ließ Keith zusammenzucken.

„Nicht jetzt …“, flehte Tory voller Verzweiflung. Sie hatte bereits ihren Vater verloren, und der Gedanke, Keith auf dieselbe Art zu verlieren, war unerträglich.

Obwohl es ihm einen Stich versetzte, als er in Torys blasses Gesicht sah, setzte sich Trask über ihre offenkundige Angst hinweg und beschloss, die Wahrheit ans Licht zu bringen. „Man sollte nichts aufschieben meiner Meinung nach.“ Mit zusammengekniffenen Augen beobachtete er, wie der Vorarbeiter aus seinem Wagen stieg und auf das Haus zukam. „Außerdem sollte Rex dabei sein.“

„Wobei?“ Das erste Mal bemerkte Keith den sorgenvollen Blick seiner Schwester. „Was geht hier vor?“, fragte er. „Sag bloß nicht, dass wir schon wieder so einen verdammten Brief bekommen haben!“

„Nicht ganz.“

„Oh, Keith“, flüsterte Tory.

Rex klopfte an die Tür und betrat die Küche. Sein Blick wanderte von Tory hinüber zu ihrem Bruder, bevor er an Trask hängen blieb. Der Vorarbeiter spürte die aufgeladene Spannung, die in der Luft lag. „Vielleicht ist es besser, wenn ich später wiederkomme …“, sagte er und bewegte sich wieder in Richtung Tür.

„Nein.“ Trask drehte einen Stuhl herum und setzte sich rittlings darauf. „Ich glaube, Sie könnten ein wenig Licht in die Sache bringen, die ich entdeckt habe.“

„Sie können es nicht lassen, was?“, konterte Rex. Er nahm seinen Filzhut ab und bearbeitete die breite Krempe mit seinen knotigen Händen. „Sie sind schlimmer als ein Bullterrier, wenn Sie sich einmal an etwas festgebissen haben.“

„Trasks Privatdetektiv hat eine neue Theorie entwickelt über das, was vor fünf Jahren passiert ist“, erklärte Tory und sah besorgt zu ihrem Bruder hinüber.

„Welche ‚neue Theorie‘?“, reagierte Keith gereizt.

„John Davis scheint zu glauben, dass dein Vater unschuldig war“, sagte Trask.

„Na und? Das haben wir dir schon seit Jahren gesagt.“

„Aber du hast mir nicht gesagt, wen Calvin geschützt hat.“

„*Was!*“ Keith’ Gesicht erschlaffte und verlor jegliche Farbe.

Tory hatte das Gefühl, als bliebe ihr das Herz stehen.

„John Davis glaubt, dass dein Vater dich gedeckt hat; dass du der Mann namens ‚Wilson‘ warst, der mit Linn Benton und George Henderson gemeinsame Sache gemacht hat.“

„Moment mal …“, fiel ihm Rex ins Wort.

Torys Augen begegneten dem besorgten Blick des Vorarbeiters. Oh, mein Gott, er weiß Bescheid, was damals passiert ist, realisierte sie mit Erschrecken. Es wurde ihr ganz eng um die Brust, und sie musste sich am Küchentresen festhalten.

„Was wissen Sie in dieser Sache?“ Trask sah den Vorarbeiter grimmig an.

„Keith hatte nichts mit Leuten wie Henderson und Benton zu tun“, erklärte Rex mit hochrotem Kopf.

„Davis kann es beweisen“, erwiderte Trask rundweg.

Totenstille.

„Wie?“, fragte Tory.

Trask zog den Umschlag aus seiner Jackentasche und warf ihn auf den Tisch. „Ein Mann, der früher für Linn Benton gearbeitet hat, hat Keith gesehen. George Henderson hat es bestätigt.“

„Nein!“, rief Tory und schluchzte laut auf. Nicht auch noch Keith. Sie durfte ihn nicht verlieren.

„Verschwinden Sie, McFadden“, drohte Rex. Seine Augen hefteten sich an das Gewehr, das über der Tür hing, bevor sein Blick wieder auf Trask fiel.

Keith ließ die Schultern fallen und sah zur Decke hinauf. „Nein, Rex, tu das nicht. Es ist vorbei …“

„Halt den Mund!“, blaffte der Vorarbeiter, während sein

kalter Blick Trask durchbohrte und er drohend die knorrigen Hände zu Fäusten ballte. „Sie können einfach keine Ruhe geben, nicht wahr?"

„Warum verteidigen sie ihn? Haben Sie auch mit der Sache zu tun?", wollte Trask wissen.

„Lass sein, Rex", sagte Keith und begegnete dem Blick seiner Schwester. „Offensichtlich weiß er alles." Mit zitternden Händen öffnete Keith den Umschlag und überflog den Bericht von John Davis.

„Nicht alles. Vielleicht kannst du ein paar Lücken schließen."

„Oh Gott, Keith", stöhnte Tory kopfschüttelnd. Es schnürte ihr fast die Kehle zu. „Du musst nichts sagen."

„Es ist Zeit, Schwesterherz. Es war mir schon in der Sekunde, als McFadden hier auftauchte, klar. Ich habe mich von Dad schützen lassen, weil ich jung war und Angst hatte. Aber hinter dieser Entschuldigung kann ich mich nicht länger verstecken."

„Bitte", flüsterte sie.

„Du hast es deinem Vater versprochen", warf Rex ein.

„Das war ein Fehler. Ein Fehler, mit dem du und ich fünf Jahre lang leben mussten", erwiderte Keith. „Ich weiß, was das mit mir gemacht hat, und ich kann sehen, was mit dir passiert."

„Sie steckten da auch mit drin?", fragte Trask mit eisiger Stimme.

„Nein, er hatte damit nichts zu tun", sagte Keith.

„Moment mal", schaltete sich Tory ein. Ihr wurde klar, dass Keith im Begriff war, sich einem Mann gegenüber schuldig zu bekennen, der ihn am liebsten im Gefängnis sehen würde. „Du musst nichts sagen, das dich belasten könnte … Du solltest mit einem Anwalt sprechen …"

Eine tödlich schwarze Leere erfüllte ihr Herz. Ihre ganze Welt schien sich Stück für Stück aufzulösen. *Alles nur wegen Trask.*

„Was ist damals passiert?", fragte Trask mit Nachdruck. Jeder Muskel in ihm war angespannt von der Belastung, mit ansehen zu müssen, was diese Konfrontation für Tory bedeutete. Vielleicht hatte er einen Fehler gemacht. Vielleicht hätte er die Vergangenheit vergessen und sich einfach seiner Liebe zu Tory hingeben sollen. Unter den gegebenen Umständen blieb ihr nichts anderes übrig, als ihn zu hassen. Er konnte es in ihren kühlen graugrünen Augen sehen.

„George Henderson hatte mich angesprochen", begann Keith. „Er fragte mich, ob ich ihm helfen könne, ein paar Pferde oben in Devil's Ridge zu verstecken. Ich sollte einfach kein Wort darüber verlieren und dafür sorgen, dass niemand dort oben hinkam. Ich war dumm genug, darauf einzugehen. Als ich herausfand, was los war, wie er und Linn Benton teure Quarter Horses mit einfachen Pferden vertauschten, sagte ich George, dass ich damit nichts tun haben wollte. George wäre vielleicht darauf eingegangen, doch der Richter wollte mich nicht mehr rauslassen … sagte, dass ich mitschuldig sei, auch wenn ich von nichts gewusst hätte. Er hatte recht. Kein Zweifel, der Richter kannte die Gesetze von beiden Seiten. Ich wusste, dass etwas Zwielichtiges im Gange war. Aber ich hatte keine Ahnung, wie schlimm es war … oder … dass es eine harte Gefängnisstrafe zur Folge haben könnte."

„Du hast da also ziemlich tief mit dringesteckt", sagte Trask tonlos.

Keith nickte und Tory begegnete dem stumpfen Blick ihres Bruders, bevor er beschämt wegguckte.

„Aber du hättest doch zu mir oder zu Dad kommen können", sagte Tory verzweifelt. Sie fühlte sich wie abgestorben. *Erst ihr Vater und jetzt Keith!* Es fiel ihr schwer, sich auf den Beinen zu halten, und sie lehnte sich gegen die Wand.

„In keinem Fall hätte ich zu dir oder Dad kommen können. Wie hätte ich euch erklären sollen, dass ich hereingelegt worden bin und anderen erlaubt hatte, auf unserem Grundstück illegale Geschäfte zu beitreiben? In Dads Augen war ich doch sowieso schon eine Niete; er hatte dir die ganze Verantwortung übertragen, Schwesterherz."

„Wir waren eine Familie, Keith", stöhnte sie. „Wir hätten dir helfen können …"

„Was war mit den Pferden? Die von der Lazy W Ranch?", schnitt Trask ihr das Wort ab. Er wusste, dass diese Befragung schnell beendet werden musste, bevor Keith es sich anders überlegen würde. Und Tory. Gott, er wünschte, es gäbe einen Weg, sie zu schützen und zu trösten.

„Ich habe die Pferde ausgetauscht", räumte Keith ein. „Mir war klar geworden, dass ich schon viel zu tief mit drinsteckte, um einen Rückzieher machen zu können. Benton hatte mir gedroht, es meinem Vater zu erzählen, wenn ich meine Unterstützung verweigern würde."

Trask presste die Kiefer fest zusammen. Er konnte seine Wut kaum verbergen. „Und was war mit meinem Bruder?", erkundigte er sich mit leiser, kalter Stimme.

„Ich hatte keine Ahnung, dass Jason uns auf der Spur war", erklärte Keith mit ehrlichen grauen Augen. „Ich wusste, dass Benton und Henderson Angst hatten, entdeckt zu werden. Aber ich wusste nichts von den Ermittlungen der Versicherungsgesellschaft oder der Rolle, die dein Bruder dabei gespielt hatte."

„Er sagt die Wahrheit", bekannte Rex und ließ sich erschöpft auf einen Stuhl fallen, während er mit der Hand durch sein dünnes Haar fuhr.

„Aber, was war mit dem Gespräch, das Tory mitgehört hatte?"

Torys fassungsloser Blick haftete auf Rex.

„Es war Teil des Plans. Inszeniert zu deinem Wohl", erklärte Rex und erwiderte Torys entmutigenden Blick. „Sobald Linn

Benton deinem Vater von Keith' Mittäterschaft erzählte hatte, war Calvin wild entschlossen, sich für seinen Sohn zu opfern. Er musste jedem, auch dir, Tory, vermitteln, dass er an dem Betrug beteiligt gewesen war. Von der Absicht, Jason McFadden zu töten, wusste er nichts. Das war Linn Bentons Idee gewesen."

Tränen begannen, über Torys Gesicht zu laufen. Sie wischte sie mit dem Handrücken weg, doch konnte sie den unaufhaltsamen Strom nicht stoppen. Ein Schauer durchfuhr sie. „Dad hat also beim Prozess geschwiegen, um Keith zu schützen?"

„Das stimmt", erwiderte Keith mit glasigen Augen und schniefte wütend.

„Dein Vater wusste, dass er an Krebs sterben würde. Es war eine einfache Entscheidung, sich für seinen Sohn zu opfern, damit er auf freiem Fuß bleiben konnte", erklärte Rex.

„Und du hast das mitgemacht", warf Tory ihm vor. Sie fühlte sich von jedem, den sie je geliebt hatte, betrogen.

„Ich war deinem Vater einen Gefallen schuldig – und zwar einen großen."

Tory holte tief Atem. „Ich will nichts mehr davon hören", sagte sie mit Bestimmtheit. „Und ich habe nicht die Absicht, auch nur ein Wort davon zu glauben."

„Wir können uns nicht länger hinter Lügen verstecken", meinte Keith und straffte die Schultern. „Ich werde heute Abend Sheriff Barnett anrufen."

„Warte!" Tory erhob die Hand. „Denk nach, was du tust, Keith. Vielleicht solltest du erst mit einem Anwalt sprechen, bevor du irgendetwas unternimmst!"

Keith kam zu ihr hinüber und berührte ihre Schulter. „Ich habe schon viel zu lange darüber nachgedacht. Es wird Zeit, etwas zu tun ..."

„Bitte ...", flehte sie ihn an und klammerte sich an ihrem Bruder fest, als könnte sie ihn damit von der Dummheit seines Vorhabens überzeugen.

Keith lächelte traurig und klopfte ihr sanft auf den Rücken. „Wenn es dich beruhigt, rufe ich sofort einen Anwalt an, sobald ich Barnett rumkriege, hierherzukommen und meine Aussage aufzunehmen."

„Mir wäre es lieber, wenn du das nicht tun würdest ...", bemerkte Rex.

„Du bist aus dem Schneider", sagte Keith und ließ seine Schwester los, um von der Küche ins Arbeitszimmer zu gehen. Tory hatte sich auf einen Stuhl neben der Tür gesetzt und wich Trasks besorgtem Blick aus.

„Du warst es also, der auf die Kälber geschossen hat, richtig?", fragte Trask den Vorarbeiter, nachdem Keith den Raum verlassen hatte.

Rex runzelte die Stirn und zog die Schultern hoch. Er wagte es nicht, Torys ungläubigem Blick zu begegnen. „Ich hatte geglaubt, Sie würden Ihre Nachforschungen einstellen, wenn Tory bedroht würde."

„Du hast also den Brief geschickt?", fragte Tory.

„Ich bin nicht gerade stolz darauf", räumte Rex ein, „aber es war das Einzige, was mir einfiel." Sein Kinn zitterte, als er den Kopf hob und in Torys tieftraurige Augen sah. „Ich hatte es deinem Vater versprochen, Tory. Du musst mir glauben, dass ich niemals dir oder der Ranch Schaden zufügen wollte ... ich ... wollte nur in den Augen deines Dads das Richtige tun." Ihm versagte die Stimme, und er räusperte sich. „Dein Vater hat mir einen Job gegeben, als niemand in dieser Stadt mit mir geredet hat." Er drehte sich zu Trask um. „Ich wünschte nur, dass es gewirkt hätte und Sie wieder nach Washington zurückgekehrt wären, wo Sie hingehören, statt hier das Leben von anständigen Leuten durcheinanderzubringen und Probleme zu schaffen."

In Torys Kopf drehte sich alles. Keith war also in den Betrug verwickelt gewesen, und ihr Vater hatte lediglich versucht, seinen Sohn zu schützen. Und Rex, geleitet von falscher Loyalität zu einem sterbenden Mann, hatte den Mund gehalten. Selbst Rex' linkische Versuche, Trask abzuschrecken, basierten auf einer Schuld, die schon vor langer Zeit beglichen worden war.

„Ich sollte wohl besser auch mit dem Sheriff reden", meinte Rex, setzte sich den Hut auf und ging in Richtung Arbeitszimmer, wo Keith' leise Stimme zu hören war.

Trask stand von seinem Stuhl auf und lief zu Tory hinüber. Er streckte die Hand nach ihr aus, doch sie wich ihm aus. Trask hatte nicht nur ihren Vater vor fünf Jahren ins Gefängnis gebracht. Jetzt war er auch im Begriff, dasselbe mit ihrem Bruder zu tun.

„Tory …"

„Hör auf!" Sie straffte die Schultern und stand auf. Kopfschüttelnd wandte sie sich von ihm ab und verspürte einen schmerzhaften Knoten im Magen. *Wie konnte all das nur geschehen?* „Ich will weder Erklärungen noch Entschuldigungen hören!" Sie drückte sich an ihm vorbei und lehnte sich gegen den Küchentresen.

„Das musste endlich ans Tageslicht kommen."

„Aber du hättest es nicht fördern müssen. Du hättest nicht alles an die Oberfläche zerren und zerstören müssen, was mir etwas bedeutet hat. Erst mein Vater und jetzt mein Bruder. Wenn du etwas willst, kannst du nicht aufhören, was? Du willst Blut und Tränen fließen sehen." Tränen liefen ihr über die Wangen. „Ich hoffe zu Gott, dass du nun zufrieden bist!"

Trask zuckte zusammen, und seine rauen Gesichtszüge erschienen noch ausgeprägter. Er fuhr durch sein zerzaustes Haar und stieß einen erschöpften Seufzer aus. „Ich wünschte, du könntest mir glauben, dass ich dich einfach nur lieben wollte", flüsterte er.

„Und ich hoffe, dass du in die Hölle kommst", erwiderte sie. „Wie ich dich kenne, wirst du jetzt auch gegen meinen Bruder aussagen."

Er presste die Lippen zusammen. Der Schmerz in seinen Augen verwandelte sich in Zorn. „Ich hatte auch einmal einen Bruder. Erinnerst du dich? Er war mehr als ein Bruder. Er war ein Ehemann und Vater. Und er wurde ermordet. *Ermordet*, Tory. Keith wusste das alles. Er war nur zu feige, sich dazu zu bekennen."

„Das hat sich dank deiner jetzt geändert, nicht wahr?"

„Ich wollte nicht, dass es so endet", sagte er und ging einen Schritt auf sie zu. Doch sie erhob abwehrend die Hände, und er hielt inne.

„Dann hättest du erst gar nicht wieder damit anfangen sollen. Sei doch ehrlich, Senator. Wenn jemals etwas zwischen uns war, so hast du es zerstört. Für immer!"

„Es gibt immer noch eine Menge unbeantworteter Fragen", betonte er.

„Dann komm nicht her und erwarte, dass ich dir dabei helfe, sie zu beantworten", schnappte sie zurück. „Ich habe keine masochistische Ader. Ich habe deinetwegen schon genug gelitten."

Trask stand auf und sah sie an. Seine blauen Augen bohrten sich in ihr Innerstes. „Ich werde nicht zurückkommen", erklärte er. „Den nächsten Schritt musst du tun."

„Das kann dauern, Senator!", murmelte sie mit zusammengebissenen Zähnen und drehte sich von ihm weg. Einen Moment lang herrschte Schweigen, und Tory spürte, dass er noch etwas sagen wollte. Doch dann hörte sie den Hall seiner Schritte im Flur. Die Tür wurde zugeschlagen, und wenige Augenblicke später brauste Trasks Jeep dröhnend die Einfahrt hinunter.

„Oh Gott", rief sie und hielt sich die Hand vor den Mund. Tränen schossen ihr aus den Augen. „Ich liebe dich, Trask. Verdammt noch mal, aber ich liebe dich noch immer." Sie brach in Schluchzen aus und stützte sich auf den Küchentresen.

„Nimm dich zusammen", ermahnte sie sich, doch ihre Tränen flossen weiter, und jeder Schluchzer erschütterte ihren ganzen Körper. „Ich will ihn nie wiedersehen", flüsterte sie. Doch sie wusste, dass auch diese mutigen Worte nichts daran ändern konnten, dass sie ihn immer lieben würde. „Du bist so ein Dummkopf", schalt sie sich und beugte den Kopf über das Spülbecken, um kaltes Wasser ins Gesicht zu spritzen. „Ein blinder, liebeskranker Dummkopf!"

Angesichts dessen, dass Sheriff Barnett bald anrücken würde und ihr eine weitere Befragung bevorstand, versuchte Tory sich zusammenzureißen. Aber es gelang ihr nicht. Aufgewühlt starrte sie in die dunkle Nacht hinaus. In der Ferne sah sie die Scheinwerfer eines herannahenden Polizeiwagens.

„Das ist es", sagte sie leise zu sich. „Der Anfang vom Ende …"

## 12. KAPITEL

Der Gerichtssaal war klein und bis auf den letzten Platz besetzt. Eine überforderte Klimaanlage mühte sich ab, die stickige Luft des Raums wenigstens etwas aufzubessern.

Tory saß hinter Keith. Sie versuchte sich mit der Tatsache zu trösten, dass er hier war, weil er es selbst so wollte. Trotzdem tat es ihr für ihren Bruder leid. Er hatte sich geweigert, einen Anwalt zu engagieren, und das Gericht darum gebeten, sich selbst verteidigen zu dürfen. Selbst der Staatsanwalt war nicht glücklich über die Situation, doch Keith hatte nicht mit sich reden lassen.

Er sieht so jung aus, dachte Tory, als sie die eckigen Schultern ihres schlanken Bruders und den stolzen Schwung seines Kinns betrachtete. Genauso wie Dad vor Gericht gestanden hat. Tory musste ihren Blick von Keith abwenden und gegen den Kloß in ihrem Hals ankämpfen.

Der Staatsanwalt hatte bereits mehrere Zeugen in den Zeugenstand gerufen, von denen der prominenteste George Henderson war. Von einem Wachmann begleitet, machte er seine Aussage. George erklärte dem Gericht, dass Keith, und nicht sein Vater Calvin, an dem Pferdebetrug beteiligt gewesen war. Darüber hinaus habe Linn Benton Calvin erpresst, damit dieser zugab, Teil des Komplotts gewesen zu sein.

Laut Henderson hatte Linn Benton Interesse daran gehabt, Keith als naiven Partner zu gewinnen, um mehr Einfluss über Calvin Wilson und die Lazy W Ranch zu bekommen. Linn Benton habe gewusst, dass Calvin nie und nimmer zugelassen hätte, dass sein Sohn ins Gefängnis kommt. So war der Deal perfekt. Calvin würde die meiste Schuld auf sich nehmen, um Keith' Namen aus dem Betrug herauszuhalten.

„Was Sie also sagen wollen, Mr Henderson, ist, dass Calvin Wilsons einziges Vergehen war, dass er seinen Sohn geschützt hat“, folgerte der Staatsanwalt mit ruhiger Stimme.

„Ja, Sir“, erwiderte ein gealterter Henderson im Zeugenstand. Er war im Gefängnis um einiges dünner geworden und sah abgezehrt aus. Er rieb die Hände ständig aneinander, und ein nervöses Zucken um seine Augen herum war nicht zu übersehen.

„Und dass Linn Benton Calvin Wilson mit dem Leben seines Sohnes erpresst hat.“

„So ungefähr.“

„Keith Wilson wusste demnach von dem Pferdebetrug.“

„Ja.“

Tory zuckte zusammen, während Keith keine Miene verzog. Ein missbilligendes Raunen ging durch den heißen Raum.

„Er kannte also den Deal zwischen seinem Vater und Linn Benton?“

Henderson nickte.

„Sie müssen bitte sprechen, Mr Henderson. Die Gerichtsschreiberin kann keine Kopfbewegungen protokollieren“, forderte der ältere Richter ihn auf.

Henderson räusperte sich. „Ja, Keith Wilson wusste von der Erpressung und der Abmachung“, sagte er mit rauer Stimme.

Der Staatsanwalt wartete, und im Gerichtssaal wurde es still. „Wusste er von dem Plan, Jason McFadden umzubringen?“

George Hendersons zerfurchte Stirn zog sich zusammen. „Nein.“

„Sind Sie sicher?“

„Ja“, antwortete George fest. Er begegnete kurz Keith' versteinertem Blick. „Benton hat das alles im Alleingang gemacht. Mich hatte er erst kurz bevor Jasons Auto explodierte eingeweiht. Aber da war es zu spät, um irgendetwas zu tun.“ Die Schultern des alten Tierarztes fielen unter der Last von fünf Jahren der Irreführung herunter.

„Warum sind Sie nicht zur Polizei gegangen?“

„Weil ich Angst hatte", räumte George ein.

„Vor einer Festnahme?"

„Nein." George schüttelte den Kopf. „Ich hatte Angst, Linn Benton zu verärgern."

„Ich verstehe", sagte der Staatsanwalt und warf einen bedeutungsvollen Blick zur Jury hinüber. „Keine weiteren Fragen."

Keith weigerte sich, Henderson ins Kreuzverhör zu nehmen, genauso wie all die anderen Zeugen der Anklage. Tory wurde ganz übel. Es schien, als hätte Keith aufgegeben und würde sich seinem Schicksal ergeben. Die ganze letzte Woche hatte sie versucht, ihn dazu zu bringen, seine Meinung zu ändern und einen Anwalt zu engagieren. Doch ihr Bruder war eisern geblieben und behauptete, das „Richtige" im Sinne seines Vaters zu tun.

„Mach dir um mich keine Sorgen", hatte er kurz vor dem Prozess gesagt. „Mir geht es gut."

„Ich kann nicht anders, als mir Sorgen zu machen, wenn du dich wie ein Opferlamm …"

„Das hat Dad getan", erwiderte Keith ernst. „Ich bezahle nur für das, was ich getan habe. Ich bin an der Reihe."

„Aber ich brauche dich …"

„Was du brauchst, ist die Verantwortung über die Ranch. Besser noch, versöhne dich mit McFadden und heirate ihn."

„Bist du total verrückt geworden?", hatte sie gefragt. „Nach allem, was er getan hat? Ich kann nicht glauben, dass gerade du mir diesen Vorschlag machst."

Keith schüttelte den Kopf. „Ich habe ihn gehasst, Tory. Aber nur aus Angst und meinem Schuldgefühl heraus. Ich wusste, obwohl ich etwas anderes gesagt hatte, dass Trask nicht dafür verantwortlich war, dass Dad ins Gefängnis kam und sterben musste. Es war mein Fehler gewesen. McFadden wollte immer nur die Wahrheit über den Tod seines Bruders erfahren, und das kannst du ihm nicht zur Last legen.“

„Wie kannst du nur so empfinden?“, fragte sie ungläubig.

„Das ist einfach. Ich habe dich beobachtet, wenn du mit ihm zusammen bist. Tory. Sei ehrlich, du warst so glücklich wie seit Jahren nicht mehr, als er nach Sinclair zurückgekehrt war.“ Seine grauen Augen fixierten sie. „Du verdienst dieses Glück.“

Tränen erfüllten ihre Augen. „Und du?“

„Ich? Machst du Witze?“, hatte er gescherzt. „Ich werde die beste Zeit meines Lebens haben.“

„Im Ernst …“

„Tory, ich muss das hier machen, und ich werde meine Meinung nicht ändern. Nimm dir also zu Herzen, was ich gesagt habe, und werde glücklich … mit McFadden.“

„Er ist verantwortlich …“

Keith legte den Finger auf ihre Lippen. „*Ich* bin verantwortlich und muss jetzt dafür bezahlen. Glaub mir, ich bin erleichtert, dass alles bald vorbei ist.“

Einige weitere Zeugen wurden befragt. Jeder von ihnen beschrieb Keith als einen undankbaren Sohn, der seinen gepeinigten Vater benutzt hatte, um sich selbst zu schützen.

Als Trask in den Zeugenstand gerufen wurde, spürte Tory, wie ihre Hände anfingen zu zittern. Bis zu diesem Zeitpunkt hatte er im hinteren Teil des Gerichtssaals gesessen, und obwohl Tory ständig seinen Blick im Nacken spürte, hatte sie es vermieden, in seine Richtung zu sehen.

Trask schien um Jahre gealtert zu sein. Torys Herz zog sich bei seinem Anblick schmerzvoll zusammen. Trotz Anzug und Krawatte gab er ein eher unglückliches Bild ab. Seine rauen Züge waren noch ausgeprägter, die Wangen hohler. Doch seine blauen Augen hatten nichts an Intensität und Strahlkraft verloren. Vom Zeugenstand aus führte sein stechender Blick am Staatsanwalt vorbei und traf Tory mit voller Wucht. Einige Sekunden lang sahen sie sich in die Augen, und Tory hatte das

Gefühl, als würde Trask in ihre Seele blicken. Es schnürte ihr die Kehle zu und nahm ihr den Atem.

„Senator McFadden“, begann der Staatsanwalt. „Würden Sie mit Ihren eigenen Worten beschreiben, warum Sie nach Sinclair zurückgekommen sind und was Sie hier entdeckt haben?“

Trask wandte seinen Blick von Tory ab. Mit tonloser Stimme zählte er dem Gericht die Serie von Ereignissen auf, die mit dem anonymen Brief begonnen und schließlich zur Festnahme von Keith Wilson geführt hatte.

Reporter schrieben eifrig mit oder zeichneten Porträts der Prozessbeteiligten. Der Raum war voll von Neugierigen aus der Stadt, von denen Tory viele kannte. Anna Hutton saß neben ihr und leistete ihrer Freundin still Beistand. Neva saß mit bleichem, erschöpftem Ausdruck auf der anderen Seite des Saals. Einige Arbeiter von der Ranch waren im Raum. Auch Rex, der bereits seine Aussage gemacht hatte. Neben ihm seine junge Frau Belinda.

Während Trask die Ereignisse schilderte, saß Tory wie gelähmt da. Obwohl es unerträglich heiß in dem alten Gerichtssaal mit den hohen Decken war, fröstelte sie. Ein heißkalter Schauer von *Déjà-vu* lief ihr den Rücken hinunter. Trasks Schultern senkten sich ein wenig. Sein Lächeln und seine Selbstsicherheit, die ihn immer begleitet hatten, waren verschwunden.

Es hat ihn sehr mitgenommen, dachte Tory und realisierte das erste Mal seit Keith’ Geständnis, dass Trask es nicht egal war, was mit ihr geschah. Er war ein Mann mit Prinzipien und sah sich gezwungen, jedem nachzustellen, der an der Ermordung seines Bruders beteiligt war. Würde sie im umgekehrten Fall, wenn Keith umgekommen wäre, nicht genauso handeln und alles tun, was zur Verhaftung der Schuldigen führen würde?

Nervös knetete sie ihr Taschentuch im Schoß und vermied Trasks Blick.

„Erzählen Sie, Senator, wie haben Sie herausgefunden, dass der Angeklagte an dem Betrug beteiligt gewesen war?"

„Ich hatte einen Privatdetektiv namens John Davis engagiert."

„Und was hat dieser John Davis herausgefunden?"

„Dass Keith Wilson, und nicht sein Vater Calvin, gemeinsame Sache mit Linn Benton und George Henderson gemacht hat."

Tory wurde zunehmend übel im Laufe der Befragung. Der Staatsanwalt knöpfte sein Jackett auf und ging ein paar Schritte rückwärts. „Hat Mr Davis herausgefunden, wer Ihnen den ersten anonymen Brief nach Washington geschickt hatte?"

„Ja."

„Danke, Senator McFadden. Keine weiteren Fragen."

Als Keith es ablehnte, Trask ins Kreuzverhör zu nehmen, wurde der Senator gebeten, den Zeugenstand zu verlassen. Die Augen auf Tory gerichtet, kehrte Trask zu seinem Platz zurück. Mit pochendem Herzen spürte Tory, wie verzweifelt sie ihn liebte.

Der Staatsanwalt rief Belinda Engels in den Zeugenstand. Voller Erstaunen verfolgte Tory, wie die junge Frau mit dem hellen Teint und den warmen braunen Augen erklärte, dass sie fünf Jahre lang beobachtet hatte, wie ihr Mann von seiner Schuld zerfressen wurde, bis er nur noch ein Schatten seiner selbst war.

„Sie wussten also über Keith Wilsons Beteiligung an dem Betrug Bescheid?"

„Nein", erwiderte sie und sah demonstrativ zu Keith hinüber. „Ich wusste nur, dass Rex sich sicher war, dass es noch jemand anderes gab. Eines Nachts, das war lange nach dem Prozess, wachte Rex von einem schrecklichen Albtraum auf. Er konnte es nicht länger für sich behalten und erzählte mir, dass er jemanden decken würde und dass Calvin nicht in den Mord verwickelt gewesen sei. In dem Moment dachte ich, dass es sich wohl um irgendeinen von Linn Bentons Leuten handeln musste. Ich ... ich hatte nicht die geringste Idee, dass es Keith Wilson war."

„Und obwohl Sie wussten, dass ein Unschuldiger vor Gericht gestanden hatte, haben Sie nichts gesagt."

Belinda schluckte. „Ich ... ich dachte, dass Rex angeklagt werden würde und mit Sicherheit keinen fairen Prozess bekäme wegen seiner Vergangenheit ... mit seiner Exfrau."

Tory saß bewegungslos auf ihrem Stuhl und sah, wie die rothaarige junge Frau mit den Tränen kämpfte.

„Aber Sie und Ihr Mann wussten, dass Calvin Wilson unschuldig war."

Belinda erhob den Blick zum Staatsanwalt. „Mein Mann ist ein guter, ehrlicher Mensch. Er hatte versprochen, Calvins Geheimnis für sich zu behalten. Dasselbe habe ich auch getan."

Tory schloss die Augen und stellte sich ihren Vater mit all dem Leid vor, das er wegen Keith ertragen hatte. Tränen stiegen in ihr auf, doch sie unterdrückte sie tapfer.

Den Rest der Verhandlung nahm Tory nur noch verschwommen wahr. Das Einzige, woran sie sich deutlich erinnerte, war Keith' eigene Verteidigungsrede, in der er genau erklärte, was damals passiert war und warum. Da er sich schuldig bekannt hatte, war es nur noch die Frage, wie hoch die Strafe des Richters ausfallen würde.

Als Tory den Gerichtssaal verließ, spürte sie ihre weichen Knie. Sie hielt den Kopf aufrecht, konnte aber nicht die leicht herunterhängenden Schultern und die Schatten unter den Augen verbergen. Die letzten Wochen waren sehr belastend gewesen. Nicht nur, dass der bevorstehende Prozess ihr im Magen gelegen hatte, darüber hinaus musste sie sich auch noch mit neugierigen Reportern und besorgten Freunden auseinandersetzen. Am schlimmsten aber war Trasks Abwesenheit gewesen. Sie hatte nicht geglaubt, wie schwierig das Leben ohne ihn sein würde. Die ersten warmen Sommerwochen waren eine solch unbeschwerte Zeit für sie gewesen. Nachdem er Keith' Geheimnis entdeckt hatte, war eine große Leere in ihrem Herzen entstanden. Allein auf der Ranch zu sein war mehr, als sie manchmal ertragen konnte.

Erhobenen Hauptes lief sie unter dem Geflüster der Besucher über das glänzende Linoleum des Korridors zum Ausgang des Gerichtsgebäudes und trat durch die Tür hinaus in die glühende Julihitze.

Mit eiligen Schritten lief sie die wenigen Stufen hinunter, um eine weitere Konfrontation mit der Presse zu meiden. Auf dem Parkplatz blieb sie plötzlich wie angewurzelt stehen. Trask stand an ihren Pick-up gelehnt und beobachtete sie mit durchdringenden Blicken.

Nachdem sein Anblick ihr einen Moment den Atem genommen hatte, schob Tory das Kinn nach vorn und ging auf ihn zu. Obwohl ihr das Herz bis zum Hals schlug, zwang sie sich, einen möglichst unbeteiligten Eindruck zu machen.

Trask vergrub die Hände tief in den Hosentaschen, während er sie betrachtete. In ein luftiges, elfenbeinfarbenes Leinenkostüm gekleidet, das Haar nach hinten gekämmt, sah sie eher wie ein Mitglied der Königsfamilie oder ein kultiviertes Model aus New York aus als eine Rancherin aus Oregon. Er konnte sich ein Grinsen nicht verkneifen, als er ihren kühlen Blick registrierte. Sie blieb vor ihm stehen und hob den Kopf ein wenig, um ihm in die Augen zu sehen.

„Bist du jetzt glücklich?", fragte sie und zuckte innerlich zusammen angesichts des Zynismus ihrer Worte. Sein leichtes Zurückschrecken blieb ihr nicht verborgen.

Er presste die Zähne zusammen, und seine Kiefermuskeln arbeiteten merklich. Der heiße Sommerwind blies ihm die Haare aus dem Gesicht und legte die feinen Linien auf seiner

Stirn frei. Die Traurigkeit in seinen Augen berührte einen kleinen, noch lebendigen Teil in Torys Herzen.

„Nein."

„Aber wenigstens befriedigt, hoffe ich."

Er runzelte die Stirn und stieß einen langen, frustrierten Seufzer aus. „Tory, bitte. Ich wollte mich nur verabschieden."

Ein plötzlicher Schmerz erfüllte ihr Herz. „Du ... du gehst nach Washington zurück", mutmaßte sie und war überrascht, wie schwer es ihr fiel zu akzeptieren, dass er auf der anderen Seite des Kontinents sein würde. *Wenn sie ihn doch nur vergessen könnte, einen anderen Mann finden würde, jemanden, der nicht alles, was ihr Leben ausgemacht hatte, zerstören würde!*

„Übermorgen."

Sie erstarrte. „Ich verstehe. Du wolltest nur noch die Verurteilung abwarten, habe ich recht?"

Seine Züge verhärteten sich, doch die Qual in seinen blauen Augen war deutlich. Ihre Liebe für ihn tobte weiter in ihrem Herzen. Keith und Rex hatten die ganze Zeit recht gehabt. Trask hatte sie benutzt, um sich und seine verfluchte Karriere voranzubringen. Bereits die Zeitungen brachten längere Artikel über ihn, stellten ihn als eine Art Held dar, der zurückgekommen war, um die Mörder seines Bruders zu stellen. *Nur dass Keith niemanden umgebracht hatte!*

„Ich hatte gehofft, dass wir ..." Er sah zum Himmel hinauf, als suchte er göttlichen Beistand.

„Ich hoffe nicht, dass du jetzt vorschlägst, wir könnten doch Freunde bleiben, Senator. Das wäre ein bisschen zu viel verlangt", sagte sie. Doch das Zittern ihres Kinns verriet ihre wirklichen Gefühle.

„Ich wünschte, ich könnte dich davon überzeugen, dass ich nur das getan habe, was ich tun musste, und nie die Absicht hatte, dich zu verletzen." Er streckte eine Hand nach ihr aus, doch sie wich instinktiv zurück.

„Mach dir keine Sorgen. Es wird nicht noch einmal passieren. Meine Familie existiert nicht mehr. Es gibt niemanden mehr, den du ins Gefängnis bringen könntest.“ Sie lief um den Wagen zur Fahrerseite herum und wollte die Tür öffnen, doch Trask war schneller. Er hielt ihre Hand fest, und für den Bruchteil einer Sekunde, als sich ihre Finger berührten, dachte Tory, dass es eine Chance gäbe, ihm wieder zu trauen. Gott im Himmel, wie sehr sie ihn noch liebte. Sie sah ihn einen Moment lang an, bevor sie die Kraft fand, sich von ihm abzuwenden. „Ich muss los.“

„Ich möchte nur, dass du vorsichtig bist. Manche Dinge sind noch nicht geklärt.“

Sie schüttelte den Kopf angesichts ihrer eigenen Torheit, diesen Mann zu lieben. „Es gibt Dinge, die immer ungeklärt bleiben werden. Für mich jedenfalls.“

„Hör zu … Ich dachte, du solltest vielleicht wissen, dass ich John Davis beauftragt habe, die Ranch im Auge zu behalten.“

„Was?“

„Es könnte vielleicht noch Probleme geben.“

„Unmöglich. Es ist vorbei, Trask.“

„Das glaube ich nicht.“

„Schick ihn zurück.“

„Was?“

„Du hast richtig gehört!“ Wütend zeigte sie mit dem Finger auf Trasks Brust. „Sag Davis, dass ich niemanden brauche, der die Ranch bewacht. Außerdem will ich ihn da nicht sehen. Ich möchte diesen ganzen Albtraum einfach vergessen!“ Die letzten Worte brachen nur so aus ihr heraus, und sie spürte, wie die Tränen, die sie den ganzen Tag lang unterdrückt hatte, aus ihr herausbrachen.

„Tory …“ Seine Stimme war leise und beschwichtigend, während seine Hand besitzergreifend ihren Oberarm umfasste.

„Lass mich in Ruhe“, flüsterte sie, unfähig, sich von ihm zu lösen. „Und sag deinem Privatdetektiv, dass er sich zurückziehen soll. Ansonsten hetze ich den Sheriff auf ihn wegen Hausfriedensbruch."

„Ich will nur, dass du in Sicherheit bist."

„Und ich will, dass du aus meinem Leben verschwindest", log sie, machte sich von ihm los und stieg in den Wagen. Mit Tränen in den Augen startete sie den Pick-up und fuhr vom Parkplatz. Im Rückspiegel sah sie Trask mit hängenden Schultern verloren dastehen.

Tory war noch nicht lange auf der Ranch zurück, als das Telefon klingelte. Sie kam aus der Dusche und überlegte einen Moment, ob sie den Hörer überhaupt abnehmen sollte. Aber vielleicht war es ja Keith.

Sie biss die Zähne zusammen und hoffte, nicht einen weiteren Reporter am anderen Ende der Leitung zu haben.

„Hallo?", meldete sie sich in scharfem Ton.

„Ms Wilson?", erkundigte sich der Anrufer.

Tory verzog das Gesicht angesichts der unbekannten Stimme. „Hier ist Victoria Wilson."

„Gut. Don Morris von der Central Bank."

*Der junge Kreditberater!* Tory machte sich auf eine weitere schlechte Nachricht gefasst. „Ja?"

„Ich wollte Sie nur darüber informieren, dass der Kreditausschuss Ihnen das gewünschte Darlehen zur Verfügung stellen wird."

Tory konnte es nicht glauben. Das Letzte, was sie von der Bank erwartet hatte, war eine gute Nachricht. Nervös fuhr sie sich durchs Haar. „Danke", flüsterte sie.

„Überhaupt kein Problem", sagte der Bankangestellte mit einem Lächeln in der Stimme. „Sie können sich den Scheck übermorgen abholen."

„Darf ich Sie etwas fragen, Mr Morris?" Sie wollte ihr

Glück nicht herausfordern, aber die Zustimmung der Bank, ihr den Kredit zu gewähren, erschien ihr irgendwie seltsam.

„Selbstverständlich."

„Als ich letztes Mal bei Ihnen war, sagten Sie, ich hätte nicht genügend Sicherheiten für einen neuen Kredit. Was ist geschehen, dass Sie Ihre Meinung geändert haben?"

„Wie bitte?" Die Überraschung des Bankers war nicht zu überhören.

„Sie haben doch etwa nicht Ihre Geschäftspolitik geändert, oder?"

„Nein."

„Nun?"

Der junge Bankangestellte seufzte. „Senator McFadden hat sich bereit erklärt, die Bürgschaft zu übernehmen."

Torys Augen weiteten sich voller Erstaunen. „Was hat Senator McFadden damit zu tun?"

„Er hat mit dem Bankdirektor gesprochen und darauf bestanden, dass wir Ihnen das Geld leihen. Der Senator besitzt eine Menge Aktien bei uns, wissen Sie. Darüber hinaus ist der Direktor ein persönlicher Freund von ihm. Jedenfalls war er nicht davon abzubringen, für Sie zu bürgen."

*Blutgeld!* „Und Sie haben eingewilligt?"

„Sie wollten doch das Darlehen, Ms Wilson, oder?"

„Ja … ja. Ich werde das mit dem Senator klären", erwiderte sie und knallte den Hörer auf. „Mistkerl", flüsterte sie zwischen zusammengebissenen Zähnen.

Während sie sich die Haare abtrocknete und in ihre Jeans schlüpfte, kam ihr der Gedanke, dass Trask die Bürgschaft übernommen hatte, um sich auf diese Weise von ihr zu verabschieden. Immerhin schien er es ernst gemeint zu haben, als er ihr versicherte, dass er sie nicht verletzen wollte.

„Oh Gott, Trask, warum können wir nicht einfach aufhören?", fragte sie sich leise, während sie durch das Fenster die

Schönheit der weiten Landschaft betrachtete. Es war fast August, und die Felder hatten einen goldbraunen Farbton angenommen. Nur die dunklen Pinien sorgten für einen farblichen Kontrast zu der goldenen Erde und dem blauen Himmel. Und Trask gab ihr die Möglichkeit, das alles zu behalten. Er hätte es nicht tun müssen. Es war ein Geschenk. „Und eine Möglichkeit, sein Gewissen zu erleichtern“, stellte sie bitter fest und versuchte verzweifelt, Hass für ihn zu empfinden.

Ohne wirklich über ihr Tun nachzudenken, rannte sie nach draußen und sprang in den Pick-up. Sie wollte Trask ein letztes Mal gegenüberstehen.

Die Dämmerung hatte eingesetzt, als Tory Trasks Hütte am Metolius River erreichte. Sie wusste sofort, dass er nicht da war, als sie sich dem flachen Bau aus Zedernholz und Stein näherte. Sein Geländewagen stand nicht da, und alle Fenster und Türen waren zugenagelt.

Er ist schon weg, dachte Tory niedergeschlagen. Ihr Herz schien in Stücke zu reißen. Als sie mit der Hand über das weiche hölzerne Geländer der Veranda strich, fühlte sie sich unwillkürlich an Trasks feste Muskeln erinnert und fragte sich, ob sie je von ihm loskommen würde und es überhaupt wollte.

Mit einem letzten Blick auf die kleine Hütte, die eingebettet zwischen Pinien am Ufer des schnell dahinfließenden Metolius lag, stieg Tory wieder in den Wagen und fuhr nach Sinclair. An der Peripherie der kleinen Stadt bog sie in die Straße ein, in der Neva McFadden wohnte.

Trasks Geländewagen stand in der Einfahrt.

*Vielleicht hatte er sich für Neva entschieden. Keith hatte erwähnt, dass Neva in ihn verliebt sei.* Ein dumpfer Schmerz durchfuhr sie bei der Vorstellung, dass Trask mit einer anderen Frau zusammen sein könnte, egal wer es war.

Mit pochendem Herzen lief Tory den Gehweg zum Haus

hinauf und klopfte. Sekunden später riss Neva die Tür auf.

„Trask!“, rief sie, bevor sie Tory erblickte. Jegliche Farbe wich aus Nevas Gesicht. „Tory?“, flüsterte sie und schüttelte den Kopf. „Ich dachte, es wäre Trask …“ Die Stimme der blonden Frau versagte, und sie hielt sich die Hand vor den Mund.

Tory gefror das Blut in den Adern. „Was ist passiert? Ist er nicht hier?“ Sie erhob die Hand und deutete auf Trasks Wagen, doch Neva schüttelte nur den Kopf.

„Komm rein.“

Neva ließ Tory ins Haus. „Wo ist Trask?“ Tory verspürte jetzt echte Angst.

„Ich weiß nicht. Er … er und John Davis suchen zusammen mit Sheriff Barnett nach Nicholas.“

Tory stand reglos da, während Neva sie mit tränenerfüllten Augen ansah. „Wo ist Nicholas?“

„Ich … ich weiß es nicht. Trask und ich vermuten, dass er entführt wurde.“

„Entführt?“, wiederholte Tory und lehnte sich gegen die Wand. „Warum?“

„Wegen des Prozesses. Trask glaubt, dass Linn Benton dahintersteckt.“

„Aber wie …?“

„Ich weiß es nicht. George Henderson hat alles, was er über den Betrug wusste, erzählt. Und darin waren einige belastende Dinge gegen Linn Benton. Allein die Erpressung wird ihn einige weitere Jahre Gefängnis kosten“, sagte Neva.

„Moment mal, etwas langsamer. Was ist mit deinem Sohn?“

„Als ich von der Verhandlung zurückkam, war er verschwunden. Es lag nur eine Nachricht da, auf der stand, dass ich jetzt den Preis zahlen müsste, weil ich Trask nicht von seinen Schnüffeleien abgehalten habe.“

„Bist du sicher, dass Nicholas nicht vielleicht doch zu einem Freund gegangen ist?“

„Ja." Neva hielt die Spannung nicht länger aus. Die Tränen schossen ihr aus den Augen, und ihr schmaler Körper wurde von Schluchzern erschüttert.

Tory nahm sie in die Arme und flüsterte Dinge, an die sie selbst nicht glaubte. „Alles wird gut, Neva. Trask wird deinen Sohn finden."

„Oh Gott, das hoffe ich so sehr. Er ist alles, was mir geblieben ist."

Vorsichtig führte sie Neva zum Sofa hinüber. „Ich glaube, du solltest dich hinlegen."

„Ich kann nicht schlafen."

„Ssch. Das verstehe ich, aber als Krankenschwester weißt du auch, dass Ruhe das Beste ist. Ich … ich mache dir einen Tee."

Widerstrebend willigte Neva ein. Sie setzte sich an den Rand des Sofas, starrte auf die Uhr und rang besorgt die Hände.

Tory suchte in der Küche nach einem Teebeutel und brachte nach einigen Minuten zwei dampfende Becher ins Wohnzimmer.

„Danke", flüsterte Neva, als Tory ihr die Tasse reichte. Sie nahm einen Schluck und stellte den Becher auf der Armlehne des Sofas ab.

„Sie werden Nicholas töten", sagte sie mit fester Stimme, während ihr Tränen über die Wangen strömten.

„Rede nicht so …"

„Ich hätte Trask nie etwas sagen sollen. Oh Gott …" Neva vergrub ihr Gesicht in den Händen. „Ich werde es mir nie verzeihen, wenn sie meinem Liebling etwas antun …"

Ein Klopfen an der Tür ließ Neva aufspringen. „Das muss Nicholas sein", murmelte sie und raste zum Eingang. Draußen auf den Stufen stand Deputy Woodward.

„Was ist passiert?", rief sie aufgeregt.

Der grimmige Hilfssheriff blickte von einer Frau zur anderen. „Wir haben Ihren Jungen gefunden, Mrs McFadden."

Neva sah aus, als würde sie vor Erleichterung gleich ohnmächtig werden. „Gott sei Dank. Geht es ihm gut?"

„Ich glaube ja. Er ist in Bend im Krankenhaus. Nur zur Beobachtung. Er scheint unverletzt zu sein. Ich fahre Sie gerne hin."

„Ja, bitte." Sie griff nach ihrer Tasche.

„Wo ist Trask?", wollte Tory wissen.

„Senator McFadden ist auch im Krankenhaus."

Tory zog sich der Magen zusammen, und sie wurde ganz blass. Was ist, wenn Trask etwas zugestoßen ist? Was, wenn sie ihn nie wiedersehen könnte? Wenn er tot wäre? Tory konnte nicht ohne ihn leben.

Neva drehte sich zu dem jungen Hilfssheriff um. „Was ist geschehen?"

„Der Senator hat sich mit dem Mann, der Ihren Sohn gekidnappt hat, einen Kampf geliefert. Wie es aussieht, war er es, der den Senator vor ein paar Wochen niedergeschlagen und oben am Devil's Ridge auf Sie geschossen hat."

„Wer ist es?", fragte Tory mit einer Mischung aus Wut und Angst.

„Ein Mann namens Aaron Hughs. Er ist Vorarbeiter auf Linn Bentons Ranch nördlich von Bend."

„Und Hughs arbeitet noch für ihn?"

„Es sieht so aus." Der Hilfssheriff wandte sich Neva zu. „Wenn der Senator nicht gewesen wäre, wäre Ihr Sohn jetzt wahrscheinlich schon nicht mehr in Oregon. Der Sheriff meint, der Senator hätte sich einen Orden verdient."

„Es geht ihm also gut?", fragte Tory.

„Ich glaube schon."

„Gott sei Dank."

„Wie haben Sie Nicholas gefunden?", wollte Neva wissen.

„Senator McFadden vermutete, dass Ihr Sohn irgendwo auf

Linn Bentons Ranch sein musste. Er hatte recht. Das Kind war an einen Küchenstuhl gefesselt worden."

Neva entfuhr ein kurzer Schrei. „Bitte lassen Sie uns losfahren."

Die Fahrt zum Krankenhaus erschien endlos. Tory schloss die Augen und stellte sich Trask in den weißen, steifen Laken eines Krankenhausbettes vor, bis zur Unkenntlichkeit verletzt. Oh Gott, welch ein Dummkopf bin ich gewesen, dachte sie und erkannte zum ersten Mal seit Keith' Festnahme, dass sie nie aufhören würde, Trask McFadden zu lieben. Die wenigen Minuten, in denen sie geglaubt hatte, er wäre tot, waren die schlimmsten ihres Lebens gewesen.

Deputy Woodward führte die beiden Frauen direkt in die Notaufnahme des Krankenhauses, wo Nicholas auf einer Trage saß. Er sah zwar blass, aber ansonsten in keinster Weise mitgenommen aus. Beim Anblick seiner Mutter lächelte er und stieß einen Freudenschrei aus.

Neva rannte in seine kleinen offenen Arme und hob ihn von dem tragbaren Bett herunter. „Oh, Nicholas", rief sie mit tränenüberströmtem Gesicht. „Mein Baby. Geht es dir gut?"

„Ich bin kein Baby", protestierte der Junge.

Neva lachte über Nicholas' Schmollmund. „Du wirst immer mein Baby sein, ob es dir gefällt oder nicht."

In diesem Augenblick bemerkte Tory Trask. Er saß mit herunterbaumelnden Beinen auf einer Tragbahre. Seine Haare waren zerzaust, und sein Kinn zierte ein bläulicher Fleck. Aber ansonsten schien er gesund zu sein.

Torys Herz machte einen Sprung bei seinem Anblick. Tränen der Erleichterung füllten ihre Augen. Ohne zu zögern ging sie auf ihn zu und verlor sich im unergründlichen Blau seiner Augen. Zärtlich berührte sie sein Gesicht. „Gott sei Dank bist du am Leben", flüsterte sie bewegt.

„Du dachtest, meine Wähler könnten mich vermissen?",

fragte er und versuchte selbstbewusst zu klingen. Ihr Anblick in dieser lärmenden Notaufnahme schnürte ihm den Magen vor Verlangen nach ihr zu.

„An deine Wähler habe ich nicht gedacht, Senator. Ich war es, die dich vermisst hat … mehr als du dir vorstellen kannst", bekannte sie.

Ein kleines Lächeln flackerte in seinem Gesicht auf. „Woher wusstest du, dass ich hier bin?"

„Ich habe dich gesucht." Sie legte beide Arme um seinen Hals.

Seine Augenbrauen hoben sich und ermunterten sie weiterzumachen. „Weil du mich anflehen wolltest, dich zu heiraten?"

„Nicht ganz. Ich wollte dir die Hölle heißmachen wegen der Bürgschaft, die du für meinen Kredit übernommen hast."

„Oh." Er stieß einen langen Seufzer aus. „Ich hatte gehofft, dass du vielleicht endlich zur Vernunft kommst und begreifst, was für ein guter Fang ich bin."

Ihr Lächeln wurde breiter, und die Liebe, die sie so viele Wochen versucht hatte zu ignorieren, brachte ihre Augen zum Leuchten. „Da du es gerade erwähnst, Senator." Sie drückte ihre Nase sanft auf seine und strich zärtlich über sein geschwollenes Kinn. „Ich glaube, du hast recht. Du brauchst mich in deiner Nähe … um dafür zu sorgen, dass du unversehrt bleibst. Nimm das als einen Heiratsantrag."

„Das kann nicht dein Ernst sein?"

„Mein absoluter Ernst", gestand sie. „Ich liebe dich, Trask. Und obwohl ich es nicht zugeben wollte, aber ich glaube, ich habe es immer getan. Wenn du mir meine Starrköpfigkeit verzeihen kannst, würde ich gerne von vorn anfangen."

Er schlang die Arme um ihre schmale Taille und hielt sie fest, als hätte er Angst, sie könne ihn wieder verlassen. „Was ist mit Keith?", fragte er leise.

„Das ist schwierig", räumte sie ein. „Er hat Fehler gemacht

und ist bereit, dafür zu bezahlen. Ich hoffe nur, dass er keine hohe Strafe bekommt. Dasselbe will ich für Linn Benton nicht hoffen.“

„Darum habe ich mich schon gekümmert. Es gibt genügend Anklagepunkte gegen ihn, eingeschlossen Erpressung und Kidnapping, um ihn für den Rest seines Lebens im Gefängnis zu behalten. Was Keith anbetrifft, habe ich bereits mit dem Richter gesprochen. Er ist ein Mann mit Gerechtigkeitssinn, und ich glaube, er weiß, dass Keith manipuliert wurde. Außerdem war er erst sechzehn, als der Betrug in vollem Gange war. Dass er sich schließlich selbst gestellt und schuldig bekannt hat, wird ihm zugute kommen. Und Mord wird ihm nicht zur Last gelegt. Ich vermute, dass er eine sehr geringe Strafe bekommen wird. Wenn er Glück hat, sogar nur Bewährung.“

„Das wäre wunderbar“, seufzte Tory.

Trask rutschte vom Bett herunter und sah ihr voller Verlangen in die Augen.

„Darfst du das? Musst du dich nicht noch untersuchen lassen?“

„Alles schon geschehen. Was hältst du davon, wenn ich mich darum kümmere, so schnell wie möglich hier rauszukommen, und wir beide heute Abend nach Reno fahren, um zu heiraten?“

„Heute Abend?“ Sie sah ihn verschmitzt an. „Glaubst du, dass du dazu in der Lage bist?“

„Ein paar gebrochene Rippen werden mich nicht aufhalten können.“ Er streichelte ihren Nacken. „Außerdem will ich kein Risiko eingehen, dass du vielleicht deine Meinung änderst.“

„Niemals“, schwor sie und berührte mit den Lippen seinen Mund. „Du hast mich für den Rest deines Lebens am Hals, Senator.“

„Was ist mit der Ranch?“

„Ich denke, ich kann es verkraften, eine Weile weg zu sein", erklärte sie. „Solange ich weiß, dass ich zurück nach Hause kommen kann, nachdem du aufgehört hast, Capitol Hill zu terrorisieren."

„Das könnte schneller der Fall sein, als du glaubst. Die Wiederwahlen stehen vor der Tür.

„Und wenn ich Glück habe, verlierst du sie, nicht wahr?"

Trask lachte und drückte sie fest an sich. „Wenn du Glück hast, sind wir morgen früh in Reno", flüsterte er ihr ins Ohr.

„Trask!" Mit einem müden Nicholas in den Armen kam Neva auf ihren Schwager zugelaufen. „Danke." Freude und Dankbarkeit spiegelten sich in ihren Augen wider, während ein leichtes Zittern ihren lächelnden Mund umspielte. „Danke, dass du Nicholas gefunden hast."

Trask grinste dem Jungen zu und zerzauste ihm das Haar. „Jederzeit", erwiderte er. „Wir guten Jungs müssen zusammenhalten, nicht wahr?"

„Richtig, Onkel Trask. Komm, Mom, du hast mir ein Eis versprochen."

„Das habe ich", sagte Neva und schüttelte den Kopf. „Jetzt muss ich nur noch ein Drive-in finden, das die ganze Nacht geöffnet hat. Wollt ihr mitkommen?"

„Bitte, Onkel Trask." Nicholas' Augen strahlten voller Vorfreude.

Trask schüttelte den Kopf. „Ein anderes Mal, Nick." Trask sah bedeutungsvoll zu Tory hinüber. „Heute Abend habe ich etwas anderes vor. Etwas, das sich nicht länger aufschieben lässt."

Nevas Lächeln wurde breiter, und sie zwinkerte Tory zu. „Bis später dann", sagte sie. „Viel Glück." Mit dieser letzten Bemerkung schnappte sie sich ihren Sohn und verließ das Krankenhaus.

„Jetzt gibt es nur noch uns", erklärte Trask. „So wie es vor fünf Jahren hätte sein sollen."

„Senator McFadden?", rief eine Schwester ihm zu. „Wenn Sie hier unterschreiben würden. Dann können Sie gehen."

Mit einer schwungvollen Bewegung unterzeichnete Trask das notwendige Formular. „Jetzt nichts wie raus hier", flüsterte er Tory zu, nahm sie sanft bei der Hand und führte sie aus dem Gebäude hinaus.

„Du bist dir sicher, das Richtige zu tun?", fragte er, nachdem sie den Parkplatz überquert hatten und in seinem Wagen saßen.

„Ich war mir noch nie im Leben so sicher", schwor sie. „Ich habe viel Zeit zum Nachdenken gehabt. Auch wenn ich lange versucht habe, mir etwas anderes einzureden, ist mir klar geworden, dass ich dich liebe. Es gab einen Augenblick, in dem ich dachte, du seiest tot ... und ... ich kann dir nicht sagen, wie verzweifelt ich war. Gott sei Dank bist du am Leben, und wir können zusammen sein."

Er umschloss ihr Gesicht mit den Händen. „Für immer. Ich werde dich nie wieder gehen lassen."

„Und ich werde nicht davonlaufen, Senator."

Als sich Trasks Mund auf ihre Lippen legte, gab Tory sich ganz der Wärme seiner Liebkosung hin, in dem Wissen, dass sie nie mehr ohne den Mann, den sie von ganzem Herzen liebte, leben würde.

– ENDE –

*Lisa Jackson*
Besessen – In Liebe gefangen

Band-Nr. 25427
8,95 € (D)
ISBN: 978-3-89941-751-7
320 Seiten

*Lisa Jackson*
Riskant /
Verhängnisvolle Leidenschaft

Band-Nr. 25427
8,95 € (D)
ISBN: 978-3-89941-701-2
416 Seiten

*Lisa Jackson*
Rausch des Sieges

Band-Nr. 25391
8,95 € (D)
ISBN: 978-3-89941-636-7
496 Seiten

*Linda Howard*
Eiskaltes Feuer
Band-Nr. 25554
8,99 € (D)
ISBN: 978-3-89941-949-8
432 Seiten

*Linda Howard*
Gefangene des Feuers
Band-Nr. 25527
8,95 € (D)
ISBN: 978-3-89941-860-6
352 Seiten

*Linda Howard*
Eiskalte Liebe
Band-Nr. 25453
8,95 € (D)
ISBN: 978-3-89941-740-1
256 Seiten

*Linda Howard*
Mitten in sein Herz /
So weit der Wind uns trägt
Band-Nr. 25482
8,95 € (D)
ISBN: 978-3-89941-788-3
448 Seiten